Les traces du «temps»
Suivre les sept tomes d'*À la recherche du temps perdu* de Marcel Proust

〈時間〉の痕跡
プルースト『失われた時を求めて』全7篇をたどる
上

青木 幸美 著
Sachimi Aoki

社会評論社

まえがき

　マルセル・プルーストの『失われた時を求めて』第一篇『スワン家のほうへ』が世に出たのは，1913 年 11 月 14 日金曜日であった．1871 年 7 月 10 日生まれのプルーストが 42 歳のときである．したがって，2013 年は『失われた時を求めて』発刊 100 年の記念の年となった．

　『失われた時を求めて』がどのような作品であるかを紹介するさいに，この作品の「複雑な時間構成」について言及されることが多い．たとえば，『辞林 21』（三省堂）では，「〈私〉の人生と恋愛の遍歴を複雑な時間構成でたどり，無意志的記憶の喚起によって意識の深層に光をあてた作品で，小説の概念に新たな局面を与えた」と書かれている．

　ところが，『失われた時を求めて』発刊の時以来，「複雑な時間構成」について多くの研究者や評論家が部分的に云々することはあっても，テクスト分析という方法によってその構造が示される研究はなかなかあらわれなかった．テクスト分析の方法が確立するには程遠かったことが最大の要因であろう．

　小説作品において，「時間」はどのように形成されていくのであろうか．私がプルーストを読み始めたのは 1970 年代であり，それは，テクスト分析によってこの問題を考えたいと思っていた者にとっては，非常に幸運な時期だった．プルーストの死後 50 年がすぎ，生成研究が本格的に始められようとしていたし，1970 年にシュピッツァーの文体論が仏訳され，1972 年にジュネットの『物語のディスクール』も出た．もともと，文体論，物語論に関心をもっていた私は，そうした研究書に大いに啓発された．『失われた時を求めて』を読みすすむにつれ，作品の面白さと理論的興味とが相乗効果をなし，私は『失われた時を求めて』に没頭した．以来，この作品を読みつづけ，短い論文を書いてきた．そして，このたびそれらの原稿を見直し，一つにまとめようと考えた．

　本書は，『失われた時を求めて』全 7 篇の時間形成を分析する．何人もの論者が言うように，プルーストの創造行為は「時間」に対するたたかいであるということができる．この作品はどの時代でもどの場所でも

よい「おとぎばなし」ではなく，時代の刻印がはっきりと押されており，その刻印の意味を考えなければ，作品自体からプルーストがいかに「時間」と闘ったかについて何も語ることはできない．ところが，『失われた時を求めて』の作品全体から時間論にとり組んだ研究書はまったく存在しない．本書は，時間との闘いのありかたそのものを分析し，その意味を明らかにするものである．

　もう一点，付け加えなければならないことがある．『失われた時を求めて』が未完成であることである．第一篇『スワン家のほうへ』，第二篇『花咲く乙女たちのかげに』，第三篇『ゲルマントのほう』，第四編『ソドムとゴモラ』は作家生前に校了，『ソドムとゴモラⅡ』は 1922 年 4 月に出版された．1922 年 11 月 18 日にプルーストはこの世を去った．

　それゆえ，第五篇『囚われの女』は，プルースト本人がタイプ原稿の推敲や検討，校正をすることができたが，中断されている．第六篇『消え去ったアルベルチーヌ』はタイプ原稿が残され，最終の第七篇『見出された時』は清書ノートのまま編者の手にゆだねられた．その清書ノートには，「完」の語が記されてはいる．つまり，一応終わりまで執筆されたが，まだまだ加筆されるか削除されるか，ともかく手を加えられるはずであったと考えられる．プルーストの創造行為は未完である．第五篇『囚われの女』は 1924 年 1 月に，第六篇『消え去ったアルベルチーヌ』は 1926 年 2 月に，第七篇『見出された時』は 1927 年 9 月に，それぞれ刊行された。

　こうした過程の解明にかんして生成研究が大きな成果をあげつつあり，他方，多くの評論家や研究者が文学者プルーストをとりあげている．しかしながら，プルーストはだれよりも一般の読者に信頼をよせていた．おそらく，その先は，プルーストの時間とのたたかいに同伴してきた読者のおのおのが続けるしかないのであろう．

　本書がそうした読者のたたかいに些かなりとも貢献できれば，そして，研究者たちを含めた多くの読者が，『失われた時を求めて』の何を面白いと感じてきたのか，この作品の魅力を少しでも伝えることができれば，これにまさる喜びはない．読者諸氏の厳しいご意見に期待するゆえんである．

凡例

▶「 」は原文における引用符を示す.

▶" "は原文における引用符中の引用符を示す.

▶〈 〉は本書における用語を示す.

▶ 引用等における〔 〕および[ ]は,本書の筆者による補足を示す.

▶ 引用文中の傍点は,原文におけるイタリック体による強調を示す.

▶ 書名・絵画作品等のタイトルは『 』によって,雑誌・論文のタイトルは「 」
  によって示す.

▶ 本書では,全篇を独自の12区分によって分析する.これに関しては本書序章
  26ページを参照されたい.

▶ マルセル・プルーストの著書,作品名の略記として次のものを用いる.

(*Sw.*) …『失われた時を求めて』第一篇『スワン家のほうへ』

(*J.F.*) …『失われた時を求めて』第二篇『花咲く乙女たちのかげに』

(*C.G.*) …『失われた時を求めて』第三篇『ゲルマントのほう』

(*S.G.*) …『失われた時を求めて』第四編『ソドムとゴモラ』

(*Pr.*) …『失われた時を求めて』第五篇『囚われの女』

(*A.D.*) …『失われた時を求めて』第六篇『消え去ったアルベルチーヌ』

(*T.R.*) …『失われた時を求めて』第七篇『見出された時』

『失われた時を求めて』からの原文の引用は,原則として,プレヤッド新版か
らとする.邦訳は筑摩書房『プルースト全集』第1巻～第10巻の井上究一郎
訳を用いる.たとえば,(*Sw.* I, 5 ; 1, 7) は,第一篇『スワン家のほうへ』,
プレヤッド新版第I巻5ページ,邦訳『プルースト全集』第1巻7ページを指す.

▶ 参照文献の表示は現行の慣用にならった.たとえば,(SPITZER [1928] 1970,
  413 ; 全集別巻,330) は,著者 SPITZER,当該著書の初出年 1928 年,参照した
  当該著書の発行年 1970 年,413 ページ参照,邦訳『プルースト全集別巻』330
  ページ,を指す.邦訳の参照表示のないものはすべて拙訳である.

目次（上巻）

まえがき —————————————————————— 001

序章 テクスト区分とクロノロジー ————————— 009

はじめに　009

1. 『失われた時を求めて』のクロノロジー（年代記）分析に意味があるか.　009

2. 「出来事」か「持続」か：クロノロジーの問題　011

> 出来事の実在性
> > アシェのクロノロジー／スティールのクロノロジー
> 時間の実在性
> > ヤウス／ジュネット
> 本書におけるテクストの12区分

3. 『失われた時を求めて』における大きな意味文脈：クロノロジーの意味　027

> ミモロジック
> > 「失望したクラテュロス主義者」／ミモロジックの螺旋／印象の記憶／幸福の瞬間
> 解釈の可能性
> > 「デュロック少佐の戦史の講義」：パランプセストとしての戦闘／パランプセストとしての名／歴史の美学と小説の美学
> 歴史の美学：ミモロジックと解釈の可能性との交叉

4. 〈時間〉を解読するということ　053

第1章 不眠の夜 ————————————————— 063

1. 『サント＝ブーヴに反論する』から『失われた時を求めて』へといたる3つの契機　064

> 「目覚めて眠っている人」：時間の構造化と中間的主体の発見／自由物語言説 récit libre／夜と昼と病気の関係の変化

2. [1]「不眠の夜」の時間形成　069

> [1]「不眠の夜」の一夜の擬似的推移／[1]「不眠の夜」が対象とす

る期間／冒頭文の解釈／[1]「不眠の夜」のテクスト分析

3. [1]「不眠の夜」のクロノロジー　095

4. 語り手と主人公，および「中間的主体」との関係　108

一日の区分／「目覚めている人」と「眠っている人」／「まだほとんど目覚めていない眠っている人である私」／「マドレーヌの体験」の特異性／語り手と主人公，および「中間的主体」との関係、「昼」の物語は閉じられるか

第2章　コンブレーの時代 ——————————————— 133

1. [2-1]「コンブレーⅠ」　136

[2-1]「コンブレーⅠ」の時間形成／「スワンが夕食に訪れた晩」のテクスト分析

2. [2-2]「コンブレーⅡ」　163

「コンブレーの一日」の時間形成／[2-2]「コンブレーⅡ」のテクスト分析／[2]「コンブレーの時代」の時間形成

3. [2]「コンブレーの時代」のクロノロジーと参照される歴史的事象　192

4. 「ミモロジック」の文脈のはじまり，読書の「六十分」　199

5. 「フランソワーズとルグランダン氏についての考察」：解釈の可能性の文脈前史　208

6. なぜ「レオニー叔母の日曜日」が，「コンブレーの時代」の支柱になり得たか：千篇一律ということ　209

第3章　スワンの恋 ——————————————————— 209

1. [3]「スワンの恋」の時間形成　231

二重の3部構造／[3]「スワンの恋」のテクスト分析：日々の推移，モチーフの反復

2. [3]「スワンの恋」のクロノロジーと参照される歴史的事象　273

3. [3]「スワンの恋」と『失われた時を求めて』のクロノロジー　277

4. 〈周期〉　284

第4章　土地の名の夢想，パリのスワン家のほう ─ 291

　　旅の夢想／恋の夢想と現実

1. ［4］「土地の名の夢想」　296

2. ［5］「パリのスワン家のほう」のテクスト分析　307

　　［5-1］「パリのスワン家のほう1：シャンゼリゼの頃」／［5-2］「パリ
　　のスワン家のほう2：夢想と現実が完全に一致した頃」／［5-3］「パ
　　リのスワン家のほう3：恋の苦しみとその終わりの頃」

3. ［4］「土地の名の夢想」，［5］「パリのスワン家のほう」のクロノロジー
　　と参照される歴史的事象　389

4. 物語の順序：「時間的関係」と「因果関係」　394

　　「時間的関係」と「因果関係」：文脈による制約／ヴィニュロンの「《元
　　の》順序」

第5章　バルベックⅠ ──────────────────── 411

　　「バルベックⅠ」の3つの区分

1. ［6］「バルベックⅠ」の時間形成　412

　　［6-1］「バルベックⅠ-1」の7つの区画／［6-2］「バルベックⅠ-2」の
　　7つの区画／［6-3］「バルベックⅠ-3：夢想がふたたび自由になる」

2. ［6］「バルベックⅠ」のクロノロジーと参照される歴史的事象　450

3. ミモロジック　459

　　現実のバルベック（1）：バルベックの教会／現実のバルベック（2）：
　　エルスチールとの会話

（下巻の内容）

第6章　パリのゲルマントのほう

1. ［7］「パリのゲルマントのほう」のテクスト分析／2. ［7］「パリの
ゲルマントのほう」のクロノロジーと参照される歴史的事象／3. ミモ
ロジック／4. 解釈の可能性／5. 「世代」の問題／6. 「まわり道」か？
作品の完成度をめざすか，「深化」をめざすか.

第7章　バルベックⅡ

1. ［8］「バルベックⅡ」のテクスト分析／2. ［8］「バルベックⅡ」の
クロノロジーと参照される歴史的事象／3. ミモロジックの文脈：「夢
想 rêves」から「幻影 fantômes」へ／4. 悲劇的要素と喜劇的要素：滑
稽さ，過剰とイロニー

第8章　アルベルチーヌの物語

1. 第五篇『囚われの女』にいたるまでのアルベルチーヌの物語／2.
語り手による物語の区分／3. プレヤッド新版第五篇『囚われの女』の
要約／4. ［9］「アルベルチーヌの物語」のテクスト分析／5. ［9］「ア
ルベルチーヌの物語」のクロノロジーと参照される歴史的事象／6. 解
釈の問題：うそについて

第9章　シャルリュス氏の物語：1916年パリにもどって5日目の夜

1. 主人公と，スワンおよびシャルリュス氏の物語：スワンからシャル
リュス氏へ，シャルリュス氏の人物像／2. ［10］「シャルリュス氏の物語：
1916年パリにもどって5日目の夜」の時間形成／3. ［10］「シャルリュ
ス氏の物語」のクロノロジーと参照される歴史的事象／4. 事故

第10章　ゲルマント大公夫人邸のマチネの日，語り手の現在への移行期

1. ［11］「ゲルマント大公夫人邸のマチネの日」の時間形成／2. ［11］「ゲ
ルマント大公夫人邸のマチネの日」，［12］「語り手の現在への移行期」
のクロノロジーと参照される歴史的事象／3. 貴族の名／4. 再認の意
味

終章　クロノロジーとその意味

1. テクストの12の区分と各テクスト単位が対象とする物語時間／2.『失
われた時を求めて』のクロノロジー／3. 〈観念化された一日〉と「一日」
の発見／4. クロノロジーの意味：ミモロジックと解釈の問題／5.
1880年生まれの一文学青年の精神史／6. おわりに──ジャンルの問題：
「よい小説」への扉を閉めること

参照文献
索引
あとがき

＊　目次中にある［1］〜［12］は，本書におけるテクスト区分の通し番号を
示す. 本書凡例および序章26ページを参照.

序　章　テクスト区分とクロノロジー

はじめに

　本書の課題は,『失われた時を求めて』全7篇の時間形成を分析することである. 序章では, そのための準備として代表的な先行研究をあげ, これらを参考にして本書のねらいを明らかにしたい.

　まず,『失われた時を求めて』のクロノロジー(年代記)研究にかんして,「出来事の実在性」を優先するか,「時間の実在性」を優先するかによって, タイプを2つにわける. その代表的な論考として, 前者ではアシェとスティールを, 後者ではヤウスとジュネットをとりあげ検討する.

　つぎに, クロノロジーの意味を考える大きな意味文脈として,「ミモロジック」(言葉の夢想)と「解釈の可能性」との2つの意味文脈をあげる. 第1の「ミモロジック」の文脈では, この用語を生みだしたジュネットの論考をとりあげ, この文脈の射程を明確にする. 第2の「解釈の可能性」では, 本書がこの文脈を考えるきっかけとなったシャルルの論考を検討する.

　最後に, 本書のスタンスを明確にするために, リクールの「暦法的時間 le temps calendaire」にかんする考察をとりあげたい.

1.『失われた時を求めて』のクロノロジー（年代記）分析に意味があるか

　1913年に『失われた時を求めて』第一篇『スワン家のほうへ』が刊行されてから100年が経過した. その間,『失われた時を求めて』の時間にかんして, あい異なる2つの見解が提示されてきた. その1つは, おそらくエルンスト・ローベルト・クルツィウス(Ernst Robert Curtius, 1886-

1956) が初めて明瞭に述べた説であり，この作品では年代学的な時間分析は不可能であるか，少なくともこの作品にはそぐわないというものである．彼は，「プルーストのロマンに日付や正確な時間規定がいちどもでてこないという事実は，読者の注意を惹くであろう．このロマンにおいては，計算は月や年によって行われるのではなく，魂の季節の交替によって行われるのである．このロマンは年代学的な分析を許さない」と明言している（Curtius [1922]1953；139-140）．この作品の最初の読者は，どのように読めばよいか試行錯誤を繰り返していた．そのとき，クルツィウスの論文は，読者の実感にそうものとして歓迎されたようである．

　もう1つは，レオ・シュピッツァー（Leo Spitzer, 1887-1960）の説であり，クルツィウスの説に反論して次のように書いている．

　　出来事が，不可逆的にすすむ時間の外に不思議なかたちで出てしまうために，時間を超越した雰囲気がつくりだされるが，そうした雰囲気も，じつをいえば何らかの方法で経験にもとづく現実の時間によって埋め合わされているのである．そうでなければ，小説は，あらゆる外界とつながりを失ってしまうであろう．〔…〕クルツィウスは「読者はだれしも気づいているであろうが，プルーストの小説のなかには日付もなければ正確な時間の指示もない」と書いているが，この意見に，私は全面的には賛成ではない，むしろ，日付は隠されているのであって，時間の明細は正確であるように私には思われる je ne partage pas entièrement l'avis de C. quand il écrit : « Tous les lecteurs auront remarqué que dans les romans de Proust, il n'y a jamais de dates ni d'indications précises de temps » ; il me semble plutôt que les dates sont cachées, mais que le décompte du temps est exacte.（Spitzer［1928］1970, 413；全集別巻，330）

『失われた時を求めて』におけるクロノロジーを分析することに意味があるのか．もちろん，今日においても意味がないと前提している研究者が一方で年代をいっさい考慮せずに考察を進めており，分析した結果そうした年代には意味がないと考える研究者もいる．しかし，たとえ正確な日付を隠すことが意図されているとしても，クルツィウスの言うように「計算は月や年によって行われるのではなく，魂の季節の交替によって行われる」としても，「年代学的な時間分析は不可能であるか，少なくともこの作品にはそぐわない」という実感を読者がもつとしても，シュピッツァー

が言うように「何らかの方法で経験にもとづく現実の時間によって埋め合わされて」いなければ,「あらゆる外界とつながりを失ってしま」い,この作品のような長編が生み出されることはできなかったであろう.

本書では,『失われた時を求めて』において,どのような方法で「日付が隠されて」時間形成がおこなわれ,その時間形成がどのように意味形成と連動しているかを検討し,この作品を,主人公である無名の一文学青年の精神史として,1880年に生まれ,19世紀から20世紀への世紀転換期を生きた主人公の精神史として,解釈することを試みる.

2.「出来事」か「持続」か：クロノロジーの問題

物語の「時間」について云々するとき,クロノロジーの問題は避けて通ることができない.クロノロジーは,一方で,ジュネットが分類した「順序」「持続」「頻度」すべてを含んだ物語言説の時間性を総合した結果としてあらわれるものであり,他方で,現実の時間つまり歴史的時間と,物語時間との関係の問題である.

『失われた時を求めて』においては,ドレフュス事件をはじめとして史実を作品中に取り込んでいるかと思えば,物語の日付にかんする情報が徹底して省かれている.省かれてはいるが皆無ではない.まれにあらわれる日付の指示は,解読してみると,シュピッツァーの言うように「正確である」と思われる.そこには明確な意図による操作がおこなわれていると考えざるを得ない.

テクストにあらわれる年号は「1914年」（*T.R.* IV, 301：10, 52）と「1916年」（同上）のみである.しかしながら,クロノロジーにかかわる直接的表現がないわけではない.のちにみるように,「九月十四日」,「一月一日」,「万聖節」といった日付,「二年後」,「約二か月後」といった表現から,「一週間後」「二日後」のように比較的短期間のもの,「春」「復活祭」「夏」「秋のある金曜日」「二月のある日曜日」「冬が終わろうとしていた」など季節,曜日に限定の加わった表現,「長い間」「この何年かの間」のように漠然とした期間の表示など,あるいは「ムルシア祭」（1879年12月18日）といった歴史的事象など,内容はさまざまである.

序章　テクスト区分とクロノロジー

しかしながら，結果的にいえば，クロノロジーの鍵としては本書に示すようにじつに少ない情報で十分であった．このこと自体が驚くべきことのように思われる．このことは，この作品において，それだけの十分な確かさをもって，物語言説の時間が形成されていることを証左していると考えられるからである．

小説作品のクロノロジーを考えるとき，2つの態度が可能であると思われる．「出来事 l'événement」をとるか，「時間 la durée」をとるかである．『失われた時を求めて』の研究史において，興味深いことに，この両者のタイプの研究がほぼ同時にあらわれた．この作品のクロノロジー研究の最初の論文の著者，ウィリー・アシェはあきらかに出来事の実在性をとっている（Hachez 1956）．

他方は年代的にはこの論文に先行するが，ドイツ人研究者のドイツ語の著作であったために遅れて知られることになった，ハンス・ロベルト・ヤウスの『マルセル・プルーストの『失われた時を求めて』における時間と回想』（Jauss [1955] 1970）である．ヤウスは出来事の実在性より，時間の実在性をとる．出来事の実在性をとれば，アシェのように年代記編者 annaliste としてクロノロジーを考えることになり，時間の実在性をとれば，ヤウスのように表形式になるであろう．

まず，「出来事」をとったアシェ，ついでスティール，つぎに，「時間」をとったヤウス，クロノロジーを「持続 la durée」の項で扱ったジュネットを順に見ていくことにする．

出来事の実在性，アシェのクロノロジー

アシェは 1956 年から 1987 年まで，『失われた時を求めて』のクロノロジーにかんする論文を 8 回発表している（Hachez 1956, 1961, 1962, 1965, 1973, 1984, 1985, 1987）．

まず，第 1 論文の「『失われた時を求めて』におけるクロノロジーと登場人物の年齢」から部分的に抜粋し，その論法を検討する．

とくにドレフュス事件や，第一次世界大戦（1914-1918），1896 年 10 月のニコラス二世の訪問のようなよく知られたいくつかの歴史的事実から出発して，『失われた時を求めて』の注意深い読者は，語り手によって話された出来事の，刊行

されたテクストから生じたままのクロノロジーを打ち立てることができる．この
クロノロジーのおかげで，主要登場人物の年齢が決定されうる．この仕事の関心
はそのような検証がプルーストのいくつかのページをより明瞭にすることにある．
とくに新しい読者たちにとってはそうである．彼らは先達の場合のように，語り
手が思い出している出来事が展開する歴史的枠組を記憶に現前するものとしても
はやもたないのだから．（HACHEZ 1956, 198）

　アシェは，ドレフュス事件を研究の出発点にしている．このことはまっ
たく正当であり，重要なことである．『失われた時を求めて』のなかで，
第一次世界大戦を除いて，歴史的出来事がある程度持続的にあらわれるの
はドレフュス事件のみであり，それがまさに主人公の社交界デビューの時
期に当てられているからである．このことから，主人公は 1898 年には 18
歳であり，1880 年生まれであると想定される．

　ドレフュス事件はプルーストを夢中にさせた事件であるが，『失われた時を求
めて』のなかに何度もほのめかされている．この研究の出発点として役立つだろ
う．非常に手短に次のことを喚起することは有益だろう．この《事件》は 1898
年 1 月ゾラの記事につづいて世論を二分し始め，そして，1899 年末には実際に
人心を揺り動かすのをやめたのである．
　ドレフュス事件が問題になる最初のものは，語り手の最初のバルベック滞在中，
『花咲く乙女たちのかげに』第 2 巻で報じられている．出来事は 1898 年におこる．
語り手は「8 月 15 日より前に」その海岸に到着し，エメは「ドレフュスはぜっ
たいに有罪だと彼に言いたがる」．この論文のなかで根拠を説明することになる
が，マルセルと呼ばれる人物はこのとき 17 歳である．彼は，「スーツのうえに鋲
を」つけており，シャルリュスに関心をもたれる．彼は「すこし年上の」，「ソー
ミュール」の準備をしているサン＝ルーと知り合いになる．語り手は「三か月
間」バルベックに滞在する．おそらく，8 月，9 月，10 月である．
　『ゲルマントのほう』のなかで，語り手はゲルマント公爵夫人に夢中になる．
「社交界にでるには若すぎると彼の父親が思っているのもかかわらず」（彼は 17
歳でしかない）．彼はオペラ座でゲルマント公爵夫人に気づく．同様にオマール
公爵にも気づく．（このことはこのクロノロジーとほとんど両立し得ない，彼は
前年の 1897 年に死んでいる．この論文をあまりに長くしないように，見つけた
いくつかの錯時は，もっともまったく二次的なものであるが，以後毎回指摘しな
いことにする．）（HACHEZ 1956, 198-199）

　オマール公爵は実在の人物である．ここで指摘された錯時は，アシェの

13

第2論文（HACHEZ 1961）でクロノロジーの修正がおこなわれたさいに解消されることになる．彼は，クロノロジーの始まりを全体的に1年早めた．したがって，オマール公爵を見たオペラ座の観劇は1897年となり，氏の生前である可能性があることになる．

第1論文では「パリ，ムルシア祭のパーティ」を1880年としていた．このパーティはスワンとオデットの恋の進展において重要な位置をしめるが，じっさいには1979年12月18日に催されたものである．アシェは指摘をうけて，この年号を史実に基づいて1879年にした．そこで，第2論文では，オデットがスワンの愛人になった日付が，1879年初頭に早められた．

ところで，アシェがクロノロジーと物語との整合性という点で，もっとも強調したのは登場人物の年齢である．主人公とジルベルトはこの第2論文で同年生まれとされ，1880年生まれとされた．以後主人公の年齢にかんして変更はない．

同じく第2論文で，アシェは，ヤウスの分析をうけて，「外的な，あるいは長いクロノロジー la chronologie externe ou longue」にあわせると物語内容に矛盾とずれが生じることを強調し，「内的な，あるいは短いクロノロジー la chronologie interne ou court」のほうが好ましいと主張した（HACHEZ 1961, 394-397）．第七篇『見出された時』最終のゲルマント大公夫人邸のマチネは，「外的な，あるいは長いクロノロジー」にあわせると1927年になり，「内的な，あるいは短いクロノロジー」では1919年になる．そして，彼は結論としてつぎのように述べる．

　　たとえわれわれのクロノロジーを採用しても，以上に述べたように，依然としていくつかの歴史的出来事にかんして不一致がおこる．これらの不一致と矛盾，とくに歴史的枠組みと登場人物の年齢とのあいだのずれをどのように説明すればよいだろうか？
　　われわれとしては，そしてわれわれはそれを喜んで認めるのだが，ここで単純な仮定をだすことにする，このずれは，プルーストの作品の動的部分によって説明できるだろうということである，つまり，この作品がとくに1914年から1918年の戦争のあいだに受けた変容によって説明できるであろう．（HACHEZ 1961, 397）

このように，アシェは，「内的クロノロジー」と「外的クロノロジー」
の不一致やずれを，この作品が，戦争によって，プルーストの最初の計画
通りに刊行されなかったこと，戦争中に主にアルベルチーヌに関する物語
に多くの加筆，修正を施されたことに起因するとしている．

アシェの想定には，プルーストの計画では初めに物語と歴史的事象が不
一致もなくずれもないように一対一で対応していたかのような前提が含ま
れている．しかし，おそらく初めから，歴史的事象はクロノロジーを形成
するように年代順に組みこまれてはいなかったのではないか．この作品で
は，年代順だけではなく別の観点からも歴史的事象が組みこまれているの
ではないか．

アシェは，最終論文までじつに 30 年以上にわたって，批判，反論に答
える形で，彼のクロノロジーを補強する．第 7 論文では，「議論の余地の
ない歴史的事実 les faits historiques indiscutables」(HACHEZ 1985, 363) を
特定することによって，『失われた時を求めて』の年代記をつくりあげた．

アシェが割り当てた登場人物の年齢はとくに読者の想像を刺激するであ
ろう．たとえば，一般向け季刊誌である『ル・ポワン』の「プルーストの
世界」と題された号 LE POINT, LV/LVI, Univers de PROUST, Souillac
(Lot), 1959 の最終ページには，いちはやくアシェによる『失われた時を
求めて』の登場人物の年齢の一覧表 Ages des personnages « A LA RE-
CHERCHE DU TEMPS PERDU »[1] が参考として掲載されている．とも
かく，作中には登場人物の年齢にかんする直接的表現がほとんどみあたら
ないのだから[2]，これを見て驚いた人もいたにちがいない．アシェの
「著者が登場人物に年齢を当てるとき，注意深く検証すれば，その情報は
まったく正確であり，この作品中の他の部分と食い違うことは決してな
い」(HACHEZ 1956, 204) という断言は，のちに見るように，プルーストが
生前タイプ原稿を校正した第五編『囚われの女』までのクロノロジーが十
分正確であることを考えると納得のいくものである．

ラフォン版第 1 巻巻頭のミシェル・ティリエによる『失われた時を求め
て』のクロノロジー[3]はアシェの 1985 年の論文に基づいている．それが，
『事典プルースト博物館』（フィリップ・ミシェル＝チリエ，保刈瑞穂監修，
湯沢秀彦・中野知律・横山裕人訳，筑摩書房，2002 年）に訳出された年表（同
書，236-240）である．

しかしながら，次に検討するスティールに比べると，アシェの推論は自らもいうようにかなり「大雑把」である．細部にわたっては何の解説もないままに年代を特定している．論文自体が「要約的」であり，必要最小限の情報であるという印象を受ける．彼の年表から 1895 年と 1896 年を引用しよう．「議論の余地のない歴史的事実 les faits historiques indiscutables」が（F.H.I.）と略されて記入されている．なお参照ページはプレヤッド新版にあわせた．

1895 年：

　この年の初めに，語り手は 15 歳で，フィレンツェとヴェネツィアへ行くことを望む（Sw. I, 379-380；1, 504-505）が，病気になり，この旅行を諦めざるを得なくなる．医師の命に従って，フランソワーズのお伴でシャンゼリゼへ行くことで満足しなければならない．そこでジルベルトを知る．

　この年の終わりに，ジルベルトはなんら気遣うことなく，彼にクリスマスやお正月の休みのためにシャンゼリゼへもう来ないと告げる（Sw. I, 401；1, 532-533）．

　1895 年の暮れに，マロニエは落葉している（J.F. I, 438；2, 24），語り手は劇場ヘラ・ベルマを見に行く，そしてノルポワ氏が語り手の両親の家に晩餐に来る．彼はテオドシウス王の訪問について話す，ニコラス二世と混同してはならない（J.F. I, 451；2, 42），ジルベルトは 14 歳か 15 歳だという（J.F. I, 467；2, 65），これはかなり正確である，彼女は 1880 年末の生まれである．

　元大使は，また最近のウィルヘルム二世がボーア人の首長クルーガーに送った電報（J.F. I, 455；2, 48-49）の話（実際は 1896 年 1 月 1 日）（F.H.I.）をする．

1896 年：

　この年の 1 月 1 日，語り手はジルベルトに新しい友情を築こうと申し出ようと思う（J.F. I, 477；2, 79）．少し後に，語り手は病気になり（J.F. I, 486；2, 90），コタールのおかげで，スワン家に招待される（ドレフュス事件のまえ）（J.F. I, 490-491；2, 95-96）．

　この時期，スワンはコタール夫人とヴァンドーム公爵夫人を結びつけようと企てる，後者は 1896 年 2 月 12 日に結婚する（F.H.I.）．幸せな始まりのあと，語り手とジルベルトとの関係はふたたび少しずつ悪化する（彼女に対する恋の終わり）．

　1896 年 10 月，ジルベルトとその両親といっしょに外出し，マチルド夫人と会う（J.F. I, 532-533；2, 151-152），1896 年 10 月 7 日のニコラス二世フランス訪問のさいに（F.H.I.）．

この時期，16歳のとき，ブロックに連れられて語り手は女衒のところへ行く（*J.F.* I, 565 ; 2, 197）.

（HACHEZ 1985, 367-368）

　本書では，時間形成の分析結果と著しい不整合がないかぎり，「議論の余地のない」日付を特定したアシェの説を採ることにする.
　このアシェの方向性をおそらく極限まで推し進めたのがスティールである.

スティールのクロノロジー

　スティールは「物語の順序とはなにか？」という問題に対して即座にこう答える（STEEL 1979, 8）.『失われた時を求めて』において，もっとも年代の古い出来事は，ヴィルパリジ夫人が学校で主人公の祖母と会ったこと（*Sw.* I, 20 ; 1, 26）であり，その次はシャルリュス氏がショパンのピアノを聞き損ねたこと（*S.G.* III, 397 ; 7, 225）であるという.
　また，リンの論文「プルーストのクロノロジーの扱いに関するノート」（LINN 1961）を評価して，「リンのアプローチにおける力点の変更は重要な出発点である」という（STEEL 1979, 25-26）. リンは「明示されていること」から「ほのめかされている歴史的要素」へと力点を移したのであった. ところが，スティールはこのリンをも批判する. リンは主人公とアルベルチーヌとの恋愛を90年代に据えたのであるが，その根拠は，当時，フランソワーズの娘が芝居「チャールズアーント」からのキャッチフレーズを使った（*S.G.* III, 125 ; 6, 175）ということであり，その初演が1894年だったからである. スティールは「その芝居がどのくらいのあいだ上演されたか，そのキャッチフレーズがどのくらいのあいだイディオムの中に残ったか」を問わなければならないという.
　さて，スティールは物語世界のクロノロジーを考えるとき，まず，「物語内の文脈 an inner context」と「物語外の文脈 an external context」の区別を強調した.
　スティールのこの区別は彼独自のものというよりは，一般に「言述の時 temps du discours」を分析するさいに要請される理論的な区分である.
　デュクロ・トドロフは，「内在的な時 temps interne」として，「はなし

の時 temps de l'histoire」「書記行為の時 temps de l'écriture」「読み行為の時 temps de la lecture」をあげ，「外在的な時 temps externe」として，「作家の時 temps de l'écrivain」「読者の時 temps du lecteur」「歴史的な時 temps historique」をあげた．また，この「内在的な時」と「外在的な時」のあいだの連関については，つぎのように述べている．

> 「内在的な」時と「外在的な」時のあいだの連関は，とりわけ社会学的，歴史的な展望のうちで研究されてきた．テクストに表象されている出来事はある現実の時のうちに位置をしめているとみなされるが，テクストは，その現実の（歴史的な）時とさまざまに強度の異なる連関をもつ．この点では，〈歴史小説 roman historique〉はその一方の極点である．〔…〕逆の極点には，〈おとぎばなし contes de fées〉がくる．おとぎばなしの筋は，歴史的な世界とまったく連続関係をもたない世界の中で繰り広げられる．(DUCROT et TODOROF 1972, 404；495)

デュクロ・トドロフは，歴史小説とおとぎばなしを両極としたが，スティールは，歴史とファンタジーとを両極として，歴史性と幻想性という2つの要素の混合とバランスのうえに小説世界を考える．「物語内の文脈」は，物語という虚構の世界の出来事の因果関係をさす．「物語外の文脈」とは歴史的事実の文脈である．「小説のクロノロジーはある意味で，歴史とファンタジーとの接点である．〔…〕したがって，重要な問題は，『失われた時を求めて』がどの点まで歴史をまねているか，評定することである」(STEEL 1979, 22)．さらに，表出のしかたによって「直接的表現 a direct expression」と「間接的表現 an oblique expression」を区別する．そこで，スティールにあっては，以下の4項目がたてられ，それぞれに一章があてられることになる．

1) 直接的内的クロノロジー：語り手もしくは他の登場人物によって直接表現されたクロノロジーの表示．(Chap.2 : Immediate Internal Chronology)
2) 推理された内的クロノロジー：クロノロジーにかんしてこの小説にふくまれるさらなる情報，季節の描写などの他の証拠から論理的に推理されなければならない，直接的に言及されていないもの．(Chap.3 : Derived Internal Chronology)
3) 参照される歴史的出来事の事例．(Chap.4 : General External Chronology)
4) 歴史的出来事への間接的言及，暗示．(Chap.5 : Specialised External Chrono-

logy）

さて，スティールがどの章にもっとも多くのページを割いているかといえば，あきらかに4番目の歴史的間接的言及にかんする検証である．ほとんど時代考証というべきものである．第5章は10項目にわけて検討を重ねられている（1. Performing arts　2. Visual arts　3. Literature　4. Paris　5. Technologie　6. Medicine　7. Fasion, Pastimes, Travel　8. Society　9. Politics　10. The Great War）．

さらに，彼の場合，語り手のクロノロジーがある．論理的には読者のクロノロジーもある．スティールが語り手のクロノロジーをどのようにあつかっているか，一例をみてみよう（STEEL 1979, 166-168）．

スティールは，まず第五篇『囚われの女』の一節を引用する．

　　私は一度みかけたことがある J'ai trouvé une fois，フランソワーズが，大きな眼鏡をかけながら，私の書類をひっくりかえしているのを，そして，私がスワンについて，スワンがオデットなしにはいられない状態をかきとめておいたくだりの一枚 un où j'avais noté un récit relatif à Swann et l'impossibilité où il était de se passer d'Odette を書類のなかにもどしているのを．（*Pr.* III, 868；8, 509）

スティールは，「スワンについて，スワンがオデットなしにはいられない状態をかきとめておいた」という表現に，この作品の語り手を見ている．つまり，パリでアルベルチーヌと同棲している時点の主人公がこの作品の「スワンの恋」の語り手であるという．そこで，「スワンの恋」のテクストから，語り手の情報を探し出すことになる．その中で最も明白な語り手の時間の指示は，「こんにち aujourd'hui」で示されている語り手の時代の電気技術に関する言及である．

それにタオルがいっぱいかけてある洗面台や，ベッドを見ると，〔…〕彼は，二十年間も電灯になれてきた人間に，真黒になるランプやかすかに燃えつづける終夜灯の豆ランプの匂いがこんにちひきおこすのと同じ窒息するような感じを受けるのであった．la vue des lavabos recouverts de serviettes, des lits, 〔…〕lui donnait la même sensation d'étouffement que peut causer aujourd'hui à des gens habitués à vingt ans d'électricité l'odeur d'une lampe qui charbonne ou d'une veilleuse qui file.（*Sw.* I, 265；1, 350, 下線強調は青木）

スティールは，主人公がアルベルチーヌと同棲していた時期が，「スワンの恋」のなかの「こんにち aujourd'hui」にあたるとして，その年を割り出そうとする．その「こんにち aujourd'hui」とは，電灯が普及して 20 年ほどたった時点である．以上の彼の推論をまとめると次のようになる．

> パリでアルベルチーヌと同棲している時点の主人公
> 　　　　　　　＝「スワンの恋」の語り手
> 　語り手が「スワンの恋」を語った時点の「こんにち」
> 　　　　　　　　＝電灯が普及して 20 年たった時点
> ゆえに，
> 　　パリでアルベルチーヌと同棲している時点
> 　　　　　　　　＝電灯が普及して 20 年たった時点

スティールの内的クロノロジーによると「パリでアルベルチーヌと同棲している時点」は，1901 年から 1902 年にかけてである．他方，スティールの調査によると，電灯が普及したのは 1901 年から 1907 年のことである．その間に 20 年という期間は存在しえない．

以下，スティールの探索がつづく．そして，「この小説のクロノロジーの一貫性と歴史性についての真実は参照される歴史的出来事の日付が純粋な内部構造と比べられるまで，最終的に発見されえない」と述べる．

このスティールの推論には，次元の異なる時間軸を混同している点で，大きな問題がある（Cf. Vuillaume 1990, 79 [4]）．主人公がスワンのオデットとの恋について知ったこと，想像したことを書き留めていたという物語の記述には何ら矛盾するところはない．問題は，そのとき主人公が書き留めていた物語がすなわち「スワンの恋」そのものであり，その時点の主人公が「スワンの恋」の語り手であった，とする解釈である．

本書では，「語り手の現在」という表現を用いるが，この「現在」という表現をもちいる際にある種の観念化をしている．行為がおこなわれるある程度の期間を捨象して一つの時点と考えている（Cf. Nef 1986, 83 [5]）．

語り手の「こんにち aujourd'hui」が史的にいつごろかを探索することには意味がある．上の例でいえば，語り手が「スワンの恋」を語ったさい

に用いている「こんにち」が電灯が普及して 20 年たった時点であるという読みや，それが早くて 1920 年ごろであるという推定には作品解釈上意味がある．バルトが言うように，「現実効果 l'effet de réel」（BARTHES［1968］1984, 179-187）はそうした「具体的細部 le détail concret」にあらわれるからである．しかしながら，その「こんにち」を，その語り手がパリでアルベルチーヌと同棲している時点の主人公であるという解釈を根拠にして，「アルベルチーヌとパリで同棲している時点」であるとする点に問題がある．スティールは，物語の時点も語り手が語っている時点もともにノンフィクションの事実であるかのように，物語のクロノロジーに組み込もうとする．その結論は，当然のごとく，プルーストは反・歴史的であるということになる．

　アシェとスティールは「出来事」をもとにクロノロジーを作成するのであるから，テクストが何日間の物語を語っているか，対象とする物語時間 la durée を考慮には入れていない．

　アシェは，物語時間を考慮せずに，「外的な，あるいは長いクロノロジー la chronologie externe ou longue」にあわせると物語内容に矛盾とずれが生じることを強調し，幾通りかのクロノロジーが可能な場合は，「内的な，あるいは短いクロノロジー la chronologie interne ou court」を選択し（HACHEZ 1961），いくつかの「議論の余地のない歴史的事実 les faits historiques indiscutables」を確定して「外的クロノロジー」と調整し（HACHEZ 1985），『失われた時を求めて』のクロノロジーを完成させた．本書にとって，アシェのクロノロジーのもっとも意義ある点は，プルーストが「登場人物に年齢を当てるとき，注意深く検証すれば，その情報はまったく正確であり，この作品中の他の部分と食い違うことは決してない」（HACHEZ 1956, 204）ことを明らかにしたことであり，プルーストが登場人物の年齢に関して，あるいはその世代間の相違に関して，明確な意識をもっていたということを示したことである．さらに，『事典プルースト博物館』（pp. 236-240）をみても分かるように，アシェのクロノロジーは『失われた時を求めて』のクロノロジーとして広く採用されている．本書では，以下の章では時間形成の分析を優先して物語時間を考え，想定される日付を提示するが，アシェとのずれはそれほど大きいものではない．

他方，スティールは，歴史的事実を「歴史的出来事への間接的言及，暗示」にまで拡張し，プルーストがそうした歴史的事象の細部を作品に書き込むことにどれほどの熱意をもっていたかを実証した．スティールの指摘はラフォン版をはじめ，各種の刊行される『失われた時を求めて』の注に生かされている．上で見たように彼の方法に理論的な問題があるとしても，多くの指摘はアシェの指摘と同様に貴重なものである．

時間の実在性，ヤウスの時間構成表

ヤウスは 1921 年の生まれであるから，1955 年に出版された『マルセル・プルースト『失われた時を求めて』における時間と回想』はずいぶん若いときの論文であり，彼の著作のもっとも早期のものである．この著作は，『マルセル・プルーストとコンブレー友の会会誌第 8 号』（1958 年）において，トレーガーによって紹介された．トレーガーのいうように，このヤウスの論文は，「独創的な示唆が非常に豊かであり，非常にできばえのいい分析に満ちている」（TRAEGER 1958, 490-505）．

クロノロジーに関しては，ヤウスはまず，物語を語り手の 12 の「記憶の範囲 Erinnerungsbereiche」にわけて考察することで，出来事よりも物語時間に実在性をおく分析をした．次の表は，巻末に掲載されたヤウスの「時間構成表」（JAUSS［1955］1970, 202-203）を訳したものである．

『失われた時を求めて』時間構成表 Übersicht über die seitliche Gliederung		
記憶の範囲 Erinnerungsbereich	現象の持続 Dauer der Erscheinung	時間の境界 Zeithorizont
Ⅰ．プレリュード：コンブレー 『スワン家のほうへ』	ある日の鏡のなかの幼少年期（もしくは，一季節）（−15 年から−1 年まで）	（... 1887 年まで）「コメディーフランセーズのポスター」
Ⅱ．スワンの恋 『スワン家のほうへ』	2 年以上（−18 年から−15 年まで）	（1881 年から 1887 年まで）A．デュマ：『フランション』（1887 年）G．オネ：『セルジュ・パニーヌ』（1881 年）G．オネ：『鍛冶屋の親方』，小説（1882），舞台（1883）

Ⅲ. ジルベルト『スワン家のほうへ』『花咲く乙女たちのかげに』	ほぼ2年間（1年から3年まで）	（1889年から1896年まで）万国博覧会（1889）クルーガーの電報 Krügerdepesche（1896年1月3日）ウィルヘルム二世がボーア人の首長クルーガーに電報を送る
Ⅳ. バルベック『花咲く乙女たちのかげに』	8月に始まる一つの季節（5年後）	（1894年から1900年）ドレフュス事件（1894年に始まる）万国博覧会（1900年）「ロシアバレエ les ballets russes」
Ⅴ. オリヤーヌ『ゲルマントのほう』	秋から夏の初めまで（5年後から6年後まで）	（1898年から1899年）「分離法 la loi de séparation」（1899）[6]『野戦演習 Le « Service de Campagne »』（1895年）ゾラ訴訟（1898年2月）アンリの告白（1898年7月）メーテルランク『七人の王女たち』（1891年）
Ⅵ. 夏の最後のパーティと冬の追放のあいだ『ゲルマントのほう』	一週間（6年後）	（1898年から1905年）ゾラ訴訟（1898年2月）アガディール事件（1911年）モロッコの領有を巡って起こった仏独間の事件モロッコ危機（1905年6月）オーストリア皇后の死（1898年）
Ⅶ. ソドムとゴモラ『ゲルマントのほう』『ソドムとゴモラ』	一日（7年後）	（…1906年まで）戦争 Burenkrieg（1902年）ドレフュス事件，上告間近（1906年から）「ロシアバレエ les ballets russes」

VIII. バルベック, 二度目の滞在『ソドムとゴモラ』	一季節（復活祭から9月14日まで）8年後［13年後］⁽⁷⁾	（1906年から…）『ペレアスとメリザンド』, ドビュッシー作曲（1902年）サラ・ベルナール「鷲の子」, エドモン・ロスタンの詩劇, ナポレオン2世の悲劇を描き, サラ・ベルナールの公演で成功した.（1900年）ドレフュス派の勝利（1906年）オイレンブルク事件（1906-9年）
IX. 『囚われの女』	9月15日から春の初めまで, 同棲生活の日々の鏡のなかで（8年後から9年後まで）［13年後から14年後まで］	（1908年から...）ドレフュス事件が終結して2年（1908年）デルカッセ（1852-1923：第一次大戦中外相として対独強硬策を推進）罷免（1905年）
X. 『消え去ったアルベルチーヌ』	数年（9年後から11年後まで）［14年後から16年後まで］	（完全な欠如）
『見出された時』XI. 戦中のシャルリュス氏	夏の一夜, 1914年-1918年の範囲（？年後）	（1914年から1918年まで）第一次世界大戦
XII. 見出された時	一度のマチネ, もはやほとんどある時間の持続以外はない（27年後）［32年後］	（完全な欠如）

　「現象の持続 Dauer der Erscheinung」の項目における表記をみれば明らかなように, ヤウスは「III. ジルベルト」の始点を基準点「0年」にしている. ヤウスの分析を, アシェやスティールとまったく異なったものにしているのは, 持続時間という観点であり,「記憶の範囲」によるテクスト区分を導入したことである.

ジュネット

　ジュネットのクロノロジーの仮説は, このヤウスの分析と上記のアシェ

のクロノロジーとを調整して簡略化したものであると思われる.

「スワンの恋」: 1877 年～ 1878 年
（マルセルとジルベルトの誕生：1878 年）
「コンブレー」: 1883 年～ 1892 年
「ジルベルト」: 1893 年～ 1895 年春
「バルベックⅠ」: 1897 年夏
「ゲルマント」: 1897 年秋～ 1899 年夏
「バルベックⅡ」: 1900 年夏
「ヴェネツィア」: 1902 年春
「タンソンヴィル」: 1903 年？
「戦争」: 1914 年と 1916 年
「ゲルマント大公夫人邸のマチネ」: 1925 年ごろ　　（Genette 1972, 126；101）

　ジュネットはクロノロジーを「持続 durée」の項に入れることで,「内
的クロノロジー」と「外的クロノロジー」の照合の問題を回避しただけで
なく,「内的クロノロジー」内部の, 物語言説が対応する時間と対象とす
る時間とのかかわりも, 物語内容と時代とのかかわりも, 不問に付すこと
ができたのであった. 彼が上のクロノロジーの出発点としてあげているの
は,「ゲルマント」が「1897 年秋～ 1899 年夏」（ドレフュス事件のため）で
あり,「戦争」が 1916 年の物語（年号がテクストに表記されている）を中心
にしているということである. あとは,「すでに過去のものとなった論議,
明らかに解決不可能な論議に, われわれまでもがここで首を突っ込む必要
はない」（同書, 125；99）としている. ジュネットのこの著作が 1972 年に
刊行されたことを考えると, その時点で, 多くの問題は「すでに過去のも
の」とはなっていなかった. 彼はそういった問題を全くとりあげずに典拠
を提示しないまま, 上のクロノロジーを示している. その形式はヤウスの
ものであり, 年号に関してはアシェとヤウスをもとに, おそらくジュネッ
トが妥当であると判断したものを表記したと思われる. 彼が問題にするの
はゆいいつ,「コンブレー」では「180 ページで約 10 年間」（同書, 127；
101）, というような物語言説の速度である.

序章　テクスト区分とクロノロジー

本書におけるテクストの 12 区分

　本書では，ヤウスにならって，『失われた時を求めて』のテクストを以下に示す 12 に区分する．そしてまず，各単位の時間形成を分析し，その結果をアシェのクロノロジーとつきあわせることで，本書としての『失われた時を求めて』のクロノロジーを作成する．

　本書は 10 章からなるが，第 4 章において [4] と [5] を，第 10 章において [11] と [12] をあつかう以外は，1 章で 1 つのテクスト区分を分析対象とする．したがって，各区分のテクストのヴォリュームが異なるために，本書では各章の長さが不統一になる．第 1 章から，この区分にしたがって分析を進める．

　　本書におけるテクストの 12 区分
　　　[1] **不眠の夜**（*Sw.* I, 3-9 ; 1, 5-12）（43-47 ; 55-61）（183-184 ; 239-240）…
　　　　第 1 章
　　　[2] **コンブレーの時代**：[2-1] **コンブレー I**（*Sw.* I, 9-43 ; 1, 12-55），[2-2] **コ
　　　　ンブレー II**（*Sw.* I, 47-183 ; 1, 61-239）…第 2 章
　　　[3] **スワンの恋**（*Sw.* I, 185-375 ; 1, 241-499）…第 3 章
　　　[4] **土地の名の夢想**（*Sw.* I, 376-386 ; 1, 500-513）…第 4 章
　　　[5] **パリのスワン家のほう**（*Sw.* I, 387-414 ; 1, 513-551）（*J.F.* I, 423-630 ; 2,
　　　　5-282）…第 4 章
　　　[6] **バルベック I**（*J.F.* II, 3-306 ; 2, 283-348, 3, 5-351）…第 5 章
　　　[7] **パリのゲルマントのほう**（*C.G.* II, 309-884 ; 4, 5-423）（*S.G.* III, 3-148 ; 5,
　　　　5-405, 6, 5-205）…第 6 章
　　　[8] **バルベック II**（*S.G.* III, 148-515 ; 6, 205-346, 7, 5-390）…第 7 章
　　　[9] **アルベルチーヌの物語**（*Pr.* III, 519-915 ; 8, 5-579）（*A.D.* IV, 3-272 ; 9,
　　　　5-390）（*T.R.* IV, 275-301 ; 10, 5-52）…第 8 章
　　　[10] **シャルリュス氏の物語：1916 年パリに戻って五日目の夜**（*T.R.* IV, 301-
　　　　433 ; 10, 52-244）…第 9 章
　　　[11] **ゲルマント大公夫人邸のマチネの日**（*T.R.* IV, 433-625 ; 10, 244-522）…
　　　　第 10 章
　　　[12] **語り手の現在への移行期**（*Sw.* I, 414-420 ; 1, 551-559）（*T.R.* IV, 616-
　　　　620 ; 10, 508-514）…第 10 章

　本書において，クロノロジーとは物語の年代のみを指すものと考え，参照される歴史的事象がそのクロノロジーとは別個に「外的クロノロジー」

を形成するとは考えない．参照される歴史的事象の日付が物語のクロノロジーと不整合であると考えられる場合は，その日付が情報価値をもつのではなく，別の意義を与えられていると考える．したがって，本書では，「内的クロノロジー」と「外的クロノロジー」という用語をもちいない．

3. 『失われた時を求めて』における大きな意味文脈： クロノロジーの意味

本書では，時間形成と連動して『失われた時を求めて』の意味形成をになう大きな意味文脈を2つあげ，それらを「ミモロジック」と「解釈の可能性」と呼ぶ．クロノロジーを作成したとしても，そこに記された事項がどのような意味をもつのかを考えなければ，そのクロノロジーの持つ意味は無いに等しいであろう．クロノロジーに書き込まれるできごとが，主人公の習得の歴史においてどのような意味をもっているのかを考察するために，作品全篇を貫く大きな意味文脈を提示し，その意味文脈の変容を記述する必要がある．この意味文脈は，たとえば「愛」のテーマといった主題論的分析によって示される範列的な文脈ではなく，連辞的なものである．

ミモロジック

プルーストは19世紀から20世紀へと移るころ，1895年以来書き進めていた自伝的色彩の強い『ジャン・サントゥイユ』を放棄し，ラスキン（John Ruskin, 1819-1900）の著作『アミアンの聖書』および『胡麻と百合』の翻訳に専心した．それぞれ序文と注解を付して1904年と1906年に出版された．

プルーストが知っていたかどうかは分からないが [8]，ラスキンはある脚注のなかで，次のように言っている．

シェイクスピアに出てくる人名については，後にもっと詳しく述べるつもりである．それらは奇妙にも――しばしば乱暴にも――さまざまな国の伝統や言語から合成されている．〔…〕デズデモーナ――$\delta \upsilon \sigma \delta \alpha \iota \mu o \nu \iota \alpha$（悲惨なる運命）の場合もはっきりしている．オセロは「用心深いもの」ということだと思う．この悲劇の災いはすべて，あの泰然自若として剛気な人となりの，唯一の瑕瑾と過失か

ら起こったことなのだ．ハムレットの貞節な亡き妻オフィーリア（「人につかえる」）はギリシア語の名前であることが，その兄レアティーズ（Laertes）の名前から知れる．そしてその意味は，兄が彼女のことを語った最後の言葉のなかに申し分なく暗示されているが，そこでは，オフィーリアの優しい気高さが情け知らずな僧侶のやくざなところと対比されている——「貴様が地獄でわめいているとき，おれの妹は天に仕える御使いとなっていることだろう．」（ラスキン，『一粒の砂を惜しみて』）

この一節にかんして，ノースロップ・フライはつぎのマシュー・アーノルドの批評と対比させる．

よくもまあ見境もなく書きつらねたものだ．私はシェイクスピアの人名の意味に何の効果もないとか（ラスキン氏の語源知識の正確さ如何という問題はいましばらくおく），全然無視して構わないとか言うつもりはない．しかし，それをこれ程にも際立たせることは気紛れに身を任せることであり，節度と調和をわすれることであり，精神の均衡を完全に失ってしまうことである．これは，批評における地方性のしるしを紛れもなく見せつけるものだ．（アーノルド，「学士院の及ぼした文学的影響」，『批評論集』第一集）

そしてフライは次のようにいう．

さて，ラスキンが正しいにせよ間違っているにせよ，彼が試みていることは本物の批評である．彼はただ批評家だけが持っていて，しかもただ戯曲とのみ関わりをもつ概念の枠組みに照らしてシェイクスピアを解釈しようとしている．アーノルドがこれは文芸評論家に直ちに利用できるような材料ではないと感じたのはまったく正しいことだった．しかし，彼は趣味の歴史とははっきり区別される，体系的批評の存在を考えてみることさえしていないようである．この点で地方的なのはアーノルドの方なのだ．（フライ『批評の解剖』，pp. 14-15）

フライのいう「本物の批評」とは，すなわち「文学の全体像を知的に把握することに向かう営み」である．この場合は名前の連想による解釈であるが，彼自身もこういった類の解釈をその『批評の解剖』でもおこなっており，また，彼の用語に関して言えば，語源あるいは類似などの関係による連想や語の合成をしばしば用いている．

ここでたしかに言えることは，このような思考方法が，「正しいにせよ，

間違っているにせよ」，彼の言うように決して「文学の全体像」から外れた「趣味」に属するものではないということであり，人の精神の歴史のなかで，こういった人名，地名，物の名にかんする連想，夢想がいかに大きな層を形づくるかということである．それをプルーストは主人公の精神史l'histoire morale の主軸の一方に据えた．おそらくそれは名前，つまり固有名詞にかぎらず，普通名詞にもある程度いえることであって，たとえば，「愛」，「美」，「真理」といった言葉は固有名詞におとらず主人公の内的物語の歴史の容器の役割をはたしていると思われる．1913 年『スワン家のほうへ』出版前に，プルーストが 3 つの部分のタイトルにどうかとルイ・ド・ロベール宛の手紙に書いた，「名前の時代 l'Âge des noms」「言葉の時代 l'Âge des mots」「事物の時代 l'Âge des choses」（*Corr., Tome XII,* 232；全集 17, 445）もそのように理解できる．つまり，固有名詞（土地の名，人の名）が主人公の夢想の中心であった時代と，普通名詞（物の名，言葉があらわす観念）が問題であった時代と，事実の探究が問題となった時代である．

　ところで，ジュネットは『ミモロジック』（Genette 1976）において，「間違っているにせよ，正しいにせよ，《言葉》と《物》とのあいだに，反映としての類似関係（模倣関係）を想定し，その関係が，《言葉》の存在とその選択とを動機づける，つまり正当化するとする思考の，あるいは想像の様式」の歴史をたどっている．それはまた，西洋の人文史の主軸のひとつである《nature 本性，自然》の概念と，言説をふくめた言葉との対峙の歴史の重要な一部分といってよいものである．彼はこうしたタイプの関係を「ミモロジー mimologie」（もとの意味は「模倣術」），それが生み出す夢想を「ミモロジック mimologique」，「それが働いている，あるいは働いていると考えられる言語事実，それを受けいれる言説，それを授ける教義」を「ミモロジスム mimologisme」と呼んでいる（同書，9；10）．そして，彼がミモロジスムの同義語として同様に用いているのが，プラトンの『クラテュロス』に発する「クラティリスム cratylisme」である．

　クラテュロスは，「名前の正しさというものは本来本性的に定まっている，何か名前の正しさというものが本性的に存在している」と主張する．「取り決めと同意以外に，何か名前の正しさがあるなどとは，どうしても納得できない」とするのが，ヘルモゲネスの立場であり，ソクラテスが仲

をとりもち，対話を進める．またこれには「名前の正しさについて」という副題がつけられている．

　ジュネットは，プルーストにあてた章である「名前の時代 l'âge des noms」の終わりに次のようにいう．

　　プルーストの道程は，初頭のミモロジスムから最後のミモロジスムの反証へというソクラテスの道程を忠実にくりかえしている．そして，ソクラテスのように，マルセルも二つの役割をつづいて引き受ける．クラテュロス主義者の主人公はヘルモゲネス主義者の語り手になる（そして，この変転はこの習得の物語の教訓のひとつである）．（同書，330；480）

「失望したクラテュロス主義者」

　たしかに，初め，ソクラテスはヘルモゲネスに対してミモロジスムの立場に立ち，ヘルモゲネスを退行させる．彼にプロタゴラスの「人間こそあらゆるものごとの尺度である」を否定させ，エウテュデモスの「すべてのものにすべてのものが等しく，同時にそして常に備わっているのだ」を否定させ，「事物そして事物の作用が，それ自身の固定したあり方（本質）を持っていること」を確認させ，そのうえで，「名前はなんらかの本性的な正しさを持つものであるということ，名前をどんな事物にであれ立派につけるすべを知ることは，誰にでもできる仕事ではない」と結論する（383-390 [9]）．そして，まず，人名，神々の名，太陽，月などの名の正しさを合成された名として，ついで，最初の名前〔第一次的名前〕を，ρ（ロー）はあらゆる動きを表わすというように，字母を事物に割り当てながら，考察する（391-427）．

　しかし，つぎにクラテュロスに対するとき，ソクラテスはヘルモゲネスの側に立つ．クラテュロスは「少なくとも名前であるかぎり，すべて正しく付けられている」という主張をまげない．間違った名前を発するのは「空しくこれらの言葉を発声したことになる」，「単に音を立てているにすぎない」と言う．そこで，ソクラテスは，「模写品を得ようとするならば，原物であるものが持っている形質をすべてこれに帰属させる〔再現させる〕ということが，そもそも許されてすらいないのではないだろうか」（432），「類似性が表示手段であると言うことはやはり妥当ではない」，「な

るほど僕自身も，名前が可能な限りは事物に似ていると信じるのだが，し
かしながら類似性のもつ〔相異なる事物と名前とのあいだの〕この牽引力
は，〔…〕本当にもうやっとこさというほどの〔微弱な〕もので，名前の
正しさを説明するためには，やはりこの取り決めという平凡卑俗なものを
も付加的に用いることもやむを得ないのではないかと，僕は恐れているの
だよ」と言って，クラテュロスを納得させる（435）．

　「名前を知るであろう人は，事物をも知るのです」というクラテュロス
に対しては，「一方において，名前を通じて可能なかぎりは事物を学ぶこ
とができるし，他方また事物自身を通じてもできるとするならば，どちら
の学び方が，よりすぐれた，より精密なものなのだろうか．つまり，模写
品に依ってこれ自身がうまく似せられているかどうかを学ぶとともに，ま
たこれがそれの模写品であったところの実物をも学ぶということの方がそ
うかね．それとも，実物に依って，これ自身を学び，かつこれの模写品が
似つかわしく作りあげられているかどうかをも学ぶことの方がかね」と，
ソクラテスは説得する（439）．そして最後に話は事物の認識の問題になり，
クラテュロスはソクラテスに促されて，「考察し，労している僕に，事実
はヘラクレイトスが言っているあのとおり〔万物流動説〕であるように，
見えるのです」と言う（440）．しかし，クラテュロスは決してヘルモゲニ
ストになったわけではないだろう．問題の中心がずらされただけである．
「ミモロジック」の文脈が，本書で主人公の精神史の主軸のもうひとつで
ある「解釈の可能性」とよぶ文脈へと，移行している．

　『失われた時を求めて』の主人公の物語は，さきのジュネットの言葉の
ようにクラティリストからヘルモゲニストへ，というよりは，ソクラテス
に導かれたクラテュロスの行程に近いように思われる．ただし，ジュネッ
トは同書の第1章「名の渾名学」では，ソクラテスを「失望したクラテュ
ロス主義者 un cratyliste déçu」であると述べている（Genette 1976, 36；
47）．そうであるならば，『失われた時を求めて』の主人公はソクラテスと
同様に，「失望したクラテュロス主義者」であるということになろう．

　主人公は「実物」に対したとき，いっとき「不可知論」に陥る．

　　人生についての（私が最初に思っていたよりも平坦ではなく単純ではない人生

についての）私の知識過剰は，一時的に不可知論 l'agnosticisme に行きつくのであった．最初に確かにこうだと信じたことが，つぎには偽りの姿を呈し，三番目には真実となるのであってみれば，人は何を確信することができるのか？（それに，ああ，私はアルベルチーヌにたいする私の発見をそのはてまできわめたわけではなかった．）〔…〕アルベルチーヌの頬への接吻が可能な事柄であると知ることは，私にとっては，おそらく，彼女の頬を接吻する快楽よりももっと大きな快楽であった．(*C.G.* II, 657；5, 71-72)

そして，語り手は，最終的に，クラテュロスのようにヘラクレイトスを思い起こさせる．

そのようにして，フォーブール・サン＝ジェルマンでは，ゲルマント公爵ならびに公爵夫人，シャルリュス男爵などの，表向きは陥落しそうもなかったあの地位が，人の考えもしなかったある内的原則の作用によって，<u>すべてがこの世界では変化する</u>という文句の通りに comme toutes choses changent en ce monde，その不可侵性を失ったのであった．〔…〕そのようにして，この世界の事物の形象は変化する，そのようにして，主権の中心，財産の台帖，地位の憲章など，決定的だと思われていたそうしたものは，すべて不断に改変される，そして人生を生きた一人の人間の目は，絶対にそういうことはありそうもないと思われたまさしくそのところに，もっとも完全な変化をながめることができるのである．(*T.R.* IV, 596；10, 477-478，下線強調は青木)

自己のミモロジックと現実の相違を知り失望したとき，主人公は「あのような夢想は空しかったのだ」という嘆きを発しはしない．ただ，その現実をその名の新しい層として，古い層のうえに積み重ね，ミモロジックの原動力である「信仰」を失っていくだけである．

ジュネットは，『クラテュロス』におけるソクラテスの立場が，クラテュロスの立場ともヘルモゲネスの立場とも異なっていることを強調している．「最初から名称製作者が誤ることがあり得る」という認識は，クラテュロスにもヘルモゲネスにもなく，ソクラテスだけのものであり，ジュネットによればソクラテスには「マラルメが《言語の欠陥》と呼ぶ立法者のこうした誤りを，何らかのかたちで修正しようとするほとんど抗しがたい欲望が働いているのである」(Genette 1976, 36；48，強調はジュネット)．

「名前が正しい」かどうかを『失われた時を求めて』の主人公が問うこ

とはない．それは，信じる者が「神が正しい」かどうかを問うことのない
のと同じであろう．同様に，ジュネットの言う「マラルメが《言語の欠
陥》と呼ぶ立法者のこうした誤りを，何らかのかたちで修正しようとする
ほとんど抗しがたい欲望」も，プルーストの主人公にはない．

　プルーストのミモロジスムには，有名な「言語の欠陥」という問題はな
い．デコンブは次のようにいう．

　　　ところでプルーストは〔エルスチールの〕アトリエのなかでひとつの言語の問
　　題を提示している．ある意味で，『失われた時を求めて』全体がこの問題にささ
　　げられていると言える．しかしながらそれは，あまりに一般的な公式のなかで多
　　くの批評家が述べているような，言語という問題（《言語の欠陥défaut du lan-
　　gage》という有名な問題，世界のすべての《もの choses》を表現するに十分な
　　《語 mots》が言語にはないという問題）ではない．それは現象学的言語の問題，
　　外観の描写のための言語の問題である．（この場合，ヴィトゲンシュタインの次
　　の言葉がまさにあてはまる，「現象学は存在しない．存在するのは現象学的諸問
　　題である」*Remarques sur les couleurs*, p. 9.）そして現象学的問題とは描写の問
　　題である．つまりあるものの外観を描写することは，あるものただそれだけを描
　　写することより複合的な言語の働きなのである．）（DESCOMBES 1987, 280-281）

　1度目のラ・ベルマに失望した主人公に，作家ベルゴットがあらたに
「ラ・ベルマの演技にひきつけられる動機」をあたえる（*J.F.* I, 550-551；
2, 176-177）．1度目のバルベック旅行のさいには，画家エルスチールが，
主人公の失望を救い，現実の新しい見方を主人公におしえる（*J.F.* II,
191；3, 194, 196-198；200-204, 224；238-239）．

　ベルゴットとエルスチールのはたす役割はパラドックスを含んでいる．
この2人は主人公の失望を救いはするが，同時に，「ミモロジック」の原
動力である「信仰 croyance」を失わせていくのである．

ミモロジックの螺旋

　夢が実現したとき，主人公は現実に出あって幻滅し，失望する．しかし
変容をうけた夢想は，あらたな夢想を生む．なぜなら，このとき，主人公
は「信じる力をもっていた私の若いころの幸福なとき le temps heureux
de ma croyante jeunesse」（*J.F.* I, 416；1, 555）にいるからである．『失わ

れた時を求めて』において，「夢想」→「現実」→「夢想」の物語の移行は，「円環」を形成するのではなく，「螺旋」を生みだす．「夢想」と「現実」との２項は対立するだけではなく，その各々が，蛇行し，ずれをおこし，そして両者が融合して新たな「夢想」を生みだす．ここで語り手がつくりだす大きな意味文脈を考えることができる．その意味文脈を「ミモロジック」と呼ぶことにする．この文脈は直線的に発展するのではなく，螺旋を描くようにすすんでいく．「ミモロジックの螺旋」を簡略化すると次のように図式できるであろう．

> 主人公のミモロジックの螺旋
> [2] **コンブレーの時代** … （コンブレーの主任司祭による語源の話）
> ミモロジックのはじまり
> 「夢想したジルベルト」「夢想したゲルマント公爵夫人」
> 「夢想したラ・ベルマ」
> [4] **土地の名の夢想** …「夢想したバルベック」「夢想したヴェネツィア」
> [5] **パリのスワン家のほう** …
> 「夢想したジルベルトに対する恋」，「夢想したスワン家」
> →「実現したジルベルトに対する恋」，「現実のスワン家」
> 「夢想したラ・ベルマ」→「現実のラ・ベルマ (1)」
> [6] **バルベックⅠ** …「夢想したバルベック」→「現実のバルベック (1)」，「現実のバルベック (2)」
> 「少女たちに対する夢想」→「実現した少女たちに対する夢想」，「夢想したアルベルチーヌに対する恋」→「ふたたび自由になった少女たちに対する夢想」
> [7] **パリのゲルマントのほう** …「現実のラ・ベルマ (2)」
> 「夢想したゲルマント公爵夫人に対する恋」「夢想したゲルマント家」
> →「現実のゲルマント公爵夫人」「現実のゲルマント家」
> [8] **バルベックⅡ** …「実現したアルベルチーヌに対する恋」「現実のバルベック (3)」
> [9] **アルベルチーヌの物語** …ミモロジックのおわり

「現実のラ・ベルマ (1)」と「現実のラ・ベルマ (2)」とのあいだにはベルゴットが，「現実のバルベック (1)」と「現実のバルベック (2)」とのあいだにはエルスチールが介在する．

コンブレーを読み終えた読者には,「土地の名の夢想」と「ゲルマント」
という名への夢想とジルベルトらへの愛の夢想と女優ラ・ベルマの演劇に
たいする夢想と, まったくテーマが異なるのではないか, という疑問がう
かぶかもしれない. しかし, 語り手はそうした異なるテーマのあいだを繋
ぐ, ミモロジックという一つの大きな意味文脈を形成していく.

　われわれが愛する人々の本性のなかには, われわれがいつもはっきりと見わける
ことを知らず, それでいて追い求めずにはいられない, そんなある種の夢が存在
する. 私にジルベルトを愛させたのは, ベルゴットへの私の信仰, スワンへの私
の信仰であり, 私にゲルマント公爵夫人を愛させたのは, ジルベール・ル・モー
ヴェへの私の信仰であった. アルベルチーヌへの, この上もなく苦しく, この上
もなく嫉妬深く, この上もなく個人的であるとさえ思われた私の恋にも, そこに
はなんという大きな海の広がりがふくまれていたことか！　それにまた, 人がつ
ぎつぎに熱をあげる対象にそのような個人性があるというまさにそのことのため
に, 愛する人々への恋は, すでにいくらか錯乱の色をおびているのだ.（肉体の
病気, すくなくとも神経系統にいくらか関係がある病気も, それ自体, われわれ
の器官, われわれの関節によって習慣的に身についてしまった一種の特殊なくせ,
一種の特殊なおじ気にほかならないのではないか？　われわれの器官, 関節は,
ある種の気候にたいして, 知らず知らずのうちに恐怖観念をもつにいたるのであ
り, そのような恐怖観念は, ある種の男が, たとえば鼻めがねをかけた女, ある
いは乗馬服の女にあらわにしてみせる偏愛とおなじように, 説明しにくいもの,
執拗なものなのである. 乗馬服の女を見るたびに呼びおこされるそうした欲望は,
例えば生涯を喘息に苦しんできたある人にとって, 一見他の町と変わったところ
はないのに, そこに行ってはじめて楽に呼吸できるある町の影響が, 神秘的であ
り無意識的なものであるように, ある無意識な, 永続的な夢にむすびついている
といえないだろうか？）（*T.R.* IV, 418 ; 10, 221-222)

たしかに, 個々の場合によって, 夢の実現のありかたは異なっている.
しかし, 語り手はミモロジックに言及することでそれぞれをむすびつける.

印象の記憶
　ミモロジックの文脈を記録するさいに, もうひとつ重要なことがある.
この文脈のかたわらに, 本書において「印象の記憶」と呼ぶ「私の記憶の
なかに一つの導火線としてのこり数々の歓喜の原因 une cause de joies en
restant dans ma mémoire comme une amorce」（*J.F.* II, 80 ; 3, 42) とな

るある種の印象が点在していることである．これらの印象は，ミモロジックの文脈に組みこまれてしまわず，「夢想」→「失望」とは逆に，「印象」→「幸福」という道筋があることを想起させる．これらの印象は主人公の記憶の底辺にほとんどつねに潜在し，主人公の幸福感を生み出す．

　主人公は最初のバルベック滞在時に，ヴィルパリジ夫人の馬車で散歩にでかけたとき，ユディメニルの３本の老木をみとめる．主人公は意識してその映像を追い求める．

> 　私たちはユディメニルのほうに向かってくだった．突然私は，コンブレー以来あまり感じたことがなかったあの深い幸福感，とりわけマルタンヴィルの鐘塔が私に与えたものに似たある幸福感に満たされた．しかしこんどはそれは不完全のままにとどまった．その感じは，ちょうど私たちがたどっている中高になった道からすこし奥まったところに，しげみに被われたある小道への入口の目じるしであるにちがいないと思われる三本の木が，一度見たことのあるデッサンを描いているのを目にとめた直後だったが，〔…〕．（*J.F.* II, 76-77；3, 38）

　主人公は「三本の木」が何を意味するのかわからない（*J.F.* II, 76-79；3, 38-41）．しかし，そのとき通った道は「印象の記憶」となってのちの主人公になんども幸福感を呼び起こすことになる．

> 　その道は，フランスでよく出会うこの種の多くの道とおなじように，かなり急な坂をのぼると，こんどはだらだらと長いくだり坂になっていた．当時はべつにその道に大した魅力を見出さず，ただ帰る満足感にひたっていた．しかしそののちこの道は，私にとって数々の歓喜の原因となり，私の記憶に一つの導火線として残ったのであり，この導火線のおかげで，後年，散歩や旅行の途中で通る類似の道は，どれもみんな切れないですぐにつながり，どの道も私の心と直接に通じあうことができるようになるだろう．〔…〕そののち，ただ木の葉の匂いを感じただけで，馬車の腰掛けにすわってヴィルパリジ夫人と向かいあっていたことや，〔…〕グランドホテルに夕食に帰ったことなどが，現在も未来もわれわれにもたらしてはくれない，生涯に一度しか味わえない，言葉を絶したあの幸福の一つとして，何度私に立ちあらわれるようになったことだろう！（*J.F.* II, 80；3, 42-43）

　語り手は，こうした印象の記憶を，意識的にミモロジックの文脈から切り離していると思われる．「ジルベルトという呼び声」を初めて聞き，初

めてジルベルトのまなざしをみた日のメゼグリーズのほうへの散歩の書き出しに，語り手は次のような挿入をいれる．

　スワン嬢がでかけてしまったというので——小道のどこかにあらわれる彼女を見かけるかもしれないというおそれや，ベルゴットを友達にしていっしょに方々の大聖堂を訪ねにいくような特権をもった少女に知られて軽蔑されるかもしれないというおそれが，私からとりのぞかれることによって——はじめてゆるされたタンソンヴィルの観賞も，私には関心をそそらないことになったが，反対に私の祖父や父にとっては，この所有地を気楽にながめ，行きずりの目をたのしませるという興味が加わったように思われたし，あたかも山岳地方の旅行で雲一つない晴天になったときのように，この日がこのほうの散歩にしては例のないふさわしい一日になったように思われた．（*Sw.* I，135：1，176，下線強調は青木）

ジルベルトの最初の映像は「私のような種類の子どもには近づくことの不可能な一つの幸福の最初の典型」として，永久にはこびさられる．

　そう思いながらも私は遠ざかっていった，——シャベルを手に，ずるそうな，何をあらわそうとしているかわからない視線を，長く私の上に走らせながら笑っていた，皮膚にそばかすがちらばっている，赤茶けた髪の少女の映像を，犯しがたい自然の法則によって，私のような種類の子どもには近づくことの不可能な一つの幸福の最初の典型として，永久にはこびさりながら．すでに彼女の名は，彼女と私とがいっしょにその名を耳にしたあのばら色のさんざしの下の場所を，魅力の力で，香気ゆたかにしていたが，その魅力はまた，彼女に触れるもののすべて，たとえば私の祖父母にたいして親しくつきあうというたとえようもない幸福をあたえた彼女の祖父母，株式仲買人という至上の職業，彼女がパリで住んでいるなやましいシャンゼリゼ地区，そうしたものにまで到達し，そうしたものにしみこみ，そうしたものから芳香を放とうとしていた．（*Sw.* I，140：1，183-184）

アルベルチーヌの最初の映像は，より明瞭に，ミモロジックの文脈に含まれるそれ以後のいくつものアルベルチーヌの映像から切り離されている．

　なるほど浜辺における急傾斜の小さな道はたくさんあって，みんなおなじような角度をしているから，あれがそのどれであったかを正確に判別することはできなかったであろう．正確に思いだしたいと思っても，肝心なそのときの視覚がぽん

やりしていたということがある．しかしながら，アルベルチーヌと，女の友人の家にはいってゆくあの少女とが，一人の人間，つまり同一の人物であるということは，実際から考えて確実だった．それでも，そののち，褐色の髪をしたゴルフ娘が，私に描かせる無数の映像は，どんなに一つ一つ異なっていても，たがいにかさなりあっていて（なぜなら，それらがすべて同一の彼女に属することをいまは知っているから），私の記憶の糸をたどってゆくと，この同一のという口実にみちびかれ，地下の連絡道を通ってゆくように，同一の人間からはなれないままでつぎつぎとそれらのすべての映像をわたってゆくことができるのに，ただ一つ，祖母といっしょだった日にすれちがった少女までさかのぼろうとすると，もう一度外部の空気のなかに出なくてはならないのであった．そこにふたたび見出す少女はアルベルチーヌだということは私にたしかなのである，そしてそれは，他の女友達との散歩の途中で，海の水平線の上に抜けだしながら，女の友人たちのまんなかにいて，しばしば立ちどまったあの人物なのである．ところが，後者のすべての映像は，どこまでも，あの祖母といっしょの日に見たもうひとつの映像とはかさならないで，依然として離れたままなのである，というのも，私の目をはっと射た瞬間に，同一人物だとは思われなかったものを，既往にさかのぼって，強いて同一だとすることは，私にはできないのだ．確立の計算がどんなに私に確証をあたえようとも，浜辺に出る小道の角で，あんなに大胆に私をじっと見つめた，ゆたかな頬のあの少女，私があのとき愛されたかもしれないあの少女に，めぐりあうという語の厳密な意味では，私は永久にめぐりあわないことになったのである．（*J.F.* II, 201-202；3，207-208，下線強調は青木）

ここでは，あきらかに，「重ね合わせ superposition」をミモロジックの文脈にあて，印象の記憶はミモロジックの「重ね合わせ」からは離れたところで，重なり合うことなく，記憶の底辺に「並置 juxtaposition」されたものとして記されている．こうした文章を読むと，プーレが『プルースト的空間』において言っていることは幾分違っているのではないかと思われてくる．プーレは以下のように述べている．

　ところで，並置するということはいかなることであろうか Or, qu'est-ce que juxtaposer ?
　それはある事物をもう一つの事物に並べて置くことである C'est poser une chose *à côté* d'une autre.
　並べてであって，上にではないのだ À côté, et non pas au-dessus !　たしかに並置とそれによく似た重ね合わせとを注意して区別しなければならない．どちら

の語も隣接しているが，一体となっていない二つの実在，しかも精神がそれらを混同したり，多様化したりせずに一方から他方へ移動しうるように置かれた二つの実在の存在を前提としている．しかし，並置は隣りあった実在の同時性を想定しているのにたいし，重ね合わせは，ひとつの実在が出現するためには，もうひとつの実在の消失を意味する．

プルーストは一度ならずこれら二つの方式のあいだで躊躇している．（POULET [1963] 1982, 112；98，強調はプーレ）

本書によれば，プルーストが「並置」と「重ね合わせ」とのあいだで躊躇することはない．印象の記憶は「並置」され，ミモロジックの夢想は「重ね合わせ」られていく．

幸福の瞬間 moments bienheureux

このような「印象の記憶」として並置されているもののリストを最初につくったのはベケット（Samuel Beckett, 1906-1989）である．ベケットは11か所をあげている（BECKETT 1931, 23；1990, 47-48；1993, 38-40．下記中，⑥⑦⑨⑩がない）．

ロジャー・シャタックは，『失われた時を求めて』のなかから本書において印象の記憶と呼ぶもののうち15か所を「幸福の瞬間 moments bienheureux」と呼んで分析をしている（SHATTUCK [1962] 1983, 69）．それら「幸福の瞬間」は本書における印象の記憶の重要な部分をなすものである．シャタックの15か所を以下にあげておく．

①マドレーヌの体験（*Sw.* I, 43-47；1, 56-57）
②マルタンヴィルの二つの鐘塔とヴィユーヴィックの一つの鐘塔（*Sw.* I, 177-180；1, 231-234）
③小さなあずま屋の匂い（*J.F.* I, 483；2, 86-87）
④ユディメニルの三本の老木（*J.F.* II, 76-79；3, 38-41）
⑤さんざしのしげみ（*J.F.* II, 274-275；3, 308-309）
⑥パリ，サン＝ルーの来訪（*C.D.* II, 689-692；5, 112-123）
⑦ゲルマント公爵夫人邸での晩餐会の帰り，シャルリュス氏の館へ向かう馬車のなか（*C.D.* II, 836-837；5, 334-341）
⑧心情の間歇，私の全人間の転倒（*S.G.* II, 152-160；6, 212-221）
⑨ヴァントゥイユの七重奏曲（*Pr.* III, 753-769；8, 341-364）

⑩夕日に照らされた木々（*T.R.* IV, 433-434；10, 244-247）

⑪ゲルマントの館の中庭のでこぼこのひどい敷石：サン・マルコ聖堂の洗礼堂の不揃いな二面のタイル（*T.R.* IV, 446；10, 262）

⑫皿にあたったスプーンの音：⑩汽車のなかで聞いた鉄道員のハンマーの音（*T.R.* IV, 446-447；10, 262-265）

⑬かたく糊のついたナプキン：バルベック到着の第一日目（*T.R.* IV, 446-447；10, 262-265）

⑭水道管のかん高い音：バルベックの沖合にきこえた遊覧船の長いさけび（*T.R.* IV, 452-453；10, 271-272）

⑮『フランソワ・ル・シャンピ』（*T.R.* IV, 461-466；10, 284-291）

⑪から⑭までは第七篇『見出された時』の「ゲルマント大公夫人邸のマチネ」における無意志的想起の場面である.

ついで, シャタックはつぎの6つの項目において上記の例を分析し, 表にまとめ, 解説している（SHATTUCK［1962］1983, 69-77）. 要約すると以下のようになる.

1. 精神状態：それぞれの例において, 主人公は「つねに意気消沈した精神状態にある. うんざりして, ふつう疲れていて, 独りで, （あるいは, そうでなければ, 彼の孤独のじゃまをする他者の存在に不愉快で）習慣的な生活のこまごまに深くからまれている.」

2. 感覚：彼は身体の感覚を体験する, それは彼の五感のどれかひとつか, それらの複合をとおして, 思いがけずに, 偶然にやってくる. どれか一つの感覚がこの作品中, いたるところで優位をしめるということはない.

3. 内的感情：その感覚は, 明瞭な喜びと幸福の感情にともなわれる, それは感覚だけによって説明される何かをはるかに越えている.

4. 過去の再認：これらの3つの構成要素（感覚, 喜び, 幸福感）は現在においていっしょにおこり, 結合する. 主人公を急速に現在からもちあげ, 彼が見失っていたもの, 忘れていた過去の類似した出来事を見させるに十分なほど高く引き上げる. その出来事はいまや思い出され, 認識され, 現在の出来事と同じ視野に同化される.

5. 未来の予感：これらの例は主人公の人生の「陸標 landmarks」となっている. つまり, これらの瞬間は主人公に過去を回想させ, 未来を予感

させる.「この対の接眼レンズをとおして,プルースト-マルセルは現在から時間そのものを見ることができるのだ.」

6. 結果:4度,この経験は失敗におわり,何の結果もうみださない(⑤⑥⑦⑩).2度,主人公は何かを感じながら,試みをあとまわしにする(③④).3度,語り手はその瞬間のせきたてる強い衝動にこたえて,時間の性質,経験,人生,そして現実のもっとも本質的な特性について長い黙想にふける(⑧⑨⑪).1度,経験は彼にその場でその瞬間をたたえる文章を生み出させる.こうして彼はなしとげたという爽快な気分を獲得する(②).1度,その経験は回想において完璧であるが,その最終的な結果は,この作品自体によってしか解釈できない(①).

次に,シャタックは,これら「幸福な時間」の運動をグラフにしてみせる.下図は彼が,「側面からみたこの作品の動きをできるかぎり単純なかたちにした」ものである.

彼によれば,「カーヴのもっとも低いところは,プルーストの機械装置全体のデッド・ポイントであり,そこでは,どんな力をそれに働かせても,ふたたび動き出すのは不可能に思われる」.汽車から木々をながめながら,「どんな種類の盛んな意気」も欠如していることに冷静に直面する.それが「ゲルマント大公夫人邸のマチネ」で大きな逆転をとげる.

ベケットは⑥⑦⑨⑩をリストからはずしているが[10],とくに⑥を「不完全な例」として別個に説明している.それらだけではなく,この作品には「不完全な」例が数知れずあらわれる.印象の記憶とミモロジックの文脈とをたどることで最終的に読者の目に見えてくるものは,「反復」のもつ意味であり,そこに占める主人公の「原始心性」であり,「時間」を撥無することであり,死を否定することであり,永遠を信じることである.「失われた楽園」の意味がおのずと明らかになる.

解釈の可能性

解釈の可能性にかんする主人公の思考と語り手の言説とは，ミモロジックとともに，主人公の精神史の主軸となる大きな意味文脈を形成する．この文脈が始動するのは「パリのゲルマントのほう」からである．ここではミシェル・シャルルの「デュロック少佐の戦史の講義」のテクスト分析（CHARLES 1995, 315-327）をきっかけにして，解釈の可能性の文脈がどのようなものであるかを示したい．

「デュロック少佐の戦史の講義」：パランプセストとしての戦闘

主人公はゲルマント公爵夫人との橋渡しを期待して，夫人の甥であり，軍役についている友人のサン゠ルーをドンシエールに訪問する．ホテルのレストランで主人公はサン゠ルーやその友人たちと夕食をとる．そのときのこと，主人公がサン゠ルーおよびサン゠ルーの友人たちと「デュロック少佐の戦史の講義」について議論を交わす場面がある（*C.G.* II, 408-415；4, 138-150）．「デュロック少佐の戦史の講義」についての議論は，戦略の解釈の可能性を問題にしている．そして，この議論のテクストと「ヴィルパリジ侯爵夫人邸のマチネ」「ゲルマント公爵夫人邸の晩餐会」「ゲルマント大公夫人の夜会」の3か所のサロンの場面のテクストとは，解釈の可能性にかんして物語の連鎖とは別の次元の意味文脈を形成していると考えられる．

ミシェル・シャルルは，この「デュロック少佐の戦史の講義」に自己言及的価値 une valeur réflexive をあたえる可能性を示唆している．

> サン゠ルーとの議論は二つのモデルを提示する．ひとつは，単純な論理的モデルで現実の無秩序の散乱状態に一般的法則を置き換えること，他の一つは，非論理的なモデルで，意味を天才や運など別の場所のほうへ移すことである．このテクストに自己言及的価値 une valeur réflexive をあたえるならば，最初のモデルによると，プルーストの理論，「自前の理論 théories indigènes」に対応する『失われた時を求めて』の意外性のないイメージをもつことになり，第二のモデルによると，物事はより複雑になり，最終的に，テクストは別のテクストを隠しているのではないが，しかしだからといってそれがそのままそのものではなく，それは同様に他のものでもある，ということになろう．（CHARLES 1995, 323. 強調はミシェル・シャルル）

周知のように，『失われた時を求めて』では，最終の第七篇『見出された時』のなかに美学理論が延々と述べられる箇所があり，語り手みずからが物語の解説をしていると思われる言及が多くみられる．そういった部分に関してはことさら読者がテクストに自己言及的価値を与えるまでもなく，テクスト自体がその自己言及性を主張している．ところが，主人公がサン＝ルーたちと議論するテクストの場合，そのようなことはない．そこで，「このテクストに自己言及的価値をあたえる」とは，このテクストに自己批評としての機能をみとめることであり，ひいてはこの部分を『失われた時を求めて』という作品自体のパロディーとして考えるということではないかと思われる．ミシェル・シャルルはまた，ヴァントゥイユやエルスチールの場合と同様にデュロック少佐の理論を文学に関する考察のためのモデルとして考える誘惑について述べている（Charles 1995, 324）．

　さて，主人公とサン＝ルー，および彼の友人たちとの論争は次の個所から始まる．

　〔…〕私は，隣席の友に，その少佐が戦史の講義で<u>本当に美学的な美しさのある論証</u> une démonstration d'une véritable beauté esthétique をやるというのは正しいのかどうかをたずねた．
　「絶対にほんとうですよ．」
　「どういう意味で？」
　「それはね！　たとえば，戦史の作者の書いたもののなかで，あなたがお読みになると仮定する何をとりあげてもいいのですが，それのどんな小さな事実，どんな小さな事件も，一つの思想のしるしにすぎず，われわれはその思想をとりださねばならぬ，そしてその思想はしばしば他のいくつかの思想をその下に秘めている，<u>ちょうど羊皮紙が書きけした文字を秘めているようにね</u> comme dans un palimpseste．そのようにしてあなたはどんな科学，どんな芸術にも劣らぬ知的な，そして精神を十分満たすに足る，一つの全体を把握する，というのです．」（*C. G.* II, 408；4, 138-139，下線強調は青木）

サン＝ルーはこの議論を戦略の論理的解釈へと誘う．

　だから，きみが戦史の読みかたを知る，ということになれば，一般の読者には漠とした話にすぎないものも，きみにとっては<u>論理的な脈絡</u> un enchaînement rationnel をもったことになることは，美術に通じた人間にとって絵がそうであるのと同様で，美術館に不案内な見物人が面くらって漠然とした色彩に頭痛を起こしているあいだに，その美術通は，絵のなかの人物が身につけているもの，手ににぎっているものが，何であるかの見わけかたを知っているのだ．〔…〕ここにいう軍事作戦は，その直接目的以外にも，野戦を指揮する将軍の精神のなかで，はるかに古い昔の戦闘の型におのずから則られているものであって，<u>それらの昔の戦闘は，新しい戦闘のいわば過去のようなもの，書庫のようなもの，広い知識のようなもの，語源のようなもの，貴族階級のようなもの</u> comme le passé, comme la bibliothèque, comme l'érudition, comme l'étymologie, comme l'aristocracie des batailles nouvelles なんだよ．〔…〕しかし，もう一度いうが，ぼくが話そうとしていたのは，〔…〕<u>戦闘の型，あとで人がまねるその原型のことなんだ，戦術の一種の複写，戦略の一種の模写とでもいうか，そういうものの原型のことなんだ</u>．（410：141-142，下線強調は青木）

一方，主人公は非論理的解釈の可能性を問題にする．

　君はぼくに，人は戦闘を敷き写しするという．現代の戦闘の背後に，それよりも古い一つの型を見るというのは，君がいうようになるほど美学的だと思う，そういう考えかたがどんなにぼくの気に入っているかは口にはいえないほどだ．しかし，そうだとすると，司令官の天才は何物でもないということになるのか？司令官はじっさいにいろんな規則を応用するにすぎないのか？（412：144）

　きみは先ほど司令官のもちうる選択の自由や，その司令官のプランのなかに敵側が読みとりうる予見をぼくに披瀝していたのに，いまはそうしたものを拒絶するというわけだね．（413：146）

このようにして，議論は8ページあまり続き，論理は限りなく混乱していく．ミシェル・シャルルは，サン＝ルーの論理的モデルの展開を4つのレヴェルに整理している（CHARLES 1995, 321-322）．

あらゆる作戦は解読すべきものであるから，第1レヴェルのみで終わる解釈は存在しない．あらゆる行為は別の目的を隠しており，その目的を読みとることが解釈の第2レヴェルを構成する．第3レヴェルは「本当のフェイント」であり，あきらかにより複雑になる．

第4レヴェルは，ミシェル・シャルルが「もっとも愉快なのは，こう呼ぶことができるなら，にせのフェイント la fausse feinte である」と述べ

ている解釈である.

　ときには，一つの作戦にべらぼうな大部隊を組み入れるという事実があっても，その作戦が本当であるという証拠にはならないんだよ，というのも，作戦がフェイントにすぎない場合でも，そのフェイントが敵をあざむく機会が多ければ，その作戦を本気で pour de bon 実行することもありうるのだからね．（413；146）

以上４つのレヴェルを，例示を含めて図式してみよう.

　　戦闘を解釈するためのサン＝ルーの美学的論証モデル
　　　第１レヴェル…ある軍隊がA作戦を実行する.
　　　第２レヴェル…その作戦がめざす目的であるが，「一つの地点に特にはげしい
　　　　　　　　　　行動を集中するのは，その地点を占拠したいという目的だけで
　　　　　　　　　　はなく，またそこに敵方をひきとめ，敵が攻撃にでたほかの場
　　　　　　　　　　所で応戦したくないという目的をも意味する」（C.G. II, 409；4,
　　　　　　　　　　140）.
　　　第３レヴェル…A作戦が「本当のフェイント」である場合．その同じ行動が「ま
　　　　　　　　　　たは一つのフェイント作戦にすぎず，そのようにはげしさを倍
　　　　　　　　　　加することにより，自己の陣地における配属部隊の削減をかく
　　　　　　　　　　そうとする意味さえありうる」（同上）.
　　　第４レヴェル…A作戦が「にせのフェイント」である場合．「作戦がフェイン
　　　　　　　　　　トにすぎない場合でも，そのフェイントが敵をあざむく機会が
　　　　　　　　　　多ければ，その作戦を本気で pour de bon 実行することもあり
　　　　　　　　　　うる」（413；146）.

　サン＝ルーの議論はレヴェルが上がれば上がるほど，説得力をなくす．ミシェル・シャルルは，「どんな合理的議論から〈本気で pour de bon〉された行為がフェイントとして解釈されうるのかよくわからない．したがって，戦略の天才について問いかける余地がある」と述べている．最終的にサン＝ルーのモデルは，解釈が不可能であるというところにいたる.
　他方，主人公の非論理的なモデルは，その特殊なものを一般的なもので説明することが不可能であるということをあらわにする．サン＝ルーは「勘 le flair」（412；145）ということを口にする．こうして，初めに言われた「美学的な美しさのある論証」は崩れ，羊皮紙パランプセストの読解の

象徴としての意味，つまり，ある戦闘の下に別の戦闘を読みとる，特殊なものの下に一般的なものを読みとるということが不可能であるということが示される．要するに，特殊なものの価値は還元不可能であるということである．また，非論理的なモデルでは，かぎりなく増大する複雑さが強調される．議論の最後にサン＝ルーの友人は次のように言う．

　「〔…〕いくつかの戦闘のあいだに模倣，重複ということがあるにしても，それは単に司令官の正しい思慮でそうなるとはかぎらない，と．司令官のミスでそうなることもありうるのであって（たとえば，相手側にたいする不十分な価値判断によって），そんな場合そのミスは，彼の部隊に過大の犠牲をはらわせるにいたるのだが，そのような犠牲をある隊は非常に崇高な自己放棄によって遂行することがあるだろう，そのために，そうした隊のはたした役割が，他のなにがしかの戦闘におけるなにがしかの隊の役割に類似していることになり，たがいに置きかえうる例として comme des examples interchangeables 歴史に語りつがれるだろう，〔…〕.」
　「やあ！　置きかえうる，とはぴったりだ！　うまい！　きみは頭がいい」とサン＝ルーが言った．
　私は，人が特殊なことの下に一般的なことを私に示すたびにいつもそうであったように comme chaque fois que sous le particulier on me montrait le général, このサン＝ルーの友人が話のおわりで挙げた諸例に無関心でいるわけにはいかなかった．しかし，それにもかかわらず，司令官の天才ということがこの場合しきりに私の興味をひくのであった，〔…〕．(415-416：149-150，下線強調は青木)

　ミシェル・シャルルは「もはや〈現実に〉重複しているのは戦闘ではなく，〈読者〉がそれらを重複させているのであって，〈本質的には〉それらは重複されえないものである」(CHARLES 1995, 320) と言う．ここで，最終的に資料体の構成は解釈者の問題であるということが明らかにされている．
　さらに，「人が特殊なことの下に一般的なことを私に示すたびにいつもそうであったように」という表現はそのまま，パランプセストの比喩に通じる論理的読解を示し，それに興味を引かれながらも，しかし，主人公は「司令官の天才」にこだわる．こうしてテクストは「デュロック少佐の戦史の講義」に関する論争を要約するようにして閉じる．
　1916 年サナトリウムから 2 度目にパリに帰った主人公を，サン＝ルーが訪ねて二人でこのドンシエールの議論を思いだす場面がある．そこでサ

ン＝ルーはかつて議論した戦闘を解釈するための美学的論証モデルを具体的に応用し，第一次大戦におけるドイツのヒンデンブルク元帥（1847-1934）の作戦の背後に，かつてのナポレオン式戦闘の型を見ている（*T.R.* III, 340-341；10, 105-107）．

　本書においてもサン＝ルーのモデルを援用する．解釈不可能性を意味するこのテクストが，『失われた時を求めて』の他の部分，たとえば，「ヴィルパリジ侯爵夫人邸のマチネ」のパロディーであるとすれば，マチネのテクストはどのように解釈できるか，第6章で具体的に考察することになる．

　しかし，重要であることは，本書においてサン＝ルーのモデルを用いるのは，解釈が論理的であることを示すためでもなければ解釈が可能であることを示すためでもなく，主人公および語り手がしている解釈をミシェル・シャルルにならって整理するためであるということである．結局のところ，そのようにして整理することによって，解釈が不可能であるということがよりよく示されるであろうと思われる．解釈が不可能であることを示すために，第6章において，サン＝ルーのモデルを援用することになる．

パランプセストとしての名

　ミシェル・シャルルは，このパランプセストを，トマス・ド・クインシーの『英吉利阿片服用者の告白』と『深き淵よりの嘆息』からひきだしている．そして彼は，ド・クインシーとボードレールとプルーストを比較してこのパランプセストの問題を考察する．

> 　それ［パランプセスト］は，この上なく美しい複数の象徴 bel emblème du pluriel s'il en est であり，のちに見るように，テクストの不安定性という観念 l'idée d'une instabilité du texte と，付随的なものと本質的なものとのあいだの交換という観念 celle d'un échange entre l'accessoire et l'essentiel とに緊密に結びついている．私はこの問題を主に，三人の著者，ド・クインシーとボードレールとプルーストにおいてとりあげよう．(CHARLES 1995, 298)

　ド・クインシーとボードレールとの関係はあきらかである．ボードレールは，『人工天国』中の『阿片吸飲者』において，トマス・ド・クインシーの『英吉利阿片服用者の告白』と『深き淵よりの嘆息』を，翻訳と要

約と解説によって再構成している（BAUDELAIRE 1976, et cf. CHARLES 1979）．
他方，ド・クインシーとプルーストの関係はそれほど密接なものではない．
プルーストはラスキンの『胡麻と百合』を翻訳したさいに，訳注の中で
ド・クインシー著作集をひいている．したがって読んだことは間違いない
であろう[11]．

　しかし，いまのところ，プルーストにおけるド・クインシーの影響につ
いて指摘した論文はない．ミシェル・シャルルもこの影響関係については
一言も述べていない．むしろ，彼は間テクスト性の範囲で考えている．

　この引用中に記されたパランプセストの1つ目の意味である「テクス
トの不安定性という観念」については，先に引用した箇所に説明があっ
た．

　　サン＝ルーとの議論は二つのモデルを提示する．ひとつは，単純な論理的モデ
　ルで現実の無秩序の散乱状態に一般的法則を置き換えること，他の一つは，非論
　理的なモデルで，意味を天才や運など別の場所のほうへ移すことである．このテ
　クストに自己言及的価値 une valeur réflexive をあたえるならば，最初のモデル
　によると，プルーストの理論，「自前の理論 théories indigènes」に対応する『失
　われた時を求めて』の意外性のないイメージをもつことになり，第二のモデルに
　よると，物事はより複雑になり，最終的に，テクストは別のテクストを隠してい
　るのではないが，しかしだからといってそれがそのままそのものではなく，それ
　は同様に他のものでもある，ということになろう selon le second, les choses
　sont plus complexes et l'on dira que, ultimement, le texte n'en cache pas un
　autre, mais qu'il n'est pas pour autant ce qu'il est : il est *aussi* autre. （CHARLES
　1995, 323, 強調はミシェル・シャルル）

　本書では第1の論理的モデルを「戦闘を解釈するためのサン＝ルーの
美学的論証モデル」として図式した．主人公や語り手の解釈のしかたが，
論理的モデルに則っているか，非論理的モデルによるのか，に従って，テ
クストはまったく異なった様相を見せ，単なる記述であると思われた描写
にたいする読者の解釈が影響を受ける．このことだけでも，テクストの意
味が不安定になるだろう．事後的に，テクストの解釈がつぎつぎと変わり
得るのだから．しかしそれだけではない．その論理的モデル自体にも不安
定であるおそれがある．「本当のフェイント」と「にせのフェイント」と

を分けるものが何であるか，合理的には説明がつかないのである．そこで
最終的に解釈は，解釈者の問題にずれていく．解釈すること自体が不可能
になる．

　つぎに，パランプセストの2つ目の意味，「付随的なものと本質的なも
のとのあいだの交換」かんして，ド・クインシーは，『深き淵よりの嘆息』
において，次のように述べている．

　　さて，パランプセスト，見せ消ちのある羊皮紙というのは，繰り返しその上に
　重ね書きして，それで元の写本が拭い去られてしまった羊皮紙ないし巻物のこと
　である．
　　一体，何故に希臘人や羅馬人は便利な印刷本を持っていなかったのか．答えは
　百人中九十九人まで同じだろう――印刷術の秘儀が当時は未だ発見されていなか
　ったからだと．しかし，この答えは全く間違えている．印刷術の秘密は，それが
　使われ，あるいは使われ得るようになる以前に，何千度も，発見されていたに相
　違ない．〔…〕印刷術の初期の才能をまさにその源泉において凍結していたのは，
　単に印刷される安価な素材が欠けていたからに他ならない．
　　〔…〕かつて子牛皮紙にその価値を印づけていたのは，人間精神の刻印だった．
　子牛皮紙は高価なものとはいえ，全体的成果に対しては二次的な価値要素を寄与
　するだけのものであった．が，遂にこの運搬手段と貨物との関係は，次第に覆さ
　れることになる．宝石の台座にすぎなかった子牛皮紙が，ついに宝石そのものに
　昇格し，子牛皮紙に主たる価値を与えていた思想の荷は，今や皮紙の価値を落と
　す主たる障害に成り果てたのである．いや，子牛皮紙との繋がりを切り離しえな
　いなら，その価値を全く消滅させる無用の長物に成り下がったのである．しかし，
　この切り離しが果たされ得るなら，――羊皮紙上の文書は速やかに屑になるから
　――羊皮紙そのものは，そのとき，それ自体別個の重要性を帯びて生き返る．全
　体の価値に二次的に寄与するだけのものだった子牛皮紙は，終に，価値の全部を
　吸収するに至った次第である．（『トマス・ド・クインシー著作集Ⅰ』，野島秀勝，
　鈴木聡，小池銈訳，国書刊行会，1995年，pp. 210-212，下線強調は青木）

　サン゠ルーの友人は「本当に美学的な美しさのある論証」の意味をたず
ねた主人公に答えてパランプセストを比喩として持ち出していた．
　また，サン゠ルーは，「それらの昔の戦闘は，新しい戦闘のいわば過去
のようなもの，書庫のようなもの，広い知識のようなもの，語源のような
もの，貴族階級のようなもの」であると述べていた．解読すべきパランプ
セストのかき消された文字とは，昔の戦闘であり，「いわば過去のような

もの，書庫のようなもの，広い知識のようなもの，語源のようなもの，貴族階級のようなもの」である．主人公にとって貴族階級について解読すべきパランプセストは何よりもまずその名であった．

　パランプセストの２番目の意味を，『失われた時を求めて』の主人公が社交生活で習得した貴族階級の解読の歴史にあてはめると，貴族の名前とその実体との間の価値の交換を考えることができるであろう．目のまえにいる人物の価値を見究めることに「二次的に寄与するだけのものだった」その名が，ついには「価値の全部を吸収するに至る」．しかしここには逆説が含まれている．

歴史の美学と小説の美学

　パランプセストは，ミシェル・シャルルが述べたごとく，「この上なく美しい複数の象徴」である．プルーストは，時をこえて生き残り輝きつづけるもののひとつを貴族の名に見ていたのではないか．名は「それ自体別個の重要性を帯びて生き返る」．その名をパランプセストとして読むことがいかに失敗に終わろうとも，その営みを繰り返すことに歴史の美学を見ていたのではないか．さらに，時間のうちで生きる存在の複雑さを，一般的な原型に還元されない特殊の複雑さをそのまま複雑なものとして，解読の失敗をそのまま失敗として表わすことが，『失われた時を求めて』の小説の美学であると考えられるのではないか[12]．

　不可能であることが明らかになる「デュロック少佐の戦史の講義」の論証を「本当に美学的な美しさのある論証」と呼んだように．

　『失われた時を求めて』における「歴史の美学」もそのような「小説の美学」と同様に，論理的な解釈から生まれるものではないのであろう．ドンシエールで「司令官の天才」にこだわったように，主人公はゲルマント公爵夫人邸での晩餐会において「ゲルマントの守護神」に，その非論理的解釈にこだわることになる．

歴史の美学：「ミモロジック」と「解釈の可能性」との交叉

　『失われた時を求めて』における「歴史の美学」が，ミモロジックと解釈の可能性とのこれら２つの大きな意味文脈の接点において生まれることを，本書では示したいと思う．

ミモロジックが言葉と物との関係から生み出される夢想である以上，主人公がじっさいにそうした貴族の人々と接したとき，それまでの主人公の夢想と「現実」とが衝突をおこし，現実のバルベックの教会をみたときと同様の幻滅をおぼえることは想像に難くない．

　他方，現実の人物から貴族の名というパランプセストを解読しようとすれば，夢想と解釈とが相互作用をひきおこすこともまた初めから想定されていたことである．

　ゲルマント公爵夫人邸での晩餐会にはじめて出たときのことである．主人公はそれまで「名の世界」にいたゲルマント公爵夫妻を「ゲルマントというあの名からひきはなして」ながめる．

　　ゲルマント氏は，私の興味をひく主題について，彼女がいかにも堂々とした見識をもって私に語っていることに安堵し，妻の名だたるおしだしのりっぱさをながめ，フランス・ハルスについての一家言に耳を傾け，そしてこう考えている，「家内ときたら，なんでもござれだからなあ．この若い客は，さだめし心でこうつぶやいているだろう，おれは言葉の完全な意味における昔の大貴族の夫人のまえにいる，しかもそれはこんにち二人とはいないひとなのだ」と．<u>私はこのように，この夫妻を，ともどもに，ゲルマントというあの名からひきはなしてながめていた</u> Tels je les voyais tous deux, retirés de ce nom de Germantes, かつてその名のなかに私が想像した夫妻は，考えもおよばないような生活を送っていた，それがいまは，ほかの男女とおなじになってしまった jadis, je les imaginais menant une inconcevable vie, maintenant pareils aux autres hommes et aux autres femmes,〔…〕．ゲルマント夫人が他の女性とおなじであったことは，私にとって最初は一つの幻滅であったが，やがて反動的に，そして多くのよいお酒も手伝って，いわば一つの感嘆の対象となった．ドン・ファン・デ・アウストリアとか，イザベラ・デステとかは，われわれにとっては名の世界に位置していて，大いなる歴史につながらないことは，メゼグリーズのほうがゲルマントのほうにかかわりがないようなものである．（*C.G.* II, 813：5，299-300，下線強調は青木）

　主人公は，「彼女を妖精の世界から歴史の世界に忍耐強く移しかえながら en la transplantant patiemment de ce monde féerique dans celui de l'histoire」（*C.G.* II, 814：5，300-301），ゲルマントという名をもつオリヤーヌが「ほんとうに」ゲルマントであると感じたとき，恍惚となる．主人公の思考は「名の世界」から「歴史の世界 monde de l'histoire」へと移行す

序章　テクスト区分とクロノロジー

る.

　ゲルマント公爵の系図論を聞くうちに，主人公の頭のなかでは「名の交差舞踏」が展開される．主人公にとってゲルマント公爵の館はもはや夢想の「妖精の世界 monde féerique」ではない.

　私がずいぶん遠い時代のものだと思っていた名が，新しいと私の思いこんでいた名と肩をならべにやってくるとき，そうしたすべての名のあいだに急に活発な動きが生じたかのように私には思われた，それは私がそれまでそうした名にたいして知識がなかったからであるが，単にそれだけのことではない，私の頭のなかでおこなわれたそうした名の交差舞踊 ces chassés-croisés は，遠い昔の時代にあっては，それほど手のこんだステップはふまなかったのであって，ある領地にかならずむすびつくことをつねとしたある称号は，その領地につながって，甲の一族から乙の一族へと移ったものなのであった，そこで私は，たとえば，ヌムール公爵とかシュヴルーズ公爵とかの称号そのものにほかならぬ封建時代の美しい建造物のなかに，あたかもやどかりが親切な巻貝の殻のなかに住んでいるように，ギュイーズ家，サヴォワ大公家，オルレアン家，リュイーヌ家などの一族の誰かがひそんでいる姿をつぎからつぎへと発見することができるのであった．〔…〕バルベックの滞在以来，私にとっては城館の名であるフェテルヌという名が，そうであろうとは夢にもおもわなかったもの，一族の名，になるのを見て，小塔や石段が生きた人間になって動きだすそんな妖精の国にいるようなおどろきを私はもった，こういう意味合いにおいて，歴史は，それが系譜学的なものにすぎない場合でも，古い石に生気をとりもどさせるのである．〔…〕しかしとにかく，名門の名は，それが消えてしまわないかぎり，その名を受けついだ人たちを光のただなかに安置する，そしてわれわれがこんにちを起点として，十四世紀のはるかかなたにまで徐々にさかのぼりながらその一族のあとを追い，シャルリュス氏の，アグリジャント大公の，パルム大公夫人の，それぞれの先祖たちが書いたすべての回想録や書簡集を，ある過去のなかに見出しうるということが，おそらく，一部分は，そうした一族の，きらびやかに照明に映える姿が，私の目にあふれさせていた津々たる興味なのであり，そういう過去にあっては，はいりこめない闇が，あるブルジョワ一族の素姓を被いかくしてもいよう，しかしまたそうした過去のなかで，われわれは，ある名が遠くにさかのぼって照射したライトの下に，ゲルマント家代々の某々のある種の神経症的特徴，ある種の悪徳，不行跡などの，起源と根強さをはっきりと見わけるのである．〔…〕

　といっても，私の歴史的好奇心 ma curiosité historique は，審美的快感 plaisir esthétique にくらべると，まだよわいものだった．結局は，系図論でひきあいに出された名が，公爵夫人の招待客たちを非肉体化する désincarner 効果をもつこ

とになったが，そうにでもならなければ，肉でできた，頭のよくなさそうな，頭がいいといっても大したことはなさそうな，そのご面相は，彼らをすっかりありきたりの人間に変えてしまったのであって，その意味では，要するに，最初私がこの家の玄関の靴ぬぐいをふんだときは，かねがね思っていたような名の住む魔法の世界の入り口におりたっていたのではなく，そのはてにきていたのであった j'avais atteri au paillasson du vestibule, non pas comme au seuil, ainsi que je l'avais cru, mais au terme du monde enchanté des noms.（*C.G.* II, 829-831；5, 325-327，下線強調は青木）

　重要なのは，ゲルマント公爵夫人の晩餐会が，ミモロジックの文脈と解釈の可能性の文脈とを交叉させ，この小説における歴史の美学の結節点になっていることである．主人公にとって，歴史の美学は，「歴史的好奇心」と「審美的快感」との融合である．主人公は目のまえにいる貴族たちを肉体化 incarner し，ついで非肉体化 désincarner する．

4. 〈時間〉を解読するということ

　本書は，マルセル・プルースト『失われた時を求めて』全7篇を12の区画に分けて時間形成を分析し，クロノロジーを作成し，1880年生まれの一文学青年の精神史を描きだした作品であることを示す．

　こうした本書におけるすべてのプロセスには，リクールのいう「暦法的時間 le temps calendaire」（RICŒUR 1985, 190；189），バンヴェニストのいう「年代的時間 le temps chronique」（BENVENISTE 1966, 5-13）が関わってくる[13]．時間の算定には，時点ができるかぎり明確に特定されることが望ましい．『失われた時を求めて』には物語の時点を某月某日某時というように直接指定する表現がきわめて少ない．しかし，テクストにおける時間をしめす痕跡をたどれば，時点のかなりの部分を特定することができる．カレンダーを片手に痕跡をたどるのである．すこし長くなるが，リクールを引用したい．本書の考える〈時間〉の問題について，以下の箇所は，明瞭に整理しているからである．

　　第一に，痕跡をたどることは，時間を計算に入れる一つの仕方である．空間に

残された痕跡が，探求している対象の通過と関係づけられるのは，それが通過する
のと，われわれに与えられている痕跡とのあいだに経過した時間を推算してみ
ることなしに，どうしてできようか．「いま」「そのとき」「以前に」などといっ
たことばとともに，日付可能性が一挙に始動する．どんな狩猟者も，どんな探偵
もこうした漠然とした指示だけでは満足できないだろう．彼が痕跡をたどるのは
時計を腕にはめてであり，彼が痕跡を遡っていくのは，カレンダーをポケットに
入れてである．第二に，痕跡をたどり，それを遡ることは，空間において時間の
伸び広がりを解読することである．けれどももし時の経過が一挙に計算や測定に
かけられなければ，どうしてそれができようか．通過のコースは，痕跡の道筋と
同じく，厳然として線的である．たとえ痕跡は純然たる継起のうちには含まれて
いなくとも，痕跡の有意味性は継起する時間において再構成されねばならない．
最後に，だれの目にも見えるものとしての痕跡は，たとえそれが結局は二，三人
にしか解読されないとしても，狩猟，探索，調査などによってはっきり例証され
るような関心事を，個人のあらゆる時間を通約可能なものにする公共的時間に，
投影するのである．〔…〕つまり痕跡そのものが幾何学的空間に刻印されている
ように，通俗的な時間に刻印されている推算に，痕跡の有意味性がもとづいている
のならば，この有意味性は継起する時間の関係だけに尽きてしまわないのである．
すでに述べたように，この有意味性は残存物を通過に関係づけることに存し，そ
の関係づけは，ここに今残されている形跡と，過ぎ去った出来事との綜合を要求
する．（RICŒUR 1985，225-226：218-219，強調はリクール）

　アシェは年を特定したが，「復活祭」（春分後の満月のあとの最初の日曜
日）がその年3月末であったか，4月半ばであったかまでは問題にしてい
ない．特定の年ならば，カレンダーをみればその年の復活祭が何月何日で
あるかはすぐに判明する．復活祭の日付により年によって変わる祝日（移
動祝日 fêtes mobiles）にかんしてはすべてカレンダーを見なければ日付は
わからない．
　本書は日本語を母語とする読者を対象にしている．
　いま現在，『失われた時を求めて』を読む日本語を母語とする読者のほ
とんどには，復活祭を基点とする時節の感覚はないであろう．さらに，言
語の違い，文化の違いはもとより，100年という時間的距離が大きく立ち
はだかる．
　「バルベックの滞在以来，私にとっては城館の名であるフェテルヌとい
う名が，そうであろうとは夢にもおもわなかったもの，一族の名，になる
のを見て，小塔や石段が生きた人間になって動きだすそんな妖精の国にい

るようなおどろきを私はもった．こういう意味合いにおいて，歴史は，それが系譜学的なものにすぎない場合でも，古い石に生気をとりもどさせるのである」（*C.G.* II, 829-831；5，325-327）とプルーストは書いた．

「古い石に生気をとりもどさせる」ために，リクールのいう「公共的時間 le temps public」が大きな役割をはたすことは異論の余地がない．

「年代的時間 le temps chronique」はリクールが言うように，「物理的時間，心理的時間のいずれの可能性をも超えた真正の創造物である」（RI-COEUR 1985, 196；195）．そのおかげで，読者は自らの位置と物語とを連続した線上におくことができる．

『失われた時を求めて』における時間と意味の形成を分析し，作品のクロノロジーを検証していくうちに見えてくるものは，この物語が「1880年生まれの一文学青年の精神史」を描き出しているということである．語り手はその精神史 histoire morale を，たとえば，「私の性格が従う一種の線がしめす精神的意味 la signification morale d'une sorte de ligne que suivait mon caratère」（*S.G.* III, 400-401；7，230）と表現している．アシェが言うように，この主人公は著者であるマルセル・プルーストより 10 歳ほど若い．

『失われた時を求めて』の主人公は，一世代の証として，そのファンタジーを完結する．

『失われた時を求めて』の小説の美学は，時間のうちに生きる存在の複雑さ，つまり一般的な原型に還元されない特殊の複雑さをそのまま複雑なものとして，解読の失敗をそのまま失敗としてあらわすことにある．プルーストは，〈時間〉と闘う．〈時間〉を受け入れることは，自らの〈死〉を受け入れることだからである．

時間形成を分析し，〈時間〉を解読することでわかることは，このプルーストの〈時間〉とのたたかいのありようである．

[注]
(1)　この『ル・ポワン』の一覧表は，HACHEZ 1956 に基づいているために，決定版（HACHEZ 1985）とは多少の異動がある．ちなみに決定版では，それぞれの根拠が示されることはなく，登場人物の生年が次のように整理されている．

1820 年ごろ…祖母，ヴィルパリジ夫人，ノルポワ氏
1830 年ごろ…カンブルメール老夫人，フランソワーズ
1836 年　　…ゲルマント公爵
1839 年　　…シャルリュス氏
1842 年　　…ゲルマント公爵夫人，スワン
1850 年ごろ…主人公の両親
1850 年　　…ルグランダン
1852 年　　…オデット
1872 年ごろ…サン＝ルー
1879 年　　…ブロック
1880 年　　…主人公，モレル，ジルベルト，アルベルチーヌ，ヴァントゥイユ嬢，バ
　　　　　　ルベックの娘たち
1903 年　　…サン＝ルー嬢

(2)　作中の登場人物の年齢にかんする言及には，たとえば次のようなものがある
　が，その数は少ない．

　　「スワン夫人のお嬢さんはその晩餐に出ていましたか」と私は，一同がサロンに移
るときをとらえてノルポワ氏にたずねた．〔…〕
　　ノルポワ氏はしばらく思いおこそうとつとめているように見えた．
　　「そうそう，十四か十五くらいの若いかた une jeune personne de quatorze à quinze
ans でしょう？〔…〕」（*J.F.* I, 467；2, 65）
　　さて，この訪問の数日前，私はシャルル・モレルという男の思いもよらない訪問を
受けたのであって，〔…〕．〔…〕私は十八歳の美少年がはいってくるのを見てびっく
りした Je fus surpris de voir entrer un beau garçon de dix-huit ans,〔…〕．（*C.G.* II,
560-561；4, 354-355）
　　モレルがこのようにシャルリュス氏に「かわいい坊や」といっているのは，この美
貌のヴァイオリン奏者がうっかりしていて，自分の年齢が男爵の三分の一そこそこで
あることに気づかなかったからではない　Si Morel disait ainsi « mon petit » à M. de
Charlus, ce n'est pas que le beau violoniste ignorât qu'il eût à peine le tiers de l'âge
du baron.（*Pr.* III, 554；8, 55）
　　いやそうですよ，あなた，さからいなさるな，私はもう四十をすぎているのですか
らね，と男爵が言った，六十を過ぎていたのに Mais si, mon cher, ne protestez pas, j'ai
plus de quarante ans, dit le baron, qui avait dépassé la soixantaine.（*Pr.* III, 795；8,
401）
　　ひとたび「重大な問題」にかかわるようになると，たちまち彼〔ノルポワ氏〕は，
やがて見られるように，われわれがこれまでによく知ってきた人間に立ちかえるのだ，
しかしそれ以外のときは，もう大して自分の力で痛めつけることができない女たちに
向かって八十翁たちの食ってかからせるあの年寄特有の乱暴さで avec cette violence
sénile de octogénaires et qui les jette sur les femmes à qui ils ne peuvent plus faire
grand mal, 彼はつぎからつぎへと相手に毒舌を吐き散らすのであった．（*A.D.* IV,
210；9, 311）
　　そのようにして，ロベールのおかげで，オデットは，五十歳に近いのに（ある人た

ちは六十歳に近いといっていた）au seuil de la cinquantaine（d'aucuns disaient de la soixantaine），出かける晩餐会のどんなテーブルでも，あらわれるどんな夜会でも，とびぬけたぜいたくで人の目を眩惑することができたので，〔…〕．（*A.D.* IV, 263；9, 386）

〔…〕彼〔ゲルマント公爵〕は腰をあげてまっすぐに立とうとしたとたんに，脚がふらついてよろめいたのだった，〔…〕そして八十三年間のほとんど実現不可能な頂上に立って sur le sommet peu praticable de quatre-vingt-trois années，木の葉のようにふるえながらでしか前に進まなかった，〔…〕．（*T.R.* IV, 624；10, 520-521）

(3) Michel-Thiriet, Ph., « Quid de Marcel Proust », Marcel Proust, *À la Recherche du temps perdu*, v. I, Éditions Robert Laffont, 1987, pp. 154-156.

(4) ヴュイヨームは，物語の「主虚構」と対峙するものとして，語り手と読者との現在を「二次虚構」として，異なった次元に属するものとして考える．

(5) ネフは発話一般について発話時点を t_0 として点的なものと措定するのは「観念化 une idéalisation」であると述べている（Nef 1986, 83）．「語り手の現在」を t_0 として点的なものと措定するのは，発話者一般を問題にする場合と同様に，ネフの言うように「観念化」の結果にすぎないであろう．少なくとも発話の始点と終点が存在すると同様に語りの始点と終点が存在するのであり，『失われた時を求めて』のように長期間にわたって執筆されたことが明らかな場合，語り手の「こんにち aujourd'hui」にかなりの幅が表れるのは当然のことである．

ところでジュネットに次のように述べている箇所がある．

〔…〕たとえば『ボヴァリー夫人』にしても，これを書くのにフロベールには5年近い時間が必要だったことをわれわれは知っている．ところが，まことに面白いことに，こうした物語言説を語る虚構の語りには，世界のほとんどすべての小説——『トリストラム・シャンディ』は別である——がそうであるように，どんな持続も存在しないと見做されているのだ．あるいはもっと正確に言うなら，こうした語りの持続の問題など，まるで見当違いであるかのような按配なのである．文学的語りに含まれる虚構の一つ，いわば見過ごされてしまうがゆえにおそらくはもっとも強力な虚構とはまさに，語る行為は時間の広がりを持たない瞬間的な行為である，ということだ．ときにはその行為の日付が確定されることもあるにはあるが，しかしその行為〔の持続〕が測られることは決してないのである〔…〕．（GENETTE 1972, 234；260）

ヴュイヨームはジュネットのこの箇所を引用して，「書記の時点によって構成される基準点の不動性は，G. ジュネットによって正式に認められた，しかし，私の意見では，その解説は正確ではない」と述べてジュネットに反論している．

もし，G. ジュネットが語り narration と呼ぶものが，ともかく，私が思っているように，私が物語の生産活動 production du récit と呼んでいるものであるなら，私は言いたい，彼の確認は正しいがその解説は正しくない．語り手によって要求される時間を測ることができないという事実はフィクションのテクストを他種の書かれた言説から区別するものではない．物語にそって，同じ基準点に関係して定められる時間的表

現を用いながら，小説の著者は，同じ強制に従い，いかなる執筆者とも同じ自由を享受する．彼が共通の諸規則を免れるのは，その基準になる拠点を自由に選ぶことによるのみである（空想科学小説を参照）．このことに反論して，何であれ文書を書いた者は，自らのテクストに実際の日付より前の日付をつけることも後の日付をつけることもできるというかもしれない．しかし，いくつかの見かけを尊重することが強制される：信用されたいのなら，今1984年なのに，遺言書に2225年1月12日の日付を入れることはできない．小説家のほうは，このような意見を気にかける必要はない．

　付け加えよう．小説においては，テクストの生産活動 production du texte の時点に助けを求めることは，<u>たいていはまったく正確な効果を狙ったものである．彼自身の時代をほのめかしながら，著者は物語の虚構の出来事が展開する時間と彼の読者がその証人になることができる全く現実の事実が起こる時間との連続性の存在を暗に示す．</u>
（VUILLAUME 1990, 27, 下線強調は青木）

　ジュネットが言うように，『失われた時を求めて』のような「後置的な語り」における「語りの虚構の瞬間性」は理論的に要請されることである．しかしながら，彼は「後置的な語りは，あの逆接を糧にしている」という．その逆接とは，「後置的な語りが，（過去の物語にたいする）時間的状況と同時に，（固有の持続をもたないからには）非時間的な本質をももっている」ということである．ヴュイヨームは「後置的な語りが非時間的な本質をもつ」というその解説に反論する．

　ジュネットは，さらに，語り手の現在は「《時》の秩序から解き放たれた瞬間」であり，プルーストの無意識的想起と同様，その現在は「一瞬の持続」であり，そして「奇蹟的な仮死状態」である（GENETTE 1972, 234-235；260-262）という．ヴュイヨームは，そうではなくて，小説の著者が語り手の現在に言及する場合，「たいていはまったく正確な効果を狙ったもの」であることを強調する．「彼自身の時代をほのめかしながら，著者は物語の虚構の出来事が展開する時間と彼の読者がその証人になることができる全く現実の事実が起こる時間との連続性の存在を暗に示す」という．

　『失われた時を求めて』においても，スティールが問題にした『囚われの女』の一節（*Pr.* III, 868 ; 8, 509）のように，複合過去によって表記されて，語り手が主人公の「私」との連続性を暗示することがある．その意味で，スティールが試みたように作中に語り手のクロノロジーを見出すことも意味のないことではないかもしれない．しかしながら，ヴュイヨームは，「そのような連続性は，じっさいには存在しない」という（VUILLAUME 1990, 27）．次元が異なるからである．

　本書では，ヴュイヨームにならって，語り手の現在を「二次虚構」として，物語の「主虚構」と対峙するものとして，異なった次元に属するものとして考える（第1章参照）．そして，語り手の現在にかんしては，個々の場合に応じてその「効果」を考えることにしたい．

(6)　1905年制定の「諸教会と国家の分離に関する法律 la loi de séparation de l'Église et de l'État」（通称「政教分離法」）を指すと思われる．1899年という

年号にかんしては，その年に可決制定されたのは，「剥奪法 la loi de dessaisissement」である．プルーストの母親がプルーストに宛てた手紙（1900年8月16日）にこの法律に関わる暗示があり，注のなかで，この法律は「共和国司法への侮辱と見なされた」と記されている（*Corr.* t.II, 405）．プルースト夫人は，下院議員でありこの法案を審理する委員会のメンバーであったジャン・クリュッピ（1855-1933）と，妻を通しての親戚であった．クリュッピは法案賛成派であった．第三篇『ゲルマントのほう』のテクストには「共和国政府が聖職者たちにとろうとしていたおそるべき処置」（*C.G.* II, 322；4, 22）という記述が見られる．

(7)　ヤウスはここからの記述について次のような注を付けている．

　　アルベルチーヌは，VIでは14歳である．他方，IXでは20歳を越えている．したがって，VIとIXでは6年以上の年月がたっている．VIIとVIIIとのあいだのブランクは，9か月．したがって，VIからIXまでたった3年のあいだに6歳も年をとったことになる．

　　「アルベルチーヌがVIでは14歳である」とするヤウスが参照しているのは以下のテクストである．

　　私がバルベックにいたときからすでにアルベルチーヌは，当人が裕福な家庭の出であることをすぐにさとらせるような言いまわしの，いかにもその身分にふさわしいわけまえ，母親がその娘の成長につれて事あるごとに自分の宝石をあたえるように，一年一年と母親が娘にゆずってゆくものであることをすぐにさとらせるような言いまわしの，そんなわけまえを，身につけていなかったわけではなかった．ある日，よその女の人からの贈物に礼をいって，彼女が「おそれいります」と答えたとき，アルベルチーヌはもう子供ではないと感じさせられたのだった．ボンタン夫人は夫の顔を見つめないではいられなかった，その夫は答えた，「だって，この子ももまもなく十四歳だからね．」On avait senti qu'Albertine avait cessé d'être une petite enfant quand un jour, pour remercier d'un cadeau qu'une étrangère lui avait fait, elle avait répondu : « Je suis confuse. » Mme Bontemps n'avait pu s'empêcher de regarder son mari, qui avait répondu : « Dame, elle va sur ses quatorze ans. »（*C.D.* II, 650-651；5, 62）

　　ヤウスがアルベルチーヌの年齢の根拠にしている「ある日」以下の文は，主人公が1度目のバルベック滞在時に聞いた話を1年以上もたってから思い出している内容を，語り手が直接的に，つまり，〈私はバルベックに滞在したときに次のような話を聞いた〉というような導入部分を省略して，記した回想部分である．「バルベックI」のアルベルチーヌがまもなく14歳であるとするのは，「バルベックI」の物語状況と符合しない．したがって，ヤウスが括弧つきで記入した［13年後］［13年後から14年後まで］［14年後から16年後まで］［32年後］という表記を，本書では採用しない．

(8)　ラスキンの著作には，本文中にあげた引用と同様の，「言葉のなかに潜む力」

を強調するテクストが多くみられる．吉田は邦訳の訳者解説において，『胡麻と百合』に付されたプルーストの訳注 41 にかんして次のように述べている（プルースト＝ラスキン，『胡麻と百合』，吉田城訳，筑摩書房，1990 年，p. 240）．

　　注 41 ではラスキンにおける言葉のフェティシズムが，モンテスキュの偶像崇拝傾向と比較対照する形で，槍玉にあげられる．ラスキンは言葉の中に潜む力を強調するが，プルーストの考えによれば，なるほど単語の持つ語源や過去の歴史を尊重することは大事ではあるが，さらに大切なのは文章のなかで単語に割り当てられた意味である．つまりプルーストは言葉を音符のような記号として認識しているのだ．ここでラスキン批判は言語観の問題となる．言葉の絶対的価値よりも相対的価値を重視し，テクストの網目の中にしなやかに織り込まれた言葉こそ，作家の才能を証明するものだと考えている．

(9)　プラトン『クラテュロス』からの引用は，「クラテュロス ──名前の正しさについて──」水地宗明訳，『プラトン全集2』，岩波書店，1974 年，pp. 1-171．（383-390）の数字はステファヌス版全集のページを示す．プラトンからの引用をこの版のページと段落によって示す慣例にならうが，段落（ABCDE…）は省略した．

(10)　ベケットは目録には「たくさんの試験的な，月足らずの経験を」含めなかったというが，彼はそうした「不完全な喚起のうちで」とくに⑥を挙げ，つぎのように解説している．

　　彼は自宅でステルマリア嬢（もし彼女がそのとき，彼を失望させなかったら，語り手のアルベルチーヌとなっていたかもしれないひとである）を待っている．カーテンの上に感知される黄昏，たった今着いたばかりのロベール・ド・サン＝ルーと肩を並べて階段を降りること，街に降りた深い霧，これら三つによって，彼はつぎつぎとバルベック，ドンシエール，コンブレーに運ばれてゆく．これら三つの喚起されたものは，不完全ではあるが，強く激しいもので，一瞬語り手は過去のこれらの土地ですごした時期のそれぞれ異質の事柄と実体を意識する．リヴベルの緻密でぴかぴかした薔薇の葉脈が透いた雪花石膏アラバスターと対照された，コンブレーのくすんで粗い砂岩を意識する．だが彼はひとりではない，サン＝ルーが彼の邪魔をする．そして彼の人生の転機となったかもしれないこと，ゲルマント大公夫人の中庭と図書室で何年も後になるまで，達するわけにはいかないクライマックスは，最もはかない前兆のひとつ以上のなにものでもないのだ．（BECKETT 1931, 24；48-49；39-40）

(11)　プルースト＝ラスキン，『胡麻と百合』，吉田城訳，筑摩書房，1990 年，p. 201．Cf. Tadié 1983, 38.

(12)　ジャック・リヴィエール宛ての最初の手紙（1914 年 2 月 6 日）の中でプルーストは次のように書いている．

　　実際，もし私に知的信条がなかったら，そしてただ思い出に身を委ね，これまで生きてきた日々をその思い出と重ねあわせるだけだったら，私のような病人が，わざわ

ざものを書くことはないのです．しかし，私は，そういう思考の進化を抽象的に分析するのではなく，進化そのものを再創造し，生きさせたかったのです．ですから私は，さまざまな錯誤を描かざるをえなかったのですが，それを錯誤とみなしていることを言わなければならないとは考えませんでした．（*Marcel Proust et Jacques Rivière : Correspondance 1914-1922*, Gallimard, 1976, p. 28.）

（13）　リクールは，バンヴェニストのいう「年代的時間 le temps chronique」（BENVENISTE 1966, 5-13）にかんする考察を，彼自身の「暦法的時間」の指針としている．ただし，リクールとバンヴェニストでは，議論の枠組みが異なっていることに注意が必要である．

　リクールは，「暦法的時間」を，「心理的時間」と「宇宙的時間」のあいだの第三の時間としている．他方，バンヴェニストは，「物理的時間」と「言語の時間」と「年代的時間」との３つの時間を，同じ「時間」という名でよばれるがまったく異なった時間性をもつものとして，注意深く区別している．そして「物理的時間」の心的相関物であり，その主観的ヴァージョンであるものとして「内的持続」を考えている．彼の論文の表題である「言語と人間の体験 le langage et l'expérience humaine」は「言語の時間」と「年代的時間」とのかかわりを意味している．

　　物理的時間とその心的相関物である内的持続とから，われわれが注意深く区別するのは，「年代的時間」であり，これは諸出来事の時間であり，一連の諸出来事としてわれわれ自身の生活を同様に含んでいるものである．われわれの目に映る世界の相のなかでは，われわれの個人的な生活のなかでも同様に，一つの時間，「年代的時間」だけしか存在しない．その固有の構造において，そしてそれを知覚するわれわれのやりかたにおいて，それを特徴づけるよう努めなければならない．
　　われわれの生きられる時間は終わりもなく，回帰もなく，流れる，これは共通の体験である．われわれはわれわれの子どものころにも，非常に近い昨日にも，一瞬で逃げ去る瞬間にもふたたび会うことはけっしてない．われわれの生はしかしながら，全員によって知られた体系のなかに正確に位置づける基準点をもっており，それにわれわれは近い過去や遠い過去を結びつける．この見かけの矛盾のなかに年代的時間の本質的特性が潜んでいて，それを解明しなければならない．（同書, 5-6）

　本書において，時間形成を分析するさいには，「言語の時間」と「年代的時間」との区別が必要であり，バンヴェニストの議論の枠組みに沿うことになる．
　他方，意味形成を考えるときに問題になるのが「時代」であり「世代」であるために，本書では，意味文脈の分析のさいにリクールの枠組みをもちいることになる．

第1章 不眠の夜

　本章では『失われた時を求めて』冒頭の夜の物語を分析する．一般に「不眠の夜」と呼ばれている物語である．この冒頭の夜の物語は書きはじめられたが放棄されることになる物語体評論『サント゠ブーヴに反論する』の草稿から生まれた．

　サント゠ブーヴ（1804-1869）はロマン主義時代の大批評家であり，当時大きな影響力をもっていた．プルーストはそのサント゠ブーヴを批判することによって，自らの文学論を展開したいと考えていた．ジョン・ラスキン『アミアンの聖書』と『胡麻と百合』の翻訳刊行ののち，1908年プルースト37歳のころのことである．

　『サント゠ブーヴに反論する』は未定稿のまま終わったが，吉川によると，そのプランはつぎのようなものであった．

　この物語体評論の骨組を記せば，およそつぎのようなことになろう．主人公の〈私〉はかなりの病気で昼間の活動に耐えられない．そこで夜中起きていて，明け方になってようやくベッドに横たわる．そして母親が枕元に持って来てくれる郵便物と朝刊に目を通し，母の接吻を受けてから眠りに就く．そんなある朝のこと，主人公は朝刊紙上に以前から投稿していた自分の文章を見出し，喜びのあまり母親にその感想を訊ねる．そして母との会話が始まるうち，彼はサント゠ブーヴの批評方法に反駁する論考を再び投稿することを思いつき，その骨子を母親に語って聞かせる，こうして母との会話という形式を採って，サント゠ブーヴ論が展開されていく予定だったのである．（吉川 1981, 51）

　結局，『サント゠ブーヴに反論する』は空中分解して，『失われた時を求めて』という小説へと変貌を遂げるが，ここではまずその重要な契機のうち，本書の論旨に関係する次の3点をとりあげて検討しておきたい．第1は，時間の構造化と中間的主体の発見，第2は，ケラーが「自由物語言説 récit libre」と呼んでいる方法を導入したこと，第3は，夜と昼と病気の

関係が変化したことである.

1. 『サント゠ブーヴに反論する』から
『失われた時を求めて』へといたる
3つの契機

「目覚めて眠っている人 le dormeur éveillé」：時間の構造化と中間的主体の発見

　ところで，『サント゠ブーヴに反論する』の最も古い草稿が，「プルースト45」と「プルースト88」と呼ばれているものであることは，今日では研究者のあいだで広く承認されているであろうと思われる（Cf. 吉田 1993, 62-66）.

　「プルースト45」では，主人公は病気で，夜中起きていて，夜明けごろ就寝する．ベルナール・ブランは「プルースト45」に続くと考えられる草稿帖のカイエ3とカイエ5（手書き草稿帖はこのようにカイエと呼ばれる）を書きだし，注をつけて解説している（Brun 1982, 241-316）.それによると，冒頭の箇所が部分的に15回手直しされ，さらに全体が全面的に9回書き直されたことがわかる.

　後者の「プルースト88」は，若い男が夜中に目覚めて回想をする物語である．これにかんしてブランは，源泉として『千一夜物語』の『目覚めて眠っている男の物語 le Dormeur éveillé』[1]をあげている.

　このように2つの異なった状況を組み合わせることによって『サント゠ブーヴに反論する』は書きすすめられるのであるが，ここで大きな問題がおこる．この2つの状況が根本的に矛盾しているからである．つまり，前者では主人公は病気であって，夜の間起きていて夜明けごろ就寝するのに対して，後者では眠っていた主人公が夜中に目覚めて回想をする．前者は自伝的物語の状況を示し，後者はサント゠ブーヴに反論するための理論的基盤をなす状況を示す.

　この両者を両立させることは困難であり，プルーストは朝の場面に朝刊のフィガロの記事を出そうと5回試みるが，うまくいかない．冒頭部分における15回の手直しと全面的な9回にわたる書き直しは，プルーストがいかに我慢強く試行錯誤を繰り返したかを十二分にあらわしている.

そして，この２つの状況を結びつける解決策こそが，時間そのものを構造化することであった．「かつて autrefois」が初めてあらわれる草稿に，ブランは次のように注をつけている．

> かつて私は皆と同じように（暗闇の中で一瞬）夜中にめざめて一瞬のあいだ（暗さを）暗闇と静けさを（感じる）味わう快さを知っていた…
> 　注2．15回目の部分的書き直しと３番目の書き出し．9回目の書き直しより満足できる解決策（「かつて」）を与える新たな統合の努力
> 　Autrefois j'avais connu comme tout le monde la douceur de m'éveiller *un instant dans l'obscurité, et au milieu de la nuit, de sentir goûter un instant le noir* l'obscurité le silence, […]
> 　note 2. Quinzième reprise partielle et troisième *incipit*. Nouvel effort de synthèse qui fournit une solution plus satisfaisante que dans la neuvième reprise (« Autrefois »). (BRUN 1982, 256. 強調はブラン．Cf. I, 639. 吉田 1993, 66-67.)

ここに「かつて autrefois」という語が登場したことは，まさに時間が構造化されたことを示している．この構造化された時間を，ベルナール・ブランは３段階に（BRUN 1982, 295），ルーツィウス・ケラーは４段階に分けて考えている（KELLER 2006, 81）．また吉田も三重の時間構造を提示している（吉田 1993, 68）．ブランは，語り手と主人公のあいだに介在する「不眠の夜」の主体を，マルセル・ミュレール（MULLER 1965, 19）にならって「中間的主体 sujet intermédiaire」あるいは『千一夜物語』の「目ざめて眠っている人 *le Dormeur éveillé*」と呼んでおり，ケラーも同様である．ブランとケラーそして吉田の提示する時間の構造化を表にすると以下のようになる．

時間の構造化		
Brun	Keller	吉田
語り手	語り手　　…　現在	現在 … 語り手の現在
	「母との会話」の主人公	過去Ⅱ（今）… 不眠の時代
	…　単純過去	
中間的主体	中間的主体 … 大過去「かつて」	過去Ⅰ（かつて）… 安眠の時代
主人公	回想される物語の主人公	
	…「かつて」以前	

第1章 不眠の夜

ここで4種の冒頭を簡略化して列挙すると次のようになる（Cf. BRUN 1982）.

「プルースト45」の書き出し…「私はほぼ一時間前から床についていた J'étais couché depuis une heure environ, …」

「プルースト88」の冒頭文

…「両腕を広げて眠っている若者は，時間の縦糸，年月の横糸，世界の秩序を，自分のまわりに輪のように巻き付けている Un jeune homme qui dort les bras répandus, tient [...] autour lui, rangés en cercle le fil des heures, le rang des années, l'ordre des mondes.」

1番目の冒頭文…「私はほぼ一時間前から床についていた J'étais couché depuis une heure environ.」

15回目の部分的書き直しの際，3番目の冒頭文

…「かつて私は皆と同じように夜中にめざめて一瞬のあいだ暗闇と静けさを味わう快さを知っていた Autrefois j'avais connu comme tout le monde la douceur de m'éveiller au milieu de la nuit, de goûter un instant l'obscurité le silence, …」

『失われた時を求めて』第一篇『スワン家のほうへ』（1913年）冒頭文

…「長いあいだ，私は早くから床についた Longtemps, je me suis couché de bonne heure.」（*Sw.* I, 3 ; 1, 5）

『失われた時を求めて』第一篇『スワン家のほうへ』（1913年）第5段落書き出し

…「眠っている人は，時間の糸，歳月や自然界の秩序を，自分のまわりに輪のように巻き付けている Un homme qui dort, tient en cercle autour de lui le fil des heures, l'ordre des années et des mondes.」（*Sw.* I, 5 ; 1, 7）

ブランはこの中間的主体の発見についてつぎのように述べている.

『ジャン・サントゥイユ』の線的な記憶に，プルースト45の断片的な記憶に，作家はここで，目覚めて眠っている人によって思いだされた回想の目くるめく陶酔を付け加える．そこで目覚めて眠っている人の同心円をえがく記憶は，無意識

的想起の並置を避け，物語を生みだし構成していく中で無意志的記憶の効果をさらに強めることを可能にしたのであった．（BRUN 1982, 305）

　ブランによれば，こうしてプルーストは 3 つの記憶を手にしたことになる．『ジャン・サントゥイユ』以来の線的な記憶と，無意志的記憶と，夜中の目覚めに伴う回想である．

　『ジャン・サントゥイユ』は，1952 年に埋もれていた厖大な草稿のなかからジャン・サントゥイユと呼ばれる主人公の物語の断章群が発見され，ガリマール書店から 3 巻本として刊行されたものが最初である．ついで，1971 年に詳細に検討しなおされた原稿群が，『楽しみと日々』（1896 年刊，プルーストは 1892 年から 1894 年にかけて書いたものをまとめて単行本として出版したが，彼自身の知己を除けばほとんど読者はいなかった）と一冊にされてプレヤッド版として刊行された．『ジャン・サントゥイユ』という表題もばらばらの断章をまとめた構成も編者によるものである．1895 年から1900 年ごろにかけてプルースト 25 歳から 30 歳にかけて執筆されたと想定されている．

　ブランのいう 3 つの記憶とは，この『ジャン・サントゥイユ』執筆時以来の線的な記憶と，本章でのちに検討する「マドレーヌの体験」が代表する無意志的記憶と，「かつて」によって時間が構造化されて生みだされた「中間的主体」の，夜中の目覚めにつづく回想である．

　また，ケラーは「幼少の思い出が素材の一部となる小説の形式のもとにあらわれて，幼年時代の回想がもはやサント＝ブーヴに反論するための理論〔…〕を証明するための論拠ではなくなり，計画された作品が理論的作品として提示されなくなるときから，これらの回想は，冒頭部分から姿を消して，物語の本体のなかに置かれるべきものになるのである」（KELLER 2006, 85）と述べている．

自由物語言説 récit libre

　つぎにとりあげる第 2 の契機は，「不眠の夜」において物語が回想へと移行するとき，ケラーが「自由物語言説 récit libre」と呼んでいる方法を導入したことである．この方法は，「目覚めて眠っている人の回想が語り

手によって直接引き受けられること les souvenirs du dormeur éveillé（du sujet intermédiaire, comme on l'a aussi appelé）sont assumés directement par le narrateur」であると説明されている（KELLER 2006, 87-88）[2].

『失われた時を求めて』の「不眠の夜」にふくまれる，「コンブレー I」，「コンブレー II」および「スワンの恋」は，すべて語り手が直接語っている物語であり，その内容が中間的主体の回想に還元されるという形をとっている.「不眠の夜」が終わって，つづく「土地の名：名」からは，もはや，その語り手による物語が中間的主体に還元されることはない.

夜と昼と病気の関係の変化

最後にとりあげる 3 つ目の契機は夜と昼がその価値を交換したことである. 語り手，および母との会話における主人公にとって，夜はその暗闇の快さとともに，ブランのいう「保護空間 un espace protecteur」（BRUN 1982, 290）を作りだしていた. 逆に目覚めて眠っている人である中間的主体にとっては，夜の目覚めは不安に満ちたものである. 語り手と会話の主人公が物語から姿を消して，夜は保護空間からもっぱら不安な空間へと移行する.

さらに，ケラーは，手書き草稿帖のカイエ 8 からカイエ 68 へと進むうちに，この価値の交換がよりはっきりした形で現れることを指摘している（KELLER 2006, 88）. つまり，『サント＝ブーヴに反論する』の世界においては，早くから寝て夜中に目覚めることは健康と幸福のしるしであり，逆に，夜中起きていて明け方近くに眠ることは病気によるものであったが，「かつて」があらわれる新しい冒頭句では，病気のための休養生活こそが早くから寝て夜中に目覚める契機であったとされるのである. 吉川は，この新しい冒頭句が「どのくらいのあいだこの形で生きていたのかは明らかではない」（吉川 1981, 55）と述べているが，ケラーは，「この試みが『サント＝ブーヴに反論する』の世界との根本的な断絶を表わしている」（KELLER 2006, 88）という.

さて，草稿はさらに紆余曲折をへて，1913 年の『スワン家のほうへ』に達する. 本章の目的は，「不眠の夜」を分析し，その意義を『失われた時を求めて』という作品全体の時間形成という観点から考察することである. 吉川のいう「第一稿において顕著だった〈不眠の夜〉が包摂する巨大

な円環が崩壊した」[3] あと，1913 年の『スワン家のほうへ』以降の『失われた時を求めて』の構造は次のようなものになる．

「不眠の夜（就寝 → 過去の回想 → 夜明け）」
➡「土地の名：名」から『見出された時』まで

本章では「不眠の夜」を分析して，「円環が崩壊した」後の，「夜」のあらたな意義を考えたい．

2.［1］「不眠の夜」の時間形成

「不眠の夜」はイテラティフによる擬似的な一夜として構成されている．イテラティフはジュネットの用語で，「n 度生起したことをただ一度だけ物語る（あるいはむしろ，ただの一度で物語る）」物語言説を指す（GENETTE 1972, 147：132）．つまり，「不眠の夜」は，何日間かにわたって「n 度」起こった夜の物語が擬似的な時刻の推移にそって「ただ一度だけ」物語られている．したがって，その擬似的な時刻の推移と物語が対象とする何日間かの期間とが問題となる．

たとえば，次のような文章を考えてみよう．

2014 年 4 月のあいだ，私は歩いて学校へ行った．朝，まだ明けきらないうちに起きだして，窓を開け放した．大きく深呼吸すると，台所にむかい，牛乳を温めて飲む．〔…〕

ただ一度，寝坊してしまったことがあった．目ざめて時計を見ると，もう七時を過ぎていた．おんぼろ自転車を納屋から引っ張り出して，〔…〕．連休前の 27 日のことである．〔…〕

5 月，連休が明けると，歩いて学校へ行くことはなかった．連休のあいだに新しい自転車を買ったからである．遅刻ぎりぎりの時刻に起きて，あわてて身支度をととのえ，自転車で飛び出す．〔…〕

3 つの段落はそれぞれイテラティフ，サンギュラティフ，イテラティフである．

第
1
章
　
不
眠
の
夜

　イテラティフはある期間，何度かおこった出来事を1度だけ表出した物語言説である．第1段落における期間は2014年4月のひと月，テクストは朝の目覚めから夜の就寝時までを記述しているとする．フランス語でイテラティフに用いられる時制は，現在形，半過去，単純過去，複合過去など，単純未来も可能である．ジュネットの規定には時制の指定がない．どの時制が用いられているかによって文体的価値が変わる．

　このイテラティフの対極にあるのがサンギュラティフであり，これはただ1度おこった出来事を1度表出した物語言説をさす．第2段落はこのサンギュラティフであり，特定の1日である4月27日の物語である．

　第3段落では，イテラティフに戻っている．こうして，[イテラティフ→サンギュラティフ→イテラティフ]のパターンができあがる．この『失われた時を求めて』に多くみられるパターンをヒューストンはABAパターンと呼んでいる（HOUSTON 1982, 67）．またジュネットは，ふつう物語言説に多く見られるのは[要約→場面→要約]であるが，『失われた時を求めて』においては「要約」がイテラティフに置きかえられていると述べている（GENETTE 1972, 170 ; 166）．

　イテラティフにおける重要な要件は出来事の性質と期間，およびその強度である．上記の例文で考えてみよう．

　2014年4月のあいだ，私は歩いて学校へ行った．
　2014年4月，私は歩いて学校へ行った．

　どちらもイテラティフであると解釈されるであろう．それは「学校へ行く」という出来事の性質がその解釈を導きやすくするからである．
　ところが，次の2文では解釈が異なる．

　2014年4月，私は歩いて学校へ行った．
　2014年4月，私はフランスへ行った．

　後者はサンギュラティフの解釈が妥当である．なぜなら，「学校へ行く」とは異なって，「フランスへ行く」という出来事がひと月のあいだに何度かおこるとはふつう考えにくいからである．前者がイテラティフであり，

後者がサンギュラティフであるとする解釈の根拠は期間とその出来事の性質との組みあわせにある.

　また，上記の例文の書き出しに，たとえば「しばしば」「普通」「たいてい」「ほとんど」といった限定が加わるとイテラティフの強度が弱められる.

　　2014 年 4 月のあいだ，私は歩いて学校へ行った.
　　2014 年 4 月のあいだ，私はしばしば歩いて学校へ行った.

「不眠の夜」は，何日間かにわたって何度か起こった夜の物語を擬似的な時刻の推移にそって「ただ一度だけ」物語られている.
「擬似的な」というのは，サンギュラティフの特定の一日の時刻の推移に対して，イテラティフの一日の時刻の推移であることを明示するために，本書で用いる表現である．ジュネットは擬似的な時刻の推移を「内的通時性 diachronie interne」と呼び，日々の推移を「外的通時性 diachronie externe」と呼んでいる（GENETTE 1972, 167-168；162-164）．ジュネットの用語では，サンギュラティフとイテラティフの違いが明示的ではない．本書では，サンギュラティフの特定の時刻の推移ではなくて，イテラティフの時刻の推移であることを明示するためにとくに「擬似的」という表現をもちいることにした.
　要するに，「不眠の夜」においては，その擬似的な時刻の推移と，物語が対象とする何日間かの期間とが問題となる.

　「不眠の夜」は次の 7 つの部分からなる.

　[1]「不眠の夜」
　　[1-1] 前奏（*Sw.* I, 3-5；1, 5-7）
　　[1-2] 夜中の目覚めから回想まで（5-9；7-12）
　　[1-3] 回想 I ＜［2-1］「コンブレー I：少年時代の就寝のドラマ」（9-43；12-55）
　　[1-4]「マドレーヌの体験」（43-47；55-61）
　　[1-5] 回想 II ＜［2-2］「コンブレー II：コンブレーの一日」（47-183；

61-239)

[1-6] 回想を始めてから夜明けまで（183-184；239-240）

[1-7] 回想Ⅲ < [3]「スワンの恋」（185-375；241-499）

[1-2] 夜中の目覚めから回想まで と [1-6] 回想を始めてから夜明けまで が，[1]「不眠の夜」の一夜の擬似的時刻の継起をになう物語である．

[1]「不眠の夜」の一夜の擬似的推移

一夜のうちに，5つの時点があらわれる．

〈1〉「目ざめ」，〈2〉「回想の訪れ」，〈3〉「回想の始まり」，
〈4〉「夜明けが近づく」，〈5〉「夜明け」

[1-1] 前奏は4個の段落からなり，[1-2] 夜中の目覚めから回想までは5個の段落（第5段落〜第9段落）から，[1-6] 回想を始めてから夜明けまでは2個の段落からなる．

[1-3] 回想Ⅰ，[1-5] 回想Ⅱ および [1-7] 回想Ⅲ は，先にケラーの「自由物語言説」でみたように，語り手によって直接語られているが，この夜の主人公である中間的主体の回想に還元される．上記の，[1-3] 回想Ⅰ <[2-1]「コンブレーⅠ：少年時代の就寝のドラマ」における < は，[2-1]「コンブレーⅠ」が [1-3] 回想Ⅰ に還元されることを示す．したがって，3つの回想部分は，主人公が夜中に目ざめて回想を始めてから夜明けを意識する時点までに対応すると考えられ，時点〈3〉から時点〈4〉までのあいだに記録される．

[1]「不眠の夜」の一夜の擬似的推移を図示すると，図Ⅰのようになる．

[1]「不眠の夜」が対象とする期間

つぎに日々の推移を表す軸上でこの夜の物語時間を考える．[1-4]「マドレーヌの体験」は時刻の推移をあらわす軸上にはその位置をもたないが，この日々の推移を表す軸上では最も重要な位置を占めることになる．図Ⅱにおける時点〈3〉はそのマドレーヌの体験がおこった日を示す．

図Ⅱにおいて，時点〈1〉は，主人公がコンブレーを去った年，時点

〈2〉は主人公が早くから床に着くようになり夜中にめざめて回想をはじめるようになった時点であり，それはまた，回想Iの始点，つまり，主人公が就寝のドラマを回想し始めた日を示す．時点〈3〉はマドレーヌの体験がおこった日であると同時に，回想IIの始点，つまり主人公がコンブレーの一日を回想し始めた日であることはいうまでもない．さらに，時点〈4〉は回想IIIを始めた時点である．最後に，時点〈3〉と時点〈4〉の前後関係は不明であり，図にはひとまず不明なものとして記入した．時点〈5〉はこのセリーの終点である．また，［1-2］と［1-6］の夜の物語は時点〈2〉から時点〈5〉までのこの物語期間全体を対象としている．終点である時点〈5〉については，この「夜」全体を支配する冒頭の「長いあいだ，私は早くから床についた Longtemps, je me suis couché de bonne heure.」が直説法複合過去形によって表現されていることから，おそらくは，「語り手の現在」の直前にまで達するものと思われる．この冒頭文について次に検討する．

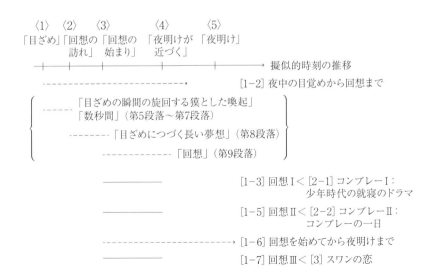

図I．［1］「不眠の夜」の一夜の擬似的推移
（破線はイテラティフ，矢印は順行的時間の継起が認められることを表す）

第1章　不眠の夜

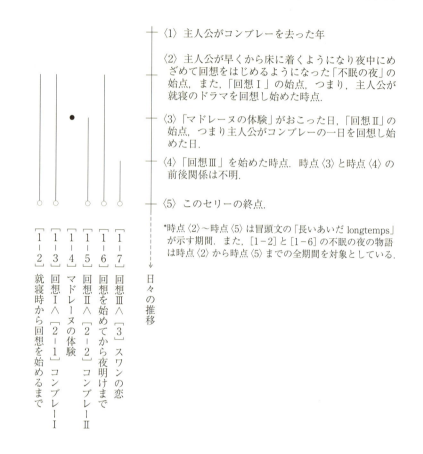

図Ⅱ.［1］「不眠の夜」が対象とする期間（白点はその時点を含まないことを示す）

⟨1⟩ 主人公がコンブレーを去った年

⟨2⟩ 主人公が早くから床に着くようになり夜中にめざめて回想をはじめるようになった「不眠の夜」の始点．また，「回想Ⅰ」の始点，つまり，主人公が就寝のドラマを回想し始めた時点．

⟨3⟩ 「マドレーヌの体験」がおこった日，「回想Ⅱ」の始点，つまり主人公がコンブレーの一日を回想し始めた日．

⟨4⟩ 「回想Ⅲ」を始めた時点．時点⟨3⟩と時点⟨4⟩の前後関係は不明．

⟨5⟩ このセリーの終点．

*時点⟨2⟩〜時点⟨5⟩は冒頭文の「長いあいだ longtemps」が示す期間．また，［1-2］と［1-6］の不眠の夜の物語は時点⟨2⟩から時点⟨5⟩までの全期間を対象としている．

［1-7］［3］スワンの恋
［1-6］回想を始めてから夜明けまで
［1-5］回想Ⅱ＝［2-2］コンブレーⅡ
［1-4］マドレーヌの体験
［1-3］回想Ⅰ＝［2-1］コンブレーⅠ
［1-2］就寝時から回想を始めるまで

日々の推移

冒頭文の解釈

　「長いあいだ Longtemps」は作品表題『失われた時を求めて *À la recherche du temps perdu*』の「失われた時 le temps perdu」をそのまま受けて主題としたものである．つまり，「失われた時 le temps perdu」とは，「長いあいだ Longtemps」のことである．表題の「求めて à la recherche」は語り手である「私」が始めようとする語りの行為を述べたものであると考えられる．「私」が語り手でありかつ主人公でもあることが明示される．語り手は自らの「失われた時」の物語をこれから語ると明言していることになる．語り手はその物語が遠い過去のものであるか現在のものであるか，

これから語る物語と語り手の現在との関係について，必ずというわけではないにしてもやはり述べなければならない．「私は早くから床についた je me suis couché de bonne heure」はこの主題に関してもたらそうとする情報である．そこで，冒頭文を言い換えると次のようになる．

「失われた時 le temps perdu」とは，「長いあいだ Longtemps」のことである．その「長いあいだ longtemps」のことをこれから私は語る，その間，「私は早くから床についた je me suis couché de bonne heure」．

「私は早くから床についた je me suis couché de bonne heure」という表現のうちに，これから語る物語と語り手の現在との関係が明記されている．直説法複合過去形がその関係をあらわしている．

　この冒頭文の問題は，「不眠の夜」のなかで唯一複合過去形によって書かれていることに起因する．たとえば，中村は，論文「『失われた時を求めて』における複合過去形」（NAKAMURA 1987）において，「この複合過去形を選択したことは，一時の偶然や趣味の結果であるとは思われない」といい，『失われた時を求めて』最終の第七篇『見出された時』の最後がやはり複合過去形によって閉じられていることを指摘し，この作品における複合過去形を6つに分類している．

　冒頭文をどのように解釈するか，ここではクレベールとヴュイヨームの，二人の説をもとにこの問題を考え，そのうえで，中村の分析にもどって検討したい．

　ジョルジュ・クレベールは，『動詞の対象指示のほうへ：習慣をあらわすさまざまな文 Du côté de la référence verbale : les phrases habituelles』（KLEIBER 1987）において出典を明記せずに，この冒頭文を一般的言表として分析している．マルセル・ヴュイヨームは，『物語言説の時間文法 Grammaire temporelle des récits』（VUILLAUME 1990）において，主人公たち登場人物の世界と語り手－読者の世界とをそれぞれ「主虚構 la fiction principale」と「二次虚構 la fiction secondaire」として異なった時間軸の上で分析している．

第1章 不眠の夜

クレベールによる冒頭文の解釈

クレベールはこの一文を，習慣を表現した複合過去形の文として次のように解釈することが望ましいと述べている．

> 「長いあいだ *Longtemps*」は「長いあいだのあいだ *pendant longtemps*」に相当し，習慣性の指標 indicateur de l'habitualité としては機能せず，定期的反復の持続期間の単なる標識 simple marqueur de la durée de la fréquence である（KLEIBER 1987, 216）

したがって，この一文は以下のように書き変えることができる．

> *Pendant longtemps, j'ai eu l'habitude de me coucher de bonne heure*（同上）
> 「長いあいだ，私は早くから床につく習慣をもった」

クレベールによれば，複合過去形による習慣を表わす文は，以下の3つの点で現在および半過去による習慣を表わす文とは異なる．

第1に，複合過去形による文が複数回起こったできごとであることを示すイテラティフであるという判断は，半過去の場合と異なって語用論レヴェルのわれわれの知識に基づいている．

現在と半過去によって表現されるイテラティフは相－時制的 aspectuo-temporel なものであるが，複合過去形の文の場合は，述語が示す行為があらかじめ「習慣」として認知されていることが必要である．

「早くから床につく」では，一度だけ起こったできごとであることを示すサンギュラティフの読みが妥当であるのは，たとえば「歩いて学校へ行く」と同様に，明らかに，期間が「1日」の場合のみである．したがって，冒頭文の「長いあいだ」を考えれば，イテラティフ以外の解釈は不可能である．

第2に，「長いあいだ」は継続的期間 intervalle duratif ではなく包括的期間 intervalle inclusif を示すと解釈すべきである．したがって，以下のように書き換え可能である（Cf. KLEIBER 1987, 165）．

Il y a eu longtemps une situation où je me suis couché de bonne heure

「長いあいだ私が早くから床につく状況があった」

　つまり，冒頭文は，半過去で表わされた場合のように継続的にずっと「私は早くから床についた」ということを言っているのではなく，包括的にその間そういう状況があったということをあらわすのみである．しかし，そういう状況があったことから継続的にそうしたであろうという推論がはたらく．「十分長い期間繰り返された行為は〈偶然的なもの〉以上であるというあらかじめの承認に基づいて，習慣性の解釈が」なされるということになる（KLEIBER 1987, 216）．

　第3に，現在形や半過去による習慣を表わす文がその期間のあらゆる時点において真であるのとは異なって，複合過去形による定期的反復を表わす文はその期間にとって真であるのみである．したがって，半過去におけるように，その期間全体を特徴づけることはなく，複合過去形による定期的反復を表わす文においては，「問題はもはや《習慣化された》反復ではなく，すでに構築された習慣的行為の過去における存在の単なる断定である」（KLEIBER 1987, 215）．

　「私は早くから床につく習慣をもった」は，「習慣的行為の過去における存在の単なる断定」であると考えられる．しかし，冒頭文の複合過去形は語り手の複合過去形である．このことが何を意味するのか，この問題はかなり込み入った議論を必要とする．本書では物語言説と語り手の言説という2種のテクスト間の関係にかんして，ヴュイヨームの説を採用したい．

ヴュイヨームの「主虚構 la fiction principale」と「二次虚構 la fiction secondaire」による分析

　ヴュイヨームの論考は，「今日 aujourd'hui」の使用をめぐって「物語言説の時間的文法」を考える必要性を説くことから始まる．

　ヴュイヨームは，まず読者に問いかける．

　さて，あなたが1986年8月8日に起こった出来事をだれかに話しているところだと，想像してほしい．はっきりとこの日を示すために，あなたはまずカレンダーでその位置を指し示す（1986年8月8日），ついで，あなたがふたたびその

話をしなければならないなら，場合に応じて，もう一度同じ動作をすることもできるし，「その日 ce jour-là」や「その同じ日 ce même jour」などの表現を用いることもできる．しかし，どんな場合でも，あなたが「今日 aujourd-hui」と言葉を口にすることはありえないだろう．というのは，この語は，1986 年 8 月 8 日ではなくて，あなたが物語を話している日にあたるからである．同様に，ついで 8 月 7 日を示すために，「8 月 7 日」と言うことができるだろうし，もし文脈が許せば，「前日 la veille」「先立つ日 le jour précédent」「一日前 un jour plus tôt」と言うことができるが，「昨日 hier」という語を使うことはできないであろう．この語はあなたが語っている日の前日にしか当たらないからである[4]．(VUILLAUME 1990, 9)

そして，スタンダール『赤と黒』から一節が挙げられる．

　マチルドは庭を目の敵(かたき)にしている．いや，すくなくとも，やりきれない気がした．ジュリヤンの思い出に結びついているからである．

　不幸は頭を鈍らせる．われわれの主人公は愚かにも，例の小さな藁椅子のそばにいって，離れようとしなかった．かつての数々の輝かしい勝利を目撃してくれた椅子である．今日はだれひとり彼に言葉をかけなかった，ジュリヤンのいることなど気づかれていないかのようだった，というよりもっとひどい．(スタンダール『赤と黒』(下)，「第二十章」，新潮文庫，小林正訳，p. 218，部分的な改訳は青木)

　Mathilde avait de l'humeur contre le jardin, ou du moins il lui semblait parfaitement ennuyeux : il était lié au souvenir de Julien.

　Le maleur diminue l'esprit. Notre héros eut la gaucherie de s'arrêter auprès de cette petite chaise de paille, qui jadis avait été le témoin de triomphes si brillants. Aujourd'hui personne ne lui adressa la parole ; sa présence était comme inaperçue et pire encore. (Stendhal, *Le Rouge et le Noir*, Gallimard, Folio, n° 17, 1972, 420-421)

彼はこの一節を，「美しい言語を養っていると自慢している何人もの人たちに」みてもらう．おそらくこのテクストに見られる「何か異様なもの」に気づいた人はいたであろうが，矛盾に気づいた人はいない．「きっと，あなたがスタンダールのこの小説を読んだとき，この一節になにか特別なものを感じはしなかったと私は思う」と彼は述べる．

　「何か異様なもの」とは何であろうか．最後の文「今日はだれひとり彼

に言葉をかけなかった Aujourd'hui personne ne lui adressa la parole」に
ある「今日 aujourd'hui」と単純過去との結合である．以下，ヴュイヨー
ムの解説をみよう．

> 出来事が見られた基準点が，著者が物語を書いているときであると仮定しよう
> （仮定といっても非常に納得のいくもっともなものであるとおもわれる）．動詞の
> かたち「adressa」〔単純過去〕は，（読者によって採用される）語り手の視点か
> ら，ここで書かれている状況はかなり遠い過去に属しているということを暗示す
> る，そして文脈全体がこの考えを確かなものにする．スタンダールが『赤と黒』
> を 1830 年に出版したといっても無駄である．彼のテクストは，出来事が起こる
> につれて書き留められる新聞のようには提示されていない．もっともそうである
> なら，単純過去よりもむしろ複合過去形（Aujourd'hui personne ne lui a adressé
> la parole）が用いられるであろう．じっさい明らかなのは，物語の執筆が始まる
> とき，そこで喚起される事実はすべて過去に属するものだということである．こ
> の条件で，副詞「今日 aujourd'hui」があらわれるのは何か当惑させるものであ
> る．その語が単純過去とおなじ基準との関係によって定義されると仮定すると矛
> 盾にいたる．「今日はだれひとり彼に言葉をかけなかった Aujourd'hui personne
> ne lui adressa la parole」によってあらわされる事実が，遠い過去に属すると同
> 時に直近の過去（スタンダールがこの一節を書いているまさにその日）にも属す
> ることを認めるように導かれるのだから．つまり，この文は同時に 2 つの時点に
> 位置を占めることになり，それが相矛盾することは明らかである．さらにこの解
> 釈はまったく読者の直観に符合しない．（VUILLAUME 1990, 9-10)

それでは「読者の直観」とはどのようなものであろうか．ヴュイヨーム
はつづけて言う．

> 「今日はだれひとり彼に言葉をかけなかった Aujourd'hui personne ne lui
> adressa la parole」という文を読みながら，読者は，過去の出来事の内容を知る
> という印象と全く同時に，それの証人である，それが起こっているまさにその時
> にそこにいるという感情をもつ．この直観の第 1 の要素には単純過去という動詞
> のかたちが対応し，第 2 の要素には「今日 aujourd'hui」という副詞が対応して
> いる．しかし，この観察はいまわれわれがかかわっている言表だけにあてはまる
> ものではない．古典的三人称で書かれたフィクションの物語すべてに，そしてお
> そらく他種の語りにも，拡張することができる．小説を読むとき，それを与えら
> れたものと理解する，つまり，過去におこった出来事との正確な関係ととる．し
> かし同時に，その物語を読んでいる瞬間にそれらの出来事が起こっているのを見

ているという印象をもつ．すべてはまるで，テクストは過去のある時代に属する出来事を記述しているが，同時に，読者をそれらの出来事の同時代人にしているかのように起こる．半信半疑なら，A. デュマの歴史小説を開いてもらいたい．過去の動詞形態（半過去，大過去，単純過去，前過去）の使用が，その筋が位置し，著者がその語りを企てている時点に先立つ時代によってそこでは十全に正当化されているようにみえる．しかし，テクストはまた物語の出来事の直接の証人として読者を提示する指示に満ちている．（VUILLAUME 1990, 10-11）

ヴュイヨームは，虚構のなかの過去形は過去の出来事を表現する機能を持たないというケーテ・ハンブルガー（HAMBURGER［1957］1973）やヴァインリッヒ（VEINRICH［1964］1971）の説を退けて，過去時制は過去をあらわすと明言する．それでは，問題の〈今日 aujourd'hui ＋過去時制〉の種類の結合をどのように考えればよいであろうか．

彼の説明を図式するとつぎのようになるであろう．以下の図はヴュイヨームが提示している図式をこの場合にあてはめたものである（Cf. VUILLAUME 1990, 74-79）．「今日はだれひとり彼に言葉をかけなかった Aujourd'hui personne ne lui adressa la parole」は 2 つの文の「陥入 télescopage〔英語の smog < smoke+fog のように，隣接する 2 語，あるいは同一範列に属する 2 語が混交，縮約して生じる〕（小学館，ロベール仏和大辞典）」であると考えられる．

> 主虚構…「その日はだれひとり彼に言葉をかけなかった Ce jour-là personne ne lui adressa la parole」〈その日 ce jour-là ＋過去時制〉
> 二次虚構…「今日はだれひとり彼に言葉をかけない Aujourd'hui personne ne lui adresse la parole」〈今日 aujourd'hui ＋現在時制〉

つまり，「今日はだれひとり彼に言葉をかけなかった Aujourd'hui personne ne lui adressa la parole」を，二次虚構の B'「今日は Aujourd'hui」＋主虚構の C「だれひとり彼に言葉をかけなかった personne ne lui adressa la parole」と考える．「二次虚構 la fiction secondaire の主要な特徴は，語り手と読者とを語られる出来事の目撃者として示すことであり，言表は現在によって続けられなければならないであろうから」，語り手はそのまま現在を用いて「だれひとり彼に言葉をかけない personne ne lui adresse

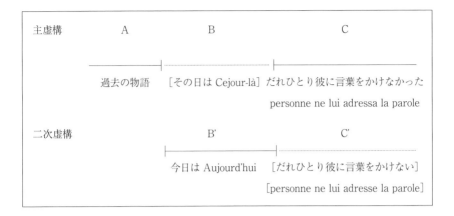

「la parole」と続けることもできたであろう。そのとき物語言説は「歴史的現在 présent historique」と呼ばれているかたちになる。しかし、現在時制は「文脈に断絶をもたらす」。だから語り手はそれを放棄して、過去時制で物語を続けるほうを選んでいる。

　以上のヴュイヨームの説は、たとえば「マドレーヌの体験」のテクストにおいて、物語言説が過去時制から歴史的現在へと移り、次に過去時制に戻り、最後に単純過去と複合過去形との両方があらわれるのを見るとき、十分に納得できるものである[5]。

中村の冒頭文解釈

　中村の解釈の眼目は〈「長いあいだ longtemps」＋複合過去形〉という『失われた時を求めて』において他所には見られない形態をどのように解釈するかに向けられている。彼女の結論を訳出して引用しよう。

> ところで、『失われた時を求めて』において、「長い間 longtemps」という副詞やその等価物は複合過去形ではなく、単純過去形を支配する。
> 〔…〕
> 冒頭文の複合過去形は、したがって、プルーストの文法において驚くべき例外であるが、その理由は理解できる。単純過去形の場合、事実はその後すぐさま反論されるかあるいは打ち消される：スワン氏は来るのをやめる；ジョットーの不快な印象はのちに修正される：「のちに私は出会う機会をもった j'ai eu l'occasion de rencontrer」（I, 81）；コンブレーのヴィジョンはお茶の一口で無限に広がる；

第1章 不眠の夜

そしてパリにもどって，語り手は彼の天職の啓示をうける．これらのテクストと
対照的に，冒頭文の複合過去形は，副詞にもかかわらず，現在の状況を含む現在
形の完了相の価値をとりもどし，打ち消されるのはむしろ副詞の機能のほうであ
る．

そこで残る最後の問題は，フロベールを手本にしてすばらしいものにしたいと
思っている彼自身の文法に逆らってまで，なぜプルーストは作品の冒頭に「長い
あいだ」を置いたのか，ということである．その答えは，修辞学的なあるいは詩
学的なものでしかありえない．

プルーストがこの語を，小説の最後の語と韻を踏ませたいと望んだことは大い
にありうる．客観的に証明することができないのに，何人かの研究者たちはこの
仮定を主張してきた．時間の隠喩が決定稿と同じかたちをとった『見出された
時』の草稿と，そして冒頭文がこの隠喩のあとで定着したことの証拠となる草稿
を知ったのだから，今やわれわれはこの仮定を手直しするのにより十分な根拠を
もっていると思われる．この本全体の表題『失われた時を求めて』もまた，ほと
んど同じときに（アンリ・ボネによると1912年に）定着した．このことが意味
するのは，プルーストは最後におそらくは手書き草稿を読み返しながら，時間が
彼の小説の真の主体－主人公なのであり，動詞の時制の用法が，絵画における色
相と同じやりかたで，物語において時間を再構成することができると完全に意識
したということである．冒頭文の統辞論的不調和は，この本全体における複合過
去形の用法を分析することによってあきらかになったのであり，この仮定を確証
するほどに大きなことであるとわれわれには思われる．（NAKAMURA 1987, 206-
208, 原文引用ページはプレヤッド新版にあわせた）

そして，冒頭文の複合過去形の意味するところを以下のように説明して
いる．

その結果，ここでもまた複合過去形は，間接的ではあっても，作者のあるいは
語り手の現在と関係していることになる．なぜならそれは層をなす時間のなかで
永久に獲得された知識なり状況なりを永続させるために使用されているからであ
る．そしてこの現在の価値は私の存在とともにしか現働化されない．
〔…〕
検討した諸例によって，われわれは複合過去形を，過去の行動としてではなく，
一度獲得した状態の永遠化として定義することができる．冒頭文についても同様
であり，他の可能性はない：語り手は早くから床に就き続けているのである De
même pour la phrase-incipit, il n'y a pas d'autre possibilité : la narrateur conti-
nue de se coucher de bonne heure. [5] (NAKAMURA 1987, 204-205)

中村は冒頭文の副詞「長いあいだ」の機能を「打ち消して」，今もなお語り手が「早くから床に就き続けている」と解釈している．本書ではこの解釈を支持することはできない．以下に述べるように，冒頭文を，ヴュイヨームの説による二次虚構と考えるからである．

作品全体の表題『失われた時を求めて』と冒頭文，そして作品最後の一文が，中村がいうように，ほぼ同時に定着されたということは，この3者がセットであるということを意味するであろう．そして冒頭文と最後の一文はともに複合過去形によって記されている．

『失われた時を求めて』最終，第七篇『見出された時』の最後の一文は以下である．

> だから，もしそれが私に，私の作品を完成するのに十分残されているなら，私はかならずまずそこに人間たちを描くだろう，たとえそれが怪物じみたものに似させることになろうとも，こんなにも大きな場所を占めるものとして，空間のなかで彼らにとって置かれている場所はこんなに限られているけれども，逆に限りなく引き延ばされた場所を占めるものとして，描くだろう．人間たちは年月のなかで生き続ける巨人たちのように，同時にさまざまな時代に触れるのだから，こんなにも隔たった彼らによって生きられたいくつもの時代，それらのあいだにあんなにも多くの日々が場所を占めにやってきたのだ——時間のなかで．Aussi, si elle m'était laissée assez longtemps pour accomplir mon œuvre, ne manque-rais-je pas d'abord d'y décrire les hommes, cela dût-il les faire ressembler à des êtres monstrueux, comme occupant une place si considérable, à côté de celle si restreinte qui leur est réservée dans l'espace, une place au contraire prolongée sans mesure puisqu'ils touchent simultanément, comme des géants plongés dans les années à des époques, vécues par eux si distantes, entre lesquelles tant de jours sont venus se placer - dans le Temps. (*T.R.* IV, 625：10, 521-522, 下線強調は青木)

ヴュイヨームは二次虚構を「枠-世界」とも呼んでいるが，冒頭文と最後の一文とは表題とともに，失われた時の物語である主虚構の「語られる世界」をかこむ枠組みを形成する．

冒頭の「長いあいだ」という副詞の持つ意味が打ち消されることはない．先にあげた図IIにあらわしたように，「長いあいだ」は，時点〈2〉：主人

83

公が早くから床に着くようになり夜中にめざめて回想をはじめるようになった時点，また，「回想Ｉ」の始点，つまり，主人公が就寝のドラマを回想し始めた時点，から，時点〈5〉：「不眠の夜」のセリーの終点まで，の全期間を指示対象としている．

　二次虚構における語り手の現在は，読者を相手に過去の物語を語っている「いま」であって，例外はただ1箇所，「コンブレーＩ：就寝のドラマ」の1つの段落（*Sw.* Ⅰ, 36-37；1, 47）のみである（このことは次章で考察する）．この唯一の例外をのぞいて語り手がみずからの現在の物語を語ることはない．「いま」は主虚構の物語時間における時点を示し，そのほとんどは〈いま maintenant ＋半過去〉の陥入のかたちによって表される．

　以下，［1-1］前奏および，［1］「不眠の夜」の一夜の擬似的時刻の継起をになう物語である［1-2］夜中の目覚めから回想まで と［1-6］回想を始めてから夜明けまで を見ることにしよう．

［1］不眠の夜のテクスト分析
［1-1］前奏（第1段落〜第4段落）（*Sw.* Ⅰ, 3-5；1, 5-7）
　本書において「前奏（プレリュード）」と呼ぶ書き出しの部分は4つの段落からなる．

　　長いあいだ，私は早くから床についた．ときどき，ろうそくを消すとすぐに目がふさがって，「これからぼくは眠るんだ」と自分にいうひまもないことがあった．（第1段落書き出し，3；5）

　　私は頬をおしつけるのであった，私の枕の美しい頬に，まるくふくらんで新鮮な，われわれの子どものころの頬のような，枕の頬に．私はマッチをするのであった，私の懐中時計をみるために．まもなく十二時．（第2段落書き出し，4；6）

　　ふたたび私は眠りこむのだ，そしてそれからは，ときどき目がさめることはあっても，一瞬のあいだ，板張りの干割れる音をきいたり，眼をあけて暗闇の万華鏡を見つめたり，すべてのものが陥っている睡眠をちらと意識にさしこむ光で味わったりするだけで，そのあとは，家具，部屋，その他のすべて，私もまたその小さな一部分であるそうしたすべてのものが陥っている睡眠の無感覚に，私はすぐにもどって合体するのであった．（第3段落書き出し，4；6）

ときには睡眠の途中で，アダムの肋骨からイヴが生まれたように，一人の女が私の腿の寝ちがえの位置から生まれてきた．〔…〕その顔立ちがどこかで見おぼえがある，そういうことがときには起こった，〔…〕．だんだんその女の回想は消えてゆき，すっかり私は夢の少女を忘れてしまうのであった．（第4段落，4-5；7）

　以上第1段落から第4段落までの［1-1］前奏の物語は，「中間的主体」である「目覚めて眠っている人」の物語ではなく，第5段落の書き出し「眠っている人 un homme qui dort」に関する一般的考察に吸収される主人公の物語である．

　　眠っている人は，時間の糸，歳月や自然界の秩序を，自分のまわりに輪のように巻き付けている Un homme qui dort, tient en cercle autour de lui le fil des heures, l'ordre des années et des mondes. （第5段落書き出し，5；7）

　ついで第5段落において主人公の物語は連続性を遮断され，以降は「眠っている人」に一般化されない主人公の「不眠の夜」が始まる．「不眠の夜」のセリーは次の「しかし mais」から始まる．

　<u>しかし</u>私のベッドそのものに寝ていて，睡眠が深くなり，精神の緊張が完全にゆるむだけで十分だった <u>Mais</u> il suffisait que, dans mon lit même, mon sommeil fût profond et détendît entièrement mon esprit, （5；8，下線強調は青木）

［1-2］夜中の目覚めから回想まで（第5段落〜第7段落）（5-7；7-10）
　第5段落の連結をまとめると次のようになる．

1. 「眠っている人」に関する一般的考察．主人公が目ざめるまでの物語（第1段落から第4段落まで）を吸収する．
2. 「しかし mais」…「眠っている人」の例外的な場合．普段と異なる状況では『目覚めて眠っている男の物語』のように，「時間の糸，歳月や自然界の秩序」の「系列がもつれたり切れたりすることがある」．
3. 「しかし mais」…一般的な「眠っている人」の例外的な場合と対立するものとして「私の場合」が記される．「私のベッドそのものに寝ていて，睡眠が深くなり，精神の緊張が完全にゆるむだけで十分だっ

た」.「不眠の夜」の必要十分条件を明記している.

4.「そして et」…「真夜中に目がさめるとき quand je m'éveillais au milieu de la nuit 自分がどこにいるのかわからないので, 最初の瞬間には, 自分が誰なのかを知らないことさえあった, comme j'ignorais où je me trouvais, je ne savais même pas au premier instant qui j'étais」…継起, 時点〈1〉「目ざめ」を記す

5.「しかし mais」…「そのとき回想が,〔…〕天上から救いのように私にやってきて, 自分ひとりでは抜けだすことができない虚無から, 私をひきだしてくれるのであった alors le souvenir〔…〕venait à moi comme un secours d'en haut pour me tirer du néant d'où je n'aurais pu sortir tout seul」…継起・対立, 時点〈2〉「回想の訪れ」を記す

6.「そして et」…「石油ランプの, ついで折り襟のワイシャツの, ぼんやりと目に浮かぶ映像によって, すこしずつ, 私の自我に独特の諸特徴を再構成するのであった l'image confusément entrevue de lampes à pétrole, puis de chemises à col rabattu, recomposaient peu à peu les traits originaux de mon moi.」…継起

第6段落では「そんなふうにして目がさめるとき quand je me réveillais ainsi」(6；8) において時点〈1〉「目ざめ」が繰り返され「肉体の記憶」が語られる. ついで第7段落では「別の新しい姿勢の記憶」が語られる.

[1-2] 夜中の目覚めから回想まで (第8段落)(7-8；10-11)

第5段落の場合と同様に, 第8段落の書き出しは第6段落, 第7段落を要約する.

そうした旋回する漠とした喚起は, わずかに数秒しかつづかないのだった Ces évocations tournoyantes et confuses ne duraient jamais que quelques secondes,〔…〕.

しかし私は, これまでの生活で住んだ部屋を, あるときは一つ, あるときはまた一つと, つぎつぎに目に再現した, そして目覚めにつづく長い夢想のなかで, ついにそれらの部屋のすべてを思いだすようになったのであった Mais j'avais revu tantôt l'une, tantôt l'autre, des chambres que j'avais habitées dans ma vie, et je finissais par me les rappeler toutes dans les longues rêveries qui suivaient mon réveil, ——冬の部屋,〔…〕. (7-8；10-11, 下線強調は青木)

「わずかに数秒しか」という持続時間をあらわす表現が見られる．　第2
文冒頭の「しかし mais」は，「わずかに数秒間」の，時点〈1〉「目覚め」
から時点〈2〉「回想の訪れ」までの物語時間をあらわす「それらの旋回す
る漠とした喚起 ces évocations tournoyantes et confuses」と対立するも
のとして，一夜の擬似的推移のなかに大過去による日々の推移を入れ込み，
さらに日々の推移の継起をあらわす「そして et」によって「目覚めにつ
づく長い夢想 les longues rêveries qui suivaient mon réveil」へとつなぐ．
この部屋の回想は，時点〈2〉「回想の訪れ」から時点〈3〉「回想の始ま
り」までの物語時間に対応する．

[1-2] 夜中の目覚めから回想まで（第9段落）(8-9；11-12)

たしかに，私はいまやともかく目をさましていて，私のからだは最後のねがえ
りをうちおわり，確実性をつかさどる天使が，私のまわりのすべてのものを停止
させ，私を私のベッドの夜具に寝かせ，私の箪笥，机，暖炉，表通りに面した窓，
二つのドア，そうしたものを，闇のなかで，ほぼその所定の場所においてしまっ
ていた Certes, j'étais bien éveillé maintenant, mon corps avait viré une dernière
fois et le bon ange de la certitude avait tout arrêté autour de moi, m'avait cou-
ché sous mes couvertures, dans ma chambre, et avait mis approximativement à
leur place dans l'obscurité ma commode, mon bureau, ma cheminée, la fenaître
sur la rue et les deux portes.（8；11，第9段落第1文）

しかし，私があのさまざまな住まいに――目がさめるときの不可知の状態で，一
瞬のあいだ，私がそれの明瞭な映像を思いうかべないまでも，すくなくともそれ
らしいと思ったあのさまざまな住まいに――身を置いているのではないことを知
っていても，そのことは問題ではなかった，私の記憶にはもうはずみがつけられ
ていた Mais j'avais beau savoir que je n'étais pas dans les demeures dont l'igno-
rance du réveil m'avait en un instant sinon présenté l'image distincte, du moins
fait croire la présence possible, le branle était donné à ma mémoire ; たいていは，
私はすぐに眠ろうとはしないのだった，昔の私たちの生活，コンブレーで私の大
伯母の家や，バルベックや，パリや，ドンシエールや，ヴェネツィアや，さらに
他の場所での生活を思いだし，さまざまな土地，そこで知り合ったさまざまな人
たち，その人たちについて見たことや人から聞いたことを思いだして，夜の大部
分を過ごすのであった．（8-9；11-12，第9段落第2文）

第9段落第1文は「いまや maintenant」を伴い，時点〈4〉「回想の始まり」を表わす．第1文と第2文とのあいだに継起が認められるが，「しかし mais」をともない，その間に「対立」を挟んでいる．第2文は時点〈4〉から時点〈5〉までの「回想」にあたる物語時間を表わしている．

第1文と第2文とをつなぐ「たしかに〜しかし…」の構文は，『失われた時を求めて』においてしばしば用いられる「かっこ区分 parenthésage」の1つであり，語り手の言説の指標として重要な役割をはたす．

この「たしかに P しかし Q」[[CERTES P] MAIS Q]の構文の機能はかなり込み入っているので，ここで詳しく考察したい．

[[CERTES P] MAIS Q]

デュクロとアンスコンブルは，継起する2人の言表者 énonciateur を登場させることでこの種の言表を説明している（DUCROT 1984, 229-233）．少し長くなるが，「たしかに certes」という語が作り出す状況はかなり微妙であるので，まずデュクロの説明を見ることにしたい．

デュクロは「あなた」と「私」の会話として説明しているが，ここでは X と Y の会話として考えることにする．

X：スキーに行こう．
Y：たしかに，いい天気ね，でも私は足が痛い．Certes, il fait beau, mais j'ai mal aux pieds.

X は明言していないけれども「いい天気だ；だからスキーに行かなければならない Il fait beau ; il faut donc aller skier.」と言っている，と Y が考えていることは，Y の応答によって察せられる．そこで Y の言表のなかに，言表者 E_1 と言表者 E_2 が認められる．話者 Y は，言表者 E_2 に同化しており，話相手の X を言表者 E_1 と考えているのである．

話者［Y］は，言表者 E_1 によって主張されている事柄 P：« いい天気だ il fait beau » に同意しているけれども，しかしながら，彼は言表者 E_1 と距離を置いている il se distancie cependant de E_1．つまり，彼は天気がよいことは認めている

が，しかし，彼の考えによれば，そのことの正しさを断言していないのである．ところで，このような距離を置くことは文の意味自体によって課せられる，そして，より正確にいえば「たしかに certes」の使用によって課せられる．もし P を正しいと断言する言表者 E₁ に話者が同化していれば，「たしかに certes」を用いることは不可能だからである．たとえば，わたしがあなたに，私の知らないあなたのスキーがどのようなものか教えてほしいとたのんだとしよう．あなたは，私に答えて「長いが，しかし軽い Ils sont longs, mais légers」と言うかもしれない．他方，同じ状況で *dans la même situation*，「たしかに長いが，しかし軽い Ils sont certes longs, mais légers」と私に答えたら，変だろう．それは，「たしかに certes」が，あなたの側から，だれか別の人の断言にあとから同意しているということの指標となるからであろう C'est que le *certes* marquerait, de votre part, un accord après coup avec l'assertion de quelqu'un d'autre. その態度は，私があなたに頼んだこと，つまり描写することにうまく適応しない（Ducrot 1984, 229-230，強調はデュクロ）．

以上の説明をもとに，「たしかに，いい天気ね，でも私は足が痛い．Certes, il fait beau, mais j'ai mal aux pieds.」を，つぎに検討するアダンの図式［［CERTES P］MAIS Q］にあてはめてみると次のようになるだろう（L は話し手 locuteur をさす）．

「たしかに，いい天気ね，でも私は足が痛い Certes, il fait beau, mais j'ai mal aux pieds.」図式［［CERTES P］MAIS Q］

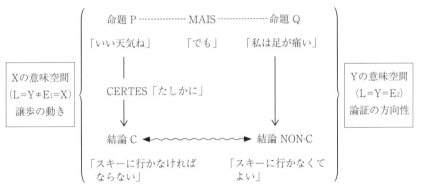

アダンは以下のように図式を示して，解説している．

89

第1章 不眠の夜

[[CERTES P] MAIS Q] アダンの図式　(Adam 1990, 220)

　CERTESが単独で譲歩を記すということはできない．CERTESと論証のMAISとの結びつきが次のような譲歩の運動を可能にする：CERTESは命題P（…）が，明示的でない結論（C）の論拠であるということを強調する．〔…〕まったくの単独では，CERTESは［命題P＞結論C］の脈絡に同意する動きを強調することしかできない．〔…〕
　CERTESの機能は，もっとも弱い論拠となる構成素，限定されないものとして提示された原因を強調することでしかない．言表者E_1の意味空間を支配する規範への最初の同意の動きを強調することで，CERTESが譲歩価値を獲得するのは，この意味空間がまさしく話者が，──その存在を認め，その関連性を再認したあとで──担わないことにする意味空間だからでしかない．MAISが，CERTESを最初の動き──譲歩の動き──に役立つ場所に置くことによって，そして言説を結論NON-Cの方向へ向けることによって，一般的な論証の動きを確かなものにする．命題Q（…）は，じっさい，最初に認められた結論を否定する．かっこ区分［[CERTES P] MAIS Q]に助けをもとめることは，言表を，Pから結論Cへと導く一貫した規範に有利な選択としてではなく，結論NON-Cへと導く規範に有利な選択として，解説するのに役立つ．CERTESは，最初に規範の文脈の信用を失わせないようにすることができる．しかしながら，その規範の文脈に異議を唱えることが問題なのである．ポリフォニックな記述だけが──かっこ区分の分析と命題の担い手の分析とを結びつける大きな利点がある──，譲歩の戦略行為と論証的肯定（方向付け）の戦略行為との一関係として，譲歩の戦略を理解させ得る（…）．O.デュクロが先の引用で言っているように，「この行為から利点を引き出す〔…〕．その譲歩行為のおかげで，開かれた，他者の視点を考慮することができる精神の持ち主である人の立場を構築することができる（1984, 231)」．(Adam 1990, 220-221)

　アダンが言及しているデュクロの引用箇所は次の部分である．

それは，自分とは対立する意味において論証する言表者の声を聞かせることである．自分とは区別される言表者（少なくとも CERTES によって導入される譲歩節の場合，一種の同意の形式をそれに与えながらも）．この行為から利点を引き出す〔…〕．その譲歩行為のおかげで，開かれた，他者の視点を考慮することができる精神の持ち主である人の立場を構築することができる：譲歩が，説得の戦略のなかで，もっとも効力のあるものの一つであり，いずれにせよ，「リベラル」といわれる態度に不可欠であるということをだれでも皆知っている．(Du-CROT 1984, 230-231)

　P の結論である C と，Q の帰結である NON-C が対立している．　P は，話し手が他者の断言をうけたものであって，この場合は話し相手 X の断言をうけたものであって，話し手はそれに対して距離を置いているということを示す．「たしかに certes」は「譲歩行為 acte de concession」の指標である．デュクロによれば，譲歩行為とは「自らの方向と反対の方向へ論証をすすめる言表者，（少なくとも CERTES によって導入された譲歩の場合，その言表者にある種の同意を与えながらも）自分とは区別される言表者の声を聞かせること il consiste à faire entendre un énonciateur argumentant dans un sens opposé au sien, énonciateur dont on se distancie (tout en lui donnant, dans le cas au moins des concessions introduites par *certes,* une certaine forme d'accord)」(DUCROT 1984, 230) である．つまり，[[CERTES P] MAIS Q] における P は，譲歩の形でひとまず同意して，他者の声を距離を置いて述べたものであり，他方，Q が自らの声を与えた言表である，と言うことができる．

　以上を「不眠の夜」第 9 段落のテクストにあてはめて考えると，[[CERTES P] MAIS Q] は，P の語り手と Q の語り手が別の推論をしているということになる．

　P（第 1 文）の帰結は C（φ）「私はふたたび眠ろうとするだろう」となるであろう．この帰結はテクスト上にあらわれない（φ は空集合をあらわす）．この場合，語り手は「私」を一般的な「眠っている人」の意味空間に置いて語っている．しかし，この「私」は一般的な「眠っている人」の

意味空間にはいない．一般的な「眠っている人」ではなく，中間的主体である．「回想」を始める中間的主体である「私」の意味空間にいる．

つまり，第9段落「しかし mais」の [[CERTES P] MAIS Q] は，直前の「はっきりと目をさまして」「あのさまざまな住まいに身を置いているのではないことを知って」いる「私」を一般的な「眠っている人」の意味空間においた場合と，すぐに眠ろうとしないで回想を始める中間的主体の「私」とのあいだの断絶を示している．

第9段落の「しかし mais」

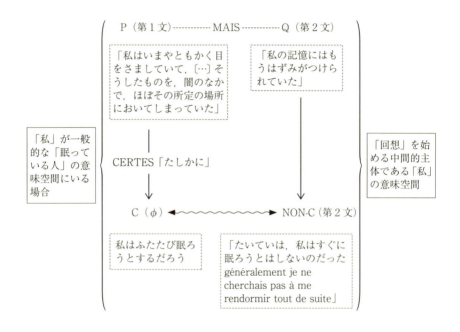

しかしながら，NON-C（第2文）に「量限定の副詞 adverbe de quantification」である「たいていは généralement」があらわれることで，CとNON-Cとの対立が弱められてしまう．この「たいていは généralement」が時点〈4〉から時点〈5〉までの「回想」にあたる物語時間を表わす第2文後半にも影響するならば，「回想」の物語時間が「単なる反復相」にあたることになる（KLEIBER 1987, 146）．ふたたび眠ろうとする場合があるこ

とになり，「私」が一般的な「眠っている人」の意味空間にもどる可能性
が残されるからである．

[1-6] 回想を始めてから夜明けまで（183-184；239-240）

[1-6] 回想を始めてから夜明けまで は2つの段落から構成される．第1
段落では，回想を始めてから夜明けまでの物語が要約的に語られ，第一篇
『スワンのほうへ』第2部「スワンの恋」が予告される．第2段落では，
夜明けの時点が語られる．

　そのようにして，私はしばしば朝までじっと考えこむのであった，コンブレー
時代のことを，眠られなかった私の悲しい夜のことを，またずっと現在に近くな
って一杯の紅茶の味から——コンブレーでならみんなが「かおり」と呼んだであ
ろう味から——私に映像がよみがえったあの多くの日々のことを，そしてまた，
回想の連合によって，この小さな町を去ってからずいぶん年月が経って私が詳し
く知ったスワンの恋に関することを，その恋というのは，まだ私が生まれるまえ
にスワンが陥った恋であったが，〔…〕．　一つまた一つとつけくわえられていっ
たそれらのすべての回想は，もはや密集した一つの塊を形成しているにすぎなか
った，しかしそれら三様の回想のあいだには〔…〕ほんとうのさけ目または断層
ではないまでも，すくなくともある種の岩石，ある種の大理石における，起源，
年代，「形成」の相違をあらわすあの節目，あの雑多な色模様が，人の目に見わ
けられないわけではなかったのである．（183-184；239-240，第1段落）

　<u>たしかに</u>，朝が近づくころには，私の目覚めに伴ったあのつかのまの不確実さ
は，消えてから長く経っていた．私は自分が実際にどんな部屋にいるかを知って
いたし，すでに闇の中で私は自分を中心にしてその部屋を再建していた，そして，
——ただ記憶だけで自分の向きをきめたり，ふと目にしたかよわい光をてがかり
にして，その光のすそに窓ガラスのカーテンを置いたりしながら——あたかも窓
や戸口の面積は元通りにして改装する建築師や室内装飾家のように，その部屋を
すっかり再建し，姿見を置き，箪笥をいつもの場所にすえてしまっていた．<u>しか
し</u>，夜明けの光が——それも私が夜明けの光だと解釈した銅製のカーテンロッド
に映る最後の燠火の反射ではなくて，ほんとうの夜明けの光が——闇のなかに，
チョークで書いたように，その最初の，白い，訂正の線を入れるやいなや，窓は
そのカーテンとともに，私がまちがって戸口の框に置いていたその場所を離れ，
一方，窓に席をゆずるために，私の記憶が迂闊にもそこにすえていた仕事机は，
全速力で逃げだし，暖炉を前方に押し出し，廊下との境の壁をおしのけるのであ
った，まだほんのすこしまえに，化粧室が横たわっていた場所を，いまは小さな

93

第
1
章

不
眠
の
夜

　中庭が占領し，私が暗黒のなかで建てなおしていた住まいは，夜明けの光がつと指をあげてカーテンの上にひいたあの薄ぼんやりしたしるしに追いやられて，夜なかの目ざめの渦巻きのなかでちらと見えたあの住まいの仲間のところに加わりに行ってしまった．（184 ; 240, 第 2 段落）

　第 2 段落第 1 文と第 2 文は「朝が近づくころ quand approchait le matin」の物語であり，時点〈4〉から時点〈5〉までの物語時間に対応する．[[CERTES P] MAIS Q] によって連結された第 3 文は，時点〈5〉「夜明け」の物語である．「しかし mais」はここで明らかに継起を伴い，対立を示す．

[1-6] 回想を始めてから夜明けまで，第 2 段落の「しかし mais」

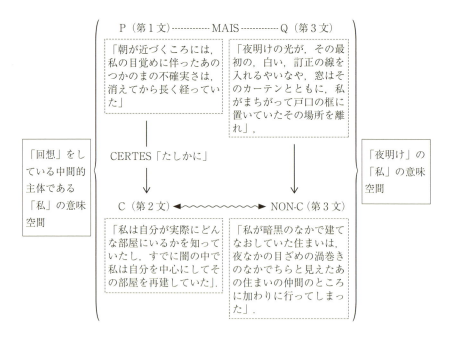

　ここでも，[1-2] 第 9 段落と同様に，「夜明け」までの「回想」をしている中間的主体である「私」と，「夜明け」の時点の「私」との断絶が，[[CERTES P] MAIS Q] によって明示されている．
　こうしてみると，「不眠の夜」の主人公である「中間的主体－目覚めて

眠っている人」は,「眠っている人」と「目覚めた人」との間隙に存在し,そのどちらとも断絶された意味空間を生み出す主体であることがわかる.

3. [1]「不眠の夜」のクロノロジー

次に,さきの図II (p.74) をもとに,[1]「不眠の夜」の物語時間を日々の推移の軸上で考える.

[1]「不眠の夜」の物語時間を日々の推移を表す軸上で考えると,図IIになり,時点が5つあった.

〈1〉主人公がコンブレーを去った年.
〈2〉主人公が早くから床に着くようになり夜中にめざめて回想をはじめるようになった「不眠の夜」の始点,また,「回想I」の始点,つまり,主人公が就寝のドラマを回想し始めた時点.
〈3〉「マドレーヌの体験」がおこった日,「回想II」の始点,つまり主人公が「コンブレーの一日」を回想し始めた日.
〈4〉「回想III」を始めた時点.つまり主人公が[3]「スワンの恋」を回想し始めた時点.時点〈3〉と時点〈4〉の前後関係は不明.
〈5〉「不眠の夜」のセリーの終点.

以下では,[1]「不眠の夜」と,つづく[4]「土地の名の夢想」(第一篇『スワン家のほうへ』第三部「土地の名:名」)から最終の第七篇『見出された時』までの物語との時間的関係を考え,その日付を検討する.

[1]「不眠の夜」が対象とする期間
「マドレーヌの体験」は時刻の推移をあらわす軸上にはその位置をもたないが,この日々の推移を表す軸上では最も重要な位置を占めることになる.

「マドレーヌの体験」の日付

第1章 不眠の夜

まず時点〈3〉のマドレーヌの体験の日付を検討する.

[1-4]「マドレーヌの体験」のテクストに記されている,日付に関する情報は次の2点である.

1.「マドレーヌの体験」は主人公がコンブレーを去ってのち「多くの年月 bien des années」が経ってからの出来事である.

私の就寝の舞台とドラマ,私にとってそれ以外のものがコンブレーから何ひとつ存在しなくなって以来,すでに多くの年月を経ていた Il y avait déjà bien des années que, de Combray, tout ce qui n'était pas le théâtre et le drame de mon coucher, n'existait plus pour moi,〔…〕.（*Sw.*I, 44；1, 56）

2. 季節は冬,場所は主人公のパリの家である.

ある冬の日,私が家に帰ってくると,母が,私の寒そうなのを見て,いつもの私の習慣に反して,すこし紅茶をのませてもらうようにと言った quand un jour d'hiver, comme je rentrais à la maison, ma mère, voyant aue j'avais froid, me proposa de me faire prendre, contre mon habitude, un peu de thé.（同上）

この日付を最初に問題にしたのは,マルセル・ミュレール（MULLER 1965）である.[1-2]「夜中の目覚めから回想まで」のなかに主人公のエピソードであるサン=ルー夫人のタンソンヴィルの田舎の家があらわれることから,ミュレールは,この「不眠の夜」がタンソンヴィル直後の,主人公がサナトリウムに滞在した時期にあたると仮定した [7]. この2度にわたるサナトリウム滞在期間の主人公の生活にかんして作品中に具体的な描出はみられない. またそれは作中の年号「1914年」（*T.R.* IV, 301；10, 52),「1916年」（同上）と終戦の年（1918年）を考慮すると,すくなくとも5年以上であることは確かである. このことから,ミュレールは,体験の起こった場所がパリの自宅であるという点であきらかに矛盾をみとめながらも,「マドレーヌの体験」はこのサナトリウムにいた「不眠の夜」の時期のある日に起ったと結論する [8]. したがって,ミュレールによれば,

冒頭文の「長いあいだ」はサナトリウムにいた少なくとも5年以上のある時期を指すということになる. 吉川もこの説を採っている（吉川 2004, 14-15）.

これに対して，スティールは，「マドレーヌの体験」が，パリでのアルベルチーヌとの同棲生活の時期に先だつことを指摘した（STEEL 1979, 58）.

しかし，彼女が話しているあいだに，私のほうでヴァントゥイユのことを考えはじめると，こんどはもう一つの仮説，すなわち唯物主義，虚無主義の仮説が，私に提示されてくるのだった. 私はふたたび疑念に陥り，自問するのだった，ヴァントゥイユの諸楽節は，<u>私が一杯の紅茶にひたしたマドレーヌを味わいながら感じた</u>魂の状態に類似した諸状態の表現のように見えても，結局は，そんな諸状態の漠然としていることがそれらの深さのしるしであるという証拠を私にあたえるものは何もなく，je me disais qu'après tout il se pourrait que si les phrases de Vinteuil semblaient l'expression de certains états de l'âme —— analogues à celui que <u>j'avais éprouvé en goûtant la madeleine trempée dans la tasse de thé</u> —— rien ne m'assurait que le vague de tels états fût une marque de leur profondeur, 漠然としているのはむしろわれわれがまだそれらを分析するすべを知らなかったことのしるしであるにすぎない，したがってそんな諸状態のなかには他の場合以上に現実的なものは何もないかもしれないだろう，と.（Pr. III, 883 ; 8, 532, 下線強調は青木）

「紅茶にひたしたマドレーヌを味わいながら私が体験した j'avais éprouvé en goûtant la madeleine trempée dans la tasse de thé」の直説法大過去によって，「マドレーヌの体験」が物語時間のこの時点に先だつということができる.

しかしながら，作品中の「マドレーヌの体験」に関する言及はそれだけではなく，もう1か所，より年代をさかのぼって，「ゲルマント公爵夫人邸で晩餐会があった日」のテクスト中にも見いだされる.

それはともかくとして，私がゲルマント夫人のところできいた話は，さんざしをまえにしたときとかマドレーヌを味わったときとかに<u>感知することができた j'avais pu ressentir</u> devant les aubépines ou en goûtant à une madeleine ものとは，たしかにちがっていて，それまでの私には縁がなかったものなのであった.（C.G. II, 840 ; 5, 340, 下線強調は青木）

97

ここでも，先のスティールの指摘と同様に時称が直説法大過去であることから，「マドレーヌの体験」が，物語時間のこの時点に先だつということができる．初めてゲルマント公爵夫人邸の晩餐会に出た日は 1898 年 12 月 2 日金曜日である（本書第 6 章参照）．その前年，主人公は 11 月にドンシエールのサン＝ルーを訪ねる．そののち，ゲルマント公爵夫人への思いを持て余しながら冬を過ごす．そのころの物語に夜の記述がみられる．主人公はその冬 18 歳であり，「仕事をしない，床につかない，眠らない」状態であった．

> 夜通し眠らずにいて朝外出するので，午後，私の両親はすこし横になって眠るようにしたらというのであった．〔…〕まず眠れないだろうという観念が，ついで，その反映の反映，ぼくは眠っていないという観念をもったのは眠りながらだった，ついで新たな屈折によって，私の目覚めは〔…〕．(*C.D.* II, 443-444 ; 4, 187-188)

> せめて私にものを書きはじめることができたら！　しかし，たとえ私がどんな条件でその計画に取り組もうとしても（ああ！　それは，もうアルコールをとらない，早く寝る，よく眠る，健康に気をつける，といった計画にとり組む場合と同様で），どんなに無我夢中になり，方法を立て，楽しみを抱いても，〔…〕．私は，仕事をしない，寝ない，眠らない，という習慣の道具であるにすぎず，〔…〕．(*C.D.* II, 447-448 ; 4, 193-194)

18 歳の主人公にとって，数年前までのコンブレーの日々が「多くの年月 bien des années」を経た過去のことであったとしても，不自然ではないであろう．パリの自宅という条件も満たしている．したがって，「マドレーヌの体験」は，遅くとも，主人公一家がゲルマント夫妻の館に属するアパルトマンに引っ越し，主人公がドンシエールにサン＝ルーを訪問した 1897 年から，「ゲルマント公爵夫人邸での晩餐会」があった翌年にかけての冬には起こったことになる．

回想III 「スワンの恋」を始めた時点

つぎに「回想III」を始めた時点の検討にうつりたい．「不眠の夜」にお

いて，夜目ざめた中間的主体は，主人公が生まれるより前のスワンの恋に
かんする情報を回想のうちに観念連合によって物語にしていく．この『失
われた時を求めて』第一篇第二部「スワンの恋」に主人公は登場しない．

　語り手が自由物語言説によって直接語るのはコンブレーと同様である．
作品中この部分以外にもスワンの恋に関する言及は多いが，主人公の思考
にこの内容にかんするものが現われても，そのことがすぐさま主人公が得
た情報を，夜，回想に結びつけたということにはならない．ミュレールも
スワンの恋について回想する中間的主体がマドレーヌの体験の前か後かは
確かではなく，スワンについての観念連合が対象となる再記憶はマドレー
ヌの体験の前でも後でも同様に起こりえたのだと述べている[(9)]．

　さて，第七篇『見出された時』のゲルマント大公夫人邸の図書室で，主
人公は天職を自覚するのだが，無意識的想起とスワンが，ともにそのさい
の重要な契機であることはいうまでもないだろう．主人公は，無意識的想
起によって文学への信頼を取り戻し，スワンによって文学の素材が自らの
過去の生活にあるということに気づく．この両者がこの作品をささえる二
本柱であったことは，ともに「ペドンキュル pédoncule（花梗）」という語
を用いて表現されていることからもよくわかる．スワンは第七篇『見出さ
れた時』において語り手によってそう呼ばれ，他方，無意識的想起は，
「ルネ・ブルム宛の手紙」のなかで，プルーストが「一本の無意識的想起
のペドンキュル un pédoncule de réminicence」によって自らの本が支え
られている，と書いている．

　　要するに，思い返してみれば，私の経験の材料は，それはまた私の書物の材料
　にもなるのであるが，スワンからきているのであった，単にスワン自身とジルベ
　ルトとに関するすべてからばかりではなかった．また，コンブレーのときからも
　うバルベックに行く欲望を私に起こさせたのは彼であった，〔…〕したがって，
　このとき私がゲルマント大公の邸内にいること自体，いましがた私の作品の観念
　が私にやってきたここにいること自体もまた，スワンから私に来ているのであっ
　た（私は私の作品の素材だけでなく，作品を書くという決意もスワンに負ってい
　るということになる）．おそらく少し細いかもしれない<u>ペドンキュル</u>，私の全生
　涯の広がりをそのように支えるには <u>Pédoncule un peu mince peut-être, pour
　supporter ainsi l'étendue de toute ma vie</u>（「ゲルマントのほう」はその意味で
　「スワン家のほう」から生じたのだった）．（*T.R.* IV, 493-494 ; 10, 331-332, 下線

99

第
1
章
不
眠
の
夜

強調は青木）

　これは非常に現実的な本ですが，しかし，無意志的記憶をまねするために〔…〕，いわばある恩恵によって，一本の無意識的想起の<u>ペドンキュル</u>によって支えられているのです C'est un livre extrêmement réel, mais supporté en quelque sorte, pour imiter la mémoire involontaire〔…〕, par une grâce, un <u>pédoncule</u> de réminicence.〔…〕でも，こういうことは，本の茎 la tige du livre でしかない．この茎が支えているものは，現実的なものであり，情熱的なものであり，あなたが私について知っているのとはずい分異なっていて，それよりはるかに悪くないものだと思う，もはや「繊細な délicat」，「こまやかな fin」といった形容詞には値しないけれど，生き生きとした vivant，や，ほんとうの vrai，と形容するに値するものなのです．（それが真実を意味しないことは，誓ってもいい！ je vous jure que cela ne veut pas dire vérité！）──（「ルネ・ブルム宛の手紙」，1913 年 11 月 5 日，6 日または 7 日，*Corr., Tome XII*, pp. 295-296 ; 17, 462-463, 下線強調は青木）

　ところで，主人公の物語のなかで「就寝のドラマ」以外に，スワンにかんして作中で最も大きな出来事を一つあげるとすれば，それはスワンの死であろう．スワンの死について語られるのは第五篇『囚われの女』の「ヴェルデュラン夫人邸での夜会があった日」のテクストにおいてである．

　私は彼〔ブリショ〕に答えた，スワンが昔毎晩オデットに出会っていたサロンを見るだけでも十分興味深い，と．「えっ，あなたはあんな古い話をごぞんじなのですか？」と彼は私に言った，「いやはやあれから，経過してしまった，詩人が正当にも《人生の大いなる部分 grande spatium mortalis aevi》と呼んでいるものが．」
　スワンの死は当時私の心を転倒させていた La mort de Swann m'avait à l'époque bouleversé. (*Pr.* III, 703 ; 8, 268)

　この箇所によって，スワンの死が，ヴェルデュラン夫人邸での夜会があった日（1901 年 2 月の日曜日，第 8 章参照）に先だつことがわかる．さらに，「バルベック II」のなかにスワンの死について書かれた部分がみられる．

　<u>スワン夫人をその夫の死後におくやみに訪問した</u>大公夫人も，そのさいにヴェルデュラン夫人の名を口にだしたことさえあった Elle〔la princesse de Capraro-

la] avait même prononcé son nom [de Mme Verdurin] au cours d'une visite de condoléances qu'elle avait faite à Mme Swann après la mort du mari de celle-ci, [...]. (*S.G.* III, 263-264 ; 7, 27, 下線強調は青木)

　この部分も大過去で書かれていて，スワンの死後，カプラロラ大公夫人がスワン夫人をお悔みに訪問したことが，主人公の２度目のバルベック滞在中にすでに過去の出来事であったこととして記されている．つまり，主人公がゲルマント大公夫人邸でのソワレでスワンと話をしてのちほどなくスワンが死んだことがわかる．スワンの葬儀がコンブレーの教会で行われた物語がそのゲルマント大公夫人邸での物語の挿入部分に記されている（*S.G.* III, 111 ; 6, 156）．
　したがって，スワンの死は初めてゲルマント大公夫人邸の夜会に出た日（1899 年 6 月）の後，主人公の２度目のバルベック滞在中（1900 年復活祭のころから 9 月 14 日まで）の上記引用箇所の時点までのいずれかの時点であったと推定される．主人公がバルベックに出発する前のサロンの日々の記述にスワン夫人の物語があらわれるが，そのとき夫の死については何も触れられない．そして，さきに引用した「ヴェルデュラン家の夜会があった日」（1901 年 2 月の日曜日）のテクストに「当時 à l'époque」という表現がみられることから，おそらくスワンの死は，主人公がバルベックに滞在し始めたころであると考えてよいであろう．
　以上から，本書では，主人公が回想のうちに「スワンの恋」を連想によってひとつの物語へと形成するにいたる契機をスワンの死という出来事に認め，[1-7] 回想Ⅲの始点を [8]「バルベックⅡ」のはじめのころと想定した．

「不眠の夜」の始点

　次に [1]「不眠の夜」のはじまりについて考察する．
　[4]「土地の名の夢想」（第一篇『スワン家のほうへ』第三部「土地の名：名」）の始点から本書で想定する「マドレーヌの体験」の日までのあいだに，主人公が早くから床につくようになり回想を始めるようになった契機が，見いだせるであろうか．
　[4]「土地の名の夢想」の始まりはある年の 2 月であるが，それは，レ

第1章　不眠の夜

オニー叔母が亡くなって主人公一家が復活祭にコンブレーを訪れなくなった最初の年，つまり主人公がコンブレーを去った次の年であると考えてよいと思われる．そしてその年の復活祭に，主人公は父から旅行する許可を得るが，病気の発作のために行けなくなってしまう．これはおそらく主人公が病気の大きな発作に襲われた最初のものであろう．これ以前に病気の発作にかんする記述はない．この病気との共存生活の始まりこそが，主人公が早くから床につくようになり，少年時代の就寝のドラマを回想し始めるようになった契機ではないか．

第二篇『花咲く乙女たちのかげに』のなかに次のような個所がある．

ラ・ベルマをきかせたらどんなに私のためになるだろうという意見をもっていた祖母は，そうした利益をあきらめて，ひたすら私の健康のために大きな犠牲をはらってきたのに，ノルポワ氏のひとことでその心遣いがじつにつまらないものになったので面くらうのであった．私が命令されていた大気と早寝との療法 le régime de grand air et de coucher de bonne heure qui m'avait été prescrit にたいして，持前の合理主義精神から出た希望を絶対にまげないでいた彼女は，私がやがてそれを犯そうとすることになったのを災難のようになげき，ひどく胸をいためた調子で，父にいうのであった，「なんてあなたは軽はずみなんでしょう」，〔…〕．(J.F. I, 431 ; 2, 15-16, 下線強調は青木)

さらに，スワン家を訪問して日を送るようになった主人公が「ふたたび夜更かしをはじめる」というくだりがある．

そして，数日ののちには，私の計画は実現されず，またすぐあとに実現されるだろうという希望さえ私はもたない，したがって，そのような実現のもとにすべてを従属させようとする勇気はもちろん起きなかった，私はふたたび夜更かしをはじめるのであった je recommençais à veiller, 夜は早く寝なければならないと思うには pour m'obliger à me coucher de bonne heure un soir, あすの朝書きだされた作品が見られるという確かなあてがいるのにそれがないのだから．(同書，570 ; 203, 下線強調は青木)

つまり，主人公は医者に「早く寝るように」言われていたのであった．そこで，「早く寝るように」なった時期，[1]「不眠の夜」のはじまりの時期は，フィレンツェ，ヴェネツィア行きを不可能にした病気の発作の直後

に始まると考えられるのではないだろうか．それはその年の３月から４月にかけてのことである．以上は仮説ではあるが，本章のはじめに見たように，医者に休養を命じられて早く寝るようになったという作品冒頭部が一時期存在したということと，この作品における主人公にもたらされた病気の影響とを考えると，十分に納得できるものであると思われる．

「不眠の夜」の終点

[11]「ゲルマント大公夫人邸におけるマチネの日」最終場面で，主人公はコンブレーを想いだし，「就寝のドラマ」のスワンの来訪を告げる鈴の音を聞く．

リクールは，それをコンブレーの反復であると述べ，ヤウスを引いて，「『失われた時を求めて』は移行の時間しか，まだ書かれていない作品の，そして死が亡ぼしてしまうかもしれない作品への移行の時間しか産みださなかった *La Recherche* n'a engendré, selon le mot de H.R.Jauss, qu'un temps *intérim*, celui d'une œuvre encore à faire et que la mort peut ruiner.」(Ricœur 1984, 224；266, 強調はリクール) と言う．

また，ヤウスは『失われた時を求めて』の物語がマチネの場面で終わるということに重要性をみている．そののちの物語は条件法現在によって過去における未来として語られ，それはまだ書かれていない作品への移行期間であり，『失われた時を求めて』の物語は語り手にとっても主人公にとってもマチネの場面で閉じられると言う．つまり主人公は中間的主体とも語り手とも合流しない．作品はその手前の移行期間しか語られないうちに終わる．スワンの来訪をつげる鈴の音がはじまりの時でもあり，終わりの時でもある．その意味で円環は閉じられているというのである（Jauss [1955] 1970, 198-201）．

他方，プーレは，「この作品の最後のページにおいてやっと主人公は彼自身の作品を書きはじめる決心をする．したがって，プルーストのこの作品の向こう側に，この作品の一反復でしかありえない別の作品がかすかに見られる．ゆえに，未来へむけて開かれた視野は最後のページで閉じられない au moment où dans les dernières pages de cette œuvre le héros prend enfin la résolution de commencer une autre œuvre, son œuvre à lui. En sorte que, par-delà l'œuvre de Proust, se laisse entrevoir une autre œuvre qui ne peut être qu'une reprise de la première. La perspective ouverte sur l'avenir ne s'arrête donc pas aux pages finales」(POULET [1971] 1982, 160-161) と言う.

この作品はリクールやヤウスのいうように閉じられているのか, それともプーレのいうように未来へ向けて開かれているのか. 作品の最後の部分は旋回する不安のうちに「時間のなかに dans le temps」,「完 FIN」の文字をしるす (*T.R.* IV, 625 ; 10, 522). この最終部分を占めるテクストは主人公の思考を追っている. ここで, 主人公は社交生活を終わりにしよう, 生活習慣を変えよう,「早くから床につく習慣をもった長いあいだ」を終えようと考える.

> 昼は, せいぜい眠ろうと試みることができるだろう. 仕事をするのは, 夜でしかないだろう. Le jour, tout au plus pourrais-je essayer de dormir. Si je travaillais, ce ne serait que la nuit. (620 ; 514)

それはまた「昼 le jour」と「夜 la nuit」の価値を逆転させることでもある. それは一朝一夕にできることではない. このときの主人公の思考に現れる, 仕事をする未来への展望は, たしかにヤウスの言うようにすべて条件法現在で書かれている. しかし, 最後に挿入される後日談 (616-620 ; 508-514) は2つの段落からなり, 単純過去によって記されている. この単純過去による後日談こそは, 仕事を始めようと決意してから実際に書き始めるまでの真の意味での「移行期間」を形成しているのではないか. この時期は, 以下に見るように, 2つの自我の対立と協働の期間として捉えられている.

> そしてはたして, 奇妙なことが私の本を書き始める前に起こった Et en effet ce fut là la chose singulière qui arriva avant je n'eusse commencé mon livre, それは私が思ってもみなかった形で起こった. ある晩私は外出し un soir où je sortis, 人は私がかつてよりも顔色がよくなったと思い, 私の髪がまだ全部黒く保たれていることに驚いた. しかし私は, 階段を降りながら, 三度危うく落ちそうになった. それは二時間の外出でしかなかったが, しかし, 帰宅したとき, 自分がもはや記憶も思考も力もどんな存在感ももっていないことを感じた. 〔…〕私の自我のひとつ, かつてディナーパーティーと呼ばれるあの野蛮人たちの饗宴に

通った自我，〔…〕その自我は，私のなかにその律儀さを保っていて記憶を失く
していた．他方の自我，自分の作品を構想した自我は，反対に思いだしていた．
(616-617；508-510)

[12] 語り手の現在への移行期（*T.R.* IV, 616-620；10, 508-514）
この挿入部分の物語はひと月以上の時間を対象にしている．

　しかし突然，観念連合が，ひと月後に au bout d'un mois，私の省いたつとめ
に対する悔恨の回想をよみがえらせ，私は無力感に打ちのめされるのだった．私
はそれに無関心になっていることに驚いた Je fus étonné d'y être indifférent.
(618；511-512)

この「移行期間」が単純過去で記されているからには，主虚構である物
語時間のなかに組みいれざるを得ないだろう．またそうすることで，第一
篇『スワン家のほうへ』の終わりにおかれていた「今年」「十一月初旬のあ
る朝」という指示と複合過去形および現在形という二次虚構によって始ま
る物語（*Sw.* I,414-420；1, 551-559）をこの時期に含めることが可能になる．

　ボワ・ド・ブーローニュは人工の場所でありながら，言葉の動物学的，神話学
的意味では楽園 un Jardin になっている．そうした複合的なこの森の性格を，<u>私
は今年，十一月初旬のある朝，トリヤノンに行くためにそこを通りすぎながら，
あらためて知った</u> je l'ai retrouvée cette année comme je le traversais pour aller
à Trianon, un des premiers matins de ce mois de novembre. そのころパリでは，
家々のなかでは，秋の美しい景色を近くに控えながら，それを見に行けないうち
にいかにもあわただしくその季節がおわってしまうので，枯葉へのノスタルジー
がつのり，ほんとうの枯葉熱が出て眠りを妨げることがある．閉ざされた私の部
屋のなかで，枯葉を見たいという私の欲望に喚起されて，<u>ひと月このかた</u> de-
puis un mois, 私の思索と私が専念するどんな対象とのあいだにも，枯葉が介在
し，ときどき何を眺めていても目の前で踊るあの黄色い斑点のように，旋回して
いた．<u>そしてその朝は</u> ce matin-là, 〔…〕．（*Sw.* I, 414；1, 551，下線強調は青木）

この物語は「ひと月このかた depuis un mois」という表現にあるように，
1か月以上の物語時間を含んでいる．そして主虚構に属する表現「その朝

は ce matin-là」以降，過去時制による物語言説が続く．ただし，単純過去形は1度しかあらわれず（「私は〔それらの婦人たちの〕何人かを再び見た j'en revis quelques-unes」*Sw.* I, 419 ; 1, 558），主虚構と二次虚構のどちらでも用いられる半過去形が記述の大部分を占めている．

　以上から，「移行期間」の終点を「語り手の現在」の直前とするのも一種の観念化であることを承知のうえで [10]，本書では，「長いあいだ」の終点が「移行期間」の終点であり「語り手の現在」の直前であるとあえて言うことにしたい．そして，この「移行期間」のテクストを，[12]「語り手の現在への移行期」として『失われた時を求めて』の単位区分の最後に置く．

[1]「不眠の夜」のクロノロジー

　以上をもう一度図に記入してみると図II' になる．各時点は図IIと同じものである．また，図中の年号，主人公の年齢は本書においてのちに検討したクロノロジーを先取りしたものである．

　『失われた時を求めて』は，第一篇『スワン家のほうへ』第三部「土地の名：名」からラストシーンであるゲルマント大公夫人邸でのマチネまでで二十数年にわたる物語時間を創り出している [11] が，本書の分析の結果によれば，この「不眠の夜」はほぼ同じ期間を対象にしていることになる．つまり二十数年にわたって繰り返された夜が〈観念化された一夜〉として擬似的な一夜のうちに表出されているのである．

　この物語時間のうちで，図II' の左部分に書きいれたように，まず夜の部分がイテラティフによる一夜として擬似的時刻の推移を表す軸上で捉えられ，つぎに，図の右部分に書きいれた昼の物語が日々の推移を表す軸上で，クロノロジーにそって表出される．

　もちろん後者のうちにも夜はあらわれる．たとえば，1度目のバルベックにおける祖母との最初の夜の場面（*J.F.* II, 26-30 ; 2, 314-319）と2度目のバルベックでの「心の間歇」の場面（*S.G.* III, 152-160 ; 6, 212-221）があげられる．言うまでもなく，この2夜は主人公と祖母の物語においてとりわけ重要な意味をもつ特別な夜である．さらに，1度目のバルベックでのリヴベルから遅くかえってくる場面（*J.F.* II, 176-179 ; 3, 173-177）と，

2度目のバルベックでのラ・ラスプリエールから遅く帰った日の就寝場面（S.G. III, 369-374 ; 7, 185-195）がある．この2つの就寝場面は「早くから床につく」ことができなかった夜であると考えられる．こうした夜の物語が昼の部分にもあらわれることと，夜だけをまず観念化して表出したとする先の解釈とはなんら矛盾しない．

このような時間構造は，この作品のより小さな規模のテクストではめずらしいものではなく，また大きな規模でも，[2-1]「コンブレーII」や，

図II．「不眠の夜」が対象とする期間

[9]「アルベルチーヌの物語」における，アルベルチーヌとの同棲生活，ヴェネツィアの日々などにみることができる．何日間かの物語時間が捉えかたを変えて，あるいは部分に分けて，繰り返し表出されることは，この作品のテクストの時間形成の特徴の一極を示すものである．

4. 語り手と主人公，および「中間的主体」との関係

一日の区分

> それらの非現実的な，固定した，いつも似たりよったりの映像は，私の夜と私の昼を満たし remplissant mes nuits et mes jours，私の人生のこの時期をそれに先立つ時期と区別した différencièrent cette époque de ma vie de celles qui l'avaient précédée〔…〕．(*Sw.* I, 383；1, 509)

　この引用は「土地の名：名」の書き出し部分の一節であるが，ここでは昼と夜の区別がされていない．また，直接的表現によって，この時を機に，主人公が回想によってしか導き出されていないそれ以前の生活とまったく異なった生活を始めたことが示されている．本章では，「不眠の夜」の始点を区切りにして，この「土地の名：名」のわずか2ヶ月ほどのこの部分をそれ以後と切り離した．この時期がこれまでの分析のなかで特権的な位置を占めていることは，唯一，ここだけが一日の区分がなされていないということと符合しているのではないか．
　たしかにコンブレーでも，一日は主人公にとってまったく異なった2つの領域を持っていた．それこそが回想を「コンブレーⅠ」と「コンブレーⅡ」にわけた要因そのものである．そのことはつぎのように明瞭に語られている．

> さっき私につきまとっていた欲望，ゲルマントに行きたい，旅行したい，幸福になりたいという欲望から，いまはすっかりそとに出てしまったので，たとえそんな欲望が達せられても，すこしも私はたのしくなかったであろう．ママの腕のなかで夜通し泣くことができるなら，そんな欲望をみんなすててしまってもいいの

だ！　私はふるえていた，私はなやましげな目を母の顔から離さなかった，その母の顔は，私がもう頭のなかで私が横たわっている姿を目に見るあの部屋のなかに今夜はあらわれないだろう，私は死んでしまいたかった，そしてその状態は翌日までつづくだろう，そのとき，朝の光は，私の窓まで這い上っている金蓮花に覆われた壁に，庭師のように，その梯子をよせかけ，私はすばやく庭におりるために，ベッドからとびだすだろう，朝になるともう私はその夕方に母にわかれる時間がふたたびくることを忘れているだろう．そのようにして，私がある時期にわたって私のなかに継起するそんな心の状態を見わけることを知るようになったのは，ゲルマントのほうにおいてなのである，そして私のなかに継起するそんな状態は，たがいに一日を分けあうまでになり vont jusqu'à se partager chaque journée，あたかも発熱時間のように正確に，一方があらわれて他方を追いはらうのだ l'un revenant chasser l'autre，そうした状態はたがいに隣接しながら，それぞれ外壁でへだてられ，相互のあいだに流通の方法がまったくないから，一方の状態で私が欲望をもったもの，おそれたもの，なしとげたものを，他方の状態で私が理解することはもちろん，想像することさえできないのである je ne puis plus comprendre, plus même me représenter, dans l'un, ce que j'ai désiré, ou redouté, ou accompli dans l'autre.　（183：235-236）

　コンブレーでは，主人公の一日は「ゲルマントに行きたい，旅行したい，幸福になりたいという欲望」と「ママの腕のなかで夜通し泣く」という欲望とによって分断され，「相互のあいだに流通の方法がまったくないから，一方の状態で私が欲望をもったもの，おそれたもの，なしとげたものを，他方の状態で私が理解することはもちろん，想像することさえできない」．
　そして，主人公は病を得て早く床に着くようになり，「不眠の夜」が始まるとともに，一方では朝から始まり，他方では就寝の時から始まる新たな一日の区分が現われたと考えられる．
　さて，この昼と夜の区分が『失われた時を求めて』の中でどれほど本質的なものとして捉えられているかについては，あらためて強調するまでもなく，作中で直接的表現によって十二分に語られている．

「目覚めている人 homme éveillé」と「眠っている人 dormeur」

　以下に引用するのは，第四編『ソドムとゴモラ』において，2度目のバルベックでのラ・ラスプリエールから遅く帰った日の就寝場面（S.G. III, 370-375；7, 186-194）に挿入される語り手の言説である．

第1章　不眠の夜

睡眠はいわばわれわれがもっている第二の部屋 comme un second appartement que nous aurions であって，われわれは自分の部屋を出てその別室へ寝に行くのである．〔…〕そこに住んでいる種族は，初期の人類のように，両性具有である La race qui l'habite, comme celle des premiers humains, est androgyne. そこにいる男が，しばらくすると，女の姿になっている．事物も，そこでは，人間の姿になりやすく，その人間も，自分の親しくしている友人とか，にくんでいる敵とかになる．眠っている人にとって，そうした睡眠中に流れさる時間は，目の覚めている人の生活のいとなまれている時間とは，まったく違っている Le temps qui s'écoule pour le dormeur, durant ces sommails-là, est absolument différent du temps dans lequel s'accomplit la vie de l'homme réveillé. （370；187）

　なるほど，一日だと思いこんでいたことも，振子時計をみると十五分にすぎないことがわかったというので，そんな取るに足らない理由から，経過したのはほんのわずかな時間にすぎないという人もある．しかし，十五分にすぎないことがわかったそのときは，まさしくその人は目の覚めた人間になっているのであり on est justement un homme éveillé, 目覚めた人間たちの時間に入りこんで plongé dans le temps des hommes éveillés, すでに他方の時間を見捨てたのであった on a déserté l'autre temps. 他方の時間というよりは，おそらくはそれ以上のもの，他のもう一つの生活，Peut-être même plus qu'un autre temps : un autre vie というべきであろう．〔…〕
　私は二つの時間と言った．しかしおそらく，ただ一つの時間しかないのかもしれない．というのは，目覚めている人の時間が，眠っている人にあてはまるという意味ではなくて，おそらく，いま一つの生活，すなわち人が眠っている時の生活は，——その深い部分が——時間の範疇に属さないのであろう J'ai dit deux temps ; peut-être n'y en a-t-il qu'un seul, non que celui de l'homme éveillé soit valable pour le dormeur, mais peut-être parce que l'autre vie, celle où on dort, n'est pas —— dans sa partie profonde —— sousmise à la catégorie du temps. とくに，ラ・ラスプリエールで晩餐をしたあくる日，ぐっすりと深く眠るようなとき，私はそんなふうに時間を想像するのであった．（372；189-190）

　これらの箇所では，「目覚めている人 homme éveillé」と「眠っている人 dormeur」との相違が問題にされている．「不眠の夜」では，主人公が一般的な「眠っている人」の意味空間にいる場合と，「回想」を始める中間的主体である「目覚めて眠っている人」の意味空間にいる場合とが対立するもとのとして示され，ついで後者の「目覚めて眠っている人」の意味

110

空間が「夜明け」の「私」の意味空間と対立するものとして示されていた．
さきに，それら2つの対立のありようが，「たしかにPしかしQ」
[[CERTES P] MAIS Q]によって記されているのをみた．

　ところで，「目覚めている人homme éveillé」と「眠っている人dor-
meur」との対照はごく普通の語法に属している．しかしながら，他方，
「不眠の夜」の主体である中間的主体を指す「目覚めて眠っている人 le
dormeur éveillé」という表現は明らかに撞着語法である．

　プルーストにおける撞着語法は，さまざまな論者によって言及されてい
る．たとえばブレウールは「半ば死んでいる人un « demi-mort »」と「水
陸両生の」存在という表現を例としてあげている．

　　　プルーストにとって，主体は，深い自我やある持続や内的生活とは一致しな
　　　い：それは「目覚めて眠っている人」の撞着語法であり，現在と同様に過去に入
　　　り込み，現実と同様に夢の中にも入り込む「半ば死んでいる人」であり，あるい
　　　は「水陸両生の」存在である．Pour lui [Proust] le sujet ne coïncide pas avec
　　　un moi profond, une durée ou une vie intérieure : il est oxymoron du « dormeur
　　　éveillé » (*J.F.* II, 220), un « demi-mort » (*T.R.* IV, 620) ou un être « amphibie »
　　　(*A.D.* IV, 114) qui est plongé dans le passé aussi bien que dans le présent, dans
　　　le rêve aussi bien que dans la réalité. (BREEUR 2000, 71)

　また，シュルト＝ノルホルトは，バルトを引用して，次のように述べて
いる．

　この目覚めてつまり意識があって眠っている人が，ロラン・バルトが観察したよ
　うに逆説的であるのは明らかである．バルトはこのエピソードの「文法的スキャ
　ンダル」をつぎのように指摘している，「《私は眠る》と言うことは，実際，《私
　は死んだ》と言うことと同様に文字通りには不可能である Il est évident que ce
　dormeur éveillé ou conscient est paradoxal, comme l'a observé Roland Barthes,
　qui constate le « scandale grammatical » de l'épisode : « dire 'je dors' est en ef-
　fet, à la lettre, aussi impossible que de dire 'je suis mort' ». (SCHULTE NORDHOLT
　2002, 73. Cf. BARTHES 1984, 316. KADIVAR 2004, 33-37.)

第1章 不眠の夜

「まだほとんど目覚めていない眠っている人である私 le dormeur à peine éveillé que j'étais encore」

「眠っている人」から「目覚めた人」へと移行する過程において，中間的主体「目覚めて眠っている人」を経ない場合が，第五篇『囚われの女』に描かれている（*Pr.* III, 628-633 ; 8, 159-166）.

私の眠りは，ときには逆に，非常に深いことがあった〔…〕，とりわけ，朝になってやっとねむりについたときはそうだった．そんなときのねむりは——平均してだが——四倍はからだが休まるもので，ちょっと眠っただけでも，四倍は長く眠ったような気がする，それでいて四分の一の長さしかなかったのである．十六倍のすばらしい錯覚，その錯覚が目覚めをあれほど美しくし，生活に真の更新をもたらす，この更新は，リズムの急激な変更ともいうべきもので，音楽でいえば，アンダンテの八分音符が，プレスティッシモの二分音符とおなじ持続になる場合に相当するのであり，そうしたリズムの急激な変更は，覚醒の状態では経験できないのだ．覚醒の状態では，生活はほとんどつねに同一であり，そういうところから旅の幻滅が生じるのである．夢はしかしながら人生のもっとも粗雑な材料でつくられているように思われるが，しかしその材料は，そこでは，見わけがつかなくなっているほどにいわば処理され，こねあわされていて，覚醒状態におけるような時間的制限にさまたげられないために破天荒の高さにまでいくらでもほそくのびてゆく．睡眠という黒板拭きが，日々の雑事の象形文字を，それが黒板に書かれたように残っていた私の脳裏から，さっと消してしまうという，そんな幸運が私に到来した朝々は Les matins où cette fortune m'était advenue, où le coup d'éponge du sommeil avait effacé de mon cerveau les signes des occupations quotidiennes qui y sont tracés comme sur un tableau noir, 私の記憶をふたたび生きかえらせることが必要だった．人は睡眠または発作による健忘症で忘れ去ったものを意志の力でおぼえ直すことができ，それは目が開くか麻痺が消えるかするにつれて，少しずつ再生する．（*Pr.* III, 628 ; 8, 160）

「睡眠という黒板拭きが，日々の雑事の象形文字を，それが黒板に書かれたように残っていた私の脳裏から，さっと消してしまうという，そんな幸運が私に到来した朝々は」という表現は，「不眠の夜」とおなじ条件を満たしている．「不眠の夜」では時点〈1〉「目覚め」から時点〈2〉「回想の訪れ」までの「数秒間」のうちに，「私」は外界に適応しなければならない．しかしその「外界」はほんとうの「外界」ではない．ついで，ほんとうの「夜明け」の日の光によって，主人公はほんとうに「目覚めた人」

に移行するのであった．しかしここで述べられている「目覚め」は，それ
とは異なっている．

　　夢と矛盾して，自分自身にうそをつき，私は，全力で沈黙しようとしながらも，
　　反対の言葉を恥ずかし気もなくいうのだった，「フランソワーズ，ほんとに十時
　　だよ！」　私は朝の十時とさえいわないで，単に十時というのだ，まさかほんと
　　うとは信じられないこの「十時」が，より自然な調子で発音されたように見せか
　　けるためだった．しかしながら，まだほとんど目覚めていない眠っている人であ
　　る私 le dormeur à peine éveillé que j'étais encore が，自分の考えつづけている
　　言葉ではなくて，この言葉を口にするということは，進行している汽車からとび
　　おりて一瞬線路に沿って走りながらしかもうまく転倒しない人に要求される平衡
　　の努力とおなじ努力を私に要求することになるのだった．その人が一瞬走るのは，
　　離れる寸前の場が，速いスピードで動いている場であり，動かない地面とは非常
　　に違っていて，彼の足がその地面に慣れるのがかなり困難であるからだ．（*Pr.*
　　III, 629；8, 160）

　このときの主人公は「まだほとんど目覚めていない眠っている人である
私 le dormeur à peine éveillé que j'étais encore」と表現されている．この
とき「回想」が訪れることはない．「不眠の夜」では回想の主体が「私は
ともかく目をさましていて j'étais bien éveillé」（*Sw.* I, 8；1, 11）と記され
る「目覚めて眠っている人 le dormeur éveillé」である．一方，ここでは
一般的におよび「私」の場合について，「ほとんど目覚めていない眠って
いる人 le dormeur à peine éveillé」の物語が語られる．

　　そして一時間多く眠りすぎたときしばしば起こることに，体が麻痺して，その
　　あとは手足の使い方を思い出し，話し方を覚えなおさなければならない．意志は
　　うまくそうできないだろう．眠りすぎると，人はもはや，目覚めが機械的に感じ
　　られることがほとんどなく，そしてその意識がない，水道管のなかではほとんど
　　感じられないのに水道栓が閉まっていることがありうるように．くらげの生態よ
　　りももっと無機的な生態がそれに続き，そのとき人はただ何かを考えることがで
　　きるとすれば，海底から引きあげられたか，徒刑場から引き出されたように思う
　　だろう．しかしそのとき，上空から，記憶の女神ムネモテクニアが身をかがめ，
　　「カフェオレをたのむ習慣」といったかたちのもとに，われわれに復活の希望を
　　さしだす．それでも，記憶がいつもそれほど簡単にめぐみをもたらしてくれると

113

はかぎらない．目覚めへと滑り込まされるままの最初の数分間は，自分のそばにばらばらな現実のカードがまかれていて，トランプ遊びのときのように，その中から一枚を選ぶことができるように思う．金曜日の朝で散歩から帰ってきたとか，あるいはまた，海岸でのお茶の時間だとか．睡眠の観念やパジャマを着て寝たという観念は，しばしばあなたに差し出される最後のカードである．復活は直ちにはやってこない．ベルを鳴らしたと思う，そうしなかった，錯乱した言葉にゆすぶられる．動作だけが思考をとりもどさせる，そして実際に電気のスイッチを押したとき，ゆっくりとだがはっきりとこういうことができる，「まったく十時十分だよ，フランソワーズ，カフェオレをくれないか」

おお，奇跡だ！　フランソワーズには，私をなおもすっぽりとひたしている非現実の海，私が力をふりしぼってその海をかいくぐり，やっと私の奇妙な問いを浮かび上がらせたことなど思いもよらなかったのだ．彼女は別段変わったこともなくこう答える，「十時十分でございます．」　そのことで私には正気らしいようすがあたえられ，私がしつこくゆすぶられていたばかげた会話に気づかせないですませられる（虚無の山が私から生命を奪い去らなかった日々にかぎるのであるが）．意志の力で，私は現実の世界に復帰した．私はまだ睡眠の残夢を楽しんでいる，つまり語る方法にある唯一の創意の，唯一の革新の残滓を楽しんでいる，覚醒状態の語りはすべて，美が派生するあの神秘な差異を含んでいないから．
(*Pr.* III, 630-631 ; 8, 162-163)

こうして，語り手は「人が眠りに入るときの条件をこのようにいろいろ変更して à varier ainsi les conditions dans lesquelles on s'endort」（632 ; 165）考察をつづける．ようするに，第五篇『囚われの女』のテクストに挿入されたこの「ほとんど目覚めていない眠っている人 le dormeur à peine éveillé」の物語は，「不眠の夜」の主人公「中間的主体－目覚めて眠っている人」の物語ではなく，「眠っている人 un homme qui dort」に関する一般的考察に吸収される第1段落から第4段落までの「前奏」の物語と同じ類のものである．

「マドレーヌの体験」の特異性

つぎに「マドレーヌの体験」について考える．それは，コンブレーの一日を導き出すという物語構成上の意義をもつにとどまらない．マドレーヌの無意志的記憶が，中間的主体の経験であることにもう一つ別の意義があるからである．

ジャン＝フランソワ・ペランによれば，文学における無意志的記憶のト

ポスは19世紀の終わり三分の一の間に，飽和状態に達していた．このこ
とはペランが資料として用いている文学作品を見ただけでも察しがつく．
ちなみに順にあげると次のようになる．

　　ルソー『新エロイーズ』（1761）『告白』（1782），セナンクール『オーベルマン』
（1804），スタール夫人『コリーヌ』（1807），バルザック『あら皮』（1831），サン
ト＝ブーヴ『愛欲』（1834），ミュッセ『世紀児の告白』（1836），シャトーブリヤ
ン『墓のかなたからの回想』（1849-1850），ゴーチエ『アヴァタール』（1856），
フロベール『ボヴァリー夫人』（1856），フロマンタン『ドミニック』（1862），マ
ラルメ『パイプ』（1868），ゾラ『争奪』（1872）『ムーレ師のあやまち』（1875）
『獣人』（1890）『パスカル博士』（1893），モーパッサン『回想』（1882）『自殺』
（1883）『パラン氏』（1886）『死のごとく強し』（1889），ユイスマンス『同棲生
活』（1881）『流れのままに』（1882），ヴィリエ・ド・リラダン『最後の宴会の客
たち』（1883），ゴンクール兄弟『ジェルベゼ夫人』（1892）（PERRIN 1995, 212,
note 2）

　ペランがとりあげて考察している作品のうち，サント＝ブーヴ『愛欲
Volupté』やモーパッサン『死のごとく強し *Fort comme la mort*』はプ
ルーストがラスキンを翻訳していたあいだに読んだ書物のリストにある
（TADIÉ 1983, 38）.
　ペランは論文の目的を，「プルースト以前の無意識的想起の場面 La
scène de réminiscence avant Proust」において，「この場面の文学的母型
がルソー以来見つけられるという事実と，19世紀のこのトポスの発展と
質的充実を，そのトポスのパロディー的脱構築の歴史がはじまる時点まで
たどることができるという事実を示すこと」（PERRIN 1995, 193）であると
述べている．シャトーブリアンがヴォックナブリュック辺りの散歩を語る
ときのテクストを挙げたあとで，彼は次のように述べる．

　この風景全体のなかにある漠然としたこの「何かわからないもの」はそのもの
としてはシャトーブリアンにとってはどうでもよいものである，このことは『死
のごとく強し』（モーパッサン，1889年）の主人公にとっては逆であって，彼は
潜在的な記憶が突然めざめた原因を見つけようと精一杯努力するがうまくいかな
い：

第1章　不眠の夜

ベルタンは胸の奥で思い出が目ざめるのを感じていた Bertin sentait en lui s'éveiller des souvenirs. 消えてしまった，忘却の中に溺れ去った思い出，それが突如として，どういう訳か理由はわからずよみがえって来る．あらゆる種類のものが非常な速さで浮き上って来た．非常に多くのものが一時に湧き上がって来るので，何かの手が底に沈んだ記憶の泥をかき廻しているような感じを覚えた．

今までに何度も，といっても今日ほどでもないが，既に今までに何度か感じ気がついているこうした昔の生活の沸騰がどうして起こるのかと考えてみた Il cherchait pourquoi avait lieu ce brouillonnement de sa vie ancienne. こうした唐突な記憶喚起にはいつでも一つの原因が，物質的な単純な原因が存在していた．物の匂いとか香りといったようなものが一番多かった．幾度，女の着物が，行きずりに，何かの香料の匂いの発散と一緒に，消え去った事件の記憶を一時に彼に投げつけてよこしたことだろうか！ 古い化粧水の瓶の底に，彼は過ぎ去った自分の生活の幾断片を度々見出していた．空気の中に漂っているあらゆる匂い，往来の匂い，野良の匂い，家の匂い，家具の匂い，気持のいいのも悪いのもあるが，それから夏の夕方の暑い匂い，冬の夕方の寒い匂い，そういうものがいつも彼の中に遠いかすかな記憶をかき立てた．丁度ものの匂いがミイラを保存する香料のように，匂いを塗りこめられた死んだものを自分のなかに保存しているかのようだった．

そうやって昔を思い出させたのはしめった草だろうか，それともマロニエの花だろうか？ どうも違う．では何だろう？ この警報を齎したのは彼の眼だろうか？ 何を見たというのか？ 別に何も見た訳ではない Qu'avait-il vu ? Rien. 行き逢った人々の中で誰かが，昔見た姿に似ていたのかも知れない．自分では気がつかずに，それが彼の心の中にすべての過去の鈴をゆすぶり鳴らしたのかも知れない sans qu'il l'eût reconnue, secouait en son cœur toutes les cloches du passé.

だがそれより，音ではなかったろうか？ 度々，偶然に聴いたピアノの音や，聞き覚えのない人声や，時には広場で流行おくれのふしを演奏しているハンドル・オルガンまでが，いきなり彼を二十年も若返らせ，忘れていた感動で彼の胸を一杯にふくらませることがあった．

だがこの過去からの呼び出しは続いていた．いつまでも止まず，正体が捉え難く，ほとんど腹が立つくらいだった．彼の周りに，彼の近くに，こんなふうに消え去った感動にまた生気を吹き込む何があるというのだろうか？（モーパッサン『死の如く強し』第三章，杉捷夫訳，岩波文庫，pp. 121-122）

このタイプの場面は，無意識的想起のトポスがこの世紀の終わり三分の一のあい
だにどれほどの飽和状態に達していたかを示すものである Une scène de ce type
montre à quel degré de saturation le topos est parvenu dans le dernier tiers du
siècle：はたして，ベルタンは，十八世紀の遺産であり，テーヌによって〔…〕
より明確に表現された，合理主義的／感覚論的ウルガタ une vulgate rationaliste
/ sensualiste にしたがって，その現象を説明している（無意識の心理生理学的因
果関係，感覚の自律的再生の法則，記憶の嗅覚とのおよび自然周期との特権的結
びつき causalité psychophysiologique de l'involontaire, loi de renaissance sponta-
née des sensations, lien privilégié de la mémoire à l'odorat, ainsi qu'aux cycles
naturels）；彼は，ロマン主義のウルガタの詩的価値を失わせ，その皮肉を込め
た一種の「縮図」une sorte d' « abrégé » ironique を披露する（ボードレールの
「行きずりの人」，「小瓶」のモチーフ，回想の墳墓のモチーフ，過去の鐘の音の
モチーフ passante baudelairienne, motifs du « flacon », de la nécropole des sou-
venirs, des cloches du passé）．しかしながら，彼はこのトポスを逆方向に構成
することで en le construisant à l'envers，それを革新している，無意識的想起の
場面がもつ文学的通俗化がおそらくは可能にしたサスペンスの効果をそこで手に
入れたのだ y gagnant un effet de suspens que permet sans doute la banalisation
littéraire des scènes de réminiscence.（PERRIN 1995, 207-208，下線強調は青木）

　プルーストが「マドレーヌの体験」において，ペランのいう「サスペン
スの効果」を最大限に発揮させていることは明らかである．この点で，プ
ルーストの無意志的記憶は文学の伝統に則っているといってもよいと思わ
れる．しかしながら，「マドレーヌの体験」の意義は，そういった伝統の
上にのみあるのではない．前節で検討したように，「不眠の夜」にはクロ
ノロジー上の日付が記されてはいない．「マドレーヌの体験」の特異な点
は，日付をもたない中間的主体の体験であること，つまり，クロノロジー
上に時点をもたない出来事であるということにある．
　ルソーにおいても，シャトーブリアンにおいても，無意志的想起は，あ
る過去と現在との対比の問題であり，重要なのは現在における私である．
自伝であるから，クロノロジーが問題になるのは当然かもしれない．しか
し，いつ無意志的想起の体験をしたかは，自伝であるなしにかかわらず，
語り手と主人公にとって重要な意味をもつ．げんにプルーストにおいても，
『見出された時』のゲルマント大公夫人邸でのマチネの日に継起する無意
志的想起は，そうしたクロノロジー上の意味を与えられている．そこで主

第1章 不眠の夜

人公は天職を自覚するきっかけをつかむのであるから.

　ところが,「マドレーヌの体験」はクロノロジーにおける時点をもっていない. プーレによれば,「マドレーヌの体験」の意味はクロノロジー上の時点にはない.

　　プルーストの人物が, 有名なマドレーヌの奇蹟のおかげで, 失われた幼年時代をまさに再び見出そうとしている瞬間でさえ, この回想は彼にとって回顧としてではなく予感としてあらわれる ce souvenir ne lui apparaît pas comme rétrospection mais comme un pressentiment：それは,「まだ存在していない何物かに直面しているのだ, 精神だけがそれを現実に存在させ, やがてそれを自分の光のなかにはいらせることができるのだ en face de quelque chose qui n'est pas encore et que seul il peut réaliser, puis faire entrer dans la lumière」(*Sw.* I, 45：1, 58) と, プルーストは言う. <u>もはや無いものが,「まだ無い」ものになったのである</u> Ce qui n'est plus est devenu un « pas encore ». 回顧的なものが未来の展望へと変わったのである Le rétrospectif s'est mué en prospectif. (POULET [1971] 1982, 156-157, 下線強調は青木)

　プーレが言うように,「もはや無いものが,《まだ無い》ものになった」ことに, 未来へ向けての反復の可能性に「マドレーヌの体験」の第1の意義がある.

　この第1の意義にかんしては, 読者は第七篇『見出された時』まで到達しなければ分からない. 主人公は「ゲルマント大公夫人邸でのマチネの日」に, 無意志的想起がなぜ幸福感をあたえるのか, その深い理由を求めようとする.

　　マドレーヌを味わっていたときのように, 将来についてのあらゆる不安, 知的なあらゆる疑念は, 吹きはらわれていた. 〔…〕しかしこんどは私はしかと決意するのだった, 煎じ茶にひたしたマドレーヌの一かけらを味わった日の自分のように, それがなぜであるかを知らないままであきらめるようなことがあってはならないと. (*T.R.* IV, 445：10, 261)

　「《まだ無い》何物か」は,『失われた時を求めて』の最終篇, 第七篇『見出された時』になって突きとめられることになる. このようにして, この作品においては,「マドレーヌの体験」のもつ未来へ向けての反復可

能性によって，無意志的想起がもつ「サスペンスの効果」が作品全体の構成にまで拡張されている．

しかしながら，マドレーヌの体験の意義は，そういった伝統の上にのみあるのではない．

本章でみたように，「不眠の夜」は「夜」の物語として作品全体が対象とする物語時間をほぼ覆っている．「マドレーヌの体験」はその「不眠の夜」に属する．したがって，「マドレーヌの体験」は言及されるのがわずか2回であっても，この作品のほとんどすべての物語時間に潜在する．それがこの体験の第2の意義である．そのことがいやがおうでもこの体験の象徴性をたかめる．

さらに，無意志的想起は，「マドレーヌの体験」や「ゲルマント大公夫人邸でのマチネの日」に限られているわけではなく，注意深くみれば，『失われた時を求めて』全体に散りばめられていることがわかる．その個々のありようを考えるさいに，ペランのいう無意志的想起のトポスとしての伝統がどのように生かされているかを検討しなければならないだろう．

語り手と主人公，および「中間的主体」との関係，「昼」の物語は閉じられるか

中間的主体は，主人公と語り手とのあいだに介在する「不眠の夜」の主体である．主人公は過去に位置し，語り手は現在に位置する．したがって中間的主体は過去と現在とのあいだに介在し，過去と現在とに同時に位置するものである．中間的主体は，過去と現在とのあいだの，不分明のいわば無重力状態にある．

「マドレーヌの体験」も，スワンの死の体験も，ともにそうした中間的主体の体験であるからには，昼の歴史の継起に位置づけられてはいない．

たしかに主人公の昼の歴史は閉じられる．しかし，このことは回想の「夜」が「昼」の世界に侵入し，物語を夜の無時間性の中へ飲み込んでいこうとしていることを表わしているように思われる．もはや回想の夜を解体する朝はおとずれないのだ．それはまた，「創造する自我 moi créateur」へと変貌する「目覚めて眠っている人」，すなわち中間的主体の，時間に対する抵抗を意味するとも思われる．語り手が語り終えるということは，『千一夜』の物語が明らかに記しているように [12]，語り手の「死」を意味

するであろう．死ぬまで語り手は語りつづける．おそらくそれは初めから
わかっていることであった．事実，プルーストは，一度は「完FIN」と
いう字を書きつけながら，語りおえるまえに，語り手とともに，この世を
去ったのであった．

[注]

(1)　『千一夜物語』第 622-653 夜「眼を覚ました永眠の男の物語」，『完訳　千一
夜物語（九）』，岩波文庫，1988 年，pp. 3-101．『失われた時を求めて』中では，
1 か所第二篇『花咲く乙女たちのかげに』に，この le Dormeur éveillé がでて
くる．

　　　〔…〕プチ・フール用のそれらの皿，『千一夜物語』のお皿は，フランソワーズがあ
る日は「アラジンまたはふしぎなランプ」を，他の日には「アリ＝ババ」や「目覚め
て眠っている人」や，「財宝をつんでバスラの港を出る船乗りシンドバッド」をもっ
てくるとき，それらの「主題」であんなにもレオニー叔母の気ばらしをしたのだった．
　　　[…] ces assiettes à petits fours, des *Mille et Une Nuits*, qui distrayaient tant de
leurs « sujets » ma tante Léonie quand Françoise lui apportait, un jour, *Aladin ou la
Lampe Merveilleuse*, un autre, *Ali-Baba, le Dormeur éveillé ou Simbad le Marin em-
barquant à Bassora avec toutes ses richesses*. (*J.F.* II, 257-258 ; 3, 285)

　　　また，『千一夜物語』には触れずに，「目覚めて眠っている人　le dormeur
éveillé」という表現が作中で 1 か所用いられている（*J.F.* II, 220 ; 3, 233）．

(2)　ケラーは「自由物語言説 récit libre」について次のように説明している．

作品冒頭の〔不眠の夜の〕場面から回想された場面への移行は，自由物語言説 récit
libre という用語によって示すことができるようなものによって果たされている．目覚
めて眠っている人の回想が直接，語り手によって引き受けられるのである．したがっ
て，「コンブレーは遠くからは一つの教会でしかなかった，ということを私は思いだ
していた *Je me souvenais que Combray, de loin [...] ce n'était qu'une église*」ではなく，
「コンブレーは遠くからは一つの教会でしかなかった *mais Combray, de loin [...] ce
n'était qu'une église*」なのである．〔…〕同様にして，「スワンの恋」の初めもまた，「ヴ
ェルデュラン家の「小さな核」，「小さなグループ」，「小さな党」に所属するには，〔…〕
ということを私は人から聞いた *On m'avait appris que pour faire partie du « petit
noyau », du « petit groupe », du « petit clan » des Verdurins [...]*」ではなくて，「ヴェ
ルデュラン家の「小さな核」，「小さなグループ」，「小さな党」に所属するには，…〕
*Pour faire partie du « petit noyau », du « petit groupe », du « petit clan » des Verdu-
rins*」となる．(KELLER 2006, 87-88)

　　　要するに，「ということを私は思いだしていた *Je me souvenais que*」や「と
いうことを私は人から聞いた *On m'avait appris que*」というような「正当で伝

統的ではあるが空疎な言い回し」（Sabry 1992, 232）が『失われた時を求めて』においてはほとんど常に削除されて，回想の内容が，思い出される状況や順序に関係なく，語り手によって整理され表出される．そして語り手の語った物語の内容全体が，主体の回想とされる．こうした物語言説をケラーは「自由物語言説 récit libre」と呼んでいる．

(3)　「崩壊」する過程とその結果を，吉川はつぎのように説明している．

　　そして，この小説『サント＝ブーヴ反論』の末尾から母との対話による評論部分が脱落し，それが〈見出された時〉に置き換えられると，そこに『失われた時』の第1稿が成立する（1911 年頃）のだが，その構造はつぎのようなものだった：
　　夜 → 過去の回想 → 夜明け
　　→ 朝 → タンソンヴィル滞在 →〈見出された時〉（吉川 1981, 53）

そして 1913 年，『スワン家のほうへ』が出版されたとき，〈夜明け〉の場面は校正刷の段階でヴェネチア旅行の後から「コンブレー」の末尾へと移されていたのである．〈夜明け〉の場面を奪われて根拠を失った〈朝〉の描写も，やがて空中分解して小説のあちこちに断片的な形で吸収されてしまう．第1稿において顕著だった〈不眠の夜〉が包摂する巨大な円環はこうして崩壊するのである．それとともに，冒頭の主人公と話者のそれぞれを規定していた病状，就寝時刻の具体性も消滅してしまう．（吉川 1981, 55-56）

(4)　ここでヴュイヨームが述べている議論は，バンヴェニストのいう「年代的時間 temps chronique」と「言語の時間 temps linguistique」との対立（Benveniste 1966, 5-13）と重なるものである．ヴュイヨームの「主虚構」が「年代的時間」に対応し，「二次虚構」が「言語の時間」に対応する．バンヴェニストのいう「言語の時間」は，「潜在的に言語の時間を含み，それをじっさいに現働化する個別的発話行為 instance de discours のただなかにあらわれる」（同書，10）ものであると説明されている．本書では，物語言説を分析の対象としているので，ヴュイヨームの用語を用いる．

　　ちなみに，バンヴェニストによれば，「言語の時間」の時間性をもち，「今日 aujourd'hui」によって切り分け決定される，言語の現在から出発して時間的距離をしるすオリジナルな用語としては，「昨日 hier」と「あす demain」しかない．「おととい avant-hier」も「あさって après-demain」も自律した語彙ではなく，「おとといの前の日 avant-avant-hier」や「しあさって après-après-demain」の使用は例外的であると言われる．さらに，話し手がその限界を超えて時間の照準を定めなければならないときは，「年代的時間」の目盛を借用するという．「8 日前（1 週間前）il y a huit jours」や「3 か月のち dans trois mois」のように，「年代的時間」の単位をもちいるのである．そして「言語の時間」を「年代的時間」に変換するときには，「今日 aujourd'hui」を「その日 ce jour-là」にしなければならないように，「8 日前（1 週間前）il y a huit jours」を「8 日前に（1 週間前に）huit jours auparavant」に，「3 か月のち dans trois mois」を「3 か月後に trois mois après, trois mois plus tard」にし

第1章　不眠の夜

なければならないという（BENVENISTE 1966, 12-13）.

(5)　「マドレーヌの体験」のテクスト（11 の段落からなる：Sw. I, 43-47 ; 1, 55-61）は語り手の現在の思考をあらわす言説から始まる（「こんなふうに，長いあいだにわたって，私が夜なかに目をさましてコンブレーを追想していたとき C'est ainsi que, pendant longtemps, quand, réveillé la nuit, je me ressouvenais de Combray,」）．そのなかには現在形もふくまれる（「すべてこうしたことのなかには多くの偶然がある Il y a beaucoup de hasard en tout ceci, 〔…〕．私はケルト人の信仰をいかにももっともだと思う Je trouve très raisonnable la croyance celtique, 〔…〕．われわれの過去もまたそのようなものである Il en est ainsi de notre passé.」）．

　　第6段落（23 文，Sw. I, 44-45 ; 1, 56-58）でテクストは二次虚構の語り手の言説から主虚構の物語言説へと移行する．第6段落は，半過去と単純過去に始まり，大過去，半過去，半過去による自由間接話法を経て，現在形へと移行する（第14 文）．この現在形は語り手の現在ではなく，歴史的現在形である．第10 文以降を引用しよう．

　　それは紅茶とお菓子との味に関係がある．しかしその味を無限に超えている，同じ性質のものであるはずはない，と私は感じていた．それはどこから来るのか？　何を意味するのか？　どこでそれを捉まえたらいいのか？　私は二口目を飲む，一口目以上のものは何も見つからない，三口目は二口目よりわずかに少ないものしかもたらさない．もう私はやめるべきだ，飲み物の効力は減っていくようだ．あきらかに，私が求める真実は，飲み物のなかにはなくて，私のなかにある．

　　Je sentais qu'elle était liée au goût du thé et du gâteau, mais qu'elle le dépassait infiniment, ne devait pas être de même nature. D'où venait-elle ？　Que signifiait-elle ？ Où l'appréhender ? Je bois une seconde gorgée où je ne trouve rien de plus que dans la première, une troisième qui m'apporte un peu moins que la seconde.

　　こうして歴史的現在となった物語言説はそのまま，第7段落から第9段落までつづく．第10 段落（4 文）では第1 文で複合過去形があらわれ（「そして突如として，回想が私にあらわれた Et tout d'un coup le souvenir m'est apparu.」），ついで第2 文と第3 文では半過去と大過去の物語言説に戻り，第4 文で語り手の現在形で終わる．最後の第11 段落（2 文）では，第1 文が単純過去形，第2 文が複合過去形である．そこでは継起する2 つの状況が単純過去形と複合過去形とで，つまり主虚構と二次虚構とによって描かれている．

　　そして私が，ぼだい樹花を煎じたものにひたして叔母が出してくれたマドレーヌのかけらの味覚だと気がついたとたんに（なぜその回想が私をそんなに幸福にしたかは，私にはまだわからず，その理由の発見をずいぶんのちまで見送らなくてはならなかったが），たちまち，表通りに面していてそこに叔母の部屋があった灰色の古い家が，芝居の舞台装置のようにあらわれて，それの背後に，庭に面して，私の両親のために建てられていた，小さな別棟につながった（私がこれまでに思いうかべたのはこの別

棟の裁断面だけであった），そしてこの母屋とともに，その町が，朝から晩までのそしてあらゆる天候のもとで，昼食までに私がよく送り出された広場が，私がお使いに行った通りが，天気がいいときにみんなで足をのばした道筋が，そしてあたかも，水を満たした陶器の鉢に小さな紙切れをひたして日本人がたのしむ遊びで，それまで何かはっきりわからなかったその紙切れが，水につけられたとたんに，のび，まるくなり，色づき，わかれ，しっかりした，まぎれもない，花となり，家となり，人となるように，おなじく<u>いま</u>，私たちの庭のすべての花，そしてスワンさんの庭園のすべての花，そしてヴィヴォーヌ川の睡蓮，そして村の善良な人たちと彼らのささやかな住まい，そして教会，そして全コンブレーとその近郷，形態をそなえ堅牢性をもつそうしたすべてが，町も庭もともに，私の一杯の紅茶から<u>出てきた</u>のである．

Et dès que j'eus reconnu le goût du morceau de madeleine trempé dans le tilleul que me donnait ma tante (quoique je ne susse pas encore et dusse remettre à bien plus tard de découvrir pourquoi ce souvenir me rendait si heureux), aussitôt la vieille maison grise sur la rue, où était sa chambre, <u>vint</u> comme un décor de théâtre <u>s'appliquer</u> au petit pavillon, donnant sur le jardin, qu'on avait construit pour mes parents sur ses derrières (ce pan tronqué que seul j'avais recu jusque-là) ; et avec la maison, la ville, depuis le matin jusqu'au soir et par tous les temps, la Place où on m'envoyait avant déjeuner, les rues où j'allais faire des courses, les chemins qu'on prenait si le temps était beau. Et comme dans ce jeu où les Japonais s'amusent à tremper dans un bol de porcelaine rempli d'eau, de petits morceaux de papier jusque-là indistincts qui, à peine y sont-ils plongés s'étirent, se contournent, se colorent, se différencient, deviennent des fleurs, des maisons, des personnages consistants et reconnaissables, de même <u>maintenant</u> toutes les fleurs de notre jardin et celles du parc de M. Swann, et les nymphéas de la Vivonne, et les bonnes gens du village et leurs petits logis et l'église et tout Combray et ses environs, tout celà qui prend forme et solidité, <u>est sorti</u>, ville et jardin, de la tasse de thé. (Sw. I, 46-47 ; 1, 59-61，下線強調は青木)

(6) 「複合過去形を，過去の行動としてではなく，一度獲得した状態の永遠化として定義することができる」という中村の言明は，複合過去形の理解として正しいであろう．しかしそのことはかならずしも「語り手は早くから床に就き続けている」という解釈を含意しない．
    たとえば，『良き慣用 le Bon Usage』のなかでモーリス・グレヴィスは，複合過去について次のように述べている．

    複合過去（不定過去）は過去の限定されたあるいは限定されていない時期に終えられた事象を示し，その事象がまだ完全には過ぎ去っていないある期間に起こったにしろ，その結果が現在のなかで想定されるにしろ，それを現在と接触しているものと考える Le passé composé (passé indéfini) indique un fait achevé à une époque déterminée ou indéterminée du passé et que l'on considère comme étant en contact avec le présent, soit que ce fait ait eu lieu dans une période de temps non encore entièrement écoulée ou que ses conséquences soient envisagées dans le présent. (GREVISSE [1936] 1980, 839)

そしてさらに，注でデュアメルの考察を挙げている（同上）．

　ジョルジュ・デュアメルの次の考察を書き留めておこう：「私はそのとき，心の中で，
ヴィルドラックが私たちの若かったころに作った軽やかな，繊細な，耳に快い，穏や
かな，あれらの詩句のいくつかを呟く．――私の読者が半過去を期待したであろう場
所に，不定過去〔複合過去〕を用いたことに私は今気づいた．作家の直感がここで深
い必要性に答えているのだ．《作っていた composait》という半過去を用いたならば，
ヴィルドラックが今はもはや作っていないものを当時日常的に作っていたという意味
に理解させることになったであろう．そしてそれは不正確であろう，というのは，神
様のおかげで，ヴィルドラックは今もなお詩人であることを時おり私たちに見せてく
れるからだ．しかしこの不定過去〔複合過去〕は私の考えでは別の力を獲得する．そ
れらの詩句を彼が《作った a «composé»》と言うことによって，私が理解している
ことは，したがって，それらの詩句が作られて今《存在しており》ils «sont» compo-
sés，それらは長きにわたってそのままであり続ける，そのあいだは，人間の作品が，
われわれに，われわれ取るに足らない者たちに，不死に値すると思われ得る，という
ことである．」

　Notons ces considérations de G. Duhamel : « Je murmure alors, dans mon cœur,
quelques-uns de ces vers ailés, déliés, musicaux et tendres que Vildrac a composés
au temps de notre jeunesse. – Je m'aperçois que je viens d'employer le passé indéfini
à l'endroit même où mon lecteur pouvait attendre l'imparfait. L'instinct de l'écrivain
répond ici à des nécessités profondes. « Composait » donnerait à entendre que Vil-
drac faisait ordinairement une chose qu'il ne fait plus et ce serait inexact car, par la
grâce du ciel, Vildrac nous montre parfois qu'il est encore un poète. Mais ce passé
indéfini prend à mon sens un autre pouvoir. Disant qu'il a « composé » ces poèmes,
j'entends donc qu'ils « sont » composés et qu'ils vont le demeurer pour longtemps,
pour cette période pendant laquelle une œuvre humaine peut nous paraître, à nous
chétifs, digne de l'immortalité. » (*Biographie de mes fantômes*, pp. 43-44.)

「彼はこれらの詩句をつくった il a composé ces poèmes」と複合過去形でいう
表現のなかには「彼はこれらのつくられた詩句をもっている il a ces poèmes
composés」と「これらの詩句はつくられて存在している ces poèmes «sont»
composés」という現在形が含まれている．この現在形は語り手の現在であり，
「それらは長くにわたってそのままであり続ける，そのあいだは，人間の作品が，
われわれに，われわれ取るに足らない者たちに，不死に値すると思われ得る」
という表現が，「彼はこれらの詩句をつくった il a composé ces poèmes」の複
合過去形がもつ「別の力 un autre pouvoir」を表わしたものであるということ
ができる．過去の行為の結果である現在の状況が「長くにわたってそのままで
あり続ける」という解釈を可能にする力である．
　ここで中村の解釈との違いを強調しなければならない．中村は過去の状態が
今も「長くにわたってそのままであり続ける」，つまり過去においても今現在
も「語り手は早くから床に就いている」のだと解釈している．そして次のよう

にいう.

　しかし,「長いあいだ」による時間の漠然とした境界画定を考慮にいれないならば,そして,文自体によって明示的に言及されていない夜と日常的習慣の観念を考えないならば,冒頭文の意味は「私は永久に床についたままである je reste couché à jamais」ということになるだろう.語り手は床に就いたまま,幻想のかたちのもとにぼんやりとあらわれる彼の過去の想起に全身全霊で打ち込んでいる,それを彼は正確なヴィジョンのなかに秩序づけなければならない.もう一歩すすめば,そこに隠された意味をみいだすことすらできるであろう:「私の人生の早くから私は死の床についたままである je reste couché dans un lit de mort de bonne heure de ma vie」.複合過去形はこうして作家の人生にたいする現在の完了の十全な価値を保つ.それならば,この価値の効果に反し,その効果を無にする「長いあいだ」という副詞をなぜ置いたのであろうか? (Nakamura 1987, 205-206)

　本書では「長いあいだ」を考慮しないことはありえない.永続性をいうならば,それは「その事象がまだ完全には過ぎ去っていないある期間に起こった」(Grevisse [1936] 1980, 839) と考えた場合の過去の「床についた」状態の永続性ではなくて,過去の行為の結果である現在の状況,つまり読者にたいして物語を語っている現在の語り手の状況の永続性であり,語り手のかたる「長いあいだ」の物語の永続性であり,「私が早くから床に就いた je me suis couché de bonne heure」その間の物語が,デュアメルの言葉を借りれば,「長きにわたって存在し続ける,人間の作品が,われわれに,われわれ取るに足らない者たちに,不死に値すると思われ得るそのあいだは」ということになるであろう.

(7)　ミュレール (Muller 1965) から該当のテクストを邦訳し,引用しておく.

　<u>日常の就寝のドラマを再び生きている中間的主体はすでにタンソンヴィルのサン＝ルー夫人宅に滞在している.他方,彼はまだマドレーヌの体験をしていない,ましてやゲルマント大公夫人邸の訪問がその機会となる第二の啓示の体験もまだしていない</u> Le Sujet Intermédiaire qui revit le drame du coucher quotidien a déjà séjourné à Tansonville chez Mme de Saint-Loup. D'autre part, il n'a pas encore fait l'expérience de la madeleine, a fortiori l'expérience de la deuxième révélation dont la visite chez la princesse de Guermantes sera l'occasion. したがって主体 Sujet の世界は,『見出された時』の中ほどの部分で語られる主役 Protagoniste の生活の何年かに及んでいる,その何年かはタンソンヴィル滞在と大公夫人邸訪問のあいだに橋をかける.この期間は 132 ページ分の対象にしかなっていないが,かなり長いものである:「私」は「パリから遠く,サナトリウムで loin de Paris, dans une maison de santé」治療を受けて何年もすごす.<u>不眠の人が回想のアルバムを繙きながら気晴らしをするのはこの施設の部屋においてであると,仮定することができるであろう</u> On pourrait supporter que c'est dans la chambre de cet établissement que l'Insomniaque se distrait en feuilletant son album à souvenirs.

　ある日,その日付を正確に固定するのは不可能であるが,この時期に位置づけられ<u>る日に,主体の眺望はマドレーヌの高揚させる体験に負う回想の遡行によって豊かなものになる</u> Un jour, qu'il est impossible de fixer de façon précise, mais qui est situé à

cette époque, la perspective du Sujet se trouve enrichie par la remontée des souve-
nirs due à l'expérience exaltante de la madeleine. そのとき主体 Sujet は語り手がコ
ンブレーの第二部で語り手 Narrateur が彼のために語る過去の何年かを思い出す。
（MULLER 1965, 43, 下線強調は青木）

(8)　マドレーヌの挿話において，中間的主体 Sujet Intermédiaire は姿を消す，あるいは，
こう言ったほうがよければ，彼自身が身を投じた行動の主人公 Héros になる。これら
のページで，主人公と語り手との区別は時として消し去られているようにさえ思われ
る：多くの動詞が歴史的現在形と未来形に置かれて，主役が彼に起こっていることを
それが起こっているときにわれわれに語っているという印象を与える：「私は二口目
を飲む…私が求めている真実は…私は再び自問しはじめる…それは地表にまで達する
か？ Je bois une seconde gorgée... la vérité que je cherche … je recommence à me de-
mander... arrive-t-il jusqu'à la surface... ？」
　　他方，母親の現前とそのとき私が自宅にいるという事実は，主体の世界がサナトリ
ウム滞在の時期と一致するといいう仮説と矛盾している D'autre part, la présence de
la mère et le fait que le je est chez lui à ce moment sont évidemment en contradic-
tion avec l'hypothèse selon laquelle le règne du Sujet coïncide avec l'époque du séjour
dans la maison de santé.（MULLER 1965, 43-44, 下線強調は青木）

(9)　「スワンの恋」を思い出す主体がすでにマドレーヌの体験をしていたかどうかは確か
ではない Il n'est pas certain que le Sujet qui évoque « l'amour de Swann » ait déjà
fait l'expérience de la madeleine. この物語は「回想の連合によって par associations
de souvenirs」彼の心に浮かんだものである。それは就寝のドラマとの観念連合であ
ろうか？ そうならば，主体はこの感動的な記憶の最初の啓示より以前に位置するこ
とになるであろう，というのは，彼はすでにこのとき，この物語を語ってもらうこと
ができたからである。
　　反対に，お茶の味によって復元された全体的な光景との観念連合であろうか？ そう
ならば，主体は〔マドレーヌの〕啓示の後に位置づけなければならない。もっともこ
れら二つの仮説は排他的ではない。『失われた時を求めて』の冒頭文は私の生活のこ
の時期が長い年月に及んでいることを理解させる；スワンの愛人関係が対象となる想
起はマドレーヌの体験より以前にも以後にも起こりえたのである la remémoration
dont la liaison de Swann fait l'objet a pu avoir lieu à la fois avant et après l'expé-
rience de la madeleine.（MULLER 1965, 44, 強調は青木）

(10)　ネフは発話一般について発話時点を t₀ として点的なものと措定するのは「観
念化 une idéalisation」であると述べている（NEF 1986, 83 以下）。「語り手の現在」
を t₀ として点的なものと措定するのは，発話者一般を問題にする場合と同様に，
ネフの言うように「観念化」の結果にすぎないのであろう。少なくとも発話の
始点と終点が存在すると同様に語りの始点と終点が存在するのであり，『失わ
れた時を求めて』のように長期間にわたって執筆されたことが明らかな場合，
語り手の「こんにち aujourd'hui」にかなりの幅が表れるのは当然のことである。
　　ところでジュネットに次のように述べている箇所がある。

　　〔…〕たとえば『ボヴァリー夫人』にしても，これを書くのにフロベールには 5 年近い
時間が必要だったことをわれわれは知っている。ところが，まことに面白いことに，こ

うした物語言説を語る虚構の語りには，世界のほとんどすべての小説――『トリスト
ラム・シャンディ』は別である――がそうであるように，どんな持続も存在しないと
見做されているのだ．あるいはもっと正確に言うなら，こうした語りの持続の問題など，
まるで見当違いであるかのような按配なのである．文学的語りに含まれる虚構の一つ，
いわば見過ごされてしまうがゆえにおそらくはもっとも強力な虚構とはまさに，語る
行為は時間の広がりを持たない瞬間的な行為である，ということだ．ときにはその行
為の日付が確定されることもあるにはあるが，しかしその行為〔の持続〕が測られる
ことは決してないのである〔…〕（Genette 1972, 234 ; 260）

　ヴュイヨームはジュネットのこと箇所を引用して，「書記の時点によって構
成される基準点の不動性は，G．ジュネットによって正式に認められた，しかし，
私の意見では，その解説は正確ではない」と述べてジュネットに反論している．

もし G．ジュネットが語り narration と呼ぶものが，ともかく，私が思っているように，
私が物語の生産活動 production du récit と呼んでいるものであるなら，私は言いたい，
彼の確認は正しいがその解説は正しくない．語り手によって要求される時間を測るこ
とができないという事実はフィクションのテクストを他種の書かれた言説から区別す
るものではない．物語にそって，同じ基準点に関係して定められる時間的表現を用い
ながら，小説の著者は，同じ強制に従い，いかなる執筆者とも同じ自由を享受する．彼
が共通の諸規則を免れるのは，その基準点の拠点を自由に選ぶことによるのみ（空想
科学小説を参照）．このことに反論して，何であれ文書を書いた者は，自らのテクス
トに実際の日付より前の日付をつけることも後の日付をつけることもできるというか
もしれない，しかし，いくつかの見かけを尊重することが強制される：信用されたい
のなら，今 1984 年なのに，遺言書に 2225 年 1 月 12 日の日付を入れることはできない．
小説家のほうは，このような意見を気にかける必要はない
　付け加えよう，小説においては，テクストの生産活動 production du texte の時点に
助けを求めることは，たいていはまったく正確な効果を狙ったものである．彼自身の
時代をほのめかしながら，著者は物語の虚構の出来事が展開する時間と彼の読者がそ
の証人になることができる全く現実の事実が起こる時間との連続性の存在を暗に示す．
（Vuillaume 1990, 27，下線強調は青木）

　ジュネットが言うように，『失われた時を求めて』のような「後置的な語り」
における「語りの虚構の瞬間性」は理論的に要請されることである．しかしな
がら，彼は「後置的な語りは，あの逆接を糧にしている」という．その逆接と
は，「後置的な語りが，（過去の物語にたいする）時間的状況と同時に，（固有
の持続をもたないかには）非時間的な本質をももっている」ということである．
ヴュイヨームは「後置的な語りが非時間的な本質をもつ」というその解説に反
論する．
　ジュネットは，さらに，語り手の現在は「《時》の秩序から解き放たれた瞬間」
であり，プルーストの無意識的想起と同様，その現在は「一瞬の持続」であり，
そして「奇蹟的な仮死状態」である（Genette 1972, 234-235 ; 260-262）という．
ヴュイヨームは，そうではなくて，小説の著者が語り手の現在に言及する場合，

127

「たいていはまったく正確な効果を狙ったもの」であることを強調する.「彼自身の時代をほのめかしながら,著者は物語の虚構の出来事が展開する時間と彼の読者がその証人になることができる全く現実の事実が起こる時間との連続性の存在を暗に示す」という.『失われた時を求めて』においても,スティールが問題にした『囚われの女』の一節(*Pr.* III, 全集 8, 509)のように,複合過去によって表記されて,語り手が主人公の「私」との連続性を暗示することがある.その意味で,スティールが試みたように作中に語り手のクロノロジーを見出すことも意味のないことではないかもしれない.しかしながら,ヴュイヨームは,「そのような連続性は,じっさいには存在しない」という(Vuillaume 1990, 27).次元が異なるからである.

本書では,ヴュイヨームにならって,語り手の現在を「二次虚構」として,物語の「主虚構」と対峙するものとして,異なった次元に属するものとして考える.そして,語り手の現在にかんしては,個々の場合に応じてその「効果」を考えることにしたい.

(11) ヤウスは,主人公の物語の「最初の今 nunc initial」を就寝のドラマとし,「最後の今 nunc terminal」をゲルマント大公夫人邸でのマチネとしている.それを本書のクロノロジーと合わせてみると,1891 年から 1919 年までとなり,『失われた時を求めて』の主人公の物語はおよそ 30 年間にわたっていることになる.

(12) 『千一夜』の物語は以下である.妃の裏切りを知ったシャハリヤール王は妃を殺し,毎夜,一人の年若い処女を連れて来させ,その年若い処女と寝ては,その純潔を奪う.一夜明けると,その女を殺した.三年の長きにわたって,そうした所業が続けられた.大臣の娘,シャハラザードはその話を聞いて,「わたくしをその王様にめあわして下さいませ」と父の大臣に言う.「あるいは生き永らえるかもしれませぬし,あるいは回教徒の娘たちの身代わりとなって,王様のお手から彼女たちを救い出すよすがとなるかもしれませぬゆえ!」彼女は妹のドニアザードに言い含める.「わたくしが王様のお側へあがりましたら,あなたを呼びによこします.そしてあなたがやって来て,王様がわたくしと御用をおすませになったことがわかったら,わたくしに言うのですよ,お姉様,今晩を楽しくすごせますように,なにかおもしろいお話をなすって下さいませと.そこでわたくしが,いろいろなお話をいたしましょう.アッラーの御意によって,そのお話のおかげで回教徒の娘たちが救われましょう.」(「シャハリヤール王と弟シャハザマーン王との物語」,『完訳 千一夜物語(一)』「緒話」)

毎夜,次のような言葉のやりとりが繰り返される.

——ここまで話してくると,シャハラザードは朝の光が射してくるのを見て,これ以上王の許しに甘えずに,慎ましく,口をつぐんだ.すると妹のドニアザードは言った,「おお,お姉様,何とあなたのお言葉は心地よく,優しく,楽しく,良い味わいがいたすのでございましょう!」するとシャハラザードは答えた,「けれどもこのお話は,もしわたくしに,なお生命があって,王様がわたくしを生かしておいて下さるならば,明晩お二人にお話し申すものに比べるとまるで物の数にもならない話でございま

す！」すると王は心の中でこう言った，「アッラーにかけて！　余はこの話のつづき を聞いてしまうまではこの女を殺すまい．」（『完訳　千一夜物語（一）』，岩波文庫， 1988 年，p. 33.）

　ただし，第 1000 夜「ジャスミン王子とアーモンド姫の優しい物語」のつづ きを知りたい王は続けて話すのを許す．第千一夜は「大団円」へとつづく．王 はもはや王妃を殺すことなど思いもよらない．「今夜こそ娘の運命に記された 死の夜と信じて，シャハラザードに着せる経帷子を小脇に抱えて，到着した」 姉妹の父である大臣は，「歓喜に心も顛倒し，気を失って倒れてしまった．」二 人のあいだには 3 人の子どもがある．ついで，王弟シャハザマーン王と王妃の 妹ドニアザードとの婚姻の儀式がおこなわれる．「かくして二人の兄弟は，二 人の姉妹と結婚した．」経帷子が使われることはなかった．（『完訳　千一夜物 語（十三）』「大団円」）

　ところで『千一夜物語』は，『失われた時を求めて』において参照される書 物のなかで，その参照回数がもっとも多い．ドミニック・ジュリアンは 177 か 所を挙げている（JULLIEN 1989, 233-238）．2 番目のサン＝シモンの『回想録』 が 82 か所であることを考えると，『千一夜物語』の参照回数は群を抜いている． しかも当時のフランス語版，ガラン版とマルドリュス版との比較までが，テク ストに書き込まれている．ガラン版は，アントワーヌ・ガラン（Antoine Gal- land, 1646-1715）がルイ 14 世のために翻訳をしたもので，1704 年から 1717 年まで 12 巻が出版された．まとまった形での最古のアラビア語写本を入手し たガランがアレンジを加え，翻訳したものである．ベストセラーとなり，ヨー ロッパ各国で翻訳された．マルドリュス版は，ジョゼフ・シャルル・ヴィクト ル・マルドリュス（Joseph Charles Victor Mardrus, 1868-1949）が編集仏訳し， 1899 年から 1904 年までに刊行された．

　第四編『ソドムとゴモラ』のなかで，主人公は母からこの両者を渡される．

　母は私の祖母がずっと若かったころのことをやさしく私に話すのが好きだった．母 は祖母の生涯のおわりを悲しみでくもらせたことを私があまり気にとがめないように と思って，私の最初の試作が祖母に満足をあたえた年代に好んで立ちかえるのであっ た，祖母のそんな満足のことはこれまでずっと私にかくされていたのだ．私たちはコ ンブレーのことによく話をもどすのだった．あそこではすくなくとも読書はした，だ からバルベックでは，仕事はしないにしても，やはり読書だけはしなくてはいけない， と母は私にいった．それに答えて，そういえばちょうどコンブレーの思い出とあのき れいな絵皿とにとりかこまれるために，『千一夜』を読みなおしたい，と私はいった． かつてコンブレーで，私の誕生日に本をくれたときのように，母はふいに私をおどろ かせようとして，こっそりと，ガラン訳の『千一夜 Les Mille et Une Nuits』とマル ドリュス訳の『千一夜 Les Mille Nuits et Une Nuit』とを同時に私にとどけさせた． しかし，二つの翻訳にさっと目を通したあと，母としては，〔…〕ガラン訳だけで私 ががまんしてくれればいいとねがったことだろう．作中のあるいくつかの物語にふと 目をとめて，彼女は主題の不道徳性と表現の露骨さとに反感をそそられたのであった．

しかも，〔…〕私の母は，私の祖母が不道徳で露骨な点の目立つそんなマルドリュスの訳本に有罪の判決をくだしたであろうことを信じてうたがわなかった．〔…〕ところで，〔…〕『千一夜』の表題がすでに表紙で改められているのを見たり，シェエラザードやディナルザードというような不朽の親しい名が，祖母がずっと言いなれていた通りに正確に音訳されていないのがわかったり，その『千一夜』のなかで，すてきな「教王 Calife」と強い「魔神たち Génies」とが，あえて回教物語用の言葉をつかうならば，「元の名称をなく」していて，一方が「カリファ Kalifat」と呼ばれ，他方が「ジェンニー Gennis」と呼ばれて，おたがいに相手の見わけがつかなくなっていたりしたら，祖母はなんといったであろうか？　しかしながら，母は両方の訳書を私にわたしてくれた，そして私は，あまり疲れて散歩ができないような日に読むことにします，といった．(S. G. III, 229-231 ; 6, 320-322)

　ちなみに，邦訳の岩波文庫『完訳　千一夜物語』全13冊（豊島与志雄，渡辺一夫，佐藤正彰，岡部正孝訳）は，マルドリュス版全16巻の完訳である．マルドリュス版には8冊本の豪華版や3冊本もあった．岩波文庫新版のはしがきには，「カイロ生まれの伝染病医だったマルドリュス博士は地中海から中東のアラブ諸国を遍歴して，各地で『千一夜物語』の原典，異本，伝承などを採集したことは有名である」，「彼がマラルメのサロンの作家や詩人たちに「言葉の魔術師」と絶賛されたことは当然であろう」，「これが二十世紀初頭のフランスの「文学的大事件」になったのも無理はないと思う」と書かれている（1982年2月付，岡部正孝）．プレヤッド新版の注ではジッドの証言を挙げている（III, 1470）．

　『千一夜物語』の参照の最後は第七篇『見出された時』終盤の次の箇所である．『千一夜物語』とサン＝シモンの『回想録』とが，これから主人公が書く本のモデルとして挙げられている．

　この私が書かねばならないのは，べつのもの，もっと長いものであり，そして一人ならぬ多くの人々のためのものであった．書くにも長くかかる．昼はせいぜい眠ろうと試みるがいい．仕事をするなら，夜しかないだろう．しかし多くの夜が必要だろう，おそらく百夜，おそらく千夜．そして自分の運命の支配者の意志がわからないという不安のなかに私は生きるだろう，すなわちその支配者は，回教王シャーリアールよりも寛大ではなく，朝，私が物語を途中で切るだろうときに，私の死刑判決に猶予をあたえ，つぎの夜にまたそのつづきを物語ることをゆるしてくれるであろうかどうかはわからないのである．といっても私は，夢々『千一夜 Les Mille et Une Nuits』のようなものをつくりなおすつもりはなかったし，サン＝シモンのこれもまた夜に書かれたあの『回想録』，さらには私の幼い心の無邪気さから愛した本，自分の恋に執着したようにそれに迷信的に執着し，畏怖を抱くことなしにはそれと異なる作品を想像することができなかったほど愛した本，そのようないかなる本をつくるつもりもなかったのである．ただ，エルスチール，シャルダンのように，まず愛するものをすててかからなくては，人は愛するものをつくりなおすことはできないのだ．おそらく，私の本もまた，私の肉体の存在のように，いつか死ぬことによっておわるであろう．しかし，運命に忍従して死なねばならない．十年後に自分自身は，百年後に自分の書物は，も

う存在しないであろう，という考えをうけいれよう．永遠の持続は，人間にも書物にも，ともにゆるされないのだ．

　私の書物は，おそらく『千一夜』のように長いものになるだろう，しかしまったくべつの書物なのだ．むろんわれわれはある作品に愛着するとき，まったくおなじような何かをつくりたくなるだろう，しかしわれわれは一時の愛着を犠牲にすべきであり，自分の趣味を考えるべきではなく，われわれの偏愛するものをわれわれに求めないような真実，偏愛するものにひかれることを禁じるような真実を考えなくてはならないのである．そういう真実を追求してこそはじめてわれわれはかつてすてたものにふたたび出会うことがときにはあるのだし，「アラビアの物語」や「サン＝シモンの回想録」を忘れてこそ，われわれはまたべつの時代のそれらを書いたということもあろうというものだ．しかし私にとってはまだそれだけの時間があるだろうか？　もうおそすぎるのではなかろうか？（*T.R.* IV, 620-621；10，514-515）

　『千一夜物語』とサン＝シモンの『回想録』とがモデルとして挙げられていることの意味は，第1に，それらが小説ではないことにある．前者は伝承されてきた物語が採集されて編集され，フランス語に翻訳されたものである．後者は，自伝的要素が指摘される（PECCHIOLI TEMPERANI 1997）ことはあっても，時代の記録である．

　先の第四編『ソドムとゴモラ』からの引用は，主人公が2度目のバルベックに滞在した時のものである．それは本書によれば1900年ごろであり，マルドリュス版が刊行され始めたころに当たる．プルーストはこの出版の「文学的大事件」を十分承知してこの箇所に書き込んだことだろう．そして，祖母，母，主人公の3世代における『千一夜物語』の受容を問題にしている．

第2章　コンブレーの時代

　本章の分析対象である［2］「コンブレーの時代」は，「不眠の夜」の3つの回想のうち「回想I」である「コンブレーI」と，「回想II」である「コンブレーII」とからなる.

　「不眠の夜」には「中間的主体」と呼ばれる回想する主体が現れたのであったが，第1章の書き出しに述べたように，その回想の内容である「コンブレーI」，「コンブレーII」，「スワンの恋」の物語は自由物語言説によって語り手によって直接語られ，テクストにその回想する主体は現れない.

　「コンブレーI」は，主人公が幼いとき，復活祭のころから夏のおわりまでコンブレーで過ごした何年間かの，午後のおわりから就寝までの物語である. 夜中に目覚めた中間的主体の最初の回想が幼いころの「夜」の直前の物語であることは，ごく自然であるように思われる. その後に「マドレーヌの体験」のテクストがつづく.「マドレーヌの体験」が主人公にコンブレーの一日をよみがえらせ，こんどは午後の終わりからではなく，朝から始まる一日の物語が語られる. それが「コンブレーII」である. 第1章でみた「不眠の夜」のテクストにおいてこの部分は以下のようになっている.

　　［1-3］回想I ＜［2-1］「コンブレーI：少年時代の就寝のドラマ」（*Sw.* I, 9-43 ; 1, 9-55）
　　　1行空き（43 : 55）
　　［1-4］「マドレーヌの体験」（43-47 : 55-61）

　　◆ここで，第一篇『スワン家のほうへ』第一部第一章が終わり，第二章へと移る.

　　［1-5］回想II ＜［2-2］「コンブレーII：コンブレーの一日」（47-183 : 61-239）

133

[2] 「コンブレーの時代」のテクスト形成

　[1-4]「マドレーヌの体験」の書き出しで，語り手は，語ったばかりの物語である「コンブレーⅠ」を要約して，次のように述べている．21 行の総合文である．

　　そんなふうに C'est ainsi que, 長いあいだにわたって pendant longtemps, 私が夜中に目をさましてコンブレーを追想していたとき，そこから私に浮びあがって見えたのは，濃い闇のまんなかに切りとられた一種の光った断面 cette sorte de pan lumineux でしかなく，〔…〕そのかなり広い底辺には，小さなサロン，食堂，私の悲しみの無意識の作者であるスワンさんがやってくる暗い小道に通じる口，じつに残酷にそびえている階段の最初の踏み段にあゆみだすために私が出ていく玄関があり，その階段の最初の踏み段は，それだけで，このいびつなピラミッド cette pyramide irrégulière のひどくせまい角錐台をなしていた；そしてその頂上には，私の寝室があり，その寝室には，ママがはいってくるためのガラス張りのドアのある小さな廊下がついている；一言でいえば，いつも同じ時刻に見られ，周囲にあったであろうすべての物から切り離され，私の着替えのドラマにとって必要最小限の舞台装置が（地方興行のために古い戯曲の冒頭に指示されているのがみられる舞台装置のように），それだけが暗闇に浮き出していた；まるでコンブレーは狭い階段でつながれた二つの階からしかなりたっていなくて，そこには午後の七時しかなかったかのように comme si Combray n'avait consisté qu'en deux étages reliés par un mince escalier, et comme s'il n'y avait jamais été que sept heures du soir. (*Sw.* I, 43 ; 1, 55, 下線強調は青木)

　「不眠の夜」に「コンブレーⅠ」のみを回想した期間が「長いあいだにわたって」と記されている．「コンブレーⅠ」が主人公にとって「狭い階段でつながれた二つの階」と「午後の七時」からなる「あの一種の光った断面」でしかなかったことが明記されている．

　主人公の一日は，コンブレーの時代にはいまだ「昼」と「夜」とに分けられていない．

　「コンブレーⅠ」は３つの「晩」からできている．１番目と２番目は [2-1-1]「お客のいない晩」と [2-1-2]「お客のいる晩」であり，[2]「コンブレーの時代」のすべての「晩」を「お客がいるかいないか」によって場合分けしたものである．３番目は [2-1-3]「スワンが夕食に訪れた晩」であり，「就寝のドラマ」と呼ばれている物語である．[2-1-3] は，幾度も

繰り返された［2-1-2］「お客のいる晩」のうちの特定の一日である．

　　［2-1］「コンブレーⅠ」（*Sw.* I, 9-43；1, 9-55）
　　　［2-1-1］お客のいない晩（9-13；9-17）
　　　［2-1-2］お客のいる晩（13-23；17-29）
　　　［2-1-3］スワンが夕食に訪れた晩：就寝のドラマ（23-43；30-55）
　　［2-2］「コンブレーⅡ」（*Sw.* I, 47-183；1, 61-239）
　　　［2-2-1］プロローグ：レオニー叔母の部屋へ（*Sw.* I, 47-49；1, 61-63）
　　　［2-2-2］「レオニー叔母と私の日曜日の朝」（49-52；63-66）
　　　［2-2-3］「レオニー叔母の日曜日の午前中」（54-58；69-75）
　　　［2-2-4］「私の日曜日の午前中」（58-67；75-87）
　　　［2-2-5］「レオニー叔母と私の日曜日の昼」（67-71；87-91）
　　　［2-2-6］「私の日曜日の午後」（71-99；92-129）
　　　┌─────────────────┐
　　　│ 1行空き（99；129）│
　　　└─────────────────┘
　　　［2-2-7］「レオニー叔母の日曜日の午後」（99-117；129-153）
　　　┌─────────────────┐
　　　│ 1行空き（114；148）│
　　　└─────────────────┘
　　　［2-2-8］「レオニー叔母と私の日曜日の夕食前」（117-131；153-171）
　　　┌─────────────────┐
　　　│ 3行空き（131；171）│
　　　└─────────────────┘
　　　［2-2-9］「散歩」
　　　　［2-2-9-1］「メゼグリーズのほう」（133-163；174-213）
　　　　┌─────────────────┐
　　　　│ 1行空き（163；213）│
　　　　└─────────────────┘
　　　　［2-2-9-2］「ゲルマントのほう」（163-181；213-235）
　　　［2-2-10］エピローグ（181-183；235-239）

　　［2-2］「コンブレーⅡ」も「コンブレーⅠ」と同様，主人公が復活祭の
ころから夏のおわりまでコンブレーで過ごした何年間かの物語である．
　　［2-2］「コンブレーⅡ」のテクストには，おのおの別の構成をもってい
るが同時進行し，3か所の共通部分をもつ，擬似的時刻の推移を追うこと
によって形成されるイテラティフの一日の物語が2つ見いだされる．「レ
オニー叔母の日曜日」と「私の日曜日」である．共通部分は〈朝〉〈昼〉
〈夕食前〉の3つの時間帯である．この2つの一日の物語が「コンブレー
の日曜日」のセリーをつくりだす．そして，「私の日曜日」の時間割のな

かに，午後の終わりから就寝までに対応する [2-1]「コンブレーⅠ」と，メゼグリーズのほうとゲルマントのほうに分けられている「散歩」が対応する午後の何時間かがはいりこんで，「コンブレーの一日」が形成される．さらに多くの挿入がこのセリーに加えられ，全体として 5 年近くにもおよぶ [2]「コンブレーの時代」が一日の擬似的時刻の推移の軸上に捉えられる．

　本書では，一日の擬似的時刻の推移を追うことによって形成されるテクスト単位を〈観念化された一日〉と呼ぶ（本章注 4 参照）．ところで，この「レオニー叔母の日曜日」のセリーが，実際には，特定の一日を観念化して〈観念化された一日〉として表出された〈観念化された特定の一日〉であることが順にあかされる．特定の一日としての「レオニー叔母の日曜日」は 1892 年 5 月 15 日である．

1. [2-1]「コンブレーⅠ」（*Sw.* I, 9-43 ; 1, 9-55)

[2-1]「コンブレーⅠ」の時間形成

　コンブレーでは，毎日，午後の終わりから，母や祖母から離れてベッドにはいったまま眠らずにじっとしていなくてはならない時間にはまだ先が長いのに，その寝室が私の気がかりの苦しい固定点になるのであった．（*Sw.* I, 9 ; 1, 9）

　[2-1]「コンブレーⅠ」はこのようにして始まる．
　[2-1]「コンブレーⅠ」全体から 18 の時点をあげ，図式すると以下のようになる．

　時点〈1〉午後のおわり，〈2〉夕食のベル，〈3〉夕食後，〈4〉呼鈴の音，〈5〉「庭の鉄のテーブルをかこんで腰をかける」，〈6〉寝にあがっていく，「ママのおやすみのキス」／「食事の鈴」，〈7〉寝室に入る，ママへの手紙をフランソワーズに渡す，〈8〉「たちまち私の不安は消えた」，〈9〉「お返事はありません」，〈10〉「突然，不安がなくなった」窓を開けてベッドの脚もとにすわる，〈11〉庭の戸の鈴音，スワンが出ていったことを知る，〈12〉廊下に出る，〈13〉「父は私たちのま

えにいた」「もうだめだ！Je suis perdu！」，〈14〉「いっしょに行っておやり」，〈15〉ママとふたりだけになって，わっとすすり泣きをはじめる．〈16〉「ママはその夜私の部屋に移った」，〈17〉「ママは私のベッドのかたわらに腰をかけた」『フランソワ・ル・シャンピ』，〈18〉終点

図 I. [2-1]「コンブレー I」時間形成

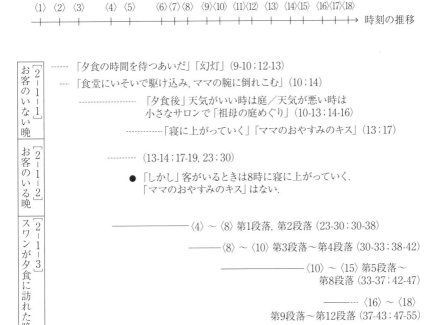

[2-1-2]「お客のいる晩」に，スワンの父親と主人公の祖父とが古くからの友人であることが語り手の言説によって語られる．本書において以下，〇で囲まれた数字は語り手の言説をあらわす．下記に①スワンさんの父親（14-15；19-20）と記入したテクストである．それにもう一つ語り手の言説②息子のスワンさんの社交生活に対する私の家族の無知（15-18；20-23）がつづく．そしてサンギュラティフの4つの出来事が挿入され，「スワン

が送っていたそんな輝かしい社交生活について私たちが何も知らないこと」（16；20）が例証される．1）～4）は挿入されるサンギュラティフの物語を示す．

[2-1-2]「お客のいる晩」に挿入される物語

① スワンさんの父親（14-15；19-20）
② 息子のスワンさんの社交生活に対する私の家族の無知（15-18；20-23）
1)「ある日 un jour」，パリで，夕食後，夜会服のままでとことわりながら，スワンが私たちを訪ねにきた（18；23）
2)「それでも，ある日 Pourtant un jour」，祖母が，聖心女学院時代に知り合ったある婦人（ヴィルパリジ夫人）にたのみごとがあって会いに行ったとき（20；26）
3)「しかし一度」，祖父がある新聞で，スワン氏が某公爵家の日曜日の午餐会 les déjeuners du dimanche のもっとも熱心な常連の一人であることを読む（20-21；27）
4)「スワンが夕食に来ることになっている日の前日」（22-23；28-29）

　4番目のサンギュラティフによる物語「スワンが夕食に来ることになっている日の前日」は［2-1-3］「スワンが夕食に訪れた晩：就寝のドラマ」（23-43；30-55）へと直接つながる物語である．
　［2-1-2］に挿入された物語と［2-1-3］とには順行的因果関係があるが，3つの「晩」のあいだには，そのような関係はない．つまり，［2-1-1］，［2-1-2］，［2-1-3］と順に起こった物語でもなければ，そのあいだに因果関係が認められるわけでもない．それでは，この3つの単位はどのような要因でこの順序でテクストに表出されているのか．この3つは，物語の因果関係をこえたところでクライマックスを形成するという語りの要因によって結びつけられていると考えられる．
　この［2-1］「コンブレーⅠ」では，2種のクライマックスが形成される．主人公の苦悩は，［2-1-1］＜［2-1-2］＜［2-1-3］というように増大する．苦悩のクライマックスである．
　［2-1-3］「スワンが夕食に訪れた晩：就寝のドラマ」は，［2-1-1］，［2-1-2］とは異なって，サンギュラティフの特定の一日であり，順行的因果関係にしたがってテクストが進行する．しかしながら，ここでもまた，ク

ライマックスを形成するという語りの要因が意味形成において大きな役割
をはたす．こんどはよろこびのクライマックスである．

「就寝のドラマ」は，最大の苦悩が最高のよろこびにいたる物語である．
しかしながら，その最高のよろこびであるはずの事態を，主人公はよろこ
ぶことができない．「うれしくなくてどうしよう，ところが私はうれしく
はなかった J'aurais dû être heureux : je ne l'étais pas」(38 ; 49)．

[2-1-3] は 12 の段落からなり，3 つのクライマックスがみられる．第 2
段落のおわりに 1 番目のクライマックスがくる．それは主人公の観念上の
喜びである．ついで，実際の行動をともなう 2 番目のクライマックスがく
る．そして，3 番目の現実の喜びはというと，それが本書において「すす
り泣き」の物語と呼ぶものである．

図 I において，[2-1-3]「スワンが夕食に訪れた晩」を 4 つに区分した
のは，これら 3 つのクライマックスに対応している．

ここでは，この特定の晩の物語言説を分析しよう．

[2-1-3]「スワンが夕食に訪れた晩」のテクスト分析

このテクストは 4 つに区分される．

[2-1-3]「スワンが夕食に訪れた晩：就寝のドラマ」の 4 つの区分

[2-1-3-1] 1 番目のクライマックス（第 1 段落，第 2 段落）
　　　　　　　　　　　　　　　…時点〈4〉から時点〈8〉まで
[2-1-3-2] 2 番目のクライマックス（第 3 段落，第 4 段落）
　　　　　　　　　　　　　　　…時点〈8〉から時点〈10〉まで
[2-1-3-3] 3 番目のクライマックス（第 5 段落～第 8 段落）
　　　　　　　　　　　　　　　…時点〈10〉から時点〈15〉まで
[2-1-3-4] ママと過ごした一夜　（第 9 段落～第 12 段落）
　　　　　　　　　　　　　　　…時点〈16〉から時点〈18〉まで

第 1 段落

[2-1-2]「お客のいる晩」から [2-1-3]「スワンが夕食に訪れた晩：就
寝のドラマ」への移行はひとつの段落（23-27 ; 30-34）のなかでおこなわ

れている．この段落を［2-1-3］「スワンが夕食に訪れた晩：就寝のドラマ」の第1段落とする．

　この段落の初めの3文は，スワンに対する主人公一家の無知を主題とする挿入部分から「しかし mais」によって意味的に連結されている．この「しかし mais」が，「主人公以外の一家のみんな tout le monde の意味空間」と「主人公の意味空間」とを対立させる．とともに，この3文は，［2-1-2］「お客のいる晩」のイテラティフによるセリーを締めくくり，かつ［2-1-3］「スワンが夕食に訪れた晩：就寝のドラマ」のサンギュラティフによるセリーのプロローグの機能をはたしている．ここから，「ふだんの d'habitude」，「お客のいない晩」と「お客のいる晩」との対比が，そして「お客のいる晩」のイテラティフの物語と特別な一夜となった「就寝のドラマ」の夜のサンギュラティフの物語との比較対照が主題となる．

　　　しかし，私たちのなかで，スワンの来ることが気がかりな苦悩の対象となった唯一の人間は私だった Mais le seul d'entre nous pour lui la venue de Swann devint l'objet d'une préoccupation douloureuse, ce fut moi. よその人たちが，あるいはただスワンさんだけでも家にいる晩には，ママが私の部屋に上がってこないからだった．私はみんなよりも早く avant tout le monde 夕食をして，それからみんなのテーブルにきて八時まですわり，その八時が私の寝にあがっていかなければならない時刻ときめられていた，ふだんは d'habitude ママが私のベッドで私が眠ろうとするときにそっとあたえてくれるあの貴重な，こわれやすいくちづけを，客があるときは食堂で受けとって部屋まではこび，着がえをするあいだもそれをそのままにおき，その快感をこわさないように，その揮発性の効力を発散，蒸発させないようにしなくてはならなかった，〔…〕．私たちはみんな庭にいた，そのとき小鈴のためらうような音が二度ひびいた．スワンであることは分かっていた；それなのに，みんなはいぶかしそうに顔を見あわせ，祖母を偵察に出した．（23；30，下線強調は青木）

　このように，「就寝のドラマ」第1段落は「主人公」と「主人公以外の一家のみんな tout le monde」との世界の対比から始まる．

　この第1段落の途中で上記引用にあるように，時点〈4〉「呼鈴の音」があらわれる．ここで「私たち」と指示される対象に主人公も含まれている．ついで時点〈5〉「庭の鉄のテーブルをかこんで腰をかける」においても，主人公は「私たち」に含まれる．こうして，「就寝のドラマ」では主人公

と主人公以外のみんなとの対比が弱められていく.

　私たちはみんな鉄のテーブルをかこんで腰をかけた. 私は今夜 ce soir 部屋で一
人過ごす苦悩の時間のことを考えたくはなかっただろう, そんなものはなんでも
ないのだ, と自分に言いきかせようとつとめていた, あすの朝 demain matin に
なれば忘れてしまっているのだから, 私をおびやかしている次の深淵のむこうへ,
橋をわたるように, 私を連れて行ってくれるような未来の思考に専念しようとし
ていた. しかし目前の気がかりで緊張した私の精神, 母にそそいでいるまなざし
とおなじように凸レンズ状にふくれた私の精神は, ほかのどんな印象も通さない
のであった.（24；31）

第2段落から第7段落まで
　第2段落は第1段落の後半の一家の場面である時点〈5〉を対象として
はじまる. 第2段落において, まず時点〈5〉「庭の鉄のテーブルをかこん
で腰をかける」が主人公に焦点化してとらえ直され, ついで, 時点〈6〉
「食事の鈴」が導入され, 時点〈7〉「寝室に入る, ママへの手紙をフラン
ソワーズに渡す」場面がつづき, 最後に, 第1のクライマックスである時
点〈8〉「たちまち私の不安は消えた」までの物語の経過が表出される.

　ひとたび部屋にはいると, 私はすべての出口をふさぎ, 鎧戸をしめ, 夜具をめく
って私自身の墓場を掘り, 寝間着の埋葬衣に身をつつまなくてはならなかった.
しかし鉄製のベッドの穴に埋もれるまえに〔…〕私は反抗の衝動を感じ, 受刑者
のずるい計略を試みようとした. 私は母に伝言を書き, 手紙ではいえないたいせ
つなことがあるからあがってきてほしい, とたのんだ. 私がおそれたのは, フラ
ンソワーズが〔…〕私の伝言をもっていくのをことわりはしないかということだ
った. 彼女にとって客があるときに母に伝言をわたすことは劇場の門衛が舞台に
出ている俳優に手紙をわたすのと同じように不可能に思われるのではないかと私
には思われた.〔…〕しかし, 自分に都合のいいように, 私はうそをいうことを
ためらわなかった, そしてすぐさまフランソワーズにこういった, ママに手紙を
書こうと思ったのはけっして私ではない, 私とわかれるとき, 私にたのんださが
し物のことで返事を忘れないようにと念をおしたのはママなのだ, だから, この
伝言をわたさなかったらママはひどく怒るだろう, と. フランソワーズは私のい
ったことを信じなかった, と私は思う.〔…〕彼女は五分間ほど封筒をながめた,
〔…〕. ついで〔…〕あきらめ顔で, 出ていった. 彼女はすぐにもどってきて私に
いった, みんなはまだアイスクリームのところでしかなく, そんなときにみんな

のまえで手紙をわたすことは給仕人頭にはできない，しかしフィンガー・ボール
の出るころには，ママにわたしてもらう方法が見つかるだろう，と．たちまち私
の不安は消えた Aussitôt mon anxiété tomba,〔…〕．いまはもう彼女からひき
はなされているのではなかった，二人のあいだの柵はくずれさった，ママはたぶ
んきてくれるだろう！（28-30；36-38，下線強調は青木）

時点〈8〉「たちまち私の不安は消えた」は，第3段落でもう一度繰り返
される．がしかし，今度は「あざむかれるよろこび」と名づけられ，スワ
ンがひきあいに出される．

そして，フランソワーズが戻ってきて，手紙はわたされるだろうと私にいったと
きのよろこび，それで私が最初の習得をしたよろこび，そのよろこびをスワンも
またすでによく知っていたのであった，あのあざむかれるよろこびを〔…〕．Et
la joie avec laquelle je fis mon premier apprentissage quand Françoise revint
me dire que ma lettre serait remise, Swann l'avait bien connue aussi cette joie
trompeuse〔…〕．（30；39，下線強調は青木）

　主人公はその「あざむかれるよろこび」によって「最初の習得 mon
premier apprentissage」をする．
　この第3段落は回顧的視点から描かれたものであり，読者につづく物語
の展開を予知する．「のちに私が知ったように comme je l'ai appris plus
tard」（30；38-39）と複合過去形で書かれた挿入節があらわれ，そのこと
を明示している．「あざむかれるよろこび la joie trompeuse」というテー
マによって，スワンとのアナロジーが喚起される．第2段落では語り手の
言説が，フランソワーズの「法典」にかんして，ついで「フランソワーズ
は私のいったことを信じなかった，と私は思う Je pense que Françoise
ne me crut pas」の現在形によって，挿入のかたちでしかあらわれなかっ
たが，第3段落では前面に出てくる．第2段落では主人公に焦点化された
主虚構と語り手の二次虚構との交替がテクストを進行させていたが，第3
段落では二次虚構のほうが主流になる．

　私がさっきまで感じていた苦悩，そんなものをスワンは，もし私の手紙を読ん

で見ぬいたとしたら，すいぶんばかにしただろう，とそのときの私は考えていた，ところが，それは反対で，のちに私が知ったように comme je l'ai appris plus tard，それに似た苦悩がスワンの長年の心労だったのであり，おそらくは彼ほどよく私を理解することができた人はなかったのだ，彼の場合は，〔…〕．（30：38-39）

　第4段落では，第2段落と同様に，回顧的視点から主人公の場面が捉えられる二次虚構があらわれる．挿入節「これ以来あんなに何度も聞いた depuis j'ai si souvent entendu」がそれを示している．しかし，主流は主人公に焦点化された主虚構である．第2のクライマックス，時点〈10〉「突然，不安がなくなった Tout à coup mon anxiété tomba」が表出される．

　　母はこなかった，そして私の自尊心（…）には，何の思いやりもなく，母はフランソワーズから私にこういわせた，「お返事はありません」，この言葉を私はこれ以来あんなに何度も聞いた depuis j'ai si souvent entendu，〔…〕．そして，〔…〕私はフランソワーズが薬湯をつくろうとか，そばにいていようとかいう申し出をことわって，彼女を台所に帰らせ，ベッドにはいり，庭でコーヒーを飲んでいる家の人たちの声をきかないようにつとめながら目をとじた．しかし，数秒がすぎると，私はきがついた，さっきあんな伝言を書いた，そしてママを怒らせる危険を犯しながら，もう一度ママに会う瞬間にふれたと思ったほど彼女の身近にせまった，そのことのために，彼女にもう一度会わなくても眠れるという可能性を自分からしめだしてしまった，ということに．すると心臓の鼓動がだんだん苦しくなってきた，なぜなら，不幸を甘受することで平静をとりもどそうと自分に言いきかせながら，かえって興奮を高めていたからだ．<u>突然，不安がなくなった</u> Tout à coup mon anxiété tomba，劇薬が作用しはじめてある苦痛がわれわれから除かれるときのように，ある幸福感が私のなかに侵入してきた，私はこう決心したのだった，ママにもう一度会ってからでなくては眠らないでおこう，あとで長くママと気まずくなることが確実であるにしても，どうあってもママにくちづけをしよう，ママが寝にあがってくるときに je venais de prendre la récolution de ne plus essayer de m'endormir sans avoir revu maman, de l'embrasser coûte que coûte, bien que ce fût avec la certitude d'être ensuite fâché pour longtemps avec elle, quand elle remonterait se coucher．私のかぎりない苦悩の結果である平静が，危険にたいする期待，渇望，恐怖にもひとしい，ある異常な歓喜のなかに私を置いたのであった Le calme qui résultait de mes angoisses finies me mettait dans une allégresse extraordinaire, non moins que l'attente, la soif et la peur du danger．私は音をたてずに窓をあけた．そして私のベッドの

脚もとにすわった，私は下にきこえないように，そのまま身動きもしないでいた J'ouvris la fenêtre sans bruit et m'assis au pied de mon lit ; je ne faisais presque aucun mouvement afin qu'on ne m'entendît pas d'en bas.（31-32；40-41）

1番目のクライマックス…第2段落
　時点〈8〉「たちまち私の不安は消えた Aussitôt mon anxiété tomba」（29；38）
2番目のクライマックス…第4段落
　時点〈10〉「突然，不安がなくなった Tout à coup mon anxiété tomba」（32；41）

　2番目のクライマックスは，いまだ希望の実現には至らないが，もはや観念上のよろこびではなく，実際の行動をともなうものである．時点〈10〉では，主人公は窓を開け，ベッドの脚もとにすわる．
　第5段落ではその主人公の状態が，「いま私にはわかっている je comprends maintenant」（33；42）こととして，語り手によって解説され，主人公の自由間接話法があらわれる．

母が寝にあがってくるときに彼女の通る道に私が立ちに行く，そして彼女にもう一度廊下でおやすみをいうためにずっと起きていたことが彼女の目にとまる，そうなったら私はもう家には置いてもらえないだろう，翌日はもう学校の寄宿舎に入れられるだろう，それは確実だった．それでもいい！　五分後に窓から身を投げなくてはならないとしても，やはりそのほうが私にはよかった．いま私が欲するもの，それはママであった，ママにおやすみをいうことだった，その欲望の実現に通じている道に私はあまりに突っぱしりすぎた，もうひきかえせない．
Quand j'irais me mettre sur le chemin de ma mère au moment où elle montrerait se coucher, et qu'elle verrait que j'étais resté levé pour lui redire dans le couloir, on ne me laisserait plus rester à la maison, on me mettrait au collège le lendemain, c'était certain. Eh bien ! dussé-je me jeter par la fenêtre cinq minutes après, j'aimais encore mieux cela. Ce que je voulais maintenant c'était maman, c'était lui dire bonsoir, j'étais allé trop loin dans la voie qui menait à la réalisation de ce désir pour pouvoir rebrousser chemin.（33；43）

　この引用部分はあきらかに主人公の思考を表出している．第1文では間接話法と同じように時制の一致がおこなわれている，つまり，間接話法におけるたとえば「私は考えた je me dis que」が省略された場合のように，

「あす」は「翌日 le lendemain」になっている．主虚構における自由間接話法である．ところが，第3文では，「いま」があらわれ，主虚構と二次虚構の陥入になっている．さらに前者では「私の母」という表現が用いられ，後者では「ママ」があらわれる．

第6段落では，主虚構において，3つの時点が表出される．

時点〈11〉庭の戸の鈴音，スワンが出ていったことを知る（33；43），
時点〈12〉廊下に出る（35；45）
時点〈13〉「父は私たちのまえにいた」「もうだめだ！　Je suis perdu !」（35；46）

　私はスワンを送ってゆく両親の足音を耳にした，そして庭の入口の鈴で，いま彼が出ていった，と知るとすぐに窓ぎわに寄った．ママが父に，いせえびをおいしいと思ったか，スワンさんはコーヒーとピスタチオ・ナッツのはいったアイスクリームのお代わりをしたか，たずねていた．〔…〕そして母は，階段に通じている玄関の格子のドアをあけた Et ma mère ouvrit la porte treillagée du vestibule qui donnait sur l'escalier．まもなく私は母が母の部屋の窓をしめに上がってくるのをきいた．私はそっと廊下に出た，心臓が非常にはげしく動悸をうつので前に進むのが困難だった，しかしすくなくとも心臓は，もはや不安のためにではなく，おそれとよろこびのためにどきどきしているのであった J'allai sans bruit dans le couloir ; mon cœur battait si fort que j'avais de la peine à avancer, mais du moins il ne battait plus d'anxiété, mais d'épouvante et de joie．私は階段の深いトンネルの口に，あがってくるママのろうそくからさす光を見た Je vis dans la cage de l'escalier la lumière projetée par la bougie de maman．ついでママ自身を見た，私はとびついた Puis je la vis elle-même ; je m'élançai．最初の瞬間，彼女はびっくりして私をみつめた，何が起こったのかわからなくて．ついでさっとこわい顔をした，私にひとこともいいさえしないでいた，〔…〕．〔…〕しかし彼女は私の父が着替えに行った化粧室から上がってくるのを耳にした，そこで父と私とのあいだにいざこざが起こるのをさけるために，腹立たしさで声もきれぎれに私にいった，「逃げなさい，逃げなさい，狂ったようにこんなに待っているのをお父さまに見つからないように！」しかし私は彼女にくりかえしていた，「おやすみを言いにきて」Mais je lui répétais : « Viens me dire bonsoir »，父のろうそくのあかりがもう壁に映ってあがってくるのを見ておびえながらも，同時に父が近づいてくるのをゆすりの手につかい，ママが拒みつづけるなら，私がまだ起きていることが父に見つかることを避けるために，「あなたのお部屋にお帰りなさい，あとで行ってあげるから」といってくれるのをあてにして．もう

145

おそすぎた，父は私たちの前にいた Il était trop tard, mon père était devant nous. 思わず私はつぶやいた，誰にも聞こえない言葉で，「もうだめだ！」Sans le vouloir, je murmurai ces mots que personne n'entendit : « Je suis perdu ! » （33-35；43-46，下線強調は青木）

　文字通り危機的状況で第6段落はおわる．ところで，ここで，この作品中，初めて主人公の引用符をともなった直接的言説があらわれる．

　　しかし私は母にくりかえしていた，《おやすみを言いにきて》
　　　　Mais je lui répétais : « Viens me dire bonsoir »
　　思わず私はつぶやいた，誰にも聞こえなかった言葉で，《もうだめだ！》
　　　　Sans le vouloir, je murmurai ces mots que personne n'entendit : « Je suis perdu ! »

　つづく第7段落は後者の主人公の発話をうけて，語り手の言説がはじまる：「そうはならなかった Il n'en fut pas ainsi」．第7段落は，第4段落と同じ構成をもっている．つまり，語り手の言説に始まり，その挿入を経て物語のつづきが語られるというものであり，高まりすぎた緊張をおさえる効果がある．

　　そうはならなかった Il n'en fut pas ainsi. 父は「原則」にこだわらず，「人権」はその念頭になかったから，母や祖母が設けてくれた比較的広汎な規約のなかで，私に承認されていた許可事項を，常時私に拒否していた．まったく偶然の理由で，また理由がなくても，〔…〕．しかしまた父は，原則（祖母の意味での）をもっていなかったから，正しくいえば，強硬固執ということがなかった．彼はひととき おどろきあきれたようすで私を見つめ，ついでママがしどろもどろに何が起こったかを説明すると，すぐ彼女にいった，「それだったらいっしょに行っておやり Mais va donc avec lui, あなたもちょうどねむくないといっていたし，しばらくこの子の部屋でついていてやるのだ，私のほうは何もかまわなくていいから，」――「でもあなた」と母はおずおずと答えた，「私がねむくてもねむくなくても，きまりは変わりませんわ．それではいい習慣はつけられません，この子に…」――「何も習慣をつけるつけないが問題ではないよ」と父は肩をそびやかしながらいった，「よく見てごらん，坊やは悲しいのだ，つらくてたまらないように見える，この子は．〔…〕今夜はそばについて寝ておやり．では，おやすみ，私

はあなたたちのように神経質ではないから，行って寝ることにしよう Allons, bonsoir, moi qui ne suis pas si nerveux que vous, je vais me coucher.」（35-36；46-47）

時点〈14〉「いっしょに行っておやり」があらわれる．この父の言葉は第8段落においても言及される．
以上述べたように，「就寝のドラマ」では，主虚構と二次虚構とが絡み合ってサンギュラティフの特定の出来事をあらわし，テクストが進行する．ここで，「就寝のドラマ」におけるテクストの進行と物語時点の推移を整理すると以下のようになる．

第1段落：二次虚構→主虚構
　　〈4〉「呼鈴の音」
第2段落：主虚構
　　〈5〉「庭の鉄のテーブルをかこんで腰をかける」
　　〈6〉「食事の鈴」
　　〈7〉「寝室に入る，ママへの手紙をフランソワーズに渡す」
　　〈8〉「たちまち私の不安は消えた」　　　　　　…第1クライマックス
第3段落：二次虚構
　　〈8〉「たちまち私の不安は消えた」
第4段落：二次虚構→主虚構
　　〈9〉「お返事はありません」
　　〈10〉「突然，不安がなくなった」窓を開けてベッドの脚もとにすわる
　　　　　　　　　　　　　　　　　　　　　　　　…第2クライマックス
第5段落：二次虚構→主虚構
　　〈10〉「突然，不安がなくなった」窓を開けてベッドの脚もとにすわる
第6段落：主虚構
　　〈11〉庭の戸の鈴音，スワンが出ていったことを知る
　　〈12〉廊下に出る（35；45）
　　〈13〉「父は私たちのまえにいた」「もうだめだ！ Je suis perdu !」
第7段落：二次虚構→主虚構
　　〈14〉「いっしょに行っておやり」
第8段落：主虚構→二次虚構
　　〈14〉「いっしょに行っておやり」
　　〈15〉ママとふたりだけになって，わっとすすり泣きをはじめる．

第9段落：二次虚構→主虚構→二次虚構
〈16〉「ママはその夜私の部屋に移った」
第10段落：二次虚構…祖母にかんする語り手の言説
第11段落：主虚構
〈17〉「ママは私のベッドのかたわらに腰をかけた」『フランソワ・ル・シャンピ』
第12段落：主虚構
〈18〉終点（φ）

第8段落「すすり泣き」のテクスト（*Sw.* I, 36-37 ; 1, 47）

『失われた時を求めて』の形容として必ずあげられる重層性という言葉には，さらにさまざまな言葉が結び付けられる．意識の重層性，時間の重層性，イマージュの重層性，など．この表現が，本章で検討している主虚構と二次虚構とがからまりあって表出される虚構世界のありかたという問題そのものを指すことは明らかである．たとえば，アウエルバッハは次のように言う．

　　まず，この部分は，回想している意識のさまざまな重層構造 les différentes stratifications de la conscience en train de se souvenir を，非常にあざやかに，巧み過ぎるくらいに描写しているということを，みとめなければならない．この意識の重層構造は，この場面ほどいつも明らかなわけではない．他の部分でこれを明らかに把握するには，素材の配列の仕方，登場人物の導入，退場，再登場，そしてさまざまな現在の出来事と意識内の事柄との交錯を，読者は分析しなければならないのである．しかし，われわれが注釈も分析もせずとも，プルーストの読者なら誰でも，ここに引用する一節から明らかになるような知的手法で，この作品全体が執筆されていることを認めるであろう．（AUERBACH [1946] 1968, 538 ;（下）299-300）

そして引用されるのは，「就寝のドラマ」の第8段落（9文，27行）である．この部分を「すすり泣き」のテクストと呼ぼう．
　第8段落全文を引用しておく．

　　父にお礼を言うことはできないのだった，父が感傷癖と呼んでいたことをすれ

ばいらいらさせただろう．私は一瞬何もできずに立ちすくんだ，父はまだ私たち
の前にいた，大きな父，白い部屋着を着て，神経痛を病んで以来の紫色とばら色
のまじったインドカシミアのマフラーを首にまいて，スワンさんが私にくれたベ
ノッツォ・ゴッツォリの複製画のなかで，アブラハムがイサクのそばから身を離
せと妻のサラに言うあの身振りをしながら．On ne pouvait pas remercier mon
père ; on l'eût agacé par ce qu'il appelait des sensibleries. Je restai sans oser
faire un moment ; il était encore devant nous, grand, dans sa robe de nuit
blanche sous le cachemire de l'Inde violet et rose qu'il nouait autour de sa tête
depuis qu'il avait des névralgies, avec le geste d'Abraham dans la gravure
d'après Benozzo Gozzoli que m'avait donnée M. Swann, desant à Sarah qu'elle a
à se départir du coté d'Isaac. それから多くの年月がすぎた．父の手燭の影が
上ってくるのを見た階段の壁はもうずっと前になくなった．私のなかでも永久に
続くと思っていた多くのものが消えうせ，新たなものが建設され，当時私の予想
もつかなかった新たな苦しみと喜びを生み出した，同様に昔の苦しみや喜びが私
には理解しがたいものになった．父がママに「この子と一緒にお行き」と言うこ
とができなくなってずいぶん長くなる．私にとってこのような時間をふたたび持
つことはけっしてありえない．しかし少し前から耳をすますと，またとてもよく
聞こえはじめている，父の前では我慢していて，ママと二人きりになって突然泣
きじゃくり始めた私のすすり泣きの声が．実際その声はけっして止むことがなか
ったのだ，ただ，それがふたたび聞こえるようになったのは今私のまわりで生活
が一段と沈黙の度を増したからだ，修道院の鐘が昼間は町のざわめきにつつまれ
て聞こえず，鳴らなくなったのかと思われたのに夜の沈黙の中でふたたび鳴り始
めるように．Il y a bien des années de cela. La muraille de l'escalier où je vis
monter le reflet de sa bougie n'existe plus depuis longtemps. En moi aussi bien
des choses ont été détruites que je croyait devoir durer toujours et de nouvelles
se sont édifiées donnant naissance à des peines et à des joies nouvelles que je
n'aurais pu prévoir alors, de même que les anciennes me sont devenues difficiles
à comprendre. Il y a bien longtemps que mon père a cessé de pouvoir dire à
maman : « Va avec le petit. » La possibilité de telles heures ne renaîtra jamais
pour moi. Mais depuis peu de temps, je recommence à très bien percevoir, si je
prête l'oreille, les sanglots que j'eus la force de contenir devant mon père et qui
n'éclatèrent que quand je me retrouvai seul avec maman. En réalité ils n'ont ja-
mais cessé ; et c'est seulement parce que la vie se tait maintenant davantage
autour de moi que je les entends de nouveau, comme ces cloches de couvents
que couvrent si bien les bruits de la ville pendant le jour qu'on les croirait arrê-
tées mais qui se remettent à sonner dans le silence du soir. （36-37 ; 47，下線
強調は青木）

第8段落第1文と第2文は，時点〈14〉の父を前にした主人公の状態が語られる主虚構である．第3文になって，テクストは語り手の現在の物語にうつり，その二次虚構のなかで，時点〈14〉と時点〈15〉があらわれる．まず指摘しなければならないことは，第3のクライマックスである時点〈15〉が，二次虚構のなかでしかあらわれないことである．このことは多くの論者によって言及されている．

　　語り手は，この時代と彼をへだてる距離を維持しながらも，中断された物語をふたたび語りはじめる．主人公がはじめ涙をがまんしていて，ついで母親と二人だけになったときにわっと泣き出したことを読者は知る．読者はこのすべてを間接的に見る．回想は《回想する》行為の対象として表わされており，小説の要素が詩的要素に従属させられている．（MULLER 1965, 40-41.）

アウエルバッハは上記引用につづいて次のように述べる．

　　ここには，時間的遠近法を通して，想起する意識の中で固定した出来事に結びつけられる象徴的全時間性がはっきり現れている．Nous voyons luire ici, à travers la perspective temporelle, un élément d'omnitemporalité symbolique qui s'associe à l'événement fixé dans la conscience réminiscente.（AUERBACH [1946] 1968, 539 ;（下）301）

たしかに，アウエルバッハのいうように「すすり泣き」のテクストは一見明快であり，その明快さがこの作品のなかでこの一節を特異にしている一要因でもある．ある意味で，この部分ほど明快なテクストはこの作品の他のどこにも見あたらないほどである．

ジュネットもまた，この同じ箇所の後半（「それから多くの年月がすぎた」以降）を引用している．『物語のディスクール』，「Ⅰ　順序」の「先説法」の項目である．ここでジュネットは，『失われた時を求めて』の物語時間の最終時点よりのちの物語を語る「外的先説法」の例としてこの「就寝のドラマ」の一部分をあげる．さらに，範例としてルソーをあげ，ルソーとプルーストの類似点を指摘する．

ルソーは『告白録』第一巻で子ども時代のエピソード，ランベルシエ家の娘の櫛が折れて発見された時に受けた嫌疑を物語ったすぐあとで，次のように，自分の無実のみならず，甦った激しい憤りをも証言する.

　　こう書いている今も，脈拍が早くなってくるのを感じる Je sens en écrivant ceci que mon pouls s'élève encore. (Rousseau, *Confession*, Pléiade, p. 20, cité par Genette)

　このように，『告白録』においては現在形によって語り手の物語が挿入される.『失われた時を求めて』でもこのような語り手の物語が 20 以上あるという (Genette 1972, 106 ; 71, 注 80, 324). そして，「現在でもなお思い出が強烈であることをあかすのであり，こうした証言が，過去を物語る物語言説を認証する役割をはたす」と言い，以下のように続ける.

　　そしてとくに，もちろん，あの就寝の場面にかんして. すでに『ミメーシス』で解説されている衝撃的な実例であり，ここで全体を引用せずにはいられない. アウエルバッハが「無意識的な記憶を呼び起こす意識 conscience réminiscente」の「象徴的な全時間性 omnitemporalité symbolique」と呼んだものの完璧な例，それだけではなくまた，語られた出来事と語りの審級とのほとんど奇跡的な融合の例，あとからの（最終時点での）語りであると同時に「全時間的な」融合の例. (Genette 1972, 108 ; 73)

　この場合の「物語られた出来事」とは，主人公が父親のいる前では我慢していたが母親と二人だけになったとき突然泣きじゃくり始めたことをさす.「語りの審級」は，『失われた時を求めて』の語り手が，ジュネットのいう「等質物語世界外」のタイプ，つまり，物語世界の外にいる語り手が自分の物語をかたる語り手であることをさす. そして，テクストを引用した後で，つぎのように説明する.

　　この通り現在におかれた予想は，それが語りの審級そのものを直接的に問題とする限りにおいて，物語の時間性の事象だけでなく，態の事象そのものも構成する. これについては，態を扱う章で，あらためて吟味する予定である. (同書, 108 ; 74)

結局「態」ではほとんど言及されない（同書，228；253）が，「叙法」の項でもう一度この箇所がとりあげられる．

　　階段の壁の上にちらちらと幻想的に照り返される手燭をもち，《白い部屋着を着て，神経痛を病んで以来の紫色とばら色のまじったインドカシミアのマフラーを首にまいていた，大きな父》の視像ほど，そして長いあいだ我慢してきて，母親と二人きりになったときに初めて抑えきれなくなった子どものすすり泣きほど，強烈なものはない．ところがそれと同時に，これほど明示的に回想として媒介され，証明されているものもまたないのだ．そしてこの回想こそ，非常に昔のものであると同時にきわめて最近のものでもあり，何年ものあいだ忘れ去られていたのち，死を間近にひかえた語り手の周囲の，「生活が一段と沈黙の度を増した」いま，ふたたび感知されるに至ったものなのである．ここでこの語り手は，物語内容自身に自らを語らせているわけではない．そして，語り手は，この物語内容を語りながらその前から姿を消そうというどんな配慮もしていない，と言ったぐらいでは，不充分すぎるほどである．というのも，問題なのは物語内容そのものではなくて，物語内容の「像」，すなわち記憶の中に残されたその痕跡だからである．けれども，このあまりにも間接的であまりにもはるか昔の，そしてあまりにも遅くなってから見出された痕跡はまた，まさに現前する存在そのものでもあるのだ．この種の媒介された強烈さのなかには，あきらかにミメーシス理論の規範に反するがゆえの逆説が存在する．これこそ，ディエゲーシスとミメーシスとの千古の対立への決定的な侵犯であり，純然たる——そして現実にあらわれた——拒絶なのである．（同書，188；195，強調はジュネット）

　　二重に，時には三重に回顧的な語りである『失われた時を求めて』は，周知の通り，この種の距離〔三人称の語りによって避けることのできる，一人称での回顧的な語りが必然的に生じさせる距離－引用者〕を，回避しようとはしない．それどころかこの作品は，そうした距離を維持し，いわば育んでいる．しかしながら，プルーストの物語言説がなしとげた奇蹟とは（ルソーの『告白』のそれと同様，——というのも，ここではやはりこの二つの作品を比較しないわけには行かないからだ），物語内容と語りの審級とを隔てるこうした時間的距離 distance temporelle が，物語内容と物語言説とのあいだにいかなる叙法の距離 distance modal も生じさせはしないという，まさにその点にある．事実，ミメーシスの錯覚はいささかも衰えてはいないし，弱まってもいない．要するに，極限的な媒介作用と，極致に達した直接性とが同時に存在しているのである．無意識的想起の恍惚とは，おそらく，こうしたことの象徴でもあるのだろう．（同書，189；196，強調はジュネット）

「物語内容と語りの審級とを隔てるこうした時間的距離が，物語内容と物語言説とのあいだにいかなる叙法の距離も生じさせはしない」ということは，主人公の「私」と語り手の「私」とを隔てる時間的距離があるにもかかわらず，主人公の「私」への焦点化と語り手の「私」への焦点化という叙法上の差異が生じていない，つまり，主人公の「私」と語り手の「私」が一体化しているということを意味するのだろう．「語られた出来事と語りの審級とのほとんど奇跡的な融合の例，あとからの（最終時点での）語りであると同時に《全時間的な》融合の例」（108；73）という表現が意味するとおりである．

　この「すすり泣き」のテクストでは，ジュネットは具体的に物語言説上でのその根拠を説明していない．なぜ，「ミメーシスの錯覚はいささかも衰えてはいないし，弱まってもいない」のか，ジュネットはテクストのうえで説明してはいない．ジュネットが，プルーストをルソーと比較しているのも，上でみたように物語内容の類似点においてである（Cf. 同書，108；325）．以上の考察の例証として，分析もされずに「就寝のドラマ」のこの箇所が挙げられているからには，また，先ほどのアウエルバッハの言をみても，この箇所では，プルーストの手法が「註釈も分析もなしであきらかになっている」といえるのだろう．しかしここでは具体的に分析を明示することもまた必要であると思われる．それはこの作品の重層性のありかをテクストのうえで確認することにもなり，もはや陳腐とも思われるこの重層性という形容のもつ意味を問い直すことにもなるであろうから．それに問題はそれほど簡単ではない．

　結論を先にいえば，この「すすり泣き」のテクストは，この作品において特殊な例であり，おそらく唯一の例であって，それだからこそ逆に，『失われた時を求めて』全体を想起させるほどのさまざまな問題の縮図として，アウエルバッハやジュネットや，そしてわれわれ読者全員の記憶に残るほどの強烈な印象を与えるのだ．

「すすり泣き」の問題
　さて，第8段落「すすり泣き」のテクストの問題点を検討しよう．

1. テクストは次の1文によって始まる．

父にお礼を言うことはできないのだった，父が感傷癖と呼んでいたことをすれ
ばいらいらさせただろう <u>On</u> ne pouvait pas remercier mon père ; <u>on</u> l'eût agacé
par ce qu'il appelait des sensibleries. (36；47，下線強調は青木)

　このテクスト冒頭の « on » をどのように考えればよいのだろうか．
「カメレオン」とも呼ばれる不定代名詞 « on » の物語言説におけるさまざ
まな機能と『失われた時を求めて』における « on » の用例を考慮しなけ
ればならないだろうが，ここではこの箇所に限定して検討しよう [1]．結
果的に，2つの解釈が可能である．

　第1は « on » を「私は je」ととる解釈であり，第2は前出の語「あな
たたち」を受けた「私たちは nous」を指すと考えるものである．

　前者では，第1文は主人公の思考をあらわし，主人公はそう考えたから，
第2文に書かれているように「私は一瞬何もできずに立ちすくんだ」ので
あると考えることができる．

　後者をとれば，前段落最後の父親の言葉「では，おやすみ，私はあなた
たちのように神経質ではないから，行って寝ることにしよう Allons,
bonsoir, moi qui ne suis pas si nerveux que vous, je vais me coucher.」
(36；47) のなかで，「あなたたち vous」と呼ばれている「私たち nous」，
つまり主人公と母を指すことになるであろう．つまり，「私はあなたたち
のように神経質ではないから moi qui ne suis pas si nerveux que vous」
と父に言われた母と子は，その父にお礼を言うことができない状態にあっ
たということである．

　第2文は明らかに第6段落の主虚構を受けている．

　　第6段落…もうおそすぎた，<u>父は私たちの前にいた</u> Il était trop tard, <u>mon père</u>
　　　　　　<u>était devant nous.</u> (35；46，下線強調は青木)
　　第8段落…父はまだ私たちの前にいた il était <u>encore</u> devant nous, 〔…〕. (36；
　　　　　　47，下線強調は青木)

　そこで本書では後者の解釈をとることにしたい．« on » が「私たち
nous」を指し，母と子を指すと考える．そう考えれば，「就寝のドラマ」
の初めの構図である〈主人公／主人公以外の家の人たち〉の対立が，「主

人公を含めたみんな」をさす「私たち nous」を経て，〈主人公と母／父〉
の対立へと縮小され，移行していることになる．

2. 「スワン氏が私にくれたベノッツォ・ゴッツォリの複製画のなかで，ア
ブラハムがイサクのそばから身を離せと妻のサラに言うあの身振りをしな
がら avec le geste d'Abraham dans la gravure d'après Benozzo Gozzoli
que m'avait donnée M. Swann, desant à Sarah qu'elle a à se départir du
coté d'Isaac.」にはプレヤッド新版に注がついている．
　ベノッツォ・ゴッツォリのアブラハムの生涯のエピソドを描いた絵にこ
こでプルーストが喚起している場面のものはない，家族史の要請からここ
に改作して入れられたのだろうという．「アブラハム，サラ，イサク」の
物語を，「父，母，主人公」にむずびつけよというのである．さらに語彙
の問題がある．「イサクのそばから身を離せ à se départir du coté d'Isaac」
の « se départir » である．この動詞は「天使たちとわかれるアブラハム
Abraham parting from the angels」というラスキンがカンポ・サントのク
ロキスにつけた題の parting という英語からもたらされたものだろうとい
う．

> この動詞の古風な用法〔…〕は雄弁な語彙の両義性を助長する．つまり « se dé-
> partir du côté de » という表現は « se départir de » （〜からはなれる，と別れ
> る）という意味と，他方，逆の意味をもつ，« se partir du côté de » （〜のそば
> へ行く）という意味とのアマルガムをつくる．父親は母親に子どもと一緒に行く
> ように命じているからにはこの場面により適合するのは « se partir du côté de »
> （〜のそばへ行く）の意味である．この両義性は，父親が結びつけたときにまた
> 別れさせるということをほのめかし，供物を捧げる者であるアブラハムのイメー
> ジを生ぜしめる L'ambiguïté donne à entendre que le père sépare encore au mo-
> ment où il réunit, et suscite l'image d'Abraham sacrificateur. (I, 1114-1115, 下
> 線強調は青木)

　アブラハムのイメージは「子殺し」のモチーフとして伝統的なものであ
る．

3. 「私にとってこのような時間をふたたび持つ可能性はけっしてない La

possibilité de telles heures ne renaîtra jamais pour moi.」

この1文について，アウエルバッハはつぎのようにのべている．

> 物語の結末は，これらの出来事からはうかがいしれない．しばしば，読者みず
> からがそれに補いをつけなければならないのである．上掲の引用文中，語り手が
> 父親の死を告げる，偶然な，暗示的な，予告的な手法は，そのよい例である．
> （AUERBACH 1968［1946］，542-543；（下）304）

アウエルバッハが指摘しているように，この一文は「父の死」を意味するのだろうか．問題は上の2．とも絡んでくる．そのうえ，この問題は，つづく「実際その声はけっして止むことがなかったのだ，En réalité ils n'ont jamais cessé」の解釈にかかわってくる．つまり，「家族の物語 le roman familial」（Cf. ROBERT 1972, 41-78；30-53）として，『失われた時を求めて』をどう読むかという問題である．あとでこの問題にもどることにしたい．

4.「しかし少し前から耳をすますと，またとてもよく聞こえはじめている，父の前では我慢していて，ママと二人きりになって突然泣きじゃくり始めた私のすすり泣きの声が　Mais depuis peu de temps, je recommence à très bien percevoir, si je prête l'oreille, les sanglots que j'eus la force de contenir devant mon père et qui n'éclatèrent que quand je me retrouvai seul avec maman.」

文中の「すすり泣き les sanglots」にかかる修飾節の記述「父の前では我慢していて，ママと二人きりになって突然泣きじゃくり始めた j'eus la force de contenir devant mon père et qui n'éclatèrent que quand je me retrouvai seul avec maman」によってしるされた時点〈15〉の出来事は，「就寝のドラマ」のクライマックスの3番目，最大のものでありながら，従属節において間接的にしか表出されていない．この点は最初に引用したミュレールが指摘したとおりである．

たしかに，第8段落第3文から第7文までの語り手の挿入によって，物語はいったん中断していると思われる．主人公の姿はみえなくなる．また，語り手による物語の間接的表出ということにかんして言えば，ミュレール

がつづいて挙げているアルベルチーヌの例（*J.F.* II, 186）[2]や,「就寝の
ドラマ」第2段落で語られるフランソワーズの物語の例がある. 語り手は
その時点のフランソワーズの様子を自ら経験した物語として, 語り手の言
説のなかで語っている.

　しかしながら, この「すすり泣き」の場面がこれらの例と大きく異なっ
ているのは, ここで語り手の「《回想する》行為の対象として表わされて」
いるのが,「私」の物語であるということである. つまり, 主人公の物語
が語り手の現在の物語に吸収されて背後に隠れ, 語り手の現在が前景とな
っている, がしかし, その間も主人公の物語時間が進行しているというこ
とである. ここでの語り手の言説は挿入ではなく, 陥入でもなく, 置きか
えである. 主人公の物語が, 語り手の物語に置きかえられている.

　このときの主人公にこみあげた「すすり泣き」は, 強度の緊張をとかれ
た者の行為であろうと思われるが, 主人公がママと二人だけになったとき
の物語は描出されていない. その直後の物語も第9段落において「ママは
その夜, 私の部屋に移った」（37：47）と簡潔に表現されているだけであ
って, それまでの物語は省略されている. つぎに主人公の思考があらわれ
るのは, 部屋に落ち着いてから, 母親の言葉「この子自身にもわからない
のよ. フランソワーズ, 神経が立っているのね, 早く大きなベッドを私が
やすめるようにつくってください, それからあなたも上にあがっておやす
み」の後のことである. しかも, その主人公の意識はもはや父親にはなく,
フランソワーズに, そして, 母親に対するものである.

　私にはまたフランソワーズに対してもあまり誇らしくないというのでもなかった
　Je n'étais pas non plus médiocrement fier vis-à-vis Françoise.〔…〕うれしくな
　くてどうしよう, ところが私はうれしくはなかった,〔…〕. 私にはこんな気がし
　た, 私がいま勝利をえたのは母にさからってであり, 病気, 悲嘆, または年齢が
　そうさせることができたように, 私は母の意志を鈍らせ, 母の理性をよわめさせ
　ることに成功したのだ, そして今夜は新しい時代のはじまりであり, 悲しい日付
　として残るだろう, と. いま勇気を出せば, 私はこうもママにいえただろう,
　「いいんだ, かまわないよ, ここに寝ないで」 しかし私は知っていた, 実際的な
　知恵, こんにちなら現実主義的と呼ばれるであろう知恵が, 母のなかで祖母ゆず
　りのはげしい理想主義的な性質をおだやかなものにしていたのを,〔…〕.〔…〕
　私には, 自分が何か不幸な目に見えない手で, いま彼女の魂のなかに最初のしわ

157

をきざみつけ，最初の白髪を生えさせてしまった，という気がした．そう思うと，私のすすり泣きはふたたびはげしくなった Cette pensée redoubla mes sanglots, そして〔…〕．(38；49-50)

つまり，語り手の物語が表出されるあいだも物語時間は止まらずに進行しているのだが，物語時間は潜在していても，この「すすり泣き」は語り手が現在聞いている「すすり泣き」であって，物語時間内の主虚構であるかつての主人公の「すすり泣き」には還元されないのである．二次虚構における〈いま maintenant ＋ 現在形〉はこの作品ではほとんどあらわれない稀な用法である [3]．主虚構と二次虚構の陥入である〈いま maintenant ＋ 半過去形〉が普通である．自由物語言説によって語り手が主人公の回想や思考を直接述べる場合でも，また語り手が現在の考えを述べる場合でも，語り手の現在の物語が主人公の物語時間を背景にして前景を占めることはない．ここではその稀な用法があらわれる．このように，語り手の現在が物語時間を覆って置きかわって前景を占める箇所は，『失われた時を求めて』のなかでほかには見あたらない．だからこそ，アウエルバッハやジュネットをはじめとする研究者や読者に強烈な印象を残す．

「家族の物語 le roman familial」

ところで，第7段落の語り手の「私の父」を主題とした言説は「すすり泣き」のテクストをこえて，第9段落で再開される．そして，その夜，「ママ maman」は，主人公のベッドのかたわらに腰をかけて，『フランソワ・ル・シャンピ（捨て子フランソワ）』を朗読する．

『フランソワ・ル・シャンピ』は，ジョルジュ・サンド（1804-1876）が1850年に書いた，ある捨て子の少年の物語である．フランソワは粉屋の女房マドレーヌ・ブランシェに引き取られ，彼女の無意識の愛の対象となる．彼女のもとを去った少年は，成人して村に戻ってきたとき，マドレーヌが寡婦となっているのを見て，かつての養い親だった彼女の恋人となり，やがてその夫となる．

クリステヴァによれば，「甘やかされた子どもでいる語り手に母親が『捨て子フランソワ』を読んでやることで，将来の作家とその生みの親との間に，声による感覚的な絆が形成されるという物語」(Kristeva 1994,

13-36：7-31）によって，「就寝のドラマ」はおわる．またこの「就寝のドラマ」は，たとえば精神分析的手法による研究者の想像力を刺激しておおいに楽しませ，一冊の本をかかせるほどの素材に富んでいる（Doubrovsky 1974）．

「すすり泣き」のテクストが何を意味するのか．本書ではおそらくそのもっとも過激だと思われる読みを採用したいと思う．

エリザベス・レイデンソンによれば，『失われた時を求めて』における欲望は三角形をしているが，それはエディプス・コンプレックスの三角形（父-母-息子）ではなく，「祖母-母-息子（主人公）」である（LADENSON 1999, 128-130；2004, 149-151）．

レイデンソンは「すすり泣き」をとりあげてはいないが，彼女のこの読みからすると，「就寝のドラマ」は父親が欲望の三角形の座を祖母にあけ渡した物語であると解釈できる．そのことを象徴するのが父親の言葉，「すこし部屋にいておやり « reste un peu dans sa chambre」（36；46），「今夜はぼうやのそばで寝ておやり couche pour cette nuit auprès de lui」（36；47），「ぼうやといっしょに行っておやり Va avec le petit」（同上），「だから行ってなぐさめておやり Va donc le consoler」（37；48）であり，語り手の聞く主人公のすすり泣く声である．「実際その声はけっして止むことがなかったのだ En réalité ils n'ont jamais cessé」（36-37；47）という複合過去の表現は，「就寝のドラマ」がじっさいに「新しい時代のはじまりであり，悲しい日付として残った」（38；49）ことを，祖母が死に，おそらく父が死んだのちも，語り手の現在もその時代にあることを，意味していよう．

プレヤッド新版の註にあった「この両義性は，父親が結びつけたときにまた別れさせるということをほのめかし，供物を捧げる者であるアブラハムのイメージを生ぜしめる．」（I, 1114-1115）を思いだそう．父親は母を主人公のもとへ行かせる，がしかし，それは新たな「祖母-母-息子（主人公）」の三角形のなかへ，主人公を送り込むことである．レイデンソンによれば，この「祖母-母-息子（主人公）」の構図が，『失われた時を求めて』の「ゴモラの世界」の起源をなす．

こういったことはすべてこの作品において「ゴモラの世界」が展開されるとともに明らかにされる．[6]「バルベックⅠ」にはじまるアルベル

チーヌの物語には，「祖母－アルベルチーヌ－主人公」の構図がある．その陰に，「祖母－母－息子（主人公）」の構図が見え隠れすることは偶然ではない．途中から，祖母の役割を「母」が代行する．そして「母」の役割をアルベルチーヌが果たす．祖母が母にかわり，母がアルベルチーヌにかわることで，「母－アルベルチーヌ－主人公」の構図が生まれる．

たとえば，[8]「バルベックⅡ」の最後に，主人公がアルベルチーヌをパリへ連れて帰ろうと決意する場面は，つぎのように語られる．このとき母は「まるで私の祖母になってしまっている」（S.G. III, 507；7，378）．

いまこの敵意にみちた解きがたい謎のもやが立ち上ってくるのは，トリエステからであり，アルベルチーヌがそこでたのしむのを私が感じる未知の世界，彼女自身の思い出と友情と幼時への愛とがのこっているあの世界からであった．このもやは，昔，私におやすみを言いにきてくれないで見知らぬ客と談笑しているママの声が，フォークの音にまじってきこえてきたあのコンブレーの食堂から私の部屋へ立ち上ってきたもやであり，スワンにとっては，オデットが夜会服で不可解な悦楽を求めに行った家々を満たしていたもやであった．（S.G. III, 505；7，377）

シュミーズからまるごと出ているアルベルチーヌの首筋は，力強く，金色に染まり，きめが粗く立っていた．私は彼女をだいて接吻した，どうしてもそのとき私の胸からとりされないように思われた子供のような悲しみを鎮めるために，まるで私の母をだいて接吻しているように純真に．（S.G. III, 508；7，381）

第五篇『囚われの女』において，主人公はいっしょに暮しているアルベルチーヌに，かつての祖母や父がそうであったように話をして，彼女を苦しめる．

その晩私は，あのように水ももらさぬ主義だった祖母が私に説いたようにアルベルチーヌに話したことも，また，彼女と連れだってヴェルデュラン家に行くと彼女に告げたりして私の父のようなぶっきらぼうな方法をとってしまったことも，ともにすこしも非難すべきではないと思うのであった．その父は，何か一つの決定を私たちに通告する場合に，その決定自体とは不釣り合いになるまでに極度な動揺を私たちにひきおこしうるような方法しかけっしてとらなかったのであった．それで，こんなとるに足らぬ物事にそんなに悲しそうな顔をするのはばかげている，と父はすぐいい気になって私たちをきめつけるのだが，その悲しみは，じつ

をいえば，父が私たちにあたえた精神的衝撃の反響なのであった．そして，父の
そんな勝手な気負いの独断性は——祖母のあまりにもかたくなな思慮とおなじく
——あのように長いあいだ私の感じやすい性質の外部にとどまっていて，私の少
年時代の全期間にわたって，私の感受性をあれほど苦しめたのだが，そんな父の
独断性が私の感受性と相補うために私のもとにやってきたとすれば，私の感じやす
すい性質は，父の独断性が人のどういう点を有効にねらうべきかについてのじつ
に正確な指針となるのであった，〔…〕．(*Pr.* III, 617；8, 141-142)

　ここでは，祖母と父が，どちらも少年時代の主人公を苦しめた存在であ
ったことが明瞭に語られている．そして，主人公のなかにある祖母と父が
アルベルチーヌを苦しめるのである．
　そして，第六篇『消え去ったアルベルチーヌ』のラストにおいて，アル
ベルチーヌに対する忘却の第3の中継点として主人公が母親と一緒にベネ
ツィア旅行をした物語が語られるとき，主人公がアルベルチーヌとともに，
母の姿をつぎのように不動化するのは，「ゴモラの物語」のおわりを告げ
るものとしてじつに意義深いものである．

　私がアルベルチーヌといっしょにバルベックに滞在していて，彼女が私と連れだ
って絵などを見る場合のたのしみ——私からすればたわいもないたのしみ——を
私に語ったとき，私は，はっきりとものを考えない多くの人たちの精神を占めて
いるあの移り気な幻想のひとつを彼女がさらけ出していると思ったものだ．こん
にちでは私はすくなくともつぎのような確信に達している，ある人といっしょに
美しいものを見るというたのしい思いはともかくも，せめていっしょに美しいも
のを見たというたのしい思いは存在すると．私にはいまや一つの時が到来してい
るのだ，——ゴンドラがピアツェッタのまえで私たちを待っていたあいだ洗礼堂
にはいって聖ヨハネがキリストに洗礼をおこなっているヨルダン河の波のまえに
自分が立っていたのを思いだすとき，あの冷たい薄暗がりのなかで自分のそばに
によりそって一人の女性がいたことに自分で無関心をきめこみえない一つの時が到
来しているのだ，——その女性は，人がヴェネツィアでカルパッチョの『聖女ウ
ルスラ』のなかに見る年とった女のように，尊敬と感激とに燃えて喪服に身をつ
つんでいた，そして赤い頬をもち，悲しい目をし，黒いヴェールをおろした彼女
は，サン・マルコ聖堂の，あの静かなあかりに照らされた祭壇から，もうけっし
て私が勝手にそとへ連れだすことはできないけれど，モザイク画像のようにそこ
に不動の席をとってもらっているから私はいつでも会えることがたしかであった，
その女性こそ私の母なのだ．(*A.D.* IV, 225；9, 331)

「到来している一つの時」，それは主人公がほんとうに「ゴモラの世界」から解放されるときである．

そして，本書の目的である時間形成および意味形成の観点からみると，第五篇『囚われの女』が［2-1］「コンブレーⅠ」と同じかたちをもっていることがわかる．

『囚われの女』の〈観念化された一日〉から〈長い一日〉への移行は，「コンブレーⅠ」と同様にクライマックスを形成する．このようなイテラティフからサンギュラティフへの移行とクライマックスの形成との組み合わせがあらわすものは，ここで前もって言うならば，語り手が「ヴァントゥイユのソナタ」に認めたものにほかならない．つまり「官能のモチーフと不安のモチーフとの組み合わせ」（*Pr.* III, 664 : 8, 211）である．官能のよろこびと不安とが物語言説に律動をうみだし，そこで形成されるクライマックスは固有の物語の継起をこえて，普遍性をもちうる．

「コンブレーⅠ」では，『失われた時を求めて』において大きな世界を創造することになる「ゴモラの物語」の起源が示されるとともに，官能のよろこびと不安という将来にわたって主人公の主要な精神の動きとなる律動がテクストに表出されている．

第9段落から最終第12段落まで

いうまでもなく，第8段落が「就寝のドラマ」最大のクライマックスである．第9段落以降，唯一それまでと異なる表現をあげるとすれば，それは「今夜 ce soir, cette nuit」が「その夜 cette nuit-là」に変わることである．

> ママはその夜，私の部屋に移った Maman passa cette nuit-là dans ma chambre（37 : 47）
> ママはその夜，私の部屋にとどまった Maman resta cette nuit-là dans ma chambre（37 : 48）

しかしながら，最終の第12段落ではそれも「今夜 cette nuit」にもどり，「あす demain」がふたたびあらわれる．「ママ maman」と「私の母 ma mère」の使い分け，「今夜」か「その夜」か，そうした要素は，主虚構と

二次虚構とのあいだの関係，語り手と物語内容との時間的距離，語り手と主人公との叙法的距離を微妙に調節し，リズムをうみだす．おそらく関連した要素の網羅的な目録をつくることは不可能であろう．それほど多くの要素をもって，語り手はクライマックスを演出する．

　最終の第12段落では第9段落以降の主人公の精神状態が要約的に語られる．このセリーの終点〈18〉は明示されない．

　　良心の呵責は鎮まり，私は<u>母 ma mère</u>がそばについていてくれる<u>今夜 cette nuit</u> の甘美さに身を任せていた．私は知っていた，こんな夜が新たにくりかえされるはずではないであろうことを，また私は知っていた，この世で私がもつ最大の欲望，夜のこんな悲しい時間にいつまでも<u>母 ma mère</u>を部屋にひきとめておきたいというこの欲望は，生活の必要事や万人の願望とはあまりにも相容れないものであって，<u>今夜 ce soir</u> それがかなえられたのは，不自然で，例外的でしかありえないことを．<u>あす Demain</u> 私の苦悩はまたはじまり，<u>ママ maman</u> はここに居残らないだろう．しかし苦悩が鎮められると，私にはもうその苦悩がわからなかった，それに<u>明日の晩は demain soir</u> まだ遠い，私はまだ考える時間がある，と自分にいうのだった，その時間がこれまで以上の力をなんら私にもたらすことはありえないのに，なぜなら，私の苦悩は私の意志ではどうにもできないものであり，もっと避けられるもののように私に思わせているのは，それらをまだ私から引き離している時間だけであったからだ．（42-43：54-55，下線強調は青木）

　「不眠の夜」の主人公は，「マドレーヌの体験」のときまで，コンブレーの「晩」の光景しか思い浮かべることができない．最大の不幸が最高の幸福になった，しかし，彼はそれをよろこぶことができない．「就寝のドラマ」は主人公の原体験であって，第七篇『見出された時』の最後に，語り手は，当然のようにその「晩」のそのときに戻ることになる．

　つぎに，その「晩」とともに「コンブレーの時代」を形成する「コンブレーⅡ」をみていく．

2.　[2-2]「コンブレーⅡ」(*Sw.* I, 47-183 ; 1, 61-239)

　もちろん，先にあげたヒューストンやジュネットにおいてもこの「コン

ブレーⅡ」のテクストがとりあげられている．ヒューストンによれば，「コンブレーで注目する第一の時間単位は一日であるが，季節の進行がそれに重なる」，さらに「一日と季節は平行したコースをたどる：朝の9時には3月であり，午後の5時には5月，というように」，そして，「一日の展開と季節の進行にさらにコンブレーではもうひとつの別の時間の次元，年月がある」（HOUSTON [1962] 1980, 97-98）．

ジュネットも，「事情はそれほど明瞭で対称的ではない」（GENETTE 1972, 168；164）と言いつつも大筋でこのヒューストンの説を支持し，「プルーストは，エピソードをうまく配置したおかげで，テクストの基盤として採用したイテラティフの時間から公然と出ることなく，ほぼ平行になるように，内的通時と外的通時を扱うことに成功している」（同書，169；164-165）という．

しかしながら，ヒューストンもジュネットも物語の断片を列挙するにとどまって具体的にテクストを分析していない．つまり，どのように「うまくエピソードを配置」しているかについての言及はなく，したがって，コンブレー全体という大きなテクストレヴェルでのイテラティフの機能，その実態についてもほとんど語られてはいない．ジュネットのばあい，「頻度」の下位項目別に『失われた時を求めて』全体から例としてテクストの断片を引いてくるために，コンブレーのテクスト全体が見えにくくなってしまっている嫌いがある．そこでまず，複雑にからみあっているコンブレーのテクストを解きほぐすことから始めたい．

「コンブレーの一日」の時間形成

[2-2]「コンブレーⅡ」のテクストには，おのおの別の構成をもっているが同時進行し，3か所の共通部分をもつ，擬似的時刻の推移を追うことによって形成されるイテラティフの一日の物語が2つ見いだされる．一日の擬似的時刻の推移を追うことによって形成されるテクスト単位を本書では〈観念化された一日〉と呼ぶことにする [4]．[2-2]「コンブレーⅡ」における2つの〈観念化された一日〉は，「レオニー叔母の日曜日」と「私の日曜日」である．共通部分は〈朝〉〈昼〉〈夕食前〉の3つの時間帯である．この2つの〈観念化された一日〉が「コンブレーの日曜日」のセリーをつくりだす．

そして,「私の日曜日」の時間割のなかに,午後の終わりから就寝までに対応する [2-1]「コンブレーⅠ」と,メゼグリーズのほうとゲルマントのほうに分けられている「散歩」が対応する午後の何時間かがはいりこんで,「コンブレーの一日」が形成される.さらに多くの語り手の言説がこの一日のイテラティフのセリーに挿入され,全体として五年にもおよぶ [2]「コンブレーの時代」が一日の時刻の推移の軸上に捉えられる.

まずこの一日の推移を図Ⅱのように簡単に図式することができる.[2-1]「コンブレーⅠ」は,「コンブレーの一日」においては「午後の終わりから就寝まで」に対応する.

[2-2-1] は [2-2]「コンブレーⅡ」の1番目のテクスト単位であることを示す.

図Ⅱ.「コンブレーの一日」の時間形成

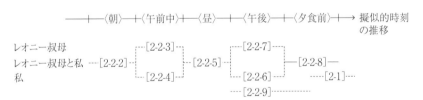

[2-2]「コンブレーⅡ」のテクスト分析

[2-2-1] プロローグ:レオニー叔母の部屋へ (*Sw.* I, 47-49；1, 61-63)

　主人公一家は何年にもわたって,復活祭の休暇のころから夏のおわりまでコンブレーに滞在した.

> コンブレーは,遠くから,十里をへだてて,汽車から見えたが,それは私たちが復活祭のまえの週にやってくるときで,そんなコンブレーは,一つの教会でしかなく,その教会は町を要約し,町を代表し,遠景に向かって,町のことを,町のために語っていた,〔…〕.(47；61)

[2-2]「コンブレーⅡ」の書き出しの記述はこのように汽車から遠くに見えるコンブレーにはじまり，近づいたときに見えるコンブレー，ついでコンブレーの町の通りをへて，主人公たちが住む，レオニー叔母の家へと進む．語り手の回想は，列車のなか，歩いていく途中というように，主人公たちがレオニー叔母の家へ行く道程をたどっていく．さて，「マドレーヌの体験」の予告を思い出そう．「この味覚，それはマドレーヌの小さなかけらの味覚だった，コンブレーで，日曜日の朝〔…〕，私がレオニー叔母の部屋におはようをいいに行くと，〔…〕．」(46：59)．この予告のとおり，最後にマドレーヌの体験の起源の場所，レオニー叔母の部屋にたどりつく．

このようにレオニー叔母の部屋にいたるテクストは語り手の回想の意味的連結によって形成され，主人公も登場せず，時間的秩序もあらわれない．初めて主人公があらわれ，日曜日の〈朝〉の時間性があらわれるのは，[2-2]「コンブレーⅡ」の第2段落第5文の総合文 (49：63) からである．このように総合文の途中からテクストが新しい時間性をもち始めるのはこの作品中でよく見受けられるが，ここでは，そのなかでも「とくに surtout」のパターンと呼びうる形をとる．時間的限定のない物語言説に「とくに surtout」があらわれて物語時間の時点が定められ，物語言説が時間的継起を呈しはじめる．ここで定められる時点は，「復活祭の週間のまだ肌寒いはじめのころの朝 ces premiers matins encore froids de la semaine de Pâques」である．

その部屋の空気は，非常に栄養になる，非常に滋養分に富んだ沈黙の，最上質の粉のかぐわしさに飽和していたので，私は一種の旺盛な食欲を感じないでそこにはいっていくことはなかった，とくに復活祭の週間のまだ肌寒いはじめのころの朝は surtout par ces premiers matins encore froids de la semaine de Pâques そうだった，その空気の味がいっそうよくわかった，なぜなら私はコンブレーに着いたばかりだったから：叔母におはようを言いにはいるまえに，私は二間つづきのとっつきの部屋でしばらく待たされた，〔…〕，私は数歩進んでいった，祈禱台から，いつも頭のあたるところに手編みのカバーがついている浮き出し模様のビロード張りの肘掛け椅子のところへ，〔…〕，戸棚や，簞笥や，枝葉模様の壁紙から同じように放たれるもっとかたい，もっと微妙な，もっとよく知られた，しかしもっとそっけない香りを少しでも嗅ぐと，私はいつも口に出せない強い欲望を

感じて，花模様のベッドカバーのところに引き返し，その中間の匂いの，べとべとした，傷んだ，むっとする，青くさい粘っこい匂いにまみれるのであった．（49-50；63-64，下線強調は青木）

　朝は，レオニー叔母の部屋の空気の味とさまざまな匂いの表現からはじまる．段落がかわると，「匂い」の表現は消え，主題は聴覚に移る．

[2-2-2]「レオニー叔母と私の日曜日の朝」（*Sw.* I, 49-52；1, 63-66），嗅覚，聴覚，視覚.「マドレーヌの体験」の起源へ

　隣の部屋で，叔母がたったひとりで小声でしゃべっているのが私にきこえた．彼女はかなり低い声でしか話したことはなかった，なぜなら，頭のなかに何かこわれたもの，浮動するものをもっていて，あまり大きな声で話すと，その位置が変わってしまうと思っていたからだった，しかしひとりのときでも，彼女はなにかしゃべらないで長くじっとしていることはけっしてなかった，なぜならしゃべるのはのどの健康によく，のどに血液を停滞させなくして，持病の息づまりや苦痛の回数を少なくすると信じていたからである，〔…〕．不幸にも，彼女は声を出して考える習慣がついてしまっていて，隣室に人がいるかかならずしも念頭になかった，だから私はしばしば彼女が自分にこんなことをいうのを聞いたものだった，「眠れなかったことをよくおぼえていないとね」，〔…〕．（50；64-65）

　つづいて物語はいよいよ「マドレーヌの挿話」のプチット・マドレーヌの場面である．

　まもなく私は叔母にキスをしにはいっていくのだった：フランソワーズは叔母にお茶を入れていた；あるいは叔母の気分が落ち着かないときは，かわりに薬湯をほしがったのでそんなとき，薬袋から皿へ定量の菩提樹花を移す役目をひきうけ，ついでそれを熱い湯の中にいれなければならないのは私だった．干からびた花の茎は思い思いに輪のようにまがって勝手な格子をくみ，その格子の網目のなかに色あせた花がそれぞれに開いていて，まるで画家がもっとも装飾的にそれらを配置し，ポーズをとらせたかのようであった．〔…〕やがて，叔母は，あつい湯に煎じたその枯れた葉や色あせた花の風味を楽しむのだが，そんな飲み物のなかに彼女はプチット・マドレーヌをひたすこともあった，そしてそのかけらが十分やわらかくなったときに，それを私にさしだすのであった．

167

第
2
章

コ
ン
プ
レ
ー
の
時
代

彼女のベッドの片側にあったのは，レモンの木でつくった黄色い大きな箪笥と，調剤台にも主祭壇にも似たテーブルとで，〔…〕．ベッドのもう一方の側は窓に沿っていて，〔…〕．

叔母といっしょにいて五分とは経たないのに，そんな私のお相手をして疲れることをおそれて，彼女は私をひきとらせた．彼女は私の唇に，青白い，つやのあせた，陰気な額をさしだすのだが，朝のそんな時刻では，その額の上のつけまげに手をいれるまがなくつけまげの椎骨状の骨のつらなりが透いていて，まるで茨の冠のとげか，ロザリオの玉のようだった．そして彼女は私に言うのであった，「さあ，坊や，お行き，あちらに行ってミサにでかける支度をするのよ，それから下でフランソワーズに会ったら，言ってね，あなたたちとあまり長くあそんでいないで，私に用事がないかどうかを見に，すぐあがってくるようにね．」(50-52；65-66)

この場面の主題は視覚であり，色である．テクストは主人公の視野を表出している．マドレーヌの体験につながる部分がそっけないほど簡潔に記されているのは上の引用に見るとおりであるが，その「味」については主題から外れていて言及されない．このことは，「マドレーヌの体験」が，無意識的想起のトポスの条件を満たしていることを示している．

ペランは，ミュッセ『世紀児の告白』(1836) から1節を引用して，「小石の細部は無意識的想起の「すべて」を言うあの「無」ce « rien » qui dit le « tout » de la réminiscence である，というのもその陳腐さは無意志的記憶が選別していないということを意味するからである car sa banalité signifie que la mémoire involontaire ne sélectionne pas」(PERRIN 1995, 201) と解説している．無意志的記憶は対象を選んで記憶するのではない，その時点では何の意味もない「無」である必要がある．意志の記憶からは抜け落ちてしまう「無」が「すべて」の起源であればこそ，それがもたらす効果は最大のインパクトをもつ[5]．

[2-2-3]「レオニー叔母の日曜日の午前中」(*Sw.* I, 54-58；1, 69-75)

この物語は「この朝の会議 cette séance matinale」(55；71) と呼ばれており，分枝をおこす．

フランソワーズは私の両親に必要なものがととのっているかどうかをよくしら

168

べた上で, はじめて叔母の部屋にあがってペプシンをあたえ, おひるにたべる物が何かをたずねるのだが, そんなとき, かならずといっていいほど, 私の叔母は, もうなんらかの重要な事件について意見を述べたり, 説明をきかせたりしなくてはならないのであった. 「フランソワーズ, どうしたのか知らないけれどね, グーピの奥さんは妹さんをさそいに行くのに十五分以上もおくれて通ったのよ, あの調子では, すこしでも途中で手間どったら, 聖体奉挙がおわったあとでミサに着いたって, ちっともびっくりすることはないと思うわ.」「そうですよ！ 何もおどろくことはありますまい」とフランソワーズは答えるのであった. 〔…〕

そんなふうにフランソワーズと叔母とは, この朝の会議のあいだに, その日の最初の諸事件をいっしょに評議するのであった. しかしときには, それらの事件が非常に神秘な, また非常に重大な性質をおびるので, 叔母はフランソワーズがあがってくる時間を待ちきれない気持になり, そうなるとけたたましい呼鈴の音が四つ家中にひびきわたるのであった. (54-58；69-75)

こうして, [2-2-3]「レオニー叔母の日曜日の午前中」は３つに場合分けされる.

[場合1] 叔母がフランソワーズと朝の会議をしない日 (これにあたるテクストはない)
[場合2] フランソワーズがあがってきて会議の始まる日, グーピの奥さんが妹をさそいに行くのに15分以上もおくれて通る, アスパラガス. (54-55；69-71)
[場合3] 叔母が待ちきれなくて呼び鈴でフランソワーズを呼ぶ日 (55-58；71-75)
[場合3-1]「グーピの奥さんといっしょにいた《まるで知らない》娘さん」の話, 復活祭のお休み.
[場合3-2]「《まるで知らない》犬」の話,「まもなく十時です」, アスパラガス.

[場合3] では段落がかわるときに語り手の言説があらわれる.

しかし叔母はつまらないことでフランソワーズに呼鈴を鳴らしたのではないことをよく知っていた, なぜならコンブレーでは《まるで知らなかった》人というのは, 神話の神とおなじように信じられない存在であったし, 〔…〕. (56；73)

語り手の言説の前後に２つのエピソード, [場合3-1] と [場合3-2] が

併置されている．1番目は復活祭のお休みのころの話であり，2番目はアスパラガスの季節の話である．後者のフランソワーズの発話に時刻の提示がある．「ほらまもなく十時です voilà bientôt dix heures」(58；75)．

ここで重要なのは，この先，「レオニー叔母の日曜日」から復活祭の週という季節が消え，叔母とフランソワーズの会話の内容「グーピの奥さんが妹をさそいに行くのに15分以上もおくれて通る」という［場合2］のエピソードが新しいセリーを作りだし，フランソワーズの発話に「アスパラガス」があらわれたことから，このセリーがアスパラガスの季節に限定されることである．

さらに重要なことは，このレオニー叔母の午前中の物語が基本的に三人称の物語であることである．当然のことながら，主人公は叔母とフランソワーズの朝の会議に列席していない．会話を導入する動詞はすべてイテラティフをあらわす直説法半過去におかれている．

［2-2-4］「私の日曜日の午前中」 (*Sw.* I, 58-67；1, 75-87)

> そんなふうに叔母がフランソワーズとおしゃべりをしているあいだ，私は両親についてミサに列していた．どんなに好きだったか，どんなにはっきりといま目にうかぶことか，私たちの教会が！私たちがはいる古い正面玄関は，〔…〕．堂内の墓石は，〔…〕．教会のステンドグラスは，〔…〕．(58-59；75-76)

［2-2-4］「私の日曜日の午前中」は，このように始まると，直ちに「教会」を大きな主題とする，時間的に限定されない意味的連結による世界をくりひろげる．「私たちがはいる古い正面玄関 Son vieux porche par lequel nous entrions」のように，物語の行為者が従属節にあらわれて，主人公とその両親がミサに列席する「日曜日の午前中」の時間性をあたえる．結局ミサにかんする記述はなく，「私たちが復活祭のまえにこの土地にきてしまったような，そんな早い時期の日曜日でも」(60；77-78)，「復活祭の週に」(62；81)，「秋の霧の朝」(62；81)，「夕方の大気」(63；81)，「夏の日曜日の暑い朝」(64；83)，「おやおや！　九時だ！」(64；83)，「ミサのあとで」(64；83)，「夕方散歩から帰った私が」(64；93)，「五時に」(65；85) というように，コンブレーの教会を主題とするさまざまな季節，

さまざまな時刻のエピソードがこの箇所に集められている．ステンドグラス，二枚の縦織タペストリー，後陣，サン＝チレールの鐘塔がつぎつぎに主題となる．

　ついで，ミサからの帰りにルグランダンに出会う場面──⑤ルグランダンの物語，「ミサから帰るときに，私たちはよくルグランダン氏に出会った」(66-67；86-87) も季節の限定はない．これが「ルグランダンの物語」の最初のものである．そして主人公はミサから帰ってレオニー叔母の昼に合流する．

[2-2-5]「レオニー叔母と私の日曜日の昼」(67-71；87-91)

　まず [2-2-3]「レオニー叔母の日曜日の午前中」の［場合2］のエピソード，「グーピの奥さんが妹をさそいに行くのに 15 分以上もおくれて通る」をうけた物語がつづく．

　　　私たちが家に帰って，叔母がグーピ夫人はミサに遅れてやってきたかと聞きにこさせても，私たちはくわしく叔母に答えることはできなかった．〔…〕
　　　「やれやれ！」と私の叔母はため息をつくのだ，「もうウーラリがきてくれている時間であればいいのに．その話をしてくれるのはほんとにあの人だけ．」(67-68；87-88)

　ついで，この叔母の言葉をうけて語り手の言説がはじまる．会話に初出の人物があらわれると，しばしばテクストは語り手の解説を誘発する．テーマはウーラリである：⑥ウーラリとレオニー叔母の物語 (68-70；88-90)．

　　　ウーラリというのは，びっこの老嬢で，元気だが耳が遠く，子どものときからの奉公先であったラ・ブルトヌリー夫人がなくなってからは「身をひいて」，教会のかたわらに部屋を一つもち，しょっちゅうその部屋からおりてきては，聖務日課以外の時間にちょっとした祈りをしに行ったり，テオドールに手を貸したりしていたが，残りの時間には，レオニー叔母のような病人を見舞いに行って，ミサや晩禱のときに起ったことを話してきかせた．(68；88)

語り手の言説が３つ目の段落にはいると、「事実　en realité」があらわれ、ここでは、逆に二次虚構から主虚構へともどる。そして、朝の場面の「復活祭の週間のまだ肌寒いはじめのころの朝はとくに surtout par ces premiers matins encore froids de la semaine de Pâques」と同様に「とくに surtout」によって季節が導入される。「私」の昼の場面で重要なことは、季節が夏であることである。

> 事実 en realité, 日曜日には、彼女はこの訪問のことしか考えていなかったので、フランソワーズは、私たちの昼食がおわると、すぐ上にいる叔母に「かかる」ために、あせりながら私たちが食堂から出るのを待っていた。しかし（とくに surtout 晴天の日がコンブレーに定まるようになってからは）、正午のいと高きにある時刻が、そのひびきの王冠のつかのまの十二の花弁でサン＝チレールの塔に紋章を描きながらおりてきて、私たちの食事のテーブルのまわりや、これもまた教会から親しくやってきた祝別パンの間近に、ひびきわたってから長く経っても、私たちは例の『千一夜』のお皿のまえにまだ腰をかけてぐったりしているのであった、暑さのために、そしてとくにお昼のごちそうのために。（70；90）

[2-2-2] は復活祭のころであり、[2-2-3] でアスパラガスの季節（5 月）が提示され、[2-2-5] では「叔母の日曜日の昼」のアスパラガスの季節と「私の日曜日の昼」の夏とがあらわれる。

[2-2-6]「私の日曜日の午後」（71-99；92-129）

「私の日曜日の午後」は 29 ページにわたっているが、挿入による多くの物語が展開される。この午後は、おもに主人公の読書に充てられている（82-87；105-112）。

ここで、「コンブレー II」の時間形成を説明するために、ミシェル・シャルル（CHARLES 1979）が〈チュルソス-カドゥケウス型 Le thyrse-caducée〉と呼ぶ文の形象を援用したい。

〈チュルソス-カドゥケウス型〉テクスト

このようなテクストの動きを記述するために、ミシェル・シャルルは、ド・クインシーとボードレールから「チュルソス・カドケウス」という文の形象を見出し [6]、それをプルーストにあてはめようとする [7]。「チュル

ソス」はバッコスの杖のことであり，生と生殖力を象徴する酒神ディオニュソスの杖である．ブドウの葉やつたが巻かれ，先端に松かさがつく．「カドゥケウス」，別名ケリュケイオンは，ヘルメスの伝令の杖である．2枚の小翼と2匹の蛇の飾りがあり，平和，雄弁術，医学，商業の象徴であるとされる．

　　チュルソス-カドゥケウスは柔軟な構造である．対立しながらたがいに補い合う二つの要素，しかし，不安定なやりかたで（機能の逆転をみよ）：直線，曲がりくねり；華麗華美，無味乾燥；死，生．Le thyrse-caducée est une *structure souple* ; deux éléments qui se complètent en s'opposant, mais de façon instable (voir le renversement des fonctions) : le droit, le sinueux ; le sec, le luxuriant ; la mort, la vie. (CHARLES 1979, 399，強調はシャルル)

　要するに，〈チュスソス・カドケウス型〉というのは，線的な「杖-支柱」があり，そのまわりにさまざまな「修飾部-寄生木」か，二重螺旋の場合はかなり太い2本の「蔓」が巻きついているといった構造を指す．
　「コンブレー II」のテクストの支柱は「レオニー叔母の日曜日」である．「私の日曜日」はその支柱にまつわる葡萄の蔓であり，その蔓には葉むらが，花々がからみついている．
　この「私の日曜日の午後」に挿入される4つの物語⑦⑧⑨⑩と挿入される出来事7）および8）はその葉むらや花々に例えることができる．

⑦「演劇にたいする私のプラトニックな愛-アドルフ叔父-ばら色の婦人」(*Sw.* I, 71-79；1, 92-102)，「そののち，コレージュにはいったころ Plus tard, quand je fus au collège」(73：95)

7）アドルフ叔父のところで「ばら色の婦人〔オデット〕」に出会う，「ある日，私たちからの訪問にあてられていた日ではない日に，〔…〕まっすぐ叔父の家に駆けつけた」(74-79：95-102)

⑧「フランソワーズ-アスパラガス-《ジョットの慈悲》-スワン」(79-82；102-105)
「私たちがじつによくアスパラガスをたべた年 L'année où nous mangeâmes tant d'asperges，いつもそれの皮を「むしる」役目を仰せつかっていた下働きの女中は，私たちが復活祭にやってきたとき quand nous arrivâmes à Pâques，すでに臨月に近い状態で，かわいそうにまるで病人同様であったが」(79；

103)

⑨「フランソワーズ-庭師」（87-89；112-114）

⑩「スワン-ベルゴット-ブロック-スワン嬢」（89-99；114-129）

8)「一度，私にとってまったく新しい作家のベルゴットという人の本を読んでいたとき，スワンが訪ねてきて読書を中断し，注釈を加えたことがあった」，「ある日曜日に，庭で読書中，家の人たちを訪ねてきたスワンにさまたげられたことがあった。」（89；114，96-98；125-128）

　主人公の読書の時間は，意識の状態をたどることで表出される．「レオニー叔母の日曜日」が具体的であるのとはまったく対照的に，ここでは本の題名もなにも具体的なものは一切表わされない．この読書の時間のテクストはミモロジックの文脈において重要な出発点をなす．本章のおわりに詳しくみる．

　挿入の物語が終わると1行空きがあり（99；129），物語はレオニー叔母とフランソワーズの午後へと移行する．

[2-2-7]「レオニー叔母の日曜日の午後」（99-117；129-153）

　私が庭で読書をしているあいだ，日曜日といえば，まともにはたらくことはすべて禁じられていて，大叔母も縫物はしなかったが，それ以外の日に私が庭で読書でもしていたら大叔母は納得の行かない顔をしただろう（週日にそんな私を見ると彼女は「なんだっていまごろ本なんか読んであそんでいるの，日曜でもないのに」といって，あそぶという語に，子どものやること，時間つぶし，の意味をこめながら，私をたしなめたことだろう），レオニー叔母は，ウーラリがくる時間を待ちながら，フランソワーズとむだ話をしていた．叔母は，いまグーピ夫人が通ってゆくのを見かけたが，「シャトーダンでつくらせた絹のドレスを着て，雨傘ももっていなかった．晩禱までに遠方へ行ってくるのだったら，ドレスをびしょぬれにしてしまうかもしれないわね」とフランソワーズにつげている．

　「たぶん，たぶん」（二つ目の「たぶん」は「たぶんそうならない」を意味していた）と，フランソワーズはどちらかにころんだほうを生かす可能性を決定的に断ちきらないために，そんな言いかたをした．

　「おや」と叔母は額をたたきながらいうのであった，「それで思いだしたけれど，けさあのかたは聖体奉挙がすんだあとで教会に着いたのかどうだったのかしら．それをウーラリにたずねることを考えておかなくては…　フランソワーズ，ちょっと見てごらん，鐘塔のうしろのあの黒い雲を，それから塔のすそのスレートに

さしているあのいやなお日さまの色を，どうしても夕方までに雨は避けられない
よ．やはりこのままもつことはむりだったのね，暑すぎたもの．どうせくるなら
早いほうがいいのに，だって夕立がこないうちは私のヴィシー水がおなかに落ち
つかないのだもの」と叔母はつけくわえるのだが，その頭のなかでは，グーピ夫
人がドレスを台なしにした姿を見るおそれよりも，ヴィシー水を早く消化させよ
うとするねがいのほうがはるかに強かったのである．
　「たぶん，たぶん」
　「それに，広場で雨になると，あそこにはいい雨やどりがないからね，あら，
<u>もう三時？</u>」と急に叔母は顔色を変えて声をあげるのであった，「それじゃ晩禱
がはじまるわ，私のペプシンをうっかりしていた！　これでわかったわ，どうし
てヴィシー水が胃にもたれていたか．」
　〔…〕「<u>もう三時</u>，信じられないわね，時間が経つのは！」
　何かがあたったように，窓ガラスに小さな音が一つ，つづいて，上の窓から人
が砂粒をまいたかのように，ゆたかな量感の，さらさらとした落下，ついでその
落下はひろがり，そろって，一つのリズムをおび，流れとなり，ひびきとなり，
音楽となり，無数にひろがり，くまなく四面にみちた，──雨だった．〔…〕
　〔…〕「<u>でも五時にはなっていないのですよ，オクターヴの奥さま，四時半にな
ったばかりで.</u>」「<u>まだ四時半だって？</u>　それなのに私の小さなカーテンをあげて
いじわるなひるの光を入れなくてはならなかったのね．<u>まだ四時半なのに！　豊
作祈願祭の一週間まえなのに！</u>　ああ！　困ったわね，フランソワーズ！〔…〕」
（99-101：129-132，傍点強調はプルースト，下線強調は青木）

　このように，レオニー叔母とフランソワーズのおしゃべりはつづく．語
り手が時刻をいうのではなく，上にみるように，二人のおしゃべりで時刻
がわかる．それだけではない．
　ここで，この「レオニー叔母の日曜日」のセリーが，実際には，特定の
一日を観念化して〈観念化された一日〉として表出された〈観念化された
・・・・
特定の一日〉であることが順にあかされる．それは上のレオニー叔母の発
話にあるように「豊作祈願祭の一週間まえ Huit jours avant les Roga-
tions」（101：132）の日曜日，つまり，復活祭後四十日目のキリスト昇天
祭にさきだつ三日間の豊作祈願祭の一週間まえ，主人公たちがコンブレー
に着いてからひと月ほど後の日曜日である．この日付はつづくコンブレー
の司祭の発話のなかでも繰り返される．司祭は「ところで，こんどの日曜
日までお天気がもてば，豊作祈願祭でもあり，いやもうたいへんな人出に
なるでしょう」という（104：137）．さらにこの一日が，毎年繰り返され

175

るその日の集合ではなく,「その年 cette année-là」(107-108；141) という
表現で示される特定の年の特定の一日であろうことが最終的に暗示される.
のちに見るようにこの年が1892年であるとすると, この年の復活祭は4
月17日, キリスト昇天祭は5月26日, 豊作祈願祭の日曜日は5月22日
であり,「豊作祈願祭の一週間まえ Huit jours avant les Rogations」(101；
132) の日曜日は5月15日である. したがって, 〈観念化された特定の一
日〉としての「レオニー叔母の日曜日」は1892年5月15日であることに
なる.

　そのことはすでに一度, [2-2-6]「私の日曜日の午後」中の挿入⑧「フ
ランソワーズ-アスパラガス-《ジョットの慈悲》-スワン」(79-82；102-
105) のなかでほのめかされていた.

　　　私たちがじつによくアスパラガスをたべた年 L'année où nous mangeâmes tant
　　　d'asperges, いつもそれの皮を「むしる」役目を仰せつかっていた下働きの女中
　　　は, 私たちが復活祭にやってきたとき, すでに臨月に近い状態で,〔…〕. (79；
　　　103)

　「レオニー叔母の日曜日」のセリーは, まず復活祭のころの朝にはじま
り, [2-2-3]「レオニー叔母の日曜日の午前中」で, 復活祭の週という季
節が消え, かわりに「アスパラガス」があらわれてこのアスパラガスの季
節に限定される. ついで, [2-2-5]「レオニー叔母と私の日曜日の昼」で
は, アスパラガスの季節と夏とがあらわれる. [2-2-6]「私の日曜日の午
後」で, それが特定の年のことであることが暗示され, この [2-2-7]「レ
オニー叔母の日曜日の午後」で, 豊作祈願祭の一週間まえの日曜日である
ことが記され, 特定の年の特定の一日であろうことが最終的に暗示される
(107-108；140-141). そして, のちに見るように最後の [2-2-8]「レオ
ニー叔母と私の日曜日の夕食前」では, テクストは直説法単純過去のサン
ギュラティフであらわされ, この「レオニー叔母の日曜日」のイテラティ
フのセリーはその最終部分でサンギュラティフに移行する.

　上の引用に明らかなように,「レオニー叔母の日曜日」のイテラティフ
のセリーはその主要な展開をレオニー叔母とフランソワーズのおしゃべり
に負っている. つぎはそのイテラティフのセリーの最終部分である. 下線

をほどこした動詞はすべて直説法半過去におかれイテラティフを表す.

　しかし，司祭もおなじように訪問にきていて，いつおわるともしれないその長居のために叔母の力がつきはててしまったときは，フランソワーズはウーラリのあとについて自分も部屋を<u>出てゆきながら，こういうのであった</u>Françoise sortait de la chambre derrière Eulalie et disait,

　「オクターヴの奥さま，失礼します，ご休息なさってください，たいへんお疲れのようですから.」

　そして，叔母は<u>返事もせず</u> ne répondait même pas，これが最後の息かと思われるような溜息をつきながら，両目をとじ，まるで死んだようになっていた．しかし，フランソワーズがおりていったか，いかないうちに，呼鈴が四度，とびきりのはげしさで家のなかにひびきわたり，叔母はベッドに起きあがって<u>大きな声を出すのであった</u> riait,

　「ウーラリはもう帰ってしまったかい？　あのひとにきくのを忘れてしまったじゃないか，グーピの奥さんが聖体奉挙までにミサに着いたかどうかを！　早く追っかけなさい！」

　しかしフランソワーズはウーラリに追いつけなくて，<u>もどってくるのだ</u> revenait.

　「こまったねえ」と叔母は頭を<u>左右にふりながらいうのだった</u> disait ma tante en hochant la tête，「それだけはあのひとにきいておかなくてはならなかったたいせつなことなのに！」（107；140，下線強調は青木）

　こうしてイテラティフのセリーである「レオニー叔母の日曜日」はおわる．そして，語り手の挿入がはいる．例外の物語が語られる.

　レオニー叔母には，そのようにして，いつも同一のくりかえしで，生活が過ぎていくのであった．<u>彼女が軽蔑を装っているが深い愛情をこめて</u> avec un dédain affecté et une tendresse profonde，<u>彼女の《日常のこまごま petit traintrain》と呼んでいる事柄の，おだやかな千篇一律のなかに</u> dans la douce uniformité，彼女にもっとも有効な療養生活をすすめてもむだなことを各自が思い知らされて，だんだんこの日常のこまごとを尊重するようになった家のなかばかりでなく，家から三つも向こうの通りで，荷造りをする人が，箱に釘を打つまえに，叔母が「休息中ではないか」とフランソワーズのところに問いあわせるというふうに，田舎の全体においても，すべての人々にこの毎日のこまごとはまもられていた，

――この日常のこまごとが，しかしながら，一度だけ，その年に，みだされた
ce traintrain fut pourtant troublé une fois cette année-là.（107-108；140-141，
下線強調は青木）

　ここで，サンギュラティフの9)《ジョットの慈悲》のお産の夜と翌朝，
レオニー叔母の物語（108；141-142）が挿入される．ついでテクストは語
り手の言説にもどる．

　　このお産のような非常にまれな出来事以外には叔母の日常のこまごとには何の
　変化もなかった，と私がいうとき，一定の間隔をおいて，つねに同じように反復
　されながら，千篇一律のなかにさらに一種の副次的な千篇一律をもちこむにすぎ
　ないような，そんな変化もあったことを言いもらしている．たとえば，土曜日は
　いつも，午後からフランソワーズがルーサン＝ル＝パンの市場へ行くので，昼食
　は私たちみんな一時間早かった，というようなことがある．（108-109；142）

　こうして⑪土曜日の午後（109-110，114-117；142-144，148-153），⑫五
月の土曜日の夕食後，「マリアの月」の祭式に行く，そこでときどき，娘
を連れたヴァントゥイユ氏に会う（110-114；144-148）が挿入される．後
者のなかに，10)「両親がヴァントゥイユ氏を訪ねに行った日」，主人公が
家の外にいてヴァントゥイユ家3階のサロンを窓を通してのぞき見る物語
が挿入される．

　9)《ジョットの慈悲》のお産の夜と翌朝，レオニー叔母の物語（108；141-142）
　⑪ 土曜日の午後（109-110；142-144，114-117；148-153）
　⑫ 五月の土曜日の夕食後，「マリアの月」の祭式に行く，そこでときどき，娘を
　　連れたヴァントゥイユ氏に会う（110-114；144-148）
　10)「両親がヴァントゥイユ氏を訪ねに行った日」（111-112；145-146）

　1行空き（114；148）のあと，テクストは⑪土曜日の午後にもどる．そ
して語り手の言説の主題は，レオニー叔母とフランソワーズとの関係へと
ずれていく．

だんだんフランソワーズと叔母は，獣と猟師のように，たがいに相手の策略に乗らないように警戒を怠らなくなった Peu à peu, Françoise et ma tante, comme la bête et le chasseur, ne cessaient plus de tâcher de prévenir les ruses l'une de l'autre. 私の母は，できるだけひどくフランソワーズを痛めつけようとしている叔母が，フランソワーズの心の中にほんとうのにくしみをはぐくむことになるのではないかとおそれていた．それはともかくも，フランソワーズは，叔母のどんな言葉にも，どんなわずかな身ぶりにも，ますます異常な注意をはらうようになった．叔母に何かたのみごとがあると，フランソワーズは，どうやったらいいのか，自分の出かたに長いあいだ迷うのであった．そしていざその願いを口に出したとき，叔母の顔色から，叔母がどう考えていて，さてどう決断するかを読みとろうとつとめながら，叔母をこっそりと観察するのであった．(116-117：152-153)

このように，イテラティフのセリーである「レオニー叔母の日曜日」は語り手の言説によって締めくくられる．終わりに，語り手はレオニー叔母を「ルイ十四世」に比べる．さきに述べたように，つづく[2-2-8]「レオニー叔母と私の日曜日の夕食前」では，基調がサンギュラティフに移る．

ところで，[2-2-8]をのぞく「レオニー叔母の日曜日」の[2-2-2][2-2-3][2-2-5][2-2-7]は，主要な展開を登場人物の発話に負う半過去によるイテラティフのセリーであり，コンブレーの時代全体を特徴づけている．「レオニー叔母の日曜日」に属する半過去のセリー全体が観念化されて〈観念化された一日〉の部分をなしており，そのセリー全体が「習慣」として表出されているのである(8)．

「レオニー叔母の日曜日」…〈観念化された特定の一日 une journée privilégiée et idéalisée〉

〈観念化された特定の一日 une journée privilégiée et idéalisée〉とは，〈観念化された一日 une journée idéalisée〉と〈特定の一日 une journée privilégiée〉とが組み合わさったものである．

ともかく，この「レオニー叔母の日曜日」のセリーが，実際には，特に選ばれた一日 une journée privilégiée が観念化されて〈観念化された一日 une journée idéalisée〉として表出された〈観念化された特定の一日 une journée privilégiée idéalisée〉であり，その最終部分でサンギュラティフ

に移行するということがあかされて，読者はほっと安堵するかもしれない．さらに読者は，この日の午後，司祭がコンブレーの教会について，先の[2-2-4]「私の日曜日の午前中」のミサのときの語り手の言説とはまったく異なった歴史的観点，一般的評価の観点からながながとレオニー叔母に解説するに及んで，『失われた時を求めて』においてきわめて特徴的なもう一つのことがら，つまり，直接話法による登場人物の発話の引用がはたす機能の多様性にいやでも気づかざるを得ない．これは，この作品の〈長い一日〉(9) の大きな特徴のひとつである．コンブレーの〈観念化された一日〉は，〈観念化された長い一日〉であるということができる．

　しかし，この「レオニー叔母の日曜日」のセリーが〈観念化された特定の一日〉であるとすれば，さらに問題がうかびあがる．「私の日曜日」の支柱として，「典型としての，ないしはサンプルとしての」場面によって「始発的な価値をもつ」一日を構成する（Cf. Genette 1972, 142-143；122-123，および本章注9参照）というだけならば，「レオニー叔母の日曜日」はサンギュラティフの特定の〈長い一日〉で十分であろう．したがって，イテラティフの〈観念化された一日〉として描かれた「レオニー叔母の日曜日」は，支柱としての意味以上のなにかを意味していることになる．このことに関しては本章のおわりに検討する．

[2-2-8]「レオニー叔母と私の日曜日の夕食前」(*Sw.* I, 117-131；I, 153-171)

　先に述べたように，[2-2-8]「レオニー叔母と私の日曜日の夕食前」から単純過去（下線）があらわれ，物語言説はイテラティフから特定の「ある日曜日」のサンギュラティフへと移行する．

　ある日曜日 Un dimanche，叔母が司祭とウーラリとの同時の訪問を受け，それから休息をとった日曜日，私たちはそろって叔母におやすみを言いにあがった，そしてママが叔母に，いつも来客がおなじ時間にかさなる間のわるさについてなぐさめの言葉をさしむけて，「今日の午後もまたうまくいかなかったのですってね，レオニーさん」とやさしく<u>いった lui dit-elle</u> avec douceur,「お客さまをみんな一度になさったのですもの．」
　そうしたママの言葉を<u>さえぎって ma grand-tante interrompit</u>,「福がどっさり…」と大叔母がいった，というわけは，大叔母はその娘のレオニーが病気になって以来，いつでも物事のいい面を娘に見せるようにして，その気分をひきたた

せなくてはならないと思っていたからだ．しかし，私の父が口を切って，「ちょうどいい機会だ」と言った dit-il，「みんなが集まっているから，ここでお話しよう，別々にやりなおす手間がはぶけるからね．じつは気になるんだが，私たちはルグランダンとうまく行っていないのじゃないかなあ，けさはろくに私にこんにちはともいわなかった．」

　私はそこに残って父の話をきこうとはしなかった Je ne restai pas pour entendre le récit de mon père，なぜなら，私たちがミサのあとでルグランダン氏に出会ったとき，私はちょうど父といっしょにいたからだ．それで私は夕食の献立をききに台所におりていった et je descendis，献立は新聞に出るニュースのように私の毎日のたのしみであり，また祭典のプログラムのように私を興奮させた．（117-118；153-154）

「その日」ミサのあとでルグランダン氏に出会ったときの物語がここで語られる．

ルグランダン氏は，教会を出ると，私たちが顔だけを知っている近くの城館の女主人とならんで歩きながら，私たちのそばを通っていたので，父は親しみと控え目とをいっしょにした挨拶を送っただけで，私たちは立ちどまらなかった．ルグランダン氏は，私たちをよく知らないかのように，ちょっとおどろいたようすをしただけで，ほとんど挨拶に答えたとは思われなかった，〔…〕．

　ところで，ルグランダンと同伴していた婦人は，貞淑で，人望の高い婦人であった，だから，彼がこっそり会っていて，それが見つかってこまったのだ，というようなことは問題にはなりえなかったので，父はどうして自分がルグランダンの気にいらなかったのであろうといぶかしく思った．〔…〕しかし家族会議の結果は，父が気をまわしているか，ルグランダンがそのとき何かに気をとられていたか，どちらかだとする意見に全員一致した．（118；154）

ついで一日の時間経過では挿入前のつづきである，下働きの女中のイテラティフの物語が導入される．つづく段落は「しかし mais」で連結され，物語は「その日」に，テクストはサンギュラティフにもどる．イテラティフの物語とサンギュラティフの物語とが対比される．

　私が献立をききに降りていくその時刻には À cette heure où je descendais apprendre le menu，夕食の支度はもう始まっていて，フランソワーズは，まるで

第2章　コンブレーの時代

巨人たちが料理人として召しかかえられている妖精の国でのように，彼女の助手となった自然の力を指揮しながら，石炭をたたいて割ったり，じゃがいもをむすために蒸気を通したり，数々の料理の傑作をできあがりぴったりに火をとめたりするのだが，それらの料理は陶工たちがつくりだした容器のなかでさきに材料の下準備ができていたのであって，〔…〕．〔…〕

スワンが命名したかわいそうなジョットの慈悲は，フランソワーズからアスパラガスの皮を「むしる」ことを仰せつかり，アスパラガスをかごに入れて，自分のそばに置いていたが，そのようすは，まるで地上の不幸という不幸をことごとく感じているように痛々しかった，〔…〕．〔…〕

<u>しかし</u> Mais ルグランダンに出会ったことについて父が家族の人たちの意見を求めているあいだに私が台所に降りて行った日は le jour où, pendant que mon père consultait le conseil de famille sur la rencontre de Legrandin, je descendis à la cuisine, ジョットの慈悲が産後非常にからだをわるくして，まだ起き上がれなかった日であり，フランソワーズは手つだう者がいないのでおくれていた．私が下におりたとき，彼女は鶏舎に面した下台所で一羽の若鶏を締めているところであったが，〔…〕．<u>そしてじっさい Et en réalité</u>，誰もが私とおなじように，そのような卑怯な計算をしなくてはならなかったのだ．（119-120：155-157，下線強調は青木）

段落の途中に「そしてじっさい Et en réalité」があらわれると，語り手の挿入がはいる．⑬「フランソワーズの冷酷さ−《ジョットの慈悲》−アスパラガス」（120-122：157-160）である．11）「下働きの女中がお産をしてからあとのある夜中に」（121-122：158-159）のエピソードが挿入され，ついで 12），13）とルグランダンの物語が挿入される．

12）その後のある日曜日，前日ルグランダン氏に夕食の招待をうけていた主人公は彼とテラスで夕食をともにする，スノッブの発見（122-128：160-167）
13）「ある年，私を祖母といっしょにバルベックで夏やすみを過ごさせようと家人が考えていたとき」，コンブレーでルグランダンに会う（128-131：167-171）

この［2-2-8］「レオニー叔母と私の日曜日の夕食前」のテクストは，サンギュラティフであることによって，日々の推移をしめす軸上で定点を占め，「コンブレーⅡ」のなかで，ゆいいつ日々の経過という時間性を生じ

182

させる．〈観念化された特定の一日〉である「レオニー叔母の日曜日」
（1892年5月15日）は，アスパラガスの年の豊作祈願祭の一週間まえの日曜
日であり，レオニー叔母が「グーピ夫人が聖体奉挙がおわったあとでミサ
に着いたかどうか」を一日中気にかけていた日であり，ウーラリと司祭の
同時の訪問をうけた日であり，また主人公一家がはじめてルグランダンの
スノッブの正体に気づいた日である．この年は，一家が夏のあいだ毎日ア
スパラガスを食べた年であり，スワンに《ジョットの慈悲》と呼ばれた女
中がフランソワーズの下働きとして毎日アスパラガスの皮むきを仰せつか
っていた年，その女中がお産をした年，暇をとって出ていった年である．
　ところで，テクストは「土曜日の午後のレオニー叔母」のテクスト以降，
あきらかに「螺旋」をえがきはじめ，フランソワーズも支柱に絡みつくか
ぽそい蔦であることをやめる．それは⑬「フランソワーズの冷酷さ‐《ジ
ョットの慈悲》‐アスパラガス」（120-122：157-160）の物語にあきらかに
示される．その年の夏，主人公一家が毎日アスパラガスを食べたのは，ア
スパラガスの皮をむく下働きの女中《ジョットの慈悲》がその匂いのため
にひどい喘息の発作をおこすからで，皮むきを命ずるフランソワーズの策
略にこの女中は暇をとって出て行かなければならなくなる（122：159-160）．
　そして，そうしたフランソワーズと「獣と猟師のように comme la bête
et le chasseur」（116：152）警戒し合うレオニー叔母のイメージを最終的
に決定づけるのが，「散歩」の［2-2-9-2］「ゲルマントのほう」に含まれ
る「ヴィヴォーヌ川の睡蓮」のテクストである．

　　やがてヴィヴォーヌの流れは水生植物でふさがれる．はじめは孤立してぽつぽ
　つとあらわれるが，それらの一つ，たとえば睡蓮の茎は，あいにく水流を横ぎっ
　て生えていたために，水流はほとんどそれに休息をゆるさず，まるで機械で動か
　される渡し船のように comme un bac actionné mécaniquement，一方の岸に近
　づいたかと思うと，すぐにまた元の岸におしもどされ，永久にそうした往復をく
　りかえしていた refaisant éternellement la double traversée．向こう岸におしや
　られるその花梗は，するするとのび，長くなり，ぴんと張って，その限度まで行
　って岸に達すると，そこでふたたび水流にとらえられ，そのみどりの綱はぐるぐ
　ると巻かれ，あわれな植物はまた出発点に連れもどされたが，そこに一秒もじっ
　としてはいず，おなじ操作をくりかえすためにまたそこから出ていったから，そ
　こはそれだけ出発点と呼ばれるにふさわしかった．私は散歩をかさねるたびに，

その睡蓮がいつもおなじ状況にあるのを見出したが，それはある種の神経症の患者を連想させたのであって，祖父によるとレオニー叔母もそのなかにはいるそした患者たちは，くる年もくる年も，あすこそはふりすてようと思っている奇妙な習慣の場を，いつまで経ってもかわることなくわれわれに見せつけるのである，そのように，不快感や偏執の歯車仕掛けに dans l'engrenage de leurs malaises et de leurs manies 巻き込まれて，そこからのがれでようとして彼らがいたずらにもがきつづける努力は，かえって歯車のはたらきを確実にし，彼らの奇妙な，避けられない，不吉な療養生活のぜんまいを，巻きしめるばかりなのだ．この睡蓮はまさにそれであった．この睡蓮はまた，永遠にわたってかぎりなくくりかえされる奇異な責め苦 le tourment singulier, qui se répète indéfiniment durant l'éternité でダンテの好奇心をそそったあの不幸な人々の誰かに似ていたが，そのダンテは，足を早めて遠ざかってゆくウェルギリウスから，大いそぎで自分についてくるようにと——私が両親からそうされたように comme moi mes parents ——強制されなかったら，責め苦の特異さとその原因とを，責め苦を受けている当人からもっと長々と話してもらったことだろう．（166-167；217-218）

　ここでのダンテへの言及は主人公がゲルマントのほうの散歩で，ダンテの『地獄篇』のみちゆきを思い浮かべていたであろうことを想起させる．だから主人公はウェルギリウスに声をかけられたダンテに自分を重ねたのである．そして，［2-1］「コンブレーⅠ」が「このいびつなピラミッド cette pyramide irrégulière」（43；55）と形容されていたように，いやがおうでも読者に［2-2］「コンブレーⅡ」のかたちを想起させる．「コンブレーⅡ」は『地獄篇』と同じく「逆円錐形」をしているのではないかと[10]．
　3行空き（131；171）のあと，テクストは「散歩」の物語へと移行する．

［2-2-9］「散歩」：「メゼグリーズのほう」と「ゲルマントのほう」（131-181；171-235）

　　私たちは夕食の前にちょっと叔母を見舞うことができるようにというので，散歩からはいつも早めに帰った．（131；171）

　このように「散歩」はまず倒置から，つまり散歩から帰ってレオニー叔母を見舞う場面から始まる．そして物語は「メゼグリーズのほう」と「ゲルマントのほう」とに場合分けされる．両者ともに散歩の進行と平行して

テクストが進むために，テクストの形がそれぞれの「ほう」の地形に似て
くる．まず [2-2-9-1]「メゼグリーズのほう」へ出かけた散歩が語られ，
ついで 1 行空き（163；213）のあと，物語は [2-2-9-2]「ゲルマントのほ
う」への散歩へ移る．「散歩」の物語は最後に「エピローグ」とでもいう
べき語り手の言説（181-183；236-239）によって締めくくられる．

[2-2-9-1]「メゼグリーズのほう」（133-163；174-213）

　この「ほう」はまた「スワン家のほう」とも呼ばれ，主人公たちは「ス
ワンさんの庭園の白い柵に沿ってとおっている道を通って町を離れる」
（133；174）．そして，「いったん野原にはいると，あとはこの散歩のあい
だじゅう，野原から抜けでることはなかった」（143；187）．「メゼグリー
ズのほうでは，どこまでも風を道連れの散歩であって，この中高の平野で
は，数里にわたって，風は土地のどんな起伏にも出会わないのだ」（同上）．
またメゼグリーズのほうのモンジューヴァンにヴァントゥイユ氏が住んで
おり「途中で二輪馬車を全速力で駆っている彼の娘とたびたびすれ違っ
た」（145；189）．ついで 5 つに場合分けされるが，その要因は天気である．

　　[場合1]「しばしば太陽は雲のかげにかくれた」（148；193）
　　[場合2]「しかしまたあるときは雨がふり出すこともあった」（同上）
　　[場合3]「しばしばまた私たちは，サン＝タンドレ＝デシャンの正面玄関の下
　　　　に行って，石の聖人たちや石の総大司教たちとまじりあって雨宿りをした」
　　　　（149；194）
　　[場合4]「ときどき，天気はすっかりくずれてしまい，家にひきかえしてとじ
　　　　こもらなければならなくなることもあった」（150；196）
　　[場合5]「天気が朝から悪ければ，私の両親は散歩を断念し，私は外出しない
　　　　のであった」（151；196）

　厳密に言えば，5 番目のケースは散歩に出かけないのであるから「メゼ
グリーズのほう」のテクストにはあらわれないが，論理的にはこのように
5 つの場合が並置されている．

　つぎに「メゼグリーズのほう」のテクストに挿入される物語を見る．

　14)「ある日」「リラの花時もおわりに近づこうとしていた」，ばら色のさんざし，

ジルベルト・スワンとの初めての出会い，レオニー叔母（134-143；175-187）

15)「その年 cette année-là，いつもよりすこし早めて両親がパリに帰る日をきめたちょうどその出発の朝」，主人公は写真をとるために髪を巻き毛にされ，帽子を入念にかぶらされ，ビロードのキルティングのコートを着せられていた，その年のさんざしとの別れ（143；186-187）

⑭　ヴァントゥイユ父娘（145-148；189-193）

16)「ある日」，スワンといっしょに道でヴァントゥイユ氏と顔をあわせる（147；191-192）

⑮　フランソワーズ，テオドール，レオニー叔母（149-150；194-195）

⑯　レオニー叔母の死，その年の秋のひとりの散歩（151-157；196-204）

17)「そうした散歩のある日」主人公は受けた印象と，その印象を表現する日常の言葉とのあいだの食い違いに，はじめて心を打たれる（153-154；199-200）

18)「数年後 quelques années plus tard」，主人公は，ヴァントゥイユ氏の喪に服しているヴァントゥイユ嬢を窓からみる（157-161；204-210）

⑰　サディズムの発見（161-163；210-213）

1行空き（163；213）のあと，物語は「ゲルマントのほう」へ移る．

［2-2-9-2］「ゲルマントのほう」（163-166；213-236）

ゲルマントの方の散歩は道のりが長かったから，天気のいい日，「みんなは昼食がすむとただちに庭の裏門からでかけた」（163；213）．ペルシャン通り，ロワゾー通りをとおって，「木陰の遊歩道までくると，木々のあいだにサン＝チレールの鐘塔が姿をあらわす」（164；214）．

ゲルマントのほうのもっとも大きな魅力，それは散歩のあいだずっとかたわらにヴィヴォーヌ川の流れがあることだった．家をあとにしてから十分ほどたって，ポン＝ヴィユーと呼ばれる小橋の上から私たちは最初にこの川を渡るのであった．（164；214-215）

ついで「ポン＝ヴィユーのたもとから引き船の小道に出る」（165；215）．実際にテクストはこのヴィヴォーヌ川の流れにそって進み，「ヴィヴォーヌ川に沈められたガラスびん」（166；216-217），「ヴィヴォーヌ川の睡蓮」（166-167；217-218），「睡蓮の花園」，「午後のお茶の時間」など，地点地点の回想が織り込まれる．

そしてその最終地点から長い物語のセリーが挿入される．最終地点とは，実際に主人公たちが散歩をした道筋が終わる地点ではなくてヴィヴォーヌ川の水源地であって，それは主人公の思考の中だけにしか存在しない．その地点はまた「地獄の入り口」と比べられる．

　　とうとうゲルマントのほうの散歩では，私たちはヴィヴォーヌ川の源までさかのぼることはできなかったが，その源のことを私はしばしば考えたものだった，それは私にとって，いかにも抽象的，観念的な存在であったので，それがコンブレーから何キロか離れたおなじ県内にあると聞かされたときには，<u>地球上にはべつに定められたある地点があって，太古においては，そこに地獄の入り口があいていた，ということを知った日のように</u>私はびっくりした．とうとう私たちはまた，ゲルマントまで，つまり私があんなにたどりつきたいとねがっていた<u>このほうの最終地点まで</u> jusqu'au terme que j'eusse tant souhaité d'atteindre，<u>足をのばすことはできなかった．</u>（169：220-221，下線強調は青木）

この最終地点から始まる物語を見る．

⑱　ヴィヴォーヌ川の源，ゲルマント公爵夫妻（169-170：221-222）
⑲　詩作への夢想，天職（170-171：222-224）
19）ペルスピエ医師の娘の結婚式：ゲルマント公爵夫人を初めて見た日（171-176：224-229）
⑳　天職（176：229-231）
20）「それでも一度」，主人公はマルタンヴィルの鐘塔に感激して短文を綴る（176-180：231-234）

　ついで物語は「ゲルマントのほう」からの帰り道にもどり，そして主人公は就寝の苦しみを意識する（180：234-235）．「散歩」のテクストは終わり，時刻の軸上ではそのあとに，「午後の終わりから就寝まで」に対応する［2-1］「コンブレーⅠ」の物語が続くことになる．
　最後に［2-10］エピローグ（181-183：235-239）が語られる．

［2］「コンブレーの時代」の時間形成

　「コンブレーの一日」の時刻の軸上でもっとも大きな単位であり時間的に特定されているのは，「レオニー叔母の日曜日」である．

第2章 コンブレーの時代

「レオニー叔母の日曜日」のイテラティフのセリーは，まず復活祭のころの朝にはじまり，[2-2-3]「レオニー叔母の日曜日の午前中」で，復活祭の週という季節が消え，かわりに「アスパラガス」があらわれてこのアスパラガスの季節に限定される．ついで，[2-2-5]「レオニー叔母と私の日曜日の昼」では，アスパラガスの季節と夏とがあらわれる．[2-2-6]「私の日曜日の午後」で，それが特定の年のことであることが暗示され，この [2-2-7]「レオニー叔母の日曜日の午後」で，豊作祈願祭の一週間まえの日曜日であることが記され，特定の年の特定の一日であろうことが最終的に暗示される（107-108；140-141）．そして，最後の [2-2-8]「レオニー叔母と私の日曜日の夕食前」では，テクストは直説法単純過去のサンギュラティフであらわされ，この「レオニー叔母の日曜日」のイテラティフのセリーはその最終部分でサンギュラティフに移行する．

〈観念化された特定の一日〉としての「レオニー叔母の日曜日」は，アスパラガスの年の豊作祈願祭の一週間まえの日曜日であり，レオニー叔母が「グーピ夫人が聖体奉挙がおわったあとでミサに着いたかどうか」を一日中気にかけていた日であり，ウーラリと司祭との同時の訪問をうけた日であり，また主人公一家がはじめてルグランダンのスノッブの正体に気づいた日である．

この年は，一家が夏のあいだ毎日アスパラガスを食べた年であり，スワンに《ジョットの慈悲》と呼ばれた女中がフランソワーズの下働きとして毎日アスパラガスの皮むきを仰せつかっていた年，その女中がお産をした年，暇をとって出ていった年である．

したがって，「コンブレーⅠ」「コンブレーⅡ」に記された物語は，以下の５つに分類することができよう．第１にコンブレーの時代に先だつもの，第２に，この時代のこの特定の「レオニー叔母の日曜日」との前後関係がわかるもののうち，この日以前の物語，第３にこの日以後の物語，第４に，時間的にある程度限定されているが特定するにはいたらずこの一日との前後関係も不明であるか，あるいは，対象とする物語時間がコンブレーの時代全体に及ぶもの，第５に，復活祭にコンブレーを訪れなくなって以降の，つまりコンブレーの時代以降の物語，である．ここでは，物語を以上の５つに分類するだけにとどめよう（⊂[2-1-2] はその物語が導入されるテクスト単位をしめす）．

挿入される物語：「コンブレーの時代」以前

① スワンさんの父親（14-15；19-20）⊂ [2-1-2]「お客のいる晩」

6)「私の幼いころ，私たちがコンブレーに来るようになる前 avant que nous allions à Combray，レオニー叔母がまだパリの彼女の母親の家で冬をすごしていたころ，私がまだフランソワーズをよく知らなかったとき」の元旦（52；67，イテラティフ）⊂ [2-2-2]「レオニー叔母と私の日曜日の朝」

⑦「演劇にたいする私のプラトニックな愛‐アドルフ叔父‐ばら色の婦人」（71-79；92-102），「そののち，コレージュにはいったころ Plus tard, quand je fus au collège」（73；95）⊂ [2-2-6]「私の日曜日の午後」

7)アドルフ叔父のところで「ばら色の婦人〔オデット〕」に出会う，「ある日，私たちからの訪問にあてられていた日ではない日に，〔…〕まっすぐ叔父の家に駆けつけた」（74-79；95-102）⊂ [2-2-6]「私の日曜日の午後」

挿入される物語：「コンブレーの時代」の，「レオニー叔母の日曜日」との前後関係がわかるもののうち，「レオニー叔母の日曜日」以前の物語

1)「ある日 un jour」，パリで，夕食後，夜会服のままでとことわりながら，スワンが私たちを訪ねにきた（18；23）⊂ [2-1-2]「お客のいる晩」

2)「それでも，ある日 Pourtant un jour」，祖母が，聖心女学院時代に知り合ったある婦人（ヴィルパリジ夫人）にたのみごとがあって会いに行ったとき（20；26）⊂ [2-1-2]「お客のいる晩」

3)「しかし一度」，祖父がある新聞で，スワン氏が某公爵家の日曜日の午餐会 les déjeuners du dimanche のもっとも熱心な常連の一人であることを読む（20-21；27）⊂ [2-1-2]「お客のいる晩」

4)「スワンが夕食に来ることになっている日の前日」（22-23；28-29）⊂ [2-1-2]「お客のいる晩」

5)「就寝のドラマ」（23-43；30-55）＜ [2-1-3] スワンが夕食に訪れた晩：就寝のドラマ

⑤ ルグランダンの物語，「ミサから帰るときに，私たちはよくルグランダン氏に出会った」（66-67；86-87）⊂ [2-2-4]「私の日曜日の午前中」

⑧「フランソワーズ‐アスパラガス‐《ジョットの慈悲》‐スワン」（79-82；102-105），「私たちがじつによくアスパラガスをたべた年 L'année où nous mangeâmes tant d'asperges，いつもそれの皮を「むしる」役目を仰せつかってい

た下働きの女中は，私たちが復活祭にやってきたとき quand nous arrivâmes à Pâques，すでに臨月に近い状態で，かわいそうにまるで病人同様であったが」（79；103）⊂[2-2-6]「私の日曜日の午後」

9)《ジョットの慈悲》のお産の夜と翌朝，レオニー叔母の物語（108；141-142）⊂[2-2-7]「レオニー叔母の日曜日の午後」

11)「下働きの女中がお産をしてからあとのある夜中に」（121-122；158-159）⊂[2-2-8]「レオニー叔母と私の日曜日の夕食前」

挿入される物語：「コンブレーの時代」の，「レオニー叔母の日曜日」との前後関係がわかるもののうち，「レオニー叔母の日曜日」以後の物語

12) その後のある日曜日，前日ルグランダン氏に夕食の招待をうけていた主人公は彼とテラスで夕食をともにする，スノッブの発見（122-128；160-167）⊂[2-2-8]「レオニー叔母と私の日曜日の夕食前」

15)「その年 cette année-là，いつもよりすこし早めて両親がパリに帰る日をきめたちょうどその出発の朝」，主人公は写真をとるために髪を巻き毛にされ，帽子を入念にかぶらされ，ビロードのキルティングのコートを着せられていた，その年のさんざしとの別れ（143；186-187）⊂[2-2-9-1]「メゼグリーズのほう」

⑮ フランソワーズ，テオドール，レオニー叔母（149-150；194-195）⊂[2-2-9-1]「メゼグリーズのほう」

⑯ レオニー叔母の死，その年の秋のひとりの散歩（151-157；196-204）⊂[2-2-9-1]「メゼグリーズのほう」

17)「そうした散歩のある日」主人公は受けた印象と，その印象を表現する日常の言葉とのあいだの食い違いに，はじめて心を打たれる．（153-154；199-200）⊂[2-2-9-1]「メゼグリーズのほう」

挿入される物語：「コンブレーの時代」の時間的にある程度限定されているが特定するにはいたらずこの一日との前後関係も不明であるか，あるいは，対象とする物語時間が「コンブレーの時代」全体に及ぶ物語

② 息子のスワンさんの社交生活に対する私の家族の無知（15-18；20-23）⊂[2-1-2]「お客のいる晩」

③ [2-2-1] プロローグ：レオニー叔母の部屋へ（387-388；513-515）

④ フランソワーズの物語（52-54；66-69）

「私たちが着く復活祭の前日 le jour de notre arrivée, la veille de Pâques」（53；67）⊂[2-2-2]「レオニー叔母と私の日曜日の朝」

⑥　ウーラリとレオニー叔母の物語（68-70；88-90）⊂[2-2-5]「レオニー叔母と私の日曜日の昼」

⑨「フランソワーズ-庭師」（87-89；112-114）⊂[2-2-6]「私の日曜日の午後」

⑩「スワン-ベルゴット-ブロック-スワン嬢」（89-99；114-129）⊂[2-2-6]「私の日曜日の午後」

8)「一度，私にとってまったく新しい作家のベルゴットという人の本を読んでいたとき，スワンが訪ねてきて読書を中断し，注釈を加えたことがあった」，「ある日曜日に，庭で読書中，家の人たちを訪ねてきたスワンにさまたげられたことがあった．」（89；114，96-98；125-128）⊂[2-2-6]「私の日曜日の午後」

⑪　土曜日の午後（109-110；142-144，114-117；148-153）⊂[2-2-7]「レオニー叔母の日曜日の午後」

⑫　五月の土曜日の夕食後，「マリアの月」の祭式に行く，そこでときどき，娘を連れたヴァントゥイユ氏に会う（110-114；144-148）⊂[2-2-7]「レオニー叔母の日曜日の午後」

10)「両親がヴァントゥイユ氏を訪ねに行った日」（111-112；145-146）⊂[2-2-7]「レオニー叔母の日曜日の午後」

14)「ある日」「リラの花時もおわりに近づこうとしていた」，ばら色のさんざし，ジルベルト・スワンとの初めての出会い，レオニー叔母（134-143；175-187）⊂[2-2-9-1]「メゼグリーズのほう」

⑭　ヴァントゥイユ父娘（145-148；189-193）⊂[2-2-9-1]「メゼグリーズのほう」

16)「ある日」，スワンといっしょに道でヴァントゥイユ氏と顔をあわせる（147；191-192）⊂[2-2-9-1]「メゼグリーズのほう」

⑱　ヴィヴォーヌ川の源，ゲルマント公爵夫妻（169-170；221-222）⊂[2-2-9-2]「ゲルマントのほう」

⑲　詩作への夢想，天職（170-171；222-224）⊂[2-2-9-2]「ゲルマントのほう」

19)　ペルスピエ医師の娘の結婚式：ゲルマント公爵夫人を初めて見た日（171-176；224-229）⊂[2-2-9-2]「ゲルマントのほう」

⑳　天職（176；229-231）⊂[2-2-9-2]「ゲルマントのほう」

20)「それでも一度」，主人公はマルタンヴィルの鐘塔に感激して短文を綴る．（176-180；231-234）⊂[2-2-9-2]「ゲルマントのほう」

㉑　[2-10]エピローグ（181-183；235-239）

第
2
章

コ
ン
ブ
レ
ー
の
時
代

挿入される物語：復活祭にコンブレーを訪れなくなって以降の，つまり「コンブレーの時代」以降の物語

13)「ある年，私を祖母といっしょにバルベックで夏やすみを過ごさせようと家人が考えていたとき」，コンブレーでルグランダンに会う（128-131；167-171）⊂[2-2-8]「レオニー叔母と私の日曜日の夕食前」

18)「数年後 quelques années plus tard」，主人公は，ヴァントゥイユ氏の喪に服しているヴァントゥイユ嬢を窓からみる（157-161；204-210）⊂[2-2-9-1]「メゼグリーズのほう」

⑰　サディズムの発見（161-163；210-213）⊂[2-2-9-1]「メゼグリーズのほう」

3．[2]「コンブレーの時代」のクロノロジーと
参照される歴史的事象

　[2]「コンブレーの時代」に挿入される物語には多くのサンギュラティフのエピソードが含まれる．それらのエピソードのみではなく，さらに従属節の細部に書き込まれた出来事まですべて書き出してクロノロジーを作成するというスティールの試みがいかに困難なものであるか，またその必要性があるのか，考えさせられる．たとえば，[2-1]「コンブレーⅠ」中の[2-1-2]「お客のいる晩」の２番目の挿入エピソードのテクストから，スティールは「祖母が寄宿学校時代にヴィルパリジ夫人と知り合った」ことを，出来事として，『失われた時を求めて』のクロノロジーの第１番目にあげている（STEEL 1979, 8）．

　　それでも，ある日，私の祖母が，聖心女学校時代に知りあったある婦人 une dame qu'elle avait connue au Sacré-Cœur にたのみごとがあって会いに行ったとき（その人とは，たがいに好意をもちながら，カストにたいする私たちの考えかたから，祖母は交際をつづける間柄になろうとはしなかったのであった），有名なブーイヨン家のそのヴィルパリジ侯爵夫人がこういった，〔…〕．（20；26）

　さらに，[2-2]「コンブレーⅡ」中の[2-2-7]「レオニー叔母の日曜日の午後」におけるコンブレーの司祭の発話の途中で，括弧による挿入としてこのことが言及される．

（私の祖母は他人の係累には無頓着すぎたので，人の名といえばすべて混同し，ゲルマント公爵夫人の名が出るたびに，ヴィルパリジ夫人の親戚にちがいないと言いはるようになってしまった．みんながどっと笑うと，祖母は何かの通知状をひきあいに出して，「それにはゲルマント家と書いてあったのをおぼえているような気がしたのだけれど」と弁明につとめた．一度だけ私も，祖母の寄宿学校時代の友達のヴィルパリジ夫人とジュヌヴィエーヴ・ド・ブラバンの後裔にあたるゲルマント公爵夫人とのあいだに親戚関係があるとは思えなくてほかの人たちといっしょになって祖母に反対したことがあった Et pour une fois j'étais avec les autres contre elle, ne pouvant admettre qu'il y eût un lien entre son amie de pension et la descendante de Geniviève de Brabant.）（102-103；134）

　のちに主人公がバルベックでヴィルパリジ夫人と交際を始め，ゲルマント家の人たちとの交際に発展していく経緯において，「祖母が寄宿学校時代にヴィルパリジ夫人と知り合った」ことがいかに重要なできごとであるか，[6]「バルベックⅠ」では幾度も語られることになる．したがって，スティールがこのできごとをクロノロジーの最初に置いたことはたしかに納得できることであろう．しかしながら，このできごとは出来事として語られてはいない，つまり物語時間中に時点をもつものとしては語られていない．挿入節のなかで語られる事項をも出来事とみなしてその順序を問題にしてテクストにおける時間の「偏在性」をいうことは，物語時間の形成を考える本書の問題意識とはまったく別のものである．

　他方，一度時点をもったできごととして語られた物語が，のちに言及されることがある．それはできごとの順序を考えるうえでの貴重な示唆として考慮しなければならないものである．さらにさまざまなやりかたで参照される歴史上の出来事が，本書においてクロノロジーを考えるさいの重要な資料となる．

［2-1-3］「就寝のドラマ」と「レオニー叔母の日曜日」の日付

　「コンブレーの一日」の時刻の軸上でもっとも大きな単位であり時間的に特定されているのは，「レオニー叔母の日曜日」である．

　〈観念化された特定の一日〉である「レオニー叔母の日曜日」は，アスパラガスの年の豊作祈願祭の一週間まえの日曜日であり，レオニー叔母が

第2章 コンブレーの時代

「グーピ夫人が聖体奉挙がおわったあとでミサに着いたかどうか」を一日中気にかけていた日であり，ウーラリと司祭の同時の訪問をうけた日であり，スワンに《ジョットの慈悲》と呼ばれた女中が産後まだ起きあがれないでいた日であり，また主人公一家がはじめてルグランダンのスノッブの正体に気づいた日である．この年は，一家が夏のあいだ毎日アスパラガスを食べた年であり，その女中がフランソワーズの下働きとして毎日アスパラガスの皮むきを仰せつかっていた年，その女中がお産をした年，暇をとって出ていった年である．

したがって，先に，「コンブレーⅠ」「コンブレーⅡ」に記されたできごとを，第1にコンブレーの時代に先だつもの，第2と第3にこの時代のこの特定の一日との前後関係がわかるもの，つまり，この日以前の物語とこの日以後の物語，第4に，時間的にある程度限定されているが特定するにはいたらずこの一日との前後関係も不明であるか，あるいは，対象とする物語時間がコンブレーの時代全体に及ぶもの，第5に，復活祭にコンブレーを訪れなくなって以降の，つまりコンブレーの時代以降の物語，というように特徴づけた．

「コンブレーⅡ」で主人公はつぎのように [2-1-3]「就寝のドラマ」（23-43：30-55）の物語を回想している．

> そのとき私は，やがて寝にあがる私の部屋にママがきてくれそうもないのでひどく悲しかったあの晩餐について，その晩餐の席でレオン大公夫人邸の舞踏会などは大したものではない，とスワンがいったことについてもう一度よく考えた Je repensai alors à ce dîner où j'étais si triste parce que maman ne devait pas monter dans ma chambre et où il avait dit que les bals chez la princesse de Léon n'avaient aucune importance. (97：126-127)

これは，[2-2-6]「私の日曜日の午後」に挿入される物語，⑩「スワン－ベルゴット－ブロック－スワン嬢」（89-99：114-129）に含まれるサンギュラティフの物語8)「ある日曜日，庭で読書中に，家の人たちを訪ねてきたスワン」のエピソード中にあらわれる一節である．したがって，この「ある日曜日」が「就寝のドラマ」よりのちであることは明白である．こ

の日，主人公はスワンからスワン嬢の話をきく．しかし，このときの主人公の年齢を考えると，1年以上のちのことであるとは考えがたい．主人公が，1年以上もたってから，スワンの話の細部を思いだして考えたとするよりも，同じ年のうちのできごとであるとしたほうが自然である．そこで，「就寝のドラマ」と同じ年に，主人公はスワンの話からスワン嬢の存在を知ったということになろう．

主人公は家族の会話からスワン夫妻に娘がいることを知っていた．しかしこのときまでその存在を意識したことはなかった．「スワン嬢」という表現がテクストに表われるのもこれが最初である．そしてこの同じ「ある日曜日」のつづきに次の一節があらわれる．

> しかしその日，スワン嬢がいかにもまれな条件をそなえた存在で，まるで自然の大気のなかにいるようにじつに多くの特権にひたっているということ，〔…〕を知ったとき，私はそんなスワン嬢の存在の価値を身に知ると同時に，いかにも私が彼女の目に粗野な，無知な男に見えることを痛感した，そして，彼女の友達になることが私にとってどんなに甘美であり，またどんなに不可能であるかを如実に感じて，欲望と同時に絶望に満たされたのであった．<u>いまや maintenant</u> 彼女のことを思うとき，ほとんどいつも私が目に見るのは，どこかの大聖堂の正面入口のまえで，影像があらわす意味を私に説明しながら，そして私をほめるような微笑を浮かべながら，私を自分の友達としてベルゴットに紹介するそんな彼女の姿であった．そのようにして，大聖堂が私の心に生みだすあらゆる思考の魅力，イル＝ド＝フランスの丘とノルマンディの平野の魅力が，私の描くスワン嬢の映像の上に，つねにその美しい反映をただよわせるのであった，つまり，私はすっかり彼女を愛する態勢にはいっていたのだ．あるひとを愛することによってわれわれがはいろうとしている未知の生活にそのひとも協力していると信じることこそ，愛が生まれるために必要なすべてのなかで，愛にとってもっともたいせつなものであり，それ以外はそれほど重くは見られないのである．（98-99；128-129, 下線強調は青木）

引用テクストにあらわれる「いまや maintenant」がこの「ある日曜日」よりのちであることも同様に明白である．しかし，⑩「スワン-ベルゴット-ブロック-スワン嬢」のセリーを，〔コンブレーの時代全体を対象とするもの，あるいは「レオニー叔母の日曜日」との前後関係が不明なもの〕のうちに分類したのは，その「いまや」と「レオニー叔母の日曜日」との

前後関係が問題になることがないからである．

さて，先の引用箇所にあるように，[2-1-3]「就寝のドラマ」は「レオン大公夫人邸の舞踏会」と結びつけられる．その日晩餐が始まるまえに，庭のテーブルに腰かけて家の人たちと話をしていたときに，スワンは新聞のなかで「ギリシアの王妃がカンヌに行ったとか，レオン大公夫人が仮装舞踏会を催したとかを読むようにすることです」と，「上流社交界のある種の人々が装うあの軽蔑をあらわしながら」言ったのである（26：33）．

ところで，「レオン大公夫人邸の仮装舞踏会」は史実であり，1891 年 5 月 29 日に開催された．したがって，「就寝のドラマ」は同年の夏の出来事であろうと考えられる．

この「就寝のドラマ」は，「コンブレーの時代」には含まれるが〈特定の一日〉との前後関係は不明である．しかしながら，「レオニー叔母の日曜日」の〈特定の一日〉が「就寝のドラマ」に先立つと考えるには無理があるように思われる．おそらく読者にとって，テクストの順序どおりに，「就寝のドラマ」がおこったのちに「レオニー叔母の日曜日」があったと考えるのが自然であろう．「就寝のドラマ」の主人公が「レオニー叔母の日曜日」の主人公より幼く思われるのではないだろうか．

アシェによる「コンブレーの時代」のクロノロジーの問題点

本書では，序章で述べたように，時間形成の分析結果と著しい不整合がないかぎり，アシェの説をとることにする．ここで，問題になるのは，[2]「コンブレーの時代」の唯一の参照される歴史的事象である「レオン大公夫人邸の仮装舞踏会」とどう折り合いをつけるかである．

アシェは「就寝のドラマ」をコンブレーの時代の初年である 1890 年とし，1891 年 5 月 29 日の「レオン大公夫人邸の仮装舞踏会」と 1 年のずれがあるが，アシェは「プルーストは軽い間違いをしている」という（HA-CHEZ 1985, 366）．しかしながら，「レオン大公夫人邸の仮装舞踏会」が「コンブレーの時代」のテクストにおける唯一の参照される歴史的事象であるにもかかわらず，物語のクロノロジーをその日付とずらして考える根拠を，アシェは示していない．おそらくアシェは，主人公がコンブレーにでかけるようになった初めての年に「就寝のドラマ」がおこったと想定したほう

がよいと考えたのであろう．それならば，コンブレーの時代のはじまりを
1年遅らせることも考慮できたかもしれない．しかし，コンブレーの時代
がそれでは短すぎると考えたのかもしれない．本書では，「コンブレーの
時代」のテクストにおける唯一の参照される歴史的事象である「レオン大
公夫人邸の仮装舞踏会」の日付を重視し，「就寝のドラマ」の日付を1891
年夏と考えることにしたい．

　アシェは「アスパラガスの年」つまり「レオニー叔母の日曜日」の年を，
主人公が12歳の1982年であるとし，レオニー叔母の死を1894年である
としている（Hachez 1985, 366-367）．その想定をそのまま受け入れよう．
そして，「レオニー叔母の日曜日」が1892年であるとすると，この年の復
活祭は4月17日，キリスト昇天祭は5月26日，豊作祈願祭の日曜日は5
月22日であり，特定のこの日，「豊作祈願祭の一週間まえ Huit jours
avant les Rogations」（101：132）の日曜日は5月15日である．したがって，
〈観念化された特定の一日〉としての「レオニー叔母の日曜日」は1892年
5月15日であることになる．

　以上から，「コンブレーの時代」を1890年復活祭の頃から1894年秋ま
でと想定することができる．主人公が10歳から14歳になるまでの4年半
ほどの間のことである．

[2]「コンブレーの時代」のクロノロジー

　以上から，コンブレーのテクストにあらわれる物語の日付を想定すると
以下のようになる．どのできごとをクロノロジーに書き込むかは，今後と
もおおよそのところをアシェのクロノロジーに由っている．また先に述べ
たように，本書の時間形成の分析結果と著しい不整合がないかぎり，「議
論の余地のない」日付を特定したアシェの説をとることにする．

1885年：主人公（5歳）は，母親と一緒に，パリのレオニー叔母に新年の挨拶を
　　　　しに行き，フランソワーズに5フランをわたす*1.
1888年：主人公（8歳）アドルフ叔父のところへ行って，オデットに会う*2.
1890年：主人公（10歳），復活祭のころ「コンブレーの時代」始まる．
1891年：5月29日，レオン大公夫人邸の仮装舞踏会
　　　　：主人公（11歳），「就寝のドラマ」，同年スワンの話からスワン嬢（ジル

ベルト）の存在を知る＊3.

1892 年：主人公（12歳），5月15日「レオニー叔母の日曜日」＊4.
同年ジルベルトに初めて出会う＊5.　同年，ヴァントゥイユ嬢はまだ子どもで，ヴァントゥイユ氏が彼女の肩にコートをかけてやる＊6.
同年ゲルマント公爵夫人を初めて見る＊7.

1894 年：主人公（14歳），レオニー叔母の死．コンブレーでの秋の一人の散歩＊8.
「コンブレーの時代」の終わり．

1897 年：主人公（17歳），コンブレーでルグランダンと会う＊9.
同年，ヴァントゥイユ氏の死．モンジューヴァンで，ヴァントゥイユ嬢と女友達の場面を目撃，サディズムを知る＊10.

＊1. …6)「私の幼いころ，私たちがコンブレーに来るようになる前 avant que nous allions à Combray，レオニー叔母がまだパリの彼女の母親の家で冬をすごしていたころ，私がまだフランソワーズをよく知らなかったとき」の元旦（52：67）⊂[2-2-2]「レオニー叔母と私の日曜日の朝」（49-52：63-66）．また，主人公が5歳のときに初めてフランソワーズを知ったことが，のちにつぎのように回想される．「フランソワーズに五歳のときから dès l'âge de cinq ans 私が教えられたのは，ル・タルン le Tarn ではなくてル・タール le Tar であり，ル・ベアルン le Béarn ではなくてル・ベアール le Béar であった」（*Pr.* III, 544：8, 39）．

＊2. …7) アドルフ叔父のところでオデットに会う，「ある日，私たちからの訪問にあてられていた日ではない日に，〔…〕まっすぐ叔父の家に駆けつけた」（*Sw.* I, 96-79：1, 95-102）⊂[2-2-6]「私の日曜日の午後」（71-99：92-129）

＊3. …8)「ある日曜日，庭で読書中に，家の人たちを訪ねてきたスワン」（96-98：125-128）⊂[2-2-6]「私の日曜日の午後」（71-99：92-129）

＊4. …本章でみたように，〈観念化された特定の一日〉としての「レオニー叔母の日曜日」は「豊作祈願祭の一週間まえ Huit jours avant les Rogations」（101：132）である．1892 年の「豊作祈願祭の一週間まえ Huit jours avant les Rogations」の日曜日は5月15日になる．

＊5. …14)「ある日」「リラの花時もおわりに近づこうとしていた」，ばら

色のさんざし，ジルベルト・スワンとの初めての出会い，レオ
ニー叔母（134-143；175-187）⊂[2-2-9-1]「メゼグリーズのほう」
（133-163；174-213）

＊6. …16)「ある日」，スワンといっしょに道でヴァントゥイユ氏と顔を
あわせる（147；191-192）⊂[2-2-9-1]「メゼグリーズのほう」
（133-163；174-213）

＊7. …19) ペルスピエ医師の娘の結婚式：ゲルマント公爵夫人を初めて
見た日（171-176；224-229）⊂[2-2-9-2]「ゲルマントのほう」
（163-181；213-235）

＊8. …⑯レオニー叔母の死，その年の秋のひとりの散歩（151-157；196-
204）
17)「そうした散歩のある日」主人公は受けた印象と，その印象
を表現する日常の言葉とのあいだの食い違いに，はじめて心を打
たれる．（153-154；199-200）⊂[2-2-9-1]「メゼグリーズのほう」
（133-163；174-213）

＊9. …13)「ある年，私を祖母といっしょにバルベックで夏やすみを過ご
させようと家人が考えていたとき」，コンブレーでルグランダン
に会う（128-131；167-171）⊂[2-2-8]「レオニー叔母と私の日曜
日の夕食前」（117-131；153-171）

＊10. …18)「数年後 quelques années plus tard」，主人公は，ヴァントゥ
イユ氏の喪に服しているヴァントゥイユ嬢を窓からみる（157-
161；204-210），⑰サディズムの発見（161-163；210-213）⊂[2-2-
9-1]「メゼグリーズのほう」（133-163；174-213）

4. 「ミモロジック」の文脈のはじまり，読書の「六十分」

　[2-2-6]「私の日曜日の午後：読書の午後」のなかに主人公の読書の
「六十分」を表出したテクストがある．そこでは，時間が，主人公の意識
の状態をたどることで表出される．「レオニー叔母の日曜日」が具体的で
あるのとはまったく対照的に，ここでは本の題名もなにも具体的なものは
一切表わされない．

第
2
章

コ
ン
ブ
レ
ー
の
時
代

私が読書をしているあいだに，私の意識が同時に展開していた，私自身のもっと
も内奥に隠された渇望から，庭のはずれで私が目にしていたまったく外的な映像
にいたるいくつもの異なった状態によって彩られた一種のスクリーンのなかで，
まず初めに私のなかにあったもの，もっとも内奥で，残りの物を支配してたえず
動いていた柄，それは私が読んでいる本の哲学的なゆたかさ，その本の美しさに
たいする私の信仰であり，そしてそれがどんな本であっても，その哲学的なゆた
かさ，その美しさをわがものにしたいという私の欲望であった Dans l'espèce
d'écran diapré d'états différents que, tandis que je lisais, déployait simultané-
ment ma conscience, et qui allaient des aspirations les plus profondément ca-
chées en moi-même jusqu'à la vision tout extérieure de l'horizon que j'avais, au
bord du jardin, sous les yeux, ce qu'il y avait d'abord en moi, de plus intime, la
poignée sans cesse en mouvement qui gouvernait le reste, c'était ma croyance
en la richesse philosophique, en la beauté du livre que je lisais, et mon désir de
me les approprier, quel que fût ce livre. というのも，たとえその本を，私がコ
ンブレーのボランジュ食料雑貨店の店先でみつけて買っていたとしても〔…〕，
それは注目すべき作品として以前に先生や友人たちが名を挙げていたのでそれと
気がついたからであり，当時の私になかば予感されなかば理解できなかった真実
と美との秘密を，先生や友人たちはすでににぎっていると思われ，その秘密を知
ることが，私の思考の目的，漠然としているが永遠の目的だったからである．
(83 : 107-108)

　私の読書中，内部から外部へ，真実の発見にむかって不断の運動をおこなって
いたそんな中心的な信仰のあとにくるのはさまざまな感情の動きで Après cette
croyance centrale qui, pendant ma lecture, exécutait d'incessants mouvements
du dedans au dehors, vers la découverte de la vérité, venaient les émotions, そ
れは私が参加していた活動によって与えられた感情であった．というのは，そう
した読書の午後は，しばしば人の全生涯に見出されるよりも，もっと多くの劇的
事件に満ちていたからであった．〔…〕(83 : 108)

　つぎにやってくるのは，本の筋が展開される風景 le paysage où se déroulent
l'action で，すでに，登場人物のそうした人生ほど私の肉体にとって内的なもの
ではないが，私のまえになかば映写されていて，私の思考に，もう一方の風景，
私が本から目をあげたときに私が目にした風景よりもはるかにずっと大きな影響
を及ぼしていた．たとえば，二夏のあいだ，コンブレーの庭の暑気のなかで，私
は当時読んでいた本のために，川の流れの美しいある山国へのノスタルジーを抱
いた．〔…〕．

200

〔…〕

〔…〕人は，自分の精神がかつて事物の上に投射した光の反映を，その光のためにそのとき美しく見えた事物のなかに，もう一度見出そうとつとめるが，それらの事物は，思考のなかである種の観念と隣り合っていたためにもっていたかつての魅力を，自然のなかでうばわれてしまったように見えることを知って，人は幻滅を味わう．ときどき，人はそうした精神のもつあらゆる力を巧緻華麗なものに仕立てることによって，自分のそとにあってけっして到達できないとわかりきった人々にはたらきかけることがある．そんなわけで，私が当時もっとも訪ねたかった場所を，愛する女性のまわりにいつも思いえがいたり，そこに行かせてくれるのも未知の世界の入り口をあけてくれるのもその女性であってほしいと思ったりしたのは，単なる観念連合の偶然によるものではなかった，断じてそうではない，なぜなら，私の旅行の夢，恋愛の夢は，——私はこんにちそれらをあたかも七色の虹に光る一見動かない一つの噴水を異なる高さで区切るように，人工的に切り離しているが——一様でたわむことのない，私の生命のもつ力すべてからほとばしり出る流れのなかの一つ一つの瞬間であったのだから．（85-86；109-111)

最後に，私の意識のなかに同時的に並置されたいくつかの状態を，そとへそとへと辿ることをつづけながら，そしてそれらの状態を外部からつつんでいる現実との境界線に達するまでに，私はまたべつの種類に属するいくつものたのしみを見出す Enfin en continuant à suivre du dedans au dehors les états simultanément juxtaposés dans ma conscience, et avant d'arriver jusqu'à l'horizon réel qui les enveloppait, je trouve des plaisirs d'un autre genre, それはたとえば，ゆったりと腰をおろしているたのしみ，戸外の空気の快い匂いを嗅ぐたのしみ，人の訪問に乱されないたのしみ，それからまた，サン＝チレールの鐘塔で，ある時刻を告げる最初の鐘が鳴りだすとき，その鐘の音を私に全部総計させる最後の音を耳にするまでのあいだに，すでにしぼり滓となった午後の各時間が，一きれ一きれと落ちてくるのを見るたのしみ，そしてその鐘の最後の音につづく長い静寂が，夕食までのあいだにまだ本を読む権利が私に認められるだけの時間の駒を青空のなかに進めてくれるように思われ，一方おいしい夕食がフランソワーズの手でつくられて，読書のあいだその本の主人公のあとを追って疲れる私を元気づけてくれるであろうと考える，そんなたのしみであった．また，一つの時刻の鐘が鳴るごとに，そのまえの時刻が鳴ってわずかな時間しか経っていないように思われたが，いま鳴った時刻はすぐまえの時刻に寄りそって空に記録され，その二つの時刻の金色のしるしの間に含まれるあの小さな青い弧のなかに，六十分がはいりこんだとは，とても私には信じられなかった je ne pouvais croire que soixante minutes eussent tenu dans ce petit arc bleu qui était compris entre leurs deux marques d'or. (86：111-112)

テクストには，主人公の意識の状態が「同心円」を象ってあらわされている.

同心円の中心にあるのは，「私が読んでいた本の哲学的なゆたかさ，その本の美しさにたいする私の信仰」と「その哲学的なゆたかさ，その美しさをわがものにしようとする私の欲望」である. つぎに「私の読書中，内部から外部へ，真実の発見にむかって不断の運動をおこなっていたそんな中心的な信仰のあとに」くるのは「さまざまな感情の動き les émotions」である. ついで「本の筋が展開される風景 le paysage où se déroulent l'action」がくる. そこで「土地の夢想」「旅行の夢」「恋愛の夢」が換喩的に派生してくる. 「そしてそれらの状態を外部からつつんでいる現実との境界線に達するまでに，またべつの種類に属するいくつかのたのしみを私は見出す Enfin en continuant à suivre du dedans au dehors les états simultanément juxtaposés dans ma conscience, et avant d'arriver jusqu'à l'horizon réel qui les enveloppait, je trouve des plaisirs d'un autre genre」（下線強調は青木）. この行程を閉じる最後の文で直説法現在が用いられていることに注意しなければならない. 語り手はこのコンブレーの主人公といつのまにか一体化し，この過程を追体験している. この過程はコンブレーの日曜の午後の晴れた空に弧を描く. そしてその「六十分」の過程が何度か繰り返される.

この過程は，「ミモロジック」の文脈のはじまりを記している.

「本」に対する信仰は，明言されているように，「当時の私になかば予感されなかば理解できなかった真実と美との秘密をすでににぎっていると思われた」先生や友人たちがその名をあげていたことに始まる. バルベックの名をあげたルグランダンやスワン，ベルゴットの名をあげたブロックは，コンブレーの主人公にとってそうした「先生や友人たち」に属していた.

ジルベルトへの愛が，まだその名も知らぬ「スワン嬢」であったときからベルゴットと結びついて始まっていたように，ゲルマント公爵夫人への愛が，先祖であるジュヌヴィエーヴ・ド・ブラバンの名のひびきを聞いたときからすでに始まっていたように，主人公の愛はその対象を「愛する態

勢にはいっていたのだった c'était être tout prêt à l'aimer」(99：129).

「愛」の夢想はすでにコンブレーで始まっていた. コンブレーのある日曜の午後,「私にとってまったく新しい作家のベルゴットという人の本を読んでいたとき, スワンが訪ねてきて読書を中断し, 注釈を加えたことがあって, その結果, それから長いあいだにわたって,〔…〕ゴチック式大聖堂の正面玄関のまえに, 私が夢みていた女性たちのなかのある一人の女性の映像がうかびあがることになった」(89：114-115).

スワン嬢はいかにもまれな条件をそなえた存在で, まるで自然の大気のなかにいるようにじつに多くの特権にひたっているということ, 彼女がその両親に誰か晩餐にくる人があるかとたずねると, ベルゴットという光に満ちたあの音綴, しかも彼女にとっては一家の昔なじみにすぎないあの黄金の会食者の名前を, 両親は口にして答えるということ, 私にとって大叔母の会話に相当するものが, スワン嬢には晩餐のテーブルでうちとけた雑談であって, その内容は, これまでの著書でふれえなかったあらゆる主題, 私がその神託をじかにききたくてたまらなかった主題について, ベルゴットが語る言葉であるということ, そして最後に, 彼女があちこちの古い町を見学に行くときは, ベルゴットがつきそい, そんな彼はあたかも人間たちのあいだにおりてきた神々のように, 人に知られず, しかも栄光にかがやきながら, 彼女とならんで道をあゆむということ, そうしたすべてをこの日私が知ったとき, 私はそんなスワン嬢の存在の価値を身に知ると同時に, いかにも私が彼女の目に粗野な, 無知な男に見えることを痛感した, そして, 彼女の友達になることが私にとってどんなに甘美であり, またどんなに不可能であるかを如実に感じて, 欲望と同時に絶望に満たされたのであった. いまや彼女のことを思うとき, ほとんどいつも私が目に見るのは, どこかの大聖堂の正面入り口のまえで, 彫像があらわす意味を私に説明しながら, そして私をほめるような微笑を浮かべながら, 私を自分の友達としてベルゴットに紹介するそんな彼女の姿であった. そのようにして, 大聖堂が私の心に生みだすあらゆる思考の魅力, イル＝ド＝フランスの丘とノルマンディの平野の魅力が, 私の描くスワン嬢の映像の上に, つねにその美しい反映をただよわせるのであった. 私はすっかり彼女を愛する態勢にはいっていたのだった c'était être tout prêt à l'aimer. あるひとを愛することによってわれわれがはいろうとしている未知の生活にそのひとも協力していると信じることこそ, 愛が生まれるために必要なすべてのなかで, 愛にとってもっともたいせつなものであり, Que nous croyions qu'un être participe à une vie inconnue où son amour nous ferait pénétrer, c'est, de tout ce qu'exige l'amour pour naître, ce à quoi il tient le plus, それ以外はそれほど重くはみられないのである.（98-99：128-129, 下線強調は青木）

第2章　コンブレーの時代

　ゲルマントのほうの散歩で，主人公たちはときおりくすんだ色の花の房がいくつものびている小さな囲い地のまえを通る．主人公は「何か貴重な観念が得られると思って」，立ちどまる．主人公のお気に入りの作家の一人が，川に沿ったある地方を描いているのを読んでから，あんなに知りたいと思っているその風景の一断片が，目のまえにあるように思われる．ゲルマントの城館のなかにさまざまな花や美しい水の流れがあることを，ペルスピエ医師が話すのを聞いてから，ゲルマントは，主人公の頭のなかでその相貌を変え，川に沿ったあの地方，水の泡立つ流れにつらぬかれたあの想像の土地にむすびついて，それと一体になってしまう．

　　ゲルマント夫人がふとした突然の気まぐれから，私に夢中になって，その城館に
　　私をこさせる，といったことを私は夢みるのであった．（170：222）

　ペルスピエ医師の娘の結婚式のミサで，主人公ははじめてゲルマント夫人を見る．語り手は「絹地のふくらんだモーヴ色のスカーフの上に，やさしいおどろきをたたえた彼女の目を，いまでもまだ私ははっきりと思いうかべる je revois encore, au-dessus de sa cravate mauve, soyeuse et gonflée, le doux étonnement de ses yeux」（175：228）と述べる．

　　彼女から目を離さずにいる私の上に，そのほほえみが落ちた．そのとき私は，彼
　　女がミサのあいだにふと私の上にとめたあのまなざし，ジルベール・ル・モーヴ
　　ェのステンドグラスを通ってきたかと思われる太陽の光線のように青かったあの
　　まなざしを思いだしながら，自分にいった，「どうもあの人はぼくに注目している
　　らしいぞ」．このぼくが彼女の気に入っているのだ，教会を出たあともまだぼく
　　のことを考えるだろう，ぼくのことで彼女はゲルマントの夕暮れにおそらく悲し
　　い思いをするだろう，と私は思った Je crus que je lui plaisais, qu'elle penserait
　　encore à moi quand elle aurait quitté l'église, qu'à cause de moi elle serait peut-
　　être triste le soir à Guermantes. そしてたちまち私は彼女に恋をした Et aussitôt
　　je l'aimai, というのもわれわれが女を恋するには，スワン嬢の場合に私がそう思っ
　　たように，女がわれわれを軽蔑の目でながめていて，その女が絶対にものになら
　　ないだろうとわれわれが考えるだけで，ときには十分なこともあるし，またゲル
　　マント夫人の場合のように，女が好意をもってわれわれをながめ，その女がもの
　　になるだろうとわれわれが考えるだけで，ときには十分なこともあるからだ．

204

（175：228-229）

　そして，バルベックとアルベルチーヌへの愛が結びつき，「パリでアル
ベルチーヌが私に会いに来て私の腕のなかに彼女を抱いたとき，私はバル
ベックをふたたびとらえたような錯覚をもった」（*A.D.* IV, 132-133；9,
195-196）．それは，コンブレーのルーザンヴィルをひとりで散歩した物語
において語られるような「信仰」を主人公が持っていたからである．

　レオニー叔母が死んだ年の秋，主人公がひとりでメゼグリーズのほうを
散歩したときのことである．

　　ときどき，私のひとりあるきの興奮 l'exaltation に，私がそれとの区別をはっ
　きりさせることができなかったもう一つの興奮が加わったが，このほうは，私が
　腕にだきしめることができるような農家の娘が私のまえにあらわれるのを見たい
　という欲望によってひきおこされる興奮であった．種々さまざまな思考のさなか
　に，欲望にともなったよろこびは，突然生まれてしかもそれを正確にその原因に
　むすびつける余裕が私にはなかったから，さまざまな思考が私にあたえるよろこ
　びよりも一段とすぐれたものとしか私には思われないのだった Né brusquement,
　et sans que j'eusse eu le temps de le rapporter exactement à sa cause, au milieu
　de pensées très différentes, le plaisir dont il était accompagné ne me semblait
　qu'un degré supérieur de celui qu'elles me donnaient. スレート屋根のばら色の
　反映，雑草，長らく行きたいと思っていたルーザンヴィルの村，その森の木々，
　その教会の鐘塔，そのとき私の精神のなかにはいってくる周囲のすべてのものに，
　私は，この新しい感動をさらに一つの利点にしてあたえていた，その感動は私に
　それらをもっと望ましいとしか思わせないのであったが，なぜならその感動をも
　たらしているのがそれら周囲のすべてのものだと私が信じていたからであり，そ
　してその感動は，力強い，未知の順風で私の帆をふくらませるとき，私をそれら
　に向かわせようとしているとしか思われなかったのだった Je faisais un mérite
　de plus à tout ce qui était à ce moment-là dans mon esprit, au reflet rose du toit
　de tuile, aux herbes folles, au village de Roussainville où je désirais depuis long-
　temps aller, aux arbres de son bois, au clocher de son église, de cet emoi nou-
　veau qui me les faisait seulement paraître plus désirables parce que je croyais
　que c'était eux qui le provoquaient, et qui semblait ne vouloir que me porter
　vers eux plus rapidement quand il enflait ma voile d'une brise puissante, incon-
　nue et propice. しかし女の出現を願うそんな欲望が，私にとって，周囲の自然
　の魅力にさらに何か興奮的なものをつけくわえたように思われたとすれば，その

205

反面で，自然の魅力は，せまくなりすぎるおそれがあった女の魅力の領域をひろ
げるのであった．木々の美はさらにその女の美であり，その女のくちづけは，私
が見わたしていた地平の風景の，ルーザンヴィルの村の，その年に私が読んでい
た本の，それぞれの魂を私につたえてくれるように思われた．そして私の想像力
は，私の肉感性に接触して力をとりもどし，肉感性は想像力の全領域にひろがり，
私の欲望にはもはや限界がなかった et mon imagination, mon désir n'avait plus
de limites. それはまた——そのように自然のただなかで夢想するときに，習慣
の作用は停止され，事物についてのわれわれの抽象的な概念は脇におしやられる
ので，いまいる場所の独自性，その場所独自の生命の存在を，<u>深い信仰をもって
信じる</u>ものなのだが，そのようなときによく起こるように——私の欲望が出現を
呼びかけている通りがかりの女は，女性というあの普遍的なタイプの任意の一例
ではなくて，この土壌から生まれた必然的な，自然な存在であると私に思われた
からであった C'est qu'aussi – comme il arrive dans ces moments de rêverie au
milieu de la nature où l'action de l'habitude étant suspendue, nos notions abs-
traites des choses mises de côté, <u>nous croyons d'une foi profonde</u>, à l'originalité,
à la vie individuelle du lieu où nous nous trouvons – la passante qu'appelait mon
désir me semblait être non un exemplaire quelconque de ce type général : la
femme, mais un produit nécessaire et naturel de ce sol. というのも，そのとき
私には，私以外のすべてのもの，大地もそこに生きている存在も，成熟した大人
の目に映る以上に，貴重なもの，重要なもの，現実的な存在を与えられているも
のに見えたからであった Car en ce temps-là tout ce qui n'était pas moi, la terre
et les êtres, me pariassait plus précieux, plus important, doué d'une existence
plus réelle que cela ne paraît aux hommes faits. （154-155 ; 200-202，下線強調
は青木）

語り手は，コンブレーの散歩の終わりに次のように述べる．

ときどき，そのように現在にまでもたらされた風景のそんな一片が，他のすべて
から切り離されて完全に孤立し，まるで花咲くデロスの浮島かなにかのように，
私の思考のなかにさだめなくただよい，どんな国から，どんな時代から——おそ
らくは単にどんな夢からというべきであろう——やってきたのか，私には言えな
いことがある．しかしとりわけ，メゼグリーズのほうとゲルマントのほうのこと
は，私の精神の土壌の深い地層，私がいまなお寄りかかっている堅固な地盤のよ
うに考えられてならない．それは，この二つのほうを歩きまわっていたあいだ，
<u>私がそこで知った物や人を信じていたからであり</u> c'est parce que je croyais aux
choses, les êtres qu'ils m'ont fait connaître，その物や人は，いまでも私が真剣に

とりあつかい，いまでも私によろこびをあたえる唯一のものだからである．<u>創造</u><u>する力としての信仰 la foi qui crée が，いまはもう私のなかに涸れはてているの</u><u>か，それとも現実は記憶のなかでしか形成されないのか，こんにち，はじめて私</u><u>が教えられるような花は，私には真実の花ではないように思われる</u> Soit que la foi qui crée soit tarie en moi, soit la réalité ne se forme que dans la mémoire, les fleurs qu'on me montre aujourd'hui pour la première fois ne me semblent pas de vraies fleurs.（182；236-237，下線強調は青木）

「本」の場合，「信仰」と「欲望」とが同心円の中心にある．ついで「信仰」とともにあった「欲望」がさらなる「信仰」を生む．それがミモロジスムであり，「旅の夢想」であり「愛の夢想」である．そしてその「信仰」がさらに「欲望」を生みだす．しかし，ミモロジスムの最初の「欲望」を抱くためには，主人公にとって「まず想像力のなかで《複写 double》がとられる」ことが必要であることが，第一篇『スワンのほうへ』第三部「土地の名：名」の終わりに強調されている．

せめてベルゴットがその著作の一冊に，シャンゼリゼを描いていたのであったら，まず私の想像力のなかで「複写 double」がとられることからはじまったこれまでのすべてのもののように comme toutes les choses dont on avait commencé par mettre le « double » dans mon imagination，なるほど sans doute 私はシャンゼリゼを知りたいという欲望をもったことであろう．私の想像力がそれらのものに血をかよわせ，生き生きとさせ，人格をあたえ，そしてそれから私は現実のなかにそれらをふたたび見出したいと思ったであろう，しかし mais この公園のなかのものは何一つ私の夢想 mes rêves にむすびつかないのであった．（386；513）

主人公のミモロジック（夢想）は，「本」にたいする「信仰」と「欲望」から生まれたものである．コンブレーの読書の時間において，同心円は「私の意識が同時に展開していた déployait simultanément ma conscience，私自身のもっとも内奥に隠された渇望から，庭のはずれで私が目にしていたまったく外的な映像にいたるいくつもの異なった状態によって彩られた一種のスクリーン」であった．その同心円が時とともに螺旋を描きだし，いわば逆さの円錐状にのぼってゆく．主人公は夢想の遠心力にままに拡張する螺旋階段をのぼってゆくのである．
「同心円」という形象については，プルースト自身が手紙のなかで用い

ている．ロベール・ド・モンテスキウ伯爵宛の手紙の中で，自身の作品を「同心円的な」と形容している．

> 《少年期の思い出》という側面について先生が申されていることですが，残念ながら，その見方はこういう文章を書くという考えを否認するもので，それでは，これほど構成的で<u>同心円的な</u>私の書物について，予めある誤解がつくり出すことになるそれらの記事を書くことは思想の破綻を示し，私の書物は《回想録》であり，《少年期の思い出》であると見做されてしまうでしょう．Quant à ce que vous dites du côté *Souvenir d'Enfance* hélas c'est la condamnation de l'idée d'écrire ces articles qui vont d'avance créer un malentendu au sujet de mon livre si composé et <u>concentrique</u> et qu'on prendra pour des *Mémoires et Souvenirs* d'Enfance. (1912 年 4 月 3 日または 4 日)（*Corr., Tome XI,* 90：全集 17, 312，下線強調は青木)

5. 「フランソワーズとルグランダン氏についての考察 remarques sur Françoise et M. Legrandin」…「解釈の可能性」の文脈前史

読書の「六十分」とおなじく［2-2-6］「私の日曜日の午後」に挿入される ⑩「スワン－ベルゴット－ブロック－スワン嬢」に，次のエピソードがある．

> ある日，ベルゴットのある書物のなかで，年寄りの女中について諧謔を弄している個所に出会ったが，それは作者の華麗で荘重な筆致のためにいっそう皮肉な味をだしていた，しかしそれは私がよくフランソワーズのことを祖母に話したときとおなじ諧謔であった，またべつの機会に，私たちの友人であるルグランダン氏についてたまたま私がやったのとよく似た考察を，真理の鏡である彼の著作の一つに入れるだけの価値がないでもないと彼が判断しているのを見つけたとき（フランソワーズとルグランダン氏についての考察 remarques sur Françoise et M. Legrandin などは，ベルゴットがなんの興味も感じないものであるとわかったら，私はさらりとすててしまったにちがいない），急にこんな気がした，——私のつまらない生活と，真実なるものの王国とは，私が思ったほどへだたってはいない，両者はある点では一致していることさえある，と．そして自信とよろこびにあふれ，まるで再会した父親の腕に抱かれているように，この作家のページの上に涙をこぼした．(95：124)

主人公の「フランソワーズとルグランダン氏についての考察remarques sur Françoise et M. Legrandin」がどのようなものであったか詳しい記述はここにはない．しかし，[2]「コンブレーの時代」においては，挿入されるこの2人にかんする語り手の言説（④⑤⑧⑨⑬⑮）以外にも，この2人にかんする言及は数多く散在している．そしてのちに「解釈の問題」の文脈においてこの2人の登場人物がもつことになる重要性を考えれば，「ミモロジック」の文脈がはじまるころに他方でこのようにして「解釈の問題」の文脈が暗示され，作品全体の流れを予告していると考えられる．序章で述べたように，この2つの大きな文脈は作中において互いに補強しあいながら，平行して進んでいく．さらにここでは「フランソワーズとルグランダン氏についての考察」にベルゴットが興味をもったかもしれないと考えることで，主人公は「私のつまらない生活と，真実なるものの王国とは，私が思ったほどへだたってはいない，両者はある点では一致していることさえある」という第七篇『見出された時』を予告するかのような直観をもつ．

6. なぜ「レオニー叔母の日曜日」が，「コンブレーの時代」の支柱になり得たか：千篇一律ということ

[2]「コンブレーの時代」は「レオニー叔母の日曜日」を支柱にしている．そして，「レオニー叔母の日曜日」は〈観念化された特定の一日〉である．主人公が主役の一日でないにもかかわらず，そのレオニー叔母の一日が主人公の「コンブレーの時代」全体を特徴づける．〈観念化された一日〉という時間形成のかたちはどのような意義をもつのであろうか．

語り手は，[2-2-7]「レオニー叔母の日曜日の午後」でイテラティフの「レオニー叔母の日曜日」が終わりを告げるときに，レオニー叔母とルイ十四世とを比べている．その比較の内容について考えることから始めたい．

そしてそのようにして──ある芸術家が，十七世紀の回想録を読んで，自分をルイ大王に近づけようとし，自分を由緒ある家柄の出であるとする家系図をつくっ

たり，ヨーロッパの現在の君主たちの一人と文通したりして，ルイ大王に近づく道をあゆんでいると思い込むが，そのじつは目的の道に背を向けていて，そのような昔の形態と同一の形態，したがって死んだ形態のもとに目的を負うことはまちがっているのに——ひとりの田舎の老婦人がただ抗しがたい偏執や，閉居からうまれた意地悪さに一途にしたがっているだけで，ルイ十四世のことなど夢にも考えたことがないのに，起床や昼食や休息にかんする自分の一日のもっとも意味のない用事が，それらの専制的な奇矯さによって，サン＝シモンがヴェルサイユにおける宮廷生活の《機械仕掛け mécanique》と呼んでいたものと多少のつながりをもつことに気づいていて，そして信じることができたのだった，彼女の沈黙，機嫌の微妙さ，彼女の顔にでる尊大さが，フランソワーズからみると，廷臣やあるいは大貴族たちでさえもヴェルサイユの小道の曲がり角で国王ルイに請願書をわたしたときに，王の沈黙や，機嫌や，尊大さが彼らの情熱的な，小心な解釈の対象であったのと同じように，情熱をもってびくびくしながらも読みとるべき対象である，ということを．(117：152-153，下線強調は青木)

　「サン＝シモンがヴェルサイユにおける宮廷生活の《機械仕掛け mécanique》と呼んでいたもの」とは何を意味するのだろうか．
　プルーストの同時代人であるサン＝シモン研究家ガストン・ボワシエは，「宮廷の機械仕掛け」について，次のように述べている．

　彼〔サン＝シモン〕は回想録のあちこちで，彼が非常に適切にも言うところの宮廷の機械仕掛け la mécanique de la cour を描き出した．じっさい，これは，たしかに，ある機械仕掛け，常に同じやり方でぜんまいが巻かれる一種の柱時計であり，一日の各瞬間に，従事すべき仕事や，しなければならない娯楽を表わしている．(Gaston Boissier, *Saint-Simon*, Hachette, [1892]1919, 33-34)

　ところで，サン＝シモンが記録したルイ十四世の日常とは以下の如くである．

　サン・シモンは『回想録』の中で「暦と時計さえあれば，どこにいようと，今，王が何をしているかを言うことができる」と書いている．ルイ十四世にはスペインの血の影響があり，彼は自分の生活を全ての者によって称賛さるべき芸術作品であると考えていた．そのために彼の生活は公開され，廷臣の参加を可能にするため規則だてられた．宮廷は衛星さながら太陽王のまわりを回転することになる．

ルイが目覚めると，廷臣たちはこの日の出のたぐいなき光景を目撃するために集まる．次にミサが行われる．この儀式がすむと正午に，国王は朝食をとり，ついで諮問会議の部屋に姿を消した．政務に勤勉であった彼は，おびただしい外国の使節を引見し，またよく臣民の請願を聞いた．日中の政務が終わって五時に正餐がとられた．王は一人で小卓についたが，そこには廷臣や王の愛妾と従者も出席した．この後，再度政務につく前に庭園を散歩した．しばしば狩猟や騎馬競技に一日が費やされることもあった．一日のおわりに，王はカルタ，玉突き，ダンスなどの娯楽に加わった．娯楽の中でも演劇はとくに大きな位置を占めた．ルイ十四世は踊りの名手であったし，クラヴサン（ハープシコード）とギターをたしなみ，いつも合奏を楽しんだ．深夜の夜食の集いで多忙をきわめた一日が終わる．
(*Il RE SOLE*, Enzo Orlandi（General Editor），Alfredo Panicucci（text），Arnoldo Mondadori Editore, 1968；『ルイ十四世』，吉田弘夫編訳，平凡社，1978 年，p. 36.)

この引用中にもあるように，サン＝シモンが次のように述べた一節は有名である [11]．

一つの暦と時計とがあれば三百里離れていても，人は王がしていることを正確に言うことができた．Avec un almanach et une montre, on pouvait à trois cents lieues de lui, dire avec justesse ce qu'il faisoit.

Saint-Simon, *Parallèle des trois premiers rois Bourbons*

ところで，ヴェルサイユ宮殿の主任学芸員であったベアトリス・ソールはこのサン＝シモンの言葉をエピグラフに引いて，ルイ 14 世の特定の一日，1700 年 11 月 15 日から 16 日にかけての「一日」を〈観念化された特定の一日〉として描き出している（SAULE 1996, *Versailles Triomphant : une journée de Louis XIV*）．王の一日は，「1700 年 11 月 15 日，真夜中に」「ヴェルサイユとパリの間の夜明け」「起床」「引見」「ミサ」「諮問会議」「晩餐」「散歩への出発」「散歩」「夕べ」「夜食」「就寝」と 12 章に区分されて，スケジュールそのままの順序で描かれている．ソールによれば，ルイ 14 世のヴェルサイユにおける一日の規則性については，プリミ・ヴィスコンティ，ダンジョー（1638-1720），スルシュ，スパネム，サン＝シモンらによって，何度も記述されている [12]．これらを彼女の記述の根拠にしている．そして，彼女の本の口絵には，「大理石の宮殿では，大時計が宮廷生

活を支配していた Dans la cour de Marbre, l'horloge réglait la vie de la Cour …」とキャプションをつけたヴェルサイユ宮殿の大時計の写真が飾られている.

　「レオニー叔母の日曜日」のテクストから引用した上記において下線強調した部分「起床や昼食や休息にかんする自分の一日のもっとも意味のない用事が, それらの専制的な奇矯さによって, サン＝シモンがヴェルサイユにおける宮廷生活の《機械仕掛け》と呼んでいたものと多少のつながりをもつこと les occupations les plus insignifiantes de sa journée, concernant son lever, son déjeuner, son repos, prendre par leur singulalité despotique, un peu de l'intérêt de ce que Saint-Simon appelait la « mécanique » de la vie à Versailles」を読めば, プルーストが「レオニー叔母の一日」とルイ14世の一日とをその規則性において類似したものとして認識していたと考えてよいのではないだろうか. そこで,「ヴェルサイユにおける宮廷生活の《機械仕掛け》」とレオニー叔母の一日の「千篇一律 l'uniformité」とが結びつくことはそれほど不自然ではない[13].

> レオニー叔母には, そのようにして, いつも同一のくりかえしで, 生活が過ぎていくのであった, <u>彼女が軽蔑を装っているが深い愛情をこめて</u> avec un dédain affecté et une tendresse profonde, <u>彼女の《日常のこまごま petit traintrain》と呼んでいる事柄の,</u> おだやかな千篇一律のなかに dans la douce uniformité, 彼女にもっとも有効な療養生活をすすめてもむだなことを各自が思い知らされて, だんだんこの日常のこまごとを尊重するようになった家のなかばかりでなく, 家から三つも向こうの通りで, 荷造りをする人が, 箱に釘を打つまえに, 叔母が「休息中ではないか」とフランソワーズのところに問いあわせるというふうに, 田舎の全体においても, すべての人々にこの毎日のこまごとはまもられていた, 〔…〕. (*Sw.* I, 107-108 ; 1, 140-141, 下線強調は青木)

　「家のなかだけではなく, 村の全体においても, すべての人々にこの毎日のこまごとはまもられていた」と書かれているように, レオニー叔母のスケジュールはコンブレーの住人に知れ渡っていた, ルイ14世の一日が国中に知られていたように.

　さて,「イテラティフ化する itérativiser」(GENETTE 1972, 156 ; 146) ということは, ジュネットが言うように物語を「同化と抽象によって par assimilation et abstraction」（同書，170；166）観念化することである．

　「反復」とは，実は精神が構成するものなのである．精神は個々に生起する出来
事から，それに固有のものを一切排除して，同一部類に属する他のすべての出来
事と共通するもののみを保持するわけだが，それがつまり，抽象化ということに
ほかならない．（同書，145；129）

　そして，レオニー叔母の生活の「千篇一律」が「コンブレー」という
「失われた楽園」（Cf. *T.R.* IV, 449；10, 266-267）の支柱となっていることを
考えたとき，そこにユートピア (14) のもつ逆接とおなじ種類の逆接を見る
ことができるのではないか．
　ジル・ラプージュは「抽象的時間の発見は時間を廃棄するものである la
découverte du temps abstrait supprime le temps」という仮説をたてる．

　われわれはそのことを認識していない．なぜなら，機械時計があっても自然と歴
史はわれわれの生活を牛耳りつづけているから．そして，昼と夜，季節の移り行
き，情念のテンポ，日常生活，世界の変異，すべてのリズムが，抽象的瞬間の繊
細な網の目を曇らせている．だが万一，悪魔か神かがわれわれをユートピアのな
かに投げ入れるとしたら，そこでは機械時計の区切る時間が，われわれが現在受
け容れているような自然的・歴史的時間を消し去るであろう．持続は，それが完
璧に計測されたときには自己消滅する，という驚くべき特性を明らかにするであ
ろう．これは非常に微妙なことなので，同じような経験を『魔の山』で描いてい
るトーマス・マンに助けを求めよう．この小説はサナトリウムというユートピア
的舞台装置をもっている．俗世の関心から解放され，厳しい時間割を守り，機械
時計の抽象的時間だけにしたがって，壁の外で怒号する時間に無感覚になったサ
ナトリウムの病人は，持続解消に居あわせているのである．小説全体にとりつい
ているこの大きなテーマはユートピア的テーマである．トーマス・マンは語る．
　「それはたえずくりかえされる同じ日である．しかしそれはつねに同じなので，
本当のところくりかえしと言うのは正しくない．むしろ同一性，不動の現在，あ
るいは永遠性を語るべきところであろう．昼食のポタージュは昨日運ばれたよう
に，そして明日運ばれるように，今日も運ばれてくる．時間の形は失われ，存在
の真の姿として露わになるのは，人が永久にポタージュをもってきてくれる固定
した現在なのである」．（Lapouge [1973] 1990, 109-110；138-139）

「持続は，それが完璧に計測されたときには自己消滅する」というのが，ユートピアのもつ逆接である．機械時計や鐘塔の鐘の音によって計測された時間は「抽象的時間」である．しかしながら，そこでもう一つの逆接に気づく．それがすでに「失われた時間」ならば，その時間を再び見出すには「抽象的時間」が必要なのだ．

ジュネットには，イテラティフの抽象化について以下のように述べている個所がある．

> 実際，ある程度の振幅をもった物語言説の中から，その系列を構成する全単位に共通した不変の特徴のみを残そうとしたら，それはせいぜいのところ，「九時に起床，九時半に朝食，十一時にミサ，一時に昼食，二時から五時まで読書，云々」といった類いの，いかにも無味乾燥で図式的な，紋切り型と化した日課程度のものでしかなくなるだろう．このような抽象化がイテラティフの統合的性質に起因することはあきらかであるが，しかしながら，語り手にせよ読み手にせよ，こんなもので満足するはずがない．(GENETTE 1972, 158：149)

はっきりいえば，レオニー叔母の生活がジュネットのいう「無味乾燥で図式的な，紋切り型」であったからこそ，「コンブレー」の支柱になりえたのである．「レオニー叔母の日曜日」はそのこまかすぎる細部もろとも，愛情をこめてイテラティフ化されている．コンブレーの世界を無時間的なユートピアにするには「機械仕掛け mécanique」の支柱が必要だった．レオニー叔母とフランソワーズのおしゃべりのなかに時刻があらわれ，それが「コンブレーの一日」の時計の役割をしていることも無関係ではないであろう．また，第五篇『囚われの女』の書き出しの主人公の「観念の朝」にも「あたかも場所の移動をさまたげられている機械がその場でぐるぐるまわっているように comme une machine qui, empêchée de changer de place, tourne sur elle-même」(Pr. III, 536：8, 28-29) という表現があらわれる．これはレオニー叔母の「ヴィヴォーヌ川の睡蓮」にも共通するイメージである．

ジュネットにもイテラティフと時間の消去を結びつけてつぎのように述べている箇所がある．

括復的な共説法 la syllepse itérative は「類似した」いつくかの出来事を総合す

ることによって，それらの継起的関係を廃絶する elle abolit leur succession，〔…〕括復的な共説法は，継起的関係と同時にそれらの出来事を隔てる時間をも消去してしまう elle élimine en même temps leurs intervalles．(GENETTE 1972, 178：179)

　イテラティフによる〈観念化された一日〉は，「時間を消去する」手段としてもっとも強力なものの一つであるとともに，「時間を再び見出す」最良の手段の一つである．

[注]

(1)　アンヌ・エルシュベール＝ピエロは『散文の文体論』(HERSCHBERG PIERROT [1993] 2003)において « on » に1章を充てて考察している (Chapitre 2 « On »)．« on » がどのような価値を持っているかを決めるのは，唯一，文脈による解釈のみである．それが「私たちは nous」なのか，「彼らは ils」あるいは「皆は tout le monde」なのか，「だれか quelqu'un」なのか，あるいは「私は je」なのか，「カメレオン」とも呼ばれるこの不定代名詞の物語言説における種々の機能についてはエルシュベール＝ピエロの他にもさまざまな論者たちの論考 (Cf. ATLANI 1984；RABATEL 1998；VUILLAUME 2000)があり，それらとともに，『失われた時を求めて』に　おける « on » の用例 (Cf. MULLER 1965, 25-26；GENETTE 1972, 136-137；113-114；HERSCHBERG PIERROT [1993] 2003, 28) を考察しなければならないだろう．« on » の価値が本書の主旨と関連をもつのは確かであるが，ここでそれを展開するには問題が大きすぎる．しかしながら，すくなくともここで言わなければならないのは，本書がテクストの文脈を考えるうえで基盤にしている主虚構と二次虚構という枠組みでは，« on » はその主虚構と二次虚構との融合として考えられるということである．なぜなら，« on » の価値を解釈するのは二次虚構においてであるからだ．

　　『失われた時を求めて』からは，有名な箇所をひとつ引用するのみにとどめておきたい．ジュネットもエルシュベール＝ピエロも引いている箇所である．

　ただ一度だけ，彼女〔ヴェルデュラン夫人〕は，ブリショに，あまりひんぱんに「私 je」と書くのはよくないと注意したことがある．〔…〕このときからブリショは，私は je を人は on に置きかえた，しかし人はと書いても読者は作者が自分を語っているのだと思い，常に人はの蔭に隠れてではあったが，そのおかげで作者は自分を語ることをもうやめなくてもよかったし，自分の文章の些細なことに注釈を加えることもでき，たった一つの否定辞に関して一篇の文章をかくこともできた．Elle lui dit seulement une fois qu'il avait tort d'écrire si souvent « je »．[…] À partir de ce moment Brichot remplaça *je* par *on*, mais *on* n'empêchait pas le lecteur de voir que l'auteur parlait de lui, et permit à l'auteur de ne plus cesser de parler de lui, de commenter la moindre de ses phrases, de faire un article sur une seule négation, toujours à l'abri de *on*. (*T.R.* IV, 371 ; 10, 152-154. 強調はプルースト)

　このブリショにおいて，« on » は作者ブリショ自身の隠れ蓑である．引用にあるように，この « on » は〈作者-語り手〉をさす．『小学館ロベール仏和大辞典』の on の男性名詞の項目に « remplacer je par on » という表現がある．(je を on で置き換える→話題の「私」をぼかして話をする）と説明がある．ということは，「je を on で置き換える」という発想が特殊なものではないということであろう．自分の経験を話すときに，「知り合いにこんなひとがいて，…」というようにひとごととして話すぐいの表現とおなじ部類をさすのであろう．
　ジュネットにおいては「主人公の活動が隠蔽される」ことと語り手の焦点化を伏せることが，ほとんど同じことであると考えられている．

〔…〕主人公の活動を隠蔽するのは，うわべだけは一般性を指示する無人称代名詞の「人は on」（ブリッショがこれを多用するのも同様の理由からだ）であるが，主人公の現前はこの無人称代名詞のために，消滅するどころか，逆にいよいよ偏在的になってゆくのである l'activité du héros, ici masquée par un pronom impersonnel faussement généralisant（c'est un peu le « on » de Brichot）qui multiple sa présence sans l'abolir […]. (Genette 1972, 136 ; 114)

　« on » にジュネットが言うように主人公と語り手の現前を隠蔽する機能があることは確かであろう．しかし，より肯定的に，« on » に主人公と語り手の融合，つまり語り手が主人公に同化していることのあらわれをみることができるのではないか．

(2)　<u>私はいまでも</u>，そんなふうに立ちどまった彼女，その「ポロ」の下にかがやく目をもった彼女を，<u>ありありと思いうかべる</u> je la revois encore maintenant，——海が背景で，そのスクリーンの上に映るシルエット，透明な，コバルト色の空間と，このとき以来流れさった時間とによって，私からへだてられたシルエット，私の回想のなかの，うすい一片の，最初の映像，このとき以来過ぎさった月日のなかにしばしば私が投影した顔の，欲望され，追及され，ついで忘れられ，ついでまた見出された映像，そして，私の部屋にいる一人の少女を見て，おもわず，「ああ，彼女だ！」と心のなかで私に叫ばせることができた，あの映像を．(*J.F.* II, 186;3, 187, 下線強調は青木)

　この箇所は次の注３の二次虚構における〈いま maintenant + 現在形〉の１例でもある．ジュネットはこうした例をすべて語り手の物語としている (Genette 1972, 106 ; 71, 注80, 324).

(3)　二次虚構における〈いま maintenant + 現在形〉の例として，本文 144 ページであげた例以外に，たとえば次の箇所をあげることができる．

それより奇異に思われるだろうことは，誰でもその言葉を口にするし，おそらくコンブレーでは今でもそれは通用するからだが，はじめ夫人の言うのが誰のことなのか，私にわからなかったということだろう．そのとき，スワン夫人が私に向かって私の家の年老いた「ナース」に賛辞をささげるのをきいた Les toasts m'étant d'ailleurs aussi inconus que Colombin, cette dernière promesse n'aurait pu ajouter à ma tentation. Il semblera plus étrange, puisque tout le monde parle ainsi et peut-être même maintenant à Combray, que je n'eusse pas à la première minute compris de qui voulait parler Mme Swann, quand je l'entendis me faire l'éloge de notre vieille « nurse ». (*Sw.* I, 499；2, 107, 下線強調は青木)

私の女の友がバルベックからもどってパリの私と同じ屋根の下に住みにきて，クルーズの旅をするのをやめ，〔…〕，毎晩非常におそい時刻に，私のそばを離れるまえに，私の口に舌をすべりこませたことを，私がいま考えるとき Quand je pense maintenant，すぐさま比べて思い起こされるのは，ボロディノ隊長が兵営で泊まることを許してくれた一夜のこと〔…〕ではなくて，父が，私のベッドのかたわらの小さなベッドにママを眠るようによこしてくれた夜のことだ．(*Pr.* III, 520；8, 6, 下線強調は青木)

しかし，これらは稀な例であって，大多数は〈今 maintenant ＋ 半過去形〉の陥入のかたちをとったものである．

(4)　〈観念化された一日〉が形成される要件を整理すれば以下のようになる．

　　第1に，〈観念化された一日〉は，半過去によるイテラティフの，時間的連結によって形成されるセリーの構造である．直説法複合過去と直説法単純過去もイテラティフの文を作ることができるが，それだけでセリーを形成することはできない．さらに，〈観念化された一日〉というとき，文を超えた言説レヴェルでの時間的連結が必要であり，ある程度の持続と具体性が必要である．

　　たとえば，フロベールの作品中に，以下に示すように，半過去によるイテラティフのセリーをみいだすことができる．

À huit heures du matin, il descendait des hauteurs de Monmartre, pour prendre le vin blanc dans la rue Notre-Dame-des-Victoires. Son déjeuner 〔…〕 le conduisait jusqu'à trois heures. Il se dirigeait alors vers le passage des Panoramas, pour prendre l'absinthe. Après la séance chez Arnoux, il entrait à l'estaminet Bordelais, pour prendre le vermouth 〔…〕．朝8時に彼〔ルジャンパール〕はモンマルトルの丘を下って，ノートル＝ダム＝デ＝ヴィクトアル通りへ白ぶどう酒を飲みにゆく．昼飯のあとで玉突き数ゲームをやって，それが3時まで．そこで彼はパノラマ小路のほうへアプサントを飲みに歩いていった．アルヌーの家を出ると，酒場ボルドレへ寄ってヴェルモットをやる．それから細君は連れないで，一人でガヨン広場の小さなカフェへ食事をしにゆくことが多い．その店では《家庭料理，ごくあっさりしたもの》といって注文するのだ．最後に，も一軒別の撞球屋へ入って夜半まで，1時まで，ガス灯が消え鎧戸が下りて，疲れきった店の主人がどうか帰ってくださいと嘆願するまで動こうとしない．(Flaubert, *L'éducation sentimentale*, Folio, 57；フローベール全集 3, 筑摩書房,『感情教育』37)

Félicité tous les jours s'y rendait. À quatre heures précises, elle passait au bord des maisons, montait la côte, ouvrait la barrière, et arrivait devant la tombe de Virginie. フェリシテは毎日そこへ出かけた. 4時きっかりに, 彼女は家並みに沿って町を抜け, 山の坂道を登ってゆき, 柵を開け, ヴィルジニーの墓の前に出る. (Flaubert, *Un cœur simple*, G-F, 64-65；フローベール全集 4, 筑摩書房,『まごころ』198)

　フロベールにみられるこうした半過去によるイテラティフのセリーと,〈観念化された一日〉を形成するそれとの境界は, デフォルトには正確に区別できない. 固有のテクストの文脈や環境に依存するからである. ジュネット (GE-NETTE 1972, 148；134) はフロベール『ボヴァリー夫人』からイテラティフの例として 4 か所,「修道院時代のエンマの生活や, ヴォピエサールで舞踏会が催される以前の, そしてそれ以後のトストでのエンマの生活, あるいは木曜日ごとにレオンと過ごしたルーアンでの生活を物語る諸ページ」をあげているが, それらは〈観念化された一日〉ではない. たとえ小規模であっても,〈観念化された一日〉は発展して「場面」を含み, ひとつの時間的構造をつくりだす.

　第 2 に,〈観念化された一日〉を形成するテクストにおいて, 時間的連結は擬似的時刻の推移をあらわす軸上であらわれる. つまり, テクストの順序が何時間かの物語時間に対応して順行的継起を示し, テクスト全体が何日間かの物語時間全体を対象として, その物語時間を特徴づける. さらに, さまざまな要因のもとで日による場合分けがおこなわれて, 物語は語り手によって整理され秩序づけられる.

　『失われた時を求めて』において〈観念化された一日〉は幾度もあらわれる. その時間形成のかたちは, 研究者にも早くから気づかれていた.

　ジュネットはこの形式を「観念の一日 une journée idéale」として,「ある現実の一日 une certaine journée réelle」と対比している (GENETTE 1972, 154；142). この用語はヒューストン (HOUSTON [1962] 1980, 91) にならったものだと思われる. しかしながら, ヒューストンが「観念の idéale」という語を導き出してきた「この観念の朝 cette matinée idéale」(*Pr.* III, 535-536；8, 28) の意味は, 主人公が物語のなかで「空想において en imagination」楽しんでいる朝であって, 物語のレヴェルでの「観念の朝」である. これはのちに主人公の「空想における」朝のその空想の内容が, 直説法現在で記されているのと符合している. 他方, 形式としてのイテラティフで構成された一日は, 主人公が空想している一日ではなく, 何日間かの物語から語り手が一日を再編成し, 観念化したものである. そこで, 物語のレヴェルと, テクストないし語りのレヴェルとの混同を避けるために, 本書では「観念の idéal」を主人公が物語のなかで空想したものにあて, 形式をさすものを「観念化された idéalisé」と呼ぶことにした.

　この「観念の朝」という表現にかんして, 井上究一郎 (1962, 79-80) は「ネルヴァル論」の「祝福された朝 ces matinées bénies」(*C.S.*, 168) という表現に結びつけて言及している.

未完成の断片「ネルヴァル」──しかし『シルヴィ』からプルーストが学びとったものは，〔…〕まず人生の「夢」を描く手法である．〔…〕つぎにプルーストは『シルヴィ』から「思想の神秘な法則」を引きだして，作品構造の隠れたくさびとする．そのなかでもっとも重要な二つをあげると，すでに見てきたように，一つはネルヴァルが「或る未知の混乱」と呼んでいる心の状態であり，もう一つは「祝福された朝」と呼ばれる特権的な時間であって，この二者はたがいに重なりあっている．前者は心情の間歇の構造を解明する一つの鍵となるものであり，のちにいたってプルーストに，「記憶の混乱には心情の間歇がつながっている」という公理を定着させるものなのである．後者は，『失われた時』のなかで日をへだてて徐々に起こるさまざまの心的事件を或る一日に集約するその象徴的手法となるもので，そこにはかならず涸渇と沈滞につづく突然の精神的昂揚が物語られる．Anthony R. Pugh によって「観念的な一日」と名づけられたものの構造はこれにあたるのである．

　パフの論文を見ると，この「観念的な一日 la journée idéale」は，第六篇『消え去ったアルベルチーヌ』のなかの「ヴェネツィア」の草稿研究においてそのように名づけられたものであるのがわかる．

　これらの多くの出来事を，支離滅裂な語りで迷わないように語るために，プルーストはこの小説のなかで何度も見られるある手法にたよっている．それを私は「観念的な一日 la journée idéale」と名づけよう．つまり，彼はわれわれにただ一日の出来事を語るのだが，それは毎日おこった出来事であって，孤立した出来事ではない．彼の一日は，朝の諸印象，午後の外出，そして夜のヴェネツィアの記念建造物の訪問を含んでいる．プルーストがこれらの特殊な出来事をこの一般的な語りのなかで合体させるのをこばむものは何もない．(Pugh 1959, 30)

　井上，パフ両者ともに第五篇『囚われの女』の「この観念の朝」に言及していないし，この手法の他の例もあげていない．井上は全集版第五篇『囚われの女』の訳者注に，プルーストのネルヴァル論の「祝福された朝」に相当すると述べているのみである（全集 8, 29）．しかしながら，パフのいう「観念的な一日」が，本書の〈観念化された一日〉をさすのは明白であると思われる．

(5)　こうしたことをプルーストは十分意識していたと思われる．たとえば，次のような箇所を参照のこと．

　ところで，恋の回想というものも，記憶の一般的法則にはずれることはないので，記憶の一般的法則自身が，習慣のいっそう普遍的な法則に支配されているのである．習慣はすべてのものをよわめてしまうので，われわれが忘れてしまったものこそ，まさしくある存在をわれわれにもっともよく思いださせるものなのだ（なぜなら，そういう忘れてしまったものは，とるに足りないものであったからであり，またそれだから，われわれはそうしたものを元の力のままに残しておいたのだ parce que c'était insignifiant, et que nous lui avions ainsi laissé toute sa force）．(J.F. II, 4 : 2, 284)

(6)　ミシェル・シャルルが参照しているテクストを順にあげておく．

219

私はわが批評家に言おう，この物語の道行きは，くねくねと曲がった装飾が巻き付いているカドゥケウスか，あるいは気まぐれな寄生木が絡みつき一面を覆うている樹の幹に似ている，実際，それに似るように細工したのだと．阿片の単なる医学的主題は，干乾びた支柱みたいなもので，そこから幾重にも環を成して花咲く植物が芽生えているのは，支柱そのものの巧の現れの如く見えるが，実を言えば，このむっつりした不機嫌な支柱に寄生木とその蔓が絡み巻きついているのは，専ら彼ら自身の豊饒さなのである．I tell my critic that the whole course of this narrative resembles, and was meant to resemble, a caduceus wreathed about with meandering ornaments, or the shaft of a tree's stem hung round and surmounted with some vagrant parasitical plant. The mere medical subject of the opium answers to the dry, withered pole, which shoots all the rings of the flowering plants, and seems to do so by some dexterity of its own ; whereas, in fact, the plant and its tendrils have curled round the sullen cyclinder by mere luxuriance of *theirs*. » (Baudelaire 1976, 296；邦訳，『トマス・ド・クインシー著作集Ⅰ』，野島秀勝・鈴木聡・小池銈訳，p.146，強調はド・クインシー)．

この地上から遠く，人間の闘争の舞台から遠く，飛び上がりたいと渇望する，孤独な思考．天へ向けての大きな羽搏き．常にあまりにも傷つき易かった魂の独白．ここでも，すでに分析した部分におけると同じく，この思考は，著者が，己をよく知る放浪者の無邪気さをもって，かくも愉快に語ったところの，バッコスの杖である．主題は乾いた裸の棒の価値だけしかもたない．しかしリボン，葡萄の蔓，そして花は，それらの悪戯っぽい絡みつきによって，目にとっての貴重な富であり得る．ド・クインシーの思考は単に曲がりくねっているだけではない．この言い方は十分に強くない．この思考は自然に螺旋形をなすのだ．[…] ; pensée solitaire, qui aspire à s'envoler loin de ce sol et loin du théâtre des luttes humaines ; grands coups d'aile vers le ciel ; monologue d'une âme qui fut toujours trop facile à blesser. Ici comme dans les parties déjà analysées, cette pensée est le *thyrse* dont il a si plaisamment parlé, avec la candeur d'un vagabond qui se connaît bien. Le sujet n'a pas d'autre valeur que celle d'un bâton sec et nu ; mais les rubans, les pampres et les fleurs peuvent être, par leurs entrelacements folâtres, une richesse précieuse pour les yeux. La pensée de De Quincey n'est pas seulement sinueuse ; le mot n'est pas assez fort : elle est naturellement spirale. (Baudelaire 1975, 444；邦訳，『阿片吸飲者』阿部良雄訳，『ボードレール全詩集Ⅱ』，ちくま文庫，pp. 378-379，強調はボードレール)．

(7)　ミシェル・シャルルが『失われた時を求めて』から引用しているテクストは，[2-2-4]「私の日曜日の午前中」に含まれる一節 (58-60；76-77) である．

(8)　先に述べたように，ジュネットのイテラティフの定義には用いられる時制に関する規定がない．「習慣」をあらわす半過去という時制に関する問題点，ジュネットのイテラティフの問題点にかんしては後の課題とし，本書では触れない．

(9)　『失われた時を求めて』においては，いくつものサンギュラティフのエピソー

ドが同じ一日の時刻の推移を示す軸上で時間的に連結されて一つの場面を構成
し，さらにいくつもの場面が時間的に連結されて〈長い一日〉を形成すること
が，幾度もある．ヒューストンは〈長い一日〉という形式について，次のよう
に言う．

『失われた時を求めて』を一読するだけで，プルーストのもっとも特徴的な手法が明
らかになる．連続した時間の順序にそって，ちりばめられた事実や出来事を再編成す
るのである．彼はある午後，ある夜会，ある一日について語るとき，出発点として選
んだ時点を利用して，それに先立つ，あるいはそれより後の出来事を描出する．〔…〕
脱線は単なる余計な瘤ではない．与えられた状況に対するわれわれの認識を深めてく
れる．〔…〕それだけではない．これらの脱線が与える情報をほかのやり方で表出す
ることは困難であったであろう．ゲルマント公爵夫人邸での夜会を，欠くべからざる
情報を全部いっしょに保持する磁場とみなさなければならない．(HOUSTON［1962］
1980, 88-89).

長い一日はバルザックの考案した方法で，明らかな利点をもっている．読者に一貫性
の感じをあたえながら，さまざまな種類のエピソードを一まとめにすることができる．
プルーストの長い一日はこのようにすくなくとも基本の構造と緊張をもつものとして
われわれが知覚する自然な時間単位であり，語り手のエネルギー循環 cycle of energy
に合致している．だから，エピソードは単なる時間的連続以上のものによって結合さ
せられる．このことは特に重要である，なぜならプルーストの長い一日は出来事だけ
でなく，多くの解説——しばしば全知の語り手の——と，対話と語り手の観察が混じ
りあった逸話を含んでいるからである．対話はふつうほとんど筋の機能をもたず，主
として人物の特性をあらわすために用いられる．ある意味で，この一日は非常に変化
に富んだ内容と組み立てをもっているので，劇作術とより緊密な類似性をもつバルザ
ック流のやりかたでの場面の連続と呼ぶことはほとんどできない．プルーストの小説
にはあきらかに演劇的でない要素があり，バルザックの場面と比較できないし，劇文
学はまったく役に立たないし，人を誤らせるものである．伝統的な種類の真の小説的
場面ならば，プルーストがあたえるすべての情報を知らせる手段はないだろう．した
がって，おそらく「解説によって念入りにつくられた場面の断片」というのがプルー
ストの方法のより適切な記述であろう．(HOUSTON 1982, 74)

　ジュネットは，ヒューストンの〈長い一日〉という用語を採用していないが，
ヒューストンをうけて次のようにいう．

『失われた時を求めて』で問題となるのは，劇的な情景法 scènes dramatiques ではな
くて，むしろ，典型としての，ないしはサンプルとしての情景法 scène typiques ou
exemplaires である．このような情景法において筋 action は（プルーストの世界でこ
の語が持ちうるきわめて広範な意味においてすら），ほぼ完全に消滅して，心理的・
社会的な性格描写がこれに取って代わる．〔…〕プルーストの情景法は—— J.P. ヒュー
ストンが正当にも指摘したように——この小説において，あらゆる種類の付随的な情
報や状況がそこに収斂するところの，言わば「時間的焦点 foyer temporel」ないしは
磁極としての役割を演じ，回顧，予想，イテラティフの挿話，描写的な挿入，情報提
供を目的とした語り手の介入等の，あらゆる種類の脱線でふくれあがり，隙間なくふ

さがることになる．そして，それらの脱線のすべては，きっかけとしての社交的集い
の周囲に，完全な範列的価値をその集いに賦与しうる一群の出来事や考察を，共説法
syllepse によって再編成することに充てられる．(GENETTE 1972, 143；123-124)

　以上のヒューストンとジュネットの考察は，『失われた時を求めて』において，
〈長い一日〉についてこんにち一般に承認されている見解であるといってよい
だろう．本書で問題にしたいのは「脱線」である．ヒューストンやジュネット
の解説で明らかなように，〈長い一日〉には「脱線」が含まれるとされている．
さらにジュネットは，「脱線」の明確な規定をすることもなく，具体的な情景
法を対象としておおまかな差引計算をしてみせる．たとえば，「ヴィルパリジ
夫人邸でのマチネ」では，100 ページに対して 34 ページが「脱線」であると
いうように（同上）．
　しかしながら，プルーストがそれを脱線と認識していたかどうかは別の問題
である．『失われた時を求めて』のなかで「脱線 digression」という語は以下
に引用するただ一度しか見られない．

そのようにして，あるときはある方向に，つぎには反対の方向に傾きながら，<u>脱線に
よって進む</u>というそんな通例のコースをたどることによって，時代の精神は，いくつ
かの作品の上に天来の光を回復させたのであって，そうした諸作品にショパンの作品
が加えられたのも，正当な認識への欲求，または復活への欲求，またはドビュッシー
の好み，または彼の気まぐれ，またはおそらく彼が語ったのではなかった話による の
である．C'est ainsi que l'esprit, suivant son cours habituel qui s'avance <u>par digres-</u>
<u>sions</u>, en obliquant un fois（sic）dans un sens, la fois suivante dans le sens contraire,
avait ramené la lumière d'en haut sur un certain nombre d'œuvres auxquelles le be-
soin de justice, ou de renouvellement, ou le goût de Debussy, ou son caprice, ou
quelque propos qu'il n'avait peut-être pas tenu, avaient ajouté celles de Chopin.（S.G.
III, 211.：6，294，下線強調は青木）

　ここで用いられている「脱線」は文章構成上の脱線の意味ではない．また，
ベルゴットの文章について論じるときにも「自由な流れ un libre cours」（Sw. I,
94；1，122）という表現が用いられている．

母の女友達も，そしてどうやらデュ・ブールボン医師も，ベルゴットの書物のなかで
とくに好んでいたものは，私の場合と同様に，あのおなじ旋律の潮流，あの古風な表現，
また他のいくつかの，非常に簡素でよく知られた表現，しかも彼の文中でそれの置か
れているきわだった位置が，ベルゴットのある特殊な好みを示しているように思われ
たそんな表現であった．そして最後に，沈鬱な章句のなかに，ある種の唐突な破調，
ほとんどしゃがれ声に近い調子があった．おそらくベルゴット自身も，以上のような
点に彼の最大の魅力があることを感じていたにちがいなかった．なぜなら，あとにつ
づいて出た書物のなかでも，何か大きな真実，またはある有名な大聖堂の名前に出会
うと，<u>彼は話を中断し，祈願，呼びかけ，長い祈りのなかで，あの流動に自由な流れ
をあたえていた</u> il interrompait son récit et dans une invocation, une apostrophe, une
longue prière, il donnait un libre cours à ces effluves からで，そうした流動は彼の初

期の作品にあっては，彼の散文の内部にとどまっていて，表面の波のゆれによって当時わずかにその姿が認められたにすぎず，表面の波がそんなふうに被われていて，その波の下のささやきがどこに生まれどこに消えるかを明瞭に指示できなかったかぎりでは，その表面のゆれもまだまだおだやかであり，全体の調子をやぶることはおそらくなかったであろう．彼がたのしんで調子をやぶるようになったそんな一節一節が，いまはわれわれの好むところであった．私はといえば，そうした個所を暗記していた．彼がふたたび話の糸をたぐりはじめると，私はがっかりするのであった．（*Sw.* I, 94 : 1, 122, 下線強調は青木）

　プルーストは〈長い一日〉の形式に含まれるとされる「脱線」を，ヒューストンやジュネットがいう意味での「脱線」とはおそらく認識していないのではないか，と思われる．
　作中では，語り手の言説における「自由な流れ」をさす場合には「挿入 parenthèse」という語が用いられる．

シャルリュス氏と並んで大通りを下りながら，フォルシュヴィル夫人にかんすることを挿入したついでに，これよりさらに長い挿話，ただしこの時代を描くのに必要な挿話を述べることを許していただこう，〔…〕．Que cette parenthèse sur Mme de Forcheville, tandis que je descends les boulevards, côte à côte avec M. de Charlus, m'autorise à une autre plus longue encore, mais utile pour décrire cette époque, [...]. (*T.R.* IV, 368 : 10, 148)

しかし話を戻さなければならない．私はシャルリュス氏と並んで大通りを下っているところだ，〔…〕．Mais il faut revenir en arrière. Je descends les boulevards à côté de M. de Charlus, [...]. (*T.R.* IV. 385 : 10, 174)

引用した例のほかにつぎのような箇所がある．

　「括弧つきのようにして comme entre parenthèses」（*Pr.* III, 617 : 8, 144）
　「ずいぶん長い余談のあとで après une si longue parenthèse」（*Pr.* III, 642 : 8, 179）
　「この余談のあとで après cette parenthèse」（*Pr.* III, 720 : 8, 291）
　「括弧つきで entre parenthèses」（*A.D.* IV, 217 : 9, 320）

　そして主人公の思考の「自由な流れ」をさす場合には「faire un crochet 方向転換する，迂回する」という表現が用いられている．

そのときまで音楽のあれこれの回想に沿っていた私の夢想の流れは，なぜか方向を変えた，そしてその音楽の，現代でもっともひいでた演奏家とされてきた人々の上に方向を転じた．それらの人々のあいだに，すこしもちあげだが，私はモレルをかぞえいれていたのである．たちまち私の思考は急に方向転換した Aussitôt ma pensée fit un brusque crochet, そして，モレルの性格のこと，その性格の奇妙ないくつかの特徴の

223

ことを私は考えはじめた．（*Pr.* III, 668；8, 217, 強調は青木）

〔サン゠ルーの訪問をそんなふうに回想しながら〕私は歩いて，長いまわり道をしていた　j'avais marché, fait un trop long crochet，〔…〕．（*T.R.* IV, 341；10, 109, 強調は青木）

　語り手の自由な言説は，単に付随情報を与えるという機能以上の意義を与えられている．その部分は，〈長い一日〉の出来事と，時間の継起を超えた，つまり，物語の連鎖を超えた意味文脈を形成している．しかも，その意味文脈はじつに多種多様であり，〈長い一日〉においてはテクストの進行が一日の時間の推移によって保証されているために，複数の意味文脈を同時に形成することが可能になっていると思われる．

　本書においては「脱線」という用語をもちいない．ミシェル・シャルルを援用して〈チュルソス-カドゥケウス型〉という用語をもちだしたのも，以上のような『失われた時を求めて』における「自由な言説」の特徴をよく示すことができると思われたからである．

(10)　ルーツィウス・ケラーは，『ピラネージとフランスロマン主義者たち――螺旋階段の神話』の序章をつぎのように始めている．

　螺旋状の深淵とそれにテーマ的に結びつけることができる数多くのイメージは，その最初の大きな表現をダンテの『神曲』に見出した．ホメロスによって語られたユリウスの撤退，ウェルギリウス（前70－前19）によって語られたアエネイアスの撤退，オルフェウスの冥府への旅，トロフォニウスの洞穴への降下（『アエネイス』（前29－前19）VI, 237）のように，古代世界は撤退の物語に満ちているが，作家が描き出している世界に明瞭で構造化されたかたちをあたえようと努めているのはどこにもみられない．ダンテの世界の明らかに螺旋形をした地形があらわれる以前には，訪問者が進む漠然とした土地しか見いだされない．（KELLER 1966, 13）

　本章において，テクストは「土曜日の午後のレオニー叔母」以降，あきらかに「螺旋」をえがきはじめ，フランソワーズも支柱に絡みつくかほそい蔦であることをやめる，と述べた．この「螺旋」は，ボードレールのド・クインシーにかんする文章を考察したミシェル・シャルル（CHARLES 1979, 398）から援用したものである（本章注6参照）．ミシェル・シャルルは，ド・クインシーとボードレールの相違について考察を重ねている．ド・クインシーの翻訳・解説書である『阿片吸飲者』のなかで，一方で，ボードレールがカットしたもの，つまり，ド・クインシーにあって，ボードレールにないものがあり，他方，ボードレールがド・クインシーにないものをつけくわえたものがある．カドゥケウスをチュルソス〔バッコスの杖〕に変更したことを除けば，ボードレールはド・クインシーの著書にない「螺旋」のイメージをつけくわえた．カドゥケウスは「生命の樹」から刈り取られてきたものであり，この二匹の蛇がからまり巻きつく杖をもつヘルメスは錬金術の祖神である．

そのとき，ボードレールがピラネージの「螺旋階段」を想起していたであろうことは疑問の余地がない．そして，ルーツィウス・ケラーが，みごとに解説したように，ボードレール以前と以後では，このトポスはその身分規定を変えるのである．ユゴーにおいて，ピラネージの「螺旋階段」は「客観的なかたちであることを止め，彼自身の主観性へと移行する．そのときから，ユゴーは徐々にはまり込んでいく内的な螺旋階段のなかで迷った探究者の不安な足取りを知っている．しかし，この運動は曖昧である：降下はたえず上昇運動とまじりあい，最後にはまったく楽天的な様子になる．しかし，ボードレールにおいてそのようなことは何もない」（KELLER 1966, 197）．ボードレールにおいては，「意識的に超然として，人間が絶対的な降下を完遂するのがみられるだろう．螺旋は垂直になり，人間の転落になる．このトポスはその飾りとしての価値を完全に失い，存在論的な苦悩の直截な表現になる」（同書，198）．

『失われた時を求めて』において，あきらかにダンテの地獄の螺旋の逆円錐形とピラネージの螺旋階段をむすびつけたと考えられるテクストは見られない．ダンテへの言及が数多いのに対して，ピラネージへの言及はコンブレーの1か所のみである（*Sw.* I, 64-66；I, 84-86）．確かに言えることは，その言及箇所で，プルーストが，ロマン主義の作家たちに親しいピラネージを意識しているということであり，読者がピラネージを，そしておそらくダンテを，想起するだろうと考えていることである．

「コンブレーの一日」のテクストは〈観念化された一日〉であり，〈チュルソス・カドケウス型〉から〈螺旋型〉へと移行する．「楽園」と「地獄」が，〈チュルソス・カドケウス型〉と〈螺旋型〉とに対応する．本章でみるように，〈観念化された一日〉は時間を撥無する．時間を撥無する〈観念化された一日〉は，物語世界を一方で「楽園」にすると同時に他方で「牢獄」に「地獄」にする．〈観念化された一日〉という物語時間のかたちは，そうした二面性をもっている．

コンブレーの教会は，「私はどんなに好きだったか，どんなにはっきりといま目に浮かぶことか，私たちの教会が！」（58：75）と回想される一方で，その鐘の音が主人公の読書の時間を空に刻む一方で，鐘の音はその「抽象的時間」によって人々の生活を支配し，そして「コンブレーの教会の後陣の外壁」は「牢獄の壁のような外見 l'air d'un mur de prison をもっていた」（61：79-80）と書かれる．

そして，本章でみるように，主人公の読書の「六十分」が「同心円」を象っているとすると，その同心円は，同じくダンテの『神曲』のこんどは「天国篇」を想起させる．

ヒューストンは，シャトーブリアンとプルーストとを比較して次のように言っている．

プルーストの散文の多くを注意深く読んで，それからシャトーブリアンに戻ったときに気づくことは，シャトーブリアンがしばしば，20世紀を超える長期にわたるレトリックの理論と実践にどれほど親密に寄りそっているか，そしてプルーストがどれほど

遠くこの伝統から逸れているか，ということである．プルーストは伝統を固守するよりむしろ，それから自分の望むものを引き出す．(HOUSTON 1982, 96)

　おそらく，形象についてもおなじことが言えるのではないか．つまり，プルーストは伝統的な形象を伝統的に用いるのではなくて，その伝統から自らの望むものを引き出す．プルーストが，地獄の逆円錐形，天国の同心円，そうしたダンテのイメージに忠実であるということはできない．しかしながら，ダンテを想起させる．
　また，『失われた時を求めて』の主人公には名前がない．この無名の一人称の物語という形式もその大きな先例としてダンテの『神曲』を思わせる．
　『神曲』の，その「私」をなぜダンテと呼んでよいのか．

　それは『神曲』中でただ一度だけベアトリーチェがこの「私」なる人物に「ダンテ」と呼びかける（煉獄編第三十歌五五行）からそう同定できるのです．
（平川祐広『ダンテ『神曲』講義』，河出書房新社，2010，p. 61）

　「ダンテ，泣いてはなりませぬ，ウェルギリウスが
　　立ち去ろうとも，まだ泣いてはなりませぬ，
　　おまえはほかの剣になお泣かねばならぬ身の上です」
（『神曲　煉獄篇』，平川祐弘訳，河出文庫，p. 418）

　『失われた時を求めて』も無名の一人称の「私」の物語であるが，その主人公がしばしば「マルセル」と呼ばれるのはなぜか．それは作中で２か所，１度目は「この書物の作者とおなじ呼び名を語り手にあたえるとすれば」という条件付きで，もう１か所は手紙のなかで，アルベルチーヌが主人公をそう呼んでいるからである．

　彼女は言葉をとりもどし，「私の」または「私の好きな」のどちらかのあとに私の洗礼名をくっつけて，私に呼びかけるのだが，この書物の作者とおなじ呼び名を語り手にあたえるとすれば，それはこうなるだろう，「私のマルセル」または「私の好きなマルセル！」．(*Pr.* III, 583 ; 8, 96-97)

そんな感謝の感動は，自転車に乗った男が彼女からのとどけ文を私のところにもってきたときに，なおいっそう大きくなった，それは私をじれったくさせないための伝言で，そこには，彼女が平生つかいなれているこんなやさしい表現がつらねられているのだった，「私の好きな，いとしいマルセル，私はこの自転車のお使いのかたより早くはそちらに帰れません，〔…〕．それなのに，一体なんてことをお考えになっていらっしゃるのです？　なんてひどいマルセルでしょう！　なんてひどいマルセルでしょう！　あなたにすべてをささげる，おん身のものなるアルベルチーヌ.」(*Pr.* III, 663 ; 8, 209)

　本書で「私」を「マルセル」ではなく，「主人公」あるいは「語り手」と呼

んでいるのは、はじめに「この書物の作者とおなじ呼び名を語り手にあたえるとすれば」という条件がついているからである。

　また、無名であるのは主人公だけではない。父も母も無名である。さらに、主人公の一族について、次の指摘がされている。コンブレーで幼少の主人公一家が休暇をすごしたのは、彼の祖父のいとこにあたる大叔母の家である。この家には祖父の弟のアドルフ叔父の部屋もあった。休暇中は祖母の二人の妹もいる。祖母は主人公の母の母親である。ところで、コンブレーは主人公の父の故郷らしい。J＝フランシス・レイユは、第一篇『スワンのほうへ』第一部の第一章と第二章のあいだで、「プルーストのミス une erreur de Proust」があると述べている。

実際起こっていることは、第一章と第二章とのあいだで、大叔母の家系の変更から、家が、父親の家族の手から母親の家族の手へと移っているということである。(REILLE 1979, 70)

　そのとおりである。しかし、ヒューストンはそれを「プルーストのミス」であるとは言わない。

現実の4人の祖父母が経済的な2人に減らされている。そして、この小説のなかで彼らについての言及を追っていくと、彼らは、語りの必要におうじて父方と母方のあいだをシフトする。こうしたことはすべて非常に微妙でエレガントなテクニックでもっておこなわれているので、その矛盾に気がつく読者はほとんどいない。もちろんそれはプルーストが意図したことなのだ which is, of course, what Proust wanted. (HOUSTON 1982, 49-50)

　こうしたテクニックがプルーストの独創であるか、あるいはなんらかの作品からその着想を得たのかは、おそらく生成研究においても確かなことはいえないのではないか。
　アシェは、フランシス・スターンが『失われた時を求めて』の源泉として4つの作品をあげていることに注意を促している (HACHEZ 1987, 48)。その4つとはダンテ『神曲』、ラシーヌ『フェードル』、ゲーテ『ファースト』およびワーグナー『パルジファル』である。

(11)　Cf. ユベール・メチヴィエ、前川貞次郎訳、『ルイ十四世』、白水社、文庫クセジュ、1955 年、p. 38.

(12)　Primi Visconti, Dangeau (*Journal*, publié par Eud. Soulié et L. Dussieux, Paris, Firmin Didot, 1854-1869), Sourches (*Mémoires du marquis de Sourches sur le règne de Louis XIV,* publié par G.-J. de Cosnac et A. Bertand, Paris, Hachette, 1882-1893), Ézéchiel Spanheim (*Relation de la Cour de France en 1690,* Paris, Mercure de France, 1873), Saint-Simon (*Mémoires,* publié par A. de Boislisle, Paris, Hachette, 1879-1928). (SAULE 1996, 213-214)

(13)　プレヤッド新版では、プルーストが、ガブリエル・アストリュック宛の手紙

(1913 年)に，「ルイ 14 世とレオニー叔母のあいだに建てられている類似性を正当化するために」次のように書いているという注がついている（I, 1158. I, 1106).

（ルイ十四世に対して）あなたが不正確だとおっしゃる比較について，私は〔…〕どこが不正確なのかわかりません．申し上げたいことは，真に古典的であるもの，刺を抜く古代の青年の近代芸術における等価物は，古代を猿真似するアカデミー派のどこそこの絵ではなく，足の爪や皮を剥がしているドガが描く近代の女性だということです．こんな具合に，専制的なブルジョワの老女が私にはルイ十四世に見えるのです，一つ一つの言葉が女中にとってはひとつの裁きであるのですから．Quant à la comparaison que vous trouvez inexacte (pour Louis XIV) [...] je ne vois pas où est l'inexactitude. Je veux dire que ce qui est vraiment antique, ce qui est l'équivalent dans l'art moderne du jeune héros arrachant l'épine, ce n'est pas tel tableau académique qui singe l'antique mais une femme moderne de Degas qui s'arrache un ongle ou un peau du pied. C'est de cette manière que me semble Louis quatorzième la vieille bourgeoise despotique dont chaque mot est un arrêt pour sa domestique. (*Corr.* t. XII, p. 390；全集 17, 484)

　　ガブリエル・アストリュックは両者の類似性を認められなかったのであろう．そして，プルーストの返事を読んで納得したであろうか？

(14)　『失われた時を求めて』において「ユートピア」という語は，ゲルマント公爵の発話のなかで（*S.G.* III, 78；6, 110），1 度あらわれるのみである．

第3章　スワンの恋

　「スワンの恋」は『失われた時を求めて』第一篇『スワン家のほうへ』第二部にあたる．夜目覚めた主人公が伝聞をもとに，生まれる前に始まったスワンとオデットの恋の物語を回想し，それを語り手が直接語るという形式を採っている．

　　そのようにして，私はしばしば朝までじっと考えこむのであった，コンブレー時代のことを，眠られなかった私の悲しい夜のことを，またずっと現在に近くなって一杯の紅茶の味から——コンブレーでならみんなが「かおり」と呼んだであろう味から——私に映像がよみがえったあの多くの日々のことを，そしてまた，回想の連合によって，この小さな町を去ってからずいぶん年月が経って私が詳しく知ったスワンの恋に関することを，その恋というのは，まだ私が生まれるまえにスワンが陥った恋であったが，ときにはもっとも親しい友人の生涯よりも数世紀まえに死んだ人々の生涯のほうがかえって容易にそのくわしい細部までつかむことができるものなのだ，といってもそういうことは，たとえばある町からある町に通話することがかつては不可能であったように，回想の連合という便法を人が知らないかぎり，回避しえない不可能であったのだ．一つまた一つとつけくわえられていったそれらのすべての回想は，もはや密集した一つの塊を形成しているにすぎなかった，しかしそれら三様の回想のあいだには——もっとも古いものと，あるかおりから生まれたずっと現在に近いものと，ついである他人が私にきかせてくれたその人の回想にすぎないものと，この三つのもののあいだには——ほんとうのさけ目または断層ではないまでも，すくなくともある種の岩石，ある種の大理石における，起源，年代，「形成 formation」の相違をあらわすあの節目，あの雑多な色模様が，人の目に見わけられないわけではなかったのである．(*Sw.* I, 183-184；I, 239-240)

　第1章のはじめにみたように，語り手が直接語るこの形式を本書ではケラーにならって「自由物語言説 récit libre」と呼んでいる．語り手の「私」は物語に登場せず，「スワンの恋」は『失われた時を求めて』全篇において唯一の三人称の物語となっている．

第
3
章

スワンの恋

　前章でみたように第一篇『スワンのほうへ』第一部「コンブレー」では，物語は時刻の経過に沿って編みだされるが，第二部「スワンの恋」では，物語は日々の推移を追って展開する．両者はまったく異なった時間性のもとにある．物語が時刻の推移の軸上で形成されるか，日々の推移の軸上で形成されるか，というこの2つのありかたは，『失われた時を求めて』の終わりに至るまで時間の文脈形成の基本となるものである．

　「スワンの恋」は独立したテクストとしてほとんど異論の余地のない緊密な構成をもっており，『失われた時を求めて』の中でも最も高い完成度を示している．その構造を示すことが本章の第1の課題である．

　この第一篇『スワンのほうへ』第二部では，物語と物語時間との関係において，日々の推移の時間軸が生みだすクロノロジーが問題となる．スワンの心の状態の変化にともなうクロノロジーが進行する一方で，さまざまな出来事に付随して歴史的事象が対象指示される．多くの研究者によって，そのクロノロジーと参照される歴史的事象との間に時間的不整合が存在することが，しばしば指摘されてきた．たとえば，ティエリー・ラジェは，「スワンの恋」に関して，「真のクロノロジー的一貫性は，もしそれが存在するとしても，おそらく内的なものでしかありえない」と言い，「ある地域，ある外国あるいは《寓意的な typique》国で展開される小説や映画に，著者が付け加える地域色について語られるように，クロノロジーの不一貫性を説明するためには，おそらく《時代の色 couleur d'époque》を持ち出さなければならないだろう」(Laget 1991, 55-57) と述べている．彼は，クロノロジーの意義を《時代の色 couleur d'époque》に還元される付随的なものとしてしか考慮しない．また，ニールス・ソルベアはそうしたクロノロジー上の不整合を挙げることによって，「スワンの恋」は「恋と嫉妬をその本質において語る」論証による一般的真実という点で価値をもっているが，「単独の物語」としての真実性はないと断言している (Soelberg 2000, 91-92)．ゆえに彼はクロノロジーの意義を考察には含めないことになる．

　しかしながら，のちに見るように，「スワンの恋」における史実の組みこみは，単に《時代の色》を付け足すという程度のものではない．プルーストは非常な情熱をもってその時代の風物や出来事をこの物語に書きこんだ．不整合があるならばそれがどのようなものか，その真実らしくない点

230

がどこにあるのか，を確かめ，そのうえでクロノロジーの意味を問い直さ
なければならない．それが本章の第2の課題である．

　序章でふれたように，『失われた時を求めて』においては，参照される
歴史的事象がクロノ̇ロ̇ジ̇ー̇を構成するようには書かれていない．したがっ
て，本書では「外的クロノロジー」という用語をもちいずに，そのまま
「参照される歴史的事象 faits historiques conférés」あるいは「歴史的指示
対象 référents historiques」と呼ぶことにしている．なぜその「歴史的事
象」が参照されているのかを考え，そのうえで，「スワンの恋」全体の時
間形成がもつ意義を考えたい．

1.［3］「スワンの恋」の時間形成

二重の3部構造

　プレヤッド新版では巻末に「要約」をつけている．それによると「スワ
ンの恋」は9つに分けられる（I, 1526-1528）．研究者たちの見解もほとん
どこの説を踏襲しており，テクストの切り分けに関して問題はないと思わ
れる．というより，先に述べたように，「スワンの恋」は独立したテクス
トとしてほとんど異論の余地のない緊密な構成をもっており，『失われた
時を求めて』の中でも最も高い完成度を示している．以下，プレヤッド新
版の要約に表題のついている部分ではその表題を用いることとし，ついて
いない部分に関しては，ひとまず「第1期」「第2期」というように「期
période」という表現を用いようと思う（ただし，「第3期」「第5期」には
プレヤッド新版の要約に表題が付記されている）．この表現はテクスト中で4
度用いられており（I, 235, 269, 299, 354）[1]，スワンの恋の進展が病気の進
行段階とのアナロジーで語られる[2]ことから，「期 période」という表現
が適しているのではないかと思われるからである．また各単位のヴォリ
ュームを示すために，ここでは特にナテュレル版[3]の対応する行をあげ，
行数を記すことにする．

　テクストには，［3-2-3］「第3期」と［3-3-1］「第4期」の間に1行の
空き（第4229行）があるだけである．物語展開の場所がヴェルデュラン家
から離れ大きく変わるためにここでテクストが区切られていると思われる．

第
3
章
ス
ワ
ン
の
恋

物語には，もう1か所 [3-1-3]「第1期」と [3-2-1]「第2期」の間に大きな切れ目があり，全体が大きく3つの部分に分かれ，それぞれがさらに3つの部分に分かれる二重の3部構造を採っていることがわかる．このような構造が偶然に得られたとは考えられない．つまり，プルーストが意識的に，ヴォリュームをも考慮に入れて，テクストを構成したのではないかと思われる．

「第3期」「第5期」にはプレヤッド新版の要約につけられた表題をあわせて表記することにし，9つの単位をひとまず表にした．

[3-1-1] ヴェルデュラン家の「小さな核」Le petit clan des Verdurin　　（1-496：496 行）

[3-1-2] ヴェルデュラン家の夜会 La soirée Verdurin　　　　　　　（497-1158：662 行）

[3-1-3]「第1期」　　　　　　　　　　　　　　　　　　　　　（1159-1594：436 行）

[3-2-1]「第2期」　　　　　　　　　　　　　　　　　　　　　（1595-2635：1041 行）

[3-2-2] ヴェルデュラン家の晩餐会 Un dîner Verdurin　　　　　　（2636-3272：635 行）

[3-2-3]「第3期」スワンの恋の進展 Progrès de l'amour de Swann　（3273-4228：956 行）

[3-3-1]「第4期」　　　　　　　　　　　　　　　　　　　　　（4230-5583：1354 行）

[3-3-2] サン＝トゥーヴェルト侯爵夫人邸での夜会 La soirée Saint-Euverte

　　　　　　　　　　　　　　　　　　　　　　　　　　　（5584-6883：1300 行）

[3-3-3]「第5期」恋の断末魔 L'agonie d'un amour　　　　　　　（6884-8092：1209 行）

3つの部分はそれぞれ，サンギュラティフの出来事を含むイテラティフによるスワンとオデットの物語 [3-1-1] [3-1-3]，[3-2-1] [3-2-3]，[3-3-1] [3-3-3] が，サンギュラティフによるサロンの場面 [3-1-2] [3-2-2] [3-3-2] を挟んで，構成されている．ヒューストンのいう*ＡＢＡ*パターンである（HOUSTON 1982, 67）．

以上の二重の3部構造に加えて，「スワンの恋」ではいくつかのモチーフが繰り返しあらわれることで，物語にリズムが生みだされている．そのもっとも大きなモチーフは「ヴァントゥイユのソナタ」である．ラジェは，「物語はヴァントゥイユのソナタによって区切られているのではないか．スワンの心の状態の変化はこの作品を聞くことに対応している」と言い，次のようにまとめている（LAGET 1991, 58-63）．

Ⅰ．恋のはじまり（ヴェルデュラン家にて）（*Sw.* I, 205-209；1，269-273）「彼はその楽節に未知の恋のようなものをおぼえたのであった．」

Ⅱ．恋の展開（オデットの家で）（233-234；305-307）「たとえ楽節が彼に恋はもろいものだといおうとも，それがなんであろう，彼の恋はこんなに強いのだ！」

Ⅲ．嫉妬の展開（ヴェルデュラン家にて）（260；343）「そしてスワンは心のなかで，この小楽節に話しかけた，あたかも彼の恋の打明け話をきいてくれる女に話しかけるように，また，こんなフォルシュヴィルなど気にしないようにと親切に彼にいってくれる誰かオデットの女友達にでも話しかけるように．」

Ⅳ．幻想の終わり，恋の病からの回復の始まり（サン＝トゥーヴェルト侯爵夫人邸にて）（339-347；449-460）「この夜会から，スワンは，彼にたいするオデットの以前のような感情がふたたびよみがえらないこと，幸福への彼の希望がもはや実現されないことを理解した．」

　ラジェのⅠを「ソナタ①」，Ⅱを「ソナタ③」，Ⅲを「ソナタ④」そしてⅣを「ソナタ⑤」とし，のちに記す図に書き込むことにする．
　ただし，「ヴァントゥイユのソナタ」にはもう１か所，40行にもわたるテクスト（215-216；281-282）が存在する．ラジェがこの箇所を省いたのはⅠと同じ場所，つまりヴェルデュラン家での一場面であり，同じく「恋の始まり」の時期にあたると判断したためであろうと思われる．しかし，本書の分析では，別のテクスト単位に属するために省略することはできない．そのうえ，ここには「二人の恋の国歌ともいうべきヴァントゥイユの小楽節 la petite phrase de Vinteuil qui était comme l'air national de leur amour」（215；281）という表現があらわれる．そこでこれを図に「ソナタ②」として書き込むことにする．
　サンギュラティフのサロンの場面［3-1-2］，［3-2-2］，［3-3-2］には「ソナタ①」「ソナタ④」「ソナタ⑤」があらわれ，ラジェの言うようにスワンの心の変化を印象づけ，はっきりと新たな恋の段階に移ったことを表わしている．それらサンギュラティフの場面をはさんだ［3-1-1］［3-1-3］，［3-2-1］［3-2-3］，［3-3-1］［3-3-3］では，物語時間はイテラティフによっ

て区切られ，[3-3-1]「第4期」を除いて，物語はサンギュラティフの出来事とそれに続くイテラティフの語りによって，リズムを細かく刻んで進行する．[3-3-1]「第4期」のみがまったく異なる構造をもっている．この単位はサンギュラティフの出来事をまったく含まず，物語の順序も存在せずに，「嫉妬」をテーマとしてスワンの内的物語を表出する．

この[3-3-1]「第4期」においては，「ボッティチェッリ作チッポラ」と「かこいもの une famme entretenue」というモチーフが重要な役割を果たしている．ボッティチェッリのモチーフは，順に，「ボッティチェッリの『モーセの生涯』」「ボッティチェッリの処女」「『春』の画家が描いた女たちの顔」「ボッティチェッリの女たち」というように変化する．また，「かこいもの une famme entretenue」のモチーフは，スワンに外部世界の存在を思い起こさせ，恋の幻想からひととき目覚めさせる．

ここでの目的は，モチーフを網羅的にとり上げるのではなく，これらのモチーフが幾度もあらわれることでテクストにリズムを生みだしていることを示すことにある．モチーフがこのように短いテクストのうちに律動的にあらわれるのは，『失われた時を求めて』全篇で「スワンの恋」だけである．そこで，とり上げるモチーフを以上の3つにとどめておきたい．

サロンの場面と下記1)～19)のサンギュラティフの出来事がこれらのモチーフを絡ませ，物語を流れるテーマと合体させる．たとえば，「ボッティチェッリ」のモチーフは，「ソナタ」のモチーフと同様に「芸術と恋」という「スワンの恋」の最も大きなテーマに属するが，ついで「嫉妬」[4]のテーマに組み込まれていく．それらのモチーフはブーメランのように舞いもどってきて，物語の緊張を高める．サンギュラティフの出来事はそうしたモチーフとテーマにとって磁場の働きをする．また，月日の経過を示すのは「数ヵ月後」といった直接的表現よりも季節の移り変わりであり，季節の表現は日々の推移の軸上でその時点の位置を印象づける．

[3]「スワンの恋」(*Sw.* I, 185-375 ; 1, 241-499, 第一篇『スワンのほうへ』第二部)

　　[3-1-1] ヴェルデュラン家の「小さな核」(185-196 ; 241-257)

　　　　1) オデット，ヴェルデュラン夫人にスワンの話をする (187 ; 245).

　　　　2) ある日，スワンは劇場で昔の友達の一人からオデット・ド・クレシー

に紹介される（192：251）.

[3-1-2] 3）ヴェルデュラン家の夜会（197-212：257-278）
「ソナタ①」（205-209：268-273）

[3-1-3]「第1期」（212-223：278-292）

4）ある日，スワンはヴェルデュラン家で共和国大統領とのエリゼ宮での昼食会の話をする（212：278），「ソナタ②」（215：281）

5）オデットの家に最初の訪問をする（216-219：283-286），「庭や木々に残された雪」（216：283），「冬の午後のおわり」（217：284）

6）オデットの家に2度目の訪問をする（219-222：286-290）.「ボッティチェッリ①」（219：287, 221-222：290）

7）パリ・ムルシア祭の日（1879年12月18日），「メゾン・ドレ」からオデットの手紙を受け取る（222：291）.

[3-2-1]「第2期」（223-246：292-324）

8）スワン，ヴェルデュラン家に行く時間を遅らせる. オデットは帰ったあとで，スワンは彼女を捜してパリを駆けまわる. イタリアン大通りの角でオデットに出会う. その夜，二人は初めて「カトレアをする」（223-231：292-303），「ボッティチェッリ②」（229：301），「季節は春，さえた，つめたい春であった」（231：303），「ソナタ③」（233-234：305-308），「五月の野の花」（234：307），「ボッティチェッリ③」（234：308），「かこいもの①」（235：309）

[3-2-2] 9）初めてフォルシュヴィル伯爵が出たヴェルデュラン家の晩餐会（246-262：324-346）.
「これからは季節もよくなりますから，私たちはたびたび戸外に夕食にまいりますわ.」（259：342），「ソナタ④」（260：343）

[3-2-3]「第3期」スワンの恋の進展（262-284：346-376）
「かこいもの②」（263：348），「陽気はあたたかであった，春のもっとも美しい季節であった.」（265：351）

10）ある晩，翌日宴会で遅くなると予告して，その翌日の夜十一時を過ぎてから，オデットの家に着く. 彼女はカトレアなしに明かりを消して帰ってくれるようにたのむ. 疑いをもった彼は，家に帰って約一時間半後，ふたたびオデットの家にでかける. 明かりをみて苦しむ. 窓をたたくが，隣の家の窓と間違えたのであった.（266-271：352-358）

11）ある日，昼にオデットの家に行く. 帰りに投函をたのまれた彼女のフォルシュヴィル宛ての手紙を読む（273-279：360-368），「ボッティチェッリ④」（276：364）

12）一ヶ月後，ボワの，スワンが最後に出たヴェルデュラン家の晩餐会の夜.（279-284：369-376）

235

第3章　スワンの恋

```
1行空き（284；376）
```

[3-3-1]「第4期」（284-316；376-419）

「ボッティチェッリ⑤」（308；407），「かこいもの③」（308；408）

[3-3-2] 13）サン＝トゥーヴェルト侯爵夫人邸での夜会（316-347；419-460）

「ソナタ⑤」（339-347；450-460）

[3-3-3]「第5期」恋の断末魔（347-375；460-499）

14）「ある日」，オデットの過去を暴露した匿名の一通の手紙をうけとる．（350；465）

15）「ある日」，新聞で見た『大理石の娘たち』という劇の題名の「大理石」という語から，オデットとヴェルデュラン夫人の関係に気づく．（354-362；470-482）

16）フォルシュヴィルがパリ・ムルシア祭の日に彼女を訪ねたこと，二人がはじめて「カトレアをした」あの最初の晩に，オデットがフォルシュヴィルの家を訪れていたこと，を知る．（364；484）

17）ヴェルデュラン夫妻と信者たち一行が海上旅行に出る．（367；488）

18）オデットたちの旅行が一年も続いていたある日，乗合馬車でコタール夫人に会う．（368-371；489-493）

19）二，三週間後に夢でオデットに会う．その日，スワンはコンブレーに出かける．（372；495）

図 I．[3]「スワンの恋」日々の推移

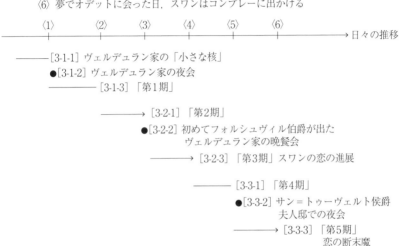

(矢印は時間的継起があらわれることを示す)

時点 ⟨1⟩ スワンが初めてヴェルデュラン家の夜会に出る
　　 ⟨2⟩ 二人が初めて「カトレアをする」
　　 ⟨3⟩ 初めてフォルシュヴィル伯爵が出たヴェルデュラン家の晩餐会
　　 ⟨4⟩ スワン，ヴェルデュラン家に招かれなくなる．
　　 ⟨5⟩ サン＝トゥーヴェルト侯爵夫人邸での夜会
　　 ⟨6⟩ 夢でオデットに会った日，スワンはコンブレーに出かける

[3]「スワンの恋」のテクスト分析：日々の推移，モチーフの反復

　図Ⅰにおいて矢印のない [3-1-1] ヴェルデュラン家の「小さな核」(185-196；241-257) と [3-3-1]「第4期」(284-316；376-419) のテクストでは，物語の時間的順序が存在しない．[3-1-3]「第1期」(212-223；278-292) では，物語の順序が明白ではない．[3-1-2] ヴェルデュラン家の夜会 (197-212；257-278)，[3-2-2] ヴェルデュラン家の晩餐会 (246-262；324-346)，および [3-3-2] サン＝トゥーヴェルト侯爵夫人邸での夜会 (316-347；419-460) のテクストはサンギュラティフの場面である．他のテクスト単位はサンギュラティフからイテラティフへ，イテラティフからサンギュラティフへと日々の推移を追っている．

　ラジェがいうように，「物語はヴァントゥイユのソナタによって区切られているのではないか．スワンの心の状態の変化はこの作品を聞くことに対応している」(LAGET 1991, 58-63)．しかし，スワンの心的状態を象徴的

にあらわしているのは「ソナタ」だけではない.「スワンの恋」のテクスト形成に書き入れた他のモチーフ,「ボッティチェッリ」と「かこいもの une femme entretenue」も同様にその時期のスワンの心的世界を象徴し,心の変化を明示する.そして [3]「スワンの恋」では季節の推移が時の経過をあらわす.

[3-1-1] ヴェルデュラン家の「小さな核」(185-196;241-257).

　「スワンの恋」の書き出しである [3-1-1] は,「小さな核」と呼ばれているヴェルデュラン夫人のサロンに出るための必要条件,ある信条を守ることについての語り手の解説から始まる.その条件とは,「この家に出入りしない連中の夜会は雨のようにやりきれない les soirées des gens qui n'allaient pas chez eux étaient ennuyeuses comme la pluie」(185;241) といわれて納得することである.「その年 cette année-là」(185;242) は,女性信者が二人だけになってしまっていた.高級娼婦のオデットと,ピアニストの叔母である.オデットがヴェルデュラン夫人にスワンの話をする.1番目のできごとである.

　　1) オデット,ヴェルデュラン夫人にスワンの話をする (187;245).

　ヴェルデュラン夫人の言葉「そのお友達をお連れになってください,気持ちのいいかたなら」をうけて語り手の言説「たしかに P しかし Q」[[CERTES P] MAIS Q] がつづき,こんどはスワンの物語が語られることになる.

　　<u>たしかに</u>,この「小さな核」は,スワンが出入りしている社交界とは何の関係もなかったし,また純粋の社交人ならば,ヴェルデュラン家に紹介されるために,何もスワンほどの異例の地位を社交界に占めている必要はない,と思ったことだろう.<u>しかし</u>,スワンは非常な女好きで,〔…〕.(188;245-246,下線強調は青木)

　ここでは,[ヴェルデュラン家の信者たちや,あるいは純粋の社交人の意味空間] と [スワンの意味空間] とが対立するものであることが強調されている.さらにスワンの価値観は,コンブレーの主人公の祖父とも相容

れないものであった.

　ずっと後年のことだが bien des années plus tard, 彼の性格が, まったくべつ
な部分で私の性格といろいろ似ていることから, 私が彼の性格に興味をもちはじ
めたとき, 私がしばしば家人から語りきかされたのは, スワンが手紙を私の祖父
によこすたびに (私の祖父といったが, 当時はまだ祖父ではなかった, なぜなら,
スワンの大きな恋愛事件がはじまったのは私の生まれるころ vers l'époque de
ma naissance で, その事件のために, 長いあいだ, そんな手紙のやりとりは中
断されたから), 祖父は封筒の上書きにこの友達の筆跡を認めて, つぎのように
声をあげたということであった, 「またスワンが何かたのんできたぞ, さあ用
心!」(191：248-249)

　ここで先に「まだ私が生まれるまえにスワンが陥った恋 un amour que
Swann avait eu avant ma naissance」(184：239) と書かれていた「スワ
ンの恋」が「スワンの大きな恋愛事件がはじまったのは私の生まれるこ
ろ」(191：249) とより明白に記されている.
　こうして, 2番目のできごとが, スワンの視点から描かれる.

　　2) ある日, スワンは劇場で昔の友達の一人からオデット・ド・クレシーに紹
　　　介される (192：251).

　2つのできごとの順序はもちろん, 2) ののちに 1) が起こったことに
なる.

[3-1-2] ヴェルデュラン家の夜会 (197-212；257-278).
　スワンは, そのソナタを「その前の年 l'année précédente」(205：269)
に聞いたことがあった. そのときは自分に快感をあたえるものの「輪郭を
はっきり識別することも, それと名ざすこともできないままに」,「通りす
がりに彼の魂を異様に大きくひらいたあの楽節かハーモニーかを——それ
が何であるかを彼自身も知らなかったが——心のなかでまとめてみようと
つとめたのだった」(205：269). スワンは,「音の波のうえに数分間うか
びあがった一つの楽節を識別し」,「その楽節に未知の恋のようなものをお
ぼえた」(206：270). しかし, 誰の作品かもわからず, 結局スワンはその

ことを考えることもやめてしまっていた.

　ところが，はじめて出たヴェルデュラン家の夜会で，スワンは「この未知の女の名」を知ることができた.「ソナタ①」である（205-209；268-273）.

　　しかし今は，彼の未知の女の名を訊ねることができた（それはヴァントゥイユの『ピアノとヴァイオリンのためのソナタ』のアンダンテだと彼はおしえてもらった），彼はその女をしっかり捉え，すきなだけ何度も家に連れて帰り，その言葉やその秘密を知ろうとすることができるだろう.（209；273）

　オデットとはじめて出たヴェルデュランの夜会で，この「ヴァントゥイユの『ピアノとヴァイオリンのためのソナタ』のアンダンテ」を聞いたことで，スワンはオデットとの出会いにそれまでの数多のアヴァンチュールとは異なった意味をもたせることになる.

［3-1-3］「第1期：恋のはじまり」（212-223；278-292）
　ヴェルデュラン家の夜会の終わりの，わかれの挨拶をするオデットとヴェルデュラン夫人との会話を受けて次の単位［3-1-3］がはじまる.

　　「オデットさん，あすシャトレ座で私たちと落ちあうことをあのかたはご承知なさったのよ.あなた，おさそいしてお連れしたら？」
　　「だめ，そういうこと，おきらいなの.」
　　「あらそう！　では，お好きなように.いざとなってすっぽかす lâcher ようなかたでなければね！」
　　ヴェルデュラン夫人が大いにおどろいたことに，彼はけっしてすっぽさなかった il ne lâcha jamais.どこででも落ちあい，ときには郊外のレストランで落ちあうこともあったが，まだその季節でもなかったので，それはごくまれで，たいていは劇場が多かった，ヴェルデュラン夫人が大の芝居好きであったからである.そしてある日 un jour，ヴェルデュラン夫人の家で，彼女が彼をまえにして，初日やギャラの晩には警視庁の特別通行証が非常に役立つことや，またガンベッタの葬儀の日にはそれがなくてひどくこまったことを話したとき，平素自分のかがやかしい交際を口にしたことがなかったスワン，ただかくしだてをするにもあたるまいと判断した芳しくないほうの交際だけを口にしていたスワンは，フォーブール・サン＝ジェルマンでの上流社交界で彼が官界との交際をこの芳しくないほうに数える習慣になっていたことから，こう答えてしまった，

「私がお世話することにしましょう，『ダニシェフ家の人々』の再演に間にあうように手に入れてさしあげます，ちょうどあすエリゼ宮で警視総監と昼食をしますから.」

「なんとおっしゃる，エリゼ宮で？」とコタール医師が雷のような声を発した.

「ええ，グレヴィ氏のところで」とスワンは，自分の言葉がひきおこした結果にいささか困惑しながら答えた.（212-213：278）

ガンベッタの国葬は 1884 年 1 月 6 日のことである．ジュール・グレヴィの大統領の任期は 1879 年 1 月 30 日から 1887 年 12 月 2 日までである．4 番目のできごとが記される.

4）ある日，スワンはヴェルデュラン家で共和国大統領とのエリゼ宮での昼食会の話をする（212：278）.

[3-1-3]「第 1 期：恋のはじまり」のテクストは，おもに前半がヴェルデュラン家，後半がヴェルデュラン家以外での物語にあてられている．4 つのできごと 4）5）6）7）が記されるが，その順序はスワンがオデットの家に初めて出かけた 5）の出来事と，2 度目に行った 6）がその順であること以外は明白ではない．7）のパリ・ムルシア祭の日が 6）の時点で過去であることは大過去という時制によってわかるが，5）と 7）との順序はわからない．また 4）との前後関係も不明である．したがって何度か繰り返される〈いま maintenant + 半過去〉の時点がいつなのか，「第 1期」のうちのいつかであることしか分からない．イテラティフの夜会の場面で描かれる「ソナタ②」（215：281）も同様である.

スワンが〔ヴェルデュラン家のサロンの〕なかに通され，ヴェルデュラン夫人が，朝，彼の贈ったばらを見せて，「怒っているのよ，こんなことをなさって」と言いながら，オデットとならんだ席を彼に示しているあいだに，ピアニストはスワンとオデットのために，二人の恋の国歌ともいうべきヴァントゥイユの小楽節を弾くのであった．〔…〕小楽節は単純でしかも不滅の襞を描き，たとえようもないおなじ微笑をたたえながら，あちらこちらにその優雅のめぐみをわけあたえて通りすぎていった．しかしスワンはいまは maintenant そこに幻滅が見わけられ

241

ると思っていた．小楽節は幸福への道を示しながら，その幸福の空しさを知って
いるように思われるのであった．その軽快な優雅のなかに，小楽節は，悔恨につ
づく解脱のような，ある完了されたものをもっていた．しかしスワンにとって，
それはほとんど重要ではなかった，彼は小楽節をそれ自体として〔…〕というよ
りも，彼と彼女とをむすびつけた愛のしるし，愛の記念として〔…〕みていた，
彼はソナタの全体をどこかの音楽家に弾いてもらおうと考えていた計画を，かつ
てのオデットのきまぐれなたのみ通りにすててしまっていて，ずっとソナタの小
楽節のところだけしか知らなかった．（215；281-282）

　ただ，イテラティフによるヴェルデュラン家の夜会の物語の終わりに挿
入されるサンギュラティフの物語に「最後の菊の一輪」という語が見られ，
秋の終わりがそのなかに含まれることがわかる．

　　そんなふうに，彼女はスワンの馬車で帰るのであったが，ある晩，彼女が馬車
　　をおり，そして彼が彼女に，ではあすまた，といったとき，彼女はあたふたと，
　　家のまえの小さな庭から，もう最後の菊を一輪摘みとって，帰ろうとする彼に手
　　わたした．彼はその菊を道々かたく唇にあてていた．そして数日後，花がしおれ
　　てしまったとき，彼はそれを書きもの机のひきだしにたいせつにしまった．
　　（216；283）

　　5）オデットの家に最初の訪問をする（216-219；283-286），「庭や木々に残さ
　　　れた雪」（216；283）「冬の午後のおわり」（217；284）
　　6）オデットの家に2度目の訪問をする（219-222；286-290）．

　6）の場面に「ボッティチェッリ①」（219；287，221-222；290）があら
われる．

　　彼の二度目の訪問は，もっと重大な結果をもった，といってもよかった．〔…〕
　　彼は彼女の見たがっている版画をもっていった．彼女はすこしからだの調子がわ
　　るかった，彼女は豪華に刺繍をほどこした布をコートのように胸の上でかきあわ
　　せながら，モーヴ色のクレープ・デシンの化粧着姿で彼をむかえた．彼のかたわ
　　らに立ち，ほどいた髪を頬づたいにすべらせ，版画のほうに楽にかがめるように，
　　軽く踊るような姿勢で片足をまげ，気がひきたたないときの疲れをおびて沈んだ
　　大きな目で，頭をかしげながら版画に見入っている彼女は，システィナ礼拝堂の
　　壁画にあるエテロの娘チッポラの顔に似ていることで，スワンの胸を打った．

〔…〕それはともかく，おそらくは，彼がしばらくまえから体得するようになった印象の充実が，その充実はむしろ音楽への愛好とともにやってきたとはいうものの，絵画にたいする彼の趣味をゆたかにしたからであって，たのしみは一段と深くなり——そしてそのたのしみはスワンに永続的な影響をおよぼすことになるのだが——そのたのしみをいま彼は，オデットとあのサンドロ・ディ・マリアーノ〔ボッティチェッリ〕の作になるチッポラとの類似のなかに見出したのだ．〔…〕

彼は彼女をじっとみつめていた．壁画の一断片が彼女の顔や彼女のからだのなかにあらわれているのだった．そのときから，彼はオデットのそばにいるときでも，ひとりで彼女のことを思っているときでも，つねに彼女の顔や彼女のからだのなかにその壁画の断片を見出そうとした，〔…〕．「フィレンツェ派の作品」という言葉が，スワンに大きな効果をもたらした．まるで肩書きのようなこの言葉のために，彼はオデットの映像を，これまでそれが近づいたこともなかった夢の世界にはいらせることができ，映像もまた，この世界にはいって気高さにつつまれた．そして彼がこの女についてもっていた純然たる肉体的な見解が，彼女の顔や，からだの長所，彼女の美しさの全体の長所について，たえず彼に新たに疑いをもたせて，彼の恋をよわめていったのにたいして，他方，彼が肉体的な見解のかわりに，ある美学の所与を根底にもったとき，そんな疑いはうちくだかれ，恋は確実なものになった．(219-221：286-289)

彼は仕事机の上にエテロの娘の複製を，まるでオデットの写真のように置いた．〔…〕われわれは一つの傑作をながめていると，おのずからそのほうにさそわれてゆく漠然とした共感をおぼえるものだが，エテロの娘の肉感の母体を知るいまは，〔…〕その漠然とした共感が一つの欲望となり，それ以後はオデットの肉体がはじめに彼にそそらなかった欲望の埋め合わせをした．〔…〕

そしてそのあいだに，彼が心をくだいてふせごうとしたのは，ただオデットの倦怠だけではなく，ときには彼自身の倦怠でもあった．スワンに会う機会がことごとく容易になってからオデットが彼にたいしていうことをもたなくなったように見えるのを感じた彼は，いま，二人がいっしょにいるときの，彼のふるまいが，すこし間がぬけて，単調で，つまりは決まりきったもののようで，それが彼のなかであのロマネスクな希望〔…〕をついには殺してしまうのではないかと恐れていた．(221-222：290)

また，「何か月もオデットに会うことよりほかに何もしなかったという後悔の念に駆られると quand il était tenté de regretter que depuis des mois il ne fît plus que voir Odette」(221：289) という表現が見られ，ヴェルデュラン家のはじめての夜会のときから，「何か月も」過ぎている，

243

つまり，［3-1-3］の期間が「何か月間 des mois」かであるということがわかる．

> 7）パリ・ムルシア祭の日（1879 年 12 月 18 日），「メゾン・ドレ」からオデットの手紙を受け取る（222；291）．

　さきに述べたように，7）のできごとは大過去で記されていて，6）より以前であることがわかる．そして［3］「スワンの恋」におけるサンギュラティフによって記されるできごとのなかで，唯一日付をもっているのが，この 7）である．

> 〔…〕——また事実，そんなふうにして，彼女が書いたもっとも愛情のこもった手紙を彼は受けとっていたのであって，その一つは，レストラン「メゾン・ドレ」から（それはスペインのムルシア市洪水罹災者のために催された，パリ＝ムルシア祭の日であったが），正午に彼のところにとどけさせた手紙で，このような言葉ではじまっていた〔…〕．〔…〕; – et en effet c'est de cette façon qu'il avait obtenu les lettres les plus tendres qu'elle lui eût encore écrites dont l'une, qu'elle lui avait fait porter à midi de la « Maison Dorée » (c'était le jour de la fête de Paris-Murcie donnée pour les inondés de Murcie), commençait par ces mots〔…〕. (222：291)

　この史実は括弧による挿入によって記されている．ここでは語り手が「時代の色」と抵触しない日付をもつ史実をこっそりと一つだけ挿入した，というふうにも思われる．この唯一の日付は尊重されなければならないだろう．

［3-2-1］「第 2 期：恋をする初めのころ，恋の狂気」（223-246；292-324）

　第 2 期は「恋をする初めのころ ces premiers temps où l'on aime」（234；307）の物語である．その周期の始まりを記すサンギュラティフのできごとから語られる．それは表にすこし詳しく書き込んだように，ある夜のことである．

> 8）スワン，ヴェルデュラン家に行く時間を遅らせる．オデットは帰ったあとで，

スワンは彼女を捜してパリを駆けまわる．イタリアン大通りの角でオデットに出会う．その夜，二人は初めて「カトレアをする」（223-231；292-303）．

この夜のことは，「ヴェルデュラン家で彼女を見かけなかったあの夜 le soir où il ne l'avait pas trouvée chez les Verdurin」，「彼の生涯のあの特異な時間，月光を浴びてパリを駆けめぐったときのほとんど魔法にかかったとでもいった時間 ces heures singulières de sa vie, heures presque enchantées」（235；308）というように，あるいは，つぎに引用するように，スワンは何度も思いかえすことになる．

　　そして彼は，ヴェルデュラン家でオデットを見かけなかった晩に，他者を占有するというどこまでも不可能なことを欲求しはじめたとき，どんな狂気が自分を襲ったかを思い知った．（358；475）

この第2期は「恋の狂気」をあらわしていることがわかる．
「ボッティチェッリ②」（229；301）があらわれるのは，はじめて二人が「カトレアをする」場面である．

　　彼は彼女がやとっている馬車に同乗し，自分の馬車にはあとにつづくようにいった．
　　彼女はカトレアの花束を手にしていた，そして彼女が頭を被って顎でむすんでいるレースのうすいスカーフの下にも，このおなじ蘭の花が，白鳥の羽かざりといっしょに，髪に挿してあるのを彼は見た．〔…〕デコルテになったブラウスのあいたところにおなじ白の節織絹のヨークが見えていて，そこにもまたカトレアの花が挿してあった．スワンにふいを打たれた彼女のおびえが，鎮まるか鎮まらないうちに，馬が何かにつまづいた拍子にうしろに反りかえった．二人ははずみをくって座席がずれ，彼女はあっと声をあげると，息を切らしてあえいでいた．
　　「なんでもありません」と彼は彼女にいった，「こわがらないで．」
　　そして彼は，彼女の肩に手をまわし，自分に寄りかからせるように軽くだいてから，彼女にいった，
　　「何よりも，私にものをいわないように，いうまねだけで答えてくだされればいいのです，またひどく息が切れるといけませんから．さっきの反動でブラウスの花がずれてしまっていますが，なおしてもかまいませんか？　落ちてなくなると

いけませんから，もうすこし深く挿してあげたいのですが.」

　彼女のほうは，男たちからそんなふうにていねいにいたわられることに慣れていなかったので，にっこり笑いながらいった，

　「ええ，かまいませんわ，ご遠慮なく.」

　〔…〕

　彼はあいている一方の手をオデットの頬に沿うようにしてあげていた，彼女は彼を見つめた，彼女との類似を彼が見出したあのフィレンツェ派の巨匠の手になる女たちの，物憂げな，重々しい様子をして．その女たちの瞳のように，彼女の大きな，切れ長のかがやく瞳は，まぶたのふちまでひきよせられていて，さながら二滴の涙のように，いまにもこぼれおちそうに見えた．彼女は首をかしげていた，フィレンツェ派の巨匠の女たちがすべて，宗教画のなかにあっても，異教の場面にあっても，そうしているのが見られるように．そして，おそらく彼女がふだんから慣れている姿勢，こういうときにはうってつけだと知っていて忘れないように心がけている姿勢，そんな姿勢で，彼女は顔をささえるのに全力を要するように見えた，あたかも目に見えない力がスワンのほうにその顔をひきつけてでもいるように．(228-229：299-301)

　8) のできごとのあと，スワンの恋は進展をみせる．他の女には目もくれなくなる．テクストはイテラティフに移行する.

　いまや，毎晩，彼女を送っていったときには，彼はなかにはいらなくてはならなくなったし，また彼女もしばしばガウンのままふたたびそとに出てきて，彼を馬車まで見送り，馭者のまえで接吻するのであった，〔…〕．〔…〕季節は春，さえた，つめたい春であった．〔…〕友達はおどろくのだが，まったくスワンはもういままでのスワンではなかった．〔…〕逆に，いまになっても変わらないことは，どこにいてもスワンがかならずオデットのあとを追っかけていっしょになることであった．(231：304-305)

　「ソナタ③」(233-234：305-308) は，オデットの部屋の場面である.

　彼が窓ガラスをたたくと，彼女が，それと知って答え，反対側の表入口に出て彼を待っていた．彼はピアノの上に彼女の好きな曲のいくつかがひらかれているのを見るのであった．〔…〕オデットのピアノはひどくまずかったが，しかしわれわれのなかに残っているある作品のもっとも美しい幻影は，しばしば，ぎこちない指先で，調子の狂ったピアノから弾きだされた調子はずれの音を超越して立ちあらわれた．小楽節はスワンにとっては，彼がオデットに抱いている恋につなが

りつづけていた．彼はこの恋が，外部の何物とも，彼以外の人によって認められる何物とも，照応しないものだということをともかくは感じていた．〔…〕しかし，小楽節は，彼がそれを耳にするとすぐに，小楽節に必要な空間を彼の内部に空けることができ，スワンの魂の均衡がそのために変化させられるのだった，魂のなかにある余白があるよろこびのためにとっておかれていて，そのよろこびもまた外部の何物にも照応しないが，しかしながら恋のよろこびのように純粋に個人的なものではなくて，具体的な事物をこえた上位の現実としてスワンに押しつけられていた．未知の魅惑への渇望，それを小楽節は彼の心に目ざめさせながら，この渇望を満たす正確な何物も彼にもたらさないのだった．だから，こうしたスワンの魂の部分を〔…〕小楽節は空いたまま空白にしていたので，彼は自由にそこにオデットの名を記入することができた．ついで，オデットの愛情がすこし物足りなかったり，失望を招くかと思われると，小楽節が埋めあわせにやってきて，その神秘なエッセンスを溶かし込んだ．（232-233：305-306）

　小楽節は「呼吸をもっと楽にする麻酔薬」や「香水」に比べられる．小楽節は恋の媚薬であった．「目で知覚するのではないから形のないもののように思われ，理知を逃れてしまうから意味のないように思われる，われわれがそのためにつくられたのではない世界，唯一の感覚によってしか到達できない世界」に触れて，自分が，「人類にとっては未知の，盲目で論理的能力のない被造物，ほとんど空想の一角獣，ただ聴覚によって世界を知覚するにすぎない架空の被造物」に変貌していると感じることは，「スワンにとって大きな休息であり，神秘な更生 grand repos, mystérieuse rénovation pour Swann」，「なんという異常な陶酔であったか quelle étrange ivresse !」（233-234：306-307）．

　　この楽節の快さの底にある悲痛なもの，おそらくひそかにやわらげられはしないものでさえある，悲痛なもののすべてに，彼は気づきはじめていたが，しかしそのことに苦しむことはできないのだった．楽節が恋ははかないものだと彼に言ってもそれがなんであろう，彼の恋はこんなにも強いのだ！〔…〕彼はオデットにこの楽節を十回となく二十回となく弾かせ，それと同時に彼に接吻するのをやめないように要求するのであった．一つのくちづけはつぎのくちづけを呼ぶ．ああ！人が恋をする初めのころは，くちづけはいかにも自然に生まれる！くちづけはたがいにおしあいながらどんどんあらわれて数を増す，そして一時間のうちにたがいに交わすくちづけは五月の野の花のようにかぞえきれないだろう．（234：307）

第
3
章
スワンの恋

「ソナタ③」とおなじ段落のうちに「ボッティチェッリ③」(234；308)があらわれる.

あるいは彼女は沈んだようすで彼を見つめ，彼はボッティチェッリの『モーセの生涯』のなかに描かれるにふさわしいような顔をまたしても目にし，その顔を画中に位置させ，それに必要な傾きをオデットの首筋にあたえるのであった. そして彼がシスティナの壁画に，十五世紀のテンペラ画風をまねて彼女をうまく描いたあとでも，彼女がやはりここに，ピアノのそばに，現在のこの瞬間に，いまにも彼に接吻され占有されるのを待ちうけているという意識，彼女が肉体をそなえ，生命に息づいて存在しているという意識が，彼を強い力で陶酔させてくるので，目はぼっとかすみ，顎はいまにもむさぼり食おうとするかのようにひきしまって，彼はこのボッティチェッリの処女にとびかかり，その二つの頬を手ではさんで締めつけるのであった. ついで，いったん彼女とわかれたあとでも，思い出のなかに彼女の匂いや顔立ちの特徴をしまいそこなったのでもう一度接吻するためにひきかえすこともあったが，そのようにして，ヴィクトリアで帰ってゆくあいだ，彼は毎日そのような訪問をゆるしてくれるオデットに感謝するのであった，〔…〕. こうしたかえりの道すがら，彼は，自分の心の推移にあわせるように，いまは月の座もほとんど地平のはてに移ったことに気づき，そして，自分の恋もまた，この恒久不変の自然の法則にしたがっていることを感じて自問するのであった，自分がはいりこんでしまったこの周期は，まだ長くつづくのであろうか，〔…〕. 〔…〕彼は，これまでの浮薄な生活で吹きはらわれてしまった若い時代の霊感が，自分のなかにふたたびあらわれるのを感じたが，その霊感のすべては，ある特定のひとの反映，刻印をおびていた. そして，いま自分の家に帰る微妙な愉悦を感じる長い時間のあいだ，ひとり回復しかけた自分の魂といっしょにいて，すこしずつ彼自身に，しかしもう一つの別な魂をもった自分に戻っていくのだった. (234-235；308-309)

段落がかわると，こんどは「かこいもの①」(235；309)があらわれる.

彼は夜にしか彼女のもとに行かなかった，それで，彼女がひるのあいだ時間をどうつかっているかを何も知らなかったし，同様に彼女の過去のこともいっさい知らなかった，〔…〕. ただ，何年かまえに，彼女と知り合っていないとき，ある女のことを人から聞いたことがあった，彼の記憶が正しければ，それはきっとオデットにちがいなかった，娼婦として，かこわれた女として，彼はほとんど彼女

248

たちの社会に足をふみいれたことがなかったので，ある小説家たちの想像が長い
あいだその女たちに与えた性格全体，根っからの不品行な性格をもっていると見
なしているあの女たちの一人として，その女のことが話されていた，そのことを
考えてときどき微笑することがあった．彼は，ある人物を正確に判断するために
は世間がつくっている評判の逆をとればいいことがしばしばあると自分に言って，
そのとき，そのような性格とは逆で，オデットを，善良で，率直で，理想に熱中
し，真実を言わないでいることがほとんど不可能な性格の女だ，と考えるのだっ
た，というのも彼は，ある日，彼女と二人だけで夕食がとれるように，ヴェルデ
ュラン夫妻には，彼女が病気だと手紙でいってうあるように彼女にたのんだこと
があったが，そのあくる日，彼女にかげんはもういいのかとたずねているヴェル
デュラン夫人のまえで，彼女が赤くなって口ごもり，うそをついていることから
くる心苦しさや呵責をおもわず顔にあらわして，しかも一方で彼女が返事のなか
に，前日の仮病についてでっちあげた細部を積み重ねてこたえながら，哀願する
するような目つきやおろおろした声で，自分の言葉のいつわりをわびているよう
に見えるのを，彼は目にしたからであった．（235-236；309-310）

この［3-2-1］「第2期」では3つのモチーフが続いてあらわれるが，「か
こいもの」のモチーフがはじめてあらわれることで，読者にオデットの実
像が徐々に明かされることになる．

オデットはいまは「高級娼婦」[5] であるが，「男たちからそんなふうに
ていねいにいたわられることに慣れていなかったので」（229；300）とカ
トレアの場面にあるように，娼婦であることに違いがないことを感じさせ
る．

［3-2-2］初めてフォルシュヴィル伯爵が出たヴェルデュラン家の晩餐会（246-262；324-346）．

なんという相違であったろう，オデットが，ほんのすこししか会っていない人
だが招待してくれるようにと彼らにたのみ，彼らが大きな希望をかけた「新入
者」のフォルシュヴィル伯爵は！（246；324）

すぐさま語り手はスワンとフォルシュヴィル伯爵との相違にかんする2
つの見方を対比させる．「たしかにPしかしQ」［[CERTES P] MAIS Q］
の一変種である「おそらくPしかしQ」［[SANS DOUTE P] MAIS Q］

が用いられる.

　　おそらくSans douteフォルシュヴィルはひどいスノッブで，スワンはそうで
はなかった．おそらくSans douteフォルシュヴィルは，スワンのように，ヴェ
ルデュラン家の環境を他家の環境の上位に置く，というようなことはしなかった．
しかしMaisフォルシュヴィルには，スワンに見るような繊細さはなかった，ス
ワンにあっては，彼がよく知っている人たちにたいしてヴェルデュラン夫人があ
まりにもあやまりの目立った批評をするときには，彼の繊細さがそれに合意する
ことをゆるさなかった．画家が日によって口にする気障りで野卑な長広舌や，コ
タールがいつも無鉄砲にやってのけるセールスマンのような冗談について，彼ら
両人をともに愛していたスワンにしてみれば，そうしたものを聞き流してやる理
由は容易に見出しても，それに喝采を送る勇気や偽善をもちあわせてはいなかっ
たが，これに反して，フォルシュヴィルの知的レヴェルは，そうした長広舌にわ
けもわからずに舌をまいたり，感心してきき入ったり，そういう冗談をおもしろ
がったりする程度のものであった．そして，まさしく，フォルシュヴィルが出た
最初のヴェルデュラン家の晩餐会は，これらの差異をあきらかにし，フォルシュ
ヴィルの長所を目立たせ，スワンの失寵を早めた．（246-247：324，下線強調は
青木）

オデットが，サロンに入ったときに，スワンに「私がお呼びしたお客様，
いかが？」とたずねる．

　　すると彼は，ずっとまえから知っているフォルシュヴィルが，女の気に入りそ
うな男であり，かなり美男でもあることにはじめて気がついて，答えたのであっ
た，「けがらわしい！」（249：328）

スワンはフォルシュヴィルに嫉妬しているのではない．ただ「いつもほ
ど幸せではないと感じていた」（同上）．
　フォルシュヴィルはスワンの華々しい交際のことを話す．

　　「たびたびスワンさんに会っていらっしゃるのね？」とヴェルデュラン夫人が
たずねた．
　　「どういたしまして」とフォルシュヴィル氏は答えた，〔…〕．「そうじゃないで
すね，スワンさん？　一度もお目にかからない．第一，どうしたらお目にかかれ

るというのです？　この先生ときたらいつもラ・トレモイーユ家とか，レ・ロー
ム家とか，そういった家に入りびたりなんですから！…」これは非難になってし
まった．それに<u>スワンが一年このかた，ほとんどヴェルデュラン家にしか行って
いなかった</u>だけに，見当違いもはなはだしかった．しかもヴェルデュラン家の人
たちが知らないそうした人たちの名前は，それが口にされただけでも，彼らのあ
いだに，排斥の沈黙でむかえられるに十分なのであった．（254：334-335，下線
強調は青木）

　　そこでヴェルデュラン夫人は「このただ一人の不信者のために，小さな
核の精神的結合の実現がさまたげられる」（256：337）と感じる．それで
もスワンが追放されるのはまだこの日ではない．晩餐がおわって，ピアニ
ストがスワンのためにあのソナタの楽節を弾く．「ソナタ④」（260：343）
は，スワンにとってこのソナタが心の拠りどころになっていることを強調
する．

　　そしてスワンは心のなかで，この小楽節に話しかけた，あたかも彼の恋の打明け
　話をきいてくれる女に話しかけるように，またこんなフォルシュヴィルなど気に
　しないようにと親切に彼にいってくれる誰かオデットの女友達にでも話しかける
　ように．（260：343）

　　「一年このかた depuis un an スワンはほとんどヴェルデュラン家にしか
行っていなかった」（254：335）や，「これからは季節もよくなりますから，
私たちはたびたび戸外に夕食にまいりますわ．」（259：342）という表現か
ら，このヴェルデュラン家の晩餐会は，8）の「カトレア」のできごと（早
春）の1か月か2か月のちのことであろうと思われる．

［3-2-3］「第3期」スワンの恋の進展：「嫉妬」のはじまり（262-284；346-376）

　　スワンはヴェルデュラン家の寵を失おうとしていることにはまだ気がつかなか
　った．そして彼らのこっけいさを，自分の恋を通して，好意的にながめつづけて
　いた．（262；346）

第3章 スワンの恋

「かこいもの②」(263；348) があらわれる．ある日スワンは「オデット
が誰かのおかこいものだとうわさされているのを耳にしたことがあった
昔」のことを思いだし，「ギュスターヴ・モローに描かれた幻の女のよう
に，貴い数々の宝石にからんだ毒の花をちりばめ，未知の悪魔的な諸要素
が混合して玉虫色にきらめいているそんなおかこいもの」とオデットとを
比べてみる．オデットがしばしば話題にするのは，「彼自身がもっともよ
く知っているもの，彼のコレクション，彼の部屋，彼の老いた召使，彼が
証券をあずけている銀行家に関係したことであり，その銀行家の顔を目に
描いたとき，彼はその銀行から金をひきださなくてはならないことをふと
思いだした」(263-264；348)．

そういえば，もし今月，五千フランをあたえた先月にくらべて，それほど大幅に
オデットの物質的窮乏をたすけず，そして彼女がほしがっているダイヤモンドの
首かざりを贈らなかったら，彼の鷹揚さにたいする彼女の賞讃や彼への感謝，彼
をあのように幸福にしたそうした感情を，彼女のなかでもう一度あらたにするこ
とは不可能であろうし，さらには，愛の表示が小さくなったのを見て，彼の愛情
が減退したのだと彼女に信じさせるおそれさえあるだろう．すると，突然，彼に
こんな問がわきおこった，金を贈ること，それこそ彼女を「かこう entretenir」
ことではないだろうかと（あたかも，かこう，という概念 cette notion d'entre-
tenir が，実際に，あやしげでもよこしまでもない要素からひきだされうるかの
ように，つまり彼の日常の私生活の深い奥底に属している要素から，たとえば，
あのやぶれてつぎあわされ，使いなれて親しい千フラン札から，ひきだされうる
かのように，──その千フラン札は，じつは先月彼の部屋係の従僕が，その月の
勘定と家賃とを支払ったあとスワンの古い事務机のひきだしにおしこんでおいた
千フラン札で，彼はそれをとりだし，さらに四枚をそえて，オデットに送ってや
ったものなのであった），そしてまた，彼はこうも自問した，自分が彼女をよく
知るようになってからは，それまで彼女と両立しないものと自分で思っていたこ
の「おかこいもの femmes entretenue」という言葉が（なぜなら，彼女が彼以前
に誰かから金をもらっていたなどとは，ひとときもうたがってみたことはなかっ
たから），今度はオデットにたいして適用されることにならないであろうかと．
彼はこの思考を深めることができなかった，というのは，ずっとのちに電灯の設
備がいたるところにできたときに，スイッチを切って急に家中を真っ暗にできた
ように，そのように瞬間的に，彼にあって生まれつきの，間歇的で宿命的な，あ
の精神の遅鈍の発作が，このとき起こって，彼の理知を照らしているすべての光
をぱっと消してしまったからである．彼の思考は暗闇のなかで一瞬手さぐりをし

た，彼はめがねをはずして，レンズを拭き，両眼に片手をあてた，そして彼がふたたび光を見出したのは，全然べつの思考に直面していることに気づいたときであった，すなわち，来月は五千フランではなく，六千か七千フランをオデットに送らなくてはなるまい，そうすれば彼女をびっくりさせ，よろこばせてやれる，という考えであった．（264；348-349）

　この19世紀後半の1フランは今の1000円（鹿島 2013, 123）であるから，「五千フラン」は今の500万円にあたる．スワンがオデットにいかに多額の金を贈っていたか，いかにオデットが「スーパー高級娼婦」であったかがわかる．それに客はスワンやフォルシュヴィルだけではなかっただろうし，オデットは当時パリの「ベスト・ドレッサーの一人」（194；253）だったのであるから．

　スワンは気分がすぐれず，気持ちが沈む，「とりわけオデットがフォルシュヴィルをヴェルデュラン家の人々にひきあわせてからは」（265；351），コンブレーの屋敷に出かけたいと思ってもパリを離れられない．「陽気はあたたかであった，春のもっとも美しい季節であった」（同上）．

　「第3期」の呼称である「スワンの恋の進展 Progrès de l'amour de Swann」はプレヤッド新版の要約からとったものである（I, 1527）．その「進展」がどのようなものであるかに関しては，次に見るように，大過去で語られるそれまでのスワンと「いま」のスワンとの世界の違いが「たしかに P しかし Q」[[CERTES P] MAIS Q]によって明確に記されている．「嫉妬」という言葉がはじめて表われる．

　<u>たしかに</u> Certes スワンは，オデットがどう考えてみても人目に立つような女ではないとしばしば考えてきたし Swann avait souvent pensé qu'Odette n'était à aucun degré une femme remarquable，それに，彼は自分よりもひどく劣っている者には絶対的な権力をふるっていたので，「信者」たちの面前でそのことが公表される場に立ちあっていても，すこしも得意な気持ちにはならなかったにちがいない，<u>しかし</u> mais 多くの男たちにオデットが欲情をそそるほれぼれするような女に見えることに気づいてからは，他の男たちに呼びかける彼女の肉体の魅力が，彼女の心の隅々まで支配したいというなやましい要求を彼のなかに目ざめさせたのであった．そして彼女をひざに乗せて，あれこれのことについて彼女の考えていることを話させたり，また<u>いま</u> maintenant 彼がこの地上で手に入れたい

第3章　スワンの恋

とひたむきになっているただ一つの宝を仔細に点検したりして，彼女のもとで過ごす宵の時間に，はかりしれない価値を置きはじめていたのであった．だから，その晩餐のあとで，彼女を離れたところに呼び，心をこめて彼女に礼をいうことを怠らなかった，そのようにして，彼から彼女にしめす感謝の度合に応じて彼女から彼にあたえうるよろこびの段階を教えようとしたのであり，そのよろこびの最高の段階は，彼の恋がつづき，彼が傷つけられるおそれのあるあいだ，彼を嫉妬の痛手からまぬがれさせてくれることなのであった．（267：353，下線強調は青木）

「その晩餐」というのはできごと 10）の「ある晩」の翌日のことである．

　　10）ある晩，翌日宴会で遅くなると予告して，その翌日の夜十一時を過ぎてから，オデットの家に着く．彼女はカトレアなしに明かりを消して帰ってくれるようにたのむ．疑いをもった彼は，家に帰って約一時間半後，ふたたびオデットの家にでかける．明かりをみて苦しむ．窓をたたくが，隣の家の窓と間違えたのであった．（266-271：352-358）
　　11）ある日，昼にオデットの家に行く．帰りに投函をたのまれた彼女のフォルシュヴィル宛ての手紙を読む．（273-279：360-368）

「ボッティチェッリ④」（276：364）は 11）のテクストにある．この日，スワンはオデットのうそに気がつく．

呼鈴を鳴らした，物音がきこえ，人の足音がきこえるように思ったが，ドアはあかなかった．気がもめて，いらいらした彼は，建物のうらにあたる小さな通りにまわって，オデットの部屋のまえに立ったが，カーテンがさがっていて何も見えなかった，力をこめて窓ガラスをたたいた，呼んだ，誰もあけなかった．近所の人たちが彼をながめているのに気がついた．足音がしたように思ったのはおそらくまちがっていたのであろうと考えて立ちさった，しかしそのことばかりが気になったので，いつまでもほかのことが考えられなくなった．一時間後に彼はまたやってきた．彼女はいた，さっき呼鈴が鳴ったときには家にいたが，眠っていたのだ，といった，呼鈴で目をさまし，スワンだろうと思って駆けつけて姿を追ったが，立ちさったあとだったという．（273：360-361）

彼がいるあいだに，彼女は何度もいった，「運がわるいわ，一度もおひるすぎにはいらっしゃらないのに，たまたまきてくださったと思うと，ゆっくりお目にかかれなかったなんて．」訪ねにきた彼に会いそこなったことをそんなにひどく残

念がるほど彼が愛されていないことは，なるほど彼にもよくわかっていた．しかし彼女は気立てがよく，彼の気をわるくしたときに悲しそうにしたことも何度かあったから，彼女にとってはともかく，彼にとっては非常に大きなたのしみである一時間をともに過ごすというたのしみを彼になくさせたといって彼女がふと悲しくなったのも，彼にはきわめて自然だと思われた．しかしながら，それほど大したことでもないそんなことに，さも苦しそうなようすをつづけている彼女を見ていると，しまいには彼もおどろいた．そんな彼女は，ふだん以上に，『春（ラ・プリマヴェラ）』の画家が描いた女たちの顔を思いださせるのであった．そんなときの彼女は，まるでボッティチェッリの女たちそのままの顔をするのであった，——単に幼いイエスをざくろの実であそばせたり，水槽に水をそそぐモーセを見たりしているだけなのに，その女たちはあまりにもつらい苦痛の重みにくずおれそうに見えるほどうちしおれ，憂いに沈んだ顔をしているのだ．彼はいつかも彼女がこういう悲しげな顔をしていたのを見たことがあったが，いつだったか，もう忘れていた．そのとき，彼はふいに思いだした，それはオデットが病気という口実で，ほんとうはスワンといっしょにいたいので，出席しなかった晩餐会のあくる日，ヴェルデュラン夫人に言いわけをしながらうそをついていたときのことであった．（275-276；364）

　　彼女が，自分の堪えている努力におしつぶされそうになり，あわれみを求めているように見えるそんな苦しそうなまなざし，そんな悲しそうな声を発するほどに，一体どんなに自分の身につらいうそを彼女はスワンに言おうとしているのか？（276；365）

　スワンはオデットが「『春』の画家が描いた女たちの顔 les figures de femmes du peintre de la Primavera」をするのが，「自分の堪えている努力におしつぶされそうになり，あわれみを求めているように見えるそんな苦しそうなまなざし，そんな悲しそうな声を発する ce regard douleureux, cette voix plaintive qui semblaient fléchir sous l'effort qu'elle s'imposait, et demander grâce」のが，うそをついているときだということに気づく．
　このテクストはプルーストが「ボッティチェッリの女たちの顔」にどのような寓意を読みとっていたかをはっきりと教えてくれる．
　スワンはコンブレーの哀れな妊娠した下働きの女中に「ジョットの慈悲」と命名した物語がしめすように，寓意をみることにたけていた．スワンは「つねに生きている人間と美術館にある肖像画とのあいだに類似を見出す」（317；420）という変わった性癖をもっている．主人公は，ジョッ

255

第3章 スワンの恋

トの寓意画をたのしむことができない．スワンの命名についても趣味が悪いと思っていたかもしれない．しかし，「ずっとのちになって，私が理解するようになったこと」として，語り手はつぎのように解説する．

　彼女のだぶだぶの上っ張りは，スワンさんから私がもらっていたジョットの絵の象徴的なある種の人たちが着ているフープランド・ケープを思いださせた．そんな類似を私たちに指摘したのはスワンさん自身で，この下働きの女中のようすを私たちにたずねるとき，彼はこういうのであった，「ジョットの慈悲 la Charité de Giotto はどうしていますか？」〔…〕．

　ジョットのそれらの画像にたいするスワンさんのさかんな讃美にもかかわらず，彼がもってきてくれた複製のかかっている私の勉強部屋で，私はそれらをながめても長いあいだすこしもたのしくなかった．その慈悲には慈悲がなく cette Charité sans charité，その羨望 cette Envie は，舌の腫物とか手術者がさしこむ器具とかで圧迫されている声門や懸壅垂を示しているにすぎない医学書の図版のように見えたし，正義 une Justice は，灰色をおびた，けちくさくまとまった顔立ちが，コンブレーのミサで見かける，信心深いけれどもやさしさのない婦人たち，その多くがまえもって不正の予備隊に dans les milices de réserve de l'Injustice 編入されているように見えるあのブルジョワの美しい婦人たちの特徴をそなえていた．しかしずっとのちになって，私が理解するようになったことは，それらの壁画の，心をとらえる異常さや特殊な美は，そこに象徴が大きな位置を占めていることにもとづくのであり，しかも象徴としてではなく現実的なものとして，実際に身に受けているもの，具体的な形にされたものとして，表現されたのであって，そういう事実が，この作品の意義に，いっそうぴったりとあう，いっそう正確な何物かをあたえ，その作品の教訓に，いっそう堅固な，いっそう心を打つ何物かをあたえている，ということであった．あのあわれな下働きの女中にあっても，事情はおなじで，注意の焦点は，彼女の腹をひっぱっていた重力のために，たえずその腹に向けられていたのではなかろうかと思われる．そしてまた，瀕死の病人たちの思考もやはりそれとおなじで，その思考は，しばしば，実際の方面，苦しい，暗くてわからない，内臓の方面に向けられるのだ，それはまさしく死の裏面にあたるのであり，死はそんな裏面を瀕死の病人たちに見せつけ，それを痛切に感じさせるのであって，われわれが死の観念とよんでいるものよりは，病人たちをおしつぶす重荷に，呼吸困難に，のどを焼く渇に，はるかに近いものなのである．

　パドヴァの美徳と悪徳と ces Vertus et ces Vices de Padoue が私には身重の女中とおなじように生き生きとしたものに見え，また女中自身も私にはそれらの絵に大して劣らないほど寓意的に見えた，というのだから，あの美徳と悪徳とはそれ自身のなかに，多くの現実性をもっているにちがいなかった．そしておそら

256

くは，ある存在の魂とその存在が表白している美徳とのあいだにそのように相関性がない（すくなくとも表面的には）ということは，それの美的価値以外に，心理的現実性とはいえなくとも，すくなくともいわゆる人相学的現実性をもっているということなのであろう．私がのちに，私の人生の途上で，たとえば修道院で，活動的な慈悲の化身，まったく神聖そのもののような化身に，たまたま出会ったようなとき，そうした人たちは，おしなべて，多忙な外科医によく見かける，快活な，積極的な，無頓着な，ぶっきらぼうな様子をしていたし，人の苦しみを目のまえにして，どんな同情も，どんなあわれみも見せない顔，人の苦しみにぶつかってすこしもおそれない顔をしていた，つまり，やさしさのない，思いやりのない顔，それが真の善意のもつ崇高な顔なのである．（79-81：103-105）

「ボッティチェッリの女たちの顔」は，女たちがうそをついているときの，「自分の堪えている努力におしつぶされそうになり，あわれみを求めているように見えるそんな苦しそうなまなざし，そんな悲しそうな声を発する」すがたなのである．

この日，帰りに数通の手紙を投函してくれるよう，オデットはスワンにたのむ．出来事の 11）である．スワンはそのなかでフォルシュヴィルにあてた手紙だけを残して，その手紙を読む．「私にやましい点はありません，私がなかに通したのは，私の叔父ですもの」（278：367）．オデットは，フォルシュヴィルにたいして，スワンを「私の叔父」であると弁解しているのだ．スワンが呼鈴を鳴らしたときに，フォルシュヴィルがなかにいたこと，フォルシュヴィルはスワンよりももっとだまされていることを知る．いまやスワンの嫉妬は「糧を得て」，彼の性格は一変する．

いまこの嫉妬は糧をえたのであり，やがてスワンは，オデットが五時ごろに受けた訪問に，毎日不安をおぼえ，この時間にフォルシュヴィルがどこにいるかを知ろうとするようになるだろう．というのも，オデットにたいするスワンの愛情は，彼女がどのようにして一日をおくるかを知らないせいもあり，同時に，この不案内を想像で補おうとするとたんに頭脳のはたらきの鈍る作用にさまたげられるせいもあって，最初に強くきざみつけられた性格を，いまもそのままに保ちつづけていたからであった．彼は最初のころは，オデットの生活のすべてに嫉妬したわけではなく，おそらくは状況判断のまちがいから，てっきりだまされたらしいと思うようになったときだけ嫉妬をおぼえた．彼の嫉妬は，第一，第二，第三と触

257

手をのばす蛸のように，この夕方の五時という時間に，つぎにはまた他の時間に，それからさらに他の時間に，というふうにぴったりとからみついた．しかしスワンは自分の苦しみを自分のなかからつくりだすことはできないのであった Mais Swann ne savait pas inventer ses soufrances. 彼の苦しみは外部からきた一つの苦しみの回想，その苦しみの不断の連続にすぎなかった Elles n'étaient que le souvenir, la perpétuation d'une souffrance qui lui était venue du dehors.

しかしその外部では，すべてが彼に苦しみをもたらすのであった．彼はオデットをフォルシュヴィルから遠ざけよう，数日南フランスに連れてゆこうと思った．しかし彼女はそこのホテルに泊まっている男という男に欲望の目で見られ，彼女自身もまた彼らに欲望を感じるだろう，と彼は考えるのであった．そんなわけで，かつては旅に出ると，新しい人々，にぎやかなつどいを追い求めたのに，いまでは，男たちの交際でひどく傷つけられたかのように，交際ぎらいになり，交際を避けているのが見られるのであった．男という男がオデットの愛人になりそうに見えるとき，どうして人間ぎらいにならずにいられよう？　そのようにして嫉妬は，はじめのころオデットに抱いた官能的なたのしい欲望がスワンの性格を変えた以上の変質を彼の性格にもたらし，そのために，彼の性格は，その外面にあらわれる徴候にいたるまで，他人の目にすっかり一変して見えるのであった．(278-279：368-369，下線強調は青木)

ここでは，スワンの性癖と嫉妬の苦しみのありかたがみごとに要約されている．のちに語り手が主人公における恋の苦しみを語るときに，スワンと主人公との相違があきらかになる．まえもって言えば，苦しみはスワンにおいて「外部から du dehors」来るのに対して，主人公においては「内部でつくられる inventer」．スワンはオデットがどのようにして一日をおくっているかを知らず，「この不案内を想像で補おうとするとたんに頭脳のはたらきの鈍る作用にさまたげられる」．スワンはしばしばめがねをはずしてレンズを拭き，両眼に片手をあてる (Cf. 264：349)．そのスワンの癖，「瞬間的にやってくる，彼にあって生まれつきの，間歇的で宿命的な，あの精神の遅鈍の発作 un accès d'une paresse d'esprit qui était chez lui congénitale, intermittente et providentielle」(同上) が繰り返される．主人公はといえば，逆に想像力でアルベルチーヌの生活をつくり上げる．

ついで 12) のできごとが描かれる．

12) 一ヶ月後，ボワの，スワンが最後に出たヴェルデュラン家の晩餐会の夜.（279-284：369-376）

　ここでスワンはヴェルデュラン家のサロンのこっけいさ，くだらなさ，そのけがらわしさにがまんできなくなる．その「小さな核」はダンテの地獄の最下圏だと言われる．

　　要するに，ヴェルデュラン家の連中の生活を彼はしばしば「ほんとうの生活la vraie vie」と呼んできたのに，いまはそれがもっともくだらない生活に見え，彼らの小さな核はもっともいやしい場所であるかのように思われるのであった．「まったくあれは」と彼はいうのだ，「社会の階級でもっとも下層のサークルだ，ダンテの地獄の最下圏だ C'est vraiment, disait-il, ce qu'il y a de plus bas dans l'echelle sociale, le dernier cercle de Dante. あの尊厳な古典に書かれているのは，まさにヴェルデュラン家の連中のことなんだ！　要するに，社交界の人間は，何かとわるくいわれるが，いずれにしてもあんな街の不良の徒とは大ちがいだ，あんな連中と知りあうことを避けて，指先さえもけがすまいとするところは，社交界の人間のじつに深い叡智のあらわれだ！　フォーブール・サン＝ジェルマンのわれにさわるな *Noli me tangere* という信条には，なんという洞察がふくまれていることか！」（283：374，イタリックはプルースト）

　ここで1行空き（284：376）がある．ヴェルデュラン家中心だった物語の舞台が，ここで大きく変わる．

[3-3-1]「第4期：恋と嫉妬の迷路」（284-316；376-419）
　この第4期は，時間的順序のない単位である．
　「ボッティチェッリ⑤」（308：407）「かこいもの③」（308：408）がおなじ1つの段落のうちにあらわれ，第3期とこの第4期との相違を際立たせる．

　彼はいろいろきき正したいと思って，あそび人仲間にふたたび近づこうと努力したが，彼らはスワンがオデットとねんごろだということを承知しているし，それに彼はオデットのことをあらためて彼らの頭に入れ，彼女のあとをつけまわされはしないかとおそれるのであった．しかし，いままでバーデンとかニースとかの国際色の濃い生活に関することほどつまらないものはないように思われた彼が，

第3章　スワンの恋

そうした歓楽の町でオデットがあそび暮らしたらしいことを知るにつけ，それが，彼のおかげでやがてその必要が満たされるあの金銭の不如意のためであったのか，または，これからも出てくる可能性のある気まぐれを満足させるためであったのか，それを突きとめるあてもないとわかったいまは，無力な，盲目同然な，めまいを起こさせるばかりの苦悩におそわれ，底なしの深淵にかがみこむのであった，その深淵のなかには，あの七年政治の最初の何年かがのみこまれているのであって，その何年かのあいだ，冬はニースのプロムナード・デ・ザングレで，夏はバーデンのぼだい樹の木陰で，彼女のまわりで月日がすぎたのであり，彼はそうした月日に，詩人ならば託したであろう深い苦痛と華麗さとを見出すのであった，そして，もしも当時のコート・ダジュールの新聞記事が，オデットの微笑やまなざし──といっても非常にまじめな純真なまなざし──のなかにあった何かを理解するのに役立ったとしたら，ボッティチェッリの『ラ・プリマヴェラ』や『ラ・ベルラ・ヴァンナ』や，『ウェヌスの誕生』などの絵の真髄のなかにさらに深くわけいる努力をしようとして，十五世紀のフィレンツェの現存する記録を調べる美学者以上の情熱をもって，スワンはその新聞記事の些細な事実の再構築に着手したことであろう．しばしば彼は，何もいわずに彼女を見つめ，考えこむ，そんな彼に向って彼女は，「いやにさびしそうね！」というのであった．彼女は人のいい女だ，自分が知ったもっともすぐれた女たちにひけをとらないという考えからかこいもの une femme entretenue だという考えに彼が移っていったのは，まだそれほど以前のことではなかったが，それ以来，こんどは逆に，浮かれ歩く男たちや，女にもてる男たちのあいだで，どうやら知らぬ者もないほど有名だったらしいオデット・ド・クレシーという女から，ときどきじつにやさしい表情を浮かべるあの顔や，じつに人間味のあるあの性質に，立ちもどるようになっていたのであった．（307-308；407-408）

　おそらくプルースト独自の，『失われた時を求めて』の中でも最も成功している，重要な時間形成が［3-3-1］「第4期」にあらわれる．この周期にはサンギュラティフの出来事が何もおこらず，物語の時間的順序は存在しない．にもかかわらず，いな逆にサンギュラティフの出来事が何も起こらないからこそ，この「スワンの恋」のクライマックスと考えられる，一種逆説的なテクストが観察されるのである．9つのテクスト単位のうちで最も長い単位であるこの［3-3-1］「第4期」は，プレヤッド新版においては表題がない．このテクストを「恋と嫉妬の迷路」と名づけて分析することにしよう．

　ヴェルデュラン家に招かれなくなると，スワンの日常は一変する．［3-

3-1］「第４期」は全部で５つの場合に分けられる．最初の２つの場合は
「あるいは ou bien」によって等位におかれ，すぐさま表わされる．

　　彼女は二人の恋のはじめのように，「どうせあすの夜お会いできますわ，ヴェ
　ルデュラン家でお夜食がありますから」とはもういわなくなり，「あすの夜はお
　会いできないでしょう，ヴェルデュラン家でお夜食がありますから」というよう
　になった．あるいは ou bien，ヴェルデュラン夫妻が彼女をオペラ＝コミック座
　に『クレオパトラの一夜』を見に連れてゆくことになっていて，〔…〕．（284-
　285；376）

「あるいは ou」や「～かあるいは～か soit …, soit …」という表現は
『失われた時を求めて』において特に多用される要素である（Cf. Louria
[1957] 1971）．この表現について，シュピッツァーはつぎのように述べて
いる．

　« ou-ou » そしてさらに，« soit-soit » には，多くの例があってその中から選んだ
　のだろう，という考えが含まれているのではないか？ とりあげられた二つの場
　合のほかに，語り手が他の無数の場合を省いたのだと推察される．代表する例は
　それ自体，しばしば得体のしれない策略と陰謀のうずまく迷路 un labyrinthe
　d'obscures intrigues et machinations であり，われわれのために一瞬のあいだ照
　らし出されるが，すぐに消える，映写フィルムのコマのように．（Spitzer [1928]
　1970, 418）

　そして，彼の挙げている例は「スワンの恋」初め近くの一文である．

彼は自分に到来した興味をそそる恋の冒険をこの男爵に話して陽気にさせるのが
好きであった，汽車のなかである女性に出会って自分の邸に連れて帰ったが，あ
とでわかってみると，彼女はある君主の妹で，当時ヨーロッパの政治のあらゆる
糸がその君主の掌中にからまっていたために，おかげでじつにたのしくヨーロッ
パの政治的事情に通じた<u>とか</u>，またはいろんな事情の複雑な仕掛けのために，彼
がある家の料理女の情人になれるかどうかということが，法王選挙会議がおこな
おうとしている選挙にかかっている，<u>とか</u>いう話であった．（*Sw.* I, 190；248，
強調はシュピッツァー）

第3章 スワンの恋

シュピッツァーは「とりあげられた二つの場合」にさえ「迷路」をみた．「第4期」は全部で5つに場合分けされていると述べたが，それぞれの場合はさらに下位で分岐する．読者はまさしく「迷路」にはまり込んでしまい，どこで角を曲がったのか分からなくなる．さらにあとで見るように，その迷路は3段になっているために，読者はどこで一段下ったのか，自分の居場所を確かめたくて，行きつ戻りつすることになるだろう．そこで，全体をひとまず図示しておく．

図Ⅱにおいてオデットがヴェルデュラン家で夜食をとるために，会えない日が［場合1］である．このケースの具体的記述はない．［場合2］は，ヴェルデュラン夫妻がオデットをオペラ＝コミック座に連れて行く日である．この日は史実としては1885年4月25日（『クレオパトラの一夜』の初演の日）であるが，記述はすべて直説法半過去であり，特定のこの日が［場合2］として観念化して挙げられていることがわかる．特定の日を観念化するイテラティフである．

［場合3］は，オデットがヴェルデュラン夫妻および信者たちと外出する日である．

> ヴェルデュラン家の人たちは，彼女をさそってサン＝ジェルマン＝アン＝レーやシャトゥーやムーランに出かけるときは，しばしば，それが絶好の季節であると souvent, si c'était dans la belle saison, その日は泊まってあくる日に帰ろうとその場で提案するのであった（287；379-380）．

> ときどき，彼女は，四，五日も家をあけることがあったが，ヴェルデュラン家の連中が彼女をさそってドルーの墓所を見に行ったり，あるいは，コンピエーニュに，画家のすすめで森に沈む夕日をながめに行ったりして，ピエールフォンの城まで足をのばすことがあった（287；380）．

［場合3-1］は，近場へ出かけるときで，季節と同行の信者たちの都合で，日帰りになったり，一泊したりする．この場合スワンは愚痴をこぼすだけである．しかし，［場合3-2］は遠出で，四，五日かかる．そこでスワンは行動をおこす（288-290；380-384）．

262

図 II. [3]「スワンの恋」[3-3-1]「第 4 期：恋と嫉妬の迷路」意味形成

		第 3 段階（オデットがどこに行ったか，スワンが前もって知っている／知らないによる場合分け）(311-316 ; 411-419)
オデットがどこへ行ったか知っている日	嫉妬に苦しむ夜	第 2 段階（嫉妬の苦しみ／平静な喜びによる場合分け）(292-311 ; 386-411)
		第 1 段階（オデットの行き先による場合分け）(284-292 ; 376-386)
		[場合 1] オデットがヴェルデュラン家で夜食をとるために，会えない日（284 ; 376）
		[場合 2] ヴェルデュラン夫妻がオデットをオペラ＝コミック座に連れて行く日（285 ; 376）
		[場合 3] オデットがヴェルデュラン夫妻および信者たちと外出する日
		[場合 3-1] 近場へ出かけるとき，日帰りになったり，一泊したりする（287 ; 379）
		[場合 3-2] 遠出で，四，五日かかる場合（287 ; 380）
		[場合 4] 二人がいっしょに招かれスワンがオデットに会える夜会の日
		[場合 4-1] 夜会のあと，スワンがオデットを残してひとりで帰る日（292 ; 386）
	平静な宵	[場合 4-2] 夜会のあと，いっしょに帰る日（292 ; 387）
知らない日		[場合 5] オデットがどこへ行ったか分からないとき（311 ; 411）

　スワンがフォレステル侯爵とその地を訪れたのはおそらく一度限りの出来事であろう．しかし，このケースも，[場合 2] ほど明瞭ではないにしても，やはり [場合 3-2] を特徴づけるものとして機能している．[場合 2] と同様に用いられる時制が直説法半過去，大過去，条件法現在であるために，物語がイテラティフのなかに埋没してしまうからである．そしてそのセリーの終わりに物語は枝分かれする．

　　彼は，オデットに会いに行くようなふりをしないで，コンピエーニュやピエール
　　フォンに行けるように，その近くに城館をもっている友達のフォレステル侯爵に
　　たのんで，その辺りに連れていってもらおうとふと考えついたのであった．
　　（289 ; 382）

そしていよいよ彼女が帰りそうだという日になると，またしても時刻表をひらいて，きっとこの汽車に乗るだろうとか，それにおくれたとしても，まだ何本残っているとか勘定してみるのであった．また自分の留守中に電報をのがしてはとの心配から，外出もせず，終列車で帰ってきた彼女が夜なかにやってきて，彼を不意打ちで喜ばせてくれる場合をも考えて，寝ようともしなかった．〔…〕彼は夜っぴて待ちあかしたが，まったくのむだであった，というのはヴェルデュラン家の連中がかえりを早めたために，オデットは正午からパリに帰っていたのだが，それを彼に知らせるという気がつかなかったので，所在なさに，ひとりで劇場で宵を過ごすと，とっくに寝に帰って深い眠りに落ちていたのであった．（290；383-384）

ときには，短い旅行をしてきたとき，彼女はパリに帰ったことを何日も経ってからでなくては彼に知らせようとはしないことがあった．（291；385）

［場合4］は，二人がいっしょに招かれスワンがオデットに会える夜会（フォルシュヴィルのところとか，画家のところとか，またはある閣僚邸での慈善舞踏会とか）のある日であるが，すぐさま2つに分けられる．スワンがオデットを残して帰り嫉妬に苦しむ夜の［場合4-1］と，オデットといっしょに帰る落ちついた喜びを味わう夜の［場合4-2］である．不実な女のオデットと優しいオデットが交互にあらわれ，スワンはその両極のあいだを揺れ動く．その揺れはスワンのすべての時間に波及し，オデットの優しい心づくしを感じる「こうした平静な宵 ces tranquilles soirées」以外の「ほかの時には à d'autres moments」フォルシュヴィルの愛人になったオデットを想像して苦しむ．

こうした平静な宵のあとでは，スワンの疑惑は鎮まるのであった，〔…〕．
しかしほかの時には，彼はまたまた苦痛にとらえられ，〔…〕．（295；390）

ここで，スワンの内的物語時間は，オデットの行き先によって場合分けされた次元（第1段階）を超えて，大きく2つの場合，「平静なとき」と「嫉妬に苛まれるとき」とに分けられる（第2段階）．この「第4期」のあいだ，スワンはともかく会う約束の日をとりつけ，オデットの家に通う．オデットは「多くの用事をひかえ，世間体をはばかりながらも，スワンに

会いに来る日」がある．しかし，読者は「平静なとき」が非常にわずかで
あり，ほとんど［場合4-2］のみであることに気づく．物語は［場合1］
から［場合4-1］までと，［場合4-2］とに大きく場合分けしなおされる．
スワンの内的生活は，「嫉妬の苦しみ」と「平静な喜び」の間をたえず揺
り動く（295-297；390-394）．「こうした揺れのあとで」「平静なとき」を求
めて，スワンはオデットを「優しいオデット」に戻そうと試みる（297-
298；394）．畳掛けるように繰り返される「まるで～のように comme si」
は，その努力のむなしさを強調している．

この揺れのあとではいまや，スワンの嫉妬のためにしばらく追いやられていたオ
デットがふたたび元の場所へ，彼にかわいらしく映ったあの角度に自然にもどっ
てきたいま，彼が想像する彼女はやさしさに満ちあふれ，同意のまなざしを浮か
べ，それがいかにも美しい女に見えるので，まるで彼女がそこにいて接吻できる
かのように comme si elle avait été là et qu'il eût pu l'embrasser〔…〕，彼女が現
にいまそんなまなざしをしたように si elle venait de l'〔ce regard enchanteur
et bon〕avoir réellement，それがただ彼の欲望を満たそうとしていま描きだし
た彼の想像ではないかのように si ce n'eût pas été seulement son imagination
qui venait de le peindre pour donner satisfaction à son désir 強い感謝の念を抱
くのであった．〔…〕，あたかも彼女を愛してはいなかったかのように comme s'il
ne l'avait pas aimée，彼女がほかの女たちと変わらないかのように comme si
elle était pour lui une femme comme les autres，いったん彼がいなくなると，
オデットの生活がただちに別のものになり，彼に内緒で，彼にさからって，織り
だされる，ということがなかったかのように comme si la vie d'Odette n'avait
pas été, dès qu'il n'était plus là, différente, tramée en cachette de lui, ourdie
contre lui〔…〕．（298；394-395）

「こんなふうに，心の痛みがひきおこす化学作用そのものによって，愛
から嫉妬をつくりだしたあとで」（299；396），スワンはオデットに対する
愛情をとりもどす．その繰り返しである（300-303；397-400）．

スワンの恋は，相当の程度にまで進んだ病気で，ここまできてしまえば，医者は
——疾患によってはもっとも大胆な外科医でさえも——患者にその悪癖を禁じ，
その苦痛を除くことがやはり正しいのか，はたしてそれが可能なのかとさえ考え
るほどに，ひどくなっていたのであった．（303；400）

そしてスワンの恋というこの病気 cette maladie qu'était l'amour de Swann は，無数にふえてひろがり，彼のあらゆる習慣に，彼のあらゆる行為に，彼の思考に，健康に，睡眠に，生活に，彼が死後のために望むものにまで，じつに緊密にまじりあい，彼とまったく一体になっていたので，彼はそのもののほとんど全部を破壊しないかぎり，それを彼からひきはなすことはできなかったであろう，あたかも外科の用語でいうように，彼の恋は，もはや手術不可能なのであった．（303；401）

　さらに，語り手は彼を「息子のスワン」に戻らせる．それはスワンにとって苦しみの鎮静となる．主人公の大伯父のアドルフやシャルリュス氏との交際を通して，スワンはオデットの過去を知り，「親切で物静かなオデット」を作りだす．こうした小休止（303-311；401-411）をへて，読者は最後の［場合5］にたどり着く．
　［場合5］は，オデットがどこへ行ったか分からないとき，である．

　彼女がどこへ行ったかわからないときでも，〔…〕オデットがゆるしてさえくれるなら，留守中も彼女のもとにじっととどまって，帰ってくるまで待っていれば，それで彼には十分だったであろう．〔…〕しかし彼女は待たれることがきらいであり，彼は家に帰ってゆき，途中でむりやりに別方面の計画を立て，オデットのことを思うまいとするのであった．帰って着替えをするころには，心のなかでかなりたのしい思索をめぐらすようにさえなっていたし，ベッドにはいってあかりを消すころには，あすはすぐれた美術品でも見にゆこうという希望が胸に満ちているのだが，さて眠ろうとして，あまりに習慣となってしまい意識せずに自分に加えていた拘束 une contrainte dont il n'avait même pas conscience tant elle était devenue habituelle を，ふっとゆるめたとたんに，つめたい身震いが突きあげてきて，彼は涙にむせびはじめるのであった．彼はどうしてそうなったかを知ろうともしないで，目をぬぐい，笑いだしながら，自分に向かっていうのであった，「こいつはどうかしている，ノイローゼになったぞ．」ついで，あすもまたオデットが何をしたかを知るために努力しなくてはならない，彼女に会うために有力な人間をだきこまなくてはならないと考えて，ぐったりせずにはいられないのであった．そのように中休みもなく，変化もなく，好ましい結果もえられない行動の必要に駆り立てられるのは，彼にとってはたまらなく残酷なことであったので，ある日，腹の上におできを見つけたとき，これはたぶん命とりになるおそろしい腫瘍であろう，こうなればどんなことにもわずらわされなくてすむのだ，

この病気はやがて近い最期の日まで自分を支配し翻弄するだろうと考えて，彼は心の底からよろこびを感じた．また実際に，そのころ，それと口には出さなかったが，彼がしばしば死を望むにいたったのは，苦痛のはげしさからというよりも，むしろ努力の単調さから，のがれたいと思ったからであった（311-312：411-412）．

「第3期」の終わりには「彼の嫉妬は，第一，第二，第三と触手をのばす蛸のように，夕方の五時というこの時間に，つぎにはまた他の時間に，というふうにぴったりとからみついた」（279：368）と書かれていた．いまや，語り手のいうように，「彼の恋は，もはや手術不可能なのであった」（303：401）．

　［場合4］に「平静なとき」があらわれ，読者は，いっとき，オデットの行動を追い続けるスワンの迷路から脱したかと思った．しかしじつはさらなる大きな迷路に迷い込んだだけであることが分かったのであった．その「第2段階」は，スワンの時間のすべてを「平静なとき」と「嫉妬に苛まれるとき」とのあいだで揺れ動かせる堂々巡りの「迷路」であった．そして，「息子のスワン」があらわれることで束の間の小休止が表わされた．しかしそのあとに待っていたのはさらなるいっそう大きな迷路でしかない．そこは真っ暗闇であって，その前では読者はスワンと同じく立ちどまって涙を流すしかないのだ．あるいは，ピラネージの牢獄の階段のイマージュ，このロマン主義の作家たちに親しい螺旋のイマージュが，ここでも読者に感じとられるであろう（第2章注10参照）．

　こうして［場合5］で，読者は［場合4］までとは異なる迷路に迷い込んでいたことを知る．第3段階である．［場合1］から［場合4］まで，スワンはオデットの所在を知っていた．しかるに［場合5］では，スワンにはオデットがどこに行ったか，どこにいるのか，いつ戻るのか，いっさい分からない．この第3段階で物語はさらに［場合1］から［場合4］までと［場合5］とに場合分けしなおされる．おそらくは［場合5］が，それ以外をすべて足した場合よりも多くの時間を含んでいる．「あまりに習慣となってしまい」（311：412）という表現がそれを暗示している．

　この「第4期」では物語の時間的順序は存在せず，サンギュラティフの出来事は起こらない．季節の移り変わりもあらわれない．しかしながら，

スワンの内的物語はクライマックスへ向かう．それは物語の展開によってではなく，語りによって生み出されるクライマックスである．このイテラティフによるクライマックスは，「さて眠ろうとして，あまりに習慣となってしまい意識せずに自分に加えていた拘束を，ふっとゆるめたとたんに，つめたい身震いが突きあげてきて，彼は涙にむせびはじめるのであった」と表現されている．限りない反復の「努力の単調さ」，そこにこの「嫉妬の迷路」の，「スワンの恋」の逆説が凝縮されている．

　イテラティフの「場合分け」によって物語を時間的順序のない世界として表出し，語りによってクライマックスを創り出すという手法は，おそらく『失われた時を求めて』独自のものである．そして物語はサンギュラティフのクライマックス，すなわちサン＝トゥーヴェルト侯爵夫人邸での夜会における「ヴァントゥイユのソナタ」の場面へと向かう．

[3-3-2] サン＝トゥーヴェルト侯爵夫人邸での夜会 （316-347；419-460)

　サン＝トゥーヴェルト侯爵夫人はやがて自分の慈善音楽会に出演してくれる音楽家たちの演奏をきかせる夜会をその年に催していた．スワンは，その最後の夜会にやっとの思いで出かけようとしていると，シャルリュス男爵が訪ねてきて一緒に行こうと誘う．しかし，スワンは男爵には「今夜まえにお針子をやっていた女友達のところへ chez son ancienne couturière 行く」(317：419) というオデットのところへ行ってくれたほうがいいと言って，一人で出かけることにする．そのとき，男爵に翌日や「今度の夏の予定 des jalons pour cet été」(同上) を考えてくれるように頼む．スワンは久しぶりにでかけた夜会で，ヴァントゥイユのソナタを聞いてしまう．「ソナタ⑤」である．

　　スワンが，「これはヴァントゥイユのソナタの小楽節だ，きくまい！」と心につぶやく以前に，早くも，オデットが彼に夢中になっていたころの思い出，この日まで彼の存在の深いところに目に見えない形でうまく彼がおしとどめていたあのすべての思い出がよみがえり，それらの思い出は，恋の時期をかがやかせていたあの光がまた突然さしてきたのだと思いこみ，その光にだまされて目をさましながら，はばたきして舞いあがり，現在の彼の不幸をあわれみもしないで，幸福の歌の忘れられたルフランを狂おしげに彼の耳にひびかせるのであった．
　　「ぼくが幸福だったとき」，「ぼくが愛されていたとき」といった抽象的な言葉

を，彼はこれまでしばしば口にして，それで大した苦痛を感じなかったのは，彼の理知が，過去から何も保存していないものをいわゆる過去の精髄だと称して後生大事に残していたからなのだが，そうした抽象的な言葉ではなくて，いま彼が見出したのは，あの失われた幸福の，特別な，蒸発しやすいエッセンスをことごとく永久に固定しているものなのであった．彼はすべてをふたたび目に見た，〔…〕．（339-340；450-451）

彼はすべてを思いだす．「彼は思いだした Il se rappela」が繰り返される．「ああ，彼は思いだした，彼女がこう言いはなったときの声の調子を，〔…〕．〔…〕．彼は思いだした，イタリアン大通で消されていくガス灯の火を，〔…〕」（340-341；451-452）．

そしてスワンは，この再体験された幸福と向かいあってじっと動かない一人の不幸な男の姿を認めたが，それが誰なのかすぐにはわからなかった，だから涙でいっぱいになった目を人に見られないように伏せなければならなかった．それは彼自身の姿だった．（341；452）

もはや彼はただひとり遠いところに追放されているとは感じていなかった，なぜなら，小楽節のほうから，彼に言葉をかけてきて，オデットのことを小声で話してくれたからだった．つまり，彼はかつてのように，オデットも自分も小楽節に知られていないという印象をもはやもたなかった．小楽節は，彼らのよろこびをあんなにたびたび目撃していたのだ！　なるほど，小楽節はまた，たびたび二人の恋のはかなさを彼に警告した．そしてあのころ，小楽節のほほえみのなかに，熱中からさめた，澄みきった，その抑揚のなかに，彼は苦しみを読みとってさえいた，しかし，今日は，そのなかに彼はむしろ陽気に近いあきらめの美しさを見出すのであった．かつて小楽節は彼に悲嘆を語りかけ，彼自身はその悲嘆にとらえられずに，小楽節がほほえみながらその悲嘆を曲折にとむすみやかな音の流れのなかにさそってゆくのを，ただながめていただけだったが，いまはその悲嘆は彼自身のものとなり，かたときもそれから解放される望みはなくなった，しかし小楽節は，その悲嘆について，かつて彼の幸福について告げたように，彼にこう告げているように思われるのだ，「それがなんだ，そんなものはすべてなんでもないのだ．」（342；454）

彼は小楽節を聞くうちに，すべてを思いだし，おだやかな気持ちになっていく．

小楽節は消えていた．スワンは，ヴェルデュラン夫人のピアニストがいつもと
ばして弾かなかったあの中間の長い部分につづく終楽章のおわりで，それがふた
たびあらわれることを知っていた．そこにはすばらしい思想がこめられていたの
であって，最初にこの曲をきいたとき，スワンはそれの見わけがつかなかったの
だが，いまの彼には，あたかも彼の記憶の更衣室で，新作の制服の仮装がぬぎす
てられたように，そうした思想の実体がはっきりと認められるのであった．〔…〕
スワンは小楽節がいま一度はなしかけようとしているのを知っていた．そして彼
の精神はすっかり分裂してしまい，その楽節とふたたび向かいあおうとしている
さしせまった瞬間の期待が彼をすすり泣きでゆすった．〔…〕小楽節がふたたび
あらわれた，しかしこんどは，じっと動かないかのように，宙にかかったままで，
ほんの一瞬たわむれると，そのあとで息がたえようとしていた．だからスワンに
は，それがつづいているそんなに短い時間を，すこしも空費するひまがなかった．
それは浮かんでいる虹色のシャボン玉のようにいまはまだ宙にあるのだった．虹
さながらに，光彩がよわまり，低くなり，また高くなり，やがて消えようとする
一瞬に，ひときわ強くかがやきながら，その小楽節は，それまでに見せていた二
つの色に，色とりどりの他の絃，プリズムのすべての絃を加えて，それらに歌を
うたわせた．スワンは動こうともしなかった，そしてほかの人たちをおなじよう
に，静かにさせておきたかった，どんなにかすかな身動きも，たちまち消えよう
としている，超自然的な，快い，こわれやすい，この不思議な魅力をそこなうか
のように．じつをいうと，誰も口を利こうとは考えていなかった．この場に欠け
ている一人の人，もしかすると死んでいるかもしれない人（スワンはヴァントゥ
イユがまだ生きているかどうかを知らなかった）のまたとない美しい言葉が，司
祭たちの演奏する儀式の上に立ちのぼりながら，三百人の聴衆の注意を十分にく
いとめ，一つの魂がそのようにして呼びもどされているこのステージを，超自然
の式典が遂行されるにふさわしいもっとも高貴な祭壇の一つにしていた．（345-
347；458-460）

[3-3-3] 「第5期」恋の断末魔 （347-375；460-499）

この最後の周期はつぎの一節ではじまる．

この夜会以降，スワンは，彼にたいするオデットの以前のような感情がふたた
びよみがえらないこと，幸福への彼の希望がもはや実現されないことを理解した．
（347；460）

この [3-3-3] 「第5期」では時間経過は漠然としている．はじめはサン
ギュラティフの日付も具体的である．「彼女の唯一の長期不在は，毎年八

月と九月にわたっていて，それまでにはまだ数か月 plusieurs mois ある」
(349；464) や，オデットがフォルシュヴィルと精霊降臨節のお休みにエ
ジプトへ行くが，その出立が「〔5月〕十九日だということ」(350；464)
が語られる．しかしそれ以後，表示は，「ある日 un jour」(350；465,
363；482, 368；489),「一度 une fois」(364；484),「ある夜 un soir」(366；
487) となり，季節の移り変わりもあらわれない．主なサンギュラティフ
によるできごとは以下である．

14)「ある日」，オデットの過去を暴露した匿名の一通の手紙をうけとる．(350；
465)
15)「ある日」，新聞で見た『大理石の娘たち』という劇の題名の「大理石」と
いう語から，オデットとヴェルデュラン夫人の関係に気づく．(354-362；
470-482)
16) フォルシュヴィルがパリ・ムルシア祭の日に，彼女を訪ねたこと，二人が
はじめて「カトレアをした」あの最初の晩に，オデットがフォルシュヴィ
ルの家を訪れていたこと，を知る．(364；484)
17) ヴェルデュラン夫妻と信者たち一行が海上旅行に出る．(367；488)
18) オデットたちの旅行が一年も続いていたある日，乗合馬車でコタール夫人
に会う．(368-371；489-493)
19) 数週間後に夢でオデットに会う．その日，スワンはコンブレーに出かける．
(372；495)

14), 15), 16) は，スワンを見舞った一連の打撃を追う．スワンは 14)
の手紙で「オデットが数えきれないほど多数の男たちの愛人であったこと，
また女たちの愛人でもあったこと」を知らされる．こうして，読者もオデ
ットの姿を知らされる．しかし，スワンはオデットを恨んではいない．

どんな落とし穴がにわかに口をあけて（かつてはオデットの愛に，洗練された快
楽しか見出さなかった彼が），突然このような新しい地獄に dans ce nouveau
cercle de l'enfer 突きおとされたのだろう！　一体そこから出られるものかどう
かは彼にはわからなかった．かわいそうなオデット！　スワンは彼女をうらんで
はいなかった．彼女には半分の罪しかなかったのだ．まだほんの子供のころ，
ニースで，彼女をあるイギリス人の富豪にひきわたしたのは，彼女の生みの母親

第3章 スワンの恋

であったというではないか．(361：480)

18) では，コタール夫人がスワンにとって「夫よりも優れた臨床医」だったことが記される．

　オデットに抱くスワンの病的な感情に対抗させるために，夫よりも優れた臨床医であったコタール夫人は，その感情のかたわらに他の感情を接ぎ木したのであった，このほうは正常な感情であり，感謝と友情との感情であり，やがてスワンの精神のなかで，オデットをいっそう人間らしい存在にする感情であり（したがってそうなれば彼女はいっそう他の女たちに似てしまうことになるだろう，なぜならオデット以外の女たちもおなじようにそうした感情を彼におこさせることができたのだから），また彼女の決定的な変貌を早めて，いまのオデットを，いつかの夜，画家の家でのパーティーのあとで，彼を家に連れてかえって，フォルシュヴィルといっしょにオレンジエードを飲ませてくれたあの落ちついた感情で愛されるオデット，そのそばにいて幸福に暮らしてゆけると予想されたあのオデットに，変えてしまうであろう感情であった．
　かつて，いつかはオデットにおぼれなくなる日がくるであろうことを考えて，スワンはしばしば恐怖をおぼえ，注意して見張っていなくてはならないという気になり，恋が逃げさりそうだと感じると，すぐにかじりついて，つなぎとめようと心にきめたものであった．しかしいまは彼の恋の衰退は，同時に，恋人でありたいという欲望の衰退につながっていた．それというのも，人は，元の自分の感情にしたがいつづけながら新しく変わる，つまり別人になる，ということはできないからである．〔…〕自分が二重の分身になったり，いったん失った感情の真の風景をふたたび自分にあたえることは，非常にむずかしいので，やがて暗闇が彼の頭のなかに立ちこめて，もう何もみえなくなり，彼はながめることをあきらめ，鼻めがねをはずしてそのレンズを拭くのであった．〔…〕．(370-371：493-494)

「鼻めがねをはずしてそのレンズを拭く」のは，思考が行き詰まったときの，これまで幾度も語られたスワンの癖である（たとえば，264：349）．ともかく，スワンはふたたびオデットに会うこともないであろうと考えていた．しかし，「彼は思いちがいをしていた．彼はもう一度，それから二，三週間後に quelques semaines plus tard，彼女に会うことになるのであった」(371：495)．それができごとの 19) である．

272

2. ［3］「スワンの恋」のクロノロジーと参照される歴史的事象

想定される日付と，直接的な時の表示，季節の表示と参照される歴史的事象

　小説作品のクロノロジーを考えるとき，第1に物語の進行にともなって言及される直接的な時の表示が問題となる．たとえば，スワンが初めてヴァントゥイユのソナタを聞いたのは，ヴェルデュラン家のソワレに最初に出た日の「前の年 l'année précédente」（205；269）である．また先に見たように，［3］「スワンの恋」では季節の推移が時の経過をあらわす．それらがクロノロジーを形成する．

　他方，史実に対応するかなり多くの事項が，登場人物の会話の中で，あるいは語り手の言説の中で言及される．また，実在の人物名，および当時の世相や風俗をあらわす表現がかなり多く見られ，網羅的にあげることは不可能であろうし，またその必要もないであろう．したがって主なものをあげるのみにする．

　　［3-1-1］ヴェルデュラン家の「小さな核」（185-196；241-257）
　　　　「その年 cette année-là」（185；242），「スワンの大きな恋愛事件がはじまったのは私の生まれるころ」（191；249）
　　［3-1-2］ヴェルデュラン家の夜会（197-212；257-278）…1879年秋
　　　　スワンは「その前の年」にソナタを聞いた（205；269）．
　　［3-1-3］「第1期」（212-223；278-292）…1879年秋〜1880年早春
　　　　「最後の菊の一輪」（216；283），「庭や木々に残された雪」（216；283），「冬の午後のおわり」（217；284），「何か月もオデットに会うことよりほかになにもしなかった」（221；289）．
　　　　ジュール・グレヴィの大統領の任期（1879年1月30日〜1887年12月2日）．ガンベッタの国葬（1884年1月6日）．『ダニシェフ家の人々』の再演は1884年10月．パリ・ムルシア祭の日（1879年12月18日）（222；291）．
　　［3-2-1］「第2期」（223-246；292-324）…1880年早春〜5月
　　　　「季節は春，さえた，つめたい春であった」（231；303），「五月の野の花」（234；307）．
　　　　ジョルジュ・オネの『セルジュ・パニーヌ』の初演は1882年1月15日．1882，1883，1886年に上演された（243；319）．「ルーヴル美術館の講

座 l'école du Louvre」，1881 年に開設（245；322）.

[3-2-2] ヴェルデュラン家の晩餐会（246-262；324-346）…1880 年 5 月

「一年このかた depuis un an スワンはほとんどヴェルデュラン家にしか行っていなかった」（254；335），「これからは季節もよくなりますから，私たちはたびたび戸外に夕食にまいりますわ.」（259；342）.

「デュマの評判の高い新作戯曲」『フランション』1887 年 1 月 17 日初演（252；352）. ジョルジュ・オネの『鍛冶屋の親方』（1882）1883 年 12 月 15 日上演（253；333）.

[3-2-3]「第 3 期」（262-284；346-376）…1880 年 5 月〜6 月

「陽気はあたたかであった，春のもっとも美しい季節であった.」（265；351）.「一ヶ月後」，ボワの，スワンが最後に出たヴェルデュラン家の晩餐会の夜（279-284；369-375）.

「ラビッシュの芝居」（281；372），ウージェーヌ・ラビッシュ（1815-1888），大衆演劇作家，小説家. 1837 年から 1877 年まで 176 本の芝居を書いた. 第二帝政期，第三共和政初期のプチ・ブルジョワの風俗の細かな観察と鋭い風刺で知られる. 1880 年アカデミーフランセーズ選出.

[3-3-1]「第 4 期」（284-316；376-419）…1880 年 6 月〜

「カトレアの日」以来，「半年以上も毎日ぼくと触れて暮らしてきたんだから」（285；376）.

「ついで彼は二年前の写真 des photographies d'il y avait deux ans をながめ，彼女がどんなにすばらしかったかを思いだすのであった.」[6]（287；379）.

『クレオパトラの一夜』1885 年 4 月 25 日ヴィクトール・マッセ作曲遺作（284；376）.「ピエールフォンの城」1884 年完成（287；380）.「反画一主義協会のパーティー」（292；387），最初のパーティーは 1885 年に開催された.「バイロイトの定期音楽祭」1882 年以降 7〜8 月ワグナーの楽劇上演の祭典（296；391）.「グレヴァン博物館」1882 年設立（310；410）.「黒猫」パリの芸術的キャバレー 1881 年設立（310；410）.

[3-3-2] サン＝トゥーヴェルト侯爵夫人邸での夜会（316-347；419-460）…1880 年末

「その年最後の夜会」（316；419）.「一年以上もまえから depuis plus d'une année」（343；455）.

[3-3-3]「第 5 期」（347-375；460-499）…1880 年末〜

「彼女の唯一の長期不在は，毎年八月と九月にわたっていて，それまでにはまだ数か月 plusieurs mois ある」（349；464）.「精霊降臨節のお休みにエジプトへ行く，〔5 月〕十九日に発つ」（350；464）.「あるとき，一行はせいぜい一か月のつもりで出かけたのだが，〔…〕一行はアルジェ

からテュニスに行き，つぎにイタリアに，さらにギリシアに，コンスタンチノープルに，小アジアにまで行ってしまった．旅行はかれこれ一年もつづいていた．」(367；488)．

参照される歴史的事象のなかでサンギュラティフの出来事の日付となっているのは，[3-1-3]「第1期」に書き込まれた「パリ・ムルシア祭の日」(1879年12月18日) のみである．[2]「コンブレーの時代」における唯一の日付「レオン大公夫人邸の仮装舞踏会」(1891年5月29日) と同様に，「パリ・ムルシア祭の日」の日付，1879年12月18日も尊重されなければならないだろう．

　この日付は，のちに見るように『失われた時を求めて』全体のクロノロジーとも抵触しない．そこで，アシェはこの日付を基にして「スワンの恋」のクロノロジーを組み立てた．それ以外に言及される史実の年号が不整合であることは多くの論者によって指摘されている[7]．

　[3-1-3] に書き込まれる歴史的事象には5年間の幅がある．

　[3-2-1]「第2期」は参照される歴史的事象によれば1882年以降であるが，パリ・ムルシア祭から1年以上が経過したとは考えられない．また，[3-2-1] [3-2-2] の季節は春である．[3-2-2] で話題となる『フランション』は1887年1月17日初演であって，これもクロノロジーと相容れない．しかしながら，スティールは『フランション』に関して興味深い指摘をしている．このアレクサンドル・デュマ・フィスの芝居の筋が問題である．これは，夫の不貞に復讐するために，「メゾン・ドレ」に出かけて最初にきた客に身を差し出す，ある妻の嫉妬の物語である (STEEL 1979, 100)．その筋が分かると，スワンがなぜコタール夫人の話に「重々しい様子をしたままであった」(*Sw.* I, 253；1, 333) かが理解できる[8]．これは，プルーストが上演日より筋を優先した一例であると思われる．

　[3-3-2] サン＝トゥーヴェルト侯爵夫人邸での夜会 (316-347) に関しては，「一年以上もまえから depuis plus d'une année」(343；455) によって，[3-1-2] から [3-3-2] までに1年以上の時間が経過していることが分かる．アシェは [3-3-2] を1880年6月としている．この日，夜会に出かけるまえに，スワンがシャルリュス氏に「今度の〔今年の？〕夏の段取り des jalons pour cet été」(317；419) を決めてくれるようにたのむところから，

275

夏まえの6月と考えたのであろう．がしかし，それでは［3-3-1］「第4期」にあたる期間がまったくなくなってしまう．そこで本書では半年間をそれにあてて［3-3-2］を1880年末とした．［3-3-1］に見られる表現「半年以上も毎日ぼくと触れて暮らしてきたんだから」（285：376）とも，「一年以上もまえから depuis plus d'une année」（343：455）とも整合すると思われる．

　また，スティールは［3-3-2］を推定するにあたって，「一年以上もまえから depuis plus d'une année」（343：455）という表現ではなく「数年来 depuis plusieurs années」（348：463）を採用している．そこで，彼によると［3-3-1］「第4期」は数年間ということになり，［3-3-2］は数年後ということになっている．この「数年来 depuis plusieurs années」に含まれる不定形容詞はまた別の問題を提起する．

　たとえば「数年後 quelques années plus tard」（292：386）はコンブレーでの「就寝のドラマ」のころを指しているが，この「数年 quelques années」は明らかに上記の「数年 plusieurs années」より長い．この場合，« quelques années » が « plusieurs années » より長いことになる[9]．「数か月来 depuis des mois」（221：289），「何か月ものち après des mois」（240：315）などの表現における不定冠詞複数は一種の誇張表現と考えられる．こうした表現と小刻みなリズムが「第3期」までの物語時間を長く感じさせる．

　［3-3-1］「第4期」中の参照される歴史的事象はすべて想定よりも後のことである．歴史的事象のみを考えればこの期間は1885年とみなすのが妥当であろうが，5年間のブランクはとうてい考えられない．先に言及したように，ラジェは「真のクロノロジーの一貫性があるとしても，それはおそらく内的なものでしかない」，「クロノロジーの一貫性のなさを説明するためにはおそらく « 時代の色 la couleur d'époque» を喚起しなければならないだろう」と述べ，さらに「ただ1ページのうちに集められた，数々の東洋的趣味の装飾物の流行はグレヴィやガンベッタの国葬などより喚起力がある」という（Laget 1991, 54-58）．したがって，リンやスティールが「明示されていること」から「暗示されている歴史的要素」へと力点を移し，スティールがその著書の「第5章：特殊外的クロノロジー」において，10項目にわけて，このような間接的な歴史的言及に関する検討を試

みたことも理解されるであろう（序章 19 ページ参照）.

　たとえば, オデットがスワンと出会ったころの髪型や衣装が 1875 年ご
ろより以前のものであること, 「カトレア」のころの衣装はそれから 1883
年ごろまでのものであること, をバスルの流行から説明して見せた. バス
ルを用いてドレスの後腰部を張り出させるのが, 1868 年から 75 年にかけ
て流行し, それからスリムラインに移行し, 1883 年からは, またもや
バスルが流行しだして, 1888 年まで続いた. 作中の記述を, ボーン, フィ
シェル『19 世紀のモードとマナー』や『モニトゥール・ドゥ・ラ・モー
ド（1881 年 3 月号）』から引かれているイラストに照らし合わせると, プ
ルーストの関心のあり方がよくわかる（Steel 1979, 130-134）. 前に述べた
ように, なにしろオデットは「じつはパリのベスト・ドレッサーの一人」
（194：253）だったのであるから. いずれにしても, それらの要素が意識
的に物語に書き込まれているのは間違いない. 年代に前後の錯誤がかなり
あるにしても, [3]「スワンの恋」では「嫉妬のプリズムを通して理解さ
れたスワンとオデットの恋の物語」が, 1880 年半ばの「時代の色」, 「1880
年代のパリ, そのカフェ, そのグラン・ブルヴァール, そのサロンとそこ
での言葉づかいのコードを背景にして」, 浮き彫りにされている（Naturel
2002, 21）.

　さて, [3-3-2] と最終の [3-3-3]「第 5 期」では特筆すべき歴史的事象
がみあたらない.

　ヴェルデュラン夫妻と信者たち一行が, 海上旅行に出る（367：488）物
語のテクストに, 「ヴェルデュラン氏が革命中だと断言しているようなパ
リ」（368：489）という表現があり, ロベール・ラフォン版の注（p. 803,
note 344）では, これがブーランジェ事件（1889 年）を指すことは十分あ
りうると述べられている. しかし [3]「スワンの恋」の終わりがいつごろ
かはここでは全く不明である. したがってその手掛かりを求めて, 考察は
『失われた時を求めて』全体に向かうことになる.

3. [3]「スワンの恋」と『失われた時を求めて』のクロノロジー

　[3]「スワンの恋」のテクストは次の一文で終わる.

第
3
章

スワンの恋

そして彼は，自分が不幸でなくなると同時に一方で自分の道徳性のレヴェルがさがるとき，ただちに頭をもたげるあの間歇的な愚劣さをとりもどして，心のなかでいいはなつのであった，「ぼくの生涯の何年かをむだにしてしまったなんて，死にたいと思ったなんて，一番大きな恋をしてしまったなんて，ぼくをたのしませもしなければ，ぼくの趣味にもあわなかった女のために！」(375；499).

　このテクストの最終時点がいつであるのか，そして物語がどのように推移し，スワンとオデットが結婚するに至ったのか，これらについて語り手が語ることはない．[3]「スワンの恋」の中では，語り手は次のように言うだけである．

回想によってスワンはそれらの時の一つ一つをむすびつけ，それぞれのあいだにある間隔を消し去り，まるで金を鋳型に流しこむように，親切で物静かな一人のオデットをつくりだすのであった，そしてこのオデットのために，彼はずっとのちに plus tard（この作品の第二篇で見られるように），他のオデットにたいしてはらわれることがなかった数々の犠牲をはらったのであった．(309；409)

　したがって，われわれ読者がスワンの恋の成り行きを組み立てなければならない．ちょうど語り手が「回想の連合によって，この小さな町〔コンブレー〕を去ってからずいぶん年月が経って私がくわしく知った〔…〕まだ私が生まれる前にスワンが陥った恋」(183-184；239)と述べているように，今度は読者が『失われた時を求めて』に散在する情報を集めてみる以外に方法はない．
　第一篇『スワン家のほうへ』第一部「コンブレー」では，スワンとオデットとの「あのふしだらな結婚」(13；18)がしばしば話題になるが，「スワンが非常にかわいがっている娘，その娘のために彼はついに結婚にふみきったといわれていた」(22；29)としか書かれていない．主人公の母親は「スワンの結婚以来，私たちのこの家で彼に感じさせたかもしれない気づまりを，自分から切りだすひとことで，さらりと解消してしまおうと考えて」，スワンに「すこしお嬢様のことをおきかせくださいな．きっともうご趣味がおありでしょう，美術品に，パパとおなじように．」(23-24；

278

30-31）と話しかける．

　こうした「コンブレー」のテクストを読むかぎり，スワンとオデットの結婚はそれほど過去のことではないように感じられる．「就寝のドラマ」を 1890 年と想定して，アシェは次のように記している．

　　10 歳の語り手は，最近結婚した récemment marié スワンがコンブレーのレオニー叔母の家へ来るとき，母のお休みのキスを受けずに寝に行かなければならない．（HACHEZ 1985, 366）

　このドラマの日に「レオン大公夫人が仮装舞踏会を催した」（26；33）ことをスワンが話題にする場面がある．その仮装舞踏会は史実であり，1891 年 5 月 29 日のことである．この件に関しては，アシェは「プルーストは軽い間違いをしている」と書いている（HACHEZ 1985, 366）が，本書では前章で検討したように，この仮装舞踏会の日付を重視して，「就寝のドラマ」を 1891 年と想定した．アシェはスワンとオデットの結婚を 1889 年とする．先のブーランジェ事件の暗示を考え合わせると，「スワンの恋」の物語の終点は 1889 年であり，それからほとんど間をおかずに，スワンはオデットと結婚したことになる．

　ところで，この結婚には明らかな障害がある．オデットはクレシー伯ピエール・ド・ヴェルジュ氏の妻であった．主人公はバルベックでそのクレシー伯爵と知り合いになっている（S.G. III, 468-472；7, 325-330）．彼女は夫とは離れて暮らしていたが，オデット・ド・クレシーと名乗っていた．また，オデットをスワンに紹介したのはシャルリュス氏のようである．シャルリュス氏によれば，スワンはオデットと結婚後，そのクレシー伯爵に年金を贈っていた（Pr. III, 805；8, 416）．したがって，オデットがスワンと結婚するためにはまずその夫と離婚しなければならないはずである．

　ところで，フランスにおいて，離婚は，フランス革命時に合法化されていた期間があったが，そののち再度合法化されたのは 1884 年である．

　結婚を破棄できない秘跡であるとみなしたカトリック教会は，離婚を禁止した（1539 年，トリエント宗教会議）．啓蒙主義の哲学者たち（モンテスキュー，ヴォルテール，ルソー，ディドロ）によって擁護されて，フランスにおける離婚に対する権利は，フランス革命のもと，思想の進化と社会生

活の宗教からの分離の産物として，1792年に初めて合法化された．しかし，1816年王政復古によって再び禁止される．それが，ナケ法によって，姦通調書が必要な「過失を原因とする離婚」という形で再び認められたのは1884年のことである[10]．この法改正がオデットに有利に働いたと，アシェは指摘している（HACHEZ 1985, 365）．

　次に，考慮しなければならないのは「ばら色の婦人」のエピソード（⊂ [2-6]「私の日曜日の午後」，71-79；92-102）である．主人公はコレージュに入学したころ，パリのアドルフ大伯父の家で「ばら色の絹のドレスを着た」ひとりの若い女性に出会う．それがオデットであることはこのときはまだ明かされない．主人公には知るよしもない．それまでにも主人公の祖父と確執のあったアドルフは，この一件がもとで主人公一家と絶縁してしまう．大事な一人息子にココット（高級娼婦）を会わせたためである．そのとき，当然ながら，スワンとオデットは結婚していない．前章でみたようにアシェはこの出来事を，主人公が8歳で1888年のことだとしている．本書でもアシェのこの想定を採用した．

　こうして，「スワンの恋」の終点を1889年，二人の結婚も同様に1889年とみなすと，「スワンの恋」は約10年間続いたことになる．ラジェは「それはあんまりだ」と言う．「まだ私が生まれる前にスワンが陥った恋」（184：239）が，主人公が10歳になるころまで続いていたと考えるのは不自然だというのである（LAGET 1991, 55）．そのうえ，二人の娘であるジルベルトは主人公と同じ年であると考えられる．主人公が15歳のとき，ノルポワ侯爵が主人公の家へ晩餐に招待されてきたとき，ジルベルトについて「十四か十五の若い人でしょう？」と言う（J.F. I, 467；2, 65）．ジルベルトが主人公と同じ1880年頃の生まれであるならば，[3-3-2] サン＝トゥーヴェルト侯爵夫人邸での夜会のころに生れたことになる．アシェは[3-3-1]「第4期」の次の個所をオデットが妊娠したことの暗示だと指摘している（HACHEZ 1985, 364-365）．

　　肉体の上でも，オデットはわるい段階を経験していた elle traversait une mauvaise phase，だんだんふとってきたのだ，以前の彼女に見られた表情たっぷりの，可憐な魅力，おどろいたような，夢みるようなまなざしは，ういういしい若さとともに，消え去ったように思われた（Sw. I, 287；1, 379）．

日々オデットの言動に振り回され，疑惑に悩まされ，嫉妬に苛まれてい
たスワンがオデットの妊娠について，その子どもの父親について思い患わ
ないなどということはおよそ考えられない．その当時，彼がもっとも嫉妬
した対象がフォルシュヴィルであったとすればなおさらである．ちなみに，
スワンの死後，オデットはフォルシュヴィルと再婚し，ジルベルトはフォ
ルシュヴィル嬢となって，サン＝ルーと結婚する．

　[3]「スワンの恋」以後，その後の物語の片鱗がテクストにあらわれる
のは 80 ページも後のことである．父親の上司であるノルポワ氏が主人公
の家を初めて訪れたときに，スワン夫人のことを話題にする．そして，そ
れをうけて語り手が解説する．

　「〔…〕たしか結婚の何年かまえには，彼の細君のほうが，ゆすりがましい，か
なりいやしい手管を弄したことがあったとかいうことで，彼が細君にたいして何
かを拒むことがあるたびに，二人のあいだに生まれた娘を細君がとってしまうと
いうやり口であったそうです．かわいそうなスワンはあれでいて洗練されてもい
ますがまた人がいいときているので，そうしたことの起るたびに娘が連れさられ
るのは偶然のめぐりあわせだとばかり信じて真相を見ようとはしなかったのです．
それに彼女はしょっちゅう彼にがみがみ食ってかかっていたので，彼女が思惑を
とげて晴れて結婚をしてもらったときには，彼女をおさえるものは何もなくなっ
て，さだめし二人の生活はこの世の地獄になるだろう，と人々は思ったもので
した．ところがです！その結果が正反対になったのです．〔…〕私としては何も彼
女が浮気でないとは申しませんし，また世間の達者な口で，よくおわかりのよう
に，あのようにさかんに取沙汰されていることを信じるとすれば，スワン自身も
どうやら負けず劣らずの浮気であると申し上げていいでしょう．しかし彼女は彼
が示した心づくしにたいしては感謝していますし，それに，世間のみんなが感じ
た危惧とは反対に，天使のようにやさしい女になったようにも見えるのです．」
この変化はおそらくノルポワ氏が思っていたほどもはなはだしいものではなかっ
ただろう．オデットはスワンがついに自分と結婚することになろうとは信じてい
なかったのであった．あるれっきとした男が最近その愛人と結婚したという話を
彼女があてつけるように話すたびに，彼は依然つめたい沈黙をまもりつづけてい
るのを見るか，せいぜいのところ，一歩進んで，彼に向かってうちつけに，「ね
え，自分のために若い命をささげてくれた女のためにその人がやったことは，と
てもすてきなこと，とても美しいことだとは思わない？」とたずねても，「それ
はわるいとはいわないさ，各人各流だからね」と，そっけなく彼が答えるのをき
くのが関の山であった（*J.F.* I, 458-459 ; 2, 53-54）．

281

第3章 スワンの恋

「結婚の何年かまえ」，つまり，本章の［3-3-3］「第5期」のあいだに離婚を合法化する法改正が行われ，おそらくオデットは離婚にこぎつけ，スワンに「かなりいやしい手管を弄したことがあった」のかもしれない．また，スワンがジルベルトと暮らすこともあったのかもしれない．ともかく，「スワンの恋」において語り手はジルベルトの誕生にもその存在にもまったく触れない．こうした欠落の説明が可能であるとすれば，それは，「スワンの恋」が主人公が不眠の夜に回想したことでしかない，つまり，主人公にそういうことに関心がなかったということに帰着するであろう．

死の直前に，スワン自身が主人公に恋の思い出を語る場面がある．スワンが最後に出たゲルマント大公夫人邸での夜会の一場面である．

> 「〔…〕私などはけっして好奇心は強くなかった，自分が恋をして嫉妬深くなったことがあったころはべつとして．しかも，そうなったからといって，私に何がわかったといえるでしょう！　あなたは嫉妬深いですか？」私はスワンに，自分はいままで嫉妬を感じたことはない，それがなんであるかをさえ知らない，といった．「そうですか！　そいつはよかった．嫉妬も少々ならば，そうたいして不愉快ではありません，二つの観点から．一つには，好奇心のない人間に，他人の生活，いやすくなくともある人の生活に興味を抱かせるから．つぎには，女を所有するたのしさ，いっしょに車に乗る，一人だけで離しておけない，といったたのしさを切実に感じさせるから．しかしそれも，病みつきの当初だけか，そうでなければ，ほとんど熱がさめたころにかぎられます．その中間はこれほどおそろしい責め苦はありません．〔…〕」(S.G. III, 101；6, 141-142).

　主人公がようやく，自らの人生におけるスワンの存在の意味を知るのは，第七篇『見出された時』の最終になって，ゲルマント大公夫人邸でのマチネの日である．そのマチネの終わり近くに，オデットが主人公に思い出を語る場面がある．オデットは今はゲルマント公爵の愛人になっている．

> 「スワンさんに対しては，私は狂ったように彼を愛していましたから〔…〕．かわいそうなシャルル，あんなにも知的で，魅力的で，まさしく私が愛したタイプの男性でした．」そしてそれはおそらく本当であった Et c'était peut-être vrai. 彼女がスワンを気に入っていた一時期があった Il y avait eu un temps où Swann

lui avait plu, それは彼女が「彼の趣味」にあっていなかったまさにその時期である．ほんとうをいえば，ずっとのちになってからでも，彼女はけっして「彼の趣味」にあったことはなかった．にもかかわらず，彼はそういうときも彼女を，どこまでも，苦しいほどに，愛していたのだった．（*T.R.* IV, 598-599；10, 481）

語り手はいう，「それはおそらく本当であった」．ジャン・ルッセが言うように，「おそらく」，それがわれわれ読者が「スワンの恋」についていうことのできるすべてである（Rousset 1975, 76）．ルッセにとって，そしてプルーストにとって，この「おそらく」は反語である．だから，「私」がスワンの死を知ったとき，語り手は次のようにいうことができたのだ．

　親愛なるシャルル・スワンよ，私がまだほんの若年で，あなたが墓場に近くなっていたころに，私があんなにもよく知らなかったあなたよ，そのあなたを，あなたからきっと小さなおばかさんと考えられていたに相違ない人間が，すでにその小説の一篇の主人公に仕立てからこそ，ふたたびあなたは人の話題にのぼりはじめているのだ，そしておそらくあなたはこれからも生きつづけるだろう．（*Pr.* III, 705；8, 270）

[3]「スワンの恋」の時代のクロノロジー

以上から「スワンの恋」の時代のクロノロジーを想定すると次のようになる．

1878 年：スワンが初めてヴァントゥイユのソナタを聞く（205；269）．
1879 年：ある日，スワンは劇場で昔の友達の一人からオデット・ド・クレシーに紹介される（192；251）．
　　　　（1879 年後半）ヴェルデュラン家の夜会（197-212；257-278）
　　　　（1879 年 12 月 18 日）パリ・ムルシア祭の日（222；291）
1880 年：（1880 年 5 月）ヴェルデュラン家の晩餐会（246-262；324-346）
　　　　主人公およびジルベルトが生まれる．
　　　　（1880 年末）サン＝トゥーヴェルト侯爵夫人邸での夜会（316-347；419-460）
1888 年：主人公（8 歳），アドルフ叔父のところでオデットに出会う（74-79；96-102）．
1889 年：スワン，オデットと結婚する．

4. 〈周期〉

恋の周期と「スワン神話」

　本章のはじめに，「スワンの恋」が緊密な構造をもっていることを述べた．しかし，物語のクロノロジーに関しては謎が多い．前節ではその謎がどのようなものであるか見極めようとして，『見出された時』の終わり近くまでたどることになった．しかしまだ，問題にしていないことが残っている．スワンは，オデットは，この物語のとき，何歳だったのであろう．

　アシェの想定によると，スワンは 1848 年生まれでオデットは 1854 年生まれである（Hachez 1956）．したがって，「スワンの恋」の始まりである 1879 年には，スワンが 31 歳，オデットが 25 歳であり，ふたりが結婚したのはそれから 10 年後であるということになる．この二人の年齢は以後の物語の展開と抵触しない．

　先に，「スワンの恋」における時間文脈の形成が「私」という語り手によって，「周期」によって段階づけられていることに，モチーフとテーマの体系以上に，語り手がスワンの恋の物語をその普遍性において捉えていることを表わしているのではないかと述べた．

　第 1 期は「恋の始まり」を，第 2 期は「恋の狂気」，第 3 期は「恋の進展」を，第 4 期は「恋と嫉妬の迷路」を，第 5 期は「恋の断末魔」を表わす．

　以上のような恋の周期は，さまざまな変奏をうけながら，主人公のジルベルトに対する恋，アルベルチーヌに対する恋の物語のなかで反復される．そこでは，その生みだすリズムはもっと緩やかであり，その構成ははるかに柔軟なものである．しかし，日々の推移の軸上で，その内部に「スワンの恋」よりはるかに大きな，時刻の推移をあらわす軸が含まれるとしても，「周期」をもって物語が展開することに変わりはない．さらに，語り手の，恋の展開をめぐる普遍的考察は，アルベルチーヌの物語において大きく発展する．

　「スワンの恋」では，歴史的事象への参照が，「パリ・ムルシア祭の日」を除けば，恋の進展と直接かかわりのない細部に書きこまれている．しかしながら，「スワンの恋」の物語が，前節で想定したクロノロジーの 10 年

前でも 10 年後でも起こりえないのは明らかである．それは単にモードや
「時代の色 couleur de l'époque」(*S.G.* Ⅲ, 269 : 7, 34) だけの問題ではない．
クロノロジーと対象指示される歴史的事象との間の不整合（それも 10 年以
内のことである）や，ジルベルトの誕生といった重要な事柄が捨象されて
いることからくるこの物語の真実性を疑う論者たちは，さらに大きな問題
を見過ごしている．スワンの主要モデルとされるシャルル・アースがスワ
ンよりはるかに苦労したとしても [11]，スワンという人物設定が，唯一こ
の時代に実在性をおびてくる．上層ブルジョワジーに属する一人のユダヤ
人が上流社交界で成功する，その神話は「スワンの恋」と同様にその 10
年前でも 10 年後でもありえなかった．そのうえ，スワンの出自に関して
さらなる伝説が付け加えられている（Cf. Rousset 1975, 80)．

> スワンの祖母がユダヤ人に嫁いだプロテスタントで，それ以前にベリー公爵の
> 愛人であったことを知っていたゲルマント大公が，スワンの父親をベリー公爵の
> 私生児とする伝説をときどき信じようとする気持がうごいた，〔…〕．この仮説に
> よると，もっともそれは事実無根であったが，スワンはカトリック教徒の父親の
> 子であり，しかもその父親は，ブールボン王家の男とプロテスタントの女とのあ
> いだに生れた子にほかならぬということになり，スワンはキリスト教徒以外の何
> 者でもないことになるのであった．(*S.G.* Ⅲ, 68 : 6, 96. Cf. *C.G.* Ⅱ, 865 : 5,
> 376)

　少なくとも，「スワンの恋」において，プルーストが，シャルル・スワ
ンやオデットをはじめとする登場人物に，歴史上のある時代を生きた人物
としての特殊性を与えようとしていることは明らかであると思われる．そ
れとともに，時間の経過や，登場人物の年齢を明示しないことで，ある種
の「幻想的」な雰囲気が漂うのも確かであろうと思われる [12]．
　『失われた時を求めて』第二篇『花咲く乙女たちのかげに』以降，「スワ
ンの恋」におけるような歴史的事象への参照は緩慢になり，たとえば，ド
レフュス事件の扱いに見られるように物語と史実との関係もそのありかた
を変える．とはいえ，その時代の特殊性と，たとえばモードや大衆演劇と
いった歴史のひとときとを書きとめようとする極端なまでの特殊への情熱
は，作品の最後まで変わることはない．そうした情熱と，先に述べた普遍
を求める傾向が，「スワンの恋」の，ひいては『失われた時を求めて』の

時間形成のかたちをうみだしたと考えられる．それはまた，プルーストの「時間」に対するたたかいのあり方をしめしている．

『失われた時を求めて』において，日々の推移を〈周期〉として捉えること，つまり「期 période」によって分割してとらえることのなかには，普遍をもとめることと歴史的特殊をもとめることが共存している．「スワンの恋」はそのことを作中でもっとも凝縮したかたちで，その極限まで昇華させてあらわしている．他方，サンギュラティフの場面は，さまざまなモチーフの磁場となり，多くの意味文脈を接触させる．

「時代」と「周期」

テクストにおいて「時代」の特殊をもとめる動きと「周期」により歴史の循環に普遍をもとめる動きとが同居していることは，プルーストにかぎったものではない．その淵源をどこまで遡ればよいか，その歴史をたどることは本書の範囲をはるかに超えている．しかしながら，そのなかで，「ルネサンス」という語を作り出したジョルジョ・ヴァザーリの『列伝』（1550，『改訂版』1564-1568）を，とくにここで挙げても許されるだろうと思われる．この作品の主人公にとって，プルーストにとって，フィレンツィエはあこがれの地であり，ジョットやミケランジェロ，ボッティチェッリはとりわけ魅了された芸術家であったのだから．ロラン・ル・モレは『ジョルジョ・ヴァザーリ――メディチ家の演出者』（1995）において次のように述べている．

　　もし，相対性に基づいた一般的な理論があるとするなら，ヴァザーリが考案したのではないにせよ，確信をもって適用したこの歴史に関する循環という理論こそがそれであろう．つまり，時代と周期という二つの重なった動きが美術の世界史に節目をくっきりとつけている，というのである．〔…〕人間が幼年期を経，成熟して大人になり，そして老人になるように，歴史の周期というのもまた，初期，成熟期，衰退期という三つの時期から成り立っている，というのである．ある周期が完成するや，次の別の周期が運動を開始する．このようにして，古代世界が絶頂を迎え，衰退した八百年後に，チマブーエとジョットとともにすべてがイタリアで復活したのである．この新しい周期そのものが三つの時代を含んでいる．一三〇〇年代の幼年期，一四〇〇年代とともに始まる成熟期，そして第三期の完成に近づいた一五〇〇年代である．〔…〕

循環する周期の内部で次々と展開し，継続するさまざまな時代のパノラマの中で，芸術の活動にダイナミックな活力を与えるベクトルは，この「完全」に向けて規則性をもって上昇する運動である．この上昇運動が頂点に達するのは，一五五〇年版では，ミケランジェロによってであった．（ロラン・ル・モレ，2003，196-197）

　『失われた時を求めて』の主人公と語り手とに，芸術における「"完全"に向けて規則性をもって上昇する運動」という意識はあるのだろうか．

　主人公が2度目にラ・ベルマを観たときのテクストに，「完璧の概念 l'idée de perfection」（*C.G.* II, 345 ; 4, 54），ラ・ベルマの「舞台芸術における完璧さ la perfection dans l'art dramatique」（同書，344 ; 52）という表現があらわれるが，それは演劇史のなかで考えられているのではない．主人公が「ラ・ベルマは〔新作において〕『フェードル』と同様に崇高だ」（同書，351 ; 61）と考えるときにも，演劇史のなかで考えているのではなくて，歴史を超越したものとして「演劇の天才 le génie dramatique」（同書，348-349 ; 58）を捉えている．他方，語り手は芸術における芸術家の活動よりも，その受容のほうに強い関心をもっていると思われる[13]．

　したがって，「時代」と「周期」の問題は，主人公や語り手が芸術史について考察するときには関わってはこない．本書では，テクストの時間形成に関してのみ，「時代」と「周期」を問題にする．

[注]
(1) 　もう一か所 « toute la période de la vie d'Odette écoulée avant qu'elle ne le rencontrât, période qu'il n'avait jamais cherché à se représenter » 「オデットが彼と出会う以前に流れた生活の時期全体，彼がこれまで想像しようともしなかった時期」（*Sw.* I, 362 ; 1, 481）があるが，他の4か所とは異なって恋がはじまる前を一括してあらわしている．
(2) 　このアナロジーは，たとえば，「感情」と「疾患」との2種の意味をもつ « affection » という語の意味を多義的にする．のちに « l'affection générale appelée amour »（*C.D.* II, 454 ; 4, 203）のような表現が見られるとき，この表現は全集の井上訳にあるように「恋愛と呼ばれる一般的な病気」なのか，あるいは，鈴木訳，吉川訳にあるように「恋と呼ばれる一般的な愛情」（集英社版，5, 263 ; 岩波文庫，5, 339）なのであろうか．
　　「恋というよりはむしろ〔静かな〕愛情の plutôt de l'affection que de l'amour」

（*Sw.* I, 297：1, 394）という表現では，辞書の「J'ai de l'affection pour lui, mais ce n'est pas de l'amour. 彼に愛情はもっているがそれは恋愛感情ではない」という例（『小学館ロベール仏和大辞典』）と同様に，« affection » が « amour » と対立する，より広い愛情をあらわすと考えられるであろう．

　また，「スワンの恋というこの病気 cette maladie qu'était l'amour de Swann」（303：401）のようにはっきりと「病気 maladie」という語をもちいた表現も見られる．

(3)　　ナチュレル版では「スワンの恋」の本文すべてに行番号がつけられている（NATUREL 2002）.

(4)　　「嫉妬」のテーマに関しては，ジャン・ベシエール（BESSIÈRE 1996）はトルストイ『クロイツェル・ソナタ』（1891），ズヴェーヴォ『老年 Senilità』（1898）（邦題『トリエステの謝肉祭』, 2002年）と「スワンの恋」を並べて文学における嫉妬について考察し，ガラン，ルカルドネル（GALAND et LECARDONNEL 2006）は，トルストイ，ズヴェーヴォに加えてアラン・ロブ＝グリエ『嫉妬』（1957）を挙げている．プルーストはロブ＝グリエはもとよりズヴェーヴォも読んでいない．これらの研究者たちに共通する主要な論点は「恋と嫉妬」のメカニズムの普遍性である．

　また，プルーストはトルストイ，ズヴェーヴォとともにショーペンハウエルの影響を強く受けた世代であり，プルーストはその音楽観をこの哲学者から得たと考えられている．「ショーペンハウエルは意志によって反復される原初のテーマを音楽が出現させる，そうした音楽をあらゆる芸術の頂点に置く．プルーストは，美学に適合する優越性と音楽の聖別という観念をショーペンハウエルと共有している」（NATUREL 2002, 47, 強調はナチュレル）.

　ジャン・ベシエールは，「『クロイツェル・ソナタ』や「スワンの恋」では明示的に，『老年』ではそれほど直接的ではなくより間接的に，嫉妬は，音楽の体験，芸術の体験とともに進む」（BESSIÈRE 1996, 8）と述べる．「芸術と恋」というテーマはプルースト独自のものというよりは文学の伝統に属している．さらに彼は，「嫉妬の描写は，『クロイツェル・ソナタ』や「スワンの恋」，『老年』において，さまざまな論証に引きずられるのだが，それらさまざまに異なった論証が，これらの作品が提示する嫉妬の結末を読むときに，類似した読みの可能性を排除することはない」（同書, 18）と述べて，「各々において，嫉妬する者の勝利 une victoire du jaloux をいうことができる」（同上）という．そこにベシエールは「嫉妬の文学的正当化」を見ている．

(5)　　「高級娼婦」あるいは「超高級娼婦」と娼婦との相違については，たとえば，鹿島（2013, 136-169）に詳しい．また同書で詳細に解説されている「プール（雌鶏）」〔私娼，コツコツと餌をあさる姿が雌鶏に似ているということから付けられた卑語〕（鹿島 2013, 82-83）についていえば，サン＝ルーの愛人ラシェルがそうであったと書かれており（「ちんぴらプールのラシェル，現実のラシェル la Rachel petite poule, la Rachel réelle」*C.G.* II, 460：4, 209, 本書第6章

参照），また「ミディネット」〔ミディすなわち正午にあちこちの商店や工場からぞろぞろと飯を食いに出てくる女という意味で，いろんな女店員や女工を総称するパリ語，正午の休み時間に本職の労働以外の労働をするものもいる〕（鹿島 2013, 118-120）という言葉は第五篇『囚われの女』に 8 回出てくる（*Pr.* III, 663-678;8, 210-231）．主人公とアルベルチーヌはボワをドライヴしながら，二人とも見かける若い娘たちを見つめずにはいられない（本書第 8 章参照）．

　　鹿島が言うように，「低級娼婦」が「高級娼婦」に昇格するために教育者としての「入口男」と「バイパス女」が必要ならば，オデットにとっては結婚したクレシー伯爵とスワンが「入口男」であり，ヴェルデュラン夫人が「バイパス女」であったということになるであろう．ヴェルデュラン夫人についてはその出自も来歴も何もわからない．語られるのは裕福なブルジョワのヴェルデュラン氏と結婚してサロンを開いてからの物語のみである．だからヴェルデュラン夫人が私娼であった可能性は大いにあるし，オデットとレスビアンの関係にあったことを考慮すれば，ヴェルデュラン夫人が「バイパス女」であった可能性も十分ある．

　　そのヴェルデュラン夫人がやがて夫の死後，ゲルマント大公夫人が死んだあとをうけてゲルマント大公と結婚しゲルマント大公夫人となり，オデットがクレシー伯と離婚してスワンと結婚し，スワンの死後フォルシュヴィル伯爵と結婚し，その後ゲルマント公爵の愛人になる，そしてオデットとスワンの娘であるジルベルトがゲルマント公爵夫人になるという第七篇『見出された時』の物語の展開を見るならば，ヴェルデュラン夫人とオデットとは当時の「スーパー高級娼婦」にまで上り詰めたということができるであろう．これは貴族の名の歴史の裏側を明かすものである．

(6)　　「二年前」というのは「昨年」（1879 年）と「今年」（1880 年）で 2 年ということであって，「二年前の写真」というのは「昨年の写真」を意味する．本書，第 5 章注 3 参照．

(7)　　プレヤッド新版，ロベール・ラフォン版，ミレイユ・ナチュレル版の注では，参照すべき史実や研究者の考察に関して，非常に充実した記述がみられる．本書の記述も，主にこれらの注記によったが，別に調べたものもいくつかある．煩雑をさけるためにそれらのすべてには注をつけなかった．

(8)　　ロベール・ラフォン版の注 p. 793, note 232 を参照．

(9)　　デュクロが，« quelques » と « plusieurs » との相違を考察している（DUCROT 1983, 43-44）．彼によれば，« plusieurs » は数量を示すことを機能としており，不連続なヴィジョンを提示する．他方，« quelques » にはこのような機能はない．この両者の使い分けは，数量の多寡によるものではなく，ヴィジョンによるのである．問題の箇所「しかし，彼はこの生活がすでに何年も前から続いていることを考えた Mais il compta que cette existence durait déjà depuis plusieurs années,〔…〕．」において，スワンはこの生活が続いている期間を全体的にとらえているのではなくて，まさしく 1 年 2 年と数えているのであるから，

デュクロの説のとおり，そのヴィジョンは不連続である．他方，「彼が，何年かのちコンブレーで家に夕食に来た夜に，私自身がそうなるはずのように，彼が不安に寝にいくとき，［…］qu'il allait se coucher anxieux comme je devais l'être moi-même quelques années plus tard les soirs où il viendrait dîner à la maisonà Combray」においては「私」は「何年かのち」を，複数であることは前提としていても，数えているのではない．

(10) Cf. *Dixel dictionnaire 2009*, Dictionnaire Le Robert. また，当時のフランスの状況や，1884 年 7 月 19 日にアルフレッド・ナケが，3 年間におよぶ議論のすえに，離婚法を可決させた経緯にかんしては，小倉孝誠『近代フランスの事件簿 犯罪・文学・社会』，淡交社，2000 年，pp. 90-97 に，詳細な記述がある．

(11) シャルル・アースはジョッキー・クラブの入会を 1865 年以後，4 度退けられた（これは新記録となった）が，5 度目に普仏戦争の際の戦功により，1871 年 1 月 21 日，サン＝プリ伯爵とアルベリック・ド・ベルニス伯爵を紹介者として，入会を認められた．ロベール・ラフォン版の « Quid De Proust », p. 210，『事典プルースト博物館』（筑摩書房，2002 年）p. 264 参照．

(12) 「幻想的」という表現については，TODOROV 1970 を参照．この邦訳『幻想文学論序説』（三好郁朗訳，東京創元社，1999 年）の訳者あとがきで，三好は次のように解説している．「英米の理論家たちが，どちらかと言えば，トールキンのような，現実とは異質のファンタジー世界を想像することを幻想文学の主流と考えるのに対し，トドロフを含めたフランス系の理論家たちは，多く，現実の世界に超現実的なものが進入して亀裂が生じ，合理・非合理の葛藤を通じて生じる決定不可能性（ためらい，不確実さ，多義性など）を幻想の主要な機能とみなし，いわば「ポストモダン的メタフィクション」を幻想文学の本流と考える傾向が強い．〔…〕文学は，本来が現実と無関係な言語という虚構がつむぎ出すものであり，その一ジャンルをわざわざ幻想的と形容するのは，現実模写的リアリズムへのカウンターバランスとしての機能を重視するからであって，〔…〕．」（同書，p. 269）．

　『失われた時を求めて』は，バルザックやフロベールに多くを負っており，作中に「現実模写的リアリズム」が見られる一方で，のちの多くの小説家にインスピレーションをあたえた「幻想性」と「ポストモダン的メタフィクション」を生み出している．

(13) たとえば，第 1 章の注 12 で『千一夜物語』について述べたように，語り手は祖母，母，主人公の 3 世代における受容の違いを問題にする．

第4章　土地の名の夢想，パリのスワン家のほう

　本章であつかうテクストは，第一篇『スワン家のほうへ』第三部「土地の名：名」および第二篇『花咲く乙女たちのかげに』第一部「スワン夫人をめぐって autour de Mme Swann」である．本書ではそのテクストを「土地の名の夢想」（*Sw.* I, 376-386；1, 500-513）と「パリのスワン家のほう」（*Sw.* I, 387-414；1, 513-551, *J.F.* I, 423-630；2, 5-282）の2つのテクスト単位に分けた．この切れ目は，作品の第一篇と第二篇との切れ目とは重ならない．

旅の夢想
　[4]「土地の名の夢想」は，スワンとルグランダンから聞いた話によって引き起こされたバルベックにたいする主人公の嵐の夢想にはじまる．ところが，復活祭の休暇を北イタリアで過ごさせてやろうという父の約束で，嵐の夢がフィレンツェとヴェネツィアの春の夢にとって代わる．しかし，夢想の歓喜の絶頂で主人公が熱を出したためにその夢が実現されることはなかった．そうした何か月間かの物語である．

　　[4]「土地の名の夢想」（*Sw.* I, 376-386；1, 500-513）
　　　[4-1] プロローグ（376-377；500-501）
　　　[4-2] ある年の2月まで（377-378；501-503）
　　　[4-3] 復活祭の休暇を北イタリアで過ごさせてやろうという父の約束で，嵐の夢が春の夢にとって代わる（378-380；503-505）
　　　[4-4] 土地の名が映像を吸収して夢想を生み出す（380-382；505-508）
　　　[4-5] 歓喜の絶頂と病気（382-386；508-513）
　　　[4-6] エピローグ（386；513）

　主人公は，病気が癒えて，フランソワーズとシャンゼリゼを散歩することを日課にしていた．ある日，主人公は「ジルベルという呼び声」を聞

第4章 土地の名の夢想: パリのスワン家のほう

く. そのときからジルベルトに対する恋の物語が始まる. 本書ではこの恋の過程を描き出したテクストを,「パリのスワン家のほう」と名づけることにする.

シャンゼリゼで主人公がその呼び声を聞くよりも以前に, 主人公はその名が呼ばれるのを聞いたことがあった. シャンゼリゼは2度目である.

主人公が最初に「ジルベルトという呼び声」を聞いたのはコンブレーでメゼグリーズのほうの散歩のときであった. メゼグリーズのほうはまた「スワン家のほう」と呼ばれていた. 2度目に「ジルベルトという呼び声」を聞いて以来, 主人公にとって, パリのスワン家がある方向は「パリのスワン家のほう」として特別な意味をもつことになる. この「パリのスワン家のほう」のテクストは, 第一篇『スワン家のほうへ』第三部「土地の名:名」の [4]「土地の名の夢想」のあと第二篇『花咲く乙女たちのかげに』第一部「スワン夫人をめぐって」の終わりまでつづく. そのテクストが対象とする物語時間は約2年間である. この物語時間は3つの期間から形成される.「パリのスワン家のほう1:シャンゼリゼの頃」,「パリのスワン家のほう2:夢想と現実が完全に一致した頃」および「パリのスワン家のほう3:恋の苦しみとその終わりの頃」である.

    [5]「パリのスワン家のほう」
          (*Sw.* I, 387-414 ; 1, 513-551, *J.F.* I, 423-630 ; 2, 5-282)
    [5-1]「パリのスワン家のほう1:シャンゼリゼの頃」
          (*Sw.* I, 387-414 ; 1, 513-551, *J.F.* I, 423 - 494 ; 2, 5-100)
    [5-2]「パリのスワン家のほう2:夢想と現実が完全に一致した頃」
          (*J.F.* I, 494-572 ; 2, 100-206)
    [5-3]「パリのスワン家のほう3:恋の苦しみとその終わりの頃」
          (*J.F.* I, 572-630 ; 2, 206-282)

恋の夢想と現実

「スワンの恋」において物語は,〈周期 période〉によって形成されていた (第3章参照).「パリのスワン家のほう」においてものちに見るように「周期 période」という語が用いられるが, 語り手が「パリのスワン家のほう」において物語時間の対象指示にしばしば用いる表現は「その頃 à cette époque」あるいは「~の時代に au temps où」である.

1番目の期間は次のように表わされる.

　ただひとり，芝生のそばに，かなりの年の婦人が座っていたが，いつもどん
な天気でも変わらずに，おなじ堂々とした地味な身なりできっちり身を包んで
来るのだった，そして，この婦人と知り合いになるためなら，<u>その頃</u> à cette
époque，私は，交換してもいいといわれたなら，自分の人生の将来の最大の
利益をひとつ残らず犠牲にしてもかまわなかっただろう．（*Sw.* I, 390；1, 518,
下線強調は青木）

　この婦人はいつも『デバ紙』を読んでいるので語り手に「『デバ紙』の
婦人 la dame aux *Débats*」（*Sw.* I, 390；1, 518, 397；528, 399；530, 406；540)
と呼ばれることになり，この頃の主人公の精神生活を象徴する人物となる.
したがって，[5]「パリのスワン家のほう」1番目の期間は，主人公が「こ
の婦人と知り合いになるためなら，交換してもいいといわれたなら，自分
の人生の将来の最大の利益をひとつ残らず犠牲にしてもかまわない」と思
っていた時期であり，恋の舞台が「シャンゼリゼ」であった時期である.
そこで本書では主人公のこの時期をあらわすテクストを [5-1]「パリのス
ワン家のほう1：シャンゼリゼの頃」と呼ぶことにする.
　「パリのスワン家のほう」2番目の期間に，主人公は，「『デバ紙』の婦
人」がブラタン夫人であり，スワン家の「お友達」でないことを知る
（*J.F.* I, 525；2, 142). この2番目の時期は「私がオデットを訪ねはじめた
ころ l'époque où je commençai d'aller chez Odette」（511；124）であり，
「私は〔…〕スワンの好意が暗に私の両親に向けてなされているのだと考
えた頃 à cette époque je pensai 〔…〕que cette amabilité de Swann était
indirectement à l'adresse de mes parents」（562；193）であり，また「そ
のころ vers cette époque」，主人公はブロックに連れられて「初めて娼家
に pour la première fois dans une maison de passe」行く（565；197).
　この時期は，語り手によって次のように述べられている.

　われわれが長いあいだ夢みたものの上に現実が折りかさなり，この場合のように
そこに完全な一致が生じると，おそらく，現実はたとえばかさねられた相ひとし
い二図形が一致するように，夢の対象をすきまもなく被いかくし，それに溶けこ

第4章　土地の名の夢想：パリのスワン家のほう

むであろう，すると，われわれは欲望の目標のあらゆる点に手がとどいているそのときに，自分のよろこびにさらに全幅の意義があたえられるようにと——そして手にしているものがまちがいなくその目標だということをいっそう強くたしかめられるようにと——むしろ逆にそれらの目標にたいして，まだ手がとどかないという威力を生かしておきたいと思うものだ Sans doute dans ces coïncidences tellement parfaites, quand la réalité se replie et s'applique sur ce que nous avons si longtemps rêvé, elle nous le cache entièrement, se confond avec lui, comme deux figures égales et superposées qui n'en font plus qu'une, alors qu'au contraire, pour donner à notre joie toute sa signification, nous voudrions garder à tous ces points de notre désir, dans le moment même où nous y touchons – et pour être plus certain que ce soit bien eux – le prestige d'être intangibles.〔…〕 何年ものあいだ，私には，スワン夫人を家に訪問することはとりとめもない空想で，けっしてなしとげられることではないと信じることができた，それがいまでは彼女のもとで十五分を過ごすと，逆にとりとめもない空想のようになってしまったのは，まだ彼女と近づきにならなかったころの年月なのである，あたかも他方の可能事の実現によって交替に消滅した一方の可能事のように．（528：146-147）

　ここに記されているのは，プーレのいう「重ね合わせ」の一例である（序章参照）．このように主人公は次の時期がはじまると前の時期の上に物語を重ね合わせる．主人公の「継起する自我」は「重ね合わせ」である．

　この2番目の時期において，[4]「土地の名の夢想」のときとは逆に，主人公の病気が夢の実現をもたらすのである．この時期を [5-2]「パリのスワン家のほう2：夢想と現実が完全に一致した頃」と呼ぼう．

　「パリのスワン家のほう」3番目の期間は，主人公がジルベルトに最後に会った日（572：206）に始まる．この期間は「悲しみが弱まりながらもいつまでも続くあの諸時期のあいだ pendant ces périodes où, tout en s'affaiblissant, persiste le chagrin」（616：264）と表現されており，この間主人公はジルベルトに会わずにスワン夫人を訪問する．ジルベルトが家をあけて女友達と外出し食事に帰らないとあらかじめわかっているときに，いつもスワン夫人に会いに行く（580：216）．

　私の望むときにジルベルトに会えるのだということを私に証明してくれるスワン夫人の言葉こそまさしく私が求めにやってきたものを施してくれるのであり，あ

のころ à cette époque-là 私にとってスワン夫人への訪問をそれほど必要にして
いたものなのであった．(587；225)

　スワン夫人の言葉を聞くと，主人公は「大きく一息つく」（同上）．しか
し，「悲しみの進行 l'évolution du chagrin」(599；243) は止まらない．

　その悲しみにおいておそらくもっとも残酷であったことは，その悲しみの意識的
な，自発的な，無慈悲な，辛抱強い工作者が，この私自身であったということで
ある．〔…〕現在の状態で私がやっていた事柄ばかりでなく，それに伴う未来の
結果をはっきり見通しながら，私が連続的に熱中していた行為は，私自身の内部
でジルベルトを愛している自我の長い残酷な自殺なのであった．(600；243-244)

　そして主人公は，「ジルベルトをほとんど知らなかったころのように
comme au temps où je connaissais à peine Gilberte，彼女が私の許しを願
い，私よりほかに愛したおぼえはないと告白し，結婚してくれるようにと
たのんでくる文句や手紙を，何度もつくりだす」(618；267)．「それでも
私にはついに安静が立ちかえってくる」(619；269)．のちに，「とうとう
私は完全にスワン夫人への訪問をやめる」(621；270)．
　主人公にとって，スワン夫人は「私がその娘に会うのにあれほど困難だ
った時代，そしてその娘がシャンゼリゼに来なかった日々に私がアカシヤ
の大通りに行ったあの時代の au temps où je voyais si difficilement sa fille
et où les jours où celle-ci ne venait pas aux Champs-Élysées, j'allais me
promener avenue des Acacias スワン夫人の姿に，ふたたび立ちかえって
いたのであった」(580；216)．
　恋の終わりに，主人公は［5-1］「パリのスワン家のほう 1：シャンゼリ
ゼの頃」のようにジルベルトへの手紙を作り出し，当時のようにアカシヤ
の道を散歩するスワン夫人に会いに出かける．しかし，今度は，恋の始ま
りのころとは異なって，手紙は実際にジルベルトの手元に届けられ，彼女
からは実際に返事が来て，主人公はスワン夫人と親しく話をかわす．こう
して，主人公は恋の螺旋階段を一段のぼったのである．「パリのスワン家
のほう」3 番目の期間は［5-3］「パリのスワン家のほう 3：恋の苦しみと
その終わりの頃」である．

以上のように，[5]「パリのスワン家のほう」の物語は螺旋階段のかたちをしている．おそらく，第二篇『花咲く乙女たちのかげに』第一部の「スワン夫人をめぐって autour de Mme Swann」という表題はその物語のかたちを表現している．

1. [4]「土地の名の夢想」

[4]「土地の名の夢想」のテクストは，8つの段落からなり，プレヤッド新版で 11 ページ足らずである．その間に 6つの〈時点〉が観察される．時点〈1〉は「二月の，外が荒れ模様で，中が快い宵には par les soirs orageux et doux de février」（378；503）と表わされ，時点〈5〉に「来週，復活祭の前日 la semaine prochaine, la veille de Pâques」（385–386；512）と記されている．したがって，このテクストが対象とするのは，ある年の2月から復活祭の前の週である時点〈5〉を経て，いつとは明記されないが終点の時点〈6〉までである．

単純過去によってはじめて時点が記されるのは，第3段落にはいってからである．

> 時点〈1〉「家人は，バルベックのうちでももっとも有名な影像の複製を見に，<u>私を連れて行った</u> On me mena voir des reproductions des plus célèbres statues de Balbec」（第3段落，378；503 下線強調は青木）

時点〈2〉は，第4段落と第7段落と，表現を変えて 2 度表出される．

> 時点〈2〉復活祭の休暇が近づき，両親が一度北イタリアで私に休暇を過ごさせてやろうと約束したとき à l'approche des vacances de Pâques, quand mes parents m'eurent promis de me les faire passer une fois dans le nord de l'Italie（第4段落，379；504）
> ある年，復活祭の休暇をフィレンツェとヴェネツィアに過ごしに行こうと父がきめたとき Quand mon père eut décidé, une année, que nous irions passer le vacances de Pâques à Florence et à Venise（第7段落，382；508）

> 時点〈3〉父が一番いい汽車はどれかと探し始めたとき，そして私が昼食後に乗るとあくる日には《ジャスパーの壁をめぐらしエメラルドを敷き詰めた》

大理石と黄金の都に目をさますことができるのだとわかったとき quand mon père, [...] commença à chercher quels seraient les meilleurs trains, et quand je compris qu'on pouvait s'éveiller le lendemain dans la cité de marbre et d'or « rehaussée de jaspe et pavée d'émeraudes »（第 7 段 落，385；511）

　旅行の計画が具体的になる．昼食後の汽車に乗り，翌朝，「《ジャスパーの壁をめぐらしエメラルドを敷き詰めた》大理石と黄金の都」ヴェネツィアに着くだろう．

　　時点〈4〉「そのとき父は《ようするにあなたたちは四月二十日から二十九日までヴェネツィアに滞在し，復活祭の朝になるとすぐにフィレンツェに到着することができるだろう》と言いながら〔…〕quand mon père en me disant « En somme, vous pourriez rester à Venise du 20 avril au 29 et arriver à Florence dès le matin de Pâques », [...]」．（第 7 段落，385；511）

　時点〈3〉において言及される「翌日」，つまりヴェネツィア到着の日が「四月二十日」であるとすると，この予定は非現実的である．この日はおそらく復活祭の日のあとだからである．まえもって言うならば，「ある年」が本書で想定するように 1895 年であるとすると，復活祭は 4 月 14 日である．その年でないとしても，復活祭が 4 月 29 日よりのちになることはありえない，復活祭は 3 月 22 日から 4 月 25 日までのあいだにくるのだから（その年近辺でもっとも遅い年 1897 年でも 4 月 18 日であり，もっとも早い年 1894 年ならば 3 月 25 日である）．時点〈5〉で主人公は，復活祭の前日にヴェネツィアを散歩する光景を思いうかべている．そして復活祭の朝にはフィレンツェに着く．復活祭が 4 月 30 日ならば問題はない．しかしそれはありえない．読者が想像力をたくましくして，主人公たちが，1895 年ならば，4 月 10 日あたりにヴェネツィアに着き復活祭前日まで滞在して，ついで 4 月 14 日の復活祭から 20 日までフィレンツェに滞在し，20 日から 29 日までヴェネツィアに滞在すると考えれば，おそらく整合するだろう．いずれにせよ，この旅行は実現しないのであるからこれ以上云々しなくても，これ以上拘泥しなくてもよいだろう．

第4章 土地の名の夢想：パリのスワン家のほう

時点〈5〉とうとう私は歓喜の絶頂に達した（来週、復活祭の前日に la semaine prochaine, la veille de Pâques, ひたひたと波がうちよせ、ジョルジョーネの壁画が赤く反映するヴェネツィアの通りを散歩しているのは、〔…〕この私であるだろう、〔…〕とそのとき突然認識しただけで）、そのとき父が《大運河(グラン・カナル)の上はまだ寒いにちがいないから、用意のために、あなたの冬のコートと厚い上衣とをトランクにいれておいてほうがいいね》と私に言うのを聞いた quand j'entendis mon père me dire : « Il doit faire encore froid sur le Grand Canal, tu ferais bien de mettre à tout hasard dans ta malle ton pardessus d'hiver et ton gros veston. »（第7段落、385-386；512）

時点〈6〉医者がフィレンツェ、ヴェネツィアに発つことを諦めなければならないと言い、ラ・ベルマをききに行くことも禁止した。（第7段落・第8段落、386；513）

以上を図に表わすと図Ⅰになる。

図Ⅰ．［4］「土地の名の夢想」日々の推移

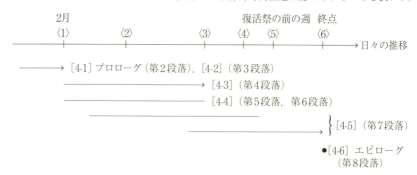

物語時間に継起があらわれるのは、第2、第3、第4段落と第7段落の後半である。第5、第6段落と第7段落前半では物語に時間的順序はない。しかも、書き込まれるエピソードは時点を表わすのみで、場面として発展することはない。テクストは主人公の内的生活を追う。ドリット・コーンのいう「心的物語言説」[(1)] の典型的な例である。

以下、個々のテクスト単位を分析する。

298

[4-1]「プロローグ」(第1段落・第2段落, 376-377；500-501)

第1段落と第2段落とをむすぶ「しかし mais」

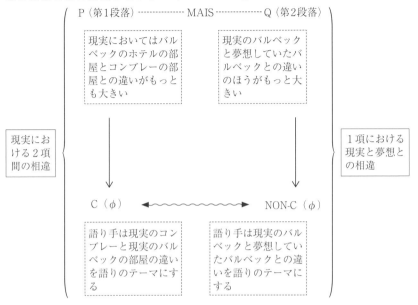

　書き出しの2つの段落は，表にあらわしたように［P MAIS Q］のかたちをとって連結されている．

　以後の物語が，「不眠の夜」のテーマのひとつであった中間的主体が回想した部屋間の現実における相違ではなく，主人公が夢想したバルベックと現実のバルベックの相違であることを明確にしている．つまり以降の物語空間が中間的主体の「不眠の夜」との連続線上にあるのではないことを語り手はここではっきりと述べている．

　第2段落の終わりに「ところで or」があらわれ，テクストは語り手の言説から物語言説へと移行する．

　ところで私は，ルグランダンが私たちに挙げたバルベックの名を，「一年のうち六か月は霧の経帷子と怒濤の泡沫につつまれている，多くの難船で有名な，不吉なあの海岸」のすぐ近くの海浜の名だとおぼえこんでいたのであった　Or

299

j'avais retenu le nom de Balbec que nous avait cité Legrandin, comme d'une plage toute proche de « ces côtes funèbres, fameuses par tant de naufrages qu'enveloppent six mois de l'année le linceul des brumes et l'écume des vagues ». （377；501）

［4-2］ある年の2月まで（第3段落，377-378；501-503）

　ルグランダンとの物語が半過去で，スワンとの物語が大過去で語られる．

　「そこではいま，足の下の土からすぐに感じられます」と彼〔ルグランダン〕はいうのであった disait-il「そこではフィニステール〔地のはての意味，いまはブルターニュの半島部の県名〕そのものにいるよりもはるかに強く（もっともいまではそこにかさなりあって多くのホテルが建っていますけれども，その土地の最古の骨格はけっして変化をうけていません），フランスの地の，ヨーロッパの地の，ほんとうのはて，いや太古の大地のほんとうのはてが感じられます．そしてそこは漁師たちの最終のとまり場なのですが，その漁師たちというのが，開闢以来，海の霧と亡霊との永遠の王国をまえにして生きてきたすべての漁師たちとすこしも変わりはありません．」ある日，コンブレーでスワンさんの前で，このバルベックの海岸がもっともはげしい嵐を見るのに選ばれたもっともいい地点かどうか彼から聞きたいと思って，その海岸について話したとき，彼は私にこう答えた il m'avait répondu：「バルベックのことなら，私のお手のものです！　バルベックの教会，あれは十二，十三世紀のまだなかばロマネスク様式ですが，おそらくゴチック・ノルマン建築のもっともめずらしい見本でしょうね，じつに特異なものです！　まるでペルシアの芸術ですよ．」（377-378；501-502，強調はプルースト）

　バルベックという土地の名のもとで，ルグランダンは「海上の嵐」と「漁師たち」の映像を，スワンは「ゴチック建築」の映像を主人公にいだかせる．ここで，« si »「とすれば」の構文があらわれる．この表現は換位あるいは対比をあらわし，作中で，意味的連結および時間的連結においてしばしば要となる．主人公の想像のありかた，および語り手の想像のありかた，その展開をもっとも明瞭に示す構文の一つである．ここでは，この構文は，主人公の想像世界における「そうした土地や住民」と「ゴチック芸術」との相互作用，それらが互いに主人公の想像をかきたてる「誘因」，つまり決定的な影響をあたえる要因となっていることを強調する[2]．

そしてゴチック芸術が，そうした土地や住民にたいしてそれらに欠けているある誘因をもたらしていたとすれば，おかえしに，土地や住民もまた，ゴチック芸術にある誘因をさずけていた Et si le gothique apportait à ces lieux et à ces hommes une déterminationn qui leur manquait, eux aussi lui conféraient une en retour. 私はあの漁師たちがどんなふうに生きたかを思いうかべようとするのであった，中世のあいだ，この地獄の海岸の一点，死の絶壁の下に集まって，ここで彼らがもとうとした社会関係の，臆病な，しかし疑うことのできない試みを思いうかべる，すると，私にとってゴチック芸術はいっそう生き生きとしたものに見え，いまやそれは，これまでその所在地として私が想像してきたあの諸都市から離れ，ある特別な場合に，野生的な岩石の上に，それがいかに芽ばえ，いかに花咲いて，美しい鐘塔となったかを，私は目に見ることができるのであった．(378；502-503, 強調はプルースト)

そして，語り手は，第3段落の終わりに時点〈1〉を記す．

主人公は「バルベックのうちでももっとも有名な彫像——縮れ髪で鼻の低い使徒たち，教会の玄関の聖母の複製写真を見に連れて行って」もらう．

そこで，二月の，外が荒れ模様で，中が快い宵には，風が——私の部屋の暖炉口をゆすぶるのとおなじほど強く私の心をゆすぶりながら，バルベックへの旅行の計画を私の心に吹き込み——私のなかでゴチック建築への欲望を海上の嵐への欲望と混ぜ合わせるのであった Alors, par les soirs orageux et doux de février, le vent – souffrant dans mon cœur, qu'il ne faisait pas moins fort que la cheminée de ma chambre, le projet d'un voyage à Balbec – mêlait en moi le désir de l'architecture gothique avec celui d'une tempête sur la mer. (378；503)

「二月の，外が荒れ模様で，中が快い宵 les soirs orageux et doux de février」という表現があらわれ，時が2月であることがわかる．

[4-3] 復活祭の休暇を北イタリアで過ごさせてやろうという父の約束で，嵐の夢が春の夢にとって代わる（第4段落，378-380；503-505）

時点〈1〉以降時点〈3〉までを継起としてあらわす．時点〈2〉で，嵐の夢想がまったく反対の春の夢想にとって代わる．

しかし復活祭の休暇が近づき，両親が一度北イタリアで私に休暇を過ごさせてや

第4章　土地の名の夢想、パリのスワン家のほう

ろうと約束したとき Mais à l'approche des vacances de Pâques, quand mes parents m'eurent promis de me les faire passer une fois dans le nord de l'Italie, あれらの嵐の夢想に〔…〕，極彩色の春の逆の夢想が le rêve contraire du printemps le plus diapré 私のなかでとってかわったのだった，〔…〕．そのときから，ただ日の光，匂い，色彩だけが，私には価値をもっているように思われた Dès lors, seuls les rayons, les parfums, les couleurs me semblaient a voir du prix. (379；504)

「ついで，単なる大気の変化だけで」，「私」のなかに，転調をひきおこすことがある．

ついで Puis たまたま単なる大気の変化だけで私のなかにそのような転調をひきおこすのに十分であることがあった，季節のめぐりを待つ必要もなく sans qu'il y eût besoin d'attendre le retour d'une saison. （同上）

「しかし，まもなく Mais bientôt」，夢想は季節や天気の変化に左右されなくなる．

それらの夢を再生させるのに私はただその地名を発音するだけでよかった Je n'eus besoin pour les faire renaître que de prononcer ces noms, バルベック，ヴェネツィア，フィレンツェ，と，その名で示された土地が私に吹きこんだ欲望は，ついにその名の内部にはいって，そこに蓄積されてしまったからであった．(380；505)

　次に，欲望が，名に映像を吸収させ，名と映像とを切り離せないまでに一体化させてしまい，ミモロジスムの「信仰」を生みだす．主人公は，「それらの映像が私から独立したある現実に対応していると信じる croire qu'elles correspondaient à une réalité indépendante de moi」(384；510).

[4-4] 土地の名が映像を吸収して夢想を生み出す（第5，第6段落，380-382；505-508）

　第4段落と同じ物語時間を対象として，第5段落では「土地の名が映像を吸収するさいの変容」について語られる．

しかしそれらの名が，それらの町にたいして私が抱いていた映像を永久に吸収
するにいたったのは，その映像を変貌させながら，その現れを私のなかでそれぞ
れの名に固有の法則にしたがわせてでしかなかった，その結果，それらの名は，
ノルマンディまたはトスカナの町を，実際にそうでありうるよりもはるかに美し
く，しかしまたはるかに異なったものにし，私の想像力のひとり勝手なよろこび
をふくらませることによって，未来の旅の失望を大きくした．私が，それらの名
をいっそう特殊な，したがっていっそう現実的なものにしながら，この地上のい
くつかの場所からつくりあげている観念を，それらの名はかきたて強いものにし
た Ils exaltèrent l'idée que je me faisais de certains lieux de la terre, en les fai-
sant plus particuliers, par conséquent plus réels. （380：505）

　主人公が『パルムの僧院』を読んでからもっとも行きたい町の名となっ
た「パルム」の例，「フィレンツェ」の例が挙げられる．そして「バルベ
ック」はというと，「あたかもそれが焼かれたころの土の色を保っている
ノルマンディの古い陶器の表面のように，いまはすたれたある習慣，封建
法のなごり，土地の昔の状態，奇妙なシラブルができてしまったすたれた
発音法，といったものがまだそこから浮かびあがる，そんな名のひとつで
あった」（381：506）．　第 6 段落では「名」のもつ綴り字や音などから主
人公がどのように連想したか，その例が 10 個語られる．

　　赤味をおびた高貴なレースをまとってあんなに背が高い，そしてその建物のい
　ただきが最後のシラブルの古い黄金に照らされているバイユー Bayeux, そのア
　クサン・テギュが黒木の枠で，古びたガラス戸を菱形に仕切っているヴィトレ
　Vitré,〔…〕，中世このかた，小川の流れと流れとのあいだにますます深く根を
　おろし，一方いぶし銀の寝刃になってしまった日の光がステンドグラスの窓の蜘
　蛛の巣越しに描きだす薄墨色の淡彩画のなかで，せせらぎの音をひびかせ飛沫の
　真珠を「まきちらし」しているカンペルレ Quimperlé,〔…〕．（381-382：507）

　第 6 段落においてこのようにして例示される主人公の夢想は，のちに 2
度目のバルベックで，ブリショの語源的知識の洪水によって完膚なきまで
に粉砕されることになる．

303

［4-5］歓喜の絶頂と病気（第7段落，382-386；508-513）

「これらの映像はさらにもう一つ別の理由からも誤ったものであった Ces images étaient fausses pour une autre raison encore」ではじまる第7段落は［4］「土地の名の夢想」のなかで最も長い．この段落で語り手は主人公の夢想の過程を要約的にたどり直す．主人公の夢想の場所を「名の避難所 le refuge des noms」（382；508）と呼ぶ．語り手はここで初めて，主人公がこれらの名にあたえた映像が「誤ったものであった」と断言する．その第1の理由は「土地の名」が「その名に固有の法則」によって映像を変貌させるというものであった．第2の理由は「映像が単純化におちいるのを免れなかった」ことである．「おそらく，それらの映像の単純化こそ，それらの映像が私に影響力をもった原因のひとつであった」と，語り手はそのパラドックスを分析する．

このようにしてこの段落では，語り手の言説によって，「この月のあいだ pendant ce mois」（383；510）の物語が分析される．「この月 ce mois」は3月のひと月である．

> バルベックの名のなかには，ちょうど海水浴場で売っているペン軸に仕掛けた虫めがねからのぞいたときのように，ペルシア様式の教会のまわりに立ちさわぐ波が私に見えるのであった．（382；508）

> フィレンツェの名は，せいぜい二つの区画に分けられていた，ジョットのある種の絵にあって，同一人物の動作を二つの異なった時刻に描き分け，一方ではベッドに寝ているところ，他方では馬に乗ろうとしているところをあらわしているように，〔…〕．一方の区画のなかでは，建物の円天井の下で，私はフレスコ画を眺めていた，〔…〕，他方では，（…）——果物やキアンティぶどう酒をととのえて私を待っている昼食に一刻も早くありつくために私はいそいでいた——黄水仙や水仙，アネモネの花などが咲きこぼれているポンテ・ヴェッキヨの橋を私はすばやく渡っているのだ．（382-383；508-509）

> それらの非現実的な，固定した，いつも似たりよったりの映像は，私の昼と夜とを満たし，私の人生のこの時期 cette époque de ma vie を，それに先だつ時期と区別した〔…〕．（383；509）

この月 のあいだ Pendant ce mois ——いつあきることもないメロディーのように，フィレンツェ，ヴェネツィア，ピサのこれらの映像を反芻し，一方，それらの映像によって私のなかにかきたてられた欲望は，あたかもある人への恋のように，深く個性づけられた何物かを，それらの映像の痕跡として残していた——私はそれらが私から独立したある現実に対応していると信じることをやめなかった，そしてそれらの映像は，まさに天国に入ろうとしている初期キリスト教徒の胸にはぐくまれたと同じような美しい希望を私に抱かせた je ne cessai pas de croire qu'elles correspondaient à une réalité indépendante de moi, et elles me firent connaître une aussi belle espérance que pouvait en nourrir un chrétien des premiers âges à la veille d'entrer dans le paradis. だから夢想によって丹念につくりあげられ，しかも感覚器官によって知覚されなかったもの ce qui avait été élaboré par la rêverie et non perçu par eux [les organes des sens] ——それだけにますます感覚器官にとっては魅惑的であり，感覚器官が知っているものとは異なるもの——そうしたものを感覚器官でながめ，触れようとすることの矛盾を私はすこしも気にかけず，私の欲望をもっとも燃えたたせたのは，それらの映像の現実 la réalité de ces images を思いうかべさせるものであった，なぜなら，それは欲望が満足させられる約束のようなものであったからだ．そして，私の興奮 mon exaltation の動機は芸術的なよろこびをえたいという欲望 un désir de jouissances artistiques であったにもかかわらず，その興奮を持続させていたのは，美学書 les livres d'esthétique よりもガイドブック les guides であり，ガイドブックよりも汽車の時刻表 l'indicateur des chemins de fer であった．（383-384；510，下線強調は青木）

　引用の３番目「それらの非現実的な，…」は，本書第１章において「一日の区分」について述べたときに挙げたテクストである．「私の人生のこの時期 cette époque de ma vie」，主人公にとって昼と夜の区分がいまだされていないということを，語り手ははっきりと述べている．

　４番目の引用「この月 のあいだ Pendant ce mois…」では，主人公のミモロジスムが「初期キリスト教徒 un chrétien des premiers âges」に比すべき宗教的な性質をもっていることが語られている．『失われた時を求めて』におけるミモロジックの文脈が宗教的なものであり，そのことが出発点で示されていることはきわめて重要である．主人公にとってミモロジスムは宗教であり，« croire » はまさしく「信じる」ことであり，« croyance » は「信仰」である．そして，土地への欲望が，人への恋の欲望と比べられている．

その「興奮」を持続させるものが「美学書」による教義よりも，具体的な「ガイドブック」であり「時刻表」であることが3番目の引用箇所とつづく物語によって記される．ついで「たしかに certes」があらわれる．次表にあらわしたように，ここではこれまで何度か検討した「たしかにPしかしQ」[[CERTES P] MAIS Q] とは異なって，対比の「しかしmais」はあらわれず，それよりも弱い「しかしながら pourtant」に置きかえられている．

「たしかに」は先の「美学書よりもガイドブック」という語り手の考察をうけて，それを具体的に物語言説としたものである．つづく時点〈3〉（385；511）は「汽車の時刻表」を父が調べる場面である．時点〈4〉（同上）では父が「日付」を口にする．物語は時点〈5〉（386；512）へと緊張をたかめる．こうして「たしかに」以降第7段落の後半は，主人公の興奮が高まる過程と，都市の名が現実的になる過程とが平行して描き出される．

　時点〈5〉は主人公の歓喜の最終段階と主人公の肉体の異変をあらわすこのセリーのクライマックスである．「しかし，私はまだ歓喜の最終段階にむかう途上にいるにすぎなかった；ついに私はその最終段階に達した Mais je n'étais encore qu'en chemin vers le dernier degré de l'allégresse ; je l'atteignis enfin」（385；512），「父のそうした言葉を聞いて私は一種の恍惚状態に達した À ces mots je m'élevai à une sorte d'extase」（386；512），と同時に，主人公は「自分の肉体に不思議な非肉体化が起きるのを感じた je sentis s'opérer en moi une miraculeuse désincarnation」（386；513）．主人公は熱を出し，ベッドに運ばれ，医者に旅行を禁じられる．

[4-6] エピローグ（第8段落，386；513）

　時点〈6〉で，医者は主人公にフィレンツェ，ヴェネツィアに発つことを諦めなければならないと言い，ラ・ベルマをききに行くことも禁止する（386；513）．これがこの作品における主人公の病気の最初の記述である．そこで本書では，この時点で主人公の病気との共存生活が始まったと考え，「不眠の夜」の始点としたのであった（第1章参照）．

　この第8段落は [4]「土地の名の夢想」のエピローグである．レオニー叔母の死後主人公一家の召使いになったフランソワーズに付き添われて，

第7段落の「しかしながら pourtant」

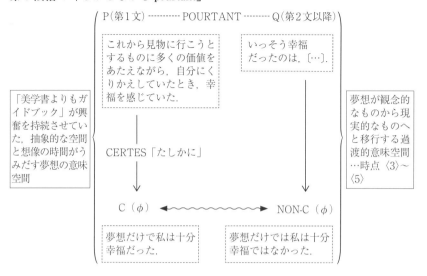

主人公は毎日シャンゼリゼへ気晴らしにでかけることになる．

> せめてベルゴットがその著作の一冊に，シャンゼリゼを描いていたのであったら，まず私の想像力のなかで「複写」がとられることからはじまったこれまでのすべてのもののように comme toutes les choses dont on avait commencé par mettre le « double » dans mon imagination, おそらく sans doute 私はシャンゼリゼを知りたいという欲望をもったことであろう．私の想像力がそれらのものに血をかよわせ，生き生きとさせ，人格をあたえ，そしてそれから私は現実のなかにそれらをふたたび見出したいと思ったであろう，しかし mais この公園のなかのものは何一つ私の夢想 mes rêves にむすびつかないのであった．（Sw. I, 386；1, 513）

この一節のあと，テクストは1行も空けることなく，段落が変るだけで，「ある日」に始まる次の物語へと移行する．

2．[5]「パリのスワン家のほう」のテクスト分析

フランソワーズとシャンゼリゼを散歩することを日課としていた主人公は，ある日，「ジルベルトという呼び声」を聞く．これは主人公がその名

を聞いた２度目である．そのときから，主人公にとって，パリのスワン家がある方向は「パリのスワン家のほう」として特別な意味をもつことになる．

　この物語時間は３つの期間から形成される．本章のはじめに述べたように，[5-1]「パリのスワン家のほう１：シャンゼリゼの頃」，[5-2]「パリのスワン家のほう２：夢想と現実が完全に一致した頃」および[5-3]「パリのスワン家のほう３：恋の苦しみとその終わりの頃」である．

[5-1]「パリのスワン家のほう１：シャンゼリゼの頃」

　このテクストは，以下のように８つの単位から形成される．

　　[5-1]「パリのスワン家のほう１：シャンゼリゼの頃」
　　　　　　　　　　　（*Sw.* I, 387-*J.F.* I, 494；1, 513-551, 2, 5-100）
　　[5-1-1]「ジルベルトという呼び声」（*Sw.* I, 387-388；1, 513-515）
　　[5-1-2]「シャンゼリゼ」（388-392；515-521）
　　[5-1-3]「ジルベルトが来た日々：恋の進展」（391-405；520-538）
　　┌──────────────┐
　　│ 1行空き（405；538）│
　　└──────────────┘
　　[5-1-4]「両親との会話」（405-408；538-543）
　　[5-1-5]「ジルベルトが来ないことを前もって知っている日々：巡礼」（408-414；
　　　　　　543-551）
　　┌──────────────┐
　　│ 1行空き（414；551）│
　　└──────────────┘
　　[5-1-6]「今年，十一月初旬のある朝，ボワで」（*Sw.* I, 414-420；1, 551-559）〔1
　　　　　　行空き以降第一篇『スワンのほうへ』最後までのこのテクスト単位は，
　　　　　　別の区画[12]「語り手の現在への移行期」に含まれる．第1章を参照〕．

　◆ここで，第一篇『スワン家のほうへ』から第二篇『花咲く乙女たちのかげに』へと移る．

　　[5-1-7]「初めてのラ・ベルマ観劇と初めてノルポワ氏が晩餐に訪れた日」（*J.F.*
　　　　　　I, 423-477；2, 5-78）
　　┌──────────────┐
　　│ 1行空き（477；78）│
　　└──────────────┘
　　[5-1-8]「新年の失望と病気」（477-494；78-100）

　篇の移行と３か所の１行空きをみれば，テクストが大きく５つに分けら

れていることがわかる．以下，順に考察する．

[5-1-1]「ジルベルトという呼び声」(*Sw.* I, 387-388；1，513-515)

[5-1-1]「ジルベルトという呼び声」は，[5]「パリのスワン家のほう」における最初のサンギュラティフの出来事である．そこでテクストにあらわれるサンギュラティフの出来事を以下のように通し番号をつけて表わすことにする．

1）主人公はシャンゼリゼでジルベルトという呼び声を聞く．

このテクスト単位は，2つの総合文からなる1つの段落である．そしてこの段落において，単純過去による時点は1つしかない．

このテクストは『失われた時を求めて』において「瞬間」がどのように表出されているかをもっとも典型的に記している．したがって，ここで詳細に分析し考察しなければならない．

第1文
　　ある日，私が，木馬のそばの私たちのいつもの場所に飽きあきしているので，フランソワーズは，私をひっぱって遠征に行ったのであった──国境を越えて飴を売る小母さんの屋台店がいくつもおなじ間隔で小さな稜堡のようにまもっている──隣接しているが，知った顔がない未知の，そんな地域に，そこでは山羊のひく車が通っている：それから彼女は，月桂樹のしげみを背に立てかけたいつもの自分の貸椅子に置いた荷物をとりにひきかえした；彼女の帰りを待ちながら，私は，枯れて短くなり太陽に黄ばんだ芝生をふんで歩いていた，その芝生の向こう側には泉水が影像に見下ろされていた，そのとき，小道から，赤茶けた髪の一人の少女に向けて，水盤のまえで羽子突きをしている，もう一人の少女が，コートを自分の肩にかけ，ラケットを袋にしまいながら，彼女に叫んだ，ぶっきらぼうな声で：「さようなら，ジルベルト，私帰るわ，忘れないでね，今晩私たちは夕食をすませてからお伺いするわ．」

　　Un jour, comme je m'ennuyais à notre place familière, à côté des chevaux de bois, Françoise m'avait emmené en excursion-au-delà de la frontière que gardent à intervalles égaux les petits bastions des marchandes de sucre d'orge -dans ces régions voisines mais étrangères où les visages sont inconnus, où passe la voiture aux chèvres; puis elle était revenue prendre ses affaires sur sa

chaise adossée à un massif de lauriers ; en l'attendant je foulais la grande pe-
louse chétive et rase, jaunie par le soleil, au bout de laquelle le bassin est domi-
né par une statue quand, de l'allée, s'adressant à une fillette à cheveux roux qui
jouait au volant devant la vasque, une autre, en train de mettre son manteau et
de serrer sa raquette, lui cria, d'une voix brève: « Adieu, Gilberte, je rentre,
n'oublie pas que nous venons ce soir chez toi après dîner. »　　　(387-388 ; 513-
514, 下線強調は青木)

第2文
あのジルベルトという名が私のそばを通り過ぎた，その場にいない人のことが話
されるときのように名前がたんにあげられただけではなく，当人に向かってじか
に呼びかけられただけにより一層名指された人の存在を強く喚起しながら；その
名はそのように私のそばを通り過ぎた，いわば活動しながら，その投擲の曲線と
その標的への接近が増すある力をともなって；――その到着する岸に向かって，
運びながら，私にはそう感じられたのだが，知識や概念を，呼ばれた相手につい
て，私ではなく，呼びかけた少女がもっている，彼女が目に思い浮かべていた，
または少なくとも彼女の記憶に所有していた，それらすべてを，その名を口にし
ながら彼女たち二人の普段の親しさについて，双方から交しあっている訪問につ
いて，私にとってはそれだけ近づきにくい，それだけ悩ましいあの未知のものの
すべてについて逆にこの幸福な少女にとってはきわめて親しい，きわめてたやす
いものであるその名に私を触れさせながら私をそのなかに入らせずその名をひと
つの叫びのなかで大気のなかに投げあげている；――その名が放たせたかぐわし
い発散物をすでに大気のなかにただよわせながら，スワン嬢の生活の，やがて来
る夕べの，見ることのできないいくつかの点にぴったりと触れ，夕食後，彼女の
家ですごさせるような――形づくり，子供たちと女中たちの真中を天にむけて通
り過ぎ，美しい色彩の小さな雲を，雲にも似た雲をプッサンの絵の美しい庭のう
えにまるくふくらんで，オペラの雲のように詳細に映し出す軍馬や戦車で満ちた，
神々の生活のあらわれのようなものを，――最後に，そのはぎ取られた草の上に，
彼女がいるその場所に，色あせた芝生の一片と同時に羽子つき遊びをするブロン
ドの少女の午後の一瞬を投げ（彼女は帽子に青い羽飾りをつけた女家庭教師が呼
んだときにしか羽子つき遊びをやめなかった），ヘリオトロープ色のすばらしい
小さな帯を，映像のように触れることのできない，敷物のように重ねられた，そ
の上に私は遅ればせの，郷愁的な，冒涜者の足を運んであきるはずもなかったが，
その一方でフランソワーズは私にむかって呼んでいるのであった，「さあさあ，
パルトーのボタンをようくはめこんで，さっさといきましょう」，そして私はは
じめて，気がついて腹立たしくなったのであった，フランソワーズの言葉の下品
なことに，そしてああ！　帽子に青い羽飾りがない．

Ce nom de Gilberte passa près de moi, évoquant d'autant plus l'existence de celle qu'il désignait qu'il ne la nommait pas seulement comme un absent dont on parle, mais l'interpellait; il passa ainsi près de moi, en action pour ainsi dire, avec une puissance qu'accroissait la courbe de son jet et l'approche de son but; —— transportant à son bord, je le sentais, la connaissance, les notions qu'avait de celle à qui il était adressé, non pas moi, mais l'amie qui l'appelait, tout ce que, elle revoyait ou du moins, possédait en sa mémoire, tandis qu'elle le prononçait, de leur intimité quotidienne, des visites qu'elles se faisaient l'une chez l'autre, de tout cet inconnu encore plus inaccessible et plus douloureux pour moi d'être au contraire si familier et si maniable pour cette fille heureuse qui m'en frôlait sans que j'y puisse pénétrer et le jetait en plein air dans un cri ; —— laissant déjà flotter dans l'air l'émanation délicieuse qu'il avait fait se dégager, en les touchant avec précision, de quelques points invisibles de la vie de Mlle Swann, du soir qui allait venir, tel qu'il serait, après dîner, chez elle, —— formant, passager céleste au milieu des enfants et des bonnes, un petit nuage d'une couleur précieuse, pareil à celui qui, bombé au-dessus d'un beau jardin du Poussin, reflète minutieusement comme un nuage d'opéra, plein de chevaux et de chars, quelque apparition de la vie des dieux; —— jetant enfin, sur cette herbe pelée, à l'endroit où elle était, un morceau à la fois de pelouse flétrie et un moment de l'après-midi de la blonde joueuse de volant (qui ne s'arrêta de le lancer et de le rattraper que quand une institutrice à plumet bleu l'eut appelée), une petite bande merveilleuse et couleur d'héliotrope impalpable comme un reflet et superposée comme un tapis sur lequel je ne pus me lasser de promener mes pas attardés, nostalgiques et profanateurs, tandis que Françoise me criait: « Allons, aboutonnez voir votre paletot et filons » et que je remarquais pour la première fois avec irritation qu'elle avait un langage vulgaire, et hélas, pas de plumet bleu à son chapeau.　（387-388：514-515，下線強調は青木）

　下線をほどこした第1文の「叫んだ cria」（単純過去）と第2文の2度の「通り過ぎた passa」（単純過去）は同じ1つの時点を表わしている．点在する半過去はその時点の状況を表わす．第1総合文は大過去によるその時点にいたるまでの外的物語から始まり，直接話法によるその時点の少女の言葉で終わる．総合文の途中「その芝生の向こう側には泉水が彫像に見下ろされていた au bout de laquelle [la grande pelouse] le bassin est dominé par une statue」以降は，主人公に焦点化されており，テクストはまず主人公の視線を追い，ついで聞こえた少女の言葉を表出する．

第4章　土地の名の夢想：パリのスワン家のほう

　第2総合文の書き出し「ジルベルトというその名が私のそばを通りすぎた Ce nom de Gilberte passa près de moi」は，明らかに隠喩であり，「ジルベルトというその名 Ce nom de Gilberte」を少女たちの羽子突き遊びの「羽子 le volant」になぞらえている．この総合文は以下，「その名 ce nom」を軸とする4個の現在分詞（「運びながら transportant」，「ただよわせながら laissant flotter」，「形づくり formant」，「投げ jetant」）の並置による収斂構文によってその時点の主人公の内的物語を描き出す．「いっぽうで tandis que」以下は主人公の意識を表わし，文を閉じる「ああ，帽子に青い羽飾りがない hélas, pas de plumet bleu à son chapeau」は，主人公の内的独話をあらわす自由間接話法であると考えられる．

　「さようなら，ジルベルト，私帰るわ，忘れないでね，今晩私たちは夕食をすませてからお伺いするわよ Adieu, Gilberte, je rentre, n'oublie pas que nous venons ce soir chez toi après dîner.」という少女の言葉と，「さあさあ，パルトーのボタンをようくはめこんで，さっさといきましょう Allons, aboutonnez voir votre paletot et filons」というフランソワーズの言葉はともに直接話法で記されているが，導入動詞は，前者は単純過去で，後者は半過去である．後者の半過去が第2総合文の書き出し「ジルベルトというその名が私のそばを通りすぎた Ce nom de Gilberte passa près de moi」との同時性を表わすとすれば，少女の言葉が通りすぎた時点とフランソワーズが言葉を発した時点との間にほとんど時間的経過はないと思われる．

　この段落は唯一の単純過去の時点に収斂する．

　第2総合文では，「名前」を「羽子」に見立てたイマージュの連携のうちに空間的秩序があらわれる[3]．それは，「その投擲の曲線とその標的への接近 la courbe de son jet et l'approche de son but」という直接的表現にあらわされている．「その投擲 son jet」の « son » はもちろん「名」を指す．しかし，「名＝羽子」であると読者が気づくように表現されている．「曲線 la courbe」は放物線であり，少女の呼びかけの言葉が，羽子突きの羽子の動きをたどるようにアーチを描いて，呼びかけられた少女，ジルベルトに届く．

　　「呼びかけた少女」⋯⋯⋯⋯⋯⋯⋯⋯⋯⋯⋯⋯⋯⋯⋯⋯⋯⋯ 出発点

「美しい色彩の雲」 ⸺⸺⸺⸺⸺⸺⸺⸺⸺⸺⸺⸺⸺ 頂点
「そのはぎ取られた草の上に」⸺⸺⸺⸺⸺⸺⸺⸺⸺ 終着点

　このテクストから受ける印象の強さは，2人の少女のあいだの羽子突き
遊びの羽子の描く曲線と名前の呼びかけとのこの2項のアナロジーが一回
かぎりのものであることからくるのであろう．この2項の幸福な出会いは
いくら強調してもしすぎることはない．ジュネットのいう，プルーストの
換喩と隠喩の「言語の二つの軸を完全に引き受け活性化する，あの混合状
態の方向への，極限的試み」(Genette 1972, 61 ; 全集別巻，384) としてこ
の箇所ほど説得力のある例はない．
　さらに，本書の観点，つまり，テクストの時間性という観点からみると，
重要な問題が残されている．この総合文が表出するアーチは，主人公の内
面の動きを表わすが，主人公の知覚，この場合主人公の視覚の動きをも表
わしていると言えるだろうか．このとき主人公の視線は空をあおぎ，つい
で芝生の上へ降りていったと言えるであろうか．つまり，テクストのこの
空間的秩序はどこまで主人公に帰されるのであろうか．主人公の思考に時
間的継起が認められるだろうか．頂点にあたる「雲」に主人公の視線が向
けられたとして，そこにあらわれる，「プッサンの絵の美しい庭のうえに
まるくふくらんで，軍馬や戦車で満ちた，オペラの雲のように神々の生活
のあらわれのようなものを詳細に映し出す雲にも似て」という心的アナロ
ジーつまり比喩による内面描写が，主人公の夢想に由来するのか，語り手
の制作によるものなのか．
　なぜここで比喩の由来が問題になるかと言えば，論者によって解釈が分
かれ，それが物語時間の持続の規定にかかわってくるからである．シュピ
ッツァーのように比喩が主人公に由来するものであるとするなら，主虚構
の物語時間自体が膨張しているということになろう．他方，ジュネットの
ように比喩が語り手の制作によるものであるとするなら，語り手が物語時
間を中断するかまたは背景にして，自らの映像を表出したということにな
るであろう．あるいは，ドリット・コーンのように，比喩を語り手のも
のであるとしながらも，物語時間が膨張しているとする見解もある[4]．
　比喩の由来が主人公の夢想にあるとすると，実際に主人公がそのように
夢想したというのではなくとも，あくまでそれが可能であるというだけで

313

第4章 土地の名の夢想: パリのスワン家のほう

も，そこに主人公の「気づき」の一歩手前の心の動きを認めることができる．心的アナロジーつまり比喩による内面描写に，内的物語の語りのひとつのありかたを見ることができる．それは，内的独白によって〈意識の流れ〉をテクストに表出するという発想とは根本的に異なったものである．

この一瞬に，一方で，「私はそう感じていた」とあるように，主人公が「痛み」を感じていることが明記されている．しかし，この主人公の内的物語は，言語化をこばむほどに豊かすぎるものであって，主人公によって意識化される以前の，おそらく内的独白の存在しない，言葉以前の，言葉のない瞬間なのであろう．語り手の理知の働きがイマージュを再構成する．「プッサン」以下の二重の比喩が外枠の「ジルベルトの名＝羽子」の隠喩に包まれ，その全体が主人公の内的物語に還元される[5]．

主人公の言葉のない瞬間，つまり呼びかけた少女の言葉とフランソワーズの言葉との間の空白の瞬間，その瞬間は主人公にとって一瞬より何倍も長く感じられたであろう．「就寝のドラマ」において，父を前にして立ちつくし，すすり泣きを始めるまでの時間が，主人公にとっては同様に空白の瞬間であったように．[2-1-3]「就寝のドラマ」にあっては，語り手の物語がその空白を埋めるかのように表出されて置きかわり，この瞬間を潜在させ膨張させていた．[5-1-1]「ジルベルトという呼び声」のテクストにおいては，心的アナロジーがその瞬間を膨張させる．そしてその瞬間は，ブランショが「充溢としての空虚 le vide comme plénitude」と表現したものではないか．

　　この書物（『ジャン・サントゥイユ』）の挫折に関してわれわれがおどろかされるのは，彼が，さまざまな「瞬間」をわれわれに感知しうるものとしようと努めたあげく，それらを情景として描き出してしまったことだ．人物を彼らの現われにおいてとらえるかわりに，まったく反対のこと，つまり肖像を作りあげてしまったことだ．だがとりわけ次のようなことが問題だ．つまり，この草案と，それにつづく作品とを，わずかの言葉で区別しようと思えば，まずこんなふうにも言えるだろうと言うことである．『ジャン・サントゥイユ』は，生が互いに分離したときによって出来ているという感情をわれわれに与えるために，空虚そのものが形に表されず，空虚のままに留まっているような細分化された構想に固執しているのに対して，『失われた時を求めて』は逆であって，このぎっしりつまった途絶えることのない作品は，星のようにちりばめられた諸点に<u>充溢としての空虚</u>

le vide comme plénitude を加え，かくして今度は，それらの星たちを不可思議にきらめかせることに成功したのである．なぜならもはや星たちには，空間の空虚の涯しない拡がりが欠けてはいないからである．かくしてこの作品は，もっとも稠密にしてもっとも実質的な持続を通して，もっとも非連続的なものを表現することに成功した．書くことの可能性が彼に到来するあの光にみちた瞬間の断続を表現することに成功した．(BLANCHOT 1959, 33 ; 31. 下線強調は青木)

　無意識的想起の瞬間がそうした「充溢としての空虚」の最たるものだとしても，[2-1-3]「就寝のドラマ」や[5-1-1]「ジルベルトという呼び声」のテクストにおける空白の一瞬をそれに加えてもよいだろう．実際，『失われた時を求めて』にはそうした瞬間が数多く散りばめられている．「空白の一瞬」は序章で見た「印象の記憶」の一変種である．

　さらに言えば，[5-1-1]「ジルベルトのという呼び声」の場面で，少女たちの声が飛び交っているなかで，なぜ，主人公は即座に「ジルベルト」という名に意識を向けたのであろうか．少女たちは黙って静かに羽子突き遊びをしていたのではないであろう．おそらく他の名も混じっていたにちがいない．なぜ「ジルベルト」という呼び声に，即座に意識を向けたのであろうか．それは，これが初めてではないからである．主人公はコンブレーでこの「ジルベルト」という呼び声を聞いたことがあった．そしてその呼び声は意識せずとも主人公の心の奥深くに存在し続けていた．したがってこの場面は，無意識的想起とは異種の無意識裡の想起なのである．もちろん，「ジルベルト」という名は，無意識的想起のトポスにおける「すべて」をいうあの「無」ではない（第2章参照）．名前自体は常に主人公の意識にあるものであろう．ミモロジックの文脈において語り手の意識にもつねに存在する名である．しかし，ここでの問題はその名前ではなくて，呼び声である．呼び声を聞くという出来事の反復である．主人公も語り手もそしておそらく読者も同様に，無意識のうちに，ここで「ジルベルト」という呼び声からこれほどの意味が呼び起されていることに何の不思議も感じないにちがいない．

[5-1-2]「シャンゼリゼ」(388-392 ; 515-521)

　このテクストは『失われた時を求めて』において，順行的継起によらず

にさまざまなかたちによって物語がテクストに表出されているありようを
もっとも典型的に記している．さらに，この［5-1-2］「シャンゼリゼ」の
テクストは，［5-1］「パリのスワン家のほう1：シャンゼリゼの頃」から
［5-2］「パリのスワン家のほう2：夢想と現実が完全に一致した頃」まで
のテクスト全体を支配している．したがって［5-1-1］「ジルベルトという
呼び声」と同様に，ここで詳細に分析しなければならない．

　テクストは必ずしも物語の時間経過の順序にしたがって進行するとはか
ぎらない．それだけでなく，物語の順序のないテクスト単位がある．物語
の順序が存在しないということは，語り手が物語時間を組織化していると
いうことであり，［3］「スワンの恋」の［3-3-1］「第4期」と同様に，そ
こには物語の順序とは多少とも独立した語りの秩序が存在し，物語の因果
関係とは異なる意味文脈が生み出される．

　主人公は，一時期，毎日のようにシャンゼリゼにかよい，ジルベルトに
会えて，一緒に遊ぶことができればそれだけで幸せであった．その物語に
語り手は物語世界の時間経過とは異なった時間性をあたえる．［5-1-2］
「シャンゼリゼ」は，6つの段落，4ページあまりのテクストである．

　　　［5-1-2］「シャンゼリゼ」
　　　［5-1-2-1］日々の推移（第1段落，388；515）
　　　［5-1-2-2］日々の場合分け（第1段落，388；515-516）
　　　［5-1-2-3］1番目の〈観念化された一日〉（第2・第3段落，388-390；516-
　　　　517）
　　　［5-1-2-4］2）雪の最初の日（第4〜第6段落，390-392；518-521）

　前もって結果をいえば，［5-1-2-1］において，物語の順序にそって，要
約的に，日々の推移のうちに出来事をとらえたのち，［5-1-2-2］では物語
を日によって場合わけする．したがって第1段落の物語の継起が消え，物
語の順序が存在しなくなる．［5-1-2-3］の第2段落，第3段落は擬似的に
物語の順序にそって，時刻の推移のうちに物語をとらえるイテラティフの
テクストである．最後に第4段落以降は物語を順序にそって時刻の推移の
うちにとらえるサンギュラティフのテクストである．そして，これら4つ
の部分は物語時間の連鎖をこえてクライマックスを構成する．

第1段落 （6文30行）（388；515-516）

　せめて彼女は再びシャンゼリゼにやってくるだろうか．その翌日彼女は来ていなかった；しかしそれからあとの日々はずっと私は彼女を見かけた；私は彼女が女友達と遊んでいる場所の周りをしょっちゅう回り歩くのであった，その結果，一度人とり遊びの人数が足りなかったとき，彼女は私が組にはいりたいかどうかたずねさせた，そしてそれからは，彼女が来ているたびに私は彼女と一緒に遊んだ．Retournerait-elle seulement aux Champs-Elysées? Le lendemain elle n'y était pas; mais je l'y vis, les jours suivants; je tounais tout le temps autour de l'endroit où elle jouait avec ses amies, si bien qu'une fois où elles ne se trouvèrent pas en nombre pour leur partie de barres, elle me fit demander si je voulais compléter leur camp, et je jouai désormais avec elle chaque fois qu'elle était là.　しかしそれは毎日ではなかった；彼女が来るのを妨げられる日があった，お稽古や，教理問答や，お茶の会のために，私の生活から隔てられているあの生活のすべてのために二度，ジルベルトという名に凝縮されて，コンブレーの坂道とシャンゼリゼの芝生の上で，私があんなにも悩ましく通り過ぎるのを感じた．そうした日には，彼女は前もって会えないことを告げていた；もしそれが勉強のためであれば，こう言うのであった．「つまんないわ，あした私は来られないのよ．私がいなくてもあなたたちみんなで楽しんでね」，それはいかにも悲しげで，私はすこしなぐさめられるのであった；しかし逆に，彼女が何か午後の催しに招かれているとき，私がそうとは知らずに遊びに来るかどうかたずねると，こう答えるのだった，「来ないと思うわ．ママンがお友だちのところに行かせてくれるもの．」すくなくともそうした日には，彼女に会えないことがわかっていた，他方，ほかのときには，彼女の母親が買い物に連れて行くのは全く不意で，その翌日彼女はこう言うのだ，「ええ，そうよ！ママンと一緒に出かけたの」と，まるで当然のことのように，また誰かにとってそれがこの上もない不幸ではなかったかのように．また，家庭教師が雨に濡れるのを嫌がって彼女をシャンゼリゼに連れてこようとはしない天気の悪い日々もあった．（388；515-516）

　[5-1-2]「シャンゼリゼ」のテクストはまず，[5-1-1]「ジルベルトという呼び声」の物語のあとの主人公の思考を自由間接話法であらわす．第2文は総合文であり，連結は意味的であるが，日々の推移があらわれる．第1文から第2文とテクストが進行するにつれて，時間経過がしるされ，時点が示される．始点である時点〈1〉は「ジルベルトという呼び声」の出

来事の直後，時点〈2〉が「その翌日」，時点〈3〉が翌々日，時点〈4〉が「人とりあそびに加わった日」，物語は主人公がシャンゼリゼでジルベルトと遊んだ最後の日〈終点〉までを対象とする．第3文は「しかしmais」で連結されており，前文の内容が制限されることをあらわす．

　この第3文から時間経過は消え，連結はまったく意味的になり，物語の順序が存在しなくなる．つまり，第3文からこの段落の終わりの第6文までは，物語の順序とは独立した語りの秩序が認められ，それは物語を日によって場合わけすることによって成立している．4つの段階があらわれる．第1に，ジルベルトが来るか来ないかによる場合わけ，第2にジルベルトが来ないことを主人公がまえもって知っているかいないかによる場合わけ，第3にジルベルトが来ない理由による場合わけであり，最後に第4に主人公の精神状態による場合分けがなされる．以上の第1段落の時間経過と意味形成を図示すると次のようになる．

図Ⅰ-1．[5-1-2-1]「シャンゼリゼ」日々の推移（第1段落，388；515）

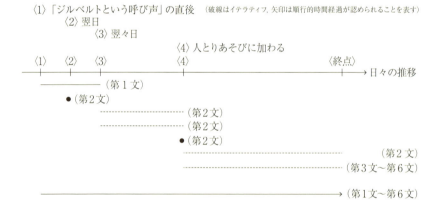

図Ⅱ. ［5-1-2-2］「シャンゼリゼ」日々の場合分け（第1段落，388；515-516)

第1段階：ジルベルトが来る／来ない　による場合分け（第3文）			
ジ ル ベ ル ト が 来 な い 日	第2段階：ジルベルトが来ないことを主人公が知っている／知らないによる場合分け（第4文，第5文）		
	主 人 公 が ジ ル ベ ル ト が 来 な い こ と を	第3段階：ジルベルトが来ない理由による場合分け（第3文，第5文，第6文）	
	知 っ て い る		第4段階：主人公の精神状態による場合分け
		［場合2］（第3文）お稽古のために ［場合3］（第3文）教理問答のために	（第4文）「すこしなぐさめられる」
		［場合4］（第3文）お茶のために	（第4文）失望
	知 ら な い	［場合5］（第5文）親との買い物のために	（第5文）「この上もない不幸」
		［場合6］（第6文）悪い天気のために	（第6文）不安
ジ ル ベ ル ト が 来 た 日	［場合1］（第2文）「そしてそれからは，彼女が来ているたびに私は彼女と一緒に遊んだ.」		

　図Ⅰによって明らかなように，第1文と第2文の時間経過は日々の推移の軸上で表され，この軸上での時間の進行が示される．この第2文で，文中のイテラティフが副詞句によってあたえられ，直説法単純過去によって表されていることから，主人公の心理的感情的要素が抑えられて単に出来事を述べるという形がとられていることがわかる．ところが，第3文以降は逆に主人公の感情が場合わけの契機となっている．

　第3文と第4文の間の視点の変化，つまり，3つの理由が主人公の苦痛の度合いという新しい視点によって，段階をかえ総合されて場合わけしなおされていること，次に第4文と第5文の間の段階の移動によって3つの理由が再び総合されて残りの2つの理由と対立させられていること，最後に，ジルベルトが来るかどうか主人公が知らない場合の，それも来ない理由がジルベルトに発するものではなく，天気のよしあしにかかっているという不安な状態でこの段落が終えられていることが，注目される．そして何よりもこの単位のテクストの進行が，一種のクライマックス，主人公の

苦痛の提示に与っていることが重要である．「お稽古のために」と「教理問答のために」の場合の「すこしなぐさめられる」＜「お茶のために」の場合「失望」する ＜「母親との買い物のために」の場合「この上もない不幸 le plus grand malheur possible」となり，主人公の苦しみは増大する．この第３文から第６文までは，物語時間のうち，時点〈4〉から〈終点〉までの何日間かを日によって場合わけしている．明らかに物語の順序は存在しない．

[5-1-2-3] 1番目の〈観念化された一日〉，第2段落（9文，35行）（388-389；516-517）・第3段落（1文15行）（389-390；517）

　この段落は，第1段落と接続詞「だから aussi」よって連結されているが，この「だから」意味内容を述べれば，（ジルベルトが来ないと前もってわかっていない場合，私にとって彼女が来るか来ないかは天気にかかっていたのだから）となり，2つの文節「同様にお天気が悪い日には，その女性家庭教師が雨をいやがってジルベルトをシャンゼリゼに連れて来たがらないのであった」と，「空模様があやしければ，私は朝からお天気ばかりを見守っていて，どんな徴候もひとつのがさず気にとめていた」を連結するのみならず，第1段落と第2段落とを結びつけている．

　この段落の物語を支配しているのはジルベルトが来るか来ないかであり，それが主人公に前もってわかっていない場合，おそらく蓋然性からか，あるいは主人公の願望のためか（なぜなら，雨のために来ないというほうが苦痛が少なかったから），それは天気のよしあしに帰されている．したがって，[5-1-2-2] の場合分けの [場合6]「不安」の時間を表出する．

　ここでは，第2段落第1文の「すべての徴候 tous les présages」をテーマとして，主人公に希望を持たせるよい徴候を例示している．次には第3文「しかし mais」で強調されているように，希望をくじかせる悪い徴候が示される．

　以下，よい徴候と悪い徴候がバルコンの石の上の光の変化のうちに主人公によって読み取られる．テクストは主人公の「不安なまなざし」を追う．第5文，第6文は，主人公の視野をあらわす．第5文，第6文，第7文と文は順に長くなる．徴候が好転する過程は第8文と第9文とで2度繰り返される．第9文は17行の総合文である．

だから，空模様があやしければ，私は朝からお天気ばかりを見守っていて，どんな徴候もひとつのがさず気にとめていた．向かいに住んでいる婦人が，窓のそばで帽子をかぶっているのを目にすれば，私はこう言うのであった，「あの人はこれから出かける，だから外に出ることができるお天気なんだ，ジルベルトがこの人のようにしない理由がどこにあるか．」しかし空が暗くなってきて，母が，まだ晴れるかもしれない，それにはすこし日差しがあればいいのだけれど，どうも雨になる可能性が多い，と言うのだ，雨になるのなら，シャンゼリゼに行ってもしかたがないではないか．だから，昼食がすんでからは，不安な私のまなざしは，どちらともつかない曇った空から離れようとはしなかった．空はそのままどんよりしていた．窓の前のバルコンは灰色であった．とつぜん，その陰鬱な石の上に，私は色の輝きを見たのではなかった，が，その暗い色がいくらか薄れようとしている努力のようなもの，光を外に放とうとするためらいがちな明かりの脈搏を私は感じるのであった．一瞬ののち，バルコンはあかつきの空を映した水のように青くさえて，そして手すりの鉄格子の無数の影が，そこにそっと止まりに来ていた．さっと風が吹いてその影を吹き散らし，またしても石のおもては暗くなってしまった，しかし手すりの影は飼いならされた生き物のようにまたやってきた：石は目にはつかないほどに白さをおびはじめた，そして，たとえば音楽で，ある「序曲」のおわりに，ある単音を，そのピアニッシモから順次に急速にその最後のフォルティッシモにみちびくあの連続したクレッシェンドのように，その石のおもてが快晴のあの不変不動の金色に達するのを私は見るのだった，その金色の上には，欄干の細工をほどこした手すりのぎざぎざの影が，のびほうだいの植物のように黒く浮き出し，画家の丹精や満足をはからずも語るように思われる，どんな小さな細部をももらさない輪郭画の細かさで，そしてほの暗くしあわせなその影があまりに心地よさそうな浮き彫りかビロードのようなかたまりをなしていたので，この光の湖上に静かにのべられているそれらの反映は，実際に自分たちを平静と幸福の保証であると知っているかのように思われるのであった．

Aussi si le ciel était douteux, dès le matin je ne cessais de l'interroger et je tenais compte de tous les présages. Si je voyais la dame d'en face qui, près de la fenêtre, mettait son chapeau, je me disais: « Cette dame va sortir; donc il fait un temps où l'on peut sortir: pourquoi Gilberte ne ferait-elle pas comme cette dame? » Mais le temps s'assombrissait, ma mère disait qu'il pouvait se lever encore, qu'il suffirait pour cela d'un rayon de soleil, mais que plus probablement il pleuvrait ; et s'il pleuvaits, à quoi bon aller aux Champs-Elysées? Aussi depuis le déjeuner mes regards anxieux ne quittaient plus le ciel incertain et nuageux. Il restait sombre. Devant la fenêtre, le balcon était gris. Tout d'un coup, sur sa pierre maussade je ne voyais pas une couleur moins terne, mais je sen-

tais comme un effort vers une couleur moins terne, la plusation d'un rayon hési-
tant qui voudrait libérer sa lumière. Un instant après, le balcon était pâle et ré-
flechissant comme une eau matinale, et mille reflets de la ferronnerie de son
treillage étaient venue s'y poser. Un souffle de vent le dispersait, la pierre s'était
de nouveau assombrie, mais, comme apprivoisés, ils revenaient; elle recommen-
çait imperceptiblement à blanchir et par un de ces crescendos continus comme
ceux qui, en musique, à la fin d'une Ouverture, mènent une seule note jusqu'au
fortissimo suprême en la faisant passer rapidement par tous les degrès intermé-
diaires, je la voyais atteindre à cet or inaltérable et fixe des beaux jours, sur le-
quel l'ombre découpée de l'appui ouvragé de la balustrade se détachait en noir
comme une végétation capricieuse, avec une ténuité dans la délinéation des
moindres détails qui semblait trahir une conscience appliquée, une satisfaction
d'artiste, et avec un tel relief, un tel velours dans le repos de ses masses
sombres et heureuses qu'en vérité ces reflets larges et feuillus qui reposaient
sur ce lac de soleils semblaient savoir qu'ils étaient des gages de calme et de
bonheur. （388-389：516-517，下線強調は青木）

　第9総合文は，核となる文節，「その石のおもてが快晴のあの普遍不動
の金色に達するのを私は見るのだった je la voyais atteindre à cet or inal-
térable et fixe des beaux jours」がそのほぼ中心に位置し，表現の頂点を
なしている[6]．
　テクストは，第2段落第9文の「欄干の細工をほどこした手すりのぎざ
ぎざの影 l'ombre découpée de l'appui ouvragé de la balustrade」の「影
l'ombre」を受けて「木蔦」となり，第3段落へと続けられる．

　つかのまの木蔦よ，石に生えるはかない植物よ！　多くの人にとっては，壁に
からみ窓を飾る植物のなかでは，もっとも彩りに乏しく，もっとも陰気なもの，
私には，それがバルコンに現れた日から，あらゆる植物のなかでもっとも親しい
もの，おそらくすでにシャンゼリゼにきているであろうジルベルトの現前の影そ
のものとして，私が着くとすぐさま彼女はこう言うだろう，「すぐ人とり遊びを
始めましょう，あなたは私の組よ」；かよわくて，そよとの風にもさらわれる，
しかしまた，季節とともにではなく，時刻とともに生きる，直接的な幸福の約束，
日によって拒まれもしかなえられもする，それだけにひときわ直接の幸福の約束，
恋の幸福；石の上にいて，苔そのものよりもやわらかく，あたたかい；生き生き
として，ただ一筋の日の光があれば萌え出て，喜びの花を咲かせる，たとえ冬の

さなかでも.

　Lierre instantané, flore pariétaire et fugitive ! la plus incolore, la plus triste, au gré de beaucoup, de celles qui peuvent ramper sur le mur ou décorer la croisée ; pour moi, de toutes la plus chère depuis la jour où elle était apparue sur notre balcon, comme l'ombre même de la présence de Gilberte qui était peut-être déjà aux Champs-Elysées et, dès que j'y arriverais, me disait : « Commençons tout de suite à jouer aux barres, vous êtes dans mon camp»;　fragile, emportée par un souffle, mais aussi <u>en rapport non pas avec la saison, mais avec l'heure; promesse du bonheur immédiat que la journée refuse ou accomplira, et par là du bonheur immédiat par excellence, le bonheur de l'amour</u>; plus douce, plus chaude sur la pierre que n'est la mousse même; vivace, à qui il suffit d'un rayon pour naître et faire éclore de la joie, même au cœur de l'hiver.（389-390；517, 下線強調は青木）

　第3段落は一つの総合文からなり，主人公の思考，「木蔦」への語りかけ，あるいは祈りが表わされる[7].

　この第2段落，第3段落のテクストはすべてイテラティフである．第1章以降何度か見たように，イテラティフはジュネットによって，「n 回起こった出来事をただ一度のうちに語る」形式と定義されているが，ここでさらに，このイテラティフの意味を明確にしておく必要がある.

　　《反復》とは，実のところ，精神が構成するものなのである．精神は，個々に生
　　気する出来事から，それが同じ種類の他の出来事のすべてと共有するものをのみ
　　そこにとどめるために，その出来事に固有に属するものをそこから排除するので
　　あり，それは一つの捨象である．〔…〕このことはよく知られていることであっ
　　て，私は，ここで《同一の出来事》，《同じ出来事の再発》と名づけられるすべて
　　が，類似のそしてそれらの唯一の類似性のうちに眺められたいくつかの出来事の
　　セリーであることを一度明確にしておくためにそのことを喚起したにすぎない.
　　（GENETTE 1972, 145；129）

　イテラティフは，語り手の精神のありかたが直接的にテクストに表出される形式のひとつであって，そこでは語り手がどのように時間をとらえているかが直接的にあらわされている．語り手がいかなる「唯一の類似性のうちに dans leur seule ressemblance」「捨象 abstraction」を行なったのかが第1の問題であり，テクストの意味形成と時間形成のなかに語り手の

要請と物語上の意義を追求しなければならない.

　「気まぐれな植物のように黒く浮き出した」「手すりの細工をほどこした支え棒のぎざぎざの影」の隠喩である「木蔦」は「すでにシャンゼリゼに来ているであろうジルベルトの現前の影そのものとして」,主人公に捉えられている. そしてその〈木蔦—手すりの影〉は,「季節とではなく時刻とともに生きる en rapport non pas avec la saison, mais avec l'heure」存在として捉えられる. これは段落の鍵をにぎる表現である. つまり,第2段落,第3段落のセリーが対象としている時点〈4〉からこのセリーの終点である時点〈5〉までの何日かは,主人公にとって日々の推移や季節の推移が問題だったのではなく,主人公の意識が時刻の推移の上にあったということを,この表現はあらわしている. このことは何日間かの物語時間が,日々の推移,季節の推移のうちにではなく,時刻の軸の上に捉えられていることと符合している. 時点〈4〉から時点〈5〉までの何日間かの物語時間は,まず第1段落第2文で日々の推移のうちに,ついで第3文から第6文では場合分けによって,さらに第2段落から第3段落においては時刻の推移の上で,というように3度とらえかたを変えて繰り返されている.

　第2段落では,一日の時刻の推移を示す時点の表示が第2文と第4文に見られる.「朝から」の〈朝〉,「昼食が済んでからは」の〈昼食〉,そして主人公がシャンゼリゼに向かう時点を終点として,時刻の推移を示す時間軸上に図示すると図Ⅲ-1になる.

図III-1.[5-1-2-3]「シャンゼリゼ」1番目の〈観念化された一日〉(第2・第3段落, 388-390;516-517), 擬似的時刻の推移

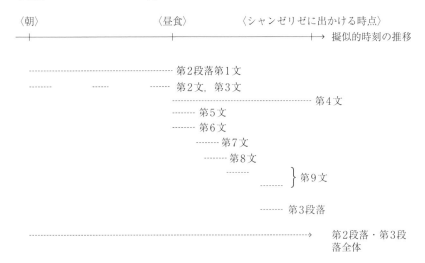

　ここで描出されているのはクロノロジー上の定まったある日あるときの主人公の行動や思考ではない．規模は小さいながらも，第2段落と第3段落のテクストは，図Ⅰ-1中の時点〈4〉から〈冬の始まり〉までの何日間かの物語時間を対象とし，図III-1中の〈朝〉から〈シャンゼリゼに出かける時点〉までの何時間かの物語時間に対応している．つまり，何日間かの物語時間が一日の時刻の軸上に捉えられている．本書ではこの形式を〈観念化された一日 une journée idéalisée〉と呼んでいる．「コンブレーの時代」では大きな規模で見られた形式である．[5-1]「パリのスワン家のほう1：シャンゼリゼの頃」ではもう一度〈観念化された一日〉があらわれる．したがって，ここは[5-1]の1番目の〈観念化された一日〉である．
　さて，先に述べたように，第3段落は主人公の思考，〈木蔦—手すりの影〉への語りかけを描出している．主人公の語りかけは徐々に祈りに近いものになっていく．なぜならそこにひとつの恐れが混じってくるからである．今日は確かにジルベルトはやって来るだろう，しかし冬になって雪が降れば彼女はもうシャンゼリゼには来ないのではないだろうか….最後の一節，「生き生きとして，ただ一筋の日の光があれば萌え出て，喜びの花を咲かせる，たとえ冬のさなかでも」が，主人公の祈りの言葉であること

が理解されよう．この主人公の恐れについては，つづく第4段落の冒頭で
触れられることになる．

　ところで，ここでもひとつのクライマックスが生み出されている．それ
は不安な時をへて，ジルベルトはシャンゼリゼに来る，という確信を主人
公がもったとき，「つかのまの木蔦よ，石にはえるはかない植物よ！」で
ある．　しかしながら，この主人公の喜びのクライマックスが思考上の，
まだ実現されていないものであることに注意しておく必要がある．

［5-1-2-4］「雪の最初の日」（390-392；518-521），第4段落（6文29行），第5段落（8文37行），第6段落（5文36行）

　第4段落，第5段落は冬の特定のある一日の何時間かを刻々と追ってい
く．第3段落とは接続詞「そして et」によって連結されている．この接
続詞は，「生き生きとして，ただ一筋の日の光があれば萌え出て，喜びの
花を咲かせる，たとえ冬のさなかでも」の主人公の祈りをうけて，第4段
落の書き出し「そして他の植物がみんな姿を消したあと，老樹の幹を包ん
でいる美しい緑の肌が雪に隠される日々まで」とを結びつけているが，こ
れには2つの意味が含まれている．一方では時刻の推移をあらわす軸上で
第3段落の物語のあと，主人公がシャンゼリゼに行ってジルベルトに会え
たかどうかが，他方では「たとえ冬のさなかでも」幸福の約束となってほ
しいと主人公は〈木蔦―手すりの影〉に祈っていたのだが，実際に冬の日
にはどうであったかが，ここで主題化されている．

第4段落第1文

　そして他の植物がみんな姿を消して，老樹の幹を包んでいる美しい緑の肌が雪
に隠されるあの日々にまでなって，雪はやんだけれど，雲はまだ重くたれこめて，
ジルベルトの外出を望めそうもないとき，とつぜん，母に「おや，ごらん，お天
気になりますよ．ともかくシャンゼリゼに行ってみたっていいかもしれないわ
ね」と言わせながら，太陽が顔を出し，バルコンを覆っている雪のマントの上に，
金色の糸を交差させ，黒い影を刺繡していた．Et jusque dans ces jours où toute
autre végétation a disparu, où le beau cuir vert qui enveloppe le tronc des
vieux arbres est caché sous la neige, quand celle-ci cessait de tomber, mais que
le temps restait trop couvert pour espérer que Gilberte sortît, alors tout d'un

coup, faisant dire à ma mère : « Tiens voilà justement qu'il fait beau, vous pour-
riez peut-être essayer tout de même d'aller aux Champs-Elysées », sur le man-
teau de neige qui couvrait le balcon, le soleil apparu entrelaçait des fils d'or et
brodait des reflets noirs. （390：518）

第4段落書き出しは，二次虚構の指示形容詞による状況補語の陥入であ
り，日々の推移をあらわす軸上（図Ⅰ）での次の時点〈5〉をしめす．つ
いで第1文のおわりまでは，図Ⅲ-1の時刻の推移をあらわす軸上で，第2
段落，第3段落が対応する時間と同じ〈朝〉から〈シャンゼリゼに出かけ
る時点〉までをおおっている．物語言説は直説法半過去によってはじめら
れており，たしかにジュネットのいうように「あいまい」である [8]．し
かしながら，段落がすすむにつれて，その意味が明確になる．第2文の書
き出しに「その日 ce jour-là」があらわれる．この「その日」はのちに
「雪の最初の日」であることが明かされる．

第4段落第2文～第5文

その日，私たちは誰にも会わないでいた．いや帰りかけの女の子が一人いたが，
ジルベルトは来ないわと，私に断言するのだった．女の家庭教師たちのいかめし
いが寒そうな集まりから見放されて，椅子は空っぽだった．ただひとり，芝生の
そばに，かなりの年の婦人が座っていたが，いつもどんな天気でも変わらずに，
おなじ堂々とした地味な身なりできっちり身を包んで来るのだった．そして，こ
の婦人と知り合いになるためなら，その頃，私は，交換してもいいといわれたな
ら，自分の人生の将来の最大の利益をひとつ残らず犠牲にしてもかまわなかった
だろう．というのは，ジルベルトが毎日この婦人に挨拶をしにいくからだった．
そして，彼女はジルベルトに「大好きなお母さま」の様子をたずねるのであった．
そして，もしこの婦人と知り合いであったなら，私はジルベルトにとってまった
く別のだれか，彼女の両親と付き合いのある人たちを知っている人物であるとい
うことになっていただろうと私には思われていた．Ce jour-là nous ne trouvions
personne, ou une seule fillette prête à partir qui m'assurait que Gilberte ne vien-
drait pas. Les chaises par l'assemblée imposante mais frileuse des institutrices
étaient vides. Seule, près de la pelouse, était assise une dame d'un certain âge
qui venait par tous les temps, toujours harnachée d'une toilette identique, ma-
gnifique et sombre, et pour faire la connaissance de laquelle j'aurais à cette

第
4
章
　
土
地
の
名
の
夢
想
・
パ
リ
の
ス
ワ
ン
家
の
ほ
う

époque sacrifié, si l'échange m'avait été permis, tous les plus grands avantages futurs de ma vie. Car Gilberte allait tous les jours la saluer ; et elle demandait à Gilberte des nouvelles de « son amour de mère » ; et il me semblait que, si je l'avais conue, j'aurais été pour Gilberte quelqu'un de tout autre, quelqu'un qui connaissait les relations de ses parents.　（390 ; 518）

　この第5文とつづく第6文は「その当時 à cette époque」つまり図Ⅰの全期間, 日々の推移の軸上の始点である時点〈1〉から終点である時点〈6〉までを覆う. 主人公がシャンゼリゼでジルベルトに会えさえすれば幸福であった時期を指しているが, この時期のこの時刻の主人公の思考を描出しているイテラティフでもある.

第4段落第6文, 第5段落 （390-391 ; 518-520）

　孫たちが遠くで遊んでいるあいだ, この婦人はいつも『デバ紙』を読んでいてこの新聞を「昔なじみの『デバ』」と呼び, 巡査や貸し椅子屋のことを「昔なじみのお巡りさん」とか, 「貸し椅子屋さんと私は昔なじみでね」といかにも貴族風に言うのだった. Pendant que ses petits-enfants jouaient plus loin, elle lisait toujours les *Débats* qu'elle appelait « mes vieux *Débats* », et par genre aristocratique disait en parlant du sergent de ville ou de la loueuse de chaises : « Mon vieil ami le sergent de ville », « la loueuse de chaises et moi qui sommes de vieux amis ». （390 ; 518）

　この第4段落の動詞の時制, 直説法半過去をどのように解釈すればよいか. 上で述べたように, 第5文と第6文は明らかにイテラティフである.「その当時 à cette époque」だけでなく,「毎日 tous les jours」「いつも toujours」などの副詞が直説法半過去とむすびつく. さらに, この語り手のイテラティフによる言説は,『デバ紙』の婦人に気づいた主人公の思考に還元される. つまり, 主人公のこのとき考えていることを語り手が直接語っている自由物語言説である. つづく第5段落はサンギュラティフであり, 直説法半過去は同時性をあらわす. 第5段落第1文から第3文までは, 継起として外的物語を描出する.

328

フランソワーズが，寒くてじっとしていることができないので，私たちは凍ったセーヌ川を見にコンコルド広場の橋のところまで行ったが，だれでも子供でさえも，セーヌ川に平気で近寄れるのであった，打ち上げられて，無防備に，これから細切れにされようとしている巨大なクジラに近づくように．私たちはシャンゼリゼに引き返すのだった；動かない木馬と雪で白い芝生のあいだで私は苦しくて元気がないのであった，芝生は雪かきをした小道の黒い網目にとらわれて，その上で，影像が手にツララをつけて，そのツララは影像の身振りを説明しているように見えた．老婦人も『デバ紙』をたたんで，通りがかった子守の女に時間をたずね，そして「ご親切に！」と礼を言い，ついで，寒いので孫たちに戻るように言ってくれるよう道路清掃人にたのみ，こう付け加えた，「ほんとうにいいかね．恐縮しておりますのよ．」<u>突然空が裂けた</u> Tout à coup l'air se déchira：人形劇とサーカスのあいだで，美しい地平線に，垣間見えた空に，私は認めたのだった，珍しいしるしのように，先生の青い羽飾りを．そしてもうジルベルトは全速力で私のほうへ駆け出していた，きらきらと顔を真っ赤にして，毛皮の角ばった帽子をかぶり，寒さと遅くなってしまったことと，遊びたい気持ちにかきたてられて；私のところに来る少し前に彼女は氷の上でつるりとすべりそして，うまく平衡を保つためか，そのほうが優雅だと思ったのか，あるいはスケート選手の格好が気に入っていたからか，両腕を大きく広げて笑みをうかべながら進んできた，まるで私をその腕に受けとめようと思ったかのように．「すてき！　すてき！　とてもすばらしいわ．ひと昔まえの，旧体制の人でなかったら，あなたたちみたいに，シックだとか，すごいとか言うところですよ．」そう老婦人は叫んだ，<u>物言わぬシャンゼリゼに代わって</u>，こんな天気をものともせずやって来たジルベルトに感謝するために．「あなたは私と同じ，やっぱり昔なじみのシャンゼリゼに忠実なのね．ふたりとも豪胆不敵．こんな日でも私はシャンゼリゼが好きなのよ．この雪にね，あなたは笑うでしょうけれど，白い貂の毛皮を思い浮かべるの．」そして老婦人は笑い出した．（390-391；518-520，下線強調は青木）

　第3文までの単調な静的な表現と第4文以下の動的な表現とは，主人公の内的物語の動きを反映している．ここでもクライマックスが形成されているのは言うまでもないであろう．それは 第4文「突然空が裂けた Tout à coup l'air se déchira」のジルベルト登場の瞬間であり，このときの主人公の喜びは第3段落のものとは異なって現実のものである．語り手は第6文でその喜びを老婦人に代弁させている．そしてそれを「物言わぬシャンゼリゼに代わって prenant la parole au nom de Champs-Élysées silencieux」と表現する．この〈代弁〉の意義は大きい．ここでは，老婦人が前面に出ることで，主人公の姿がテクストから消え，それとともに主人公

と語り手の距離も消える．つまり，老婦人の声を聞いているのは，主人公でもあり語り手でもある．そしてこの老婦人は主人公のこの時期を象徴する人物となる．以上を図示すると図Ⅲ-2 になる．

図Ⅲ-2．[5-1-2]「シャンゼリゼ」第 2 段落 〜第 5 段落：一日の時刻の推移

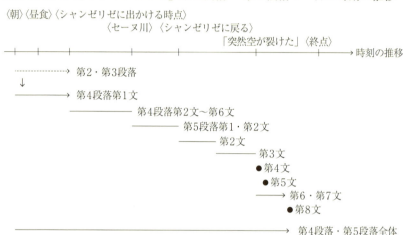

第 6 段落（5 文 36 行）（391-392；520-521）

そんな日々の最初の日 Le premier de ces jours，——雪はジルベルトに会うことを私に禁じる強い力を持ったものの姿であり，冬の日々に会えずにいる日の悲しみをあたえ，別れの日まで思い浮かべさせる，なぜなら雪は場所の姿を変え，今や一変して，完全に覆いで包まれてしまった私たちのまちあわせのいつもの場所をほとんど使えなくしていたから——その日はしかしながら pourtant 私の恋を一歩進めたのであった，というのは，彼女が私とともにわけあった悲しみのいわば最初の日となったからである．私たちの一団のなかでは，私と彼女のふたりしかいなかった．そして彼女とこうしてふたりだけでいることは単に親密さの始まりとなるだけではなく，また彼女のほうからも——まるで彼女が私のためだけに来たかのようで，こんな天気のなかで——それは私には感動的に思われた，彼女が午後の催しに招待されている日にそのほうは止めて私に会いにシャンゼリゼに来たのと同じくらいに；私たちの友情の生命力と未来にいっそうの信頼をよせるのであった．あたりをとりまく物の無気力な眠り，静寂と荒廃のただなかで生き生きとしていた私たちの友情；そして彼女が私の首筋に雪だまを投げつけても私は胸を熱くして微笑むのであった，そのことが彼女が私にしめす特別の愛情で

あり，この新しい冬の国への旅行の道連れとして私を認めて，不幸のただなかでも私にもちつづけてくれる一種の真心でもあると思って．やがて，一人また一人と，まるで臆病な雀のように，彼女の友達の少女たちが雪の上を黒い点になってやって来た．私たちは遊戯を始めた，そしてあんなに悲しく始まったその日が喜びに終わるはずで，人とりあそびをする前に，最初の日にジルベルトの名を叫ぶのを聞いたぶっきらぼうな声の少女に近づいていったとき，彼女は私に言った，「だめだめ，あなたはジルベルトの陣に入るほうがいいんでしょ．わかってるわよ．それにほら，あの人があなたに合図しているわよ」はたしてジルベルトは雪の芝生の上の彼女の陣に来るように私を呼んでいるのであった，太陽はその場所にばら色の光を反射し，古いブロケード織のすりきれたてかりをそえて，それを金襴の陣にしていた Elle m'appelait en effet pour que je vinsse sur le pelouse de neige, dans son camp, dont le soleil en lui donnant les reflets roses, l'usure métallique des brocarts anciens, faisait un camp du drap d'or. （391-392；520-521）

　第6段落第1文は第4段落冒頭部分と同様に日々の推移をあらわす軸上での時点をしめす．「その日はしかしながら私の恋を一歩進めたのであった，というのは，彼女が私とともにわけあった悲しみのいわば最初の日となったからである ce jour fit pourtant un progrès à mon amour, car il fut comme un premier chagrin qu'elle eût partagé avec moi.」における「しかしながら pourtant」の逆接の意味を考えなければならない．じつのところ，この第6段落は意味的文脈としては第3段落から続いている．第3段落で，冬になって雪が降ればジルベルトはもうシャンゼリゼには来ないのではないだろうか，と主人公は恐れる．その主人公の思考を語り手は挿入節「雪はジルベルトに会うことを私に禁じる強い力を持ったものの姿であり，冬の日々に会えずにいる日の悲しみをあたえ，別れの日まで思い浮かべさせる，なぜなら雪は場所の姿を変え，今や一変して，完全に覆いで包まれてしまった私たちのまちあわせのいつもの場所をほとんど使えなくしていたから」において強調する．そして，「その日はしかしながら私の恋を一歩進めたのであった」と述べて新しい意味文脈を始動させる．それ以降は時刻の推移をあらわす軸で第5段落につづく物語が語られる．第6段落は前段の第5段落とは，一日の時刻の継起のうえで繋がっている．したがって，図III-2 にこの第6段落を加えてこの「雪の最初の日」の物語の終点までをしるす図III-3 をつくることができる．

この「雪の最初の日」の物語の終点はジルベルトが「雪の芝生の上の彼女の陣に来るように私を呼んでいる」時点であり，この場面はばら色と金色に輝く雪の上，ジルベルトの陣地の映像で終わる．ジルベルトが「私」を呼ぶ声もジルベルトの姿もテクストに表出されない[9]．

図Ⅲ-3.［5-1-2］「シャンゼリゼ」第4段落～第6段落：「雪の最初の日」の一日の時刻の推移

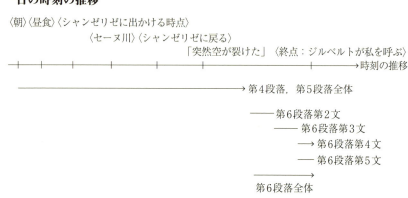

意味文脈の形成：語り手によって構成された3つのクライマックス

さて，以上のようにして，「シャンゼリゼ」のテクストは終わるのだが，6つの段落の時間経過を今度は日々の推移の軸上で表わしてみると，図Ⅰ-2になる．

図中の終点は，主人公がシャンゼリゼ以外でジルベルトと会うことができるようになった時点であると考えられる．第1段落第2文に「そしてそれからは，彼女が来ているたびに私は彼女と一緒に遊んだ」とあるからである．それは「美しい季節のころ à la belle saison」（*J.F.*, I, 495 ; 2, 100）のことである．そして，このテクストにつづく，主人公がスワンの家に招かれる「美しい季節のころ」までの百ページあまりの物語，主人公とジルベルトの「愛」の物語は，この「シャンゼリゼ」の物語のうえに重ねられていく．

図 I –2. [5-1-2]「シャンゼリゼ」第 1 段落～第 6 段落，日々の推移

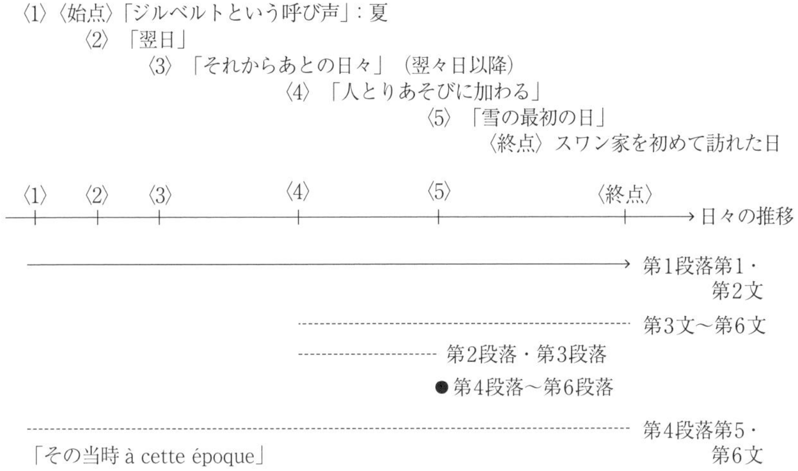

〈1〉〈始点〉「ジルベルトという呼び声」：夏
　　　〈2〉「翌日」
　　　　　〈3〉「それからあとの日々」（翌々日以降）
　　　　　　　　〈4〉「人とりあそびに加わる」
　　　　　　　　　　　〈5〉「雪の最初の日」
　　　　　　　　　　　　　〈終点〉スワン家を初めて訪れた日

〈1〉　　〈2〉　　〈3〉　　　　〈4〉　　　　〈5〉　　　　〈終点〉
├───┼───┼───────┼───────┼─────────────┼──→ 日々の推移

───────────────────────────→ 第1段落第1・
　　　　　　　　　　　　　　　　　　　　　　　第2文

　　　　　　　--------------------------------------→ 第3文～第6文

　　　-------------------------- 第2段落・第3段落

　　　●第4段落～第6段落

-- 第4段落第5・
　　「その当時 à cette époque」　　　　　　　　　　　　　第6文

　最初に述べたように，このテクストは日々の推移をあらわす軸上で出来
事を順序にそって展開しているのではない．図 I-2 によってあきらかなよ
うに，物語の時間的順序は存在しない．ということは，「シャンゼリゼ」
のテクストが物語の出来事の因果関係をともなう時間的継起とは別の要因
で構成されているということである．それは物語の連鎖を超えたレヴェル
でクライマックスを形成するという，言い換えれば，二次虚構において語
り手と読者とのあいだでクライマックスを形成するという，語りの心理的
要因である．

　このテクストに見られる 3 つのクライマックスは物語連鎖を超えたレヴ
ェルで心理的に結びついている．第 1 段落第 1・第 2 文において感情的要
素が抑えられていることはすでに述べた．第 1 段落第 5 文では主人公の
「最大の不幸」が，第 3 段落では不安をへてジルベルトがシャンゼリゼに
やって来ることを確信するときの主人公の観念上の喜びが，第 5 段落では
現実に，それも冬のセーヌ川が凍っている雪の最初の日にジルベルトがシ
ャンゼリゼに現れたときの主人公の喜びがこの 3 つのクライマックスの内
容である．そしてこのテクスト全体を考えたとき，最大のクライマックス
は言うまでもなく 3 番目の現実の喜びである．この「シャンゼリゼ」のテ
クストは，主人公がシャンゼリゼでジルベルトに会えさえすればそれで幸

第
4
章

土
地
の
名
の
夢
想
：
パ
リ
の
ス
ワ
ン
家
の
ほ
う

福であった日々，時点〈4〉から時点〈5〉を含んで，全体で主人公のジル
ベルトに対する「愛」の展開のうちの大きな一時期を切りとっている．

　クライマックスの頂点におそらくはある特権的瞬間があり，この箇所で
いえば「突然空が裂けた」瞬間があり，語り手はその瞬間を読者とのあい
だで再創造しようとする．テクストのすべてはこの瞬間にむけて収斂して
いく．「ジルベルトという呼び声」の瞬間と同様の，主人公が言葉をもた
ず姿もテクストにはあらわれない瞬間，「充溢としての空虚 le vide
comme plénitude」がここでは〈代弁〉によって生みだされている[9]．
「雪の最初の日」の物語が，ジルベルトが「私」を呼ぶ声もジルベルトの
姿もテクストに表出されずに，ばら色と金色に輝く雪の上，人とりあそび
の陣地の映像で終わる〈終点〉も，「充溢としての空虚」だということが
できるであろう．だから，ブランショは次のように言ったのであろう．

　　　〔…〕いくつかのエピソード——たとえばシャンゼリゼの遊びなど——は，き
　　わめて異なったさまざまな年齢において同時に生きられているようである．或る
　　生全体の間歇的な同時性のなかで，純粋な瞬間としてではなく球体的時間の動性
　　をそなえた稠密さのなかで，くりかえし生きられているようである．(BLANCHOT
　　1959, 36 ; 35)

　じっさい後にみるように二次虚構におけるクライマックスの形成という
意味形成の方法はさまざまなヴァリエーションをもって，『失われた時を
求めて』作品全体にあらわれる．

[5-1-3]「ジルベルトが来た日々：恋の進展」(390-405；520-538)

　[5-1-2]「シャンゼリゼ」のテクストにおいて，第6段落の書き出し
「そんな冬の最初の日，〔…〕その日はしかしながら私の恋を一歩進めたの
であった」では，それまでの意味文脈，クライマックスの形成とは別の文
脈が始まっていることに気づく．つまり，この第6段落は，これまでの物
語の結末であると同時に，次の物語の開始を記しており，2つの文脈に属
している．

　第6段落は，第5段落の「雪の最初の日」にジルベルトがあらわれた瞬
間につづく物語を語る．つまり，第5段落とは一日の時刻の推移にそった

出来事の継起という時間的つながりをもっている．他方，第6段落につづく段落「あれほど心配だったその日は，逆に，私があまり不幸ではなかった，あのわずかな日々の中の一日となった」を読めば，「雪の最初の日」の物語時間がこの第6段落で終わったのは明らかで，第6段落はそれ以降のテクストと時間的に連結されていない．

第6段落は［5-1-2］「シャンゼリゼ」のテクストの最後の段落として，先立つ第5段落とは時間的に連結されているのに対して，つづく別の意味文脈をもつテクスト（これを［5-1-3］「ジルベルトが来た日々：恋の進展」と名づけよう）の最初の段落として機能している．つまり，「そんな日々の最初の日，〔…〕金襴の陣にしていた」のテクストは［5-1-2］「シャンゼリゼ」のテクストにあっては，第6段落となり，［5-1-3］「ジルベルトが来た日々：恋の進展」のテクストにあっては第1段落となる．

［5-1-3］「ジルベルトが来た日々：恋の進展」の第2段落は次の一文である．

　　あれほど心配だったその日は，逆に，私があまり不幸ではなかった，あのわずかな日々のなかの一日となった．（392：521）

「その日」とは「雪の最初の日」である．［5-1-2］「シャンゼリゼ」と［5-1-3］「ジルベルトが来た日々：恋の進展」とは意味的に連結されていて，出来事は順行的継起にそって配置されていない．つづく第3段落は一つの総合文であり，「というのは car」で始まり，その事情を説明する．

　　というのは，ジルベルトの顔を見ずには一日もじっとしていられないともうそのことしか考えない私であったのに，〔…〕彼女のそばにいて，〔…〕前日からあれほど堪えられないほど待ち遠しかったそれらの瞬間がまったく幸せな時間ではなかったからである：そして私はそのことをよく知っていた，というのも，ジルベルトのそばにいる瞬間は，私が熱烈な細心の注意を集中した私の人生で唯一の時間であり，そして私の人生はそれらの時間のなかにひとかけの喜びも見出さないからであった．（同上）

そして第4段落以降，1行の空き（405；538）まで，[5-1-3]「ジルベルトが来た日々：恋の進展」の物語が展開される．主人公がジルベルトといた瞬間がなぜ幸せな時間ではなかったのか，主人公はなぜその瞬間に喜びを見出せなかったのか，が主題である．

まず，語り手はイテラティフのセリーとして物語時間を2つに分ける．

> [5-1-3-2] 主人公が「ジルベルトから遠ざかっている間中ずっとジルベルトに会いたくてたまらなかった」物語（392-394；521-523, 396-397；527）
>
> [5-1-3-3] シャンゼリゼに着いてジルベルトの面前での主人公の内的物語（394-396；523-527）

ついで，後者のシャンゼリゼでのイテラティフの物語に，3つのサンギュラティフの出来事3），4），5）が挿入される．以上でサンギュラティフの出来事は合計5つになる．

> 1）シャンゼリゼでジルベルトという呼び声を聞く．（387-388；513-515）
> 2）雪の最初の日（390-392；518-521）
> 3）「ある日 Un jour」，ジルベルトが瑪瑙のビー玉をくれる．（395；524-525）
> 4）「別の時は Une autre fois」，ジルベルトが，ベルゴットがラシーヌについて語っている本の仮綴じ本を貸してくれる（395-396；525-526）
> 5）「そしてまたある日のこと Et il y eut un jour aussi」，ジルベルトとたがいに洗礼名だけで呼び合うようになる．（396；526）

シャンゼリゼでジルベルトの名を聞いた1）の出来事がもっとも早く起こったことは明らかである．しかし，2）から5）までの出来事において起こった順序は不明である．2）は「私があまり不幸ではなかった，あのわずかな日々のなかの一日」（392；521）である．3）4）5）の3つの出来事は，主人公がそこに彼女の「友情のしるし ces marques d'amitié」（397；527）を認め，「進展 les progrès」（394；524）と捉えた例である．この3つの物語は並置されていて，その間に因果関係も時間的脈絡もない．1文中で3つの項が列挙されるときと同様に，3つ目のまえに「そして Et」が置かれている．この列挙の順に意味があるとすれば，それは主人公にとって出来事の重要性が順に大きくなるということであり，その重要

性は出来事が起こった順序とは関係がなく，また3つの出来事のあいだに因果関係があるようには書かれていない．

　さて，語り手は，3つのサンギュラティフの出来事を「これらの新しい快楽 ces plaisirs nouveaux」（396；526）と呼び，ついで「家に帰ってから」の物語，つまり［5-1-3-2］主人公が「ジルベルトから遠ざかっている」時間にもどる．

> 家に帰ってからでも，私はそうした新しい快楽を味わってたのしむことはなかった，というのは，毎日，あすこそはジルベルトを正確に，平静に，たのしくながめよう，あすこそはついに彼女も恋を告白し，どんな理由でいままでそれを私にかくさなくてはならなかったかを説明するだろう，といった期待の必要にせまられ，〔…〕．（396-397；527）

［5-1-3-4］2番目の〈観念化された一日〉（397-402；527-534）

　つぎに，語り手は，シャンゼリゼでジルベルトと遊んだ一日をイテラティフの〈観念化された一日〉として表わす．［5-1-2］「シャンゼリゼ」第2段落・第3段落と同様に一日の時刻の擬似的推移があらわれる．この2番目の〈観念化された一日〉では［5-1-2-3］1番目の〈観念化された一日〉と異なる一日のスケジュールが表わされる．

> ジルベルトはシャンゼリゼにきっと来ると思い，私は大きな幸福の漠然とした予告としか思われないうきうきした気持ちを感じていた，——朝からママにキスしにサロンに入ると，ママはすでに支度ができ，黒髪は高く結い上げてすっかり形が整って，白くてふっくらした美しい手はまだ石鹸のにおいがしていた——そのとき，私は知っていた，ピアノの上にたったひとすじ埃のはしらが立っているのを見て，そして窓の下で，バーバリオルガンが『観兵式のかえり』の曲を弾いているのを聞いて，冬に夕方まで思いがけなく晴れ渡った春の日が訪れるのだということを．私たちが昼食をとっているあいだ，向かいの婦人がガラス窓をあけ広げ，〔…〕．コレージュで一時の授業のとき，〔…〕，三時まで，フランソワーズが校門に私を迎えにくるまで，行くことができないパーティの招待のように，そして，私たちはシャンゼリゼのほうへ歩いていく，光で飾られ，群衆がひしめいている街路を通って，そして，バルコンは太陽に取り外されふんわりと浮いて，家々のまえで金の雲のように漂っていた．ああ！　シャンゼリゼにはジルベルトは見えないのだった，まだ来ていないのだった．〔…〕

第4章　土地の名の夢想：パリのスワン家のほう

　私はフランソワーズをひっぱって，凱旋門までジルベルトをむかえに出かけてゆくのであった，私たちは彼女に出会わなかった，そして，彼女がもうこないのだろうと思いこんで，私は芝生のほうにひきかえしてきた，とそのとき，回転木馬のまえで，例のぶっきらぼうな口を利く少女が，私にとびついてくるのであった，「早く，早く，ジルベルトは十五分もまえにきているのよ，ジルベルトはもうすぐ帰るんだって，人とりあそびをするのでみんなはあなたを待っているのよ．」私がシャンゼリゼ大通りをのぼっていったあいだに，ジルベルトはボワシー＝ダングラ通りからやってきたのであった，マドモワゼルが，天気のいいのをさいわいに，自分の用事をしてきたのであった，そしてまもなくスワン氏が，娘をむかえにやってくることになっていたのだ，だから，これは私の失策であった，私は芝生を離れてはいけなかった，なぜなら，ジルベルトがどちらのほうからくるかは，また多少おくれるかどうかは，けっして確実に知ることができないのであった，そしてこのように待ちこがれることが，ついにはシャンゼリゼの全区域と午後の全時間を，そのどの地点どの瞬間にもジルベルトの姿があらわれる可能性をもった広大な空間と時間との広がりのように思わせ，それらをいっそう感動的にしたのであった，〔…〕．

　彼〔スワン〕はジルベルトの友達の挨拶にていねいに答え，〔…〕彼はジルベルトに，一回だけ勝負をしてもよろしい，十五分だけ待ってあげようというのであった，〔…〕．（397-400；527-532）

　主人公は3時にフランソワーズがコレージュの校門まで迎えに来てシャンゼリゼに向かうが，ジルベルトはまだ来ていない．「『デバ紙』の愛読者の老婦人がいつもの場所で肘掛椅子に腰をかけていた」．ジルベルトを迎えに父親である「スワンさん」が登場する．当然のことのように主人公はコンブレーでの「就寝のドラマ」を思い出す．このイテラティフの一日の季節は冬である（397；528）．

　そこで，サンギュラティフの出来事6）「うららかな日がつづき，まだ私が希望の実現に達しなかったある日」，ジルベルトがシャンゼリゼへ来られない日を告げる（401-402；532-534）が挿入される．この日が，2）雪の最初の日よりも前か後かは不明である．

　6）を挿入したのち，語り手は〈観念化された一日〉を「毎晩」の物語で終える．

毎晩 Tous les soirs，私はそんな手紙を想像してたのしみ，それを読んでいる
ような気になり，その文句を一つ一つ暗誦するのだった．突然私はこわくなって，
それをやめるのだった．私にはわかっていた，もしジルベルトから手紙をもらう
ことになっているとしても，いずれにしてもそんな手紙であるはずのないことが，
なぜなら，それをいま作ったのは私だからだ．〔…〕
　とりあえず，私は，ジルベルトが私にあてて書いたものではないけれども，す
くなくとも彼女から私に来た本のページ une page que ne m'avait pas écrite par
Gilberte, mais qui du moins venait d'elle を読むのだった，あのベルゴットのペー
ジ，〔…〕．それを私のためにさがさせた女の友の親切に，私は胸をあつくするの
であった J'étais attendri par la bonté de mon amie qui me l'avait fait rechercher.
（402：534，下線強調は青木）

　この「毎晩」の物語はすべて直説法半過去で記されていて，イテラティ
フである．ここで，上記引用の下線部分に見るように，ベルゴットがラ
シーヌについて語っている本の仮綴じ本をジルベルトが貸してくれた 4）
の出来事（395-396：525-526）が大過去で記されている．[5-1-3-2] のセ
リーに含まれる物語が，[5-1-3-3]〈観念化された一日〉のセリーの「毎
晩」では，大過去で書き込まれている．

　図Ⅱ.[5-1-2]「シャンゼリゼ」日々の場合分けを思い起こせば，[5-1-
3]「ジルベルトが来た日々：恋の進展」は，図Ⅱ中の［場合1］ジルベル
トが来た日の物語であることがわかる．
　先に述べたように，[5-1-2-3] 1番目の〈観念化された一日〉（夏の朝
からシャンゼリゼへ出かけるまで）は，［場合6］悪い天気のために，ジル
ベルトがシャンゼリゼに来ないかもしれない，主人公の「不安」の時間を
表出していた．
　上記のサンギュラティフのできごと，6）「うららかな日がつづき，まだ
私が希望の実現に達しなかったある日」，ジルベルトがシャンゼリゼへ来
られない日を告げるテクストにおいて，ジルベルトは主人公につぎのよう
に話す．

　「あしたは，おぼえていてね，私はこないのよ！　大きな午後のお茶の会をする
　の，あさってもだめよ，テオドシウス王がお着きになるところを窓から見にお友

339

達のところに行くのよ，すばらしいでしょうよ，それからまた，そのあくる日は『ミッシェル・ストロゴフ』を見に行くんだし，そのあとはクリスマスでしょう，そしてお正月のお休みでしょう．私はたぶんミディに連れていってもらうことになるわ．なんてシックなんでしょう！　そのかわりにクリスマス・ツリーがないけれど，どうせパリにいたって，私はここにこられないわ，だってママといっしょに訪問に行くことになるわ．さようなら，パパが呼んでるから．」(401；532-533)

　この予告は，図Ⅱ中の「ジルベルトが来ないことを主人公が知っている」［場合4］「お茶のために」にあたる．主人公は失望する．[5-1-3]「ジルベルトが来た日々：恋の進展」は，［場合1］ジルベルトが来た日の物語であった．それが終わったところでテクストには1行の空き（405；538）がある．

[5-1-4]「両親との会話」(405-408；538-543)，[5-1-5]「ジルベルトが来ないことを前もって知っている日々：巡礼」(408-414；543-551)
　1行空きのあと，続く単位[5-1-4]「両親との会話」はつぎのようにはじまる．

　　私はパリの地図をいつも手近に置いていたが，そこにはスワン夫妻の住んでいる通りがはっきり見わけられるので，私には宝物がはいっているように思われた．(405；538)

　ここでは，スワン家への主人公の執着に対する両親の反応が語られる．「私はあらゆる事柄につけて両親にスワンという名 le nom de Swann を言わせようと仕向け」(405；539)，『デバ紙』を読んでいた老婦人，「ブラタン夫人」への賛美をくりかえし(406；540)，また「スワンに似るようにつとめ」(同上)，「とりわけスワンのようにはげ頭になりたい」(406；541)と思う．

　　私の想像力は，ある特定の家庭を，交際社会としてのパリのなかに孤立させ，神聖化してしまったのであった，〔…〕．(408；543)

このテクストが対象とする物語時間は［5-1］「パリのスワン家のほう
1：シャンゼリゼの頃」全体である．語り手は読者に物語がパリの「スワ
ン家のほう」への行程であることを印象づける．2つのサンギュラティフ
の出来事が挿入される．第1は「『デバ紙』を読んでいた老婦人」がブラ
タン夫人であると母親にもらしてしまった「ある日」の会話の場面
（406；540）である．第2は「カルチエの雨傘の売り場」で母親がスワン
氏にであったことを主人公に話した場面（406-408；541-542）である．

［5-1-4］「両親との会話」（*Sw.* I,405-408；1，538-543）
　7）ある日『デバ紙』を読んでいた老婦人がブラタン夫人であると母親にもら
　　してしまう（406；540）
　8）母親が「カルチエの雨傘の売り場」でスワン氏にであったことを主人公に
　　話す（406-408；541-542）

　［5-1-5］「ジルベルトが来ないことを前もって知っている日々：巡礼」
も［5-1-4］と同様に対象とする物語時間は「シャンゼリゼの頃」全体で
あり，［5-1-5］は **図Ⅱ．［5-1-2］「シャンゼリゼ」日々の場合分け**の第2
段階（ジルベルトが来ないことを主人公が知っている／知らない，による場合
分け）の「ジルベルトが来ないことを前もって知っている日々」の物語で
ある．これには3つの場合があった．［場合2］「お稽古のために」［場合3］
「教理問答のために」では主人公は「すこしなぐさめられる」が，［場合
4］「お茶のために」では失望する．しかし，［5-1-5］ではそれらのジル
ベルトが来ない理由についてはいっさい触れられない．

　　ジルベルトがシャンゼリゼへ来られないと私に告げていた日々に les jours où
　Gilberte m'avait annoncé qu'elle ne devait pas venir aux Champs-Élysées，私は
　すこしでも彼女に近づくような散歩をしようとした．ときどき私はフランソワー
　ズをひっぱって，スワン家の人々が住んでいる建物のまえまで巡礼をした．
　（408；543）

　　しかし，彼女に会うはずのないとき，スワン夫人がほとんど毎日アカシヤの道
　〔…〕を散歩することを知っていたので，フランソワーズにもっともしばしば足
　を向けさせたのはブーローニュの森のほうであった．（409；544）

しかし私が見たいと思ったのはスワン夫人であった，そして彼女が通りかかるのを，それがまるでジルベルトであるかのように，感動して待つのであった．（410；546）

ジルベルトがシャンゼリゼに来ないことを前もって知っている日々に，主人公はボワ・ド・ブーローニュでスワン夫人の姿を見る．そのことが，1行空きのあと，「ボワ・ド・ブーローニュのこの複合性を〔…〕今年，十一月初旬のある朝，トリヤノンに行くためにそこを横切りながら，私はあらためて認めた」（414；551）に始まる［5-1-6］「今年，十一月初旬のある朝，ボワで」（*Sw*. I, 414-420；1, 551-559）の物語を導く．［12］「語り手の現在への移行期」に含まれる物語である．ここで『失われた時を求めて』第一篇『スワン家のほうへ』が終わる．

［5-1-7］「初めてのラ・ベルマ観劇と初めてノルポワ氏が晩餐に訪れた日」（*J.F.* I, 423-477；2, 5-78）：〈長い一日〉

続く単位は『失われた時を求めて』第二篇『花咲く乙女たちのかげに』冒頭の，「初めてノルポワ氏を晩餐に招くという話がもちあがったとき」に始まる．

実際にこの〈長い一日〉の物語時間がはじまるのは，「ああ！　この初めてのマチネは大きな幻滅だった．父は，委員会に行く途中で，祖母と私とを劇場におろしてくれることになった．家を出るまえに，〔…〕」（437；23）からである．この日の物語は1行の空き（477；78）までつづく．プレヤッド版で55ページ分のテクストのうち，15ページ分，つまり4分の1近くのテクストがこの〈長い一日〉を導入するために費やされる．

『失われた時を求めて』には，物語の書き出しにおける語り手の言説に特徴的なある方法が見受けられる．［5-1-7］「初めてのラ・ベルマ観劇と初めてノルポワ氏が晩餐に訪れた日」の書き出しは，『失われた時を求めて』第二篇『花咲く乙女たちのかげに』の書き出しでもある．ここでは物語時間がまだ始まってはいない．その物語時間がはじまる前の語り手の言説における書きだしの方法がここでは顕著に見てとれる．その方法を本書では〈語による連結 liaison thématique〉というクレッソの用語をもちい

て説明したい．クレッソは〈語による連結〉を，連続性や一貫性が注意を強いるような場所で先行する語を喚起させる方法であると説明している（CRESSOT［1947］1996, 255）．

第二篇『花咲く乙女たちのかげに』の冒頭：〈語による連結 liaison thématique〉

　ノルポワ氏をはじめて晩餐に招くという話がもちあがったとき，私の母が，あいにくコタール先生は旅行中だし，またスワンには母のほうでおつきあいをやめてすっかり疎遠になってしまった，このお二人ならきっと元大使のノルポワ侯爵のおもしろいお話相手になっていただけるのに，と残念そうにいったので，父は，コタールのようにりっぱな相客，有名な学者ならば，晩餐の席を気まずくしそうもないが，スワンと来ては，やたらに見えを張ろうとして，自分のつまらない交際まで一々大声で言いふらすのだから，あれはこけおどしの俗物で，ノルポワ侯爵のようなかたは，その口ぐせを借りるならば，おそらく「鼻持ちのならない」男だとお思いになるだろう，と答えた．（*J.F.* I, 423；2, 5, 下線強調は青木）

　語り手の言説は，この冒頭の一文を出発点にして〈語による連結〉によって展開される．主題は5つある．最初の主題は「スワン」である．

　ところで父のこの答えにはいくらか説明がいるだろう，きっと，いかにも気が利かない平凡なコタールと，社交に関しては極端なまでに気をつかって謙遜とつつしみをおし通していたスワンとを，思いおこす人もいるであろうから．しかし後者については pour ce qui regarde celui-ci，私の両親のこの旧友は，「息子のスワン」やジョッキー＝クラブ会員のスワンに新しい人格〔…〕，オデットの夫という人格を付け加えたということがあった．（423；5-6）

　段落を変えて，主題は「コタール」へと移る．

　コタール教授はといえば Quant au professeur Cottard，もっと話が進んだはるかな先で，女主人のヴェルデュラン夫人が借りた，田舎のラ・ラスプリエールの城館で，ゆっくりとその姿がみられるであろう．さしあたって，彼に関しては，つぎのような観察をするだけで十分である，〔…〕．（424-425；7）

次の主題は「ノルポワ氏」である.

　　最後にノルポワ侯爵とはどんな人かを話そう Disons pour finir qui était le marquis de Norpois. 彼は普仏戦争前には全権公使であり，五月十六日事件当時は大使であった，〔…〕. (426；9)

「ノルポワ氏」が最後ではない. つぎは「私の母」である.

　　私の母についていえば Quant à ma mère, おそらく大使は，彼女がもっともひきつけられるような種類の理解力を身につけている人ではなかった.〔…〕 一口に言えば，私の母はノルポワ氏をすこし「オールド＝ファッション」だと考えていたと私は思う，〔…〕. (429；12-13)

最後に主題は「ノルポワ氏が私の家でとったはじめての晩餐」へと移る.

　　ノルポワ氏が私の家でとったはじめての晩餐は，それはまだ私がシャンゼリゼであそんでいた年のことであったが，私の記憶にはっきり残っている，というのも，そのおなじ日の午後は，とうとう私が『フェードル』の「マチネ」を見に行って，ラ・ベルマの声をきいた午後であったからであり，また，帰ってきてからノルポワ氏と話をしながら，ジルベルト・スワンと彼女の両親とにかんすることのすべてが私のなかに呼び起していた感情と，このおなじ家庭が私以外の誰にも感じさせている感情との両者が，どんなにちがったものであるかを，一挙に，新しい体験で，私が感じとったからであった. (430；15)

　このように，このタイプの語り手の言説は，最初の第1文をテーマ分析し，それぞれのテーマを順に主題として語ることで展開される. テクスト単位間に物語の順行的因果関係はない. また，「スワン」も「コタール」も，ノルポワ氏との会話のなかにはあらわれるが，この日の場面に登場することはない.
　つぎに語り手の言説は，主題を〈ラ・ベルマの『フェードル』を見に行くことになった経緯〉へと移す. 今度は，物語は順行的因果関係にそって展開される.
　まず，ノルポワ氏が主人公の父に，ラ・ベルマは聞く価値があるという

ことを納得させ，両親がラ・ベルマをききに行ってもよいと同意する．

　　ジルベルト自身が私に告げたように，やがて彼女に会えなくなるはずの新年の
　休みが近くなって，失意の沼に落ちこんでいる私のうちしおれた姿におそらく気
　がついたためであろう，ある日母が私をよろこばせようとしてこういった，
　「ラ・ベルマをききたいとまだ思いつめておいでなら，お父さまはたぶん行かせ
　てくださるでしょうよ，お祖母さまに連れていっていただけばいいわ.」（430-
　431：15）

　引用にあるように，「ある日」は，時点〈7〉の 6）「うららかな日がつ
づき，まだ私が希望の実現に達しなかったある日」，ジルベルトがシャン
ゼリゼへ来られない日を告げる（401-402：532-534）よりのちである．
　主人公は新作のラ・ベルマなら見てもつまらないと思う．「私が嵐を見
たいと思っている場所が嵐のもっとも猛烈な海岸にかぎられるように，こ
の偉大な女優のせりふをききたいのも，スワンがラ・ベルマの演技の極致
だと私に話したあの古典劇を演じている場合でなくてはならなかったであ
ろう」（432：17）．ついで，主人公はラ・ベルマが『フェードル』の二幕
を演じる予告を見る．

　　〔…〕，ある朝，正月一週間のマチネの外題を演劇の広告柱へしらべに行ったと
　き，はじめてそこに私は見た，〔…〕マダム・ベルマの『フェードル』の二幕の
　予告を，〔…〕．（433：19）

　しかし，医者によって禁じられ，それ以来両親に懇願しつづけても許さ
れなかった観劇が，自らの意向で可能になると，主人公は芝居を見に行く
ことが両親に心配させ苦痛を与えると考えて，決定を両親にゆだねようと
いう「下心 arrière-pensée」をもつ．

　　「ぼくは行かないほうがいいのですよ，あなたを心配させるのだったら」と私は
　母にいった，彼女は逆に，母が悲しむかもしれないという下心を私からとりさろ
　うとつとめて，そんな考えは『フェードル』をみる楽しみをそこなうだろうし，
　その楽しみを考えて，彼女も父も禁止を解いたのだといった．しかしそのとき私

345

第4章　土地の名の夢想：パリのスワン家のほう

には，楽しまなければならないというその種の義務がともかく重荷に思われていた．（435：22）

　つぎに主人公が考えたのは，「もし病気になって家に帰ることになったら，休暇がおわってジルベルトが戻ってきたときすぐにシャンゼリゼに行けるほど早くよくなるか」ということであった．しかし，事情は一変する．

　　しかし突然すべてが変わった．ラ・ベルマをききに行きたいという私の欲望は新しい鞭の一撃を受けて，この「マチネ」をもどかしさとよろこびとのなかで待つことができるようになった．すこし前から柱行者のような苦行になっていた芝居の広告柱のまえに毎日のように立ちに行っていた私は，初めて貼られたばかりの『フェードル』の詳しいポスターを見たのだった．（436：23）

　そのポスターは「私の不決断が揺れ動いていた目標の一つに，より具体的な——ポスターには私がそれを読んでいる日付ではなく，上演の日付がそして開幕の時刻までも書かれていた——すでに実現の途にあるほとんど切迫したかたちをあたえた」（同上）．

　　その日，正確にその時刻に，自分の席に腰をおろして，いまにもラ・ベルマをききこうとしている，そう考えて，私は柱のまえで喜びにとびあがった，そして〔…〕，家までひととびしかかからなかった，頭のなかで「ジャンセニスト的な蒼白さ」と「太陽神話」とに代わった魔法のことばに鞭打たれて，「ご婦人は着帽のままオーケストラ席に入場おことわり，ドアは二時に閉めきり．」（同上）

　こうして〈長い一日〉である［5-1-7］「初めてのラ・ベルマ観劇と初めてノルポワ氏が晩餐に訪れた日」の準備がおわる．〈長い一日〉の導入は，「就寝のドラマ」におけるようにイテラティフのセリーに挿入されたサンギュラティフの出来事による場合と，この場合のように〈語による連結〉の場合がある．次章の［6］「バルベックⅠ」も〈語による連結〉によって語りが始動する．
　実際にこの〈長い一日〉の物語時間がはじまるのは，「ああ！　この初めてのマチネは大きな幻滅だった．父は，委員会に行く途中で，祖母と私

とを劇場におろしてくれることになった．家を出るまえに，〔…〕」（437；23）からである．この日の物語は1行の空き（477；78）までつづく．[5-1-7]「初めてのラ・ベルマ観劇と初めてノルポワ氏が晩餐に訪れた日」のテクスト形成をまとめれば，つぎのようになる．①～⑤は挿入される語り手の言説である．

　　[5-1-7]「初めてのラ・ベルマ観劇と初めてノルポワ氏が晩餐に訪れた日」
　　　　　　　　　　　　　　　　　　　　　（J.F. I, 423-477；2, 5-78）
　　　①スワン，コタール，ノルポワ氏，私の母，ノルポワ氏が私の家でとったはじ
　　　　めての晩餐（423-430；5-15）
　　　②ラ・ベルマの『フェードル』を見に行くことになった経緯（430-436；15-
　　　　23）
　　　[5-1-7-1] マチネ（437-443；23-31）
　　　[5-1-7-2] ノルポワ氏との晩餐（443-458；31-54，463-468；59-67，469-
　　　　470；68-69）
　　　③スワン，オデット（458-463；54-59）
　　　④ノルポワ氏（468-469；67-68，470-471；69-70）
　　　[5-1-7-3] ノルポワ氏が帰ったあと，ラ・ベルマの『フェードル』について書
　　　　かれた新聞の記事を読む．（471-472；70-71）
　　　⑤一つの新たな考え，「劇芸術のもっとも純粋で高貴な演技」と劇場で主人公
　　　　が感じた不完全な快感との結合について．（472-473；71-72）
　　　[5-1-7-4] その晩の両親との会話．フランソワーズと両親とのあいだで交わさ
　　　　れた会話（473-477；72-78）．

　1行空き（477；78）があり，年が変わる．

[5-1-8]「新年の失望と病気」（477-494；78-100）

　[5-1-3]「恋の進展」の終わりに主人公は「あくる日からでも〔…〕ジルベルトが私たちの古い友情をすて，新しい友情の礎を築く」（405；538）ことを願っていた．

　　だから翌日になると早速（でなければ，祭日がもし近いうちにあるとすればその
　　祭日からでも，誕生日，または新年からでも，またはかつての日々にすこしも似
　　ていないような一日を待って，その日には過去からの継承物を投げ捨て，過去の

悲しみの遺産を受け取らずに，新規に，時間がふたたび始まるのだから où le temps recommence sur de nouveaux frais en rejetant l'héritage du passé, en n'acceptant pas le legs de ses tristesse）私はジルベルトに私たちの古い友情をすて，新しい友情の礎を築こうと頼むのだった．(405 ; 538)

主人公は近づく一月一日に，新たな時間が始まることを期待していた．なぜ主人公がこれほどまでに新年にこだわり，期待をよせていたのか，そこには，深く主人公の心性にかかわる問題がひそんでいる．

一月一日，主人公は母と親戚まわりをし，ジルベルトへの手紙をことづけ，露店でラ・ベルマの写真を一枚買う．劇場の前の広告柱で一月一日のラ・ベルマが演じる芝居のポスターを見て帰宅する．

主人公の「原始心性 la mentalité primitive」

エリアーデによれば，

> 時間を独立した単位，「年」に分割する場合に，そこにわれわれはある期間が有効的に休止され la cessation effective d'un intervale temporel，さらに別の期間が開始されるというだけでなく，また過ぎ行く年，過ぎ去る時間の撥無 l'abolition de l'année passée et du temps écoulé をも立証することができるのである．〔…〕あきらかにこの罪，病気，悪魔の年ごとの追放行事は，基本的には——ただ単に瞬間的にもせよ——神話的で，元始の時，「純粋」な時，天地創造の「瞬間」を復元しようとする試みである．(ELIADE 1969, 69 ; 77, 強調はエリアーデ)

明らかに，この時期の主人公はこうした「原始心性 la mentalité primitive」(ELIADE 1969, 49 ; 49) を持っていた．元日の記述から引用する．

> 日が暮れようとしていた．私は劇場の広告柱のまえにたちどまった，そこにはラ・ベルマが一月一日に舞台で上演する芝居のポスターが貼りだされていた．湿っぽい風がゆるやかに吹いていた．元日 le jour de l'An はもう私の熟知の時間であった，私はこの日が他の日とちがってもいなければ新しい世界のはじまりでもないという知覚と予感とをもったのだ．かつてはこんな新しい世界のはじまりには，創世の時におけるように comme au temps de la Création，また過去が存在してはいないかのように，またジルベルトがときどき私に感じさせたあてはずれは私がそこから未来のためにひきだす徴候のおかげで消えうせたかのように，ジ

ルベルトとの交際を，まだ十分なチャンスにめぐまれて，ふたたび始めることができるのだと信じ，その新しい世界では，古い世界から何も残らないと私は信じたであろう，ただ一つ，ジルベルトに愛されたいという希望のほかは…〔…〕私は感じた，この新しい友情は，新しい月日が一つのみぞによって他の月日からへだてられてはいないように，古い友情とおなじものなのだ，われわれの欲望は，新しい月日をとらえることや変えることができないので，そうした月日が知らないうちに，ちがった名で塗りかえるからなのだと．私は新年をむなしくジルベルトにささげ，ある宗教を自然の理不尽な法則の上に重ねあわせるように comme on superpose une religion aux lois aveugles de la nature，元日に関して私が抱いている特殊な観念を元日に刻みつけようと試みる essayer d'imprimer au jour de l'An l'idée particulière que je m'étais faite de lui のであったが，それはむなしいことだった c'était en vain，私には，人々から元日と呼ばれていることを元日自身は知らないであろうと思われたし，この日は，私にとって目新しくないままに，たそがれのなかに過ぎさっていくように感じられた，私は，広告柱のまわりを吹くゆるやかな風のなかで，永遠に変わらない普遍的な物質，親しみなれた湿っぽさ，昔の日々の無心な流れ，そうしたものがふたたびあらわれているのを認め，感じたのであった．

　私は家に帰った．私は年をとった人間の一月一日を送ったのだった，老人はこの日は若者たちからはっきりと区別される，というのはもうお年玉をもらわないからではなくて，もはや新年を信じることがないからである Je venais de vivre le 1er janvier des hommes vieux qui diffèrent ce jour-là des jeunes, non parce qu'on ne leur donne plus d'étrennes, mais parce qu'ils ne croient plus au nouvel An.〔…〕それでもともかく私はまだ若かった J'étais pourtant jeune encore tout de même，というのも私は彼女へのひとことを書いてとどけることができたし，そうした手紙のなかで，私の愛情の孤独な夢を述べながら，彼女の心にもそれと同じものが呼びさまされることを望んでいたのだから．年をとった人々の悲しみはその甲斐がないことを承知して，そんな手紙を書こうとさえ思わないことである．（*J.F.* I, 478-479：2，80-81）

　[5-1-6]「今年ボワで」にある「信じる力をもっていた私の若いころの幸福なとき le temps heureux de ma croyante jeunesse」（*J.F.* I, 416：1，555）という表現を思い起こせば，「老人はこの日は若者たちからはっきりと区別される」という表現の意味をより深く理解することができる．主人公も年を重ねて信仰を失っていく．「新年を信じる croire au nouvel An」ということは，「一月一日 le 1er janvier」を「元日 le jour de l'An」という名で呼ぶことであり，「元日に関して私が抱いている特殊な観念を元日に

刻みつけようと試みる essayer d'imprimer au jour de l'An l'idée particulière que je m'étais faite de lui」ことである．それが「空しいことだ」と主人公は理解する．さらに，「創世の時におけるように comme au temps de la Création」や「ある宗教を自然の理不尽な法則の上に重ねあわせるように comme on superpose une religion aux lois aveugles de la nature」といった表現にみられるごとく，語り手はこうした心性を一種の宗教と見なしており，この「信仰 croyance」が「原始心性 la mentalité primitive」をミモロジックの文脈に位置づける．[5]「パリのスワン家のほう」ののち，この信仰はうすれ，主人公はもはや「元日」を意識することはない．物語に 1 月 1 日があらわれることもない．

主人公 16 歳の正月元日はこうして過ぎていく．本書の第 1 章で述べたように，この作品では〈長い一日〉においても就寝の場面があらわれることはない．ところが，この元日では例外的に，「私がベッドにはいったとき quand je fus couché」（*J.F.* I, 479：2, 81）に始まる就寝の場面があらわれる．しかし元日の「この眠られない夜に dans cette nuit d'insomnie」（同上）回想があらわれることはない．それに主人公はこの日の失望から「信じること」を止めることはない．「それでもともかく私はまだ若かった J'étais pourtant jeune encore tout de même」（同上）のだから．

元日の物語ののち，失望の日々の物語（480-481：82-84）がつづく．

> 私は天気のいい日にはシャンゼリゼに行くのをつづけた Je continuai à aller aux Champs-Élysées les jours de beau temps.（480：82）

> しかしながらあいかわらずジルベルトはシャンゼリゼにやってこなかった Gilberte cependant ne revenait toujours pas aux Champs-Élysées.（480：83）

> とうとう彼女はまたほとんど毎日あそびにやってきた Enfin elle revint jouer presque tous les jours.（481：84）

ついで，サンギュラティフのエピソードが挿入される（481-485：84-90）．主人公はスワンに対する強い好感を 16 ページもの手紙に書いて彼に渡してくれるようジルベルトに頼む．しかしその手紙を冷たく返される．主人

第
4
章
　
土
地
の
名
の
夢
想
・
パ
リ
の
ス
ワ
ン
家
の
ほ
う

公は手紙をとりもどすとき，ジルベルトと組うちをして快楽を覚える．帰り道で「あずま屋のひんやりした匂い」に無意識的想起を体験する．

　さらにサンギュラティフの「ある朝」に始まる主人公の病気の顛末の物語（486-494；90-100）が続く．ある朝からだに不調を感じるが，それをおしてシャンゼリゼへ行き，帰宅すると40度の熱を出す．病気が長引き両親はコタール教授の来診を求める．ある日，ジルベルトから手紙を受け取る．コタールが主人公の病気をスワンたちに話したのだった．

　以上のように，この［5-1-8］「新年の失望と病気」（477-494；78-100）では，テクストは日々の推移にそって物語を展開し，物語間には順行的因果関係が認められる．

第一篇『スワン家のほうへ』と第二篇『花咲く乙女たちのかげに』とのあいだ，「《原始的》存在論の観念 la conception ontologique « primitive »」

　［5-1-5］「巡礼」と［5-1-7］「初めてのラ・ベルマ観劇と初めてノルポワ氏が晩餐に訪れた日」の間で，作品は，第一篇『スワン家のほうへ』から第二篇『花咲く乙女たちのかげに』へと移る．そのあいだに物語時間の切れ目はない．「パリのスワン家のほう1：シャンゼリゼの頃」において［5-1-7］の〈長い一日〉よりのちの時点にいたる物語時間が対象にされていたからであり，『花咲く乙女たちのかげに』の書き出しではその日に先立つ物語が語られるからである．それでは，『失われた時を求めて』第一篇『スワン家のほう』と第二篇『花咲く乙女たちのかげに』を分ける要因は，何であろうか．

　ニールス・ソルベアはこの篇の切れ目は，この作品の主要人物であり，とくにジルベルトの父親であり主人公が恋の障害であると思い込んでいたシャルル・スワンが「精神的存在 le spirituel」から「物質的存在 le matériel」へと変わるのに対応していると述べている（Soelberg 2000, 111）．

　たしかに，「ジルベルトにふたたび会ったときから，私にとってスワンは何より彼女の父親であって，もうコンブレーのスワンではなかった」（Sw. I, 400；1, 531），「彼のことを考えるとき，私はもう古い観念にはよらなかったから，彼はまったく新しい人物になっていた」（同上）としても，主人公にとってスワンはあくまで「精神的存在」にすぎなかったといえるだろう．主人公とスワンとのあいだにはまだまだ大きな距離があり，コン

351

ブレーで「最初のスワン ce premier Swann」について語り手が「そののち私が正確に知ったスワン le Swann que j'ai connu plus tard avec exactitude」(*Sw.* I, 19 ; 1, 25) と比べるときの後者のように，直接的に「知った」というにはほど遠いからである．

主人公にとって，篇が移ったころ一挙にスワンが「精神的存在 le spirituel」から「物質的存在 le matériel」へと変わるわけではない．それに主人公にとってまだしばらくは「スワンさん」であり，「スワン」にはならない（*J.F.* I, 481 : 2, 84, 496 ; 103 等参照）．

このことを，語り手は次のように述べる．

> ノルポワ氏がはじめて私の家で晩餐をとった宵は，それはまだ私がシャンゼリゼであそんでいた年のことであったが，私の記憶にはっきり残っている，というのも，その同じ日の午後は，とうとう私が『フェードル』の「マチネ」を見に行って，ラ・ベルマの声をきいた午後であったからであり，また，帰ってきてからノルポワ氏といっしょに家で話しあいながら，ジルベルト・スワンと彼女の両親とに関することのすべてが私のなかによびおこした感情が，このおなじ家族がどんな他の人にも感じさせている感情と，どれほど違ったものであるかを，突然，新しいやり方で，気づいたからであった．（*J.F.* I, 430 : 2, 15）

つまり，主人公は，初めて，コンブレーの住人以外の，ほんとうにスワン家に出入りしている人の口から，じかに，スワン家の人たちについて話を聞いたのである．ノルポワ氏から聞いたスワン家の話は，たしかに，主人公が「正確に avec exactitude」(*Sw.* I, 19 ; 1, 25) スワンを知り始めるきっかけになったであろう．しかし，何より重要であると思われるのは，この日が主人公の夢が実現された最初であることである．『花咲く乙女たちのかげに』という『失われた時を求めて』第二篇の表題は，主人公が，ジルベルトとバルベックで知り合ったアルベルチーヌをはじめとする少女たちとに夢中になった日々を象徴しているが，その日々のうちに，主人公の夢が次々と実現したのである．その第1は「ラ・ベルマの『フェードル』をみること」であった．

> けれども，私があんなにあこがれたバルベックへの旅行，ヴェネツィアへの旅行の場合とおなじように，私がこのマチネに求めるものは，単なる楽しみとは全

く別のものであって，それは私が住んでいる世界よりももっと現実的な世界に属する真実 des vérités appartenant à un monde plus réel que celui où je vivais なのであり，いったんそれを自分につかむことができたら，私の無為な生活の無意味な偶発事によって，たとえそれらが私の肉体に苦痛であっても par des incidents insignifiants, fussent-ils douloureux à mon corps, de mon oiseuse existence, 私からうばいさることができないであろうものなのであった．（J.F. I, 434；2, 20, 下線強調は青木）

　この引用のなかに，先に述べた「原始心性 la mentalité primitive」と同種の観念を見出すことができる．それはエリアーデによって「《原始的》存在論の観念 la conception ontologique « primitive »」と呼ばれている．

　　ある事物やある行為が現実的な réel ものとなるのは，ただその祖形を模倣するか，それを反復するかぎりにおいて dans la mesure où il imite ou répète un archétype である．こうして，現実はもっぱら反復あるいは分有によってのみ獲得される la réalité s'acquiert exclusivement par répétition ou participation，模範的モデルを欠くものは何であれ「意味がない dénué de sens」，つまり現実性を欠く manque de réalité のである．したがって人は祖形的，または典型的なものとなる傾向をもつであろう．この傾向は逆説的に見えるかもしれない，伝承文化をもつ人間が自分を現実的であると認めるのは，（近代的観察者にとっての）自己であることを止め，他者のしぐさを真似し，繰り返すことに満足するかぎりにおいてのみであるという意味において．言い換えれば，彼がみずからを現実的であると，つまり《真に自分自身である》と認めるのは，ただ，まさしく彼が彼自身であることを止める限りにおいてである il ne se reconnaît comme réel, c'est-à-dire comme « véritablement lui-même », que dans la mesure où il cesse précisément de l'être.（ELIADE 1969, 48-49；48-49, 下線強調のみ青木）

　主人公の思考にあらわれる「現実的な réel」↔「無意味な insignifiant」という対語 antonyme の意味は，エリアーデのいう「現実的な réel」↔「意味がない dénué de sens」という表現の意味にきわめて近いと思われる．また「たとえそれらが私の肉体に苦痛であっても fussent-ils douloureux à mon corps」という表現にも主人公の「原始心性 la mentalité primitive」（ELIADE 1969, 49；49）をみることができる．なぜなら，「苦悩を堪え忍ぶことができるとしたら，それはまさしくこれらの苦悩が理由なきもの，偶然のものではないと思われていたからである」（同書，113；129）．つまり，

353

苦しみを与えるものが無意味であるはずがないからである.

　かかる存在のありかたにおいて,「苦悩」や「苦痛」は何を意味することになるのか. たしかに人がたとえば気候のきびしさに堪えるように, 避け難きものはただ「堪え忍ぶ」ことが出来るだけだとする経験は無意味なものではない. その性格が何であれ, またその表面の原因が何であれ, 古代人にとって苦悩は一つの意義をもっていた. それは常に祖形にかかわるものではないにしても, 少なくともそのものの価値が論議されえないような一つの秩序に符合していた. Dans le cadre d'une telle existence, que pouvaient bien signifier la « souffrance » et la « douleur » ? En aucun cas une expérience dénuée de sens que l'homme ne peut que « supporter » dans la mesure où elle est inévitable, comme il supporte par exemple les rigueurs du climat. De quelle nature qu'elle fût et quelle qu'en fût la cause apparente, *sa souffrance avait un sens* ; elle répondait, sinon toujours à un prototype, du moins à l'ordre dont la valeur n'était pas contestée.（同書, 112 ; 128, 強調はエリアーデ）

　のちにいよいよバルベックへ出発するときになって, 主人公は「肉体の反抗 sa révolte［de mon corps］」（*J.F.* II, 6 ; 2, 288）をうける.

　もっとも, バルベックをながめに行くということは, 肉体の苦痛を代償としなくてはならないからといって, 私に望ましくないと思われたわけではなかった, 肉体の苦痛は, かえって, 私の求めようとしている印象の実在を具象化し, 保証する figurer et garantir la réalité de l'impression que j'allais chercher ように思われたのであって, 私の求めている印象は, すぐに帰宅して自分のベッドで眠れる程度のところへ見に行く「パノラマ」や, いわゆる実物とおなじ価値だと称する見世物などで, 置きかえられるものではなかった.〔…〕私としては, 私の愛するものがなんであろうとも, それは苦しんで追いもとめたあげくでなければえられないもので, その途中では, そこに快楽を求めるのではなく, あの至高の善のために, まず快楽を犠牲にしなければならないことを, すでにラ・ベルマをききに行くまえから, 私は知っていたのであった Pour moi j'avais déjà appris et même bien avant d'aller entendre la Berma, que quelle que fût la chose que j'aimerais, elle ne serait jamais placée qu'au terme d'une poursuite douloureuse au cours de laquelle il me faudrait d'abord sacrifier mon plaisir à ce bien suprême, au lieu de l'y chercher.（*J.F.* II, 6-7 ; 2, 288-289）

主人公が追い求めるものを得るためには，「肉体の苦痛を代償とし」，「まず快楽を犠牲にしなければならない」．しかしそれだけではない．主人公は「自分自身であること」を止めなければならなかったのだ．先の引用でエリアーデが述べているように，「したがって人は祖形的，または典型的なものとなる傾向をもつであろう．この傾向は逆説的に見えるかもしれない，伝承文化をもつ人間が自分を現実的であると認めるのは，（近代的観察者にとっての）自己であることを止め，他者のしぐさを真似し，繰り返すことに満足するかぎりにおいてのみであるという意味において．言い換えれば，彼がみずからを現実的であると，つまり《真に自分自身である》と認めるのは，ただ，まさしく彼が彼自身であることを止める限りにおいてである il ne se reconnaît comme *réel*, c'est-à-dire comme « véritablement lui-même », que dans la mesure où il cesse précisément de l'être」．

　こうして，「現実 la réalité」という言葉は，こうしたミモロジックの文脈とそれ以外の文脈とでその意味を変えることになる．

　ところで，主人公がこのような「原始心性 la mentalité primitive」を持っていたことと，それを解釈し表現する語り手が同様の観念を持っているかどうかとは無関係ではありえないが，別の問題である．それが他者（この場合は主人公）に帰属する思考の語り手による解釈であるか，語り手自身に帰属する思考であるかを区別することは容易でなく，そこに読者の読みが深くかかわってくることは避けがたい．

　しかしながら，主人公にはできなくても，物語の語り手は，物語のくぎり，物語時間の形成においてその思想を表現することができる．物語が「スワンの恋」の第4期におけるように，また「パリのスワン家のほう1：シャンゼリゼの頃」におけるように，時間的因果関係を排除したかたちで表出されるとき，つまり物語の順序が不明なものとして表出されるとき（そのとき必然的に場合分けとイテラティフがあらわれる），そこに語り手の意志を読みとることができる．つまり，語り手は「一回起性 l'irréversibilité をもつ時間」（ELIADE 1969, 107：115）を撥無しようとするのである．

　エリアーデは，多くの例を検証して，「原始的」存在論が祖形の模倣と反復に基づくものであると結論したのであった．ついで，そうした事実の分析から第2の結論を導き出す．それは「祖形の模倣と典型的なしぐさの

反復を通しての，時間の撥無 l'abolition du temps ということである」（同書，49；49）．

こうしてプルーストにおける「時間とのたたかい」のありかたがひとつ明らかになる．それは「時間の撥無」にむかうものであり，場合分けによる時間形成とイテラティフによってあらわされる．

[5-1]「パリのスワン家のほう1：シャンゼリゼの頃」時間形成

時点〈6〉は，[5-1-3-4] 2番目の〈観念化された一日〉が始まる時点であるが，おそらくそれは秋の新学期の後のことであろう．[5-1-2-3] 1番目の〈観念化された一日〉は主人公が学校に行かない一日の物語であったが，2番目の〈観念化された一日〉ではフランソワーズが主人公を学校に迎えにいくからである．スワン家を初めて訪れた日はここでは不明のままであるが，その日を時点〈10〉とする．

[5-1-1]「ジルベルトという呼び声」
　1）シャンゼリゼでジルベルトという呼び声を聞く．（387-388；513-515）…時点〈1〉
[5-1-2]「シャンゼリゼ」
　[5-1-2-1] 日々の推移…時点〈1〉の直後から時点〈10〉まで．
　[5-1-2-2] 日々の場合分け…時点〈4〉「人とりあそびに加わる」から時点〈10〉まで．
　[5-1-2-3] 1番目の〈観念化された一日〉…夏の朝からシャンゼリゼへ出かけるまでの時刻に対応し，時点〈4〉「人とりあそびに加わる」から時点〈5〉「雪の最初の日」まで．
　[5-1-2-4] 2）雪の最初の日（390-392；518-521）…時点〈5〉
[5-1-3]「ジルベルトが来た日々：恋の進展」
　[5-1-3-1] 2）雪の最初の日（390-392；518-521）…時点〈5〉
　[5-1-3-2] 主人公が「ジルベルトから遠ざかっている間中ずっとジルベルトに会いたくてたまらなかった」物語（392-394；521-523）…時点〈4〉「人とりあそびに加わる」から時点〈6〉までを対象とする．時点〈6〉は [5-1-3-4] 2番目の〈観念化された一日〉の始点，時点〈6〉と時点〈5〉との前後関係は不明．
　[5-1-3-3] シャンゼリゼに着いてジルベルトの面前での主人公の内的物語（394-402；523-534）…時点〈4〉「人とりあそびに加わる」から時点〈6〉まで．

3)「ある日 Un jour」，ジルベルトが瑪瑙のビー玉をくれる．（395；524-525）

4)「別の時は Une autre fois」，ジルベルトが，ベルゴットがラシーヌについて語っている本の仮綴じ本を貸してくれる．（395-396；525-526）

5)「そしてまたある日のこと Et il y eut un jour aussi」，ジルベルトとたがいに洗礼名だけで呼び合うようになる．（396；526）

[5-1-3-4] 2番目の〈観念化された一日〉，シャンゼリゼでジルベルトと遊んだ冬の一日（397-402；527-534）…時点〈6〉から時点〈10〉まで．

6)「うららかな日がつづき，まだ私が希望の実現に達しなかったある日」，ジルベルトがシャンゼリゼへ来られない日を告げる．（401-402；532-534）…時点〈7〉

1行空き（405；538）

[5-1-4]「両親との会話」（405-408；538-543）…時点〈1〉から時点〈10〉まで．

7) ある日『デバ』を読んでいた老婦人がブラタン夫人であると母親にもらしてしまう（406；540）

8) 母親が「カルチエの雨傘の売り場」でスワン氏にであったことを主人公に話す（406-408；541-542）

[5-1-5]「ジルベルトが来ないことを前もって知っている日々：巡礼」（408-414；543-551）…時点〈4〉「人とりあそびに加わる」から時点〈10〉まで．

1行空き（414；551）

[5-1-6]「今年，十一月初旬のある朝，ボワで」（*Sw.* I, 414-420；1, 551-559）…[12]「語り手の現在への移行期」に含まれる．

◆ここで，第一篇『スワン家のほうへ』から第二篇『花咲く乙女たちのかげに』へと巻が移る．

[5-1-7]「初めてのラ・ベルマ観劇と初めてノルポワ氏が晩餐に訪れた日」（*J.F.* I, 423-477；2, 5-78）…時点〈8〉

1行空き（477；78）

[5-1-8]「新年の失望と病気」（477-494；78-100）

[5-1-8-1]「一月一日」（477-480；78-82）…時点〈9〉

[5-1-8-2] 元日以降の失望の日々（480-481；82-84）

9) ジルベルトからスワンに書いた手紙をかえしてもらう（481-485；84-90）

[5-1-8-3]「ある朝」に始まる主人公の病気の顛末（486-494；90-100）

以上から，「パリのスワン家のほう 1：シャンゼリゼの頃」の時間形成を図示すると以下のようになる．

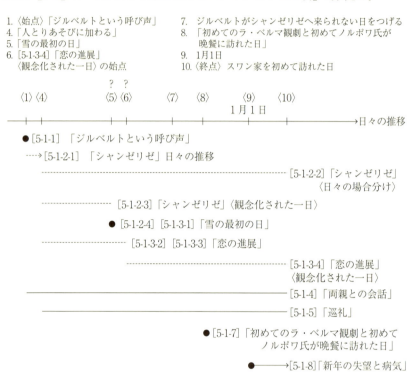

図IV．[5-1]「パリのスワン家のほう1：シャンゼリゼの頃」時間形成

[5-1-1] から [5-1-8] までの各単位は，[5-1-1] から [5-1-2] へと [5-1-7] から [5-1-8] への移行がみられる以外は，時間的に並置されており，その間の連結は意味的なものである．

以上に示したように，時点〈5〉「雪の最初の日」が〈4〉から〈10〉までの軸上のどこに位置するか，全く不明である．時点〈8〉「ラ・ベルマ観劇とノルポワ氏晩餐の一日」以降では時間的継起があらわれるが，それ以前のテクストでは厳密に言って物語の順序は存在しない．テクストは語りの秩序によって組み立てられている．時点〈10〉は主人公が初めてスワン家を訪れた日であるが，ここではそれがいつかまだ分からない．本章の最後にみるように，物語の語りは物語の順序に沿って展開されるべきだとする観念をもつ，たとえばヴィニュロンのような研究者に，構成し直そうと

いう発想が生まれたとしても驚くことではないかもしれない.

[5-2]「パリのスワン家のほう2：夢想と現実が完全に一致した頃」

この [5-2]「パリのスワン家のほう2」のテクストには2か所の1行空き (516；130, 536；157) があり, 3つの部分に分けられる.

[5-2]「パリのスワン家のほう2」(*J.F.* I, 494-572；2, 100-206)
 [5-2-1]「スワン家での一日」(494-516；100-130) ← [場合4] お茶のために
  1行空き (516；130)
 [5-2-2]「スワン家の人たちとの外出の日々」(516-536；130-157) ← [場合5]
 母親との買い物のために
  10) そうしたなかの一日, スワンがかつてあんなに愛した小楽節がふくまれているヴァントゥイユのソナタの部分を私に弾いてくれたことがあった.「シンガラ族を見に行った日」(520；135)
  11) シャンゼリゼの飴売りの小母さんに手芸品をつくって雪の中をでかけた. (527；144-145)
  12) ある日, ヴァントゥイユ嬢の話をする. (527；145)
  13) 祖父（スワンの父）の命日の週の会話. (同上)
  1行空き (536；157)
 [5-2-3]「ジルベルトの両親の家で私が最初にベルゴットに会った日」(536-565；157-197)
  14) はじめて「娼婦の家」へ行った物語. ブロックが連れて行った娼家で, 主人公は一人の娼婦に「ラシェル・カン・デュ・セニュール」というあだ名をつける. (565-568；197-201)
  15)「レオニー叔母からうけついだ家具」の「長椅子」を「娼婦の家」の所有者にやってしまう (568；201).
 [5-2-4]「スワン家から帰宅して」(569-571；202-204),
 [5-2-5]「エピローグ」(571-572；204-206)

いまやジルベルトがシャンゼリゼへ来ない理由の一つ一つ, 恋の障害であった項目が一つ一つ乗り越えられていく. [5-1-2-2]「シャンゼリゼ」日々の場合分けでは,「第3段階：ジルベルトが来ない理由による場合分け」として5項目があげられていた. [場合2] お稽古のために, [場合3]

教理問答のために，［場合4］お茶のために，［場合5］母親との買い物のために，そして［場合6］雨のために，であった．［場合2］と［場合3］では，主人公はすこし慰められるのであった．［場合4］では失望し，［場合5］では主人公は「この上もない不幸」を味わったのであった．

　乗りこえられる第1の障害はすぐあとで見るようにジルベルトの両親であり，第2が［場合4］お茶のためにである．［5-2-1］「スワン家での一日」がそれにあてられる．主人公はもはや失望することがなくなる．そして第3が，［場合5］母親との買い物のためにであり，［5-2-2］「スワン家の人たちとの外出の日々」では，もはや主人公は「この上もない不幸」を味わうことがない．

　［5-2-1］「スワン家での一日」と［5-2-2］「スワン家の人たちとの外出の日々」は〈観念化された一日〉であり，［5-2-3］「ジルベルトの両親の家で私が最初にベルゴットに会った日」は〈長い一日〉である．［5-2-3］では，主人公が最初にジルベルトに恋をしたときの夢，ベルゴットと知り合うことが実現される．

［5-2-1］「スワン家での一日」（494-516；100-130）

　主人公はなぜジルベルトの両親を恋の障害であると考えていたか，それはおそらく思い込みによるものである．前節の挿入される出来事9）ジルベルトからスワンに書いた手紙をかえしてもらう（481-485；84-90）において，正月元日後のある日，スワンへの好意を書いた手紙を冷たく返され，ジルベルトに「あなたは私のパパやママの受けがよくないわよ！」と言われ，主人公は，「スワン夫妻が私と彼らの娘との交際をいい目では見なかったし，私を大した品性の持ち主だとは思わず，彼らの娘に悪い影響しかおよぼすことのない人物だ」，「ペテン師 un plus grand imposteur だ」と想像していると考えたのであった．ところが，

　　あんなに長くジルベルトに会うことを妨げてきた彼女の両親も〔…〕もういまでは，もし彼ら夫妻のどちらかが私の到着したところに通りあわせると，腹立たしい様子をするどころか，にこにこしながら私の手をにぎりしめていうのであった，「ごきげんいかがですか？」〔…〕．

　そのうえ Bien plus，ジルベルトが友人に供するお茶そのものも，彼女と私と

のあいだに積み重ねられたいろんな障害のうちで一番乗りこえにくいもののように あんなに長く私の目に映っていたのに，いまでは私たちをむすびつける一つの きっかけになり，そのたびに彼女はいつもちがったレター・ペーパーにひとこと 書いて〔…〕私に知らせた．（494-495；101-102）

　この [5-2-1]「スワン家での一日」〈観念化された一日〉では，物語は 「スワン家の階段 l'escalier des Swann」からはじまり，「スワン夫人の香 水が匂う区域 la zone où le parfum de Mme Swann se faisait sentir」を 通り，「ジルベルトの小さなサロン le petit salon de Gilberte」へ，そして 友人たちが揃うと，「お茶」のための「食堂 la salle à manger」へと場所 を移す．スワン夫人の「面会日」は普通ジルベルトのお茶とかちあったの で，訪問客を玄関まで送ったあとで，夫人が食堂に姿をあらわす．
　直接話法によるスワン夫人の言説から，二次虚構の語り手の言説がはじ まる．導入は「もっとも d'ailleurs」である．

　もっともコロンバン同様トーストも私にとっては未知であったので，最後に彼女 が口にした約束も私の食指を動かすことにはならなかったであろう．それより奇 異に思われるだろうことは，誰でもその言葉を口にするし，おそらくコンブレー では今でもそれは通用するからだが，はじめ夫人の言うのが誰のことなのか，私 にわからなかったということだろう，そのとき，スワン夫人が私に向かって私の 家の年老いた「ナース」に賛辞をささげるのをきいた Les toasts m'étant d'ail- leurs aussi inconus que Colombin, cette dernière promesse n'aurait pu ajouter à ma tentation. Il semblera plus étrange, puisque tout le monde parle ainsi et peut-être même maintenant à Combray, que je n'eusse pas à la première mi- nute compris de qui voulait parler Mme Swann, quand je l'entendis me faire l'éloge de notre vieille « nurse ». 私は英語を知らなかったが，それでもまもな くこの語がフランソワーズをさしているということがわかった．私はシャンゼリ ゼでフランソワーズがいやな印象をあたえているように思われてひどく気に病ん でいたのに，スワン夫人とその夫とに私を好きにならせたのは，ジルベルトが私 の「ナース」について彼女の母に物語った事柄のためであるとスワン夫人の口か ら直接聞いた．「あのかたがあなたに献身的で，とてもいいかたであることは誰 にもよくわかりますよ．」（たちまち私はフランソワーズについての見方を一変し た．結果的に，ゴム引きの防水コートを身につけ帽子に羽をかざったジルベルト の家庭教師のような女の先生を召しかかえるのは，もう私にはさして必要なこと

361

とは思えなくなった.) やっと, プラタン夫人について, スワン夫人の口からもれたいくつかの言葉によって私にわかったのは, 彼女がこの婦人の好意をみとめながらも訪問されることにはおぞ気をふるっていたので, この婦人との交際がそれまで信じていたほど私にとって貴いものではなく, スワン家における私の立場をよくするのに何も役に立たないということだった. (499：107-108)

　主人公はスワン夫人の言葉から, プラタン夫人 (例の『デバ紙』の老婦人) と個人的に交際してもスワン家における立場をよくするのに少しも役立たないことを知るが, このことは, [5-2]「パリのスワン家のほう 2」を [5-1]「パリのスワン家のほう 1」と区別する象徴的な意味をもつ. 主人公はこの時期, スワン家において「あたらしい立場」を手に入れるからである. 語り手は段落を変えて, 主人公の「あたらしい立場」を主題に語り始める.

　　　いままで道がとざされていた妖精のすむところ le domaine féerique, それがあらゆる予期に反して私にひらかれ, 私は尊敬と歓喜にふるえながらすでにその国の探検をはじめた, といってもそれは, あくまでジルベルトの友達としてであった.〔…〕しかしやがて Mais bientôt, 私は聖域の中心にまではいりこんだ je pénétrai aussi au cœur du Sanctuaire. たとえば, ジルベルトが留守で, スワン夫妻が在宅であることがあった. (499-500：108)

　主人公は, 夫妻にとって「娘に悪い影響しかおよぼすことのない人物」,「ペテン師 un plus grand imposteur」(482：85) から「ジルベルトへのすぐれた感化力をもっている友達」(500：108) へと立場が変わったことに驚く. この [5-2-1]「スワン家での一日」は主人公がスワン家を初めて訪れた日から, 最後にジルベルトに会いに行った日までの物語時間を対象としているが, 上の引用にあるように, 対立を伴う時間的継起が表わされている.「しかしやがて」が示す対立の内容は明らかである.「私が迎え入れられた王国はそれ自体が, スワンとその妻が彼らの超自然的な生活を送っているさらに神秘的な王国に含まれている」と主人公は感じていた.「ジルベルトの友達」である主人公がその「さらに神秘的な」スワン夫妻の部屋には入ることは許されないだろうと思っていた.「しかし mais」, その

「聖域の中心へ au cœur du Sanctuaire」も入ることを許されるのである．主人公にとって「奇蹟のように」（501：109）思われても当然である．

　しかし，語り手の言説において強調されることは，主人公が「てんやわんやで，何をしているのかもうわからない *je ne savais plus ce que je faisais*」（500：109，イタリックはプルースト）状態であったということである．

　じっさい，テクスト上の区分では［5-1-8］「新年の失望と病気」と［5-2-1］「スワン家での一日」のあいだでは段落が変わる（494：100）だけで，1行空きなどの切れ目がない．本書では段落の変わり目で，［5-1］「パリのスワン家のほう1」と［5-2］「パリのスワン家のほう2」とを切り分けた．そこで，［5-1-8］「新年の失望と病気」で見られた順行的因果関係の文脈が途切れ，イテラティフ主体の時間的順序のない［5-2-1］「スワン家での一日」のテクストへと移行し，さらに物語の場所も変わるからである．しかるに，テクストに大きな切れ目は入れられていない．それは主人公にとって「夢の実現」がその実感のないまま，「わけが分からない」うちに，「スワン家での一日」の状態になっていたということを表わしていると考えられる．

　　　私は不思議に思うのだった．精神や理屈や心情は，まったく無能であって，さしあたってはきわめてわずかな転換をおこなうこともできないし，また，人生におけるいろんな困難を一つも解決することができないということを，ところがどういうふうに処理されてゆくのか知らないが，やがて時が経てば，そうした転換や困難を人生がたやすく解決してくれるのだ．〔…〕せいぜい，訪問の長びいたときには，この魔法の家で過ごされる時間 ces heures vécues dans la demeure enchantée が，結局何事をも実現せず，どんな幸福な結末をも招来しないのを知って，おどろくくらいのものであった．（500：108-109）

　さて，スワン夫人が食堂を去ったあと，今度は帰宅したスワンが現れる．この「お茶」の情景はイテラティフである．こうして主人公がスワン家で過ごす一日が〈観念化された一日〉として描かれる．会話の導入はすべて半過去である．

　スワンとジルベルトの会話のなかに「アルベルチーヌ」が表われたところで場面が中断され，語り手は考察を始める（503-516：113-130）．この語り手の言説は，たとえば「私は気づいた je remarquai」（511：124）など

第
4
章

土
地
の
名
の
夢
想
：
パ
リ
の
ス
ワ
ン
家
の
ほ
う

の表現にみられるように，部分的に主人公の知を情報源として使うことは
あっても，主人公の思考に還元されずに，[5-2-1]「スワン家での一日」
の終わりまで続く．

　「スワンの話しぶりは，昔はこうではなかった」(503；113) に始まる語
り手の考察は，ノルポワ氏がスワンの結婚について話をした際の考察
(458-463；54-59) の続きであり，語り手が言及する物語はかなり長期にわ
たっている．そのなかで，[5-2]「パリのスワン家のほう 2」が対象とす
る期間は「私がオデットを訪ねはじめたころには à l'époque où je com-
mençai d'aller chez Odette」(511；124) と表現される．

　私が小さかったころには Au temps de ma petite enfance，保守派の社会に属す
るいっさいが社交界にもてはやされていて，定評のあるサロンでは，一人の共和
派もむかえることはできなかったであろう．そうしたサロンのサークルで生活し
ていた人々は，「日和見主義者」を，まして危険な「急進派」を招待することは，
永久に不可能であるし，その状態が石油ランプや乗合馬車と同様に永遠につづく
であろうと想像していた．しかしそのときどきに回転する万華鏡にも似た社会は，
人々がいままで不動だと信じていた構成分子をつぎつぎに異なったふうに位置さ
せ，べつな模様を描き出すのである．私がまだ最初の聖体拝領をしなかったころ
Je n'avais pas encore fait ma première communion，穏健派の婦人たちが，訪問
先でエレガントなユダヤ系の一女性に出会って茫然としたというようなことがあ
った．万華鏡のそうした新しい配列は，哲学者なら批判基準の変化と呼ぶであろ
うものによって生まれる．ドレフュス事件は，私がスワン夫人のところに出入り
しはじめたころよりもすこしのちの時代に à une époque un peu postérieure à
celle où je commençais à aller chez Mme Swann，ひとつの新しい変化をもたら
し，そして万華鏡はさらにもう一度色彩の小断片の群れを転倒した．(507-508；
118-119)

　私がスワン夫人のところに行ったときには Au moment où j'allai chez Mme
Swann，まだドレフュス事件は勃発していなかったし，一部の有力なユダヤ人が
ひどく幅を利かせていた．(508；120)

　この時期に à cette époque フォーブール・サン＝ジェルマンにはいりこむこと
をオデットにさまたげたいろんな理由に話をもどすためには，[…]．(510；123)

　私がオデットを訪ねはじめたころには à l'époque où je commençai d'aller chez

364

Odette，反ユダヤ主義はまだ問題になっていなかった．（511；124）

[5-2-1]「スワン家での一日」は，こうして語り手の言説で終わり，その日々の推移の軸上での〈終点〉がいつであるかはここではわからない．

[5-2-2]「スワン家の人たちとの外出の日々」（516-536；130-157）

ついで，主人公にかつてもっとも苦しみを与えた3番目の恋の障害であった「ジルベルトが母親とする外出」も障害ではなくなる．

それ以降私が参加したのは，以前はいつもより早く私にわかれを告げて帰るジルベルトを悲しく見送ったお茶だけではなく，彼女がその母とする外出もそうで，〔…〕これらの外出をスワン夫人は私にお伴を許してくれた，〔…〕．（516；130-131）

[5-2-2]「スワン家の人たちとの外出の日々」のテクストは［5-2-1］「スワン家での一日」と同様〈観念化された一日〉であり，対象とする物語時間もほぼ重なる．しかし，書き出しで，季節は冬に逆戻りしている．

スワン家の人と出かけることになっている日には，私は昼食のために彼らの家に行くのであった．スワン夫人はそれをランチと呼んでいた；招待は十二時半でしかなく，そのころ à cette époque，両親は十一時十五分に昼食をとっていたから，私がこのぜいたくな界隈に出かけるのは彼らがテーブルを離れてからであって，そのあたりはいつでもひっそりとしているのに，皆が家に帰っているその時刻にはとくにそうであった．冬でも氷がはっていてもお天気がよければ Même l'hiver et par la gelée s'il faisait beau，私は十二時二十七分を待ちながら，〔…〕，通りを行ったり来たりするのだった．（516-517；131，強調は青木）

[5-2-1]には「美しい季節のころ à la belle saison」（494；100）という表現〔晩春から初秋にかけての天気の良い季節をさす〕がみられた．しかし，[5-2-2]ではこの引用に「冬でも氷がはっていても」があるように，冬を含んでいる．したがって，[5-1]「パリのスワン家のほう1」の時点〈10〉が冬のいつかに早められる．

[5-2-1]と[5-2-2]に含まれるいくつかのサンギュラティフの出来事

間に因果関係もなく時間的順序もないのは［5-1］「パリのスワン家のほう
1」と同様である．［5-2-1］から［5-2-2］への語りの順序は，「シャンゼ
リゼ」の意味形成の第4段階，主人公の苦痛の度合いによる場合分けの順
序に従っている．つまり，「お茶のために」ジルベルトがシャンゼリゼへ
来ない場合より「母親との買い物のために」来ない「この上もない不幸」
の場合のほうが主人公の苦痛が大きかったからである．

　ただし，［5-2-1］「スワン家での一日」とは異なって，［5-2-2］「スワン
家の人たちとの外出の日々」ではイテラティフのセリーのなかに場合分け
とサンギュラティフのセリーがあらわれる．主人公は「十二時二十七分を
待ちながら，〔…〕，通りを行ったり来たり」（517：131）したのち，スワ
ンの家に入る．

　　　　十二時半に，私はついに心をきめ，この家に入るのだった，〔…〕．（517：132）
　　　まず顔を合わせるのは一人の従僕で，いくつかの大きなサロンを通って，私を
　　全く小さな誰もいないサロンに案内するのだった，〔…〕．（同上）
　　　私は座っていたが，ドアの開く音をきいてあわてて立ち上がるのだった，それ
　　は二番目の従僕でしかなく，ついで三番目の従僕が現れ，〔…〕．（518：132-133）
　　　私は，ひとりで，あるいはスワンと，そしてしばしばジルベルトといっしょに
　　待ち続けるのだった，〔…〕．スワン夫人の到着は〔…〕．（518：133-134）

　スワン夫人が到着すると，物語は4つに枝分かれする．それぞれ，「と
きどき quelquefois」（519：134），「ほかのときは，たいてい au reste, le
plus souvent, 私たちは家にとどまらないで散歩に出かけた」（520：135），
「ときにはあの冬の終わりの日々に Parfois dans ces jours d'hiver」（534：
155），「お天気が悪ければ s'il faisait mauvais（535：156）」によって導入さ
れる．2番目の「散歩にでかけた」ときの物語がさらに分岐する．

　　　［場合2-1］ときおり着替えに行く前に，スワン夫人がピアノに向かうことが
　　　　あった Parfois avant d'aller s'habiller, Mme Swann se mettait au piano.
　　　　（520：135）
　　　［場合2-2］ジルベルトが支度をしに行ってサロンにいないあいだ，スワン夫
　　　　妻は彼らの娘のめずらしい美点を私に明かして楽しむのだった．（526：144）

それぞれにサンギュラティフの出来事が挿入される（番号は通し）．以上を図にするとつぎのようになる．

図V．［5-2-2］「スワン家の人々との外出の日々」の場合分け

［場合1］ときどきスワン家の人たちは午後の間じゅう，家にいることに決めることがあった．（519；134）
［場合2］ほかのときは，たいてい，家にはいないで，私たちは散歩にでかけた．（520；135）
［場合2-1］ときおり着替えに行く前に，スワン夫人がピアノに向かうことがあった．（520；135）
10）そうしたなかの一日，スワンがかつてあんなに愛した小楽節がふくまれているヴァントゥイユのソナタの部分を私に弾いてくれたことがあった．「シンガラ族を見に行った日」（同上）
［場合2-2］ジルベルトが支度をしに行ってサロンにいないあいだ，スワン夫妻は彼らの娘のめずらしい美点を私に明かして楽しむのだった．（526；144）
11）ジルベルトはシャンゼリゼの飴売りの小母さんに手芸品をつくって雪の中をでかけた．（527；144-145）
12）ある日，ヴァントゥイユ嬢の話をする．（527；145）
13）祖父（スワンの父）の命日の週の会話．（同上）
［場合3］ときには，あの冬のおわりの日々に，私たちは散歩をするよりまえに，そのときひらかれている絵画の小さな展覧会のひとつにはいることがあった，〔…〕．まだ寒い気候でも，ミディやヴェネツィアに出発したいという私の以前の欲望が，そんな会場の部屋で呼びさまされるのであった．（534；155）
［場合4］お天気が悪ければ，私たちはコンサートや芝居に行き，それから「ティールーム」へお茶をしに行くのだった．（535；156）

　スワン夫人が主人公のまえで初めて「ヴァントゥイユのソナタ」を弾いた，つまり主人公が初めてそのソナタを聞いた日のサンギュラティフの物語10）はセリーをつくり，「シンガラ族を見に行った日」（532；151）とよばれてのちに続きが語られる（520-526；135-144，532-534；151-155）．

　　私はその一人がブラタン夫人をらくだと呼んだシンガラ族の一行を見に行きたくてたまらない欲望をその場で表明した．（526；144）

367

11）は「雪」の降る日のことである．したがって 10）よりのちのことであると考えられる．12）がいつ頃のことかは不明である．13）祖父（スワンの父）の命日の週の会話（527；145）も 10）と同様にセリーをつくり，「スワンの父の命日の日」の物語へとつづく（527；145，535-536；156-157）．この日もいつ頃のことかわからない．

13）のその日，ジルベルトは主人公に深い驚きをあたえる．

> 「よけいなおせっかいをしないでほしいわ」と彼女は，ぐいと腕を振りはなしながら，きつい声で私に叫んだ．（536；157）

主人公の幸福がくずれそうな最初の兆候があらわれる．そこでこの［5-2-2］「スワン家の人たちとの外出の日々」のテクストが終わる．

［5-2-3］「ジルベルトの両親の家で私が最初にベルゴットに会った日」（536-562；157-193），［5-2-4］「スワン家から帰宅して」（569-571；202-204），［5-2-5］「エピローグ」（571-572；204-206）

1 行空き（536；157）以降，物語は［5-2-3］「ジルベルトの両親の家で私が最初にベルゴットに会った日」の〈長い一日〉（536-562；157-193）に移る．主人公はスワン夫妻からさらなる望外の好意を受ける．

> ジャルダン・ダクリマシオンや音楽会へいっしょに連れていってくれることよりも，もっとすばらしい好意，それはスワン夫妻がそのベルゴットとのまじわりからも私を除外しなかったことで，彼らとベルゴットとの親交こそは，じつは私がスワン夫妻に感じた魅力の根源にあったものであり，まだジルベルトをよくは知らない以前から，彼女に軽蔑されているに違いないという私の思い込みが，いつか彼女は私をさそってベルゴットのお伴をしてこの文学者が愛している町々をたずねに連れて行ってくれるだろうという希望をさまたげなかったとしたら，このけだかい老人との親しさこそ，彼女を私の一番はげしく愛する友達にしたであろう，と私は考えていた．（536；157-158）

この「大きな昼餐会 un grand déjeuner」（536；158）があった日が「スワンの父の命日」よりのちであることは，次の引用箇所で，その出来事が

大過去で記されていることから明らかである.

> しかし彼女の祖父の命日に起こった出来事以来 depuis l'incident qui avait eu lieu le jour de l'anniversaire de la mort de son grand-père, 私はいつも自分にたずねるのであった, ジルベルトの性格は私が思っていたものとはちがうのではないか, 人が何をやろうとも気にしないあの態度, あの物わかりのよさ, あのいつもの素直な従順は, かえって彼女がその自尊心からつとめてそとに出さないでいる非常にはげしい欲望をかくしていて, その欲望は, 偶然阻まれるときに, にわかに強い抵抗力をもってあらわれるにすぎないのではないか, と. (559；189, 下線強調は青木)

主人公は家に帰ると,「コートを脱がないまえから, 両親の心に私とおなじ感動を呼びさまして, スワンに何か大きな思い切った《お礼》をしてくれる決心をつけさせたいと希望しながら, そうした好意を彼らにまくしたてた」(563；194). しかし, スワンの好意も両親には評価されない.

> すでにスワン家に出入りするだけでも両親に幻滅をあたえていたのであった. それに加えて, こんどのベルゴットへの紹介は, 根本的な手ぬかり, 祖父ならば「不行き届き」と呼んだにちがいない両親のこれまでのしつけのあまさ, そうしたものの不吉な, しかし当然の, 結果として, 両親の目のまえにあらわれた. (563；194)

〈長い一日〉に続いて, 主人公がはじめて「娼婦の家」へ行った物語の挿入がはいる (565-568；197-201).

> ちょうどこのころだった Ce fut vers cette époque, ブロックが世の中にたいする私の観念を転倒し, 私のために幸福の新しい可能性（といってもそれはやがて苦しみへの可能性に変わるのだが）を開いてくれた, 私がメゼグリーズのほうへ散歩に行った時代に信じていたのとは反対に, 女にとっては愛の行為をするのが何よりのねがいである, と私に請けあって. (565；197)

ブロックが連れて行った娼家で, 主人公は一人の娼婦に「ラシェル・カン・デュ・セニュール」というあだ名をつける. のちにサン＝ルーの愛

人になる女性である.

その後，語による連結によって「レオニー叔母からうけついだ家具」の「長椅子」を「娼婦の家」の所有者にやってしまった一件についての回想（568；201）がくる．ついで，スワン家で日をすごす主人公の，家での生活について語られる．

> 両親はそれでも，ベルゴットに認められた私の理知が，何か人目をそばだたせるような仕事になってあらわれることを願ったであろう．スワン夫妻をまだ知らなかったころには，自由にジルベルトに会えないいらだたしさから陥る興奮のために，私は勉強ができないのだと思っていた．しかしその住まいが解放されたとき，机に座ったかと思うと私は立ち上がって彼らの家に走ってゆくのであった．そして彼らと別れて家に帰ると，私の孤立はうわべだけで，私の思考はもはや何時間ものあいだ機械的に押し流されていた言葉の潮流に逆らうことができないのだった．私はスワンたちをよろこばせるような話題をひとりで一心に考えつづけた，〔…〕．〔…〕翌日がおわったときには，私の怠惰と，内的な障害に対する私の苦しいたたかいとが二十四時間よけいに続いたにすぎなかった．（569-570；202-203）

この〔5-2-4〕「スワン家から帰宅して」（569-571；202-204）について，最後に「パリのスワン家のほう 2：夢想と現実が完全に一致した頃」の〔5-2-5〕「エピローグ」（571-572；204-206）がくる．

主人公の生活は「いつでも好きなときに，落ち着いてではないがたのしみにうっとりとして，ジルベルトに会うことができる快い生活」（571；204-205）になった．しかし，「幸福を脅かす前兆」（571；205）を，主人公は意識する．「何度も私は，ジルベルトが私の訪問を避けてあとにのばしたがるのを感じた」（572；205）．そこで〔5-2〕「パリのスワン家のほう 2」のテクストが終わる．

〔5-3〕「パリのスワン家のほう 3：恋の苦しみとその終わりの頃」

〔5-3〕「パリのスワン家のほう 3」では，語り手は，最後にジルベルトに会った日から，主人公が最終的にスワン家を訪れるのをやめたのちまでの過程を丹念にたどってゆく．

[5-3]「パリのスワン家のほう 3」(*J. F.* I, 572-630)

　[5-3-1] 私がジルベルトにあった最後の日（572-581；206-218）

　[5-3-2] ジルベルトが不在のときにスワン夫人を訪問した日：〈観念化された特
　　定の一日〉(*J. F.* I, 581-597；2, 218-241)

　[5-3-3] 一月一日以降（597-630；241-282）

　　[5-3-3-1] 一月一日

　　16)「ある日 un jour」，主人公は夕食前にジルベルトを訪問しようと決心
　　　し，「新しい計画」をたて，レオニー叔母からゆずられた古い支那
　　　焼の大きな花瓶を売って一万フランを手に入れ，毎日ジルベルトを
　　　ばらやリラぜめにしようと考える．しかし，シャンゼリゼで主人公
　　　はジルベルトが若い男とあるいてゆくのを見て，計画は頓挫する．
　　　（611-616；258-264）

　　17) 主人公はジルベルトの夢をみる．「さっきの睡眠中に若い男になって
　　　あらわれ，その不当な仕打ちで，さめた私をまだ苦しめている人物
　　　は，ジルベルトであることを知った．」主人公はジルベルトの快楽
　　　の場面を想像して苦しむ．（619；268）

　　[5-3-3-2]「春が近づいて，氷の諸聖人祭や聖週間の霰雨の季節に，さむ
　　　さがぶりかえすとき」（623；273），主人公は訪問のあいだを置いた
　　　とはいえ，まだスワン夫人のサロンにでかけている．

　　[5-3-3-3]「とうとう美しい日々が戻ってきた，そしてあたたかさも」
　　　（624；275）．主人公はスワン家にいかなくなる．日曜日には散歩す
　　　るスワン夫人を待つ．「その五月のあいだ日曜日を一日ものがさな
　　　かった」（624；275）

[5-3-1]「私がジルベルトにあった最後の日」（572-581；206-218）

　[5-1]「パリのスワン家のほう 1」と [5-2]「パリのスワン家のほう 2」
とのあいだにテクスト上の区分けがなかったのと同様に，本書の [5-2]
「パリのスワン家のほう 2」と [5-3]「パリのスワン家のほう 3」のあいだ
にも行の空きがあるわけではない．主人公には，幸福が崩れるきざしを感
じることがあっても，ジルベルトに会うのは今日が最後であるという意識
はなかった．回顧的に見て，それがその日であった，ということを認める

だけである.

「私がジルベルトを訪ねて彼女にあった最後の日は，雨が降っていた」
(572；206)，帰ってから主人公はジルベルトに手紙を書く．翌日スワン家
を訪問するが，ジルベルトは留守である．その日の夕方でさえ，ジルベル
トからの返事は来ない．そこからジルベルトの手紙を待つ日々が続く．彼
女との仲たがいののち最初の何週間かがすぎて，手紙を待つ「不安な期
待」(580；216) がなくなり，主人公はふたたびスワン家を訪れるように
なる．ただし，ジルベルトの不在をたしかめて，ジルベルトではなくスワ
ン夫人に会いに行くのである．

[5-3-2]「ジルベルトが不在のときにスワン夫人を訪問した日」(581-597；218-241)

主人公は「ジルベルトと仲たがいをするずっと以前に」スワン夫人が言
っていた言葉を思いだす.

> 「ジルベルトに会いにきてくださるのもたいへん結構ですけれど，ときどき私
> のためにもきてくださるとうれしいわね．〔…〕すこし遅い時間ならいつでもお
> 会いできてよ.」だから私は，彼女に会いにいくのに，以前に彼女が口にした希
> 望にずっとあとになってから従っているのだというふうをしていた．そして，非
> 常に遅く，もう暗くなって，両親が夕食のテーブルにつくほとんどその時刻に，
> スワン夫人のところへ，ジルベルトに会わないことが分かっている訪問をしに出
> かけるのだった，〔…〕．(581：218)

スワン夫人のサロンの「室内花壇 jardin d'hiver」の記述のあいだに日
が経過する.

> 十月のおわりからは Dès la fin d'octobre オデットはできるだけ規則正しくお茶
> のために帰宅するのだった，そのお茶はそのころまだ五時のお茶ファイヴ・オク
> ロック・ティーと呼ばれていて〔…〕．(584；221，下線強調は青木)

> 十一月の午後のおわりの夕もやのなかで dans la brume des fins d'après-midi de
> novembre〔…〕．(585；223，下線強調は青木)

「ジルベルトが不在のときにスワン夫人を訪問した日」の最初の場面は次のようにして導入されている.

そうした菊の花への私の讃美が生まれたのは，——私がスワン夫人にあの悲しい訪問の一つをしに行ったとき quand j'allais faire à Mme Swann une de ces tristes visites où，それらの訪問では，翌日ジルベルトに「あなたのお友達が私のところにみえたわ」というであろうスワン夫人に，私の悲しみからそのジルベルトの母の神秘的な詩情を見出していたから，——おそらく sans doute，スワン夫人の肘掛椅子のルイ十五世絹のようにうすいピンクや，彼女のクレープ・デシンのガウンのように雪白なのや，彼女のサモワールのように金属的光沢をした赤などの，その菊の花々が，サロンの装飾にさらなる装飾を，同じように豊かで，同じように洗練されているが，しかし生き生きとしていてそして数日しか続かないであろう装飾を，重ねていたからである．しかし Mais，それらの菊の花が束の間のものであるというより，十一月の午後の終わりの夕もやのなかで dans la brume des fins d'après-midi de novembre 沈む太陽があんなに豪奢に燃え立たせている，おなじようにピンクかおなじように赤銅色の色調とくらべて，比較的長い時間持続するものであることに，私は感動するのだった j'étais touché. そしてスワン夫人の家に入る前に，落日の色が空に消えていくのを見たあとで，私は，その色調がひきのばされて，花々の燃えるようなパレットのなかに移されているのを見出すのであった je retrouvais.〔…〕それらの菊の花々は，私の悲しみにもかかわらず，このお茶の時間のあいだに，私のそばできらめかせる十一月のあんなにも短いよろこびの内密な輝きを，こころゆくまで味わうようにと誘うのだった ils m'invitaient. ああ，聞こえる会話のなかでは dans les conversations que j'entendais 私はその輝きに達することができないのであった.〔…〕コタール夫人とさえ，そして時間は遅くなっていたのに，スワン夫人は愛嬌をふりまいていうのだった Mme Swann se faisait caressante pour dire，「あらだめよ，遅くはないわ，時計を見てはいけません，〔…〕」〔…〕.
　「なかなか逃げられませんわ，お宅からは」，ボンタン夫人がスワン夫人に言うのだった disait Mme Bontemps à Mme Swann，〔…〕.（585-586；223-224，下線強調は青木）

この場面の書き出しは「おそらく P しかし Q」[[SANS DOUTE P] MAIS Q] の構文である．これは「たしかに P しかし Q」[[CERTES P] MAIS Q] よりは弱いが，それでもやはり，2つの推論を対比させて，語り手が後者をとることによって物語が始まることを表わしている．
　その物語は「私がスワン夫人にあの悲しい訪問の一つをしに行ったとき

quand j'allais faire à Mme Swann une de ces tristes visites」のことである．主人公の知覚は，スワン夫人の家に入る前に見た落日の輝きから，サロンの中に入ったときの菊の花の輝きへと移り，つぎに，視覚から，聴覚へと移行する．テクストにあらわれる動詞がすべて半過去形であるために，この作品のイテラティフに慣れた読者ならば，イテラティフのセリーが始まったと考えるであろう．

　スワン夫人，コタール夫人，ボンタン夫人が登場する．ボンタン夫人は「姪のアルベルチーヌ」を話題にする．それらの会話は直接話法で表わされ，言明動詞は，1か所のみ単純過去である（「ああ！　そうそう」とコタール夫人が言った Ah ! oui, dit Mme Cottard,〔…〕．（588；227））それ以外は，すべて半過去である．そして，スワンが現れる．

　　とばりを細目にあけて，そのあいだから座を乱すのをおそれるようすをわざとおもしろくつくろいながら，いかにも改まった恭しそうな顔があらわれる，それはスワンであった．「オデット，私の書斎でごいっしょのアグリジャント大公があなたに敬意を表しにきてもいいかとのおたずねだが，どうお返事に行ったらいいかね？」──「さあさあ，どうぞ」と，満足そうにオデットは言うのだが di-sait Odette avec satisfaction，そのあいだも一種のおちつきを保つことを忘れはしないので，それは，いままでココットとしてではあっても，社交界のエレガントな男たちとつねに応対してきただけに，楽々と身についているのであった．スワンはその受諾をつたえに出てゆき，そのあいだにヴェルデュラン夫人が来ているのでないかぎり，大公とつれだって妻のそばにもどってくるのであった Swann partait transmettre l'autorisation et, accompagné du prince, il revenait auprès de sa femme à moins que dans l'intervalle ne fût entrée Mme Verdurin.（589；228-229，下線強調は青木）

　ここまでは，11月の主人公がスワン夫人を訪問する物語をイテラティフで表わしたものと解釈するのが自然であろうと思われる．ついで，文末の「そのあいだにヴェルデュラン夫人が来ているのでないかぎり à moins que dans l'intervalle ne fût entrée Mme Verdurin」を受けて，なぜスワンがヴェルデュラン夫人と同席するのを避けているかについての語り手の解説がいる．

　ヴェルデュラン夫人がオデットを訪問するのは，年にただ一度のことで

ある．このことは，「スワンはオデットにヴェルデュラン夫人と年に二度
訪問を交わすことを許しただけであった」（589：229）と語り手が説明し
ていることでわかる．ヴェルデュラン夫人が年に1度オデットを訪問し，
オデットも年に1度ヴェルデュラン夫人を訪問する．オデットがスワンと
結婚したのが1889年であるとすると，物語の現在はあとでみるように
1896年であるから，最大で8回，ヴェルデュラン夫人がオデットを訪問
した可能性がある．翌年は，ドレフュス事件のために事情が変わっている
であろうから，おそらくこれがヴェルデュラン夫人の訪問の最後であろう
と思われる．

　　スワンは年に一度のゆるされたヴェルデュラン家の夜会には，妻のお伴をして行
　　くのだが，ヴェルデュラン夫人がオデットのサロンに訪問にくるときには，同席
　　するのを避けることにしていた．そういうわけで，女主人がサロンにいる場合は，
　　アグリジャント大公だけがサロンにはいってくるのだった．（590：230）

段落が変わると，テクストはヴェルデュラン夫人が来た日の物語言説に
戻る．

　　ともかく En tous cas, スワン夫人の女友達たちは，普段は彼女自身のサロン
　　のなかでしか思い描くことのない一婦人がスワン夫人の家にいるのを見て強い印
　　象をうけるのであった les amies de Mme Swann étaient impréssionnées de voir
　　chez elle une femme qu'on ne se représentait habituellement que dans son
　　propre salon, 〔…〕. もっとも内気な婦人たちは，たしなみから，ひきさがりた
　　いと思い Les femmes les plus timides voulaient se retirer par discrétion et,
　　〔…〕複数人称を用いて言うのであった，「オデットさん，私たちは失礼します
　　わ．」（591：231-232）

ボンタン夫人とコタール夫人を「スワン夫人の女友達たち les amies de
Mme Swann」と呼び，ついで「もっとも内気な婦人たち Les femmes les
plus timides」（スワン夫人を訪問する婦人たちのうちで，という意味であろ
う）と呼ぶことで，テクストは，この二人以外の婦人たちが居合わせる場
合を想定させ，ヴェルデュラン夫人がオデットを訪問した別の物語を言外
に含み，イテラティフの印象を強める．

375

第4章 土地の名の夢想:パリのスワン家のほう

ヴェルデュラン夫人はボンタン夫人を「水曜日」に招待する．スワンは戻ってこないで，アグリジャント大公だけがのちに登場する．ヴェルデュラン夫人が去り，ついで，ボンタン夫人とコタール夫人が退室する．最後に主人公が帰る場面である．ここでは巧妙に，「言明動詞の伴わぬ対話 le dialogue sans verbe déclaratif」(GENETTE 1972, 176：175) というよりも，言明動詞によるイテラティフかサンギュラティフかの区別ができないような表現がとられている．

> そして私もまた，菊の花のなかにかがやかしくつつまれているように思われた冬の快楽を味わうことなしに帰らなくてはならなかった．その快楽が来ることはなかったし，一方スワン夫人もさらに何かを期待しているようには見えないのだった．彼女はまるで「閉会！」を宣言したかのように，召使いたちにお茶の道具を下げさせるのであった．<u>そして最後に私にこういうのであった</u> Et elle finissait par me dire，「それでは，ほんとうに，お帰りになるのね，では，グッバイ！」私が感じていた Je sentais que のは，いつまでいてもあの未知の快楽と出会うことはないであろうし，私の悲しみだけがそれらの快楽を私から奪ったのではない，ということだった．〔…〕すくなくとも私の訪問の目的は達せられた，ジルベルトは知るだろう，彼女の留守のあいだに私が彼女の両親を訪問しに来たことを，そして，<u>コタール夫人が何度も繰り返して言ったように</u> comme n'avait cessé de le répéter Mme Cottard，私がそこで，「一息で，即座に，ヴェルデュランの奥さまを征服」したことを．(597：239-240，下線強調は青木)

ここで，本書のイテラティフの分析において，初めての事態があらわれる．

「ともかく，スワン夫人の女友達たちは」ではじまるサロンの情景は，ヴェルデュラン夫人がスワン夫人を訪問した年に1度の物語であり，イテラティフであるとすれば，何年間かのうちに繰り返された同種の物語を圧縮したものであると考えられる．つまり，対象とする物語時間は何年間かである．他方，主人公が11月にスワン夫人を訪問したのが何回かあるとして，この日の主人公の物語が対象とする物語時間は11月の1か月である．しかも，両者の物語は一日の擬似的時刻の推移にそっており，ひとつのセリーをつくっている．したがって，両者で〈観念化された一日〉を形成する．困難は，異なった期間を対象とするイテラティフがひとつの〈観

念化された一日〉を形成するのが不可能であるということである．半過去形で記されたテクストは全体である期間を特徴づける．コンブレーでの「レオニー叔母の日曜日」のイテラティフのセリーが，全体で「コンブレーの時代」を特徴づけていたように．

この困難は，その場では回避されているように見える．主人公が，ヴェルデュラン夫人がサロンにいた時間に登場することはない．主人公が，夫人に初めて会ったにもかかわらずである．ヴェルデュラン夫人と同席したと想定される主人公の物語が，上記引用でみたように，のちに，主人公が帰るときになってから，語られる．

> すくなくとも私の訪問の目的は達せられた，ジルベルトは知るだろう，彼女の留守のあいだに私が彼女の両親を訪問しに来たことを，そして，コタール夫人が何度も繰り返して言ったように，私がそこで，「一息で，即座に，ヴェルデュランの奥さまを征服」したことを．（597；240）

ヴェルデュラン夫人がサロンにいた時間に主人公が登場することがない，ということは，ヴェルデュラン夫人がサロンに来たイテラティフの物語と，主人公の「ジルベルトが不在のときにスワン夫人を訪問した日」のイテラティフの物語とが，全く別のセリーであることをプルーストが承知していた，ということを明らかに示している．それを承知のうえで，プルーストは，主人公が帰るときに，その両者を結びつけたのであろう．

ともかく，主人公の一日をヴェルデュラン夫人の訪問の日にあわせたことで，主人公の一日は〈観念化された特定の一日〉ということになる．この特定の日は，半過去で記されることで，主人公のこの時期，11月のひと月を特徴づけるできごととなる．

他方，ヴェルデュラン夫人がスワン夫人を訪問した物語は，当時のヴェルデュラン夫人の状況とスワン夫人の状況とを解説するきっかけを語り手に与え，その場面は，当時の，何年間かのスワン夫人のサロンを特徴づけるものとなる．「当時alors」は，たとえば次のように表現される．

> 当時alorsヴェルデュラン夫人のサロンと言えば，われわれが後日に見うけるような進展のきざしはわずかさえも見られなかった．最近に獲得した少数のかが

第4章　土地の名の夢想：パリのスワン家のほう

やかしい分子が多数の泥炭客のなかにおぼれてしまうような大パーティは一時み
あわせておく，そして，たくみにひきつけることに成功した十人の正義の士がも
とになって，そんな正義の士が八十倍になるまで待っていたほうが利口だと考え
る，そのような一種の雌伏期，その時期にさえまだヴェルデュラン夫人は達して
いなかった Mme Verdurin n'en était même pas encore à la période d'incubation
où on suspend les grandes fêtes dans lesquelles les rares éléments brillants ré-
cemment acquis seraient noyés dans trop de tourbe et où on préfère attendre
que le pouvoir générateur des dix justes qu'on a réussi à attirer en ait produit
septante fois dix.（590-591；230-231）

そして，主人公が帰宅してから書くジルベルトへの手紙は「もう永久に
あうまいと決心でもしているような」（597；240）内容になる．

［5-3-3］「一月一日以降」（597-630；241-282）

［5-3-3］にはいると，時間的連結が見られなくなり，テクストは心的物
語言説へと移行する．時点の表示は主人公の心的状態の変化をあらわす契
機にすぎなくなる．「パリのスワン家のほう」において2度目の「一月一
日」がやってくる．

　一月一日はその年私にとって特別つらかった．身の不幸なときに期日が改まっ
たり記念日がきたりすることはすべてつらいものだ．〔…〕私の場合にはさらに
こんな望みが加わっていた，つまり，ジルベルトにしてみれば，まず和解の第一
歩を私の自発にまかせようと思った，しかし，それがなされないと知って，もっ
ぱら一月一日という口実を待ちながら，「ほんとにどうなさったの？　私はあな
たに夢中です．二人できっぱりと話しあうためにいらしてください．あなたにお
目にかからなくては生きていられません」と書くよりほかに仕方がなくなってい
るのだ，というそんな筋のとおらない望みであった．歳末の最後の数日になると，
そうした手紙がきそうに思われた．それはこないのかもしれない，しかしそれが
実現することを信じるには，心にそれへの欲望や欲求がありさえすれば十分であ
る．（597-598；241）

　一月一日は，とうとうジルベルトの手紙がこないで，その全時間が過ぎ去った．
そして，年賀状のいくつかをおくればせに受けとったり，郵便物が混雑して遅配
されたりしたから，一月三日，四日は，まだ希望をつないでいたが，そのあては，
やはりはずれていった．それからの日々というものは，私はひどく泣いた．

(598-599：242)

　ようやく，一月の月もなかばに近づき，元日の手紙への期待もひとまず空だの
みにおわり，それに付随して起こった苦痛もひとまず鎮まったとき，ふたたびは
じまったのは，「復活祭の休み」を控えての悲しみだった．さらに，その悲しみ
のなかでもおそらくもっとも残酷であったのは，その悲しみの意識的な，自発的
な，無慈悲な，辛抱強い工作者が，この私自身であったということである．〔…〕
現在の状態で私がやっていた事柄ばかりでなく，それに伴う未来の結果をはっき
り見通しながら，私が連続的に熱中していた行為は，私自身の内部でジルベルト
を愛している自我の長い残酷な自殺なのであった，〔…〕．（600：243-244）

　そのあいだ，スワン夫人に会いに行くほとんどそのたびに，彼女は娘とのグッ
テに来ることをすすめ，直接娘に返事をするようにといったので，私はたびたび
ジルベルトに手紙をかいていた，〔…〕．（603：247）

「恋の苦しみとその終わりの頃」を主題とする心的物語言説は，[5-3-3]
では「一月一日」にまつわる物語のあと，イテラティフ→サンギュラティ
フ→イテラティフの *ABA* パターンをとるが，サンギュラティフへと移行
するとき，いわば緩衝地帯とでもいうべき言説を挿入している．その契機
は「si ～ならば」の対比文である．

　「お茶会」がおわってスワン夫人にいとまを告げるとき，さてその娘にあてて
どう書いたものかと私が考えていたとすれば，コタール夫人は，かえり支度をし
ながらまったくちがった性質の考えを抱いていた Si, au moment de quitter Mme
Swann quand son«thé»finissait, je pensais à aller écrire à sa fille, Mme Cottard,
elle, en s'en allant, avait eu des pensées d'un caractère tout différent. （604：
249）

　ここから，いっとき主題が「スワン夫人の装い」に移り，[5-3-3]の最
終場面であるボワを散歩するスワン夫人の物語を準備する．
　ついでサンギュラティフの出来事が，2つ描かれる．1つ目は，「ある日
un jour」（611：258-259）のことである．主人公は夕食前にジルベルトを
訪問しようと決心し，「新しい計画」をたて，レオニー叔母からゆずられ
た古い支那焼の大きな花瓶を売って，一万フランを手に入れる．毎日ジル

ベルトをばらやリラぜめにできるだろう．しかし，シャンゼリゼで主人公はジルベルトが若い男とあるいてゆくのを見る．計画は頓挫する（611-616；258-264）．

[5-3]「パリのスワン家のほう3：恋の苦しみとその終わりの頃」においては，愛の対象であるジルベルトの不在がひき起こす，主人公がつくりあげる「私のなかにいるジルベルト la Gilberte que je portais en moi」「私の架空のジルベルト ma Gilberte fictive」と「現実のジルベルト la Gilberte réelle」との相違が語り手の言説の主題である（616；264）．「スワンの恋」と同様に，語り手によって「これらの時期 ces périodes」は「病気」とのアナロジーによってとらえられる．

> 悲しみがよわまりながら長引いているこれらの時期では，相手の女そのものへのたえまない思いがわれわれにひきおこす悲しみと，ある種の回想がかきたてる悲しみ，たとえばふとしたときに女が口にしたひどい文句の回想とか受けとった手紙に書かれたふとした言葉の回想とかがかきたてる，そんな悲しみとを，区別しなければならない Pendant ces périodes où, tout en s'affaiblissant, persiste le chagrin, il faut distinguer entre celui que nous cause la pensée constante de la personne elle-même, et celui que raniment certains souvenirs. 〔…〕この二つの悲しみのなかで，前者は後者よりもはるかに残酷ではない．〔…〕（もっとも，注意すべきことは，ある種の病気で，その原因が熱の続発や回復の緩慢とはかけはなれたところにあるように，われわれを苦しめている女の映像が，恋の悲しみを深め長びかせこじらせるあの多くの複雑な併発的現象にほとんど関係をもたないということだ．）（616；264）

「相手の女そのものへのたえまない思いがわれわれにひきおこす悲しみ」と「ある種の回想がかきたてる悲しみ」との，2つの悲しみは対立する2本の行程をえがき，恋の悲しみを進行させる．2つの悲しみでは，「前者は後者よりもはるかに残酷ではない」．

一方では，「私の架空のジルベルト ma Gilberte fictive」（616；264）の映像，「一般に楽観的な一種の理知の反映 le reflet d'une intelligence généralement optimiste」，「永続的な悲しみのもつ静けさ le calme d'une tristesse permanente」，「悔恨の憂愁の静けさ le calme mélancolique du regret」が語られ（616-617；264-265），他方では，「現実のジルベルト la

[Gilberte] réelle」(616：264) の回想が「外からやってきて」主人公を苦しめる.

> 残酷な回想のほうは，〔…〕おそろしい過去のまれな証人の一人だ．しかし，この過去は存在し続けるので，〔…〕これらの回想，これらの手紙は，われわれを現実に呼びかえし，それに伴う突然の苦痛によって，日々おろかな期待に生きているうちにどんなにわれわれが現実から遠ざかってしまったかを感知させる．(617：265)

2つ目のサンギュラティフの出来事は，主人公の夢である．「私は，同時にヨセフとパロとになって，自分の夢を解釈し始めた」(618：267)．エジプト王パロがヨセフに夢を解釈させた〔旧約「創世記」〕ように，「スワンの恋」のスワンと同じように，主人公は夢を解釈する．分身が夢にあらわれるのである．

> さっきの睡眠中に若い男になってあらわれ，その不当な仕打ちで，さめた私をまだ苦しめている人物は，ジルベルトであることを私は知った．私は思いだした，彼女に会った最後の日，その母がひるのダンスパーティーに行くのをとめると，まじめにかそれともそのふりをしたのか，変な笑いかたをしながら，私の善意を信じるのを拒んだのを．連想によって，この回想は，私の記憶に，もう一つべつの回想をみちびいた．ずっと以前，私の誠意も，ジルベルトのよい友達であることも信じようとしなかったのは，スワンであった．私が書いた手紙はむだで，ジルベルトはその手紙をもってきて，おなじあの不可解な笑いかたをしながら，私にそれを返したのであった．彼女はすぐにそれを返そうとしなかった，私はあの月桂樹のしげみの陰の情景をまざまざと思いだした．〔…〕私にたいするジルベルトの現在の反感は，あの日私があんな行為をしたために，いまになって人生がくだした罰であるように私には思われた．〔…〕「よかったらもうしばらく組みうちをしてもいいのよ」とジルベルトの言ったことばが，私をぞっとさせた．シャンゼリゼの大通りを彼女に連れ添ってゆくところを私がみかけたあの若い男と，もしかすると彼女の家の，たぶんランジェリーの部屋で，そんなことをしているかもしれない彼女を私は想像した．(619：268)

主人公はジルベルトの快楽の場面を想像して苦しむ．しかし「嫉妬」という感情に発展することはない．1番目の出来事の打撃から立ち直ったと

思われたころに起きたこの2番目の出来事が，主人公の足をスワン家から遠ざける．そして主人公は，「とうとう，のちに最後の理由がこの理由に加わって，スワン夫人への訪問を完全にやめる」ことになる（621：270）．その最後の理由とは，彼がスワン夫人を訪れる以外の気晴らしを積極的にもとめるようになったことである．

> 私はそれこそ一つの恋を殺す唯一の方法であることをさとるのであった．そしてそれをくわだてるだけの，またどんなに時間がかかっても成功するという確信 la certitude から生まれるものであればどんなにはげしい苦痛も甘んじて身に受けるだけの，若さと勇気とがまだ私にはあった．（621：271）

それでも主人公とジルベルトは手紙をかわす．

> 私がジルベルトにあてて，「人生は二人のあいだをさいたかもしれません，しかし二人の心が溶けあった時代の思い出はつづいてゆくでしょう」と書くたびに，彼女はかならずこんなふうに返事を書いた，「人生は二人のあいだをさいたかもしれません，しかし二人にとって永久になつかしいあの幸福な時代 les bonnes heures を忘れさせることはできないでしょう」（なぜ「人生」が二人をひきはなしたのか，どんな変化が起こったのか，それをいえといわれたら，ふたりとも大いに当惑したことであろう）．私はもうあまり苦しまなかった．しかしながら，ある日，彼女に手紙で，シャンゼリゼのあの飴売りばあさんの死を知ったと述べながら，「あなたも胸をいたくなさったでしょう，ぼくにはいろんな思い出がわきおこりました」とこんな言葉を書いた私は，生きているものとして，すくなくとも再生することができるものとして，心にもなく考えつづけてきたあの恋のことを，すでにほとんど忘れられてしまった死のことのように，過去の形で自分が述べていることに気がついて，あふれる涙をおさえることができなかった．もはやたがいに会おうとは思わない友達間のこのような音信ほどやさしくせまるものはない．ジルベルトの手紙は，私が無関心になった人々に書く手紙のような，微妙な味わいをもっていたが，同時に，いつもおなじ一見明白な愛情のしるしを私にあたえたのであって，そういう愛情のしるしを彼女から受けとるのが私にはたいへん快かった．（622：272）

つづくイテラティブの心的物語言説のセリーでは，時間の経過が季節によって記される．「春が近づいて，氷の諸聖人祭や聖週間の霰雨の季節に，

さむさがぶりかえすとき」(623：273)，主人公は訪問のあいだを置いたと
はいえ，まだスワン夫人のサロンにでかけている．それでもできるだけ会
わないように努め，ときどきいっしょに散歩するだけになる．「とうとう
美しい日々が戻ってきて，あたたかくなった」(624：275)．

　スワン夫人が昼食まえに一時間ばかり外出して，エトワール付近の，当時街の
人々が名だけで知っている富豪たちを見におしかけるので「文なしクラブ」と呼
ばれていた場所に近い，ボワ大通りを，ぶらぶら歩くことを私は知っていたので，
日曜日には——週の他の日にはその時刻に出られなかったから——私は両親より
もずっと遅く一時十五分に昼食をすることにして，それよりもまえにひと回り歩
いてきてもいいという許しを両親からとった．その五月には日曜日を一日ものが
さなかった，ジルベルトは田舎に行ってしまって友達の家々をまわっていた．私
は正午近くに凱旋門に着くのであった．大通りの入り口で待ち伏せし，近くに住
むスワン夫人が家を出てきてわずか数メートルのあいだ通る小さな通りの角から，
目を離さないでいた．〔…〕ふと，小道の砂の上に，正午にしか咲かない，この
上もなく美しい花のように，みごとな着こなしで，時間がおそくても，ゆるやか
な足どりで，スワン夫人があらわれるのであった，〔…〕．(624-625：275)

　『花咲く乙女たちのかげに』第一部「スワン夫人をめぐって」はつぎの
一文で終わる．

　そして，詩的な感覚の回想は心の苦しみの回想よりもはるかに長い生命の平均持
続——相対的な寿命——をもっているもので，ジルベルトのために陥っていた当
時の苦しみが消えてずいぶん経ってからも，五月になってひるの十二時十五分と
一時のあいだの時刻を陽時計の面に読もうとするたびに，藤棚の花の反映の下で
のように，彼女の日傘のかげで，こうしてスワン夫人と話している自分の姿を思
いうかべてわきおこる快感が，私には悲しみよりも長く残るようになった．
(629-630：281-282)

　こうして，主人公は恋の〈周期〉をめぐり終え，本章のはじめに述べた
ように，螺旋階段を一段上ったのである．

　主人公がシャンゼリゼでジルベルトという呼び声を聞いてから，年が変
わり，スワン家を訪れるようになった日を経て，さらに年が変わり，その

383

第
4
章

土
地
の
名
の
夢
想
：
パ
リ
の
ス
ワ
ン
家
の
ほ
う

年の５月まで，「パリのスワン家のほう」は全体で２年ほどの物語時間を
対象としている．

　[5-2]「パリのスワン家のほう２」と　[5-3]「パリのスワン家のほう３」
の時間形成を整理する．

[5-2]「パリのスワン家のほう２：夢想と現実が完全に一致した頃」および
[5-3]「パリのスワン家のほう３：恋の苦しみとその終わりの頃」の時間形成

　[5-2]「パリのスワン家のほう２：夢想と現実が完全に一致した頃」（*J.F.* I, 494-
　　　572；2, 100-206）
　　[5-2-1]「スワン家での一日」（494-516；100-130）．〈観念化された一日〉，時
　　　　点〈10〉から時点〈14〉まで

　　┌───────────────┐
　　│１行空き（516；130）│
　　└───────────────┘

　　[5-2-2]「スワン家の人たちとの外出の日々」（516-536；130-157）．〈観念化さ
　　　　れた一日〉，時点〈10〉から時点〈14〉まで
　　　　10）そうしたなかの一日，スワンがかつてあんなに愛した小楽節がふくま
　　　　　　れているヴァントゥイユのソナタの部分を私に弾いてくれたことがあっ
　　　　　　た（520；135）．「シンガラ族を見に行った日」（520；135）…時点〈11〉
　　　　11）シャンゼリゼの飴売りの小母さんに手芸品をつくって雪の中をでかけ
　　　　　　た（527；144-145）．
　　　　12）ある日，ヴァントゥイユ嬢の話をする（527；145）．
　　　　13）祖父（スワンの父）の命日の週の会話（同上）．…「スワンの父の命日」
　　　　　　時点〈12〉

　　┌───────────────┐
　　│１行空き（536；157）│
　　└───────────────┘

　　[5-2-3]「ジルベルトの両親の家で私が最初にベルゴットに会った日」（536-562
　　　　；157-193）．〈長い一日〉…時点〈13〉，「スワンの父の命日」時点〈12〉より
　　　　のち
　　　　14）はじめて「娼婦の家」へ行った物語．ブロックが連れて行った娼家で，
　　　　　　主人公は一人の娼婦に「ラシェル・カン・デュ・セニュール」というあ
　　　　　　だ名をつける．（565-568；197-201）
　　　　15）「レオニー叔母からうけついだ家具」の「長椅子」を「娼婦の家」の
　　　　　　所有者にやってしまう（568；201）．
　　[5-2-4]「スワン家から帰宅して」（569-571；202-204），
　　[5-2-5]「エピローグ」（571-572；204-206）
　[5-3]「パリのスワン家のほう３：恋の苦しみとその終わりの頃」（572-630；2,

384

206-282)

[5-3-1]「私がジルベルトにあった最後の日」(572-581:206-218)…時点〈14〉

[5-3-2]「ジルベルトが不在のときにスワン夫人を訪問した日」〈観念化された特定の一日〉(581-597;2, 218-241)…11月，時点〈15〉

[5-3-3]「一月一日以降」(597-630;241-282)

　[5-3-3-1]「一月一日」…時点〈16〉

16)「ある日 un jour」，主人公は夕食前にジルベルトを訪問しようと決心し，「新しい計画」をたて，レオニー叔母からゆずられた古い支那焼の大きな花瓶を売って一万フランを手に入れ，毎日ジルベルトをばらやリラぜめにしようと考える．しかし，シャンゼリゼで主人公はジルベルトが若い男とあるいてゆくのを見て，計画は頓挫する．(611-616；258-264)

17) 主人公はジルベルトの夢をみる．「さっきの睡眠中に若い男になってあらわれ，その不当な仕打ちで，さめた私をまだ苦しめている人物は，ジルベルトであることを私は知った．」主人公はジルベルトの快楽の場面を想像して苦しむ．(619；268)

[5-3-3-2]「春が近づいて，氷の諸聖人祭や聖週間の霰雨の季節に，さむさがぶりかえすとき」(623；273)，主人公は訪問のあいだを置いたとはいえ，まだスワン夫人のサロンにでかけている．

[5-3-3-3]「とうとう美しい日々が戻ってきた，そしてあたたかさも」(624；275)．主人公はスワン家にいかなくなる．日曜日には散歩するスワン夫人を待つ．「その五月のあいだ日曜日を一日ものがさなかった」(624；275)．…[5]「パリのスワン家のほう」〈終点〉時点〈17〉

第4章　土地の名の夢想：パリのスワン家のほう

図VI. 「パリのスワン家のほう 2」「パリのスワン家のほう 3」時間形成

10. 〈始点〉スワンを初めて訪れた日
11. 「シンガラ族を見に行った日」
12. 「スワンの父の命日」
13. 「ジルベルトの両親の家で私が最初に
　　ベルゴットに会った日」〈長い一日〉

14. 「私がジルベルトにあった最後の日」
15. 「ジルベルトが不在のときにスワン夫人を訪
　　問した日」〈観念化された特定の一日〉11月
16. 1月1日
17. 〈終点〉5月

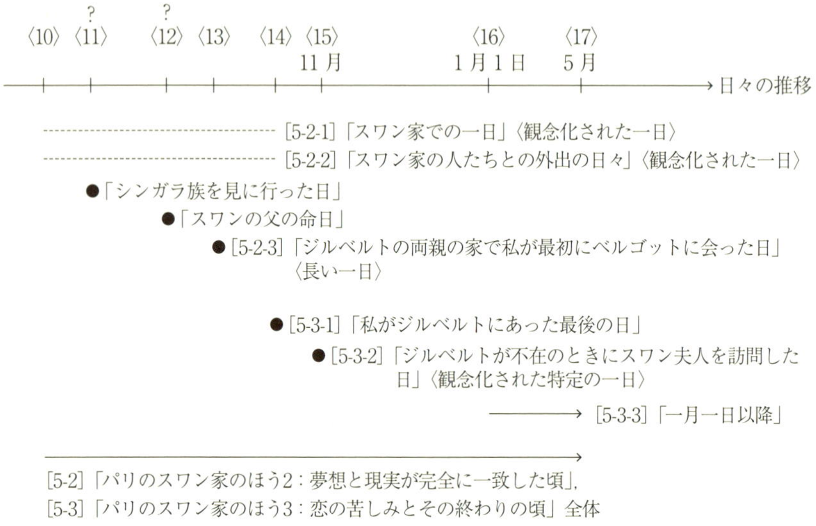

```
            ?      ?
         〈10〉〈11〉    〈12〉〈13〉   〈14〉〈15〉          〈16〉    〈17〉
                                        11月          1月1日    5月
 ├──┼──┼──┼──┼──┼──┼──┼──┼──────┼────┼──→ 日々の推移
```

-------------------- [5-2-1]「スワン家での一日」〈観念化された一日〉
-------------------- [5-2-2]「スワン家の人たちとの外出の日々」〈観念化された一日〉
　　●「シンガラ族を見に行った日」
　　　　●「スワンの父の命日」
　　　　　　●[5-2-3]「ジルベルトの両親の家で私が最初にベルゴットに会った日」
　　　　　　　　　〈長い一日〉

　　　　　●[5-3-1]「私がジルベルトにあった最後の日」
　　　　　　　●[5-3-2]「ジルベルトが不在のときにスワン夫人を訪問した
　　　　　　　　　日」〈観念化された特定の一日〉
　　　　　　　　　　　────→ [5-3-3]「一月一日以降」

--------------------→
[5-2]「パリのスワン家のほう2：夢想と現実が完全に一致した頃」，
[5-3]「パリのスワン家のほう3：恋の苦しみとその終わりの頃」全体

恋の迷路

　[5-1]「パリのスワン家のほう1：シャンゼリゼの頃」と [5-2]「パリ
のスワン家のほう2：夢想と現実が完全に一致した頃」とは，**図II.**[5-
1-2]「シャンゼリゼ」日々の場合分け（本書319ページ）にそって構成し
たものであると考えられる．

　「シャンゼリゼ」日々の場合分けの第1段階では「ジルベルトがシャン
ゼリゼに来る日」と「来ない日」に場合分けされていた．[5-1-2]「シャ
ンゼリゼ」と [5-1-3]「ジルベルトが来た日々：恋の進展」はその第1段
階の「ジルベルトが来た日」の物語である．[5-1-2]では，雨が降りそう
で不安な何時間かが〈観念化された一日〉のイテラティフで表出され，
〈長い一日〉のサンギュラティフに続き，それが「雪の最初の日」の物語
となり，「私があまり不幸ではなかった，あのわずかな日々のなかの一日」
（392：521）となる．[5-1-3]では，イテラティフのセリーにサンギュラテ

図Ⅶ. 「シャンゼリゼ」日々の場合分けからの意味形成の展開

第1段階：ジルベルトが来る／来ないによる場合分け				
ジルベルトが来ない日	第2段階：ジルベルトが来ないことを主人公が知っている／知らないによる場合分け			
	主人公が来ないことを知っている	第3段階：ジルベルトが来ない理由による場合分け		
			第4段階：主人公の精神状態による場合分け	…⇒ [5-1-5]
		[場合2] お稽古のために [場合3] 教理問答のために	「すこしなぐさめられる」	
		[場合4] お茶のために	失望…⇒ [5-2-1]	
	知らない	[場合5] 母親との買い物のために	「この上もない不幸」…⇒ [5-2-2]	
		[場合6] 悪い天気のために	不安…⇒ [5-1-2-3]	
ジルベルトが来た日	[場合1]「そしてそれからは，彼女が来ているたびに私は彼女と一緒に遊んだ.」…⇒ [5-1-2-4] [5-1-3]			

ィフの出来事が挿入され，2番目の〈観念化された一日〉があらわれる．シャンゼリゼでジルベルトに会えて幸せであるはずなのに幸せではなかった日々の物語である．

　第2段階では「ジルベルトが来ないことを主人公が前もって知っている日」と「知らない日」とに場合分けされていた．[5-1-5]「ジルベルトが来ないことを前もって知っている日々：巡礼」はその第2段階の前者の物語である．同じく「ジルベルトが来ないことを前もって知っている日」の「お茶のために」の物語が，〈観念化された一日〉である [5-2-1]「スワン家での一日」となり，ジルベルトはシャンゼリゼに来ないが，主人公はスワン家でジルベルトとともにお茶の会に出る．来ない理由がもはやジルベルトと会えない理由ではなくなった物語である．第2段階の後者「ジルベルトが来ないことを前もって知らない日」のうち「この上もない不幸」の日が，[5-2-2]「スワン家の人たちとの外出の日々」となる．[5-2-2] の構成は「コンブレー」の「メゼグリーズのほう」のテクストと同じ場合分

第4章
土地の名の夢想：パリのスワン家のほう

けによるものである．以上を図Ⅱに書き入れたものが図Ⅶである．

　ここに書き入れられないテクストはそれぞれ明瞭な主題をもつ．[5-1-1]「ジルベルトという呼び名」はジルベルトとのシャンゼリゼでの出会いをあらわす．[5-1-4]「両親との会話」は[5]「パリのスワン家のほう」のテクストがパリの「スワン家のほう」への行程であることを印象づける．それは「コンブレー」の「メゼグリーズのほう」の散歩と第七篇『見出された時』のタンソンヴィル（メゼグリーズのほうのスワン家）訪問とを中継するものである．

　[5-1-7]「初めてのラ・ベルマ観劇と初めてノルポワ氏が晩餐に訪れた日」と[5-2-3]「ジルベルトの両親の家で私が最初にベルゴットに会った日」は主人公の家とスワン家のサロンを描く．両者ともにサンギュラティフの〈長い一日〉であり，主人公の精神史において重要な意味をもつ特別な一日である．[5-3-2]「ジルベルトが不在のときにスワン夫人を訪問した日」は，主人公にとっては〈特定の観念化された一日〉でありスワン家にとっては〈観念化された一日〉であるという『失われた時を求めて』全篇において例外的なテクストである．

　[5-1-8]「新年の失望と病気」，[5-3-1]「私がジルベルトに会った最後の日」および[5-3-3]「一月一日以降」は心的物語言説が日々の推移をあらわし，物語間には順行的因果関係が認められる．

　[5-1-2]のテクストにおいて語り手が物語間の順行的因果関係とはかかわりなくクライマックスを構成していたように，[5-1]と[5-2]では，語り手が，物語間には順行的因果関係がないかのように，できごとを組織している．[5-1-8]と[5-2-1]との間および[5-2-3]と[5-3-1]との間にテクストの空きがないことは，主人公にとってジルベルトとの恋の夢想が知らぬ間に実現し，知らぬ間に終わったという物語内容と符合していると考えられる．

　[5-1]「パリのスワン家のほう1」の分析の終わりに述べたことを繰り返そう．こうしてプルーストにおける「時間とのたたかい」のありかたがひとつ明らかになる．それは「時間の撥無」にむかうものであり，場合分けとイテラティフによってあらわされる．[5]「パリのスワン家のほう」全体をみると，[3]「スワンの恋」と同様に，語り手はジルベルトとの恋

388

の物語を普遍化しようとしている.

　ミモロジックの夢を追う主人公には, その実現と実現の終わりを実感することができない. なぜなら, ミモロジスムを全うするには, 夢が現実のものになったと認めるためには, 主人公は自分自身であることをやめなければならないからである. 時間の外に出て「流れた時間の撥無 l'abolition du temps écoulé」にむかうと同時に, 自分自身を「撥無」しなければならないからである.

3. [4]「土地の名の夢想」, [5]「パリのスワン家のほう」の クロノロジーと参照される歴史的事象

想定される日付

時点〈5〉「雪の最初の日」の日付

　「雪の最初の日」の記述に, 「凍ったセーヌ河 la Seine prise」(*Sw.* I, 390 : 1, 518) という表現がある. セーヌ河はそれほどしばしば凍るわけではなく, そのころ, セーヌ河が凍ったのは, 1879 年 12 月, 1891 年 1 月 11 日から 24 日まで, 1892 年 12 月 30 日から 1893 年 1 月 8 日まで, 1893 年 1 月 13 日から 23 日まで, 1895 年 2 月 10 日のみである. そこでプルーストが想起したのは 1879 年 12 月初旬のセーヌ河ではないかと, スティールは推測している (Steel 1879, 117-118. Cf. I, 1274, ラフォン版 p.806, 注 367). 年にずれがあったとしても (のちに見るように, このとき 1895 年であると想定される), 初雪が 1 月や 2 月であるとは考えられない. したがって 12 月であるとする彼の推定を考慮することは可能であり, 時点〈5〉「雪の最初の日」が 12 月であることが推測される.

時点〈6〉「初めてのラ・ベルマ観劇と初めてノルポワ氏が晩餐に訪れた日」

　ジルベルトが「あさって」, テオドシウス王がお着きになるところを見に行く (après-demain, l'arrivée du roi Théodose) と言っている箇所がある. 時点〈7〉のサンギュラティフの出来事, 「うららかな日がつづき, まだ私が希望の実現に達しなかったある日」, ジルベルトがシャンゼリゼへ来られない日を告げる (401-402 ; 532-534) である.

第４章　土地の名の夢想・パリのスワン家のほう

　彼女の顔はぱっとかがやいた，そしてよろこびにとびはねながらこう答えた，「あしたは，おぼえていてね，私はこないのよ！　大きな午後のお茶の会をするの，あさってもだめよ，テオドシウス王がお着きになるところを窓から見にお友達のところに行くのよ，きっとすばらしいわ，それからまた，そのあくる日は『ミッシェル・ストロゴフ』を見に行くんだし，そのあとはまもなくクリスマスとお正月のお休み，たぶんミディに連れて行ってもらえるの，なんてシックでしょう！　クリスマスツリーがないけど，どうせパリにいたって，私はここに来られないわ，だってママといっしょに訪問にいくことになるもの．さようなら，パパが呼んでるから」（同上）

　ラフォン版の注（p. 807, 注377）では，テオドシウス王というのはロシア皇帝ニコライ二世のことであり，この記述はその公式訪問を暗示しているとしている．邦訳全集版井上訳でも注にその説を採用している（全集１，533，2，13，43）．しかしながら，アシェは「テオドシウス王とニコライ二世を混同してはならない」（Hachez 1985, 367）という．なぜなら「ニコライ二世」は実名でのちの物語で言及されるからである（J.F. I, 533；2, 153）．したがって，「テオドシウス王」のモデルがニコライ二世であったとしても，ここでニコライ二世の公式訪問の日付を「テオドシウス王のフランス訪問」の日付に採用することはできない．

　　最近も，オペラ座で，テオドシウス王にささげられたギャラのさいに，王がノルポワ氏に許した長い談話に各新聞が注目したところであった．（J.F. I, 428-429；2, 12）

　　ジルベルト自身が私に告げたように，彼女に会えなくなるはずの新年の休みが近くなって l'approche des vacances du jour de l'An，失意の沼に落ちこんでいる私のうちしおれた姿におそらく気がついたためであろう，ある日母が私をよろこばせようとしてこういった，「ラ・ベルマをききたいとまだ思いつめておいでなら，お父さまはたぶん行かせてくださるでしょうよ，お祖母さまに連れていっていただけばいいわ．」（430-431；15）

　以上から，「初めてノルポワ氏を晩餐に招くという話がもちあがったとき」が，「あさってテオドシウス王の到着を見に行く」とジルベルトが言った上記の時点〈7〉「ジルベルトがシャンゼリゼへ来られない日を告げ

る」（*J.F.* I, 401-402；1, 532-534）よりものちであることがわかる．おそらく 12 月のことであろうが，しかし，〈5〉「雪の最初の日」の前か後かは不明である．

〈6〉「初めてのラ・ベルマ観劇とノルポワ氏が初めて晩餐に訪れた日」は 1 月 1 日より前であるが，この日に，主人公の父はノルポワ氏に「ドイツ皇帝の最近の電報」の一件を話す（*J.F.* I, 455；2, 48-49）．これは，ウィルヘルム二世がボーア人の首領，クルーガーに 1896 年 1 月 1 日に電報を打った史実を指す（JAUSS［1955］1970, 202 et 204, HACHEZ 1985, 367）．1 月 1 日以前に 1 月 1 日におこったことを話題にすることはできないが，この不整合は，ほぼ同時期であるという点で不問にふすことにしよう．したがって，時点〈6〉は 1895 年 12 月であると想定される．

時点〈10〉「スワン家を初めて訪れた日」

「スワンの話しぶりは，昔はこうではなかった」（*J.F.* I, 503；2, 113）に始まる語り手の考察は，ノルポワ氏がスワンの結婚について話をした際の考察（458-463；54-59）の続きであり，語り手が言及する物語はかなり長期にわたっている．そのなかで，「パリのスワン家のほう 2」が対象とする期間が「この時期 cette époque」と表現される．

これらの語り手の考察に含まれるエピソードのひとつに「ヴァンドーム公爵夫妻」がでてくる．スワンはボンタン夫人をヴァンドーム公爵夫人と一緒に招いて引き合わせ，つぎにコタール夫人を彼女と一緒に招くという「かなり俗な気晴らし un divertissement assez vulgaire」（512；125）を味わっていた．ヴァンドーム公爵夫妻が結婚したのは 1896 年 2 月 12 日である（HACHEZ 1985, 368）．したがって，主人公がはじめてスワン家を訪れたのは，この日以降である．

時点〈11〉「シンガラ族を見に行った日」

シンガラ族を見に行った日の帰りに，私たちは，おなじ方向からお供らしい二人の女をしたがえて，年をとって見えるがまだ美しい，そしてくすんだ色のコートにつつまれ，両端をひもで顎にむすんだ小さなカポート帽をかぶっている，一人の婦人がくるのを目にとめた．（532；151）

この婦人はマチルド大公夫人であり，スワン夫妻と大公夫人との会話の
なかに，「ニコライ皇帝の明後日のアンヴァリード訪問」（強調は青木）の
話題が出る（533；153）．ニコライ二世がフランスを訪問したのは，1896
年11月7日であった．いつまで滞在したかは不明である．したがって，
時点〈11〉主人公がスワン夫妻たちと「シンガラ族を見に行った日」は
1896年11月7日以降である．

　以上で推定できる日付を想定したことになる．先の図IVと図VIの時点の
うち想定できたものを記すと次のようになる．

　時点〈1〉　1895年夏「ジルベルトという呼び声」をきく
　？〈5〉　「雪の最初の日」12月
　　〈6〉　「ラ・ベルマ観劇とノルポワ氏晩餐の一日」1895年12月
　　〈7〉　「一月一日」1896年
　　〈10〉「スワン家を初めて訪れた日」1896年2月12日以降のある日
　？〈11〉「シンガラ族を見に行った日」1896年11月7日以降のある日
　　〈12〉「スワンの父の命日」
　　〈13〉ジルベルトの両親の家で私が最初にベルゴットに会った日
　　〈14〉私がジルベルトに会った最後の日
　　〈15〉「ジルベルトが不在のときにスワン夫人を訪問した日」1896年11月
　　〈16〉「一月一日」1897年
　　〈17〉1897年5月

　？はその正確な位置が不明であることをあらわす．〈5〉「雪の最初の日」
12月が〈6〉の前か後か，〈11〉「シンガラ族を見に行った日」1896年11
月の位置が〈10〉と〈12〉のあいだなのか，〈12〉と〈13〉のあいだなの
か，〈13〉と〈14〉のあいだなのかは不明のままである．

　いずれにしても，〈14〉「私がジルベルトに会った最後の日」が1896年
11月7日以降すぐあとのある日であることは確かである．〈15〉「ジルベ
ルトが不在のときにスワン夫人を訪問した日」1896年11月が〈観念化さ
れた特定の一日〉だからである．つまり，主人公の一日をヴェルデュラン
夫人の訪問の日にあわせたことで，主人公の一日は〈観念化された特定の
一日〉ということになり，この特定の日は，半過去で記されることで，主

人公のこの時期 1896 年 11 月を特徴づけるできごととなっているからである.

[2]「コンブレーの時代」〜 [5]「パリのスワン家のほう」の想定されるクロノロジー

ここで，これまでのクロノロジーを整理してみる.

1878 年：スワンが初めてヴァントゥイユのソナタを聞く.
1879 年：ある日，スワンは劇場で昔の友達の一人からオデット・ド・クレシーに紹介される.
　　　　（1879 年後半）ヴェルデュラン家の夜会.
1879 年：12 月 18 日，パリ・ムルシア祭の日.
1880 年：（1880 年 5 月）ヴェルデュラン家の晩餐会.
　　　　主人公およびジルベルトが生まれる.
　　　　（1880 年末）サン＝トゥーヴェルト侯爵夫人邸での夜会.
1885 年：主人公（5 歳）は，母親と一緒に，パリのレオニー叔母に新年の挨拶をしに行き，フランソワーズに 5 フランをわたす.
1888 年：主人公（8 歳），アドルフ叔父のところでオデットに出会う.
1889 年：スワン，オデットと結婚する.
1890 年：主人公（10 歳）復活祭のころ「コンブレーの時代」始まる.
1891 年：5 月 29 日，レオン大公夫人邸の仮装舞踏会.
　　　　：主人公（11 歳）「就寝のドラマ」.
1892 年：主人公（12 歳）「レオニー叔母の日曜日」.
　　　　同年ジルベルトに初めて会う.
　　　　同年ヴァントゥイユ嬢はまだ子どもでヴァントゥイユ氏が彼女の肩にコートをかけてやる.
　　　　同年ゲルマント公爵夫人を初めて見る.
1894 年：主人公（14 歳），レオニー叔母の死. コンブレーでの秋の一人の散歩. 受けた印象と，その印象を表現する日常の言葉とのあいだの食い違いに，初めて心を打たれる.「コンブレーの時代」の終わり.
1895 年：主人公（15 歳），復活祭のころ，初めて大きな発作にみまわれる. フィレンツェ，ヴェネツィア旅行をあきらめる.
　　　　夏,「ジルベルトという呼び声」をきく.
　　　　12 月,「初めてのラ・ベルマ観劇と初めてノルポワ氏が晩餐に訪れた日」.
1896 年：1 月 1 日ウィルヘルム二世がボーア人の首領，クルーガーに電報を打つ.

同年，2月12日ヴァンドーム公爵夫妻結婚．

主人公（16歳），初めてスワン家を訪れる．

スワン家でベルゴットに会う．

11月7日ニコライ二世がフランスを訪問．

スワン家の人たちとシンガラ族を見に行く．

私がスワン家でジルベルトに会った最後の日．

11月「ジルベルトが不在のときにスワン夫人を訪問した日」，初めてヴェルデュラン夫人に会う．

1897年：主人公（17歳），春，スワン家に行かなくなる．

コンブレーでルグランダンと会う．

同年，ヴァントゥイユ氏の死．モンジューヴァンで，ヴァントゥイユ嬢と女友達の場面を目撃，サディズムを知る．

4. 物語の順序：「時間的関係」と「因果関係」

「時間的関係」と「因果関係」：文脈による制約

　語られる順序と物語世界で出来事が起こった順序は文脈による制約がなければ容易に同一視され，出来事が起こった順は，単なる時間的関係としてよりも因果関係として理解される．かつてバルトが次のように述べていたことである．

> 物語活動の原動力は，継起性と因果性との混同そのものにあり，物語のなかでは，あとからやって来るものが結果として読みとられる．してみると，物語とは，スコラ哲学が，そのものの後に，ゆえにそのものによってという警句を用いて告発した論理的誤謬の組織的応用ということになろう．この警句はたしかに「運命の神」のスローガンであり得るし，物語とはようするに「運命の神」の《言葉》なのだ le ressort de l'activité narrative est la confusion même de la consécution et de la conséquence, ce qui vient *après* étant lu dans le récit comme *causé par* ; le récit serait, dans ce cas, une application systématique de l'erreur logique dénoncée par la scolastique sous la formule *post hoc, ergo propter hoc*, qui pourrait bien être la devise du Destin, dont le récit n'est en somme que la « langue » .
> (BARTHES 1966, 10 ; 18，イタリック強調はバルト)

これは非常に古くて新しい問題である．「And 連言文の語用論 The Pragmatics of 'And'-Conjunction」において，ロビン・カーストンは次のように述べている．

世界の出来事を十分に理解しようと努力するとき，われわれは原因・結果関係によってわれわれの解釈を体系化しようとするのを好むものである．われわれは何の理由づけもしないよりむしろ証拠のない原因でも作りあげようとするものである（ゆえに神であり，第一原因 The First Cause であり，それ自身が原因 *causa sui* なのである）．

認知の領域ではこのことが実証される．〔…〕テクスト解釈に当たって推論的プロセスを徹底的に研究する人々は，AI 研究者であろうと心理学者であろうと，あるいは語用論者であろうと，こぞって，テクストを関係のない言明の連続としてというより，一貫した全体として理解しようと努め，そこに原因想定の基本的役割を認める〔…〕．因果関係で結ばれた出来事のほうが単に時間的関係で結ばれた出来事より，現実においても，フィクションの世界においても，われわれはよく記憶するものであるということの証拠はこと欠かない〔…〕．

〔…〕確立されたあるいは適用できる因果スキーマがないと，デフォルト的手続きとしては「二つの事象 P，Q が与えられたら，そして一方が他方のあとにすぐ続いたら，P が Q を引き起こしたと考えよ」というのが一般的であろう In the absence of established or adaptable causal schemas, the default procedure might be as general as 'Given two states of affaires P, Q, the one hotly followed by the other, consider P as having caused Q'. (CARSTON 2002, 237-238：356-357)

「デフォルト的手続き the default procedure」とは文脈の制約がない場合の解釈手続きのことである [11]．いまの場合，文脈の制約はイテラティフにおけるサンギュラティフの列挙という状況である．イテラティフにおいては時刻の推移さえも「擬似的」である．

ジュネットはクロノロジー上の「不明点」のひとつにこの「パリのスワン家のほう」のテクストをあげて，「《ジルベルト》のクロノロジーが不明瞭であること，そのために，二か所で言及されている「一月一日」の間で，一年経過したのか二年経過したのかが決定できない」(GENETTE 1972, 126：100) と述べている．「一年経過したのか二年経過したのか」は少し大げさである．どう考えても二年経過したということはありえない．そのうえ，「クロノロジーが不明瞭」なのではなく，物語言説に容易にクロノロジー

を想定させる時間的順序がないのである.

　このような時間的順序のないテクストにおいて，読者はどうしようもなく居心地のわるさを感じるのかもしれない．バルトは，「物語活動の原動力は，継起性と因果性との混同そのものにあり，物語のなかでは，あとからやって来るものが結果として読みとられる」と述べたが，読者の想像力が作品世界の構築にむかうとき，適度な「継起性と因果性との混同」は必要なことでさえあるのだろう．こうした物語の順序に関して，次にヴィニュロンの論文をもとにさらに詳しく考察する．ヴィニュロンの「再構成」をみると，読者が物語のテクストに何を求めているのかがよくわかる．

ヴィニュロンの「《元の》順序 l'ordre « primitif »」

　ヴィニュロンは，「『スワン』の構造：おもいあがりと失敗 Structure de Swann : Prétentions et Défaillances」という論文（*Modern Philology*, 1946 nov.）において，1912 年 10 月プルーストがついに原稿を印刷させることを決意してから，1913 年 11 月 12 日『スワン家のほうへ』が 523 ページでグラッセ社から出版されるまでの日々をドキュメンタリー風に追っている（VIGNERON [1946] 1978, 442-443）．棒組み校正刷りでは，第一部「コンブレー」は 229 ページあたりまで，第二部「スワンの恋」は 468 ページあたりまで，第三部「土地の名」は 800 ページあたりまでであった．これでは一冊にするには長すぎる．プルーストはもっと手前で巻を終えることに決める．そこで手直しが必要となり，エピソードの順序をかなり大幅に変えたはずである．順序をどのように変えたか，変更前の順序をヴィニュロンが推理して見せたものが，ジュネットが「大胆にもテクストの「最初の順序」を仮説的に再構成してみることさえやってのけた」と言ったものである．さらに「もとよりこれは，きわめて大胆な再構成であり，説明としてもまことに脆弱である」と付け加えている．ジュネットは第一篇『スワン家のほうへ』末尾にかんするヴィニュロンの説明を脆弱であると批判するが，ヴィニュロンを全面的に批判しているわけではなく，むしろ彼の見解を評価している（GENETTE 1972, 170-174；167-172, 本章注 8 参照）．

　ヴィニュロンは，第一篇『スワンのほうへ』をスワン夫人のアカシアの小道を散歩するイメージで終わらせるために，「物語のすでに曲がりくねった糸を多くの断片に切り分け，それらをあまりに分散させたために，読

者が正しくそれらを繋ぎあわせ，出来事の継起や感情の変遷を明確に想像することが不可能になっている」，「このクロノロジー上の，そして心理上の混乱を目立たなくするために，作家は一度限りの行為を繰り返された行為に見せかけようとして，半過去の塗料で動詞をずる賢く塗りたくっている」（VIGNERON［1946］1978, 464）と述べ，テクストを再構成してみせる．彼の言う「《元の》順序 l'ordre « primitif »」を子細に検討してみると次のようになる．【1】〜【14】はヴィニュロンの構成によるテクスト単位と「《元の》順序 l'ordre « primitif »」，①〜⑭はプレヤッド新版におけるテクストの順序である．参照ページはプレヤッド新版にあわせた．

【1】① I, 387-388 : « Un jour, comme je m'ennuyais … chaque fois qu'elle était là » ；
　　［5-1-1］「ジルベルトという呼び声」［5-1-2-1］「シャンゼリゼ」第1段落第2文まで．

【2】② I, 388, ℓ. 17-36 : « Mais ce n'était pas tous les jours … le plus grand malheur possible » ；
　　［5-1-2-2］「シャンゼリゼ」第1段落第3文から第5文まで．

【3】⑩ I, 399-400 : « Mais de cette existence … une divinité nouvelle » ；
　　［5-1-3-4］2番目の〈観念化された一日〉中，スワンがジルベルトを迎えに来たイテラティフの場面．

【4】⑬ I, 405-408 : « J'avais toujours à portée de la main … dont m'avait doté l'amour » ；
　　［5-1-4］「両親との会話」

【5】⑭ I, 408-409 : « Les jours où Gilberte … l'apparitions surnaturelle » ；
　　［5-1-5］「ジルベルトが来ないことを前もって知っている日々：巡礼」

【6】③ I, 388, ℓ. 36-39 : « Il y avait aussi les jours … aux Champs-Élysées » ；
　　［5-1-2-2］「シャンゼリゼ」第1段落第6文．

【7】④ I, 388, ℓ. 40-390 : « Aussi si le ciel … bordait des reflets noirs » ；
　　［5-1-2-3］「シャンゼリゼ」第2段落から第4段落第1文まで．

【8】⑤ I, 390-391 : « Ce jour-là nous ne trouvions … se mit à rire » ；
　　「雪の最初の日」のエピソード．［5-1-2-4］「シャンゼリゼ」第4段落第2文から第5段落のおわりまで．
　　（I, 391, ℓ. 27-35 をヴィニュロンは削除している）

【9】⑥ I, 391-392 : « Il n'y avait que nous deux … un autre camp du drap d'or » ；
　　「雪の最初の日」のエピソードのつづき．

【10】⑦ I, 392-395：« Ce jour que j'avais tant redouté … de ne plus compter que pour l'après-midi suivant » ；

　［5-1-3］「恋の進展」のイテラティフのセリー：［5-1-3-2］「ジルベルトから遠ざかっている間中ずっとジルベルトに会いたくてたまらなかった」物語と，［5-1-3-3］シャンゼリゼに着いてジルベルトの面前での主人公の内的物語.

【11】⑧ I, 395-397：« Il en faisait pourtant quelques-uns … le bonheur que je n'avais pas encore rencontré » ；

　［5-1-3］「恋の進展」中のサンギュラティフのエピソード3) 4) 5).

【12】⑫ I, 402-405：501-505：« Tous les soirs je me plaisais … les bases d'une nouvelle amitié » ；

　［5-1-3-4］2番目の〈観念化された一日〉の終わりの部分，イテラティフの「毎晩」の物語.

【13】⑨ I, 397-399：« Si elle me donnait parfois … son autre existence qui m'échappait » ；

　［5-1-3-4］2番目の〈観念化された一日〉.

【14】⑪ I, 401-402：532-534：« Un de ces jours de soleil … l'apparence de la Gilberte simple camarade ».

　［5-1-3-4］2番目の〈観念化された一日〉に挿入されたサンギュラティフのエピソード6) ジルベルトがシャンゼリゼへ来られない日を告げる.

　ヴィニュロンは，本書の［5-1-2］「シャンゼリゼ」のテクストの第2段落を途中で区切り，ジルベルトの父親であるスワンが登場する［5-1-3］「恋の進展」の場面，および1行空き以降の［5-1-4］「両親との会話」と［5-1-5］「ジルベルトが来ないことを前もって知っている日々：巡礼」のあわせて3つのテクスト単位をそこに置く．そのことによって物語の因果関係と出来事の順序が明らかになるというのである．彼のストーリーは以下である．主人公はシャンゼリゼでジルベルトと遊ぶようになり，迎えに来たスワンを見る．ついで［5-1-4］「両親との会話」中のエピソードの一つ，主人公の母が8)「カルチエの雨傘の売り場でスワンさんにあった」出来事がおこり，「ジルベルトが来ないことを前もって知っている日」に主人公はスワン夫人を見にボワへ「巡礼」にでかけるようになる．

　本章図Ⅳから明らかなように，［5-1-2-2］「シャンゼリゼ」と［5-1-3］「恋の進展」と［5-1-4］「両親との会話」および［5-1-5］「巡礼」はほぼ同じ物語時間を対象にしており，ヴィニュロンの解釈が可能であることは

明白である．しかしながら，その解釈は可能な解釈の一つに過ぎない．ヴィニュロンが言うように「読者が正しくそれらを繋ぎあわせ，出来事の継起や感情の変遷を明確に想像」したことで，本章で分析した［5-1-2］「シャンゼリゼ」の二次虚構におけるクライマックスの形成が崩れ，「シャンゼリゼでジルベルトに会う喜び」というテーマの強度が弱められてしまうであろう．

　そして，［5-1-3］「恋の進展」中のサンギュラティフのエピソード6)（これには「テオドシウス王の到着」があらわれる）を最後に置いたのは，このエピソードが直接「ノルポワ氏晩餐の一日」（これにも「テオドシウス王」に関する言及がある）へと物語の筋がつながると判断したためである．しかし，そのために，「恋の進展」の終わりに位置するイテラティフの「毎晩」の物語を前に移したことで，「恋の進展」のサイクルが壊れてしまう．

　要するに，おそらくヴィニュロンには，物語の順行的因果関係を優先させなければならないという固定観念があったのであろう．第一篇『スワンのほうへ』におけるこの部分の「クロノロジー上の，そして心理上の混乱」は「少なくとも編集者と作家との共同責任」であるとヴィニュロンは結論づけている（同書，466）．

[注]
(1)　ドリット・コーンは三人称の内面生活を対象とする物語言説を3つに分類し，分析の基礎におく．その3つは，「報告された独話 monologue rapporté」と「語られた独話 monologue narrativité」および「心的物語言説 psycho-narration, psycho-récit」である．一人称の物語言説の場合はそれぞれに別の名称「monologues self-quoted, monologue auto-rapporté」「monologues self-narrated, monologue auto-narrativisé」「self-narration, auto-récit」が与えられている（COHN 1978, 14；1981, 29）が，本書では三人称のための名称によって一人称の場合も表すこととし，前者のみを用いることにする．

　　報告された独話と語られた独話においては，内面生活の表現は発せられない言説によって占められる瞬間の時間的継起に重なり合い，物語時間はほとんど「物語内容」の時間と一致する．他方，心的物語言説 psycho-narration；psycho-récit は，持続に関してほとんど際限のない柔軟さを得る．それは，長い期間にわたる内面の展開を容易に要約することができ，同様に継起する思考や感情の流れを表現したり，あるいは精神生活の個々の一瞬を拡張したり，展開したりすることができる．（COHN 1978, 33-

34；1981, 51）

さらにドリット・コーンは，ジェーン・オースティンの『エマ』（1816 年）とフロベール『ボヴァリー夫人』（1857 年）の内面描写を比較しながら，フロベールが好んだ「分析にアナロジーを置き換える」手法を「心的アナロジー psycho-analogie」と呼んで，「現代心理小説において頻繁に用いられる技法を予告するものである」という（COHN 1978, 37；1981, 54）.

本書でコーンの用語である「心的物語言説 psycho-narration, psycho-récit」と「心的アナロジー psycho-analogie」とを用いることの利点は，それによって，登場人物の内面生活の記述において物語言説の速度と物語の持続時間が一対一の関係で対応しない場合を，主虚構と二次虚構との関係においてとらえ直すことを可能にすることである.

(2) プレヤッド新版，ラフォン版の注は，こうしたルグランダンやスワンのブルターニュの岬と海に関する表現が，アナトール・フランス（1844-1924）の『ピエール・ノジエール』（1898 年）の，さらにはシャトーブリアン（1768-1848）の『墓のかなたからの回想』（1848 年完成）の一節をかなり正確に受けたものであると指摘している. 他方，ゴチック芸術に関しては，ジャン・スタロビンスキーが，18 世紀に，それまで長いあいだ野蛮だと言われてきた「ゴチック芸術」が「詩的」とみなされるようになる経緯に関して詳しく考察している（『自由の創出 十八世紀の芸術と思想 L'invention de la Liberté, 1700-1798』, STAROBINSKI 1964；199-200）.

ルグランダンもスワンも主人公も，3 者ともに，アナトール・フランス等の影響下にあるとしても，18 世紀以来の「活力と刺激に満ちた失われた楽園」である「始原の世界」という過去のイメージ（同上）と「嵐の期待」（同書, 202）という「ロマネスクな夢想」（同書, 206）を引き継いでいると考えられる.

(3) シュピッツァーが第 2 総合文を分析している（SPITZER 1970, 405-407）. 彼が注目する第 1 点は「価値の逆転」である. 文の骨格が心理的要素によって構成され，具体的な事柄はすべて付随的にしか現れない. ジルベルト自身の姿も「午後の一瞬」に結びつけられて言及されるのみである. シュピッツァーは，「これは感受性豊かな子どもの精神にジルベルトの名が生じさせた観念連合の気まぐれな継起ではない」といい，語り手が秩序づけたものとして分析をつづける.

連続する曲線のうちに，分詞はわれわれをプッサンの雲の空に連れて行く. そして芝生の上に連れ戻す. 2 つの分詞はわれわれをもちあげ，2 つの節は雲の中を飛ぶ，一つは突然地上に降りる. しかしながら，「いっぽうで tandis que」の節が，平行した事象を閉じ込めながら（フロベールの遺産），陳腐な現実へと移行させる.〔…〕したがって，「いっぽうで tandis que」は，ヴィジョンの一貫性 cohésion de la vision を保証する.〔…〕プルーストにとって，知覚された印象はひとつの全体なのであり，（本質的に）内的事象から構成され，われわれの共通の運命である平凡さという要素が混じっている. そして，このような語の壮麗さがわれわれの眼前で展開されているからには，なにか偉大なこと，決定的なことが起こったのでなければならないと，われわ

れは感じる．発声された単なる名が，平凡な人間にはいかに取るに足らない出来事に見えようとも，このような総合文は出来事に威光を与える．プルーストの描写はたんに速度を落とされているだけではない（「プルーストは減速装置で生活を描くと，人は書いた．」クレミユ，58 ページ），顕微鏡的なのである．（同書，406）

　周知のように，プルーストは「フロベールの「文体」について」において，この「いっぽうで　tandis que」という「フロベールのおきまりの使い方」について言及している．

この « tandis que » は，フロベールのおきまりの使い方で，一つの時をしるしづけるのではなく，描写にすぐれた作家たちが，文章が長すぎてしかもその画面の各部分を切り離してしまいたくないときに誰しも用いるいささか愚直な細工の一つなのである．（*C.S.* 591-592 ; 全集 15, 12）

　この連結語は，プルーストの言うように，描写を一枚つづきの画面にする．シュピッツァーが強調するのは，この総合文の「構成の明瞭さ」であり，文の終りまで続く緊張感であり，印象の全体性である．

　「子供たちと女中たちの真中を天にむけて通り過ぎ passager céleste au milieu des enfants et des bonnes」は，地面の上で，われわれの知らぬ間に想像の飛翔を思い起こさせる．子どもたちと女中たちは，最初の控えめな注であり，ついで思考は具体的に表わされる puis l'idée se concrétise. 芝生のうえで羽子突き遊びをする少女，青い羽根飾りをつけた女家庭教師，そして，最後にフランソワーズの登場，彼女はまさに世俗的で，田舎者の言葉遣いで，青い羽根飾りもなく（ここでさらに，「ああ hélas」という語の遅延効果 l'effet retardant と《ぼかす estompant》効果を注記することになる）．雲間への飛翔と地上への落下は，この言語的アーチの二つの部分を構成する．このタイプの文をアーチ型と名づけることができよう．（Spitzer 1970, 407）

(4)　ジュネットは「2. 持続 Durée」において，物語言説の擬似時間と物語時間とを次のように規定している．

TR（Temps de Récit：物語言説の擬似時間）　　TH（Temps d'Histoire：物語内容の時間）

休止法 pause…TR = n　　TH = 0　　ゆえに　TR ∞ > TH
（一種の減速された情景法 une sorte de scène relentie…TR > TH）
情景法 scène…TR = TH
要約法 sommaire…TR < TH
省略法 ellipse…TR = 0　　TH = n　　ゆえに　TR < ∞ TH

（Genette 1972, 129 ; 105）

　本書ではジュネットの「物語内容の時間」を「物語時間」と呼んでいる．ジュネットは，物語言説の擬似時間が物語時間より長い場合（TR > TH）は存在しないが存在するならばとして，それを「一種の減速された情景法」と呼ん

でいる.

> シュピッツァー…比喩は主人公由来のものを語り手が再構成したものである.
> 　　　　　　　　⇒時間的経過が認められ，持続時間の引き延ばしがみられる.
> 　　　　　　　　⇒「減速された情景法 scène ralentie」である.
> ジュネット　　…比喩は，「換喩に基礎づけられた隠喩」という文体的図式
> 　　　　　　　　による，語り手の制作である.
> 　　　　　　　　⇒持続の膨張ではなく，テクストの延長は語り手の挿入，脱
> 　　　　　　　　線の結果である.
> 　　　　　　　　⇒「減速された情景法 scène ralentie」ではない.
> コーン　　　　…比喩は語り手に由来し脱線を形成するが，物語言説と干渉
> 　　　　　　　　をおこす.
> 　　　　　　　　⇒テクストの延長は語り手の挿入，脱線の結果であり時間的
> 　　　　　　　　経過は認められないが，持続時間の引き延ばしがみられる.
> 　　　　　　　　⇒「減速された情景法 scène ralentie」である.

シュピッツァーによれば，『失われた時を求めて』において「減速された情景法 scène ralentie」が存在することになるのに対して，ジュネットによれば，それは存在しないことになる.『失われた時を求めて』においてだけではなく，ジュネットは「減速された情景法という形式は，規範となることはおろか，文学の伝統において本当に現実のものとなったことすらない」(GENETTE 1972, 130 ; 105-106) と明言している.

『失われた時を求めて』の物語時間分析において，なぜここで比喩の由来が問題になるかと言えば，論者によって解釈が分かれ，それが物語時間の持続の規定にかかわってくるからである.

コーンにおいては，比喩の由来が登場人物であれば，登場人物と語り手とのあいだに「協和 consonance」の関係が，その由来が語り手であれば「不協和 dissonance」の関係が見られるとされる.『失われた時を求めて』からは「スワンの恋」の一節が「不協和 dissonance」の例として分析されている. そして，心的アナロジーの由来が語り手である場合でも，彼女は「中断は語り手に分析の支えとなる比喩によってその真実らしい持続，一瞬の持続をこえて引き伸ばされる」と述べる. 先のジュネットの論理とは逆に，語り手の脱線が物語時間を引きのばすというのだ. 同様に「さらに注目すべき時間の拡張は挿入節の働きによって得られる」と言う. 脱線は真の物語時間の持続には含まれないとするジュネットの論拠がここでは覆されている.

スワンに帰される間接話法は単に厳密に言うところの心的物語言説のきっかけとして役に立つだけである. 心的物語言説はこの間接話法が見ようとしない深さをはかることができる. この構造はまさしくプルーストの，多くの他の同時代の作家たちの理論にかなっており，彼らにとって内的言説は（「逸れた内的言説 l'oblique discours intérieur」と，プルーストが的確にそう呼んだように）それが顕す以上のものを隠しているのだ．（Cohn 1978, 41 / 1981, 58．イタリック強調はコーン）

　本書における問題点は以上をどのように主虚構と二次虚構との枠組みで再構成するかである．物語時間は主虚構における登場人物たちの世界の時間であり，物語言説の擬似的時間は語り手と読者との世界の時間である．

　問題は，比喩の由来のみにとどまらない．本文中で幾度も述べるように，[5-1]「パリのスワン家のほう1」と [5-2]「パリのスワン家のほう2」においては物語の順序が存在しない．語り手が物語の順行的因果関係とは別の意味形成のもとにできごとを組織化している．そして，主虚構の時間のなかで生きる主人公や登場人物が実感できない時間感覚を，二次虚構において読者が実感できるようになる．細部においても同様に，主人公が言語化できず明確に意識できないが気づいているという，「閾下のレヴェルでの気づき his subliminal awareness / être conscient à un niveau subliminal」（Cohn 1978, 40 / 1981, 54）の状態を，語り手は二次虚構において再現しようとしていると考えることができる．それはおそらく高次のレアリスムというべきものであろう．その意味で，本書では，「要約 TR ＜ TH」が存在するのと同様に「減速された情景法 TR ＞ TH」が存在すると考える．

　比喩の由来に関しては，物語状況に左右されるのは当然であるが，『失われた時を求めて』の主人公像が問題となる．夢想家であり，しばしばラシーヌやユゴーなどの文学作品を想起し，頭の中で，無言の人物に芝居のセリフを言わせるタイプであるということを考慮しなければならないだろう．主人公は「口を利かない事物にさえ古典派作家たちの言葉を語らせるくせを子供のころからもっていた habitué dès mon enfance à prêter, même à ce qui est muet, le langage des classiques」（S. G. III, 65；6, 91）といわれる．

(5)　「プッサン」以下のような二重の比喩をシュピッツァーは「イマージュの瓦状配列 imbrication d'une image dans une autre」と呼んで分析している（Spitzer 1970, 459）．比較I「プッサンの絵の美しい庭のうえにまるくふくらんで，神々の生活のあらわれのようなものを詳細に映し出す雲に似て」のなかに，比較II「軍馬や戦車で満ちた，オペラの雲のように」が組み込まれている．そしてこの現象を解説してつぎのように述べている．

　これはまるである対象がいくつかの池の水に，あるいはいくつかの鏡に同時に映っているかのようである．一般的に注記することができよう，プルーストは，あれほど高く評価している隠喩のそばに，《のような comme》の，「完全な比較」のむしろ古めかしい形をしばしば用いる；さまざまな競合する傾向を，イマージュ相互の影響を好んで描く．したがって，まずこれらのイマージュを切り離さなければならない，それからいわばわれわれの目の前でそれらを組み合わせる．（同書，459-460）

(6)　クルツィウスは，この部分をプルースト論の「文体の考察」の節でとりあげ，

403

次のように言う．

　この驚嘆すべき散文がしめす表現可能性は，たとえばモネの色階，ドビュッシーの和声にひとしい技術的進歩を意味する．バルコンの手すりが投ずる影の戯れにこれほど多くのものが隠されているとは，われわれはかつて思ってもみなかったろう．しかし，プルーストがまざまざと示してくれたいま，われわれはこれらすべてがほんとうにそのなかに潜んでいたことをさとるのである．これらの文章にはなにが含まれているのであろう？　いずれにせよふつうの意味での描写ではない．プルーストは，ゴンクール兄弟ならばそうもしたことであろうが，画家として描写しているのでない．ここにあるのは気象学的ないし光学的現象ではなく，魂の事象である——　物理学的過程ではなく，心的過程である．あるいはむしろ，彼は物質的なものを精神的なもののなかにとりいれるのである．「芸術家が記録すべき現実は」とプルーストは別のある個所で言っている，「物質的であると同時に知的である．物質は，精神の一つの表現なればこそ，現実的なのである．」これらの文は美学理論ではなく，心理学的な実状を語っている．〔…〕プルーストは，抒情詩人が特定の高揚した瞬間のためにすることを，われわれの経験のあらゆる内容のために実行している．彼はあらゆるものにその本源的な情調を回復させる．彼は現実を詩化するとも言えよう——　もっともそれはこの表現を，あとから付加するという意味にではなく，はじめの体験の充実を返還し復元するという意味に理解するものと前提してのことであるが．それゆえに彼はバルコンの石床を「陰鬱な」と呼び「ためらいがちな」光線に「光を放とうとしてうずうずしている」内的緊張をあたえる．それゆえに彼は鉄格子の反映を「飼いならされた」と呼ぶことができる．それゆえにまた，彼は影の精密な輪郭が描く図形を芸術家の丹精と見，その濃い黒色を「心地よげな」と形容し，それらの影に自分たちは平静と幸福をあたえているのだという意識を付与ことができるのである．石の上の照明の変化は外部から認識されるのではない．「いくらか明るくなった色を見たというわけではないが」，それは内側から感知されるのである．「少しでも明るい色にむかおうとする努力みたいに…感じる．」一つの光学的現象が感情のなかに移調されたのである．
　しかしこの個所はさらに多くのことを教える．ここは特徴的に選択された隠喩が二つ含まれている，つまり，色彩の変化は音楽のクレッシェンドと，影の輪郭は植物と比較されているのである．二つの隠喩は描写される心的＝感覚的事象の光学的側面をいっそう明瞭にするのに役立っている．プルーストにおいては，隠喩は精確な観照像を形成するための手段であって，事象の情緒的な彩色をめざすものではない．それは認識の道具である．〔…〕
　無生物の有情化はプルーストが偏愛する芸術的方法である．〔…〕
　プルーストの作品には，この芸術的な観察法の例がほかにもまだ数多く見出される．これに一つの意識的な書き癖を見てはならない．この無機物の有情化はむしろあらゆる芸術的再現の必然的な表現方法であり，芸術的再現はまさしくそれゆえにかつその点で写真による複製と区別されるのである．(Curtius 1922 : 145-148)

　クルツィウスは，さらに「プルーストは，ゴンクール兄弟ならばそうもしたことであろうが，画家として描写しているのでない．ここのあるのは気象学的ないし光学的現象ではなく，魂の事象である——　物理学的過程ではなく，心的過程である」と言い，「石」という「無生物の有情化」に注目する．それは次の段落の隠喩を準備する．

404

⑺　この総合文は，モリエの「呪文の総合文 Une période incantatoire」にあたる．主になる動詞がなく，口ごもった調子の，関係詞を多用する総合文である．モリエがドーデから引くこの種の関係詞のモデルはつぎのようなものである．

　　「おお，このだんなはバルケットを全部食っちまう！ Oh! ce monsieur qui mange toute la barquette!」（『風車小屋だより』Alphonse Daudet, *Les Lettres de mon Moulin*, Les Vieux, éd. Fasquelle, p.154）

　　この関係詞 qui は見せかけでじつのところ感嘆詞であるとモリエは言う（MORIER ［1961］1989, 891）．例としてビュトールの『時間割』から引かれた「ローズ，…」の総合文はなんと 4 ページもある（BUTOR, *L'Emploi du temps*, éd. de Minuit, pp. 205-208）．それほどでないにしても，この第 3 段落の総合文は「呪文・祈りの総合文」の特徴を充分そなえており，読者は十二分に感情の強さを認めるだろう．

⑻　ジュネットはヴィニュロンをひいて，このテクストを検討している．

　　実際，ほかのところではまさにこの同じ批評家が，プルーストが「ちぐはぐな」素材にまったくの事後的な形で統一性を押しつけていることを正当にも指摘しているばかりか，『失われた時を求めて』の全体を以下のように正しく形容してもいるのである．すなわち，ヴィニュロンによれば『失われた時を求めて』というこの作品は，「アルルカンの外套のようなもので，この外套を構成する多くの布切れは，それがどれほど贅沢な布地であろうと，また，それらの布切れがどれほど巧みに寄せ集められ，裁ち直され，寸法を合わされ，縫い付けられていようと，それでもなお，織り方と色彩の種々の差異によって，その相異なった起源を暴露してしまうのである」．ヴィニュロンのこの見方に異論の余地はない Cela est indéniable.（GENETTE 1972, 173-174 ; 172）

　　そしてジュネットは，その「コラージュ」，「パッチワーク」の例として，この「シャンゼリゼ」のテクストに，「断片」が「結合し直」される際の困難の痕跡をみる．ジュネットが問題にしているのは，動詞の時制，直説法半過去か直説法単純過去かであり，イテラティフかサンギュラティフかである．

　　ところで，「シャンゼリゼ」のテクストにはこの最終稿にいたるまで何倍にもおよぶ別稿がある．1917 年の版でも，1913 年の版のこの個所を訂正している．そのうえ，それ以前にも 2 種類の異本がある．『ジャン・サントゥイユ』の異本と，『サント＝ブーヴに反論する』の異本である．

　　1913 年版では，第 5 段落第 4 文「突然空が裂けた Tout à coup l'air se déchira」が，直接法半過去で記されており，それを 1917 年版でプルーストは単純過去に書きなおしたのであった．それによって，このパラグラフの半過去は同時性をあらわし，「パラグラフ全体がサンギュラティフの時間的相のもとに充分落ち着き得る」（同書，173 ; 171）とジュネットは説明している．そして，先の第 4 段落をイテラティフ的開始部，第 5 段落をサンギュラティフ的，第 6 段落を「時間的相に何の曖昧さも伴わぬ」サンギュラティフというのがもっとも

405

妥当な読みの仮説であるという（同書，174 ; 173）．

問題は第4段落である．

本書で述べたように，第4段落第4文から第6文まではイテラティフであり，この物語の幾分かがこの時点の主人公の思考に還元される．語り手が登場人物の思考を敷衍して解説するのは，一人称，三人称にかぎらず，ごく普通のことである．つまり，このイテラティフの部分もサンギュラティフの一部に組み込まれる．

そして，なによりも第4段落第2文に「その日 ce jour-là」という表現がある．この表現を見落としているジュネットは，「ある時」といった指示がたとえ一つでも存在していたらといい，そのような指示はまったく存在していないという．そして，第4段落から第5段落への移行にかんして，つぎのようにいう．

> 物語言説は，何の前触れもなしに，一つの習慣から単一の出来事へといきなり移行するわけだ．それはまるで，その単一の出来事が，どこかその習慣の内部に，もしくはその習慣と関連したところに位置を占めているのではなくて，習慣そのものが単一の出来事になりうる，いや，それどころか習慣のままでありながら単一の出来事でもありうるかのごとくなのである．これはまさしく驚くべきことであり，プルーストのありのままのテクストにおける断固たる非レアリスムの在り処を示している．(GENETTE 1972, 175 ; 173-174，強調はジュネット)

たしかに，イテラティフからサンギュラティフへの移行は，『失われた時を求めて』においてしばしば見受けられる．が，ジュネットのいうように「いきなり移行する」わけではない．次に，「習慣のままでありながら単一のできごとでもありうるかのごとく」というのは，第4段落第4文から第6文までのイテラティフの部分を指しているのであろう．この部分がサンギュラティフのセリーに還元されるのはすでに述べたとおりである．このサンギュラティフとイテラティフのかかわり，イテラティフからサンギュラティフへの移行，先に本書で〈観念化された一日〉と名づけたイテラティフのセリーについては何度も述べた．

さらに，ジュネットのいうプルーストの「非レアリスム」についてであるが，上の注3で述べたように，『失われた時を求めて』のレアリスムは，ジュネットのいう「レアリスム」が写実的レアリスムを指すのであれば，たしかに，『失われた時を求めて』はそういった写実的レアリスムとは無縁である．

(9) この場面最後の映像には，第5段落の〈代弁〉とはまた別種の手法がみられる．ジルベルトの姿を描かずにジルベルトの陣地を描くこの方法は，日本画の手法である「留守絵」を喚起させる．中西進の解説を引用しよう．

> 日本画の手法に「留守絵」とよばれるものがある．たとえば垣根を描き建物を描いて，人物を描かない．衣裳だけをたくさん描いて人物を描かない．そうした類いである．この後者の中には，屛風や衣桁に衣裳の袖だけをかけて，何となく人間を匂わせながら，人物を描かないものがあり，「誰が袖屛風」といわれる．

これらを「留守」として捉える観点は，本来人物が描かれるはずだのに，それを連想の中におき，画面には，もっぱら人物以外の，しかも人物に付属するものを描くのだというところに由来する．

　そのために，見る者から人物はいっそう要求され，なまじ人物を描いた時よりも，生き生きとした姿を，しかもさまざまな想像上の姿において幻想させることとなる．「誰が袖屏風」などは，ことに艶やかでさえあり，

　　　　　　花衣　ぬぐやまつはる　紐いろいろ　　　　　　　　　　　杉田久女

という有名な句を思い出してしまう．

　たしかに，じつは俳句の方法は，この「留守絵」とひとしい象徴性をもっているであろう．主たる題材を留守にしておいて，それを連想させるものを詠むのである．そのことによって，なまじ主たる題材そのものを詠むより，主たる題材は生き生きと，さまざまな姿をもって，読み手に示される．（「俳句の手法」，「俳句」1998 年 1 月号，『日本語の力』，集英社，2006, 132-133）

　「雪の最初の日」の最後に主人公の目に映ったジルベルトの姿そのものを描出せずに，その陣地の映像を置いたのは，ラストシーンとしてきわめて印象的であり，残像とその余韻は効果的である．

(10)　ブランショはつぎのように述べている．

　『ジャン・サントゥイユ』では，〔…〕時間は，なによりもまずその輝かしい瞬間において欠如している．〔…〕おそらくプルーストは，かかる瞬間をも非時間的なもののしるしと解釈することをけっして断念したことはなかった．そして，つねにそこに，時間の秩序から解放された或る現存を見続けるであろう．それらの瞬間を体験したときに彼が体験する不可思議な衝撃，おのれを見失ったのち再びおのれを見出したというあの確信，あの再認，これは，彼がけっして疑おうとはせぬ彼の所有する神秘的な真理である．これは彼の信仰であり宗教であるが，また同様に，彼は芸術によってその表現を助けることが出来るような非時間的な本質の世界が存在することを信じようとしている．

　これらの観念から，彼のとはきわめて異なった小説の構想も生まれえただろう．〔…〕ところが，そのようなことは何ひとつ起らなかった．なぜなら，プルーストは，自分自身に逆らってまで，彼のあの経験の真理性に対して終始従順だったからだ．この経験は，彼をただ単に通常の時間から解放したばかりではなく，或る別の時間，そこでは持続がけっして線的なものとなりえず出来事の連なりに還元されることもないあの「純粋な」時間に関わらせるのである．それゆえに，物語は何か或る身の上話の単純な展開であることを拒否するし，同様に，あまり明確に限定され形象化された「情景」とも折りあわない．プルーストは昔ながらの見せ場に対するある種の好みを持ちあわせていて，必ずしもそれを断念していない．そればかりか，結末のあの大がかりな見せ場は，極端なまでに際立っていて，その情景がわれわれに信じさせようとしている時間の解体作用とはどうもぴったりしない．だが，『ジャン・サントゥイユ』や，『手帖』によって残されたさまざまな別稿などがわれわれに教えてくれるのは，彼が，おのれの描いた諸場面のあまり鋭い角をすり落とし種々の情景を生成へ立ち戻らせるためにたえず追求した異様な変形作業である．これらの情景は，固定し凝固した眺めとなるかわりに，休むことなき或る運動に引かれて，少しずつ，時間のなかで伸びひろがり，全体のなかに沈み，とけこむのである．この運動は，表面的な運動ではなく，奥深い，

密度のある，巨大な運動であって，そこでは，このうえなく多様な時間が互いに重なりあい，時間のもつ互いに矛盾した力や形態が刻みこまれている．かくて，いくつかのエピソード——たとえばシャンゼリゼの遊びなど——は，きわめて異なったさまざまな年齢において同時に生きられているようである．或る生全体の間歇的な同時性のなかで，純粋な瞬間としてではなく球体的時間の動性をそなえた稠密さのなかで，くりかえし生きられているようである．(BLANCHOT 1959, 36 ; 35)

プルーストは，ここで形象的比喩を使うことに満足しうるとしての話だが，かかる作品の空間が球体の本質に近づくはずのものであることを徐々に体験したのである．事実，彼の書物全体，彼の言葉づかい，ゆるやかな屈曲と流動的な重さと透明な稠密さをそなえ，つねに動き続け，巨大な旋回運動の限りなく多様なリズムを表現するのに不思議なほどぴったりしたあの文体，こういったものは，球体の神秘と厚みとを，その回転運動を表わしている．〔…〕. Proust a peu à peu éprouvé que l'espace d'une telle œuvre devrait se rapprocher, si l'on peut ici se contenter d'une figure, de l'essence de la sphère; et en effet tout son livre, son langage, ce style de courbes lentes, de fluide lourdeur, de densité transparente, toujours en mouvent, merveilleusement fait pour exprimer le rythme infiniment varié de la giration volumineuse, figure le mystère et l'épaisseur de la sphère, son mouvement de rotation, 〔…〕. (BLANCHOT 1959, 33 ; 32)

　ブランショは，プルーストの経験にとって，「小説的想像界という空間は，限りなくさきへ延ばされた運動のおかげで，本質的な瞬間によって生み出された一個の球体 l'espace de l'imaginaire romanesque est une sphère, engendrée, grâce à un mouvement infiniment retardé, par des instants essentiels」(同書, 34 ; 33) であると言う．そして上の引用にみる「巨大な旋回運動の限りなく多様なリズム le rythme infiniment varié de la giration volumineuse」といったプルーストの文体に関する言及を読んだとき，われわれはモリエの総合文の定義をおもいおこさずにはいられない.

　プルーストの文は長いことと総合文で有名である．総合文とは，多くの節が連なって終止符で完結する長い文のことである.

　総合文 période の語源は「回ること」を意味するギリシア語（περίοδος periodos : chemin circulaire, révolution, tour complet）である（MORIER [1961] 1989, 899）．モリエの定義2, 3, 4にはこの語源からくる「旋回」のイメージが潜在する．モリエは以下の総合文の定義を導くために，『失われた時を求めて』から6例〔「ゲルマントの名」(Sw. I, 169 ; 1, 221)（同書, 885），「コンブレーの教会」(Sw. I, 60-61 ; 1, 78-79)（同書, 886），「スワンが眺める，フロベルヴィル将軍とブレオーテ侯爵の片眼鏡」(Sw. I, 321 ; 1, 425)（同書, 893-894），「レオニー叔母の部屋の匂い」(Sw. I, 48-49 ; 1, 62-63)（同書, 895），「カルクチュイの港」(J.F. II, 192 ; 3, 195-196)（同書, 896），「ヴィヴォーヌ川の睡蓮の花園」(Sw. I, 167-168 ; 1, 218-219)（同書, 897)」をひいて綿密な分析をした.

408

定義1：文法の観点から，そしてもっとも一般的な意味において，総合文は，いくつ
　　　もの節から構成される一文を指す．したがって，原則的に，それは自立動詞
　　　と同数の分節を含む．（同書，859）

定義2：総合文は一個の完全な思考を形成するために，軸観念 idée-pivot　の周りに，
　　　いくつもの統辞要素を，それを明示し，わかりやすく説明し，例証すること
　　　のできるすべての状況とむすびつける．（同書，867）

定義3：垂直の複合総合文は，もっとも単一総合文と同様だが，一般に旋律の曲線を
　　　描く，それは，かなり低い調子から始まって，徐々に高まっていき，頂点に
　　　達し，そして下がって深い調子で終わる．意味が結論をめざすや，旋律のた
　　　わみは著しくなり，最後の音節の低音を予感させる．挿入節や，中断によっ
　　　て表わされる穴とは別に，傍白や，内密の考察や，挿入部，旋律によって描
　　　かれる省略が，肩の高さで投げられて，ほとんど出発点に戻り，腰の高さで
　　　再び手に取られる，ブーメランの回転を連想させる．したがって，意味的観
　　　点からも，韻律の観点からも，垂直の総合文は一つの回路なのである．それ
　　　は様ざまな状況に伴われて，中心となる語の周りを回る，声の音域を一巡する．
　　　（同書，889-890）

定義4：中心の概念を取り囲んで，隣接地と付属物をともなって，美的総合文は大規
　　　模な長い息づかいの文であって，律動的な，表現の必要に応じたバランスを
　　　保ち，その旋律はその頂点へと続く段階を追って上っていき，徐々に降りて，
　　　（しばしば中断や，挿入や，一時的鎮静をともなうために）速くなったり遅く
　　　なったりしながら，落下点まで達する．その低い調子はより印象的な，より
　　　輝かしい，より美しい，より深い，より詩的なイマージュと符合する結句を
　　　締めくくる．（同書，898）

　ブランショの考察では，総合文のレヴェルから作品全体のレヴェルにいたる
まで，『失われた時を求めて』が，一貫した「一個の球体 une sphère」のイメー
ジのもとにとらえられているように思われる．

(11)　フランス語による関連性理論の研究者たちはこれを「デフォルトによる解釈
une interprétation par défaut」と呼んでいる．たとえば，ルイ・ド・ソシュー
ルは次のように説明している．

　われわれはデフォルトによる解釈という用語を用いたが，それによってわれわれが理
解していることは，もしなんら文脈によるデータが解釈を強制する（たとえば決まっ
た因果関係など）ことがなければ，受け手は自動的に予測するということである．こ
の予測がより強い強制によって阻止された場合には，受け手がおこなう解釈はもはや
デフォルトによる解釈ではなくて，強制された解釈である．Nous avons utilisé le
terme d'interprétation *par défaut*. Par là, nous entendons que si aucune donnée
d'ordre contextuelle ne vient contraindre l'interprétation (par exemple une règle
causale), le destinataire réalise un calcul automatique. Au cas où ce calcul est blo-
qué par des contraintes plus fortes, l'interprétation que réalise le destinataire n'est
plus une interprétation par défaut, mais une interprétation *contrainte*. (Saussure
1998, 21，強調はソシュール)

409

第5章　バルベックⅠ

　本章では第二篇『花咲く乙女たちのかげに』第二部「土地の名：土地」
全体を分析する．この部分は一般に「バルベックⅠ」と呼ばれている．本
書においてもその呼び名を用いることにする．

「バルベックⅠ」の3つの区分

　テクストは中ほどで星印（*J.F.* II, 145；3, 134）によって区切られる．
そこで「バルベックⅠ-1」と「バルベックⅠ-2」に分割される．この2つ
の部分は，プレヤッド版で140ページほどの，ほとんど同じヴォリューム
を与えられている．さらに，終わり近くに1行空きの箇所（286；324）が
ある．それ以降は「エピローグ」というのがふさわしい物語が20ページ
にわたって語られる．この部分を「バルベックⅠ-3」と呼ぶことにする．

[6]「バルベックⅠ」（*J.F.* II, 3-306；2, 283-348, 3, 5-351, 第二篇『花咲く乙
　　女たちのかげに』第二部「土地の名：土地」）
　[6-1]「バルベックⅠ-1」（*J.F.* II, 3-145；2, 283-348, 3, 5-134）
　星印の空き（*J.F.* II, 145；3, 134）
　[6-2]「バルベックⅠ-2」（145-286；134-324）
　1行空き（286；324）
　[6-3]「バルベックⅠ-3」（286-306；324-351）

　「バルベックⅠ」では，「パリのスワン家のほう」と同様に，主人公は
〈周期〉を一巡してもとの夢想の状態にもどる．物語は3つの部分が，順
行的因果関係にそって展開される．
　「バルベックⅠ-1」では「バルベックの夢想」から「現実のバルベック」
での失望が描かれる．ついで「現実のゲルマント家」の人々と出会うこと
になるが，そのヴィルパリジ夫人，サン＝ルーおよびシャルリュス氏と
「ゲルマントの名」とが，主人公のうちで結び付けられることはない．「バ

411

第5章　バルベックⅠ

ルベックⅠ-2」では，主人公の少女たちへの夢想と実現と失望，およびエルスチールと出会うことによる「現実のバルベック」に対する新たな意識が描かれる．「バルベックⅠ-3」では，最初の夢想はすべて消え，少女たちへの新たな夢想があらわれる．

　　そのようにして，私が最初の日々につくりあげた美しい海洋神話は，すでにことごとく消えさっていた Ainsi s'était dissipée toute la gracieuse mythologie océa-nique que j'avais composée les premiers jours.（301：344）

　主人公の夢想は，初めに作りあげていたバルベックの夢想と少女たちへの夢想の呪縛から自由になり，螺旋階段を一段階上ることになる．

1．[6]「バルベックⅠ」の時間形成

[6-1]「バルベックⅠ-1」の7つの区画
　「バルベックⅠ-1」は7つの区画から形成される．

　　　[6-1]「バルベックⅠ-1」（*J.F.* Ⅱ, 3-145；2, 283-348, 3, 5-134）
　　　[6-1-1]「バルベックへの出発から滞在のはじめのころ」（*J.F.* Ⅱ, 3-54；2, 283-348, 3, 5-7）
　　　[6-1-2]「ヴィルパリジ夫人と交際を始める」（*J.F.* Ⅱ, 54-64；3, 7-21）
　　　[6-1-3]「ヴィルパリジ夫人の馬車での散歩」：〈観念化された一日〉（64-87；21-53）
　　　[6-1-4]「サン＝ルー氏の本性 la nature de M. de Saint-Loup」（87-109；53-82）
　　　[6-1-5]「シャルリュス氏の滞在」：〈長い一日〉（109-126；82-106）
　　　[6-1-6]「ブロック家の晩餐」（126-137；107-122）
　　　[6-1-7]「サン＝ルーと愛人との関係の劇的な時期」（137-145；123-134）

[6-1-1]「バルベックへの出発から滞在のはじめのころ」（*J.F.* Ⅱ, 3-54；2, 283-348, 3, 5-7）
　第二篇『花咲く乙女たちのかげに』第二部「土地の名：土地」のテクス

412

トは次の 1 文で始まる.

　　私はジルベルトにはほとんど完全な無関心になっていた，二年後祖母とバルベ
　ックに発ったときのことである J'étais arrivé à une presque complète indiffé-
　rence à l'égard de Gilberte, quand deux ans plus tard je partis avec ma grand-
　mère pour Balbec.（J.F. II, 3 ; 2, 283）

　この書き出しの 1 文が 3 つの主題に分析され，〈語による連結〉によっ
て展開される．第二篇『花咲く乙女たちのかげに』第一部「スワン夫人を
めぐって」の冒頭と同様である．第二篇『花咲く乙女たちのかげに』は，
第一部「スワン夫人をめぐって」と第二部「土地の名：土地」からなるが，
どちらも語り手の〈語による連結〉による言説ではじまる.
　〈語による連結〉によってテクストが展開されるうちに，物語時間の時点
があらわれる．時点〈1〉と〈2〉は，二次虚構の語り手の言説のなかで挿
入される．主虚構が始動するのは時点〈3〉からである．

　　[6-1-1]「バルベックへの出発から滞在のはじめのころ」の 16 の時点
　　　　〈1〉〈始点〉「出発の朝」，第 1 日
　　　　〈2〉「駅にて」
　　　　〈3〉「車中」
　　　　〈4〉「夜」
　　　　〈5〉「朝」，第 2 日
　　　　〈6〉汽車が二つの山のあいだの小駅にとまる.
　　　　〈7〉バルベック駅に着き，汽車を降りる.
　　　　〈8〉「午後の終わり」にバルベックの教会を見る.
　　　　〈9〉ローカル線の軽便鉄道車のなかで祖母と合流する.
　　　　〈10〉バルベック・グランド＝ホテルに着く.
　　　　〈11〉表通りにでる．部屋にひきかえす，疲労し，熱が出る.
　　　　〈12〉祖母が入ってくる.
　　　　〈13〉到着の最初の夜.
　　　　〈14〉翌朝．第 3 日
　　　　〈15〉一時間後大食堂で.
　　　　〈16〉昼食時.

　語り手の言説の 1 番目の主題は，冒頭文前半の，「私はジルベルトには

第5章 バルベックⅠ

ほとんど完全な無関心になっていた」である.

しかしながらバルベックへのこの出発のときと滞在のはじめのころは，ジルベルトへの私の無関心も，まだ間歇的なものにすぎなかった Pourtant au moment de ce départ pour Balbec et pendant les premiers temps de mon séjour, mon indifférence n'était encore qu'intermittente.（3；283-284）

しかし，ジルベルトに対する愛のこの苦しみとこのぶり返しとは，人が夢のなかで抱くそういった感情以上には長くつづかなかった，それに今度は，いつもとは変わって，場所がバルベックなのだから，古い習慣 l'Habitude ancienne のたすけでそうした感情を長つづきさせるわけにはいかなかった．〔…〕私のバルベックへの旅行 mon voyage à Balbec は，病気がなおったという自覚をえるために回復者が待ちこがれる最初の外出のようなものとなった．（4-5；285-286）

「バルベックへのこの出発のときと滞在のはじめのころは au moment de ce départ pour Balbec et pendant les premiers temps de mon séjour」という表現によってまず物語時間の第1の区画が示される.

つぎに冒頭文後半の「私がバルベックへ出発した」が2番目の主題となる．これはまた，上記引用中の「私のバルベックへの旅行 mon voyage à Balbec」を受けたものでもある.

この旅行は，こんにちであれば，おそらく人は自動車にするであろう，〔…〕.
パリの私のベッドに寝て，時化の海のとびちる泡沫につつまれたバルベックのペルシア式教会をながめるだけで満足していたあいだは，この旅行にたいして私の肉体から何の異議もでなかった．（5-6；286-288）

ついで初めて物語時間の時点が単純過去形によってあらわされる．第1区画［6-1-1］の始点である時点〈1〉は「出発の朝」である.

私は医師と同じくらいバルベックを見たいと思っていた，私のかかりつけの医師は，出発の朝，不幸そうな私の様子をみて驚きながら言った Je croyais désirer aussi profondément Balbec que le docteur qui me soignait et qui me dit s'étonnant, le matin du départ, de mon air malheureux,〔…〕.（7；288，下線強調は青木）

414

この始点に先立つ物語は大過去形によって記されている.

その肉体の反抗がいっそう深刻なものになったのは，母がついてきてくれないことを，出発するというその前夜になって，私が知ったときであった Sa révolte était d'autant plus profonde que la veille même du départ j'avais appris que ma mère ne nous accompagnerait pas,〔…〕.（6：288, 下線強調は青木）

つぎに，冒頭文から引き出された3番目の主題である「祖母と avec ma grand-mère」がくる.

祖母は当然私たちの出発について，すこしちがった考え方をしていた,〔…〕.（7：289）

祖母は「まったくばかのように」バルベックまで直行する気にはどうしてもなれなかったので，ある女友達のところに立ちよって，その晩からあくる日までまる一日滞在することにし，私だけは邪魔にならないように，その人の家からその晩の夜行で発って，あくる日に着いたそのひるのあいだにバルベックの教会を見物する，ということになった.（8：291）

そして，次の段落からテクストに物語の時間的連結が表われ，ついで単純過去「私はほとんど答えることもできなかった Je pus à peine répondre」があらわれる.時点〈2〉「駅にて」が記される.

はじめて私は感じていた je sentais，母が私なしに生活できることを，母が私のためにではなくべつに他の生活ができることを.（9：291）

スーツケースをもってくれようとした駅のポーターに，私はほとんど答えることもできなかった Je pus à peine répondre à l'employé qui voulut me prendre ma valise. 母は私をなぐさめようとして，もっとも効果的だと思われる方法をあれこれと試みていた.（9：292, 下線強調は青木）

それからママは，私の気をまぎらわせようとして Puis maman cherchait à me distraire，私に，夕食は何を注文するつもりなの，とたずねたり elle me demandait, フランソワーズをほめて elle admirait Françoise 私の注意をさそい，彼女の帽子とコートがよく似合うとお世辞をいったりするのだった．（10：292）

　さらに，冒頭文にはなかった主題が追加される．4番目の（追加の）主題は，主人公と祖母に同行する「フランソワーズ」である．

　　フランソワーズについては，その思想をどうのこうのと論じても無益であったろう．彼女はそういう点では何も知らなかったといってよく，〔…〕．（10：293-294）

　ついで物語は駅の場面から車中へと移る．主虚構が始まる．時点〈3〉「車中」があらわれる．

　　旅行のために呼吸困難の発作が起こるといけないというので，医者は，ビールかコニャックを出発のときにすこし多く飲むように私に忠告していたが，それは神経系統が一時的に障害からまぬがれる，医者のいわゆる「爽快感」に私を置くためであった．そうするかどうか私はまだ確かではなかったが，それを実行しようと決心する場合は，その権利と思慮とが私にあることを，すくなくとも祖母に認めてもらいたいと思っていた．<u>だから Aussi</u>, 私のためらいが，単にアルコールをとる場所だけにかかっているかのような口ぶりで，私は，構内のビュッフェがいいか，それとも汽車の食堂車のバーがいいかと切りだしたのだった．<u>しかしすぐさま Mais aussitôt</u>, 祖母の顔に非難の色があらわれ，そんな考えにとどまっていてはいけないといっているその表情を読みとると，「なんですって」と私は<u>声を高め</u> m'écriai-je, 突然自分で飲みに行ってやろうと決心した me résolvant soudain à cette action d'aller boire, いまこれを実際行動に移すことは，私の自由を証明するために必要なものになろうとしていた dont l'exécution devenait nécessaire à prouver ma liberté, なぜなら，行動の声明が反対をうけずにぶじに通ったことがまだ一度もなかったからである，〔…〕．（11-12：295，下線強調は青木）

　「だから Aussi」はそれまでの大過去による語り手の言説をその時点の主人公の思考に還元する標識 marqueur として機能している．「しかしすぐさま Mais aussitôt」は，主人公の思考，「私の自由 ma liberté」と祖母の考えが対立するものであることを強調する．つづいて，車中の物語が単

純過去形の継起によって語られる.

年とった乗務員が私たちの切符をしらべにきた vint nous demander nos billets. その詰襟服の金属製のボタンの銀色の反射が, また私を魅了せずにはいなかった ne laissèrent pas de me charmer. 私たちのそばにすわってくれるようたのみたいと思った Je voulus lui demander. しかし彼は他の車室に移って行った Mais il passa dans un autre wagon, そして私は感じた et je songeai, 汽車に明け暮れの生活を送っていて一日もこの老乗務員を見ない日がないというような鉄道従業員たちの生活に郷愁を. 青い日除けをながめる快感, 自分の口がすこしあいたままになっているのを感じる快感は, ついに減退しはじめた commença enfin à diminuer. 不動の姿勢がゆるみだした, 私はすこし身動きした, 祖母が貸してくれた本をひらき, あちこちとページを選んで, その上に注意を集中することができた Je devins plus mobile ; je remuai un peu ; j'ouvris le volume que ma grand-mère m'avait tendu et je pus fixer mon attention sur les pages que je choisis çà et là. 読んでいくうちに, セヴィニェ夫人への讃美の念がたかまってくるのを感じていた. (13-14 ; 297-298)

つづくセヴィニェ夫人に関する語り手の言説でも, その幾分かがこの時点の主人公の思考に還元される.

その美は, セヴィニェ夫人が, やがてバルベックで私の出会う画家で, 物を見る私の視像に非常に深い影響をあたえたエルスチールと, 同系の大芸術家であるだけに, 今後私の心を, それだけ強くうつことになるのだ. 私はバルベックで気がついたのだが, セヴィニェ夫人は, エルスチールとおなじように, 物をまずその原因から説明することをせずに, われわれの知覚の順序にしたがって物をわれわれに表現してみせるのだ. すでにこの午後, この車室のなかでも, 私は月光の描写が出てくるつぎのような手紙を読みかえしながら, もっとのちに私が『セヴィニェ夫人の手紙』のドストイエフスキー的な面と呼んだであろうもの (…), そうした面に心をうばわれたのであった, 〔…〕. (14 ; 298-299)

つぎに場面は車中で一人になった主人公の, 夜から日の出をへて汽車を降りるまでの物語が語られる.

その夕方, 祖母をその女友達のところに案内し, そこに数時間とどまってから, 私だけひとりまた車中の人になったとき, すくなくとも私はやってきた夜をつら

いものだとは思わなかった，〔…〕．(14-15：299)

日の出は，ゆでたまごや，絵入り新聞や，トランプのゲームや，力を入れて漕い
でいる小船が一向に進んでいない川のながめなどと同様に，長い汽車の旅の道づ
れであり，おそえものである．いままで眠っていたのか，眠っていなかったのか
を知ろうとして，それ以前の時間に私の精神を占めていた思考をあれこれとしら
べあげているとき，〔…〕．(15：300)

　時点〈4〉は出発の日に祖母とフランソワーズに別れて一人になった主
人公の「車中での一人の夜」，時点〈5〉はその翌朝「車中での一人の朝」，
時点〈6〉は「汽車が二つの山のあいだの小駅にとまったとき」である．
出発の日の前日からバルベック・グランド＝ホテル到着の最初の夜までの
3日間の物語は，主人公の苦痛の度合いをその意味形成の軸にしていて，
語りは，出来事の継起を追うことから，主人公の精神状態の記述へと重心
を移していく．時点〈6〉の「牛乳売りの娘」のエピソード以降は，時間
と場所が従属節において示されるのみで，心的物語言説へと移行する．

　　風景が変化を増し，けわしくなり，汽車が二つの山のあいだの小駅にとまった．
　山峡の底，渓流のほとりに一軒の番小屋が見えるだけであったが，その家は，窓
　とすれすれのところを川が流れ，まるで水中におちこんでいるようだった．かつ
　てメゼグリーズのほうやルーサンヴィルの森のなかをひとりでさまよったとき，
　突然あらわれてこないものかとあんなに私がねがったあの農家の娘よりもひとき
　わまさって，ある土地の生んだ人間にその土地独特の魅力が感じられるとすれば，
　このときその小屋から出てきて，朝日が斜めに照らしている山道を，牛乳のジ
　ャーをさげながら駅のほうへくるのを私が見た背の高い娘は，まさにそれであっ
　たにちがいなかった．〔…〕彼女の顔は朝日に映え，空よりもばら色だった．私
　はその娘をまえにして，われわれが美と幸福との意識をあらたにするたびに心に
　よみがえるあの生きたいという希望をふたたび感じた．〔…〕彼女は私の上に鋭
　い視線を投げたが，そのとき乗務員がデッキのドアをしめ，汽車は動きだした．
　私は娘が駅を去って，また元の山道をひきかえしてゆくのを見た．いまはもうす
　っかりあけはなたれた朝であった．私は暁から遠ざかろうとしていた．(16-18：
　301-303)

　時点〈7〉は「バルベック駅に着き，汽車を降りる」，時点〈8〉はバル
ベックの教会を見る「その日の午後の終わり」である．

私はさっさと駅のなかを通りぬけ，それにつづく大通を横切り，ただ教会と海とだけを見たいために，海岸はどこにあるかを人にたずねた．私のいう意味が相手には一向にわからないようすだった．バルベック＝ルーヴィユー，バルベック＝アン＝テール，そこに私はいるのだが，それはバルベック本町であって，海浜でも港でもなかった．（19：305）

時点〈9〉は「ローカル線の軽便鉄道車のなかで祖母と合流する」である．

　　バルベック＝プラージュ駅に向かうローカル線の軽便鉄道車のなかで，私は祖母を見出した，しかしそれは祖母だけであった，——というのは，まえもって万端の準備がととのっているように，フランソワーズをひと足先に出発させようと祖母は考えたのであって（ところがまちがった教えかたをして，変な方向に出発させてしまったものだから），フランソワーズはそのころ，気がつかずに，ナントの方向へ全速力で走っていて，おそらくボルドーあたりで目がさめる，ということになってしまったのである．（21：308）

ここでその理由が述べられているように，フランソワーズは不在である．物語は主人公一人での時間と，祖母といっしょにいる時間とに分けられる．主人公と祖母はやっとバルベック・グランド＝ホテルに到着する．時点〈10〉である．

「到着の最初の夜 cette première nuit d'arrivée」（30：320），祖母が必要な品物を買いに出かけてしまい，一人ホテルに残された主人公が熱をだす時点〈11〉．ついで，時点〈12〉，祖母が主人公の部屋に入ってくる．祖母の介護を受ける．祖母の発話をうけて，はじめてイテラティフの物語が挿入される．

　　「いいのよ，私にさせておくれ」と彼女がいった，「あなたのお祖母さまにはそれがとてもうれしいの．それから，今夜は何か用事があったら，壁をノックすることを忘れるんじゃありませんよ，私のベッドはあなたのと背中あわせになっていて，仕切の壁はとてもうすいんだからね．これからすぐ，ベッドにはいったらためしにやってごらん，合図が二人にうまく通じるかどうか．」

そしてその通りに，私はその晩ノックを三つした，——その三つのノックを，
一週間後私がほんとうに病気で苦しんだとき，四，五日のあいだ，毎朝くりかえ
した，祖母が朝早く私に牛乳を飲ませようとしたからだった．(29；318)

ここからテクストにサンギュラティフとイテラティフとが交互にあらわ
れる．到着した「最初の夜」のサンギュラティフからイテラティフの
「夜」へ，つぎにイテラティフの「朝」がつづき，ついで「最初の夜」に
もどり「翌日の朝」のサンギュラティフへと移行する．

　時点〈13〉は「到着の最初の夜」，時点〈14〉は「翌朝」である．ここ
で後に無意識的想起の対象になる「かたく糊がついてうまく拭けないホテ
ルのネーム入りタオル la serviette raide et empesée où était écrit le nom
de l'hôtel」(33；323) があらわれる．ついで時点〈15〉「一時間後大食堂
で une heure plus tard, dans la grande salle à manger」昼食時のサンギ
ュラティフの物語 (34；324) が語られ，ついで，昼食時のあるいは夕食
時の大食堂でのイテラティフの物語 (35-51；326-347) へと移行する．

　この到着翌日の朝からの昼食時あるいは夕食時のイテラティフの物語中
に，3つのサンギュラティフの出来事が挿入される．第1は，到着翌日
(「最初の日 ce premier jour」(44；338) と書かれる) テーブルがダブルブッ
キングされていたために起こった事件で，主人公は初めてステルマリア嬢
をながめる．

私たちが到着した日，その婦人は，午後もなかばを過ぎてからでなくては部屋を
出てこなかったので，食堂ではその姿を見かけなかった，その食堂へは，私たち
は新来者なので，昼食の時間に à l'heure du déjeuner，支配人に案内されてゆき，
そんな私たちの世話をやきながらみちびいてゆく支配人は，まるで被服係りの伍
長のところへ軍服を着せに新兵をつれてゆく下士官のようであったが，そこに私
たちは前記の婦人の姿を見かけなかったかわりに，しばらくすると，一人の紳士
がその娘とともにやってくるのを私たちは見たのであって，それは名のある家で
はないがブルターニュの非常に古い一家の，ステルマリア氏とその令嬢で，夕方
まで帰ってこないと思われていたために，そのテーブルが私たちに先にふりあて
られてしまったのであった．(40；332)

　第2に，同日食堂で，「その婦人」と記されていたヴィルパリジ侯爵夫

人があらわれて，支配人が祖母の耳元に「ヴィルパリジ侯爵夫人です」とささやく（46：341）．主人公はよろこび，ステルマリア嬢に近づくきっかけを期待するが，しかし祖母は支配人に名を聞かせられても，「がまんして目をそらせ，ヴィルパリジ夫人を見ないようにする」（46：341）．

第3は「カンブルメール氏が妻といっしょに弁護士会長の昼食に招かれてやってきた日」とその翌日の物語（47-50；341-346）である．「私は，いつものように，というよりもステルマリア嬢の父親が弁護士会長と話すために席を離れていたのでいつもよりいっそう楽な気持ちで，そのあいだじっとステルマリア嬢をながめつづけた」（48：344）．ここで初めてボーイ長のエメが登場する（50-51；346-347）．

ついで，ホテルの総支配人が滞在した数日の物語（51-52；2，347-348），最後にフランソワーズの物語（52-54；3，5-7）が語られる．

フランソワーズがいつホテルに到着したかについてはまったく触れられないが，フランソワーズの発話の中に「8月15日〔マリア昇天祭〕」（53：3，6）という日付があらわれる．おそらく［6-1-1］「バルベックへの出発から滞在のはじめのころ」の終点はそのころである．

こうして，［6-1-1］「バルベックへの出発から滞在のはじめのころ」は，〈語による連結〉の無時間に始まり，フランソワーズのイテラティフの物語で終わる．以上を図式すると次のようになる．物語時間を特徴づけるためにその物語が主人公一人のときであるか，母とあるいは祖母との物語であるかを明記することにした．

［6-1-1］「バルベックへの出発から滞在のはじめのころ」のサンギュラティフによるできごと
1）祖母，フランソワーズとパリを発つ．
2）その夜，一人車中で過ごし，日の出を見る．
3）バルベック駅で汽車を降り，「午後の終わり」にバルベックの教会を見る．
4）ローカル線の軽便鉄道車のなかで祖母と合流し，バルベック・グランド＝ホテルに着く．
5）「到着の最初の夜」，一人ホテルに残された主人公は熱をだす．祖母が主人公の部屋に入ってくる．祖母の介護を受ける．
6）翌朝，つまり「最初の日 ce premier jour」の朝，ガラス窓や本棚のガラス戸一面にかがやく海を見て感動する．

421

7）同日昼食時，初めてステルマリア嬢を見る．

8）同じくこの昼食時，祖母とヴィルパリジ侯爵夫人が互いにみとめ合う．

9）ある日，カンブルメール氏が妻といっしょに弁護士会長の昼食に招かれてやってくる．

10）ホテルの総支配人が数日滞在する．

11）フランソワーズがホテルのソムリエとも，料理場のある男とも，主人公たちの部屋の階の女中頭とも交際を結んでしまう．

図 I. ［6-1-1］「バルベックへの出発から滞在のはじめのころ」の時間形成

（実線はサンギュラティフ，破線はイテラティフ）

母と… 　1.〈始点〉「出発の朝」　　　2.「駅にて」
祖母と…3.「車中」
一人で…4.「夜」　　　5.　「朝」　　　6. 汽車が二つの山のあいだの小駅にとまる
　　　　 7. バルベック駅に着き，汽車を降りる
　　　　 8.「午後の終わり」にバルベックの教会を見る
祖母と…9. ローカル線の軽便鉄道車のなかで祖母と合流する
　　　　 10. バルベック・グランド＝ホテルに着く
一人で…11. 表通りにでる．部屋にひきかえす，疲労し，熱が出る　　12. 祖母が入ってくる
祖母と…13. 到着の最初の夜
一人で…14. 翌朝　　15. 一時間後大食堂で
祖母と…15. 一時間後大食堂で　　16. 昼食時

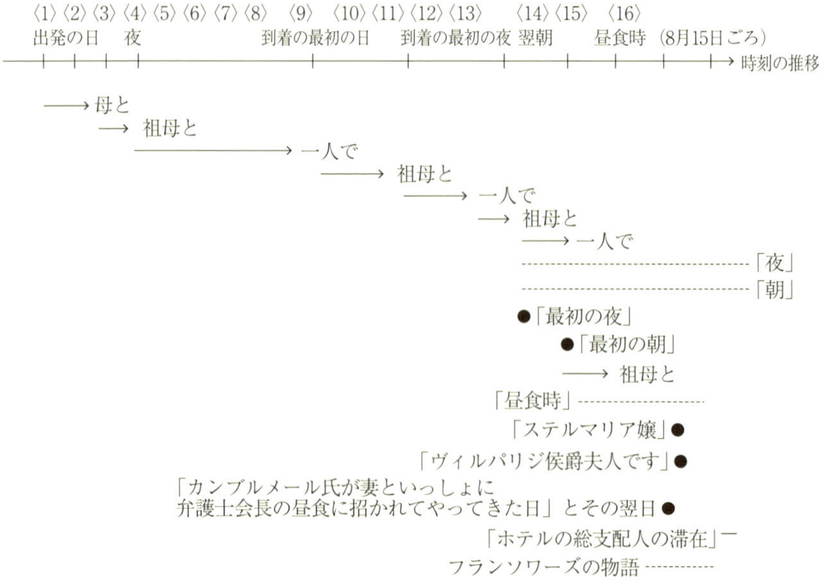

〈1〉〈2〉〈3〉〈4〉〈5〉〈6〉〈7〉〈8〉　〈9〉　〈10〉〈11〉〈12〉〈13〉　　〈14〉〈15〉　〈16〉
出発の日　夜　　　　　　　　到着の最初の日　　到着の最初の夜 翌朝　　昼食時　（8月15日ごろ）
　　　　　　　　　　　　　　　　　　　　　　　　　　　　　　　　　　　　→ 時刻の推移

　　　　 ──→ 母と
　　　　　 ──→ 祖母と
　　　　　　 ──→ ──────→ 一人で
　　　　　　　　　 ──── → 祖母と
　　　　　　　　　　 ──── → 一人で
　　　　　　　　　　　 ──→ 祖母と
　　　　　　　　　　　　 ──→ 一人で
　　　　　　　　　　　　 -----------------------------------「夜」
　　　　　　　　　　　　 -----------------------------------「朝」
　　　　　　　　　　 ●「最初の夜」
　　　　　　　　　　　 ●「最初の朝」
　　　　　　　　　　　　 ──→ 祖母と
　　　　　　　　　 「昼食時」-----------------
　　　　　　　　　 「ステルマリア嬢」●
　　　　　　　 「ヴィルパリジ侯爵夫人です」●
　　　　　 「カンブルメール氏が妻といっしょに
　　　　　 弁護士会長の昼食に招かれてやってきた日」とその翌日 ●
　　　　　　　　　　 「ホテルの総支配人の滞在」─
　　　　　　　　 フランソワーズの物語 -----------

[6-1-2]「ヴィルパリジ夫人と交際を始める」(*J.F.* II, 54-64；3, 7-21),［6-1-3］「ヴィルパリジ夫人の馬車での散歩」(64-87；21-53)：〈観念化された一日〉

「ある朝」,祖母がヴィルパリジ夫人と鉢合わせてそれを機に夫人と交際をはじめる (54；7-8).この「ある朝」,祖母がヴィルパリジ夫人と鉢合わせる,という 12) のできごと以降,夫人を中心にした物語がつづく.［6-1-2]「ヴィルパリジ夫人と交際を始める」物語である.

> そして侯爵夫人は,自分に食事が運ばれるのを待つあいだに,毎日,食堂で私たちのところにやってきて,どうぞおかけになったまま,おかまいなく,などと言いながら,しばらく私たちのそばにすわる習慣をもった.私たちの昼食が終わっていて,そんなおしゃべりが長くなるときでも,それはせいぜい〔…〕あのとりかたづけの時刻までであった.(54；8)

> 私はといえば,バルベックが好きになるためには,自分が地球のはての尖端にいるという考えを身に着けることだと思い,ずっと遠くの,海だけをながめるように努力し,ボードレールが描写した効果をそこにさぐろうとするのであった,そしてそんな私がテーブルに目を落とすのは,そこに何か大きな魚が出されるような日でしかなかった,そんな怪魚は,ナイフやフォークと同時代のものではなく,キメリア族の時代,つまり生命力が大洋にあふれはじめた原始時代のころに棲息していて,無数の脊椎をもち,青とばら色の神経を走らせているそのからだは,自然によってつくられたものでありながら,海の築く多彩な寺院のように,ある種の建築のプランにしたがっていたのであった.(54-55；8)

テクストは,昼食時の大食堂を舞台にしたイテラティフから,「リュクサンブール大公夫人がヴィルパリジ夫人に果物をもってきた日 le jour où elle avait apporté des fruits」(62；18) にはじまるサンギュラティフのセリーへと移行する.

主人公たちは,数日後のある日,「浜辺で毎日催されるシンフォニー・コンサートから出てきたとき」,ヴィルパリジ夫人と出会い,ホテルへの帰り道,堤防で,リュクサンブール大公夫人に会う.その日の物語 (59-62；14-18) の最後に,「公証人,弁護士会長,裁判所長の細君たち」のおしゃべりの場面に移って,その後テクストはイテラティフにもどる.「何日かまえから depuis quelques jours」(58；13),「何日か経って quelques jours après」(58；13) という表現があらわれる.

423

[6-1-2]「ヴィルパリジ夫人と交際を始める」のサンギュラティフによるできごと
　　12)「ある朝」,祖母がヴィルパリジ夫人と鉢合わせる.
　　13) リュクサンブール大公夫人がヴィルパリジ夫人に果物をもってきた日.
　　14)「浜辺で毎日催されるシンフォニー・コンサートから出てきたとき」,ヴィ
　　　ルパリジ夫人と出会い,ホテルへの帰り道,堤防で,リュクサンブール大公
　　　夫人に会う.

　ついで [6-1-3]「ヴィルパリジ夫人の馬車での散歩」の〈観念化された
一日〉がはじまる.
　祖母は,突然熱を出して医者に一日中海岸に出ていてはいけないといわ
れた主人公のために,馬車で散歩に連れて行ってやろうというヴィルパリ
ジ夫人の申し出を受ける.馬車の散歩にでかけた日の物語は〈観念化され
た一日〉として描出される.動詞の形態はすべて半過去である.

　　私は昼食の時刻まで,私の部屋と祖母の部屋とのあいだを行ったり来たりするの
　　であった J'allais et je venais, jusqu'à l'heure du déjeuner, de ma chambre à celle
　　de ma grand-mère.（64：21）

　　いよいよ出かける長い散歩のよろこびにわくわくして,私はヴィルパリジ夫人の
　　支度ができるまで,最近にきいた歌曲などを口ずさみながら,ぶらぶら歩きまわ
　　るのだった Dans ma joie de la longue promenade que nous allions entreprendre,
　　je fredonnais quelque air récemment écouté, et je faisais les cent pas en atten-
　　dant que Mme Villeparisis fût prête.（65：23）

　　私が待っているポーチのまえにならんだ車のそばには,めずらしい種類の灌木の
　　ように,一人の年若いドアボーイが立っていて,彩色したような髪の毛が不思議
　　にうまく調和しているのと,植物のような皮膚とで,人目をひいていた.（66：
　　24）

　　やっとヴィルパリジ夫人が来るのであった Enfin Mme de Villeparisis arrivait.
　　（66：25）

　　私たちは出発した Nous partions,（67：25）

　　ときおり,馬車が耕地のあいだの坂道をのぼっていくとき,野をいっそう現実的

にし，本物の野だという印を付け加えながら，昔のある巨匠たちがその絵の署名
としたあの貴重な小さい花のように，コンブレーのそれに似た矢車草の花が，た
めらいがちに，点々と私たちの馬車のあとを追ってくるのであった．まもなく馬
はそれらをひきはなしてしまう，〔…〕．（71；31）

私たちは坂を下っていくのだった Nous redescendions la côte，（71；31）

ヴィルパリジ夫人の馬車はスピードを出していく La voiture de Mme de Villeparisis allait vite．（72；32）

サンギュラティフのエピソードが 2 つ挿入される．

[6-1-3]「ヴィルパリジ夫人の馬車での散歩」の〈観念化された一日〉に挿入さ
　れるサンギュラティフによるできごと
　15）ヴィルパリジ夫人が私たちをカルクヴィルに連れて行った日曜日（75；
　　36）
　16）ユディメニル（76；38）

サンギュラティフからイテラティフへもどる段落の半過去による書き出
しは，ユディメニルのつづきなのか，イテラティフのセリーのつづきなの
か，明瞭ではない．サンギュラティフのつづきを含むイテラティフであっ
て，一種の兼用法であると考えられる[1]．

帰りのことを考えなければならなかった．Il fallait songer au retour.（79；42）

散歩の帰り道はイテラティフである[2]．

しばしば私たちが帰ってくるまでに，日が落ちてしまうことがあった．（81；44）

もうホテルが，その明かりが私たちの目にはいるのだった，（82；46）

祖母はコートを支配人にわたしていたが，私は，あんなに親切な男にそんなこと
をたのむのかと思うと，そうした失礼な態度に彼が傷つけられているように見え，

425

気の毒になるのであった．(84；48)

夕食のあと，祖母といっしょに上にあがってから，私は祖母に話しかけるのだった．(86；51)

〈観念化された一日〉のおわり，「毎晩」主人公は祖母に話をしに行く．そこでサンギュラティフのエピソードが挿入される．17）ある夜の祖母との会話（87；52-53）である．

毎晩，彼女ではないあれら非存在すべてを私が日中に描いたクロッキーを，彼女に持って行くのだった．一度私は彼女にこう言った Une fois je lui dis，「お祖母さまがいなくてはぼくは生きてゆけないでしょう．」——「それではいけません」と彼女はおろおろした声で答えた．(87；52-53)

> [6-1-3]「ヴィルパリジ夫人の馬車での散歩」の〈観念化された一日〉に挿入されるサンギュラティフによるできごと
> 17）ある夜の祖母との会話（87；52-53）

[6-1-4]「サン＝ルー氏の本性 la nature de M. de Saint-Loup」（*J.F.* II, 87-109；3, 53-82）

ヴィルパリジ夫人はまもなくこんなにしばしば会えなくなるだろうと告げる．甥のサン＝ルーが「何週間かの休暇 un congé de quelques semaines」を過ごしに来るというのである（87；53）．彼はヴィルパリジ夫人の姪の息子で，「私よりもすこし年上 un peu plus âgé que moi であった」（90；57）と書かれている．

ここから時刻の推移にそった時間的連結がまったく見られなくなる．サンギュラティフであれイテラティフであれ，物語は語り手の言説のなかに挿入される．

サン＝ルーが初めて主人公の前に現れる場面のテクストは以下の総合文である．カンマのあとに「そのとき quand」がつづく．

暑さのはげしいある午後，私はホテルの食堂にいた，そこはなかば暗さのなかに残されていた，日差しから食堂を守るためにカーテンを引いて，カーテンは日差

しが黄色くしていて，そして，隙間から海の青さを瞬かせていた，そのとき quand 浜辺から道路に通じる中央の区画のなかを，私は見た je vis，背が高くて，細く，首はすらっと伸びて，頭を高く誇らしげにもたげ，ひとりの若者が通るのを，鋭い眼をして，皮膚はブロンドで，髪も金色で，もしそれらが太陽の光線をすべて吸収してしまったらそうであっただろうほどであった．（88：54，下線強調は青木）

「私は見た je vis」という知覚動詞が用いられていることから，視点は主人公にあるのだろうという予想がたてられる．しかし，そのあとに続く「しなやかで白っぽい生地の服を着て〔…〕Vêtu d'une étoffe souple et blanchâtre〔…〕」，「彼の目は〔…〕海の色をしていた Ses yeux,〔…〕 étaient de la couleur de la mer」，「おのおのが彼を眺めた Chacun le regarda」，「すべての新聞は書いたのだった Tous les journaux avaient décrit」といった表現を主人公の思考に還元する標識 marqueur が，この段落にはみられない．語り手の言説はしばしば「だから aussi」のような接続詞によって主人公の思考に還元される．しかし，ここではそのような標識があらわれない．

語りの主題は，その青年によってかきたてられた主人公の想像や思考ではなく，語り手の記憶にある彼の初めての出現の情景とその雰囲気を描き出すことにあると思われる．語り手と主人公とのあいだには距離がある．そのことをもっとも端的に表わしているのは，内的言説を直接話法で表現してその内容を「じっさいに en effet」で受けるという，語り手が登場人物全般に適用している語りを，ここで主人公に用いていることである．

悪魔祓いの最初の一連の儀式がおわると，いじわるそうな妖婆がその最初の外見をぬぎすててうっとりするような優雅な姿に変わるように，この高慢な人物が，これまで出会ったなかでもっとも愛想のいい，もっとも好意をもってくれる若者になるのを私は見た．「いかにも」と私は心のなかでいった me dis-je，「ぼくはこれまで彼を見そこなっていた，ぼくは幻影のとりこだったのだ，しかし最初の幻影を征服しても二番目の幻影に陥るほかはない，というものあれは貴族病にとりつかれた大貴公子でそれを隠そうとしているからだ」ところで，じっさいに en effet，サン＝ルーの魅力的な礼儀作法や親切のことごとくが，ほんの少し経つと，予想したのとはまったく異なった別の人物を私に見せることになるのだっ

た.（91-92；58-59，下線強調は青木）

　こうした文脈では，「いじわるそうな妖婆がその最初の外見をぬぎすててうっとりするような優雅な姿に変わるように」という心的アナロジーは語り手のものである．「サン＝ルー氏の本性 la nature de M. de Saint-Loup」がここでのテーマである．

　[6-1-4] では，4つのサンギュラティフの出来事が挿入される．20) 21) ではブロックの物語と絡み合う．

　　[6-1-4]「サン＝ルー氏の本性 la nature de M. de Saint-Loup」 に挿入される
　　サンギュラティフによるできごと
　　18) サン＝ルーの出現（88-89；54-55），サン＝ルーが初めて主人公の前に現
　　　れる場面.
　　19) ある日，ヴィルパリジ夫人が主人公を彼に紹介する（90-91；57-58）.
　　20) ある日，サン＝ルーと私が砂の上に坐っていたとき，ブロックに出会う（97；
　　　66）.
　　21) ブロックが，ホテルへ会いに行くとサン＝ルーに約束して，《ライフト》
　　　という言葉をつかった日（97；66-67）.

　他方，この部分が語り手の意味的連結による語りであることは，「その翌日 le lendemain」や「その前日 la veille」といった指示詞によっても示される．時間的連結による物語時間の持続や継起があらわれて主虚構が主流になると，逆に，「今日 aujourd'hui」や「昨日 hier」といった二次虚構との陥入表現が用いられるからである．ここでは時間的連結による場面がない．

　またこのころは，「私がサン＝ルーと交際をむすんだころ　à l'époque où je me liai avec lui」（94；62）と表現されている．

[6-1-5]「シャルリュス氏の滞在」：〈長い一日〉（*J.F.* II, 109-126；3, 82-106）

　シャルリュス氏が滞在した2日にわたる物語は，時刻の推移を追うサンギュラティフのセリーである．

［6-1-5］「シャルリュス氏の滞在」：〈長い一日〉
　22）シャルリュス氏がバルベック・グランドホテルに滞在する．

　この単位はその一日である「サン＝ルーがそんなふうに叔父のことを私に話した翌日の朝 le lendemain matin」（110：85）から始まり，「私は見た je vis」などの表現も［6-1-4］と変わらないように見える．しかしながら，［6-1-4］とは異なって，このサンギュラティフのセリーでは，語りの内容を主人公の視野や思考に還元する標識 marqueur があらわれる．
　つぎの「しかし mais」（112：86）はそうした標識である．「だから aussi」と同様に，それまでの言説を主人公の思考に還元する．

　　ロベールが叔父を待ちながらそんなふうに叔父のことを話してくれたその日は待ちぼうけで，叔父は到着しなかったが，その翌日の朝，ホテルに帰ろうとして，私がただひとりカジノのまえを通りかかると，あまり遠くないところにいる誰かに見つめられているという感じがした．私はふりかえった，すると，非常に背の高い，かなりふとった，真っ黒な口ひげの，四十がらみの男が，そのズボンを細いステッキで神経質にたたきながら，注意をこめて見ひらかれた目を，じっと私にそそいでいる姿が目についた j'aperçus un homme d'une quarantaine d'années, très grand et assez gros, avec des moustaches très noires, et qui, tout en frappant nerveusement son pantalon avec une badine, fixait sur moi des yeux dilatés par l'attention.〔…〕私はホテル破落戸かと思った J'eus l'idée d'un escroc d'hôtel, その男なら，まえから祖母と私とをつけねらっているらしいので，何かわるいことをたくらんで私の隙をうかがっているところを不意にみつけられたことに気がつき，私の目をごまかすために，おそらく急に態度を変え，ぼんやりと気のなさそうな様子をあらわそうとしたのだが，それがあまりに強く誇張されたので，彼の目的は，すくなくとも，私が抱いたと思われる疑念を一掃することにあったと同時に，私が無意識のうちに彼に加えたかもしれない侮辱のしっぺがえしをやること，おまえは人の注意をひくほど大した人間ではない，そんなおまえをおれは見ていたのではない，という考えを私に植えつけることであるように思われていた．彼は挑戦的な態度でぐっと肩を張り，唇をかみ，ひげをひねりあげ，そのまなざしのなかに，冷淡な，冷酷な，ほとんど侮辱的なと思われるものを溶けこませていた．したがって，そんな表情の特殊性が，彼をどろぼうではないか，それとも精神病者ではないか，と私に考えさせていた．にもかかわらず，彼の服装はといえば，きわめて隙のない着こなしで，私がバルベックで見かけるどんな海水浴客の服装よりも落ち着いた，簡素なものであり，ほかの海浜着のけばけば

しい白っぽさにたいしてしばしば気恥ずかしい思いをしている私のスーツにとっては，むしろ安心をあたえるものであった．<u>しかし Mais</u>，そこへ祖母がやってきて，私は彼女と二人でひとまわり散歩をして，そして，一時間のち une heure après，ちょっとホテルに帰った祖母を待っていた，とそのとき，ヴィルパリジ夫人が，ロベール・ド・サン＝ルーと，さっきカジノのまえであんなにじっと私を見つめていたあの見知らぬ人とを伴って，外出するのを私は見た quand je vis sortir Mme de Villeparisis avec Robert de Saint-Loup et l'innconu qui m'avait regardé si fixement devant le casino．その人の視線は，さっき私が彼に気づいたときとおなじように，稲妻のようなはやさで私をつらぬき，それから，<u>まるで何も見なかったように</u>，すこし低くなって，彼の目のまえの位置にもどった，<u>鋭さを失って，外部のものは何も見ないといったふりをし，内部にあるものも何一つ読みとることができないといった，ぼやけたまなざしのように，まるくひらかれた両眼の切れ目のまわりに睫毛を感じる満足だけしかあらわしていないまなざしのように，ある種の偽善者のもつ信心凝りの，虫も殺さないようなまなざしのように，ある種の痴呆のもつうつけたまなざしのように</u>．（110-112；85-86，下線強調は青木）

「しかし Mais」の意味内容を述べれば，「私はホテル破落戸かと思った J'eus l'idée d'un escroc d'hôtel」その「四十がらみの男 un homme d'une quarantaine d'années」を目にして〔私は以上のようなことを考えていた〕，「しかし Mais」，「そこへ祖母がやってきて，私は彼女と二人でひとまわり散歩をした」，つまり〔私の思考はそこで中断していた〕，となるであろう．

　「四十がらみの男 un homme d'une quarantaine d'années」という表現で，最初にシャルリュス氏の年齢が示唆されている．「まるで何も見なかったように」主人公を見つめるシャルリュス氏のまなざしが，4つの収斂をともなって執拗に強調されている．こうしたシャルリュス氏の物語にかんして，[10]「シャルリュス氏の物語」で考察することになるが，第七篇『見出された時』のなかで，主人公はこのときのシャルリュス氏のまなざしをつぎのように回想する．

　私は屠殺場の男がはいってくるのを見た，なるほどちょっとモーリスに似ている，しかしもっと奇妙なのは，二人ともある共通の型に属する何かをもっていることで，私としてはこれまでにまだ自分でひきだしたことがなかった型であるが，それがモレルの顔のなかにあることにこのときはっきり気づいたのだ，つまりこの

二人は，私が見慣れてきたモレルに似てはいないまでも，すくなくとも，私とは
ちがったふうにモレルをながめる人の目なら，当然モレルの目鼻立ちからつくり
あげたであろうと思われる顔に，何かに通うものをもっていたのだ．〔…〕そこ
から，つぎのようなことを結論すべきだろうか？　シャルリュス氏は，すくなく
とも彼の愛の，ある形式では，おなじ一つの型につねに忠実であって，この二人
の若者を相前後して彼に選ばせた欲望は，彼がドンシエール駅のプラットフォー
ムでモレルをひきとめたときの欲望とおなじものであった，ということを，また，
この三人はいずれも，古代ギリシアの青年にどこか似ていて，シャルリュス氏の
目のサファイアに彫りこまれているそうした青年のフォルムが，彼のまなざしに，
あのように特別な何物かをあたえ，それが，バルベックでの最初の日に，私をお
びえさせたのだ，ということを．あるいはまた，モレルへの愛が彼の求めている
型を変形してしまい，モレルと離れていることの空虚を自分でなぐさめるために，
彼はモレルに似た男たちをさがしていた，と結論すべきなのだろうか？　（*T.R.*
IV, 396：10, 191-192, 下線強調は青木）

　ようするに，主人公はシャルリュス氏のまなざしにおびえていたのであ
る．

　その日は日曜日である（*J.F.* II, 117：3, 94）．　その日の朝，こうして主
人公は見知らぬ男に見つめられているのに気づく．「一時間のち une
heure après」，祖母と散歩をするためにホテルの前で待っていると，その
男性がヴィルパリジ夫人とサン＝ルーといっしょに外出するのに出会う．
ヴィルパリジ夫人は主人公にその男性，シャルリュス男爵を紹介する．

　主人公は「祖母とヴィルパリジ夫人と彼の三人をいっしょに話させてお
いて，サン＝ルーをうしろにひきとめて」，サン＝ルーの叔父がゲルマン
ト家の人だと言ったヴィルパリジ夫人の言葉が確かであるかどうか訊ねる
（113：88）．ここで初めて，主人公はヴィルパリジ夫人，サン＝ルー，シ
ャルリュス氏がゲルマント家の一族であることを知る．

　しかし，主人公はこのときのサン＝ルーの説明をよくは覚えていない．
のちにヴィルパリジ夫人邸でのマチネで，主人公はシャルリュス氏の兄が
ゲルマント公爵であることがわからない．そのときこう語られるからであ
る．

　　（私は彼〔シャルリュス氏〕に兄があるならそのひともまたシャルリュス氏と呼
　ばれるにちがいない，と想像してそう言った．サン＝ルーがその点についてバル

431

ベックで二，三説明をしてくれたのであったが，私は忘れてしまっていた）
(*C.D.* II, 574；4，374)

祖母と主人公が招待されたヴィルパリジ夫人の部屋でのお茶の場面が描かれる（*J.F.* II, 118-124；3, 95-104）．主人公はシャルリュス氏の言動が理解できなくて，あれこれと思考をめぐらす．そして翌朝までのシャルリュス氏との物語が語られる．

　そのあいだ，祖母は，サン＝ルーがひきとめるにもかかわらず，私に寝にあがるようにという合図をしていた．そのサン＝ルーは，私が夜，寝るまえにしばしば悲しみを感じるということを，はずかしいことには，シャルリュス氏のまえで，すでにほのめかしてしまったのであった．だからシャルリュス氏は，そんな不甲斐なさをひどく男らしくないと思っているにちがいなかった．私はなおしばらくぐずぐずしていたが，ついで部屋に帰った．すると，すこし経って，私の部屋をノックする音がきこえたので，どなた，とたずね，シャルリュス氏の声がきこえたとき，私はひどくおどろいた．しかし彼はさりげない調子で，
　「シャルリュスです．あなた，はいってもいいですか？　やあ」と言いながらはいってきて，ドアをしめると，やはりおなじ調子で語をついだ，「さっき甥が話してたんだけど，あなたはなかなか眠れなくてこまるんだそうですね，それから話はべつですが，ベルゴットの本に感心しているそうですね，トランクに一冊はいっていたので，たぶんまだあなたの読んだことがないやつだと思うからもってきたのです，おだやかならぬ気分のその時間をあなたが過ごすたすけにもとね．」(124；103-104)

　彼の高揚した感情をその晩さんざん拝聴して，そのあくる日，それは彼が出発する日であったが，朝，浜辺で私が海水浴をしようとしていたとき，ふと見るとシャルリュス氏が私のそばにきていて，水から出たらすぐ帰るようにお祖母さまが待っている，と私に知らせたが，そのあとすぐ，私の首筋をつまみながら，いかにも下品な，なれなれしさと笑いかたで，つぎのようにいうのをきいて私はひどくおどろいた，
　「放っとけばいいじゃないか，おいぼれのお祖母さまなんか，どうだい？　おい，ちんぴら！」
　「なんですって，お祖母さまはぼくのたいせつな！…」
　〔…〕
　おそらくこんなことをいったのを後悔したのであろう，しばらくして彼から本を私は受け取ったが，それは──モロッコ皮の装幀で，表紙には別カットの皮が

標示板のようにはめこまれ，そこに忘れな草の一茎が薄浮彫で出ていて——彼が
ゆうべ私に貸してくれ，それを私が「外出中」のエメの手からでなく，エレヴェーター・ボーイの手から，先ほど彼に返却したばかりの，その本なのであった．
（125-126；105-106，下線強調は青木）

じっさいは，主人公が考えたようにシャルリュス氏が「こんなことをいったのを後悔した」から，主人公にベルゴットの本をくれたのではなかったのである．がしかし，その事情はのちにならなければ主人公にも読者にもわからない．

翌年の末，初めてゲルマント公爵夫人邸の晩餐会に出たその帰りに，主人公はシャルリュス氏を訪問する．そのとき，シャルリュス氏は激怒している．

「この会見は，ここで名をあかされることを望まないある人のねがいで私が承諾
してあなたにかなえられることになったもので，これで私たちのおつきあいは終
止符を打つことになるでしょう．〔…〕私がパリに帰ったあとすぐ，バルベック
にいながらにしてあなたにわかるように，私にたよればいいということがあなた
にわかるように，手配されていたでしょう．」シャルリュス氏がバルベックでど
んなに悪態をついてわかれていったかをおぼえている私は，ちょっと否定のそぶ
りをやりかけた．「なんです！」と彼は怒って叫んだ，〔…〕「しらを切るという
のですか，私のことを忘れずに思いだせ，と解さなくてはならぬメッセージ——
意思表示ともいうべきもの——を受けとらなかったと？　一体どんなものが修飾
としてありましたか，私があなたのところへととどけさせたあの本のふちには？」
　「とてもきれいなかざり文字の組みあわせが」と私はいった．
　「ふん！」と彼は軽蔑するように答えた，「〔…〕ベルゴットの本の装幀を見て
も，あなたは気がつきもしなかった，それがバルベック教会の戸口の上の横木の
忘れな草だということに．これ以上明快にあなたにつたえる方法がほかにありま
すか，《われを忘れるな》と？」（*C. G.* II, 842-843；5，343-345）

主人公が手紙を書かなかったことを延々と罵倒するシャルリュス氏に，
今度は主人公の気持が，「ふとした瞬間から，狂的な憤怒にかわっていた」
（846；349）．主人公は，男爵の新しいシルク・ハットにとびかかり，「ふ
みつけ，がむしゃらになってばらばらにこわし，うらをはがし，山の部分
を二つにさき」，部屋を横ぎって出て行こうとしてドアをあける．男爵は

433

主人公を呼び返し，しまいには，「父親のように私の肩にさわりながら」
(851：356)，やさしい言葉をかけ，「あなたのお祖母さんをしのんで，セ
ヴィニェ夫人のめずらしい版をあなたのために装幀させておいたんだ．こ
れじゃこの会見も最後ではなくなることになる」（同上）という．こうし
たシャルリュス氏とのめちゃくちゃな波乱の物語が早くも１度目のバルベ
ックで準備され，伏線をはられている．

[6-1-6]「ブロック家の晩餐」（ *J.F.* II, 126-137；3, 107-122）

　ブロックは主人公とサン＝ルーを晩餐に招待していた．シャルリュス氏
の滞在によって延期されていたこのブロックの招待が実現される．

> [6-1-6]「ブロック家の晩餐」
> 　23）サン＝ルーとともにブロック家の晩餐にでかける．

　このブロック家の晩餐は，たとえば「スワンの恋」におけるヴェルデュ
ラン家の夜会と同様のパーティの場面であるが，サロンの情景とは異なっ
て，語り手の意味文脈によって段落がつながれ，語り手の説明は簡潔で，
時間的連結は部分的である．サンギュラティフの場面であるにもかかわら
ず，「…のとき quand」などの時点をあらわす副詞節が多用されるのがこ
うしたテクストの特徴である．

　主虚構において時間的連結によって順行的時間経過が表わされる場合で
は，時の副詞節はほとんど用いられない．文脈によってそれがいつの時点
であるか分かるからである．しかし，語り手の言説においては意味的連結
が主流であるために，時点を表示する必要が生じる．また通常は，語り手
の言説において主人公を含めた登場人物に明示的に視点が与えられること
はない．にもかかわらず，ここで１か所，ブロック氏の発話を記した自由
間接話法があらわれる．

> 　ブロックの家では父ブロック氏だけが成功をおさめているのではなかった．私
> の級友ブロックもまたその妹たちのあいだでは父以上に成功をおさめていて，
> 〔…〕．私たちが着いたとき Quand nous arrivâmes，姉は一人の妹にいった，「思
> 慮深いお父さまと尊敬すべきお母さまとに知らせに行きなさい．」──「おい，

牝犬ども」とブロックは妹たちにいった，「きみたちに紹介する，このかたは，
光沢うるわしい石造りの住まい，軍馬おびただしいドンシエールの町から，数日
の滞在にこられた，敏捷な馬上の槍手，サン＝ルー騎士だ。」〔…〕（128-129；
110-111，下線強調は青木）

　しかしブロック嬢たちと彼女たちの兄は耳のつけ根まで真っ赤になった，それ
ほど感銘を受けた，父ブロックが息子のふたりの「学友 labadens」にたいして
どこまでも豪勢にみせようとしてシャンパンをもってくるように命じ，そして私
たちに「おごる régaler」ために，オペラコミックの一団がちょうどその晩カジ
ノでやる興行に席を三つとらせておいたと無造作に告げたときのことである．二
階のボックス席がとれなかったのは残念でした．そこは全部ふさがっておりまし
た．もっともそこへはたびたび行って経験しておりますので，オーケストラ席の
ほうがよかろうと思いまして．ただ，その息子の欠点，すなわち他人に見えない
と息子が信じている欠点が野卑であるとすれば，父親の欠点はけちであった．
Mais les demoiselles Bloch et leurs frère rougirent jusqu'aux oreilles tant ils
furent impressionnés quand Bloch père, pour se montrer royal jusqu'au bout en-
vers les deux « labadens » de son fils, donna l'ordre d'apporter du champagne
et annonça négligemment que pour nous « regarder », il avait fait prendre trois
fauteuils pour la représentation qu'une troupe d'opéra-comique donnait le soir
même au Casino. Il regrettait de n'avoir pu avoir de loge. Elles étaient toutes
prises. D'ailleurs ils les avait souvent expérimentées, on était mieux à l'or-
chestre. Seulement, si le défaut de son fils, c'est-à-dire ce que son fils croyait in-
visible aux autres, était grossièreté, celui du père était l'avarice. (134-135；119,
下線強調は青木）

　下線強調した部分，「二階のボックス席がとれなかったのは残念でした．
そこは全部ふさがっておりました．もっともそこへはたびたび行って経験
しておりますので，オーケストラ席のほうがよかろうと思いまして」は，
ブロックの父が発した言葉を自由間接話法で表したものであると考えられ
る．この晩餐の主役はブロック氏であり，ブロック夫人の叔父であるニッ
シム＝ベルナール氏，子供たち（ブロックと妹たち）を含めたブロック一
家の「虚飾への好み le goût de l'ostentation」（133；118）をあばくことに
語り手は専心しているように思われる．

435

[6-1-7]「サン＝ルーと愛人との関係の劇的な時期」（137-145；123-134）

この物語は，シャルリュス氏の物語とブロック家に出かけたこととによって中断されていた［6-1-4］「サン＝ルー氏の本性」の続きである．［6-1-4］と同様にここでも語り手の意味文脈が展開される．「二人の関係のこの劇的な時期 cette période dramatique de leur liaison」（142；130）という表現が用いられる．語り手は，おそらく伝聞によるものと思われる主人公が登場しないサン＝ルーの物語を語る．対象とする物語時間はこの「バルベックⅠ」の始点より前から始まっている．

> 二人の関係のそんな劇的な時期——いまはそれがサン＝ルーにとってもっとも尖鋭化した段階に達していたのであって，彼女は彼がパリにいるといらいらするといってパリにとどまることを彼に禁じ，彼の部隊の所在地に近いバルベックで休暇をとるようにさせたのであったが——その時期のそもそものはじまりは，ある晩，サン＝ルーの一人の叔母の邸宅での催しからで，はじめサン＝ルーはその叔母を説きふせ，彼が愛しているその女の友を呼んで多くの招待客のために象徴主義のある劇の断片を朗読させることにしたのであった，その劇を彼女はすでに一度ある前衛劇場の舞台で演じていて，その作品にたいする彼女自身の讚美の念を彼とともにわけあっていたのであった．（142；130）

「バルベックⅠ-1」のおわりにサンギュラティフのエピソード，祖母がサン＝ルーに写真を撮ってもらう物語が挿入される（144-145；132-134）．

> 「バルベックⅠ-1」のおわりに挿入されるサンギュラティフのできごと
> 　24）祖母はサン＝ルーに写真を撮ってもらう．

主人公は不機嫌になっている．祖母が「その写真をとるために，一番上等の衣裳を身につけ，さてどの帽子にしたものかとあれこれ迷っているのを見たとき，祖母にもそんな子供っぽさがあるのかと私は意外に思い，すこし癪にさわるものを感じた」．主人公の不機嫌は「とりわけ，その週，祖母が私から逃げていたように思われたこと，昼も夜も一刻として祖母を私だけのものにしておくことができなかったこと，そんな理由からきていた」．夜，仕切壁越しにノックをしても，いくら待っても，「何の音もかえってこなかった」．やがて分かることだが，祖母は体調をくずしていたの

である.

　星印（145；134）が，[6-1]「バルベックⅠ-1」と[6-2]「バルベックⅠ-2」をわける.

　以上見たように，「バルベックⅠ-1」では[6-1-1]から[6-1-7]までテクストは物語の順行的経過をたどる. しかし，「パリのスワン家のほう」のようにサンギュラティフの出来事がセリーを形成することがない. 多くの出来事が完結するようには描かれない. 「祖母がサン＝ルーに写真を撮ってもらう物語」のように，そのつづきを[8]「バルベックⅡ」まで待たなければならない場合もある.

[6-2]「バルベックⅠ-2」の7つの区画
　この時期，主人公はエルスチールと知り合い，海洋画を見せてもらい，バルベックの教会について知識を得たことによって，バルベックの「嵐の海」，「ほとんどペルシア風の教会」という固定観念から脱する（251-256；275-283）. また，少女たちの一群と知り合い，彼女たちに恋をすることによって，ジルベルトへの愛のときのような「愛という名」の呪縛からも解放されることになる（255-256；282-283）. 「バルベックⅠ-1」と同様に7つの区画が形成される.

　　[6-2]「バルベックⅠ-2」（*J.F.* Ⅱ, 145-286；3, 134-324）
　　　[6-2-1]「見知らぬ少女たちの一団を初めて見た日，サン＝ルーとリヴベルに出かける」（145-179；134-178）：一部がイテラティフに置きかえられた〈長い一日〉
　　　[6-2-2]「少女たちへの欲望，エルスチールに会う」（179-190；178-192）
　　　[6-2-3]「エルスチールのアトリエ訪問」（190-220；192-233）：〈長い一日〉
　　　[6-2-4]「サン＝ルーの出発」（220-224；233-239）
　　　[6-2-5]「エルスチール宅での午後の催しでアルベルチーヌに紹介されてから，少女たち全員と知り合いになり，彼女たちと毎日をすごすようになるまで」（224-245；239-267）
　　　[6-2-6]「少女たちとの日々」（245-286；267-324）
　　　[6-2-7]「ある日の午後，フュレの遊びをしたときから，ホテルでアルベルチーヌに接吻を拒絶されるまで」（271-286；304-324）

[6-2-1]「見知らぬ少女たちの一団を初めて見た日，サン＝ルーとリヴベル
に夕食に出かける」：一部がイテラティフに置きかえられた〈長い一日〉（*J.F.*
II, 145-179 ; 3, 134-178）

「その日 ce jour-là」で始まるこのテクスト単位は〈長い一日〉を形成す
る．あとで図IIに見るように，サンギュラティフが部分的にイテラティフ
に置き換えられている．イテラティフが対象とする物語時間の終点は，サ
ン＝ルーがバルベックを去る何日か前と考えられる．

主人公は「あの青春の一時期にいた dans une de ces périodes de la jeu-
nesse, 特定の愛の対象が欠けていて，空虚で，——愛する男が惚れ込んだ
女をあらゆるところに欲望し，探し，見るように——，あらゆるところに
美を欲望し，探し，見る，青春の時期」（145 ; 134）にあった．

はじめて単純過去があらわれ，主人公が行為者としてあらわれるのは，
「とそのとき quand」の次の部分である．

> ぽつんとひとり，私はグランドホテルのまえにいて，祖母に会いに行く時刻にな
> るのを待っていた，とそのとき，浜辺の堤防の，まだそのほとんどはずれのあた
> りに，奇妙な一つの斑点が動くように見えて，五，六人の女の子らがこちらに進
> んでくるのを私は見た Seul je restai simplement devant le Grand-Hôtel à at-
> tendre le moment d'aller rencontrer ma grand-mère, quand, presque encore à
> l'extrémité de la digue où elles faisaient mouvoir une tache singulière, je vis
> avancer cinq ou six filletres, 〔…〕．（146 ; 135）

少女たちを初めて見た瞬間を表出した総合文は，サン＝ルーを初めて見
た瞬間のテクスト（88 ; 54）と同じかたちをしている．カンマのあとに
「そのとき quand」がつづく．その女の子らは「もう私からそう遠くない
ところにきていた」（147 ; 137）．そして「自転車をおしている大きくふく
らんだ頬をもった褐色の髪の少女のそばを通りすぎるとき」（151 ; 142），
主人公はその少女と視線をかわす．

> 自転車をおしている大きくふくらんだ頬をもった褐色の髪の少女のそばを通り過
> ぎるとき，私は一瞬，彼女の笑をふくんだ横目 ses regards obliques et rieurs に
> ちらとぶつかったが，それは，この小さな部族の生活をつつみかくしているあの

非人情の世界，この私についての観念などとうていはいりそうもない近づきにくい未知の世界の奥からさしむけられたまなざしであった．(151-152：142)

　この少女はのちにアルベルチーヌであることが判明する．

　ここでテクストはサンギュラティフからイテラティフへ，イテラティフからサンギュラティフへと自在に移行していくようにみえる．

　サンギュラティフとイテラティフの混在のありかたを考えると，つぎの4つの場合がある．

　　1. イテラティフのセリーのなかにサンギュラティフのエピソードが挿入される場合．
　　2. イテラティフのセリーの一部がサンギュラティフに置きかえられる場合．
　　3. サンギュラティフのセリーのなかにイテラティフのエピソードが挿入される場合．
　　4. サンギュラティフのセリーの一部がイテラティフに置きかえられる場合．

　これまで見たように，1. イテラティフのセリーのなかにサンギュラティフのエピソードが挿入される場合がもっとも多く，つぎに2. イテラティフのセリーの一部がサンギュラティフに置きかえられる場合，ついで3. サンギュラティフのセリーのなかにイテラティフのエピソードが挿入される場合が多い．

　[6-2-1]「見知らぬ少女たちの一団を初めて見た日」のテクストは4番目の，サンギュラティフの一部がイテラティフに置きかえられる例である．しかしこのテクストについて，一度読んだところでは，おそらくどんな読者も次のジュネットと同じように考えるだろう．

　　物語言説は，何の前触れもなしに，一つの習慣から単一の出来事へといきなり移行するわけだ．それはまるで，その単一の出来事が，どこかその習慣の内部に，もしくはその習慣と関連したところに位置を占めているのではなくて，習慣そのものが単一の出来事になりうる，いや，それどころか習慣のままでありながら単一の出来事でもありうるかのごとくなのである．これはまさしく驚くべきことであり，プルーストのありのままのテクストにおける断固たる非現実主義の在り処を示している．〔…〕まして，『花咲く乙女たち』の中の，リヴベルにおける晩餐の模様を語る物語言説に至っては，いよいよ困難は大きくなるはずである．実際，

ここで語られている晩餐は，半過去で語られた〔…〕総合的な晩餐であると同時に，定過去〔単純過去〕で語られた〔…〕単一の晩餐でもあって，これら二種類の晩餐が解きほぐし難く一体と化しているのである．しかも後者の単一の晩餐は，乙女たちがはじめて登場した夜のことを物語っているのだから，その時期を正確に定めることは可能であるにもかかわらず，いかなる時間的指示も，この単一の晩餐を，それを含む系列と関連させて位置づけてはいないのであり，それゆえこの単一の晩餐ですら，系列の内部で，漂うがごとき印象——というよりもむしろ人を当惑におとしいれるような印象——を与えることになるのだ．（GENETTE 1972, 175；173-174，強調はジュネット）

　実際，段落の書き出しをあげてみてもサンギュラティフとイテラティフが混在しているようにみえる．

　　私はホテルに帰った Je rentrai，リヴベルにサン＝ルーと夕食をしに行くことになっていて，祖母が出かけるまえに一時間ほどベッドで横にならなくてはいけない，と言っていたからだった．その昼寝を，バルベックの医者は外出しない夕方にも続けるように，とまもなく私に命じた．（156；148）

　　私は自分の部屋にはいった J'entrai dans ma chambre．季節が進むにつれて，窓のなかに見出す画面が変った．はじめは，太陽は真昼の日ざしで，暗いのはお天気がよくないときだけだった，〔…〕（160；153）

　　ノックの音がした，エメだった，外から来る訪問者の最近の名簿をわざわざ自分でもってきてくれたのだ On frappa ; c'était Aimé qui avait tenu à m'apporter lui-même les dernières listes d'étrangers．（164；158）

　　最初のころ，私たちがリヴベルに着く時刻は，ちょうど太陽が没したところであったが，まだ明るかった Les premiers temps, quand nous arrivions, le soleil venait de se coucher, mais il faisait encore clair ;〔…〕（165；160）

　　突然私は，リヴベルで見たうれいをふくんだ風情の，あのひとときじっと私を見つめたブロンドの若い女のことを思いだした Tout à coup je me rappelai la jeune blonde à l'air triste que j'avais vue à Rivebelle et qui m'avait regardé un instant．（179；177）

　しかしながら，「その日 ce jour-là」を時刻の推移にしたがって分析し，

〈長い一日〉をたどっていけば，その形成がみえてくる．時点〈1〉「その日 ce jour-là」のグランドホテルの前（146；135）から翌日の午後の時点〈9〉突然リヴベルで会ったブロンドの若い女のことを思い出す（179；177）ときまで，9つの時点が見出され，物語が6つの区画から形成されている．そのうち3つがイテラティフである．［6-2-1-5］は，2番目のイテラティフ［6-2-1-4］のなかに組み込まれる．

［6-2-1］「見知らぬ少女たちの一団を初めて見た日，サン＝ルーとリヴベルに夕食に出かける」：〈長い一日〉の6つの区画

［6-2-1-1］グランドホテルのまえで，祖母を待つ．一人の散歩．少女たちの一群と堤防のうえですれちがう．ホテルの部屋にもどる．シモネ嬢という名を思いだして，リフトに最近の訪問者名簿を持ってきてくれるようにたのむ．（146-160；135-153）

［6-2-1-2］イテラティフ：ホテルの部屋で．（160-164；153-158）

［6-2-1-3］ノックの音がする．エメが訪問者名簿を持ってくる．（164-165；158-160）

［6-2-1-4］イテラティフ：リヴベルで過ごす宵．ホテルにもどって翌日の午後まで休む．（165-171；160-167，173-179；169-177）

［6-2-1-5］イテラティフ：ひとりで馬車でバルベックのホテルに帰る．（171-173；167-169）

［6-2-1-6］突然リヴベルで会ったブロンドの若い女のことを思い出す．（179；177-178）

つぎに，イテラティフのテクストが対象とするのが何日間であるか，その期間を考える．

［6-2-1-2］は，時点〈3〉から時点〈4〉までの何時間か（何分か）に，ホテルの部屋に一人でいる主人公が「窓の額縁のなかに見出す画面」を季節の進行とともに描きだす．対象とする期間は「その日」から「とうとう，食堂のガラス戸が閉められた」（164；158）日までの何日間かである．

［6-2-1-4］と［6-2-1-5］は，主人公がサン＝ルーとリヴベルに出かけた何時間かに対応し，「その日」から「サン＝ルーが出発する」（220-224；233-239）日の何日か前までの何日間かを対象とすると考えられる．

なぜサン＝ルーの出発の何日か前までなのか，それはのちに次のように書かれているからである．

　いまやいつでも私の望むときにあの少女たちと知りあいになれるという可能性がもたらしたやすらぎは，つづく何日間かのあいだ les jours suivants, 彼女らを待ちぶせしつづけることができなかっただろうから，私にはいっそうたいせつなものだった．その日々はサン＝ルーの出発準備に費やされた（220；233）

図 II ［6-2-1］「見知らぬ少女たちの一団を初めて見た日，サン＝ルーとリヴベルに夕食に出かける」：〈長い一日〉の時間形成

（実線はサンギュラティフ，破線はイテラティフ）

1. グランドホテルの前（146；135）
2. エレヴェーターに乗る．リフトに最近の訪問者名簿を持ってきてくれるようにたのむ．(156-159；148-152)
3. エレヴェーターをおりて部屋にはいる（159-164；152-158）
4. ノックの音がする，エメが訪問者名簿を持ってくる（164；158）
5. リヴベルに着く（165；160）
6. ホテルに帰る（176；173）
7. 朝が近づく（178；175）
8. 「午後の二時」（178；176）
9. 突然リヴベルで会ったブロンドの若い女のことを思い出す（179；177）

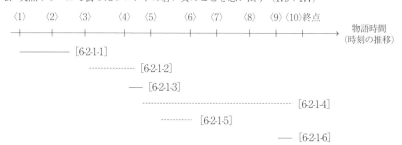

［6-2-2］「少女たちへの欲望，エルスチールに会う」（179-190；178-192）
［6-2-3］「エルスチールのアトリエ訪問」：〈長い一日〉（190-220；192-233）
［6-2-4］「サン＝ルーの出発」（220-224；233-239）

　［6-2-1］から［6-2-5］の冒頭まで，日々の推移は，以下に引用するように，サン＝ルーの状況とのかかわりによって記される．このことは，［6-

2-1]「見知らぬ少女たちの一団を初めて見た日」に含まれるリヴベルでの物語のイテラティフが対象とする期間がサン゠ルーの出発までであることと符合しており，その間，主人公は彼と夜，しばしばリヴベルを訪れたのであった.

　　その日も，数日来そうであったように，サン゠ルーはドンシエールに出かけなくてはならなかったのだが，やがて決定的にそこに帰ってしまう日を控えて，いまは夕方おそくまで，いつもそこにひきとめられる用事があるらしかった．（[6-2-1] 145：134）

　　まもなくサン゠ルーの滞在の最後の期日がせまった．私は例の少女たちの姿をそれまでに浜辺で見かけたことはなかった．サン゠ルーは午後はほとんどバルベックにいないので，彼女らのことにかかわったり，私のために彼女らに近づく機会をつくったりするわけにはいかなかった．彼は夜はもっと自由で，つづけてしばしば私をリヴベルに連れていった．（[6-2-2] 181-182：181）

　　サン゠ルーが出発してから数日経って，私がいよいよアルベルチーヌに会える小さな午後の催しを，うまくエルスチールにひらいてもらえるようになったとき，私がグランドホテルから出かけるときに人の目をひいたほんのわずかな瞬間の私の魅力とエレガンスとを（それは十分な休息と，費用をかけて凝らした服装のおしゃれとによるものであったが），あとまでとっておいて（エルスチールからえている信用とともに），それをアルベルチーヌよりほかのもっと興味ある誰かを征服するために役立てることができないのを私は残念に思った．（[6-2-5] 224-225：239）

[6-2-2] の書き出し，「その日は，海のまえに少女たちの美しい行列がくりだされるのを見た，その翌日だった」に始まるテクストでは，時刻の推移が消え，語り手の意味文脈に従って物語が展開される．ついで順行的時間経過があらわれる．サンギュラティフで「ある晩 un soir」のエルスチールとリヴベルのレストランで出会った出来事が語られる（181-185：181-186）．つぎにその翌日，祖母と散歩に出たとき，一人の少女とすれちがう出来事（185：186）があり，その後テクストはイテラティフに移行し，主人公は「彼女らにあえるだろうと思う時刻には，浜辺に出るために，あらゆる口実を設ける」（188：190）．彼女らに会うことへの障害と考えてエ

443

ルスチールを訪問しないでいる主人公に，祖母は軽蔑をあらわに示す．このように [6-2-2] の物語言説は，語り手の言説→「ある晩」のサンギュラティフ→「その翌日」のサンギュラティフ→イテラティフと移行する．「ついに祖母の言いつけにしたがって」，主人公はエルスチールを訪問することになる．

　要するに，[6-2-1] と [6-2-2] では海辺の少女たちの物語とエルスチールの物語とはまったく別の場所での別の物語であり，主人公にとって相容れないたがいに排斥しあうできごとであったが，[6-2-3] のエルスチールのアトリエで，それが合流して一つの物語になるのである．

[6-2-1] 少女たちに出会う　　　　　　　　　　　　　…海辺の物語
[6-2-2] エルスチールと出会う　　　　　　　　　　…リヴベルの物語
[6-2-2] 一人の少女とすれ違う　　　　　　　　　　…海辺の物語
[6-2-3] エルスチールが少女たちと知り合いであることを知る
　　　　　　　　　　　　　…エルスチールのアトリエでの物語

　[6-2-3] のエルスチールのアトリエをはじめて訪問した物語は，サンギュラティフの〈長い一日〉を形成する．テクストの前半は，エルスチールの絵を見ている主人公の思考を追う．アトリエで知的な喜びを味わっている主人公に，窓のそとで，田舎道を歩いてくる「例の小さな一団のなかの自転車をおしていた少女」（199-200；205）がエルスチールに挨拶をおくるのが見える．エルスチールは彼女が「アルベルチーヌ・シモネ」という名であることをおしえ，他の少女たちの名前もおしえる．こうして後半は，少女たちへの夢想の物語へと移行する．

　ミモロジックの文脈において，エルスチールの果たす役割は大きい．まず主人公は，「エルスチールが物からその名をとりさる，または物にべつの名をあたえることによって，それを再創造している」ことを理解し（191；194），「カルクチュイの港」の画面を長い間じっと見る（192-196；195-200）．

　　私をとりまく大多数の絵は，彼のもののなかで私が一番見たかったと思うようなものではなかった．私が見たかったのは，グランドホテルのサロンのテーブルの

うえにちらばっているイギリス美術雑誌にいうところの，彼の第一期および第二期の手法，すなわち，神話的手法および日本から影響を受けている手法に属するもので，これは二つともゲルマント夫人のコレクションのなかにそのみごとな代表作があるとのことだった．いうまでもなく，いま彼のアトリエにあるのは，ほとんどこのバルベックに取材された海の絵ばかりであった．しかし，そこに私が見てとることができたのは，それらの絵の一つ一つの魅力が，表現された事物の一種の変形にあるということであって，これは，詩において暗喩法と呼ばれているものに似ているのだが，父なる神がものに名をつけることによってそれを創造したとすれば，エルスチールは物からその名をとりさる，または物にべつの名をあたえることによって，それを再創造しているのであった．物を示す名は，われわれの真の印象とは無縁な，理知のある概念に呼応するのがつねで，理知はそうした概念に一致しないものをすべてわれわれの印象から消し去ってしまうのである．(191；194)

　主人公は「バルベックの教会のまえに立って失望したこと」をうちあけ(196；201)，「ペルシア風の建物を見ようと期待してきたこと，それが失望の原因の一つであること」を彼にいう (198；203)．また「ミス・サクリパン，一八七二年十月」と書かれた水彩の肖像画を見る (205；212)．若き日のオデットの肖像である．
　結局，この日，主人公はアルベルチーヌたちに紹介してもらうことができない．しかし，いつでも彼女たちに紹介してもらえるという安らぎが主人公に余裕を与え，それ以降，主人公は海ばかりを見ているのではなく，グランドホテルの食堂の「静物」の「奥深い生命のなかに，美をみいだそうとする」(224；238-239)．エルスチールの水彩画のなかに見出したものを現実のなかに再発見しようとする．こうして，主人公はやっとバルベックの「嵐の海」「ほとんどペルシア風の教会」という固定観念から脱することができたのである．
　『失われた時を求めて』におけるエルスチールの役割はミモロジックの文脈においてのみにとどまらない．

　ところで，外界の事物を，自分の知っている状態の通りに表現しないで，われわれの最初の視像が形成されるあの目の錯覚通りに表出しようとするエルスチールの 努力 l'effort d'Elstir de ne pas exposer les choses telles qu'il savait qu'elles étaient, mais selon ces illusions optiques dont notre vision première est faite は，

まさにそれらの遠近法のいくつかをあきらかにすることにあったので，当時はいっそうそれらの法則が目立ったのであった，なぜなら，芸術がまず最初にそうした諸法則を明るみに出したからである．（194：199）

「われわれの最初の視像が形成されるあの目の錯覚通りに selon ces illusions optiques dont notre vision première est faite」と「遠近法の諸法則 lois de perspective」が，登場人物にも適用されるからであって，それが解釈の可能性の文脈でも問題になるからである．

しかし，なぜ，エルスチールが，結果的に，主人公のミモロジスムの信仰を減退させることになるのであろうか．本章のおわりにこの問題を考えたい．

[6-2-5]「**エルスチール宅での午後の催しでアルベルチーヌに紹介されてから，少女たち全員と知り合いになり，彼女たちと毎日をすごすようになるまで**」（224-245；239-267）

[6-2-6]「**少女たちとの日々**」（245-286；267-324）

[6-2-7]「**ある日の午後，フュレの遊びをしたときから，ホテルでアルベルチーヌに接吻を拒絶されるまで**」（271-286；304-324）

[6-2-5]ではサンギュラティフの順行的因果関係によって物語が展開され，[6-2-6]ではイテラティフの記述のあいだにサンギュラティフの2つの出来事が挿入され，[6-2-7]ではサンギュラティフにもどりホテルでのキスの場面でクライマックスをむかえる．このように，テクストは，サンギュラティフ→イテラティフ→サンギュラティフと移行し，その過程で9つのエピソードがサンギュラティフの継起としてあらわされる．

[6-2-5]「エルスチール宅での午後の催しでアルベルチーヌに紹介されてから，少女たち全員と知り合いになり，彼女たちと毎日をすごすようになるまで」のサンギュラティフのセリー（224-245；239-267）．

　1)「エルスチール宅での午後の催し，アルベルチーヌに紹介される」(224-231；239-247)

　2)「すぐそののち，雨あがりの，肌さむいまでに感じられたある朝」(231-236；

247-255)

3）アルベルチーヌと約束していた外出（236-240；255-261）

4）「ある朝，アルベルチーヌをみつけた私は」（241-244；261-267）数日た
って少女たち全員と知り合いになり，彼女たちと毎日を過ごすようになる
（244-245；267）

[6-2-6]「少女たちとの日々」（245-286；267-324），

イテラティフのセリー（245-271；267-303）

［場合1］「雨の日」：「お天気がわるくても，アルベルチーヌはおそれるとい
うことがなく，ゴム防水のレインコートを着て，自転車で，驟雨のなかを
さっと走ってゆく姿がよく見られたが，雨の日は，私たちはひるをカジノ
で過ごしたのであって，そんな日にそこに行かないでいることは，私には
とうてい不可能なことのように思われた.」（247；270）

［場合2］雨の日以外：「そうした雨の日を除くと，私たちは自転車で断崖の
上や田舎へいくことになっているので，その一時間前から私はおしゃれを
することにつとめ，〔…〕」（249；273）

［場合2-1］「私たちは近辺の農園レストランでグッテをとる日もあった」
（257；284）

［場合2-2］「しかしまたときには，農園にはいかないで，断崖の上までのぼ
ってゆき，そしてそこにたどりついて草の上に腰をおろすと，私たちはサ
ンドウィッチやケーキの包みをひらくのであった」（257；284）「食べ物を
平らげてしまうと，私たちはいろんなあそびをした」（258；286）

挿入されるサンギュラティフのできごと

5）エルスチールに会いに行った日（251-255；276-282）

6）「ある日」，アルベルチーヌが「あなたが好きよ」と書いた紙を主人公に
わたす. ジゼールからの手紙を読む. 作文が話題になる.（264-268；294-
299）

[6-2-7]「ある日の午後，フュレの遊びをしたときから，ホテルでアルベルチー
ヌに接吻を拒絶されるまで」（271-286；304-324）のサンギュラティフのセ
リー

7）「ある日の午後」「フュレ」の遊びをする（271-279；304-314）.

8）「フュレの遊びをしてから数日たって」（279；314）

9）「フュレの遊びをしてから約一か月経ったころであったが」，アルベルチー
ヌがグランドホテルに泊まりに来る. 主人公はアルベルチーヌに口づけを
拒絶される.（281-286；318-324）

[6-2-7] に「フュレの遊びをしてから約一か月経ったころ Environ un mois après le jour où nous avions joué au furet」(281；318) という表現が見られる．さらに，つづく「バルベックⅠ-3」では，9) のできごとの「この晩から一週間経って huit jours plus tard」(286；324) という表現があらわれる．

主人公がバルベックを発ったのは遅くとも 10 月末である．したがって，「フュレの遊びをした日」は 9 月中旬であろう．[6-2-6] のイテラティフが対象とする期間である午後アルベルチーヌたちと外出した日々を，語り手は「美しい季節 la belle saison」(305；349)〔晩春から初秋にかけての天気の良い季節を指す〕と呼んでいる．

テクストは 1 行空き (286；324) のあと，語り手の言説に移る．

[6-3]「バルベックⅠ-3」：「夢想がふたたび自由になる」(286-306；324-351)

アルベルチーヌに口づけを拒絶されて，主人公の夢想は自由をとり戻す．

> あれこれの事柄についてアルベルチーヌがどう考えているかを知りたいという私の知的好奇心は，彼女に接吻できるという信仰 la croyance que je pourrais l'embrasser の消失のあとにまでは残らなかった．私ははじめから，私の夢想は肉体占有の希望とは無関係だと思っていたのだったが，その夢想は，それ自身が肉体占有の希望から養分を吸収しなくなると，たちまちアルベルチーヌから離れた，この晩から，夢想は，ふたたび自由をとり戻し——いつか以前に，私がある少女に見出した魅力，とりわけ，その少女に愛されると予想した可能性やチャンスが，ふたたび活躍しはじめて——アルベルチーヌの女友達の誰かに，そしてまず最初はアンドレのほうに，移った．(287；324-325)

> これらの少女たちの間を低迷しているのは，最初の日々の魔力だけではなくて，いまは愛そうとする真の下心が，彼女らの一人ひとりの間をめぐり，その誰にも結びつきかねて，ためらっているのだった，それほどまでに，一人が他に置きかえられても，不自然ではなくなっていた．(296；337)

要するに，主人公は「彼女らに一種の集合的な愛をささげていた leur ayant voué cette sorte d'amour collectif」(296；338) のであった．語り手

は，主人公のうちに欲望と信仰が生まれ，夢想が発展していった過程を回想する．ふたたび自由になった主人公の夢想は新たな信仰を生みだす．

のちになり，私がどのアルベルチーヌを考えるかにしたがって，私自身が別の人間になる習慣をもったのは，おそらく，当時私が彼女のなかにながめた人間がそんなにまで多種多様であったからであろう．私は，嫉妬深い人間にもなれば，無関心な人間にも，官能的な人間にもなれば，憂鬱な人間にも，怒りっぽい人間にもなったが，そうした人間が再創造されるのは，よみがえる回想の偶然によるばかりではなく non seulement au hasard du souvenir qui renaissait, 介在する信仰の強さにもよるのであって mais selon la force de la croyance interposée, 同じ一つの回想にたいしても，その回想を評価するやりかたが異なるのであった．〔…〕正確に言えば，アルベルチーヌのことをあとで考えたその私の一人ひとりに，私はちがった名前を与えなくてはならなかっただろうし，さらに，私のまえにけっして同一の姿をあらわさなかったそのアルベルチーヌの一人ひとりに，ちがった名前を与えなくてはならなかっただろう，そんなさまざまなアルベルチーヌは，あの多様な海 ces mers ——便宜上私は単数で海 la mer と呼んではいるが——に似ていたのであって，そんな多様な海のまえに，ほかでもないニンフのアルベルチーヌが浮き出しているのであった．とくに〔…〕私がつねにその名を与えなければならないであろうものは信仰であって je devrais donner toujours son nom à la croyance, その信仰は，私がアルベルチーヌに会うどんな日にも私の魂を支配していて，そのときの人々の雰囲気や姿をつくりあげていたのであった．それはあたかも海の雰囲気や姿が，ほとんど目に見えない雲に依存し，その雲が集中し，流動し，拡散し，遁走しながら，一つひとつの物の色を変えるようなものなのだ，〔…〕．（299：341-342）

あの少女たちの頭のなかには，純潔にたいする軽蔑感や，日々の浮気の思い出がやどっている，と想像することを，私はすでにやめて，その代わりに，まじめな道徳的教訓を宿らせるようになった，〔…〕．（300：343）

私の最初の印象は，みんなどんどん遠いかなたに去って，その姿は日々に変形されてゆくのだが，それに抗する力を記憶のなかに求めることはできないのであった．それらの少女たちとともに，話を交え，グッテをとり，ゲームをして，長い時間を過ごしているあいだ，彼女らが，はじめのころ，壁画のなかでのように，海を背景にしてならびながら進んでゆくのを私が見た，あの無慈悲な，肉感的な少女たちとおなじ人物であるということを，私は思いだすことさえしないのであった．（301：344）

449

こうして「私が最初の日々につくりあげた美しい海洋神話は，すでにことごとく消えさっていた」(301：344)．主人公にとって，さまざまなアルベルチーヌはプーレの言う「重ね合わせ」の状態で記憶に残るのであり，一つがあらわれれば，その他のものは消えてしまうのである．

主人公がバルベックを発つころ，「カジノはもうしまっていて」，主人公は「三か月知り合わずにいっしょにすごしてきた人たち」(303：347) と「つぎつぎとあすになれば出発して断たれてしまう交際を，滞在のおわりになってむすぶのであった」(304：348)．

こうして「暖炉もセントラルヒーティングもないこのホテルでは，寒さや湿気が身にしみる」(305：349) ようになって，主人公は祖母とバルベックを発つ．

2. [6]「バルベックⅠ」のクロノロジーと参照される歴史的事象

バルベックへ出発した日付

第二篇『花咲く乙女たちのかげに』第二部「土地の名：土地」のテクストは次の１文で始まる．

> 私はジルベルトにはほとんど完全な無関心になっていた．二年後祖母とバルベックに発ったときのことである J'étais arrivé à une presque complète indifférence à l'égard de Gilberte, quand deux ans plus tard je partis avec ma grand-mère pour Balbec.（*J.F.* II, 3：2, 283)

[5]「パリのスワン家のほう」の終点である 1897 年 5 月から主人公が祖母とバルベックに発った時点までのブランクがどれほどかについては，この文にある「二年後」という直接的表現のみである．ジュネットはこのブランクをそのまま 2 年間であるとしている (GENETTE 1972, 126：101)．

本書ではこの「二年後」がいつから 2 年後なのかを考え，つぎの主人公の母の発話を考慮した．

> 「ところで主人からうけたまわりますと，なんでも近く夏に un de ces étés 主

人をスペインにお連れくださいますそうで，主人のためにほんとうに結構だと喜んでおりますの.」(*J.F.* I. 455：2, 49)

　これは，1895 年の暮れ近くに，ノルポワ氏が初めて主人公宅を訪れた際の会話の一部である．ところで，主人公が祖母とバルベックに発った夏，主人公の父はノルポワ氏とスペインへ発っている (*J.F.* II, 6：2, 288)．先の「二年後」を，ジュネットのように 1897 年 5 月から 2 年後と考えると，この会話中の「近く夏に un de ces étés」が 4 年後の夏ということになる．

　もうひとつの可能性が考えられる．主人公一家は 1895 年の春，旅行の予定をたてるが，主人公の病気で断念しなければならなくなる．[4]「土地の名の夢想」の物語である．このときから 2 年後と考えると，主人公が祖母とバルベックへ発ち，主人公の父がノルポワ氏とスペインへ発ったのは，1897 年夏となり，「近く夏に un de ces étés」は 2 年後の夏となる．後者のほうが主人公のジルベルトに対する感情の推移から考えても妥当だと思われる．なぜなら，1897 年 5 月には，もはや主人公はジルベルトにたいしてほとんど無関心になっているからである．

　以上から，[5]「パリのスワン家のほう」の終点である 1897 年 5 月から主人公が祖母とバルベックに発った時点までのブランクは，2，3 か月の短いものであり，[6]「バルベック I」の始点を同じ 1897 年と考えた[3]．

　第三篇『ゲルマントのほう』のなかで，主人公とサン＝ルーとが会話をしている場面に 2 度目のバルベック出発に関する話がでてくる．

　　「そのころは二人でゲルマント夫人のところには行けないだろうよ，だってぼくはもうバルベックに行っているもの．でもそれは少しもかまわないよ.」
　　「バルベックに？　だってきみのところではこれまで八月にしかあそこに行かなかったのではないのかなあ.」
　　「そう，でも今年は，ぼくの健康のために，いつもより早く送りだされることになっているんだ.」(*C.D.* II, 423：4, 160，下線強調は青木)

　サン＝ルーが上のように言うからには，1 度目のバルベックには 8 月に出発したのであろう．したがって，主人公が祖母とバルベックに発ったのは 1897 年 8 月であろう．この日付はのちの展開と抵触しない．

バルベックを去った日付

やがてコンサートの時期もおわり，よくない天候のつづく日がやってきた，そして私の女の友たちは，つばめのようにみんないっしょにではなく，おなじ週のうちにばらばらに，バルベックを去った．アルベルチーヌが真っ先に，突然去っていったが，べつに勉強を控えているわけでもなければ，おもしろいひまつぶしがあるわけでもないのに，なぜそんなふうに急にパリに帰ったのか，その女友達の誰ひとりとして，そのときも，のちになってからも，知る者はなかった．(*J.F.* II, 302 ; 3, 346)

それでも，ときには，土砂降りの雨が，私たち，祖母と私とを，カジノはもうしまっているので，まるで時化のときの船底のようにがらんどうでひどくわびしい部屋のなかに，一時の足どめに，とじこめることがあり，そのうちに，そうした私たちのいる部屋のなかへ，<u>三か月知りあわずにいっしょに過ごしてきた人たち</u>，レンヌの裁判所長，あるアメリカの婦人とその娘たち，といった連中のなかから，毎日新しい顔ぶれが航海中のようにやってきて，私たちと話をはじめたり，何か退屈しのぎの方法を考えだしたり，かくし芸を見せたり，私たちにめずらしいゲームを教えたり，また先方が私たちを招いて紅茶をのんだり，音楽をやったり，時刻をきめていっしょに集まったりするようになった，つまりたのしみを求めようというのではなく，退屈な時間をたすけあって過ごそうという点に，いわず語らずの真意をこめた，そんな気晴らしをいっしょに計画するようになったので，つぎつぎとあすになれば出発して断たれてしまう交際を，滞在のおわりになって，私たちはむすぶのであった．(304 ; 347-348，下線強調は青木)

主人公たちがバルベックに滞在したのは引用文中にあるように，3か月ほどである．したがって，1897年8月初めから10月末までが [6]「バルベックI」が対象とする物語時間である．こうして「暖炉もセントラルヒーティングもないこのホテルでは，寒さや湿気が身にしみる」(305 ; 349) ようになって，主人公は祖母とバルベックを発つ．

どうして，主人公たちはこんなに遅くまで，バルベックにとどまったのであろうか．それは次の第三篇『ゲルマントのほう』が始まるとすぐにわかる．おそらく，主人公の両親は引っ越しの準備をしていたのである．

参照される歴史的事象

[6]「バルベックＩ」において参照される歴史的事象は多岐にわたっている.

> この小娘が，八月十五日には恩人たちに会いに行きたいといっているのにたいして，フランソワーズはこう言いふらさないではいられなかった,「笑わせますよ，あの子は. こういうんですの, 八月十五日には, うちへ行きたいわ. うちへ, ですってさ! 郷里(くに)でさえもないんですよ, ひろってくれたひとたちなのに, まるでほんとうの自分の家のように, うちへ, っていうんですよ. かわいそうな娘! 自分の家があることがどういうことだか知らないなんて, なんとみじめな娘でしょうね.」(*J.F.* II, 53 ; 3, 6)

8月15日は「マリア昇天祭」の祝日である. この日付が[6]「バルベックＩ」における唯一の日付にかんする直接的表現である. フランソワーズがこの話をした日付は8月15日よりまえであるが, それほど遡ることはないだろう. そのころ, まだ主人公たちはヴィルパリジ夫人と交際を始めていない.

> 「〔…〕もちろん私は, 名誉を傷つけられた私のその邸宅のことについては何も知りたくはありません, 夫をすてた私の従姉の<u>クララ・ド・シメー</u>の消息を知りたくないのとおなじです. しかし私は, まだ完璧であったころのその邸宅の写真をもっていますし, おなじように, その大きな美しい目がまだ私の従兄にしかむけられなかったころのシメー大公夫人の写真をもっています. 写真というものも, 現実の再現ではなくなって, もう存在しなくなったものをわれわれに見せてくれるとき, それ自身に欠けている威厳をいくらかとりもどすのです. そんな写真の一枚をあなたにさしあげることにしましょう, その種の建築に興味をおもちのようですから」と彼〔シャルリュス氏〕は私の祖母にいった. (123 ; 102, 下線強調は青木)

クララ・ド・シメー大公夫人が, マクシムで演奏していたボルディ・ジプシー楽団のヴァイオリン奏者だった, 浅黒いあばた面のヤンツィ・リゴと駆け落ちしたのは1896年である (PAINTER 1971, 154). シャルリュス氏のモデルの一人にあげられるロベール・ド・モンテスキウ伯爵は, 彼女の夫シメー大公の従兄である. このシメー大公夫人の駆け落ちという三面記

事的な事件が話にのぼるのは，何年も経ってからではないであろう．

　ドレフュス事件が，語り手以外の登場人物の口からはじめて話題にされる．[6-2-1]「見知らぬ少女たちの一団を初めて見た日，サン＝ルーとリヴベルに夕食に出かける」の物語の，[6-2-1-3]ノックの音がする，エメが訪問者名簿を持ってくる（*J.F.* II, 164-165；3, 158-160）のひとこまである．

　　　エメは，ひきさがるまえに，ドレフュスは底知れない罪をかさねていることを口に出さずにはいられなかった．「いまにすっかりわかります」と彼はいった，「今年はだめでも，来年はわかります．参謀本部に非常に関係の深いあるかたが私にそうおっしゃいました」　私はエメにきいた，今年の末までにすべてをただちに暴露する決定がなされないものか，と．「そのかたはシガレットを置きましてね」とエメはそのときの情景を描きだそうとして，頭と人差し指とをふり動かし，その客が，そういそがしく突っこんでこられてはこまる，というような身ぶりをしたのをまねながら，話しつづけた．「今年はだめだよ，エメ，とそのかたは私の肩を軽くたたきながらおっしゃいました，そいつはむりだね．しかし来年の復活祭には，万事解決だ！」（*J.F.* II, 164；3, 158）

　プレヤッド新版の注（II, 1424）では，このエメの言葉から「バルベックI」の物語が 1898 年のことであると仮定できるとしているが，それはありえないであろう．エメは，まだどこにも公表されていない情報を客から聞いたから，興奮して主人公に上のように話したのである．このエメの言葉に結びつけて，アシェは 1897 年 11 月新聞に発表された明細書（ボルドロー）の複写をあげている（HACHEZ 1985, 369）．11 月 10 日，マタン紙が筆跡鑑定人ティソニエールから手に入れた明細書の複写を発表した．そこにドレフュスではなく，エステラジーの筆跡が認められたのである（MIQUEL 1961, 36；39）．プレヤッド新版の注（II, 1424）では，1897 年 10 月 29 日，上院副議長シューレル＝ケストネルがドレフュスの無罪を確信して，再審要求運動の先頭に立ったこと，首相メリーヌが 12 月 4 日に，「ドレフュス事件というものは存在しない」と言明し，すでに裁判を終わったものとして問題として取り上げることを暗に拒否したこと，ならびに，1898 年以降の事件の推移を説明している．

エメが興奮して主人公に語った上記引用の出来事は，[6-2-1]「見知らぬ少女たちの一団を初めて見た日，サン＝ルーとリヴベルに夕食に出かける」の物語に先だつ，1897年夏のことであろう[4]．以上のようなドレフュス事件の新しい展開が始まる前のことである．

　[6-2-5]「エルスチール宅での午後の催しでアルベルチーヌに紹介されてから，少女たち全員と知り合いになり，彼女たちと毎日をすごすようになるまで」のなかのサンギュラティフのできごとの記述に次の箇所がある．「雨あがりの，肌さむいまでに感じられたある朝」，主人公は堤防の上で偶然アルベルチーヌに出会い，初めてカップルを組んだ．そのとき一人の青年と出会う．

　　彼〔オクターヴ〕は次の万国博覧会の機構にかなり重要な役割を演じることになる．ある非常に富裕な実業家の息子だった．（233：250）

　「次の万国博覧会」は1900年に開催された第5回パリ万国博覧会を指すと考えられる（II, 1454）．この万国博覧会では，過去を振りかえり，新しい20世紀を展望することが目的とされた．パリではそれまでに万国博覧会が，第1回（1855年）以来，第2回（1867年），第3回（1878年，シャイヨー宮が建設された），第4回（1889年，エッフェル塔が建設された）と4回開催されている．また，1893年には第1回シカゴ万国博覧会がコロンブスのアメリカ大陸発見400周年記念祭典として開催され，1897年には第1回ブリュッセル万国博覧会が開催されている．
　主人公はアルベルチーヌとはじめてデートの約束をして別れる．そしてその外出のとき，こんどは5人の紳士とすれ違う．アルベルチーヌはこう話す．

　　「レインコートを着たやせっぽちはオーケストラのコンダクター．あら，ごぞんじないの！　指揮は神わざだわ．『カヴァレリア・ルスチカーナ』をききにいらしたことない？　あら！　理想的な指揮者だと思うわ！　今夜もあの人のコンサートがあるのよ，でも，私たちは行けないの，公会堂でやるんですもの．カジノならかまわないんだけど，キリスト像をとりはずした公会堂へなんか私たちが

行ったら，アンドレのお母さまは脳卒中で倒れてしまうわ．〔…〕」（*J.F.* II, 237：3，257）

『カヴァレリア・ルスチカーナ』は，ピエトロ・マスカーニ（1863-1945）作の一幕オペラで，1890年ローマで初演，フランスでは翻訳されて，1892年1月19日パリ，オペラコミック座にて初演された．これは19世紀末にイタリアで起こった芸術運動「ベリズモ」のかなり大仰な作品œuvre « vériste » assez déclamatoire であり，アルベルチーヌの卑俗な趣味をあらわすために書き入れられた，とプレヤッド新版の注（II, 1456）にある．また「キリスト像をとりはずした公会堂」というのは，日和見主義的な共和派政府がとった反教権主義 anticléricalisme（1877-1899年）を示している（ラフォン版注 p. 841）．

ともかく，世紀末の世相や風俗をあらわす参照，および時代の世界情勢，政治経済にかんする参照[5]が網羅的にあげることができないほど多い．順にひろってみると以下のようになる．

「ロドルフ皇太子の事件」（1889年）（55：9）／「イエズス会士たちの追放」（1880年追放令，1901年結社禁止令）（69：28）／「プララン公爵夫人」事件（1847年）[6]（84：49）／「民衆大学 université populaire」（オーギュスト・コント（1798-1857）が『実証哲学講義 *Discours sur l'esprit positif*』のなかで提唱したように，庶民階級に教育を広めるために1898年に創設された，とくに夜間講座は篤志により提供された）（97：66）／「ルブール，ギヨーマンなどの家具」（116：92）／「日露戦争」（1904-1905年）（128：109）／ジョルジュ・フェドー『マクシム軒の貴婦人』1899年1月初演三幕喜劇（129：111）／『ラディカル紙』（1871年創刊のパリの日刊紙，第三共和制下において重要な役割を果たした進歩派左派の新聞，1885年には発行部数4万以上，1912年には3万以上であった）（131：114）／「ダリウス王の宮殿からもたらされディユーラフォワ夫人によって再構築された発掘物」（1884年）（132：116）／「ぼくのコダックでぼくがとったスナップ写真」（コダック最初のカメラは1888年発売）（141：129）／「自転車」「ゴルフのクラブ」（テニスや自転車は19世紀末10年間の流行であったが，ゴルフがフランスにあらわれるのは1907年以降である．Cf. Steel 1979 138-139）（146：135）／「エ

レヴェーター」（実際に普及したのは 1900 年以降，1895 年以前は非常にまれ）（156-157；148-149）／「ガレがつくったガラス器」（160；153）／「アルヴェート・バリーヌの本」（『神経病者』1898 年刊）（223；236）／「ボストン」（当時流行したゆったりしたワルツ）（233；251）／『ル・ゴーロワ紙』（1868 年創刊のパリの日刊紙，最初は第三共和制初期のボナパルト主義者の新聞であったが，1882 年に現体制支持派になり，1885-1914 年に発行部数は 2 万から 3 万部の間を推移した．『ル・フィガロ紙』からかなりの数の読者を奪った．一次大戦後低迷し，1928 年フランソワ・コティによって買収され『ル・フィガロ紙』と合併した．Cf. II, 1459）（243；265）／「支那のパラソル」（253；279）／「カロ，〔…〕，ドゥーセ，シェリュイ，ときにはパカン」（いずれも世紀末から 20 世紀初頭にわたってパリのオートクチュール界をリードしたファッションデザイナー）（254；280）／「ディアボロ」（241；262）や「フュレ」（260；288）のあそび／アルベルチーヌたちがリセの修了証書をもらうための作文とサント＝ブーヴ（1804-1869），メルレ（1828-1891），デルトゥール（1822-1904），ガスク＝デフォッセなど引用すべき批評家たちの名前（264-268；294-299）／「パナマ運河事件」（1889 年に倒産したパナマ運河開発会社をめぐる汚職事件，1892 年秋に露見し，1893 年に元公共土木事業大臣が有罪判決を受けたが，体制に動揺はなかった，ただ，クレマンソーがパナマ事件につづく 1893 年の総選挙で惨敗した）（289；327）／「バクスト」（1866-1924，ロシア・バレエ団の舞台装置家）（298；339）／「ジュール・フェリー」（1832-1893，文部大臣，総理大臣，外務大臣を歴任．ただし，ラフォン版の注 p. 845 に，プルーストがジュール・フェリーと同時代人の劇作家ガブリエル・フェリーとを混同したのではないかという指摘がある）（300；343-344）.

「日露戦争」にかんする日付との不整合があり，細部に些細なミスがあると思われる．しかし，いずれにしても，「スワンの恋」とおなじように，プルーストが意識的にこれらの事項を書き込んだことは間違いない.

[6]「バルベック I」のクロノロジー

先に述べたように，主人公のバルベック滞在は 1897 年の 8 月初めから 10 月末までの約 3 か月間である．本章で分析した物語をその 3 か月間に入れ込もうとすると，かなりせわしい．とくに滞在前半のスケジュールを，主人公がこなすのはかなりあわただしいと思われるが不可能ではないだろ

第5章　バルベックⅠ

う.

　バルベックに着いたのが8月初め, 8月半ばごろヴィルパリジ夫人と交際を始め, 馬車での散歩をくり返し, サン＝ルーがバルベックにやってきたのは, 8月後半であろう. サン＝ルーの滞在にかんしては「何週間かの休暇 un congé de quelque semaines」(87：53) と書かれている. そのあいだに, シャルリュス氏の逗留があり, ブロック家での晩餐がある.

　[6-2-1]「見知らぬ少女たちの一団を初めて見た日, サン＝ルーとリヴベルに出かける」〈長い一日〉が8月末, それから何度か, サン＝ルーと主人公はリヴベルに夕食に出かけ, サン＝ルーが帰営したのは, 9月初めのころであろう. エルスチールのアトリエを初めて訪問したのもおなじ9月初めのころ, そして少女たちと知りあい, 毎日彼女たちといっしょにすごし, [6-2-7]「ある日の午後, フュレの遊びをしたときから, ホテルでアルベルチーヌに接吻を拒絶されるまで」がくる. この [6-2-7] の期間が [6]「バルベックⅠ」でもっとも長い.「フュレの遊びをしてから約一か月経ったころ Environ un mois après le jour où nous avions joué au furet」(281：318), 主人公は, ホテルでアルベルチーヌに接吻を拒絶される. フュレ遊びをしたある日が9月半ばであるとすると, その1か月あまり後の, 10月半ばに [6-2]「バルベックⅠ-2」が終わることになる.

　それから少女たちがつぎつぎにバルベックを去り, ホテルの客たちもバルベックを去り, 主人公たち3人がパリに帰るのは10月末である.

　以上から1897年のクロノロジーは以下のように想定される.

1897年：主人公 (17歳), 春, スワン家に行かなくなる.
　　　　コンブレーでルグランダンと会う.
　　　　同年, ヴァントゥイユ氏の死. モンジューヴァンで, ヴァントゥイユ嬢と女友達の場面を目撃, サディズムを知る.
　　　　8月初めバルベック滞在が始まる.
　　　　8月後半, ヴィルパリジ夫人と交際を始め, 馬車での散歩をくり返す.
　　　　サン＝ルーがバルベックにやってくる.
　　　　シャルリュス氏が2日間逗留する. ブロック家での晩餐にサン＝ルーとでかける.
　　　　9月初め, エルスチールのアトリエを初めて訪問する.

458

10 月半ば，ホテルでアルベルチーヌに接吻を拒絶される．
10 月末，主人公と祖母，フランソワーズがバルベックを発つ．

3. ミモロジック

　つぎに，主人公の精神史においてエルスチールの果たした役割を考えたい．一方で，エルスチールは，「ミス・サクリパン，1872 年 10 月」という肖像画によって主人公にオデットに関するあらたな関心を呼び起こした．他方，ミモロジックの螺旋（序章参照）においては，「夢想したバルベック」「現実のバルベック（1）」と「現実のバルベック（2）」とのあいだに，および「少女たちにたいする夢想」と「実現した少女たちにたいする夢想」とのあいだに介在して，主人公の夢の実現の意味を変える．

　「現実のバルベック（1）」は，主人公がバルベックの教会をはじめてみたときの失望を描き出す．ついで，エルスチールからその教会玄関についての説明を聞き，自分が見すごしてしまったために失望したことを理解する．主人公の夢想において，夏の熱気のために「白っぽい蒸気にすぎなくなっている海 une mer qui n'était plus qu'une vapeur blanchâtre」（255；281-282）や「薄い白麻の服を着た女たちを乗せているヨット un yacht emmenant des femmes en linon blanc」（256；284）が，「冬の嵐のバルベック」にとってかわる．「現実のバルベック（2）」は夏のバルベックである．

「現実のバルベック（1）」：バルベックの教会

　主人公がバルベックの教会を訪れたときの物語は，「たしかに P しかし Q」［[CERTES P] MAIS Q］と「ともかく BIEN」（「P であるからには，それなら Q」[PUISQUE P ALORS Q]，cf. Adam 1990, 211-212）によって論証され，主人公がいままでひたっていた「伝説と夢想の意味世界」といま現実に体験している意味世界との対立が記されている．

　　たしかに，伝説によれば，漁師たちが奇蹟のキリストを見出したのは，ともかく海のなかであった，そのキリストの発見は，私から数メートルのところにあるこ

の教会の一枚のステンドグラスに物語られている通りであったし，教会の身廊と塔との石がはこばれてきたのは，ともかく波が岩をうつ断崖からであった．しかし，海は，そのために私はこのステンドグラスの足元によせてくだける波を想像していたのだが，五里以上も離れたバルベック＝プラージュ，すなわちバルベック海岸駅にあった．そして，この教会の丸屋根とならんだ鐘塔は，突風が巻きおこり，鳥が渦巻いているノルマンディの荒々しい断崖そのものである，と書いたものを読んでいたから，その鐘塔のすそはさかまく大波の最後の泡沫にぬれているであろうとつねに想像したものだが，その鐘塔は，軽便鉄道車の二本の線路の分岐点にあたる広場にそびえたっていて，その向かいにカフェがあり，そこには金文字で「撞球」という看板がでていた．鐘塔は家々の背景に浮きだしていたが，その家々の屋根のあいだには，一本のマストもまじっていなかった．そして教会は──〔…〕──そのほかのすべてのものと一体になって，この午後の終わりの，偶発事，一産物 un accident, un produit de cette fin d'après-midi にすぎないように思われ，折からその時刻に，空にふくらんだやわらかいその円屋根は，家々の暖炉をひたすあのおなじ光にその皮をばら色と金色にとろけるばかりに熟れさせている一粒の果物のようであった．〔…〕いまやそれが教会そのものであり，それが彫像そのものなのだ，それらがそれらそのものなのだ：それら，唯一のものの，さらにそれ以上のものなのだ．

　おそらくまたそれ以下であるかもしれなかった C'était moins aussi peut-être.（*J.F.* II, 19-20；2, 305-306，下線強調は青木）

　2つの意味世界を対立させる論証の動きを再構成してみると次のようになる．

伝説と夢想の意味世界

　伝説によれば，漁師たちが奇蹟のキリストを見出したのは，ともかく海のなかであった．そのキリストの発見は，この教会の一枚のステンドグラスに物語られている．であるからには，それなら，波はこのステンドグラスの足元によせてくだけているだろう．

　伝説によれば，教会の身廊と塔との石がはこばれてきたのは，ともかく波が岩をうつ断崖からであった．この教会の丸屋根とならんだ鐘塔は，突風が巻きおこり，鳥が渦巻いているノルマンディの荒々しい断崖そのものである，と書かれていた．であるからには，それなら，その鐘塔のすそはさかまく大波の最後の泡沫にぬれているであろう．

しかし，

| 現実のいまの主人公の体験している世界 |

　海は，五里以上も離れたバルベック＝プラージュ，すなわちバルベック海岸駅にあった．そして，この教会の丸屋根とならんだ鐘塔は，軽便鉄道車の二本の線路の分岐点にあたる広場にそびえたっていて，その向かいにカフェがあり，そこには金文字で「撞球」という看板がでていた．鐘塔は家々の背景に浮きだしていたが，その家々の屋根のあいだには，一本のマストもまじっていなかった．そして教会はそのほかのすべてのものと一体になって，この午後の終わりの，偶発事，一産物にすぎないように思われ，折からその時刻に，空にふくらんだやわらかいその円屋根は，家々の暖炉をひたすあのおなじ光にその皮をばら色と金色にとろけるばかりに熟れさせている一粒の果物のようであった．

　「おそらくまたそれ以下であるかもしれなかった C'était moins aussi peut-être.」（20：306）につづくのは 33 行におよぶ総合文である．2 つの主節からなるが，まずその主節のみを書き出す．

　〔…〕，私の精神は，見て驚いていた，立像が，いまやはっきりその石の外観をとった実物に還元され，一つの場所を占めて，広場につながり，カフェや乗合馬車の事務所の目をのがれることができず，その顔に夕日の半分を受け，菓子屋の調理場の臭気にしみていて，<u>特殊の威力</u>にあまりに抑えつけられているのを〔…〕, mon esprit 〔…〕, s'étonnait de voir la statue 〔…〕 réduite maintenant à sa propre apparence de pierre, occupant 〔…〕 une place 〔…〕, enchaînée à la Place, 〔…〕, ne pouvant fuir les regards du café et du bureau d'omnibus, recevant sur son visage la moitié du rayon de soleil couchant 〔…〕, gagnée, 〔…〕, par le relent des cuisines du pâtissier, soumise à <u>la tyrannie du Particulier</u> 〔…〕, そして<u>最後に</u>私が，小さな石の老婆に変貌してしまったその姿を見出しているのが，それ自身，不滅の，そしてかつてあんなに長く見たいと待ち望んでいた芸術作品なのであった et c'était elle enfin, l'œuvre d'art immortelle et si longtemps désirée, que je trouvais métamorphosée, 〔…〕, en une petite vieille de pierre 〔…〕. （20-21：306-307）

　第 1 主節「見る voir」の直接目的補語「立像 la statue」の補語は，それぞれが多くの修飾部をしたがえた 7 つの分詞（「還元され réduite」，「占めて occupant」，「つながり enchaînée」，「のがれることができず ne pouvant fuir」，「受け recevant」，「しみていて gagnée」，「抑えつけられている soumise」）である．第 2 主節に「最後に」があらわれているのは，語り手にとって，第

第
5
章
バ
ル
ベ
ッ
ク
I

1 主節の最後の分詞によって導入された1節が，主節とおなじ比重をもっ
ていることをあらわしていると考えられる．その1節を書き出すとつぎの
ようになる．

> 特殊の威力にあまりに抑えつけられているので，もしこの石の上に私の名前を書
> いて残したいと思ったら，近所の家々と同じ煤にまみれたそのからだの表面に，
> それを落とすこともできないで，私の書いた白墨の跡と私の名前の文字とを，見
> 物にやってくるすべての讃美者にしめすのは，この有名な聖母それ自身であり，
> これまで私が普遍的実在性と神聖で犯すべからざる美とをもったものとしてあが
> めてきた，唯一の（というのは，ああ！　ただ一つしかないという意味だ）バル
> ベックの聖母そのものなのである，sousmise à la tyrannie du Particulier au
> point que, si j'avais voulu tracer ma signature sur cette pierre, c'est elle, la
> Vierge illustre que jusque-là j'avais douée d'une existence générale et d'une in-
> trangible beauté, laVierge de Balbec, l'unique（ce qui, hélas ! voulait dire la
> seule), qui, sur son corps encrassé de la même suie que les maisons voisines,
> aurait, sans pouvoir s'en défaire, montré à tous les admirateurs venus là pour la
> comtempler, la trace de mon morceau de craie et les lettres de mon nom,

　現実のバルベックの聖母像が「おそらくまたそれ以下であるかもしれな
かった」のは，「特殊の威力にあまりに抑えつけられている」からである．
ここで，ミモロジックの文脈に「時間」がモーメントとして組み込まれる．
現実の対象を見るということは，「時間」のなかでその対象を目にするこ
とである．それは「この午後の終わりの，偶発事，一産物 un accident, un
produit de cette fin d'après-midi にすぎないように思われ」，主人公を失
望させる．第4章でみたように，主人公のミモロジックには「原始的存在
論の観念」があった．「無意味な偶発事」（J.F. I, 434 : 2, 20）という表現
が示していたように，「偶発事」は無意味なのである．

> 時間が経っていた，駅にひきかえさなければならなかった，そしてそこで祖母と
> フランソワーズとを待って，いっしょにバルベック＝プラージュ駅にたどりつか
> なくてはならなかった．私はバルベックについて読んだ事柄や，スワンの言葉，
> 「じつにいいですね，シエナにおとらず美しい」を思い浮かべていた．そして，
> この失望を，このときのからだの調子，疲労，注意力の散漫など，偶然の条件の

罪に帰しながら，まだ傷つかずに残っている町が他にいくつもあるし，近々にお
そらく，真珠の雨のなかを歩くように，カンペルレの町をうるおす水滴の涼しい
ひびきのなかにしのびいることもできようし，またポン＝タヴェンの町をひたし
ているみどり色をおびたばら色の水の反映のなかを橋の上からわたることもでき
るだろうと考えて自分でなぐさめようとつとめるのであった．しかし，バルベッ
クに関するかぎりは，ひとたびそこに足をふみいれてしまったいまは，秘密の掟
にしたがってかたく封じておかなくてはならなかった名を，そっとあけてしまっ
たかのように，それまでそのなかに住んでいた映像をすっかり追い出すような，
そんな出口をうっかりひらいたので，ここぞとばかり，軽便鉄道車もカフェも，
広場の通行人も，手形割引所の支店も，それらすべての映像が，外部の圧力と空
気の圧搾とに否応なしにおされて，それぞれのシラブルのなかにどっと流れこみ，
シラブルは，それらの映像の上にふたたびとじて，いまはそれらの映像をペルシ
ア式教会の玄関の枠ぶちとし，今後はずっとそれらの映像をシラブル自身の内容
から切りはなすことはないだろうと思われるのであった．(*J.F.* II, 19-21 : 2,
305-308)

　コンブレーの教会や鐘塔が主人公を失望させることがないのは，それが
「印象の記憶」であるからである．まず印象があって，印象より前に観念
がなかったからである．コンブレーの教会と同様に，「馬車での散歩」に
おける帰り道が，「言葉を絶したあの幸福のひとつ」(*J.F.* II, 80 : 3, 43)
になるのも，まず印象があったからである（序章参照）．観念と夢想がむ
すびついていれば，かならず失望することになろう．ミモロジックには失
望が前もって組み込まれている．
　また，ミモロジックの文脈では，「特殊」はマイナス要因であり「一般」
がプラス要因である．解釈の可能性の文脈では，逆に，「特殊」がプラス
要因になり「一般」がマイナス要因になる．

「現実のバルベック（2）」：エルスチールとの会話

　主人公が最初にエルスチールのアトリエを訪問したとき，『カルクチュ
イの港』を見ながらの彼の長い思考が展開される（191-196：194-201）．
「たとえば，カルクチュイの港を表現したある絵のなかでは，この種のメ
タフォールを鑑賞者の精神に理解させるために，小さな町を描くためには
海に関する名辞しか用いず，海を描くためには町に関する名辞しか用いて
はいなかった．その絵は，彼がほんの数日まえに仕上げたばかりで，私は

この日，長いあいだじっとその画面を見つめた」(192；195)．このときの主人公の思考は語り手が直接語る自由物語言説によってあらわされる．

他方，つづいて主人公とエルスチールとのあいだに交わされる会話では，その時点の主人公の率直な思いがそのまま表わされる．

私がバルベックの教会のまえに立って失望したことをうちあけようとしたとき，「おや」と彼は言った，「あの教会玄関に失望しましたか，しかしあれは，いままでに国民がよむことのできたもっとも美しい絵入り聖書ですよ．あの聖母，それからあの聖母の一生を物語るあらゆる薄肉彫り，あれこそは，中世期がマドンナの栄光のために述べるあの長い崇拝の詩，礼讃の詩の，もっとも愛情のこもった，もっとも霊感に富んだ表現です．聖書の解釈の仕方も至極正確でありながら，一方で，あれをつくった昔の彫刻師が，なんという絶妙な発見をし，なんと多くの深い思想，なんという絶妙な詩情をもったかを，あなたがごぞんじだったら！〔…〕いやとにかく，あの正面の壁を彫刻した人間は，大した奴さんですよ，あなたが一番讃美していらっしゃるいまの人たちにだって負けません．いつかごいっしょに行くときがあれば，その点をよくご説明しましょう．聖母被昇天祭のミサの言葉の，ある個所を解釈したものなどもありますが，その巧妙なことは，ルドンでもあそこまでは行けませんね．」

彼が話すそうした天上界の広大な視像，そこに書きこまれていたことをやっと私がわかるそうした厖大な神学詩篇，それらは，しかし，私があの正面に立って欲望に満ちたまなざしを見張ったとき，その目に見たものではないのである．高い足台の上にのってずらりとならび，一種の通路を形づくっているあの聖人たちの大きな像の話を私はもちだした．

「あの通路は混沌の世紀から発してイエス＝キリストに達するというわけです」と彼はいった，「一方の側面にならんでいるのは精霊によるキリストの先祖たち，他方の側面はユダヤの諸王，すなわち肉体によるキリストの先祖たちです．キリストまでの世紀がそこにあるわけです．それで高い足台とあなたに見えたのも，よくごらんになっていたら，それぞれの像をのせているものが何であるかをおっしゃることができたでしょう．モーセの足の下には金の仔牛が，アブラハムの足の下には牡羊が，ヨセフのそれの下にはポテパルの妻に入れ知恵をしている悪魔が，それぞれいることがおわかりになったでしょう．」

私はまた，ほとんどペルシア風の建物を見ようと期待してきたこと，それがおそらく私の失望の原因の一つであることを彼にいった．「いや，その説は」と彼は答えた，「大いに正しいのですよ．いくつかの部分はまったくオリエント風です，柱頭の一つは非常に正確にペルシア的な主題をあらわしているので，オリエントの伝統の残存といった程度では十分な説明にはなりません．あの彫刻師は，

航海者たちのもたらした手箱かなにかを模写したにちがいないのです.」 そして
じっさいに，なかば支那風の竜のかみあっているのが見られる柱頭の写真を，も
っとあとで彼から見せてもらったが，しかしバルベックに着いたときは，「ほと
んどペルシア風の教会」という言葉が私に思いえがかせていたものとは似てもつ
かない建物の全体に気をとられ，私はそんな彫刻の小部分をみすごしてしまった
のであった.（196-198：201-203）

　主人公は，結局は，自分が何も知らなかったから失望したのだというこ
とを思い知る．エルスチールは，及びもつかないほどの知識をもちながら，
絵を描くためには知っていることをすべて忘れて，つまり「自己のもので
はない」ものをすべて捨て去ることによって，「印象」をとらえるのだ.

　　当然のことながら，彼のアトリエにあるものは，ほとんどこのバルベックに取材
　　された海の絵ばかりであった．しかし，そこに私が見て取ることができたのは，
　　それらの絵の一つ一つの魅力が，表現された事物の一種の変形にあるということ
　　であって，これは詩において暗喩法とよばれているものに似ているのだが，父な
　　る神 Dieu le Père が物に名をつけることによってそれを創造したとすれば，エ
　　ルスチールは物からその名をとりさる，または物にべつの名をあたえることによ
　　って，それを再創造しているのであった．物を示す名は，われわれの真の印象と
　　は無縁な，理知のある概念に呼応するのがつねで，理知はそうした概念に一致し
　　ないものをすべてわれわれの印象から消しさってしまうのである.（191：194）

　　　現実をまえにして理知のあらゆる概念から脱却するために，エルスチールのは
　　らっている努力が，なおいっそうすばらしく思われるのは，描くまえに自分を何
　　も知らない状態におき，あらゆるものをいさぎよく忘れてしまう（なぜなら，自
　　分が知っているものは，自己のものではないというので），そのようにするこの
　　男が，かえって並はずれて洗練された理知 une intelligence exceptionnellement
　　cultivée の所有者であることだった.（196：200-201）

　こうしたエルスチールの努力が，「自己ではないもの」を捨て去る努力
が，主人公のこれまでのミモロジックの信仰とまったく逆の方向性をもっ
ていることは明らかである．前章でみたように，主人公は，「名」が示す，
いままで知ることのできないでいた「自分の存在よりも現実的なもの」に
到達するために，自己を撥無しようとしていたのだから.

つぎに，[6-2-6]「少女たちとの日々」(245-286：267-324) において，主人公がアルベルチーヌとアンドレといっしょにエルスチールと会ったときの会話では，それまでの主人公の心性とエルスチールと会って以降との相違がいっそう明らかに示される．

「ところで大聖堂といえば」と彼は，とくに私のほうに話しかけながらいった，なぜなら，それは，いままでにあの少女たちが加わったことのない会話であり，それに，彼女らにはすこしも興味がないだろうと思われる話題であったからで，「せんだって私はバルベックの教会のことを，一つの大きな断崖，またはこの地方の石でつくった大堤防のことのように comme d'une grande falaise, une grande levée des pierres du pays, あなたに話しましたね，ところがそれとは逆に mais inversemant」と彼は，一枚の水彩画を私に見せながらいった，「ごらんなさい，この断崖を（ここからすぐ近くの，レ・クルーニエで描いたスケッチです），この力強くまた微妙に刻りぬかれた岩石をごらんなさい，いかにも大聖堂を思わせるじゃありませんか regardez comme ces rochers puissamment et délicatement découpés font penser à une cathédrale.」なるほど En effet, そういえば，まるでばら色の巨大なアーチだった．しかし，猛烈な暑さの日に描かれたので，岩石はぼろぼろに焼け，熱気のために蒸発しているように見え，その熱気は，海をなかばのみこんでしまい，画面の全体にわたって，ほとんどガス状と化しているように見えるのであった．光がいわば現実を破壊してしまった la lumière avait comme détruit la réalité その日にあって，現実は，ほのぐらい，透明な，生きた女体を思わせるいくつかの影のなかに凝集され，それらの影は，光とは対照的に，かえっていっそう切実な，いっそう身近な生命の印象を生みだしていた．それらの影の大方は，涼気に飢えて，燃えあがる沖をのがれ，日のあたらない岩陰にかくれていたが，他のものは，いるかのように comme des dauphins ゆるやかに水面を泳ぎながら，さまよう小舟の横腹にくっつき，そのなめらかな青い肢体で，青白い水面に，船体の幅をひろげていた．そんなひるの暑気をもっとも強く私に感じさせ，レ・クルーニエを知らないのはなんて残念だろうと私に声をあげさせたのは，たしかにそれらの影がつたえる涼気への渇望 la soif de fraîcheur であったにちがいない．アルベルチーヌとアンドレとは，私がすでにそこへ何度も行っていたはずだと言い張った．たとえ行っていたとしても，私は他日このような風景を見て，こんなにもはげしい美への渇望 une telle soif de beauté をそそられるとは知らなかったであろうし，思ってもみなかったであろう．といってもそれの美は，私がこれまでバルベックの断崖に求めていたような天然の美ではむろんなく，むしろ建築的な美なのであった．嵐の王国を見るためにやってきながら，ヴィルパリジ夫人との散歩の途中で，多くは遠目から，木間越しに描かれた

大洋しか見ず，波の大山を投げつけているような印象を十分にあたえる，真実の，流動する，生きた大洋をまだ一度も見ていなかった私，とりわけ冬の経帷子につつまれて，じっと動かない大洋をながめたいとひたすら念じていた私にとって，堅固な実体と色彩とを失って，白っぽい蒸気にすぎなくなっている海を，いまこんなふうに夢みようとはほとんど思いもおよばなかっただろう．しかしエルスチールは，暑気につつまれてぐったりしているような小船のなかにいて夢みていた人々とおなじように，そんな海の魔法の魅力をきわめて深く味わいつくした結果，潮がひいてゆくかすかな気配，幸福な刹那の鼓動をも，画布の上にもたらして，これを固定することができたのであった．だから，こんな魔法の肖像を目にするとき，人はおのずからひきつけられ，逃げさった暑い一日を，そのあでやかなまどろんでいる一瞬の恩恵のなかにふたたび見出すためなら，世界を駆けめぐることも辞さないとしか考えないのであった．（*J.F.* II, 254-255：3，280-282，下線強調は青木）

　エルスチールとの会話の中で，「これまでの私」とエルスチールによって導かれた「いまの私」との対比が3度くりかえされる．

　1番目が上記引用箇所である．「現実のバルベック（1）」において「この午後の終わりの，偶発事，一産物 un accident, un produit de cette fin d'après-midi」（*J.F.* II, 19：2，305）でしかないものとして退けられた瞬間が，ここで「その逃げ去った一日をまどろんでいる一瞬の恩恵のなかにふたたび見出すために世界を駆けめぐる」ほどのものになる．

　この一節において，なによりも問題であるのは「イロニー」である．引用中に下線強調した部分を検討して，ショーディエは「…のように comme」がいかに「偶然に左右される文彩 une figure aléatoire」であるかを論じている（CHAUDIER　2005）．のちに戻ることにして，ここでは「これまでの私」とエルスチールによって導かれた「いまの私」との対比を見ていこう．

　つぎに，以下に引用するように，2番目の対比において，それまで求めていた「荒天のほうがいまや何か不吉な偶発事になるように私には思われ，美の世界に君臨することができなくなる maintenant c'était le mauvais temps qui me paraissait devenir quelque accident funeste, ne pouvant plus trouver de place dans le monde de la beauté」（256：282）．「偶発事」の指すものが完全に逆転する．主人公は「アメリカの国旗がひるがえっているヨットのなかに，薄手の白のバレージュ・ウールか薄麻かの服を着た

一人の若い女が乗っている絵，そしてその女が，白い麻服と国旗との精神的な《複写 double》を私の想像のなかにつくり，たちまちその想像が，あたかもそれまでそんなことが私になかったかのように，いますぐ海のほとりに白麻の服と国旗を見たいという，癒しがたい渇望 un désir insatiable をはぐくむようになった」(J.F. II, 255；3, 282).

　そんなわけで，こうしてエルスチールを訪問するようになり，彼の海洋画の一つを——アメリカの国旗がひるがえっているヨットのなかに，薄手の白のバレージュ・ウールか薄麻かの服を着た一人の若い女が乗っている絵，そしてその女が，白い麻服と国旗との精神的な「複写」を私の想像のなかにつくり，たちまちその想像が，あたかもそれまでそんなことが私になかったかのように，いますぐ海のほとりに白麻の服と国旗を見たいという，癒しがたい渇望 un désir insatiable をはぐくむようになった，そんな海洋画の一つを——見せてもらう，というようなことがなかった以前にあって，この私が海をまえにして，前景の海水浴客だけでなく，海浜用の水着のようにあざやかな白色にかがやく帆を張った遠景のヨットをはじめ，さらに人類の出現以前にすでにその神秘な生命のいとなみをくりひろげていた太古の波濤をいまこの目にながめているのだと納得するのをさまたげるようなすべてを，さては，霧と嵐のこの海岸を世間にありふれた卑俗な夏場のながめで塗りつぶし，そこにただ単にストップの時間 un simple temps d'arrêt すなわち音楽におけるいわゆる休止に匹敵するものを無意味に置いているように思われる快晴の日々にいたるまでのそんなすべてを，私の視界から追いやろうとたえずつとめていたのとは逆に，いまでは，荒天の日々は，美の世界に君臨することができなくなって，何か不吉な偶発事のたぐいに堕したように思われ，それほどに強く私の感激をそそるものを現実のなかにふたたび見出しに行きたいという欲望をはげしくおぼえ，エルスチールの絵のなかにあるのとおなじ青い影を断崖の上から見おろすにふさわしく天気が上々であるようにと望むのであった.
（255-256；282-283）

　3番目に，エルスチールの教えは，主人公の「自然」にたいする観念を根本的に変えてしまう.

　それに，道を歩いているときも，私はもはや以前のように手をかざして，自然に反する景色をさえぎるようなことはしなくなった，とにかく以前の私は，自然というものを，これまで万国博覧会や婦人帽子店などで私に退屈のあくびをさせたあの無趣味な工芸化と対立するもの，人間出現以前の生命に脈動しているもの，

と考えていたのであって，そういう私は，海からは，汽船の走っていない部分だけを見ようとつとめ，そんなふうにして，海を有史以前のもの，陸からわかれた時代とおなじころのもの，せめてもギリシアの初期と同時代のもの，と想像するようにしたのだが，そんな気持ちが，ブロックに親しい「ルコント御大」のつぎのような詩句を，いかにも実感をこめて私に暗誦させることになっていたのだ．

　　怒濤を蹴って船出した，王らは，
　　狂う嵐のうなばらを，ああ！
　　たけきヘラスの長髪の男の子ら連れて．
　　〔ルコント・ド・リール『エリーニュス』（1873 年）から〕

(256：283)

主人公がもはやルコント・ド・リールを暗誦することはない．

　要するに，以上の 3 つの変化は，主人公がいままで見たくなかったもの，見ようとはしなかったものを，積極的に目にとめ，評価するようになったことのあらわれである．その一方で，これまで求めていたものを，もはや求めるに値しないものとみなすようになる．

　エルスチールによって教えられた美は，「天然の美ではむろんなく，むしろ建築的な美なのであった」．そしてそれは，「幸福な瞬間の鼓動」，「水の知覚できない引き潮」，「魔法の肖像」，「実体と色彩とを失って白っぽい蒸気にすぎなくなっている海」，「婦人帽のデザイナーたちの最後の襞づけに加える微妙な手つき，仕上がった帽子のリボンや羽にあたえる至上の愛撫」などの表現であらわされる．エルスチールの教えは，主人公の信仰を覆すものであった．

　主人公の思考は逆転する．このことは，芸術にたいする信仰において，主人公が一つの教義から別の教義へと移行したことにはならない．そうではなくて，その両者をともに相対的に「信用失墜させる discréditer」ことになるのである．先に引用したテクスト（254-255；280-282）にショーディエが言うような「イロニー」を見るべきなのであろう．

　ショーディエは，このテクストにおける « comme » を分析し，その特質を「偶然に左右される文彩 une figure aléatoire」であると結論し，イロニーであると解釈している．そのイロニーの最終段階として，「美の生産

469

の極度な主観性と美の再認識に関する言表によって投げ出された疑義は，芸術の相対的信用失墜をもたらす le soupçon jeté par l'énonciation sur l'extrême subjectivité de la production et la reconnaissance du beau entraîne un discrédit relatif de l'art」と述べている（CHAUDIER 2005, 111).

　最終篇である第七篇『見出された時』において，語り手は自らの美学的理論を述べる．もっとも有名な箇所のひとつを引用しよう．

　　一時間は，一時間でしかないのではない．それは，匂いと，音と，計画と，気候とに満たされた瓶である．われわれが現実と称するものは，われわれを同時にとりまいているそれらの感覚とそれらの回想とのあいだの，一種の関係なのだ，〔…〕，それは作家が，自分の文章のなかで，二つの異なる名辞をそれでもってつなぐために見出さなくてはならぬ唯一の関係なのだ．われわれは，あるときある特定の場所に出てきた対象の数々を，一つの描写のなかで，つぎつぎに際限なく書きつらねることができる，しかし真実はつぎの瞬間にしかはじまらないだろう，その瞬間とは，作家が二つの異なる対象をとりあげ，その二者の関係を設定するであろうときである．〔…〕そのとき作家は，その二つの異なる対象を，美しい文体の必然的な環のなかにとじこめるだろう．さらにまた，真実は，真の生活もそうだが，次の瞬間にしかはじまらないだろう，すなわち作家が，二つの感覚に共通の特質を関連づけること，または二つの感覚をたがいにむすびつけることによって，それらに共通のエッセンスをひきだし，それらを一つのメタファーのなかで，時の偶発性からまぬがれさせるであろうときである．（T.R. IV, 467-468 : 10, 293-294）

　こうした語り手の理論からすると，エルスチールの美学を語った部分に偶然性をあらわす表現が満ちていること自体が逆説的である．メタファー自体が「時の偶発性」から生まれるからである．

　「偶発事」が「偶発事」でなくなるだけでは十分ではない．それが「必然」であると納得されないかぎり，意味がない．たとえば，無意識的想起において，よろこびがその確証性をもたらすほどに強く，それが必然であったと認識されるように．

　　こんなふうにして，私はもうつぎのような結論に到達していた，われわれは芸術作品をまえにして，いささかも自由ではないということ，われわれはそれを自分の思惑通りにつくるものではないということ，それはわれわれに先だって存在

していて，必然的存在であると同時にかくれているのだから，われわれは自然の法則を発見するようにしてそれを発見しなくてはならない，ということだった．
しかし，芸術がわれわれに発見させてくれるものは，要するに，われわれにとってもっともたいせつなものであるにちがいないが，普通はいつまでもわれわれに知られないままの状態にある，そしてそれこそわれわれの真の生活であり，われわれが感じたままの現実なのであるが，われわれが信じているものとは非常にちがうので，偶然が真の回想をもたらすときに，われわれはあのような幸福で満たされるのではなかろうか？（*T.R.* IV, 459：10, 281）

比喩や比較がいかに偶然に支配されているか．ある表現を「偶然」ととらえるか，「必然」と納得するか，それは鑑賞者と読者の読みに大きくかかわっている．「イロニー」が発生する余地がある．ここで「カルクチュイの港」の総合文を分析してみると，そのことがよくわかる．

いま，このアトリエで彼がそばにおいている海の絵のなかにあらわれた，彼がもっともひんぱんに用いるメタファーの一つは，陸と海とを比較しながら，そのあいだのどんな境界も消しさっているのがまさにそれであった．おなじ画布のなかに，黙々と，たゆみなくくりかえされるそうした比較が，その画布に，あのさまざまな形象をふくみながらの力強い統一をもたらしているのであった，そしてその統一こそ，エルスチールの絵が，ある種の愛好者たちにそそる感激の原因，ときとしては明瞭に自覚されない原因なのであった．（*J.F.* II, 192：3, 195）

主人公はエルスチールの『カルクチュイの港』を長いあいだじっと見つめる．その画面はまず 20 行の 1 つの総合文で記述されている．
その総合文をモリエが分析している．彼はこのテクストに「陸と海との結婚式のための勝利の行進 Marche triomphale pour les noces de la terre et de la mer 」という題をつけて，次のように解説している．

ランボーの「海景 Marine」と題された自由詩のなかでは，ふたつの世界の相貌が，混じり合い，一体となり，やり取りしあい，したがって，相互の寓意となっているが，プルーストは，ランボーがあつかったテーマを発展させて，比較するものと比較されるものを交換しながら，錯視に基づいて，中核をなすこの同じ考えによって（相互の寓意というのは，プルーストが画家エルスチールの隠喩について語るときにまさしく言おうとしていることである），カルクチュイの港を描く．それがこの総合文の核心である．Développant le thème que Rimbaud a

471

第5章 バルベック I

traité dans le poème en vers libres intitulé « Marine », où s'interpénètrent, se confondent et s'échangent les aspects des deux empires, en sorte qu'il s'agit d'une allégorie réciproque (et c'est bien ce que veut dire Proust quand il parle des *métaphores* du peintre Elstir), permutant comparé et comparant, Proust, sur une illusion d'optique, décrit le port de Carquethuit selon la même idée maîtresse, – c'est le cœur de la période. (MORIER [1961] 1989, 896, 強調はモリエ)

以下の分析において，分節とレヴェル分析（Ø ゼロレヴェル〜 -5 レヴェル）はモリエである．

-1 Soit que les maisons cachassent une partie du port, un bassin de calfatage	家々が港の一部を，修理ドッグを隠しているのか
-1 ou peut-être la mer même s'enfonçant en golfe dans les terres -2 ainsi que cela arrivait constamment dans ce pays de Balbec,	あるいはこのバルベック地方でよくあるように，入り江になって陸地に食いこんでいる海そのものを隠しているのか
Ø de l'autre côté de la pointe avancée -1 où était construite la ville,	町がつくられている岬の向こう側では，
Ø les toits étaient dépassés	屋根から突き出しており
-1 (comme ils l'eussent été par des cheminée ou par des clochers)	（あたかもその上に煙突や鐘塔がそびえているかのように）
Ø par des mâts,	何本ものマストが，
-1 lesquels avaient l'air de faire des vaisseaux -2 auxquels ils appartenaient, -1 quelque chose de citadin, de construit sur terre, impression	そのマストは，それの属している幾隻もの船を，なにか町の一部のような，地上の建造物のようなものに，しているようだった，そんな印象は
-2 qu'augmentaient d'autres bateaux.	他の船が増している
-3 demeurés le long de la jetée, -3 mais en rangs si pressés	波止場にそって停留しているのだが，非常につめて横にならんでいるので
-4 que les hommes y causaient d'un bâtiment à l'autre	人間たちが建物と建物とのあいだで話をしている
-5 sans qu'on pût distinguer leur séparation et l'interstice de l'eau,	人のへだたりも水のすきまも見分けられないで
Ø et ainsi cette flottille de pêche avait moins l'air d'appartenir à la mer que, par exemple, les églises de Criquebec	そしてそんなふうにこの漁船の編隊は，たとえばクリックベックの教会ほども海に属しているようには見えず，

-1 qui, au loin,	その教会のほうはといえば，遠くにあって，
-2 entourées d'eau de tous côtés	四方を水で囲まれていて
-3 parce qu'on les voyait sans la ville, dans un poudroiement de soleil et de vagues,	なぜなら町は見えずに，教会が太陽と波のきらめきのなかに見えるのだから，
-1 semblaient sortir des eaux,	海から突き出しているように見え，
-2 soufflées en albâtre ou en écume et,	風に膨らんで雪花石膏か泡になって
-2 enfermées dans la ceinture d'un arc-en-ciel versicolore,	多彩に変化する虹の帯につつまれて，
-1 former un tableau *irréel et mystique*.	一幅の非現実的で神秘な画面を構成しているように見えるのであった．

（J.F. II, 192：3, 195–196, イタリック強調はプルースト）

　ゼロレヴェルを書きだすと次のようになる．「そして」で２つの文がつながれている．

> 町がつくられている岬の向こう側では，何本ものマストが，屋根から突き出しており，そしてそんなふうにこの漁船の編隊は，たとえばクリックベックの教会ほども海に属しているようには見えず，
> de l'autre côté de la pointe avancée […] les toits étaient dépassés […] par des mâts, […] et ainsi cette flottile de pêche avait moins l'air d'appartenir à la mer que, par exemple, les églises de Criquebec

　２つの主体があらわれる．この総合文の支柱である「そしてそんなふうにこの漁船の編隊は，たとえばクリックベックの教会ほども海に属しているようには見えず，et ainsi cette flottile de pêche avait moins l'air d'appartenir à la mer que, par exemple, les églises de Criquebe」において，前半の主体「この漁船の編隊 cette flottile de pêche」が「クリックベックの教会 les églises de Criquebec」と比べられ，後半では後者が主体になる．この両者のつなぎ，つまり比較装置は「ＡはＢほど…ない　A moins … que B」である．前半では「海」が「陸」のように見え，後半では「陸」が「海」に見える．「比較するもの」と「比較されるもの」が交換される．ようするに比較装置によってイメージの連携によじれが生じ，この総合文は２枚の「非現実的で神秘な画面」を描出している．その２枚の画面は

「A は B ほど…ない　A moins … que B」によってのみ，つまりエクリテュールによってのみ繋がれているだけである．そのうえ，「たとえば par exemple」がそのあいだに介在して，その結びつきをさらに弱めている．その 2 枚の画面は隣接しているかどうかさえわからない．

　しかし，つづいて鑑賞者である主人公の解釈が語られる．そのなんと雄弁であることか．1 ページ以上，56 行も続くのである（193-194：196-198）．「時化の直後なのに，美しく晴れわたった朝なのだ」（197：193）．ここには「イロニー」が入り込む余地がない．

　ところが，上記 1 番目の引用箇所（254-255：280-282）の場合はそうではない．

> 「ごらんなさい，この断崖を（ここからすぐ近くの，レ・クルーニエで描いたスケッチです），この力強くまた微妙に puissamment et délicatement 剝りぬかれた岩石をごらんなさい，いかにも comme 大聖堂を思わせるじゃありませんか．」なるほど En effet，そういえば，まるではら色の巨大なアーチだった．しかし Mais，猛烈な暑さの日に描かれたので，岩石はぼろぼろに焼け，熱気のために蒸発しているように見え，その熱気は，海をなかばのみこんでしまい，画面の全体にわたって，ほとんどガス状と化しているように見えるのであった．光がいわば現実を破壊してしまった la lumière avait comme détruit la réalité その日にあって，現実は，ほのぐらい，透明な，生きた女体を思わせるいくつかの影のなかに凝集され，それらの影は，光とは対照的に，かえっていっそう切実な，いっそう身近な生命の印象を生みだしていた．（J.F. II, 254：3, 280-281, 下線強調は青木）

　たとえば，「力強くまた微妙に puissamment et délicatement」という副詞句は，月並みな決まり文句である．「モリエールの『女学者 Les Femmes savantes』（1672 年）以来，この表現は愚鈍で衒学的であると判断され，文学性の低い，常に馬鹿にされうる対象に向けられる」（Chaudier 2005, 111）．

　また，「いわば comme」は，動詞「破壊した avait détruit」がわざと勝手に（つまり誇張的に）使われているということを示す（同書，110）．要するに，エルスチールの言葉づかいから，語り手の表現（特に連結詞「なるほど…しかし…en effet ～ mais」，誇張表現など），話の展開にいたるまで，

「イロニー」に満ちているとショーディエは言う.

さらに，このくだりには落ちがある.

　私はもう婦人帽のデザイナーたちを軽蔑する気にはなれなかった，なぜなら，そうした女たちが最後の襞づけに加える微妙な手つき，仕上がった帽子のリボンや羽にあたえる至上の愛撫は，競馬騎手の動作とおなじほど，それを描く興味を自分にそそるだろう，とエルスチールが私にいったからであった（そしてそれは，アルベルチーヌを夢中にさせたのであった）．しかし，婦人帽のデザイナーを見るには，パリに帰る時期を待たねばならず，競馬やレガッタを見るには，もう来年までは催されないから，ふたたびバルベックにくるまで待たねばならなかった．うすい白麻の服を着た女たちを乗せているヨットは，もう一隻も見当たらなかった．（256；283-284）

　かつて主人公が本のなかに見出し「複写」したものとは異なって，そのとき主人公が「複写」したものは，主人公の想像力においてその十全な力を保つことができないのであろう．エルスチールが描いたバルベックはそのときもはや存在せず，主人公はそれを見出すためにはふたたびバルベックにくるまで待たねばならない．そしてふたたびバルベックを訪れたとき，主人公はもはやその欲望をもってはいない．

　しかしながら，主人公はいまのバルベックを楽しむことができるようになる（224；238-239）．そしてエルスチールは主人公やアルベルチーヌたちに，「ブチントロ船」や「フォルトゥニ」を教え，ヴェネツィアへの夢をかき立てる（252-253；277-279）.

[注]
(1)　ジュネットはイテラティフとサンギュラティフとの接点にあらわれる「非限定的な相をもった切片 segments aspectuellement indéterminés」を「中性的切片 segments *neutres*」と呼んでいる．彼の分類によれば，この箇所の「中性的切片」は「イテラティフとサンギュラティフとの混合的切片か，あるいはもっと正確には，どちらとも受け取れる曖昧な切片」とされている．Cf. GE-
NETTE 1972, 175-176；175-176.
(2)　1か所単純過去があらわれる．「ヴィニーの名前を聞くと，彼女〔ヴィルパリジ夫人〕は笑い出した elle se mit à rire」（*J.F.* II, 81；3, 45）.

(3) アシェはプルーストの数の数え方を根拠に，1度目のバルベック滞在を本書と同じ 1897 年としている．

> 出会う大きな困難は，さまざまな著者たちがプルーストの数え方を理解していないということに起因する．プルーストのクロノロジーによって提示される大きな窮地は，語り手のパリの生活とバルベックでの滞在とのあいだを繋ぐ文の解釈にある．それはこの文である：「二年後祖母といっしょにバルベックに出発したとき quand deux ans plus tard je partis avec ma grand-mère pour Balbec」（*J.F.* II, 3；2, 283）．間違いは，2 度 365 日を数えることにある．プルーストは，次の一年の部分に付け加えられる年の部分を 2 年として数えられうると考えている．
>   われわれの時代に日付を記入する具体例をあげる．ルーアンに住むある人が，土曜日に海岸へ行き，正午にそこに着いて，翌日日曜日，午後 5 時にそこを発つとすると，彼は二日間海ですごしたと言うだろう．1956 年会報 6 号ですでに指摘しているように，キリストは金曜日の午後に死んでつづく日曜日の朝早く墓から出た，三日間，彼は墓の中で過ごしたと昔から考えられている〔「マタイによる福音書」第 16 章・21「この時よりイエス・キリスト，弟子たちに，己のエルサレムに往きて，長老・祭司長・学者らより多くの苦難を受け，かつ殺され，三日目に甦るべきことを示し始めたまふ．」参照〕．（HACHEZ 1985, 363）

　問題はアシェが指摘するプルーストの数え方と，もうひとつ，いつから「2 年後」であるのか，ということである．アシェは「ジルベルトに対する恋の終わりから 2 年後 deux ans plus tard après la fin de son amour pour Gilberte」（HACHEZ 1985, 368）と考えているが，本書では，そうではなくて，1895 年の春，病気で旅行を断念しなければならなくなったときから 2 年後と考える．

(4) 1897 年 7 月 12 日に，ピカールの友人であり，彼の発見を綴った記録をゆだねられた弁護士ルブロワと，上院副議長シューレル＝ケストネルの会見が行われている．シューレル＝ケストネルはルブロワの示す新事実に「すっかり打ちのめされて」しまい，ドレフュスの無罪を確信するにいたり，10 月 29 日に再審要求運動の先頭に立つ（MIQUEL 1961, 36；39）．そして，11 月 10 日のマタン紙の明細書発表とつながっていく．エメが，件の客に聞いたドレフュス有罪の根拠は，アンリが偽造したパニツァルディの書簡かもしれない．

(5) 主人公の父はノルポワ氏に，レオニー叔母が主人公に遺した流動財産の投資について相談している（*J.F.* I, 445-446；2, 35-36））が，プルースト自身，自らの資産管理のために，世界各国に投資していた．たとえば第一次世界大戦下の株式仲買人オゼールとの〈プルースト＝オゼール書簡〉が教えてくれるのは，「資産の運用と管理のためにプルーストが世界情勢を意外なほどの細心さで追っていたという事実であり，その情勢の変動がすべて「金銭」の単位に変換されて表現される世界を彼は熟知していたということである」（湯沢　2001, 93）．プルーストが日々数種の新聞に目を通していたのも，資産運営という観点で世界情勢を分析する必要があったという側面が大きいかもしれない．が，また，三面記事的出来事にも多大の関心をもっていたことが参照される歴史的事象を

見ればよくわかるであろう.

(6) 「プララン事件」については,小倉(2000, 72-89)に詳しい.またクララ・ド・シメー大公夫人の駆け落ち事件などにみられるように,『失われた時を求めて』において三面記事的事件への言及は数多い.のちに,第8章ではこうした三面記事的事件について考えることになる.

青木幸美（あおき・さちみ）

1954 年 大阪に生まれる
1977 年 大阪市立大学文学部仏語仏文学専攻卒業
1986 年 大阪市立大学大学院文学研究科後期博士課程単位取得退学
1991 年～ 1996 年 鈴鹿医療科学大学専任講師（文学，フランス語を担当）
その他，大阪市立大学，大阪府立大学，同志社大学，甲南大学，大阪芸術大学，皇学館大学等で非常勤講師を勤める

〈時間〉の痕跡（上）
──プルースト『失われた時を求めて』全 7 篇をたどる──

2016 年 2 月 15 日　初版第 1 刷発行

著　著 ＊ 青木幸美
装　幀 ＊ 右澤康之
発行人 ＊ 松田健二
発行所 ＊ 株式会社 社会評論社
　　　　東京都文京区本郷 2－3－10
　　　　☎ 03(3814)3861　FAX 03(3818)2808
　　　　http://www.shahyo.com
組　版 ＊ 閏月社
印刷・製本 ＊ 倉敷印刷